5·18과 문학적 파편들

5·18과 문학적 파편들

심영의

한국문화사

5·18과 문학적 파편들

1판1쇄 발행 2016년 4월 20일

지 은 이 심영의
펴 낸 이 김진수
펴 낸 곳 **한국문화사**
등　　록 1991년 11월 9일 제2-1276호
주　　소 서울특별시 성동구 광나루로 130 서울숲 IT캐슬 1310호
전　　화 02-464-7708
전　　송 02-499-0846
이 메 일 hkm7708@hanmail.net
홈페이지 www.hankookmunhwasa.co.kr

책값은 뒤표지에 있습니다.

ISBN 978-89-6817-350-9 93810

이「이 도서의 국립중앙도서관 출판예정도서목록(CIP)은 서지정보유통지원시스템 홈페이지(http://seoji.nl.go.kr)와 국가자료공동목록시스템(http://www.nl.go.kr/kolisnet)에서 이용하실 수 있습니다.(CIP제어번호: CIP2016008615)」

이 책은 2016년 한국문화예술위원회·광주광역시·광주문화재단의 문예진흥기금 일부를 지원 받아 발간되었습니다.

■ 저자의 말

방황하는 이들 모두가 길을 잃은 것은 아니다.

이 책에는 제1부에 필자의 박사학위 논문인 『5 · 18민중항쟁 소설 연구』를 본문을 중심으로 수정해서, 제2부에는 박사학위논문 이후에 학술지에 발표했던 5월 관련 글들을, 제3부에는 여성과 장애인문학 그리고 다문화 소설과 지역문학 등 소수자 문학과 관련한 글들을 실었다.

그동안 발표했던 5 · 18문학과 관련한 글들이 제법 된다. 이 책에서 언급된 주제들은 서로 긴밀하게 얽혀 있어서 똑같은 텍스트들이 다른 주제를 다룰 때 다시 나오기도 한다. 그런 만큼 얼마간의 되풀이가 없지는 않으나 다양한 관점에서 5 · 18소설들을 살피려 했다는 것으로 이해해 주시길 바란다.

젠더의 관점에서 문학 읽기, 장애인 및 다문화 사회를 조망하고 있는 소설들에 대한 글, 지역문학의 위치를 살피고 있는 글들은 5 · 18문학과 같은 맥락에서 지배담론에 저항하는 대항담론의 성격을 갖고 있는 소수자문학 관련 글들이다. 이 글들은 5 · 18문학 연구에서 비롯된 혹은 확장된 사유의 결과인 셈이다. 이 글들은 무엇보다 그동안의 학술적 글쓰기를 종합하는 의미가 있다.

"방황하는 이들 모두가 길을 잃은 것은 아니다."라는 톨킨의 말이- 그것은 내 수업을 듣던 어느 여학생이 건넨 출석메모에 담겨 있던 글인데, 요즘 그 말이 오래 맴돈다. 살아오면서 그리고 글을 읽고 쓰면서 주저하고 힘들어하고 때로는 길을 잃기도 했겠으나 가고자 했던 길에서 크게 벗어나지는 않은 듯싶다. 다행이다.

2016년 4월

심영의

■ 차례

제1부 5 · 18문학의 전개 양상

제3부 소수자 문학들

제1부

5·18문학의 전개 양상

01 5·18문학의 의의

문학은 온갖 형태의 비인간적 억압과 지배, 그리고 학대에 가장 본질적으로 대항하며 인간의 소망하는 삶을 고양시키는 한편 그 목표를 인간의 해방 또는 자유의 확대에 두는 상상적 재현이다.[1] 우리가 1980년 5월 광주에서 있었던 국가 폭력의 기억을 망각의 창고에 가두지 않고 소설적 탐구를 꾸준히 거듭하는 까닭은, 그것이 거대한 폭력에 대항해서 끝내 지켜 내야 할 인간성의 옹호라는 본질적인 측면에서 여전히 유효한 성찰의 대상이기 때문이다. 또한 과거가 단순한 역사적 기록으로만 남아 있지 않고 우리와 함께 숨 쉬며 정서적 교감까지 가능하게 하는 것은 소설을 포함한 문학/문화의 기능이고 힘이라 할 것이다.

문학/문화는 모두 기억에서 출발한다. 기억은 문화의 근원이자 바탕이다. 문화는 변화무쌍한 일상 저편에서 중요한 것은 기억해내고, 안정적이지 못하고 우연적인 것은 망각함으로써 개인과 공동체가 이용할 수 있는 하나의 의미체계를 세우는 기억의 능력을 통해 존재의 바탕을 얻는다.[2] 그런데 기억된 역사적 사건은 기억 그 자체로서보다 객관적인 문화적 형상물로 재현된다.[3] 이렇게 재현은 단순한 기억의 재생이나 모방이 아니라

---

1 유임화, 「타자화된 기억의 상상적 복원」, 동국대학교한국문학연구회 편, 『전쟁의 기억, 역사와 문학』 下권, 월인, 2005, 248쪽.

2 고규진, 「그리스의 문자 문화와 문화적 기억」, 최문규 외, 『기억과 망각』, 책세상, 2003, 58쪽.

또 다른 하나의 실재를 만들어 내는 것이다. 기억과 문학적 상상력이 서로 교차하는 문학 텍스트는 스스로 하나의 '기억 공간'이 된다.[4]

5 · 18민중항쟁을 다루는 소설들은 '다시 기억하기'라는 고통을 통과한 작가들의 열정의 산물로 하나의 문화적 실재이자 기억 공간이다. 서사론에 따르면, 역사/이야기는 인간이 자기 자신과 다른 사람들 및 현실과의 관계를 조직해 주고 의미 있는 것으로 해석하게끔 해주는 틀이다.[5]

이 글은 1980년 5 · 18민중항쟁을 제재로 하는 작품 중, 32편의 중 · 단편 및 7편의 장편소설을 분석 대상으로 하여 이들 작품들이 5 · 18민중항쟁의 의미를 어떻게 재구성하고 있는가를 살펴보고 기억과 재현, 그리고 계승으로서의 오월문학이 진실의 봉인 혹은 망각을 넘어 새로운 역사적 기억으로 번역 · 보존되어 가는 과정을 탐색하고자 한다.

이를 통해 '5·18소설'들에서 '광주'라는 서사 공간이 학살과 공포의 공간이라는 '관습화된 광주'의 의미를 넘어 인간의 보편적 권리를 지켜내기 위한 투쟁의 전진기지로서 재해석되기를 기대한다. 또한 천박한 후기자본주의 시대에 문학이 무엇을 할 수 있는가와 관련하여 민주주의와 평화를 갈망하는 모든 사람들의 소통과 연대를 통해 우리의 안팎을 넘나드는 진정성 있는 이야기[6]로서의 가능성을 모색해 보고자 한다. 텍스트로 표상/재현된 기억은 그 날의 비극을 경험한 모든 이들에게 삶의 안정, 회복, 정

---

3 나간채, 「문화운동 연구를 위하여」, 나간채 외, 『기억 투쟁과 문화운동의 전개』, 역사비평사, 2004, 16쪽.

4 박은주, 「기억과 망각의 역설적 결합으로서의 글쓰기」, 최문규 외, 위의 책, 313쪽.

5 조경식, 「망각의 담론, 기능 그리고 역사」, 최문규 외, 위의 책, 298쪽.

6 박구용, 「바깥으로 나가는 역사, 5 · 18」, 전남대학교 5 · 18연구소 외, 『5 · 18민중항쟁 제27주년 기념 국제학술대회 소형세션- 5 · 18과 민주주의 그리고 한반도 평화』, 심미안, 2007, 44쪽. 박구용은 5 · 18의 역사가 사건으로서의 역사와 이념으로서의 역사에 묶여 마취상태에 있다고 본다. 따라서 그는 소통으로서의 역사를 통해서만 이념으로서의 역사라는 사물화를 극복할 수 있다고 주장한다. 또한 소통으로서의 역사가 진정한 의미에서 소통을 원한다면 바깥에 열려있는 수준을 벗어나 바깥으로 나갈 수 있어야 한다고 본다. 그런데 중요한 것은 진정한 바깥은 '바깥'이 아니라 '안'에 있다는 것이다.

당화로서 전혀 새로운 의미[7]로 기능할 수 있을 것이기 때문이다.

이 글에서는 임철우 「봄날」(1984)과 수의(壽衣)(1987), 윤정모 「밤길」, 홍희담 「깃발」(1988)과 최윤 「저기 소리 없이 한 점 꽃잎이 지고」(1988)를 비롯한 초기작부터 한승원 외, 『일어서는 땅』(1987)과 『부활의 도시』(1990)에 실려 있는 21편의 작품 중 16편을 포함해서 모두 32편의 중·단편소설들[8], 그리고 2007년 현재까지 발표된 7편의 장편소설들 –류양선 『이 사람은 누구인가』(1989), 임철우 『봄날』(1997), 송기숙 『오월의 미소』(2000), 문순태 『그들의 새벽』(2000). 박양호 『늑대』(2000), 김신운 『청동조서』(2001), 정찬 『광야』(2002)-을 합해 모두 39편의 소설들을 크게 역사 혹은 기억의 재현 양상과 죄의식의 표출 양상, 그리고 트라우마의 치유 혹은 해원이라는 세 개의 범주로 분류하여 살펴보고자 한다.[9]

---

7 알라이다 아스만, 변학수 외 역, 『기억의 공간』, 경북대학교출판부, 2003, 112쪽.

8 인동에서 펴낸 『일어서는 땅』(1987)에는 다음과 같은 11편의 소설들이 실려 있다. (한승원, 「당신들의 몬도가네」, 문순태, 「일어서는 땅」, 윤정모, 「밤길」, 김중태, 「모당」, 임철우의 「봄날」 및 「관광객들」, 이영옥, 「남으로 가는 헬리콥터」, 김남일, 「망명의 끝」, 김유택, 「목부이야기」, 박호재, 「다시 그 거리에 서쪽」, 정도상, 「십오방 이야기」). 『부활의 도시』(1990)에는 다음과 같은 10편의 소설들이 실려 있다. (한승원, 「어둠 꽃」, 임철우, 「어떤 넋두리」, 이명한, 「저격수」, 박호재, 「다시 그 거리에 서쪽 2」, 김신운, 「낯선 귀향」, 이삼교, 「그대 고운 시간」, 정도상, 「저기 아름다운 꽃 한송이」, 박원식, 「방패 뒤에서」, 백성우, 「불나방」). 따라서 본 논문의 연구 대상 작품은 위 두 권의 기념소설집에 들어 있는 소설들(중복 게재 작품 및 임철우의 「어떤 넋두리」, 홍인표 「부활의 도시」, 백성우의 「불나방」제외)을 포함하여, 중·단편소설 32편 및 장편소설 7편으로 모두 39편의 작품을 살펴 볼 것이다. 임철우의 경우 오월 관련 작품을 많이 남기고 있으나 단편소설로는 「봄날」 및 「관광객들」, 그리고 「수의」를, 장편으로는 『봄날』만을 대상으로 하였다. 이 정도만으로도 소설을 통한 오월의 의미화 작업이라는 그의 문학적 소명을 충분히 가늠할 수 있겠다는 판단 때문이다.

9 이 글에서 살피고 있는 작품 목록(발표(수록)년도 순)

작가	작품명	발표(수록)년도	발표(수록)지
김남일	「망명의 끝」	1987	『일어서는 땅』, 인동
김유택	「목부이야기」	1987	
김중태	「모당」	1987	
문순태	「일어서는 땅」	1987	
박호재	「다시 그 거리에 서쪽」	1987	
이영옥	「남으로 가는 헬리콥터」	1987	
임철우	「관광객들」	1987	
	「봄날」	1987	

그밖에도 '5 · 18 소설'들의 범주에 포함될 수 있는 작품들이 더 있다. 그 중에서 김종인 장편 『무등산』은 흥미를 끄는 대목이 없지 않은데, 일설에 북한의 집단 창작품이라는 이야기도 있고 작가의 신원도 분명하게 드러나지 않은 점 등이 그러하다. 이 소설에 대한 검토는 이후의 작업으로 미룬다. 또 논의의 대상으로 삼은 작가들의 경우 다른5월 관련 작품이 더 있기도 하지만 이 장에서는 개별 작가의 작품 세계를 다루고 있는 것이 아니

윤정모	「밤길」	1987	
정도상	「십오방 이야기」	1987	
한승원	「당신들의 몬도가네」	1987	
홍희담	「깃발」- 중편	1988	『창작과비평』, 1988년 여름호
송기숙	「우투리」	1988	
류양선	『이 사람은 누구인가』	1989	『이 사람은 누구인가』, 현암사
김신운	「낯선 귀향」	1990	『부활의 도시』, 인동
박원식	「방패 뒤에서」-중편	1990	
박호재	「다시 그 거리에 서쪽2」	1990	
이삼교	「그대고운 시간」	1990	
정도상	「저기 아름다운 꽃 한송이」	1990	
한승원	「어둠꽃」	1990	
홍인표	「부활의 도시」	1990	
박양호	「참새와 고래」	1991	『슬픈 새들의 사회』, 동아
임철우	「수의」	1991	『물 그림자』, 고려원
정 찬	「완전한 영혼」	1992	『완전한 영혼』, 문학과지성사
최 윤	「저기 소리 없이 한 점 꽃잎이 지고」- 중편	1992	『저기 소리 없이 한 점 꽃잎이 지고』, 문학과지성사
문순태	「최루증」	1993	『시간의 샘물』, 실천문학사
공선옥	「씨앗불」	1994	『피어라 수선화』, 창작과비평
	「목마른 계절」	1995	『꽃잎처럼』, 풀빛
이순원	「얼굴」	1995	
주인석	「광주로 가는 길」	1995	『검은 상처의 블루스』, 문학과지성사
조성기	「불일폭포」	1996	『통도사 가는 길』, 민음사,
임철우	『봄날』	1997	『봄날』, 문학과 지성사
심상대	「망월」	1999	『늑대와의 인터뷰』, 솔
문순태	『그들의 새벽』	2000	『그들의 새벽』, 한길사
박양호	『늑대』	2000	『늑대』, 평민사
송기숙	『오월의 미소』	2000	『오월의 미소』, 문학과지성사,
김신운	『청동조서』	2001	『청동조서』, 문학과 의식사
구효서	「더 먼 곳에서 돌아온 여자」	2001	『현대문학』, 2001 5월호
정 찬	『광야』	2002	『광야』, 문이당

어서 모두 포함시키지는 않았다. 두세 편의 작품을 통해서도 해당 작가의 5 · 18민중항쟁을 바라보는 작가적 태도 혹은 형상화의 정도를 가늠할 수 있다고 보았기 때문이다.

무엇보다 중요한 것은 이 글에서 집중적으로 살펴보고자 한 주제, 곧 역사 혹은 기억의 재현 양상과 살아남은 이들의 죄의식의 표출 양상, 그리고 트라우마의 치유 혹은 해원이라는 관점에 부합하는 작품들을 분석의 대상으로 삼았다.

서사문학의 주체는 언제나 삶을 살아가는 경험적 인간이다.[10] 소설이 누군가에 의해 말해지는 이야기라고 할 때, 이야기는 소설의 내용인 동시에 또한 인물 · 플롯 등의 형식으로 나타난다. 이러한 인물 · 플롯의 형식을 '내적 형식'으로, 전달 형식은 '외적 형식'으로 지칭된다.[11] 따라서 소설은 '이야기 내용'과 그것의 형식적 측면인 '내적 형식', 그리고 언어적 전달 형식인 '외적 형식'으로 구성된다고 할 수 있다. 그런데 소설에서 말해지는 내용이 무엇인가 하는 것은 여전히 중요한 문제다. 서사체를 연구한다는 것은, 하나의 문화권 전체에 걸쳐 작용하는 일상생활의 신념들을 연구한다는 의미[12]를 갖고 있느니만큼, 또한 이 글이 5 · 18 민중항쟁의 소설적 형상화를 문제 삼고 있는 까닭에 대상 소설들이 포착하고 있는 오월 정신

---

10 게오르그 루카치, 반성완 역, 『루카치 소설의 이론』, 심설당, 1998, 51쪽.

11 루카치, 앞의 책, 86쪽. 루카치에 의하면, 그 자체가 소설의 내적 형식으로 파악되어 온 소설의 진행은 문제적 개인이 자신을 찾아가는 여행이다. 다시 말해 소설의 진행은 문제적 개인이 그 자체 속에서 이질적이고 개인에게는 아무런 의미가 없는 단순히 존재하고만 있는 현실 속에서 침울하게 갇혀져 있는 상태로부터 명백한 자기인식에로 나아가는 길이다. 따라서 이 '내적 형식'이란 집단화된 의식이나 정서의 사회적 혹은 시대적 표현 방식으로, '외적 형식'은 전기 형식으로 이해할 수 있다. 그는 진행의 내적 형식과 이 진행을 형성하는 데 가장 적합한 수단, 즉 전기 형식은 소설 소재의 불연속적인 무한계성과 서사시 소재의 연속적이며 무한한 성격 사이의 차이점을 가장 명료하게 보여 준다고 말한다. 부연하면, 전기의 중심인물은 자기를 넘어서는 세계와 관련을 맺을 때만 의의가 있으며, 또 이러한 이상의 세계 역시도 오로지 개인 안에서만 자신의 삶을 영위할 수 있고, 또 이러한 체험을 통해서만이 자신을 실현시킬 수 있기 때문으로 본다. 83-87쪽 참조.

12 제레미 탬블링, 이호 역, 『서사학과 이데올로기』, 예림기획, 2000, 17쪽.

의 내용에 대한 검토는 일차적으로 매우 필요한 부분이다. 다시 말해 이 글에서 살피고 있는 '5 · 18소설'들은 1980년 광주의 오월이라는 역사적 사건에 관한 담론이라는 점에서 문학사회학에 입각한 소설미학의 분석틀이 우선적으로 요구된다.

그런데 여기에는 몇 가지 고려할 측면이 있다. 문학사회학과 소설미학이라는 개념의 보다 명확한 사용이 그것이다. 문학사회학은 문학을 사회 · 역사적 현상의 반영물[13]로 생각하는 데서 출발한다. 그리하여 기본적으로 문학사회학에서는 텍스트(text) 속에 감추어진 개인적 삶의 구조, 집단의식, 세계관의 구조 같은 것을 도출하려 한다. 우선 문학 행위가 인간의 의미 있는 행위인 것이 분명한 이상 그리고 그 의미가 사회적으로 형성 · 유포 · 발전 · 전승된다는 점을 감안할 때 문학을 사회학적으로, 곧 문학사회학적으로 고찰할 근거가 마련된다. 문학 행위란 의미를 만들어 내는 행위이고, 의미란 사회적 지평 속에서 형성되는 것인 만큼, 특히 이데올로기적 지평 속에서 형성되는 것이 분명한 만큼 '5 · 18소설'들의 문학사회학적 탐구는 필연적이라고 본다.

문학 작품은 일정한 사회의 생산 조건을 기반으로 하여 산출된다. 자신의 사회적 생산 조건을 초월하여 산출되는 문학작품이란 존재하지 않는다. 마르크스주의적 문학사회학은 이 생산 조건을 경제적 토대로 한정하여 문학작품을 단순한 사회적 등가물이나 역사의 필연적 발전 방향에 기여한다고 주장한다.[14] 실천적 예술연구로서의 문학사회학의 장점은 예술작품의 내용을 사회의식과 비교하여 그것이 어떤 사상 계열에 속하는 것인가를 밝혀낼 수 있다는 점에 있을 것이지만, 미적 가치를 규정하기에는 어려움이 있다는 단점이 있다.

13 홍문표, 『현대문학비평이론』, 창조문학사, 2003, 158쪽.
14 김현, 『문학사회학』, 민음사, 1983, 22쪽.

이 글은 예술이 사회학적 · 이데올로기적으로 구축된다는 사실을 받아들이되 좋은 혹은 위대한 예술은 그것의 생산 조건을 초월한다는 관점에 서고자 한다. 따라서 문학이 사회적으로 구속되고 사회적으로 형성되면서도 어떻게 사회로부터 거리를 확보할 수 있는 것일까 하는 측면에 관심을 기울일 것이다.

그러한 인식과 관련지어 18세기 서구, 특히 독일 전통미학에 관심을 갖게 된다. 독일 전통미학의 핵심은 예술 작품의 자율성을 강조하고 이로 인해 심미적 대상에 대한 수동적이고 관조적인 자세를 유지한다는데 있다. 전통적 미학은 문학 작품을 정신의 구현이며 모든 정신적인 객관화의 통일성으로 본다. 따라서 미란 느껴지는 것이지 인식되는 것이 아니며, 감성에 따른 순수한 예술 향유와 거기서 나오는 예술적 평가를 위한 기준을 형상화하는 것을 미학의 과제로 삼았다. 칸트 역시 인간이 사물의 속성을 통해 미를 경험하는 것이 아니라, 판단력의 활동에 의해 발생된 표상 상태를 통해 경험한다고 말한다. 문제는 미적 경험이 대상의 실제성과 무관하게 발생하며, 비인식적 태도라고 주장하는 것은 인간에게 어떤 선험적인 범주를 따로 설정하지 않고는 불가능한 일이라는 것이다. 무시간적이고 무관심적인 미적 경험이 가능하지도 않을 뿐더러, 인간의 의식이 사회화 과정을 통해 그 구체적 사회의 가치와 이데올로기를 흡수한다는 것은 이미 상식이 되었다. 따라서 미적 범주 곧, 이 글에서 문제 삼고 있는 소설미학은 소설이 사회적 역사적 구성물이며, 따라서 정치적 가치와 무관할 수 없다는 인식을 토대로 한다.

02 역사 혹은 기억의 재현

1980년 5월 광주에서 발생한 5 · 18민중항쟁은 매우 복합적인 성격을 갖고 있는 일련의 역사적 사건이다. 사건을 정확히 파악하는 것과 관련해서 매우 중요한 두 가지 측면은 국가 권력에 의해 아무런 법적 절차도 걸치지 않은 채 민간인들을 학살했다는 것과 그에 대한 무장저항의 문제이다.[1] 신군부는 이 기간 공수부대원을 포함하여 고도로 훈련된 2만여 명의 무장 병력을 광주에 내려 보냈다.[2] 그 결과는 시민 200여 명에 대한 무참한 학살과 2천여 명의 부상으로 귀결된다.[3]

1980년 5월 27일 이후, 사건과 관련된 모든 언급과 서술은 항쟁을 진압

---

1 최정기, 「5 · 18과 양민학살」, 『5 · 18민중항쟁과 정치 · 역사 · 사회』3권, 5 · 18기념재단, 2007, 65-120쪽.
김진균, 「국민형성의 관점에서 본 5 · 18」, 광주광역시 5 · 18사료편찬위원회 편, 『5 · 18민중항쟁사』, 광주광역시 5 · 18사료편찬위원회, 2001. 48쪽. 김진균은 광주민중항쟁을 설명하는 하나의 방법으로 국가 테러리즘에 의한 민중 학살의 역사적 설명 방법과 자주민주변혁으로서의 민중 저항에 대한 역사적 설명 방법을 소개하고 있다.

2 정상용 외, 『광주민중항쟁』, 돌베개, 1990, 310쪽.
정해구, 「군 작전의 전개 과정」, 위 5 · 18기념재단의 책 3권, 460쪽.

3 5 · 18기념재단이 밝힌 2003년 1월 31일 현재 광주민주유공자 등록 현황에 따르면 사망자 207명, 부상자 2392명, 기타 희생 987명, 계 3, 586명으로 되어 있다. 그런데 돌베개출판사에서 1990년에 펴낸 정상용 외, 『광주민중항쟁』말미의 부록4 광주민중항쟁 사망자 명단에 보면, 총 235명의 사망자 이름과 연령, 직업과 사인 등이 매우 상세하게 제시되어 있음을 본다. 당시 계엄군의 정확한 자료가 공개되지 않고 있는 상황에서 사망자의 숫자는 여전히 불가사의한 측면이 있으나, 5 · 18기념재단의 자료는 2002년 7월 제정된 5 · 18광주민주유공자예우에 따른 법률에 의거 공식적으로 인정된 관련자들이라는 '공식성'을 갖는다. 여러 측면에서 그 '공식성'에 관해 이론이 있을 수 있으나 본고에서 다루는 주제의 범위가 아니므로 논외로 한다.

하고 사실상 권력을 장악했던 신군부에 의해 독점되었다. 이들은 불순 정치 집단의 조종을 받은 '폭도'들이 사회 혼란과 국가 전복을 목적으로 지역감정을 자극하는 '유언비어'를 퍼뜨려 일으킨 '광주폭동사태'로 규정하였다. 진압한 측은 그것을 역사에서 지워버리고 싶은 짐으로 인식했을 것이고, 그러한 인식은 국정교과서를 비롯한 관변 · 보수학계의 5 · 18민중항쟁에 관한 서술에서 잘 드러난다.[4]

학술적인 역사서에 '광주민중항쟁'으로 처음 기록된 것은 한국역사연구회의 『한국사강의』(1989)에서였다. 여기서 항쟁은 4 · 19혁명 이후 최대의 반독재 민중항쟁으로 서술되었다. 『한국사강의』는 반독재 민주화 운동의 내용을 가지면서도 민중 운동의 성장을 배경으로 하며 시민들의 자체 무장에 의한 저항의 특징을 갖는다는 점에서 '광주민중항쟁'이라고 성격을 규정하였고, 이를 계기로 군사파쇼와 미국의 본질을 새롭게 인식하게 되었다는 점을 유산 · 교훈으로 평가했다.[5] 이 시기에 진보적 · 실천적 역사관에 입각한 대중교양용 한국사 책이 다수 출간되는데 대체로 '민중항쟁'이라는 성격규정으로 서술하고 있다. 이 명칭이 역사성을 충실히 담아내고 있는지, 저항과 투쟁이라는 구도만으로 올바른 평가와 적절한 해석이 가능한지에 대한 일부의 문제 제기[6]가 없는 것은 아니지만 '민중항

---

4 이용기, 「5 · 18에 대한 역사 서술의 변천」, 위 5 · 18기념재단의 책3권, 616쪽. 항쟁은 1979년 10 · 26이후 정치사회적 불안정을 가중시킨, 그래서 '수습'되어야 할 '사태'로 규정하고 있는 것이다. 1987년 6월 시민항쟁은 그러한 역사 서술에도 중대한 전환의 계기를 마련한다. 더 이상 진실을 은폐할 수 없게 된 노태우 정권은 '광주폭동사태'를 '광주민주화운동'으로 고쳐 부르게 된다. 진보적인 사회과학계가 주축이 된 연구는 89-92년에 집중적으로 진행되어 '민중항쟁'으로 체계화시키면서 몇 권의 단행본을 출간하는데 이러한 연구 성과를 기반으로 '5 · 18'은 대학교재용과 대중교양용 한국역사서에 '광주민중항쟁'으로 규정되기에 이른다.

5 한국역사연구회 편, 『한국사강의』, 한울아카데미, 1990, 361-363쪽.

6 안병욱, 「5 · 18광주민중항쟁의 의의와 역사적 평가」, 앞의 5 · 18재단의 책, 1권, 16쪽.
앞의 이용기의 글, 636-637쪽. 민중은 모순의 집중적 체현자이므로 '필연적'으로 항쟁을 주도했고, 본질을 정확히 이해하지는 못했지만 '본질적'으로 사회의 근원적인 변혁을 지향했던 것으로 이해하는 것은 지극히 도식적이고 규범적인 인식이라는 것이 이용기의 생각이다. 또한 그는 왜 하필 광주에서만 항쟁이 발생했는가에 대한 질문 역시 매우 중요한 의미를 갖는다고 말한다.

쟁'으로 부르는 데에는 대체로 동의하고 있는 것으로 보인다.

물론 이 '민중'의 개념 규정과 관련해서도 또 '민중만의 항쟁이었는가?' 하는 점에 대해서도 여러 논자들의 견해가 엇갈리고 있다.[7] 제2부의 글에서 본격적으로 다룰 것이나 여기에서는 '5·18'을 도시 인구를 형성하는 학생, 지식인, 노동자, 도시빈민 등 넓은 의미의 민중층에 의해 감행된 순수한 의미의 민중항쟁이었다는 것, 그것은 "근대 이후 반역사적 권력에 대항하여 꾸준히 일어난 민중항쟁적 성격을 더욱 선명히 드러낸 사건"[8]으로 이해하고자 한다.

이 글에서 다루고 있는 소설들은 거대한 국가 폭력에 맞서 작가 개인들이 벌인, 불가해한 운명에 맞선 글쓰기의 대상이다. 이 장에서는 '5·18'이라는 역사적 사건이 어떻게 소설 양식을 통해 재현되고 있는지 그 양상에 대해 살펴보기로 한다.

1. 기억의 간접화

기억은 과거를 표상하는 한 양식이며, 과거의 일을 재현하는 능력이다.[9] 그런데 역설적으로 기억과 망각은 항상 함께 작동한다.[10] 기억은 순

---

7 5·18항쟁의 성격에 대해서는 '5·18민주화운동', '5·18시민항쟁', '5·18민중항쟁', '광주무장봉기', '5·18민중혁명' 등의 명칭에서 알 수 있듯이, 정치 지형과 담론의 변화에 따라 다양한 분석이 존재한다. 항쟁의 주체와 관련된 자세한 논의는 강현아, 「5·18항쟁의 성격 주체 : 연구사적 측면에서」, 5·18기념재단, 『5·18민중항쟁과 정치·역사·사회』3권, 551-571쪽을 참고 할 수 있다. 항쟁의 주체와 관련해서도 크게 '광주시민'이었다고 강조하는 입장과 '노동자 계급'을 비롯한 농민, 학생, 중간층, 일부 중소자본가집단까지를 포함한 '범민중세력'이라는 점을 강조하는 입장으로 구분된다. 이에 대해서도 강현아의 글을 통해 자세한 논의를 참고할 수 있다.

8 강만길, 「근대 민족운동의 전통과 광주」, 광주광역시 5·18사료편찬위원회 편, 앞의 책, 79쪽.

9 나간채 외, 『기억 투쟁과 문화운동의 전개』, 역사비평사, 2004, 15쪽.

이해경, 「민요에서의 기억과 망각」, 최문규 외, 『기억과 망각』, 2003, 132쪽. 기억과 망각은 문화생산의 근본이 된다. 부분적으로는 잊혀지고 부분적으로는 기억되어 전해지는 것을 가지고 과

수한 과거의 재현이 아니라 망각을 동반한 심리적 산물이기 때문이다. 기억은 일차적으로 기억되는 순간의 우연성을 통과하면서 최초로 굴절되며, 나아가 현재와 과거라는 물리적인 간격을 통과하면서 다시 한 번 왜곡된다. 그러므로 기억은 결코 과거를 완벽하게 재현할 수 없다. 이렇게 보면 역사 새로 쓰기나 역사의 새로운 규정 등은 망각하고자 하는 열정에 의해 촉발된, 과거의 기억에 대한 적대적인 구성물이 된다. 그 결과 역사/이야기, 기억은 처음에 지녔던 연속성과 정체성을 상실하게 되는데, 그것은 바로 현재의 관심과 이해에 무게의 중심을 둔 당사자가 시도하는 과거의 추방이다.[11] 5·18민중항쟁 소설에서 그 날의 기억은 우선 간접적인 형태로 재현된다.

박호재의 「다시 그 거리에 서면」은 도심에 있던 특수부대가 외곽으로 철수한 때로부터 다시 계엄군에 의해 광주가 장악되기까지의 약 일주일간의 시간을 다루고 있다. 홀어머니와 어린 남동생 둘을 거느리면서 집안의 살림을 도맡고 있는 서술자 지숙에게 초점을 맞추고 있는 이 소설의 이야기는, 계엄군들이 비적 떼처럼 몰려오고 시가지의 사람들이 적처럼 대치하기 시작하던 날부터 시작된다.

그녀는 가족의 행복과 평안한 일상을 소망한다. 평생을 무지랭이로 땅마지기에 매달리다가 결국 쭉정이 같은 육신으로 병사하고 만 할아버지, 그리고 유독 참담하게 6·25 전쟁을 겪은 후 거의 십 수 년 동안을 극심한 분열증에 시달리다 종내 객사하고 만 당숙에 대한 회한 때문이다. 운동권 대학생 형석은 그런 누나를 소시민적 안정에 대한 욕구라며 비웃는다. 할머니와 할아버지 그리고 아버지, 어머니, 가족들…. 지숙은 특히 장대비가 세차게 내리치던 날, 아버지를 산에 묻고 온 날을 잊을 수 없다. 그 날, 두

거의 것을 재구성하려는 형식이 기억과 반복이다.

10 고봉준, 『반대자의 윤리』, 실천문학사, 2006, 356쪽.

11 조경식, 「망각의 담론, 기능 그리고 역사」, 최문규 외, 『기억과 망각』, 책세상, 2003, 300-301쪽.

동생들의 머리, 넋 나간 민숭머리를 보고 지숙의 가슴은 고통스럽게 찢어지지 않았던가. 그 지긋지긋한 가난과 그 가운데서 고통 받았던 지난날들을 잊을 수 없는 지숙으로서는 동생의 비웃음은 참으로 철없는, 야속하기 짝이 없는 일이다. 그런 형석이 지금 여러 날 째 집에 돌아오지 않고 있는 것이다. 더구나 형석의 동생 형수는 방위병으로 근무 중이다. 둘 다 소식이 없다.

두 동생의 안부를 염려하는 지숙과 어머니의 귀에 시가지에서 묻어오는 소문들은 갈수록 가슴 조이게 하는 것들뿐이었다. 한낮의 적막을 깨고 들려오는 총성이 금세 정수리 어디를 관통해 버릴 듯싶은 두려움에 지숙은 흠칫 몸을 뒤채곤 한다. 외곽으로 빠지는 국도들이 계엄군에 의해 완전히 봉쇄돼 버린 상황, 푸성귀와 여름 과일들을 구할 수 없는 상황이다. 딸기와 오이와 상치와 깻잎과 호박잎과 고추와 그런 것들을 먹고 싶다는 생각을 하다가 무슨 불륜의 쾌락을 탐한 것인 양 참담한 부끄러움에 고개를 들지 못한다.

이 소설의 가장 빛나는 부분이라 할 것인데, 평범한 시민들의 일상이 난데없는 폭력에 어떻게 그늘을 드리우고 생채기를 내는가 하는 것을 상징적으로 보여주고 있다. 그런데 이 소설은 초점이 지숙에 놓여 있고 주변 인물들에 의해서 사건의 일부가 전언의 형태로 제시되고 있는 까닭에, 역사적 사건의 재현이라는 측면에서는 일정한 한계를 지니고 있는 것도 사실이다.

이삼교의 「그대 고운 시간」은 열한 살 소년 화자 '나-창석'의 눈으로 1980년 오월을 본다. 따다다닥 따다다닥, 연속으로 총소리가 울리는데 그것은 사람을 죽일 수 있는 총소리가 아니라 저쪽 골목으로 터지는 장난감 딱총 소리 같았다. 동네 사람들이 골목 뒤 둔덕에 올라 시가지 쪽을 바라보며 중얼거렸다. "워메, 저것이 뭔 일이다요. 뭔 세상이 이런 세상이 있다요 잉." 그런 와중에 대학생 형은 집에 돌아오지 않고 있었다. 학교가 쉬고, 누나가 출근을 멈추고, 어머니도 공사장에 가는 일을 중단했다. 그래서 시간은 죽어 있는 것이나 마찬가지였다. 일상의 정지, 아니 "전쟁이다, 전쟁. 이것은 전쟁이여"라고 외치는 어머니의 절규를 통해 오월 광주의 단면을 상징적으로 드러내고 있다. 나는 집안에서 한 발짝만 밖으로 나갔다가는 다리 토막을 작신 분질러 놓겠다는 어머니의 으름장 속에 갇혀 있다. 결국 경애 누나가 형을 찾아 나섰지만, 누나는 돌아오지 않는다. 형은 그동안 연행되어 있다가 별 탈 없이 돌아왔지만, 영영 돌아오지 않는 스무 살 고운 나이의 누나를 '나'는 잊지 못하고 있다.

이 단편소설은 어린 서술자의 관점을 통해 그때 광주에서의 국가 폭력이란 어떤 명분으로도 정당화될 수 없는 비극이며, 무고한 시민이나 가족의 희생을 강요했던 기억 속의 불가해한 상흔으로 남아 있음을 보여주고 있다. 인물은 대상을 본다. 묘사는 보는 것을 재생산하는 것이다. 무언가를 본다는 것은 시간을 필요로 하며 따라서 묘사에는 시간의 흐름이 담긴다. 뿐만 아니라 인물에게는 보는 시간과 대상을 바라보는 이유 두 가지가 있어야 한다.[12] 이 소설에는 시간의 흐름 속에 고여 있는, 영영 돌아오지 않는 스무 살 고운 나이의 누나를 잊지 못하는 어린 나의 시선이 있다.

이렇게 가족사의 비극에 투영된 세계의 폭력성을 순진한 아이의 눈으로 포착한 회상적 서술은, 체제의 압박을 비켜서서 작가의 세계관을 위장하는 매개적 장치[13]로 기능할 수는 있으나, 1980년 광주를 가족사적 체험에만 한정시키고 있다는 약점으로부터 벗어나기 어려운 것도 사실이다. 더욱 문제되는 것은 이 소설이 치유와 자기 구원의 글쓰기로서 자전적인 가족사적 상흔을 역사화하며 당대 풍경을 재현해 놓기에는 턱없이 역부

---

12 M. 발, 한용환 · 강덕화 역, 『서사란 무엇인가』, 문예출판사, 1999, 236쪽.

13 박대호, 「산업주의 세계관의 위장 구조; 『노을』을 중심으로」, 문학사와 비평연구회 편, 『1950년대 문학연구』, 예하, 1991, 7쪽.

족이라는 점에 있을 것이다. 이 말의 의미는 자명한데, 「그대 고운 시간」은 역사적 관점을 확보하지 못하는 약점을 가지고 있다는 뜻이다. 적어도 5·18민중항쟁을 다룬 소설이라면 최소한, '왜' 그러한 비극이 하필 그때 광주에서 일어났는가에 대한 모색은 필요하지 않을까 싶다. 그래야 항쟁에 관한 성찰이 개인과 가족사적 차원을 넘어 사회와 민족, 나아가 인류 보편적 가치의 발견으로 나아가는 방향성을 갖게 될 것이다. 또 이야기는 일어난 일에 대해 보고하는 것이 아니라 그것을 서술한다. 서술하되 인위적인 선택·배열이다. 그러다보니 한 편의 이야기는 '비직선적인 사건'[14]을 필요로 한다. 많은 '5·18소설'들에 공통적으로 적용되는 말이겠으나, 사건의 재현으로부터 실제 사건에 도달한다는 것은, 재현이 사건들을 거의 정확하게 시간 순을 따라가는 것처럼 보이는 경우조차도 실질적으로 불가능하다.[15] 이 소설은 그런 평범한 진리를 다소 놓치고 있다.

김중태의 「모당(母堂)」은 항쟁의 현장에서 뜻밖에 살아 돌아온 아들의 목숨을 지켜내기 위한 어머니의 노심초사를 서사의 중심에 놓고 있다. 지금 그녀는 어둠을 틈타 아들의 은신처인 시골의 외진 바닷가로 가는 중이다. 조용한 어둠 속에서 울어대는 소쩍새의 울음소리가 구슬프게 들린다. 그녀는 흘러내리는 눈물을 옷소매로 훔치며, 하나밖에 없는 자식 놈마저 졸지에 잃고 나면 자신의 처지도 저토록 긴 밤을 홀로 울어 지새는 소쩍새와 뭐 다를 게 있을까 하고 생각한다. 그녀의 남편은 군사정권에 맞서 싸우다 빨갱이로 몰려 초주검 난장질을 당하고 감옥에서 반신불수로 단명요절했다. 그래서 그녀는 지금도 누가 한밤중에 슬며시 나타나는 검은 그림자라도 드리워지는 게 보일라치면 그때의 남편을 잡아가던 놈들로만 여겨져서 등골이 오싹오싹, 전신이 순간에 얼음장처럼 얼어붙는다. 그녀

14 한스-디터 겔페르트, 허영재·정인모 역, 『단편소설 어떻게 해석할 것인가?』, 새문사, 2005, 19쪽.

15 Jeremy Tambling, 앞의 책, 212쪽.

의 머릿속에는 아들을 찾으러 다니던 지난 며칠이 마치 꿈속인 듯 여겨진다. 끝도 없을 것 같던 낮과 밤의 항전과 살육이 마침내 마무리되어 가던 즈음 그녀는 주검들이 쌓인 시체 안치소에서 아들의 몸뚱이를 찾아 헤맸었다.

시체 안치실에선 피비린내와 악취가 풍겨왔다. 급히 만들어 입관시킨 엉성한 베니아관 사이로는 피 범벅이 된 시체가 푸르딩하게 조금씩 삐져나와 있기도 했다. 어디선지 젊은 주검들은 계속 실려 들어왔고, 가까스로 살덩이가 흩어진 주검들 신원이 확인될 때마다 연고자들의 오열하는 몸부림이 곁의 사람마저 못 견디게 하였다. 그녀는 그 몸부림치는 오열의 통곡을 헤집고 디디면서 젊은 주검의 젊은이들을 하나하나 확인해 나아갔다. 관이 열려지며 그 속에 안치된 시체들이 모습을 드러낼 때마다 그녀는 두 눈을 감고 까무라쳤다. 사지가 찢겨 흩어진, 뭉개지고 목이 비틀린, 두개골이 파열되고 가슴이 없는, 눈알이 튀어나온 시체들….(163쪽)

그 지옥에서 무사히 돌아 온 아들을 끝까지 지켜 내는 것만이 이 어머니의 본능적인 의지로 남는다. 그러나 불안하다. 아직 펄펄하니 고집쟁이로 무섭게 남은 아들의 혈기가 문제였다. 아들이 묻는다. "다른 소식은 못 들으셨어요?" 어머니가 대답한다. "마지막까장 남아 싸우던 애들은 모다 죽었다드라." 다시 아들은 말한다. "제가 비겁했어요, 어머니." 어머니가 달랜다. "그 난리통에 저만 살겠다구 외지로 도망쳐 빠져나간 사람들이 어디 한둘이드냐"고. 그 다음에 이어지는 어머니의 말을 통해 이 소설은 항쟁에서 지식인의 배반이라는 단순하지 않은 문제 제기를 하고 있다. 그것은 그녀의 말마따나 남편 때부터 피 묻은 시절을 겪으면서 스스로 터득한 세상에 대한 소박한 깨달음일 것이다.

이눔아, 시민 학상들은 싸우는디 즈이는 도망가서 대비는 무신 놈의 대비? 당장 시민들의 짓밟히는 죽음이 코앞에 닥쳤는디… 니 말대루 싸우자고 큰소릴 치구 나섰거들랑 끝까장 함께 싸우다가 죽든지 혀얄 것 아녀.(174쪽)

그러나 이 소설의 초점은 어떻게 해서라도 아들을 지켜내고자 하는 어머니의 본능에 맞추어져 있다. 그런 까닭에 거짓 눈뜬장님으로, 거짓 귀머거리로, 생으로 미친 청상으로, 제 육신 어느 곳을 자해하여 군왕의 폭정 아래 목숨만이라도 부지하고 절개를 지키던 일들을, 잠든 아들의 어깨를 불 인두로 지져 힘줄을 끊어 놓았다던 옛이야기를 밤새 떠올리며 잠을 이루지 못한다.[16] 소설의 마지막 부분쯤에서는 상황의 급변, 곧 서사의 리듬이 변화하는 것을 볼 수 있다. 아들의 은신처에 형사들이 급습한 것이다. 그 침묵과 긴장과 두려움의 시간을 견디며 그녀는 아들을 끌어안는다. 이제 마지막 함께 죽어야 하는 운명의 순간이라고 한다면 그녀는 아들에게 자장가라도 불러주고 싶어 한다.

김유택의 「목부 이야기」는 우선, 광주가 계엄군에 의해 고립무원의 상태일 때 어느 곳 누구 하나 손 내밀지 않았던 그 무심한 눈빛에 대한 원망과 광주의 외로움에 대한 소설적 상징으로 읽을 수 있다.

망월동 뒷산 고서면 보촌리의 산골짜기에서 농사를 짓는 동안 '나'는 여러 명의 목부들을 겪는다. 그 중의 한 명인 '담룡'의 나이는 당시 스물세 살, 혈육 한 점 없는 천애의 고아였다. 학력은 전무였다. 그는 자기 이름만 겨우 그리다시피 할 뿐 글을 읽지도 쓰지도 못했다. 그럼에도 불구하고 그가 농기구를 다루거나 수리하는 걸 보면 기가 막힐 정도였다. 처음 녀석의 풀 베는 실력을 보고 아, 일이란 저렇게 하는구나 하고 느낄 정도였

16 이를 정명중은 '모성적 보호 본능이 정작 보호해야 할 대상에 대한 치명적인 폭력으로 전이될 수 있다는 아이러니를' 이 소설에서 발견할 수 있다고 말한다. 정명중, 「'5월'의 재구성과 의미화 방식에 대한 연구」, 앞의 5 · 18재단의 책, 285쪽. 정명중은 보기 드물게 5 · 18소설들에 대한 성실한 작품읽기와 그 소설들의 의미화 방식에 대한 글을 여러 편 남기고 있다.

다. 담룡은 오월 어느 날 중매쟁이 아줌마의 주선으로 선을 본다. 그녀의 얼굴색은 하얗고 부드러웠다. 계란형의 이마에 양옆으로 내려뜨린 머리칼은 허리까지 이르고 있었다. 나는 이런 결혼은 성사가 안 된다고 생각했다. 담룡을 위해서도 저 여자를 위해서도 이루어질 수 없는 결혼이었다. 그런데 알고 보니 여자는 어렸을 때 교통사고를 당해 약간 코 먹은 소리를 한다고 오빠가 어렵게 말한다. 다음날 긴 머리칼의 처녀가 초록색 치마를 입고 혼자 산으로 올라온다.

그렇게 두 사람이 산모퉁이로 사라진 후 담룡은 밤이 되어서도 돌아올 줄 몰랐다. 다음날 나는 망월 삼거리의 주막집에서 광주 시가지의 소식을 들었다. 사흘 후 새벽 나는 모친의 집이 있는 전대병원 로터리에서 무등산 쪽을 바라보고 있었다. 붉은 페인트의 구호가 써있는 군용 지프 한 대가 공중전화를 들이받고 인도의 턱에 받쳐 엎어져 있었다. 차는 불에 그슬려 있었고 차에서 흘러나온 기름 줄기의 흔적이 구불구불 도로에 패어 있었다. 그리고 그것이 차마 사람의 피라고는 믿을 수 없는, 그것을 피라고 하는, 붉은 자국이, 누가 실수해서, 하필 누가 빨간 물감을, 그런 흔적이 보자기로 덮을 만큼 남아 있었다. 오월이 지나고 산으로 올라갔을 때 담룡의 옷가지는 옷걸이에 그대로 걸려 있었다.

오랜 세월이 흘렀다. 나는 어느 날 무심코 텔레비전을 보고 있었다. 화면은 독일의 어느 농가에서 돼지를 잡는 모양을 방영하고 있었다. 화면은 돼지의 목에 칼을 쑤셔 넣는 장면까지만 보여줬다. 돼지는 몸부림치는데 돼지의 편을 들어주는 쪽은 어느 곳에도 물론 없었다. 도살자 농부들은 하얀 와이셔츠를 입고 있었다. 그런데 갑자기 두 남자 이외는 아무도 보이지 않던 포도 저편에 웬 창문이 비춰지는 그곳엔 소녀 하나가 창틀에 턱을 괴고 무심히 그 도살을 지켜보고 있었다. 마치 우리나라에서 어느 김장을 담그던 옛날처럼 그 소녀는 자기들이 먹게 될 양식을 구경하고 있었다. 그런데 그녀의 눈빛은 몹시 무심했다. 화면은 다시 바뀌었지만 나는 순간 오래 전 잊혀진 광주의 전대병원 로터리 그때의 미명을 떠올렸다. 문들을 꼭꼭 걸어 잠그고 누구에게도 열어주지 않던, 보이지 않던, 있으면서도 없는, 보지 않으면 보이지 않는, 듣지 않으면 들리지 않는, 집이, 유리창이, 대문이, 마치 사람을 대신하여 살아 있는 것만 같고 사람들은 실지로 없었던 그때의 기억을, 그 무심한 소녀가 자기는 눈짓 한 번, 손가락 까닥하지 않고, 갑자기 감춰진 무대의 장막을 확 잡아채는 듯한 느낌이었다.

이 소설에서 말하고자 하는 것은 담룡과 같은 의지가지없는 이들이 항쟁의 와중에 아무런 소식을 남기지 못한 채 사라졌다는 것, 이제 와 생각하니 텔레비전에 나온 소녀의 눈빛처럼 나는 그 사건을 무심하게 넘겼다는 것, 그러니 부끄럽다는 회한이다.

한승원의 「당신들의 몬도가네」는 이십여 년 만에 고향을 찾아가는 '나'의 회상으로 시작된다. 그러니까 「당신들의 몬도가네」는 '나'의 가족사의 비극과 밀착된 시대의 광기에 대해 진술하고 있는 소설이다. 물론 이 소설에서는 5·18이 전면화하는 대신, 서술자가 중학교 일학년 때 겪었던 사건의 체험과 관련되어 그 비극의 역사적 풍경을 살피고 있다.

중학교 일학년 되던 해 겨울 어느 날 밤, 유치산골(전남 장흥)에 반란군들이 경찰서를 습격하고 기마대의 막사를 불태운 사건이 발생한다. 그 와중에 나의 아버지는 목이 부러지고 피범벅이 된 채 죽었다. 어머니는 눈이 뒤집힌 채 조선낫 하나를 들고 이 마을 저 마을 뛰어다녔다. 그런 기억들은 지금도 나를 전율케 한다.

이십여 년 동안 깜깜한 기억 저쪽에 파묻어 둔 생각들이 발바닥에 밟히는 오랜만의 귀향길에서 나는 기성이를 우연히 만난다. 기성이, 기남이, 기춘이는 아버지의 죽음과 관련해서 어떤 방법으로든지 풀지 않으면 안

되는 오해나 원망의 매듭 같은 것들이 있는 사람들이다. 우리 집에서 부엌데기를 하던 안순 누님은 기춘에게 시집을 갔었다. 기성의 형수다. 안순 누님은 여러 가지로 내 가슴을 아프게 한 여자였다. 그런 안순 누님의 아들 중 "한 놈은 그 북새통 속에 집으로 돌아오다가 눈을 허옇게 까뒤집힌 채 시궁창에 처박히고, 또 한 놈은 어디서 어떻게 돼 버렸는지 이날 이때까지 소식이 없다"는 것이다. 그녀는 전에 새끼들 둘을 데리고 세 들어 살던 그 집으로 가서 그 방을 그대로 얻어가지고 전처럼 파출부 노릇을 하면서 아이를 기다렸다. 집을 비우면서도 절대로 방문에다 자물쇠를 잠그지 않고, 나갈 때는 웃목에다 밥상을 보아두고 나가고, 돌아와서는 주인집에 누군가 다녀가지 않았느냐고 묻곤 했다는 것이다. 그런 안순 누님이 죽어 지금 한줌의 재로 고향에 돌아오고 있는 것을 나는 본다.

> 그때 나는 언젠가 본 몬도가네 영화 한 대목이 생각났다. 어미 새들이 하얀 알을 품고 있었다. 그 알은 원폭실험 때 방사능을 쐬어 죽어 버린 알들이라고 해설자는 말했다. 그것을 아는지 모르는지 알을 품은 채 눈을 끄먹거리고 있는 어미 새들의 참담한 모습을 보면서 나는 가슴이 아프게 뭉클해지는 것을 느꼈었다.(233쪽)

이 소설은 개인의 의지 밖에서 개인들의 일상사에 틈입한 역사적 격랑이 어떻게 그 개인들의 삶을 무자비하게 훼손시키고 있는가, 그런 상황에서 모정이란 또 얼마나 눈물겨운 것인가 하는 점을 그려내고 있다.

이야기하기를 통해 이루어지는 기억이 왜곡과 변형의 과정을 거친 은폐 기억이라는 관점에서 볼 때 과거는 복원되는 것이 아니라 이야기하는 시점의 상황과 서술자의 욕망에 따라 재구성된다. 모든 이야기는 그러한 은폐 기억에 의해 구성되는 기억의 서사라고 할 수 있다.[17] 그런데 「목부

---

17 김현진, 「기억의 허구성과 서사적 진실」, 최문규 외, 『기억과 망각』, 책세상, 2003, 253쪽.

이야기」를 포함해서 앞에서 다룬 단편소설들은 발표된 시점만 보면 굳이 간접화의 방법으로 오월을 이야기해야 할 까닭이 따로 있어 보이지 않는다. 이러한 방식은 항쟁의 실체 중에서 지극히 작은 한 부분만을 반영할 뿐 아니라 소설을 통한 역사적 진실 찾기라는 작업의 측면에서도 아쉬운 게 사실이다. 인간의 이야기를 통해 찾을 수 있는 과거는 역사적 진실이 아닌 서사적 진실일 뿐이라는 일각의 논의에도 마땅하게 대응할 방도가 없다.

2. 비극의 역사성

기억이 심리적인 차원에서 과거를 완전하게 재현할 수 없고 왜곡 · 변형이라는 망각과 연계되어 있듯이 텍스트를 통한 기억의 경우도 이와 마찬가지이다.[18] 그런데 역사를 소설이라는 매체로서 중재하고 재현해 내는 작업은 역사를 '사회적인 것', 즉 사회적 기억들을 통해 중재하는 작업을 이미 포함하고 있다.[19] '5 · 18'은 항쟁 이전에 국가 폭력에 의한 시민들의 살상이라는 비극적 사건이다. 이 사건은 우연히 발생한 것이 아니라 역사적 연원을 갖고 있으며 집단적 기억에 의해 그 비극성은 왜곡과 변형을 넘어설 계기가 마련된다. 아래의 소설들을 통해 비극적 사건의 역사적 연원이 어떻게 텍스트로 재현되어 문화적 기억으로 전승되고 있는지 살펴보기로 한다.

정도상의 「저기 아름다운 꽃 한송이」에서는 '목민'이라는 법명을 갖고 있는 승려가 주인공이다. 화순의 탄광 노동자였던 그의 아버지는 해방 1

18 조경식, 「망각의 담론, 기능 그리고 역사」, 위의 책, 276쪽.
19 김영목, 「기억과 망각 사이의 역사 드라마와 과거 구성」, 위의 책, 199쪽.

주년 기념식 날 "미군의 무자비한 총질에 온 몸이 벌집 되어" 죽는다. 아버지의 죽음을 보고 "미군의 대학살 뒤에는 친일파의 웃음이 있었고 지주놈들의 배 두드리는 소리가 있다"고 생각하며, 그는 백아산과 지리산 일대에서 전개되었던 빨치산 투쟁에 뛰어든다. 그러나 4년간의 투쟁도 무위로 돌아가고 "인민들은 언제나 옳았고, 우리는 인민들의 염원을 모아 싸운다"는 말을 남기고 죽은 대대장을 땅에 묻은 채, 그는 마침내 중이 된다. 대대장이 했던 말은 그가 5·18민중항쟁에 참여하게 되고, 결국 시위 도중 계엄군의 총에 맞아 죽어가면서도 생생하게 떠오르는, "열락의 새소리처럼 맑고 고운 목소리"가 된다. 그러니까 작가는 이 소설을 통해 빨치산 투쟁이나 5월 항쟁 모두 분단이 낳은 비극이라는 것과 그것의 원인은 미국에 있다는 것, 인민들은 항상 옳았다는 '설법'을 하고 있는 셈이다.

이 작품의 의의는 "5월을 한국근현대사라는 보다 큰 역사적 지평으로 확장하려 한"[20] 점에 있을 것이다. 그러나 인물의 설정이나 사건의 조합에 개연성이 부족한 데다, 세부의 진실을 확보하지 못한 채 작가의 엉성한 관념의 노출만이 드러난 수준에 이 작품이 놓여 있다. 리얼리즘 소설에서의 현실 반영은 주로 이야기를 통해 나타나지만 또한 이야기와 시점의 관계를 통해 드러나기도 한다. 특히 이야기와 화자의 관계를 통해 현실에서의 인간의 삶과 인식 주체와의 관계가 반영될 수 있을 것이다. 따라서 「저기 아름다운 꽃 한송이」와 같은 소설의 경우 주인공인 '목민'의 인식 능력은 그의 내적 삶과 성격으로 녹아들지 않는 한 필연적으로 관념이 되거나 자신의 인식의 성에 폐쇄되는 한계를 지닌다. 인물의 지적 인식력을 내면화시키는 방법은 작품 내에서 끊임없이 자기반성과 자기비판을 수행하게 하는 것[21]이다. 그런데 이 소설에서 '목민'의 세계 인식은 그러한 성격상의

20 정명중, 「5월의 재구성과 의미화 방식에 대한 연구」, 291쪽.
21 나병철, 『소설의 이해』, 문예출판사, 1998, 141쪽.

발전에 필수적인 자기반성과 자기비판을 생략한 채 선험적으로 주어진 것처럼 단지 제시되고 있을 뿐이다. 그래서 그의 죽음은 우리에게 아무런 감동이나 여운을 주지 못한다.

문순태의 「일어서는 땅」은 5 · 18 민중항쟁이 단순히 일회적이고 우발적인 사건이 아니라, 한국현대사를 가로지르고 있는 분단 모순의 연장선 위에서 발생된 것이라는 작가의 문제의식이 잘 드러난 소설이다. 여기서 작가는 여순사건과 광주항쟁에서 각각 아버지와 아들을 잃어버리는 화자를 등장시켜, 분단으로 인한 비극의 양상에 광주의 비극을 포개놓는다. 아니 분단뿐 아니라 그 분단의 원인이기도 했던 일본의 식민 지배에까지 시선을 둔다.

> 아버지와 형과 아들 토마스에 대한 그리움은 곧 바다 건너 쪽발이들을 겨냥한 날카로운 분노로 변했다. "이 모든 것이 그놈들 때문이다. 아버지와 형을 잃은 것도, 토마스가 모습을 감춘 것도 다 쪽발이들 때문이야. 내 형과 토마스는 그것을 알고 있었는데 왜 나는 아직까지 미처 모르고 있었을까. 우리가 싸워야 할 사람이 바로 그들이라는 것을 왜 모르고 있었을까.(58쪽)

그 해 오월, 소식 없는 아들 토마스를 찾아다니다가 그의 자취방에서 아들의 일기를 읽다 말고 요셉이 고통스럽게 중얼거리는 부분이다.

주인공 '박요셉'은 한국근현대사의 부침을 고스란히 떠안고 있는 인물이다. 그의 아버지는 처자식을 남겨 둔 채 일제의 징용으로 끌려가서 돌아오지 않았고, 형은 스무 살 나이에 여순사건 때 반란군이 되어 개죽음을 당했고, 가난한 탓으로 제대로 가르치지 못해 구두닦이를 하면서 공부를 하던 아들 토마스는 구두통 대신 총을 메고 울부짖다가 흔적조차 찾을 길이 없게 되었다. 또한 그의 어머니와 아내는 동일한 삶의 궤적에 몸부림친다. 어머니가 여순사건 당시 행방불명된 그의 형을 실성한 듯 찾아나서는 것처럼, 그의 아내 역시 아들 토마스를 찾아 헤맨다. 항쟁이 종결된 뒤에도 아내는 아들을 잃은 비통함에 절망한 나머지 일 년 중 열한 달을 의식 없이 지내다가도 어김없이 5월만 되면 잠시 의식을 되찾아 아들을 찾으러 광주로 가자고 보챈다. 그런 아내와 함께 광주로 가면서 요셉은 전에 어머니에게서 그랬던 것과 동일하게 아내 옆에서 왜소해진 자신의 모습을 발견한다. 그가 형을 찾아 헤매던 중 항구도시의 흙구덩이에 처박힌 형의 시체를 발견하지만 그대로 방치해 두고 집으로 돌아와 어머니에게는 그 일을 숨겼다. 이후 그는 하루도 마음 편한 날이 없었고 심한 자괴감으로 고통의 나날을 보내야 했다.

그가 그런 행동을 했던 것에 대해 정명중은, "그의 '차남의식'이 '형제살해'나 '부친살해'와 같은 근원적 원죄의식으로 치환되기 때문"[22]이기도 하거니와, 형과 토마스가 겹쳐짐으로써(형에 대한 죄의식과 오한이 아들 토마스에게로 그대로 전이됨으로써) 이 소설의 비극적 모습이 잘 형상화되고 있는 것은 분명해 보인다. 또한 "옳거니, 무등산이랑 토마스랑 우리 내외랑 함께 살기로 해야겠구만"이라면서 무등산을 광주로, 그들의 아들의 이미지로 상징화함으로써 5월의 아픈 역사가 살아남은 이들의 가슴 속에서 영영 지워지지 않을 것임을 다시 확인하고 있기도 하다.[23]

---

22 정명중, 앞의 글, 281쪽.

23 이는 그 날에 살아남은 자들의 트라우마를 잘 드러내 보이는 부분이기도 하다. 주디스 허먼에 의하면, 외상 사건은 기본적인 인간관계에 대해 의문을 제기한다. 외상 사건의 피해자들은 가족, 우정, 사랑, 그리고 공동체에 대한 애착이 깨진다. 다른 사람과의 관계 안에서 형성되고 유지되는 자기 구성이 산산이 부서진다. 인간 경험에 의미를 부여하는 신념 체계의 토대가 침식당한다. 자연과 신성의 질서에 대한 피해자의 믿음이 배반당하고, 피해자는 존재의 위기 상태로 내던져진다. 이 단절을 극복하기 위해서는 연결의 복구가 필수적이다. 살아남은 사람들은 다른 사람과 연결되어 있다는 느낌으로 존재감, 자기 가치감, 인격을 지켜 낼 수 있음을 배운다. 결속된 집단은 공포와 절망에 대항할 수 있는 가장 강력한 보호책을, 그리고 외상 경험에 대한 가장 강력한 해독제를 제공한다. 이 소설에서 "옳거니, 무등산이랑 토마스랑 우리 내외랑 함께 살기로 해야겠구만"이라는 화자의 다짐은 무등산으로 표상되는 피해자 집단의 트라우마를 극복하고자 하는 '연결의 복구'를 의미한다. 주디스 허먼, 최현정 역, 『트라우마』, 플래닛, 2007, 97쪽 및 355쪽 참조.

소설 「일어서는 땅」에서 개인의 의지 밖에서 일어난 역사적 폭력에 속수무책으로 희생당할 수밖에 없었던 한 가족의 비극의 대물림을 보여주면서 작가가 아우르는 것은, 화자의 아들 '토마스'를 구두닦이라는 기층민중으로 설정하여 "광주항쟁의 계급적 성격의 일단까지 내비치고 있다"[24]는 점에 있다.[25] 그러나 작가가 이 소설을 통해 강조하고 있는 것은, 한 가족의 비극의 원인에 분단 상황이 놓여 있다는 것이다. 그런데 그것을 단순한 당위로서가 아니라(자기 입장의 재확인 혹은 강화가 아니라) 구체적인 해부와 분석을 통해 보여주고 있다.

김신운의 「낯선 귀향」에 우리가 주목하는 것은, 5 · 18민중항쟁이 한 가족사에 남긴 상흔은 오직 죽음을 통해서만 구원에 이를 수 있다는 비극적 정조의 확인과 더불어 가족사의 비극의 연원을 아버지와 할아버지 대에까지 소급해서 살피는 통시적 안목 때문이다.

'병수'는 이십 년 만에 고향 '버드실'로 가는 길이다. 지금 그가 타고 있는 낡은 버스는 가파른 고갯길을 숨차게 오르느라 힘겨워하는데, 그 버스의 낡은 기관소리가 그의 귓속에서 아버지의 환청으로 들려오는 고통을 경험한다. 병수의 아버지 '달중 씨'에게 그 병이 시작된 것은 그 해 봄부터의 일이었다. 그 해 봄, 광주는 "그야말로 죽음의 도시"였다. 죽음이 도시의 상공에서 도리깨처럼 윙윙 울며 후려칠 것을 찾고 있던 어느 날, 거리로 뛰쳐나갔던 그의 동생 '인수'의 처참한 죽음이 끔찍하게 확인된 그날 밤부터 달중 씨에게 갑자기 그 증세가 시작되었던 것이다.

밤새도록 창자가 뒤틀리는 듯한 천식의 발작이었다. 타작마당 눈먼 도

---

24 이성욱, 「오래 지속될 미래, 단절되지 않은 '광주'의 꿈」, 377쪽.

25 그러나 뒤에 그의 장편소설 『그들의 새벽』에서도 살펴보겠지만, 그 날 도청에서 죽어간 이름 없는 들꽃들이 "죽어서 영원히 빛을 발하는 땅속의 별이 되었다"고 생각하는 그의 무한한 애정을(구두닦이와 같은 사람들에 대한) 드러낼 뿐 그가 항쟁 주체의 이데올로기를 문제 삼고 있는 것은 아니다.

리깨같이 죽음이 후려칠 것을 찾고 있던 그 날, 인수는 집을 나간 뒤 돌아오지 않았다. 며칠째 뜬 눈으로 밤을 밝히고 있던 달중 씨는, 틀림없이 인수가 죽었을 것이니 시체를 찾으러 가야겠다고 막무가내로 나선다. "눈을 감으면 니 동생이 눈에 밟히니…… 그때마다 무엇이 눈구멍을 후벼 파는 듯이…… ." 달중 씨는 그러면서 실제로 무엇이 달라붙은 듯이 자꾸만 두 눈을 긁으며 괴로워하던 것이었다. 얼굴을 알아 볼 수 없을 만큼 짓뭉개진 시체로 인수는 가족에게 발견된다. 그날부터 달중 씨의 천식은 본인이 당하는 육체적인 고통만큼이나 병수네 일가를 괴롭힌다.

그런데 지금 병수는 왜 고향으로 가는 걸까. 버드실은 그에게 무슨 의미일까. 그것은 이십년 저쪽의 세월로 건너가야 비로소 이해될 수 있다. 병수가 버드실 초등학교 오학년이던 때, 일제시대 면서기 같은 차림에다 근골질의 강인한 인상을 주는 사내 '봉 선생'이 이 학교에 새로 부임해 오는 것으로부터 한 가족의 비극이 시작된다. 월사금을 아직 내지 못한데 대해 봉 선생은 "월사금도 못내는 가난뱅이가 학교엔 왜 보내!" 라며 모욕을 한다. 병수는 봉 선생에게 먼 훗날까지도 심장 속에 남아 싸늘한 느낌으로 내출혈을 일으키게 하던 그 모멸의 감정을 잊지 못한다. 그때, 어린 마음에, 병수는 관사 유리창을 향해 돌멩이 하나를 집어 던지다. "누구얏!" 하는 외침 후에 봉 선생의 송아지만한 개가 병수의 다리뼈를 날카로운 송곳니로 부숴뜨려 병수는 절름발이가 되고 만다. 다음날, 병수의 아버지 달중 씨가 봉 선생을 죽인다고 시퍼렇게 날이 선 조선낫을 들고 학교 관사로 달려가고, 달중 씨는 살인미수로 이년 육 개월을 복역한다. 그러고 나서 남몰래 마을을 떠났던 것이다.

오십여 년 전에는 또 그의 할아버지가 굶어 부황난 자식들에게 죽이나마 끓여 먹이려고 참봉댁 뒤주간에서 쌀을 훔치다가 그 집 개에게 다리를 물려 피를 철철 흘리게 되고 결국 고향 땅에서 쫓겨난 일이 있었다. 병수네는 해방이 되어 다시 돌아온 고향 버드실에서 한 세대가 가기도 전에 또 다시 쫓겨나야 했던 것이다. 그런 고향을 지금 병수는 동생 인수의 유골을 들고, "죽기 전에 니가 버드실에 한번 댕겨오니라."는 아버지의 유언을 기억하며 돌아오고 있는 참이다. 그때 극락강에 뿌렸다는 동생 인수의 유골을 아버지는 고이 간직하고 있었던 것이다.

> 할아버지도 자기 땅에서 쫓겨났고 아버지도 고향에서 쫓겨 왔어요. 형님도 할아버지처럼 개한테 물려 절뚝발이가 되었구요. 그런데 이젠 저놈들이 총칼로 위협하며 우릴 또 쫓아내려 하고 있어요! (184쪽)

그런데, 죽어서야 돌아올 수 있는 고향, 죽어서야 비로소 자신들을 내쫓았던 고향에 돌아올 수 있다는 이 기막힌 가족사의 비극의 연원과 광주의 오월은 매우 상징적으로 연결되고 있다. 그것은 인수가 "싸우다가 죽어야지 이대로 죽을 순 없다"며 가족의 만류를 뿌리치며 뛰쳐나가는 장면에서 인수가 남긴 위의 말 때문이다.

현재는 과거로 이루어진 원뿔의 정점과 같은 것이다. 그런 의미에서 "과거와 현재는 이어지는 두 계기를 지칭하는 것이 아니라 공존하는 두 요소를 지칭한다. 그 하나는 현재인데 그것은 끊임없이 지나가고, 다른 하나는 과거인데 그것은 끊임없이 존재하며 그것을 통해 모든 현재가 지나간다."[26] 한편 문학은 온갖 형태의 비인간적 억압과 지배, 그리고 학대에 가장 본질적으로 대항하며 인간의 소망하는 삶을 고양시키는 한편 그 목표를 인간의 해방 또는 자유의 확대에 두는 상상적 재현이다.[27] 우리가 1980년 5월 광주에서 있었던 국가 폭력의 기억을 망각의 창고에 가두지 않고 꾸준한 소설적 탐구를 거듭하는 까닭은, 그것이 거대한 폭력에 대항

26 질 들뢰즈, 김재인 역, 『베르그송주의』, 문학과지성사, 1993, 79쪽.

27 유임화, 「타자화된 기억의 상상적 복원」, 『전쟁의 기억, 역사와 문학』 하권 , 월인, 2005, 248쪽.

해서 끝내 지켜내야 할 인간성의 옹호라는 본질적인 측면에서 여전히 유효한 성찰의 대상이기 때문이다. 또한 과거가 단순한 역사적 기록으로만 남아 있지 않고 우리와 함께 숨 쉬며 정서적 교감까지 가능하게 하는 것은 소설을 포함한 문학의 기능이고 힘이라 할 것이다. 그런데 폭력을 동반한 어떤 역사적 사건이라는 것은 필경 역사적 연원을 지니게 마련이고, 소설에서의 탐구 역시 그러한 역사적 문맥과 관련지을 때 개인적인 구원을 넘어서는 역사적 통찰과 대안 제시가 가능할 것이다. 그래서 5·18민중항쟁을 다루고 있는 소설 중에는 하필 그 사건이 1980년 5월 광주에서 일어날 수밖에 없었던 역사적 연원(정치 · 사회 · 경제적 측면을 포함해서)이 무엇인가를 탐구하는 작품이 생산될 수밖에 없는 것이다. 앞에서 살핀 「일어서는 땅」과 「낯선 귀향」이 그런 작품의 기대에 부응하고 있다.

3. 기억의 현재성

단순한 분노와 불안은 망각을 불러일으킨다. 그에 반해 증오와 복수에의 다짐은 기억을 오히려 강화한다. 누구에게 혹은 무엇에게 감사하다는 마음은 부당함을 겪는 경우나 명예훼손처럼 오랫동안 그렇게 깊이 기억되지 않는다. 하지만 증오와 복수와 관련된 기억들은 결코 퇴색하지 않는다. 한 개인의 성숙을 위해서는 경우에 따라 기억들을 망각하는 것이 망각한 것을 다시 기억하는 것만큼 중요할 수 있다.[28] 그러나 무엇을 위한 망각과 기억인가. 망각과 기억을 통해 정체성을 복원하기 위해 우선 기억의 현재적 의미를 탐색해 볼 것이 요구된다. 기억된 과거는 정체성 확보의 문제이자 현실의 해석이며, 가치의 정당화로 연결되기 때문이다.[29] 기억

28 알라이다 아스만, 변학수 외 역, 『기억의 공간』, 경북대학교출판부, 2003, 82쪽 참고.

이 정체성을 형성하는 과정은 공유하는 기억, 즉 집단기억을 토대로 이루어진다.[30] 그러한 측면에서 5 · 18민중항쟁의 기억을 재현[31]하고자 하는 문학적 노력을 지속적으로 해 온 일군의 작가들이 있다. 이들은 재현을 통해서 있어서는 안 될 비극적 세계, 곧 존재했던 세계를 치밀하게 그려내고, 그럼으로써 그 너머에 있어야 할, 곧 아직은 존재하지 않는 세계를 떠오르게 한다. 이 부분에서는 그 날의 기억의 재구를 통해 항쟁의 현재적 그리고 미래적 의미를 탐색하는 작품들을 살펴본다.

정찬의 『광야』는 광주공동체의 실체와 그것의 의미를 형이상학적으로 구명(究明)하고 있는 소설이다. 작가는 이미 「완전한 영혼」에서 '장인하'라는 '완벽한 무사상적 인간'을 통해 사상가가 무사상가를 우러른다는 것, 세계의 악에 대한 증오로 무장된 실천가의 열정이 증오가 없는 단순한 정신 앞에 무릎을 꿇는다는 것을 강조한 바 있다. 그런 그가 『광야』를 통해 말하려고 하는 핵심은, 결국 '절대는 일상의 무게를 견디지 못한다는 것, 꿈이 삶을 이길 수는 없다는 것'으로 요약된다. 그러니까 작가는 오월의 역사적 위상을 진보사관에 입각하여 맥락화하는 대신에 죽음과 삶이라는 형이상학적 문제를 오월에 끌어들여 그것의 외연을 확장하고 있는 것[32]이다. 그것을 가능케 한 것은 무엇보다 오월에 대한 거리두기와 그럼으로써 획득되는 오월에 대한 예리한 관찰력으로(임철우와 문순태와는 다른 차원에서) 그것의 전모를 꿰뚫어 볼 수 있었던 데에 기인한다.

오월에 대한 거리두기를 위해 이 소설은 프롤로그와 에필로그에 1989년 11월 9일 밤과 10일에 베를린 장벽이 무너지던 역사적 장면을 지켜보

29 같은 책, 104쪽.
30 김영목, 「기억과 망각 사이의 역사 드라마와 과거 구성」, 위의 책, 168쪽.
31 Jeremy Tambling, 이호 역, 『서사학과 이데올로기』, 예림기획, 2000, 215쪽. '의미화한다'는 말은 '재현한다'는 말로 바꿔 쓸 수 있다. 이는 다시 '재현한다'는 말은 '의미화한다'는 말로 바꿔 쓸 수 있음을 의미한다.
32 김형중, 「『봄날』 이후」, 260쪽.

는 『볼티보어 선』 베를린 특파원 '테리 머턴'이라는 기자를 내세운다. '테리 머턴'은 그 해 오월에 전남도청이 내려다보이는 여관의 2층 창가에 있었다. 이 '테리 머턴'의 시선을 통해 작가는 그 해 오월 광주를 바라보는 것이다. 작가가 베를린 장벽의 붕괴로 소설을 시작하고 끝맺는 의도는 분명하다. 그 해 오월의 비극을 분단 이데올로기에서 찾는 것이다. 그런데 결코 어느 한 쪽을 편들지 않는다. 그저 비극이라는 것, "인간이 만든 두 개의 이데올로기가 상대의 생명은 물론이고 자신의 생명까지 파괴하고 있다는 사실이 비극"이라는 것이다. 테리 머턴은 그 해 오월의 광주와, 광주에서 죽었던 이들을 생각한다.

『광야』는 광주에서의 열흘을 선조적으로 서술하면서 주요 등장인물의 내면을 읽는다. 사료적 자료는 충실히, 그러나 엄정한 실증주의적 태도로 활용한다. 그는 우선 누가, 어떤 계기로 항쟁에 참여했는가를 바라본다. 1980년 5월 18일 오후 4시, 이미 금남로에서는 공수 대원의 진압봉이 춤을 추기 시작한다. "시민들은 길 군데군데 흥건히 고인 핏물을 보며 치를 떤다." 그들의 구성은, 학생들은 소수였고 자유업을 하거나 직업을 가진 청년들이 다수를 차지했다. 젊은 사람들만 있는 것이 아니었다. 아낙네들은 물론이고 중년층과 노년층들도 꽤 눈에 띄었다. 중요한 것은, "그들 대부분은 전두환이 누구인지조차 몰랐고, 정치에 별로 관심이 없던 이들"이었다는 점이다.

이 단순성과 무명성[33]은 기실 시민들의 자발적 단결과 투쟁의 중추적 내포일 것인데, 이를 『광야』에서는, 바로 그 점 때문에 무장을 하고 계엄군들에게서 도청을 접수했으면서도 그들은 "자신들이 권력의 주체라는 사실조차 인식하지 못"한 것으로 해석한다. 봉기가 확산될수록 학생들은 그 수가 줄어들면서 시위대의 주변부로 밀려나고 있었다. 그것을 작가는,

33 이는 문순태의 장편소설 『그들의 새벽』에도 똑같이 적용되는 민중들의 속성이다.

"신념과 열정이 봉기의 발화점은 되었을지언정 봉기 확산의 원동력은 아니었"다고 판단한다. 이러한 시각은 자연스레 왜 학생들을 비롯한 지식인 계급이 결정적인 순간에 광주에 없었는지를 해명한다. "경악과 분노 속에서 대책을 논의한 그들은 상황이 절망적이라는 것에 의견을 같이했다. 그들이 선택한 것은 피신이었다. 사태가 발생하면 현장에서 빨리 피해야 한다는 의식이 그들의 몸에 배어 있었기" 때문인 것이다. 그는 또, 죽음을 향해 나아가는 차량 시위대의 운전자들로 하여금 죽음을 무릅쓰게 한 것이 '분노'였음을 확인한다. 그러한 윤리적 분노의 수위를 높이는 데 크게 기여한 것이 광주의 공동체의식이라는 것을 등장인물, 대학생이면서 노동운동가인 박태민을 통해 깨닫는다.

한편, 트럭을 몰고 계엄군들에게 질주하는 공장 노동자 김선욱은 휘발유 드럼통에서 타오르는 화염 속에서, 공장에서 일하다 몸이 망가져 투병하다가 끝내 스스로 목숨을 끊은, 고작 열여섯 밖에 안 되는 어린 여동생을 기억한다. 그래서 저들이 학살의 대상으로 광주를 택한 것에 대해 차라리 정직하다고 생각한다. 공장주가 작업의 속도를 높이기 위해 프레스의 안전장치를 뜯어 버릴 수 있는 것은 노동자를 자신들과 다른 인간으로 보고 있기 때문이고, 마찬가지 이유로 광주를 택했다고 생각하는 것이다. 광주는 우발적인 사건이 아니라 신군부의 권력 장악 프로그램에 의해 '선택'된 것이라는 관점을 보이는데, 공장 노동자인 김선우의 시각을 빈 것은 그 둘의 본질적인 연관 관계에서는 적절한 해석으로 생각되지만, 채 각성에 이르지 못한 노동자의 눈으로는 또한 너무 버거운 것이 사실이다. 그렇더라도 이 소설에서 작가의 통찰은 여러 군데서 빛나고 있는데, 신군부의 발포 목적에 대해, "그것은 시위대를 총기로 무장시키기 위해서였다"는 해석이 특히 그러하다. 그리고 이후 무장 해제(무기 회수)와 관련한 강경파와 온건파의 대립 국면과 관련한 다음과 같은 진술이 그러한 예가 될 것이다.

> 적이 눈앞에 있으면 광주공동체는 붕괴되지 않는다. 붕괴는 분열을 전제로 한다. 광주공동체를 분열시키기 위해서는 그들에게 승리의 기쁨을 안겨주어야 한다. 축제의 시간이 지나가면 정말로 무서운 시간이 온다. 참여자와 비참여자, 강경파와 온건파, 학생과 비학생, 부르주아 계급과 프롤레타리아 계급……. 분열의 조건은 얼마든지 있다. 인간이란 존재는 분열의 능력에는 천부적이다. 혁명군은 혁명이 이루어지는 순간 분열된다. 인류사에서 이것을 극복한 집단은 어디에도 없다. 인간은 순수한 시간, 꿈의 시간을 감당하지 못한다. 이것이야말로 인간이 짊어지고 있는 존재의 조건이자 운명이다.(79쪽)

이는 또한 1980년 5월이 끝난 이후 오늘에 이르기까지 노정된 문제이기도 하거니와, 그래서 결국 아무도 '너는 누구인가?'를 묻지 않았던 광주공동체가 곧 '우리의 시간'이었다면 해방 광주는 '나의 시간'이 되어서 그리하여 모두가 우리였고 전사였던 광주공동체에서 시민군이라는 새로운 집단이 탄생함으로써 "비무장 시민들은 전사에서 평범한 시민으로 전락했다"는 분석을 내놓는다. 또한 계엄군이 도청에서 퇴각한 것에 대해 시민들이 서로를 껴안으며 승리의 감정을 이기지 못해 기쁨의 눈물을 흘리고 있는 것에 대한 다음의 지적들이 그러하다.

> 그것은 혁명가가 존재하지 않은 혁명이었으며, 죽음을 넘어선 이들만이 맛볼 수 있는 승리의 열매였다. 그 해방의 땅이 2만여 명의 병력에 둘러싸인 절해고도의 도시임을 아는 이는 (그러나)아무도 없었다.(89쪽)

> 그들은 알고 있었다. 시민군이 혁명과 반란의 도시를 지킬 수 없음을. 그들의 두려움은 여기에 있었다.(91쪽)

그래서 왜 그들이 총을 들었는가와 관련하여, 처음에는 '윤리적 분노'였던 것에서 나아가, 이제 왜 그들이 무장 저항을 주장하는가에 대한 질문에 이른다. 답은 자명하다. 곧, 무장 해제와 관련한 갈등에서, 일상생활에서 계급적 차별과 편견에 시달렸던 무장 시민군들이 추구하는 것은 계급이 존재하지 않는 꿈의 세계요, 수습위원회가 추구하는 것은 현실 세계로의 회귀라는 것, 그러니까 다시 말하면, 절대는 일상의 무게를 견디지 못한다는 것, 꿈이 삶을 이길 수는 없다는 것이다.[34] 이쯤 되면 영민한 통찰 뒤의 어딘가에 역사적 허무주의가 똬리를 틀고 있다는 혐의로부터 작가가 자유롭기는 어려울 듯하다.

사실 우리의 근현대사는 역사적 허무주의를 부추기기에 알맞을 만큼 거의 모든 인간적 선의와 혁명적 기획들이 왜곡되거나 압살당한 결과들로 점철되어 왔다. 그러한 역사적 투쟁과 그 좌절에서 초래된 역사적 사실 사이의 불일치와 괴리는 체계적이고 단선적인 역사 이해에 대한 심각한 반성의 계기를 마련해 주기도 한다. 그러나 그렇다고 해서 그것에 대한 대안으로 곧잘 선택되는 신화적 공간이나 존재의 탐구라는 형식으로는 5·18민중항쟁이라는 역사적 사건 속에서 어디까지나 주체로 기능했던 이들의 진실을 올바르게 해석하고 규정하기는 버거운 일이다. 아니 작가는 처음부터 절대적 신념(이데올로기)에 대한 회의로부터 출발하고 있으니, 문제는 그렇다면 그때 총을 들었던, 그리고 끝까지 도청을 지키다 죽었던 사람들은, 곧 '악'에 대한 절대적 확신(증오)을 가졌던 사람들은, 고귀

---

34 광주에서의 무장투쟁은 피아간의 세력관계의 합리성이라거나 군사기술적 측면에서의 주·객관적 상황 이 모두 결핍된 상태에서 정상적인 사람이 평가할 때 도저히 승리의 가능성이 없다고 판단되는 상황에서 발생하였다. 그러면 그들은 무기를 들지 말았어야 했는가? 하는 질문이 제기될 수 있다. 모스크바에서 무장봉기와 시가전이 발발하였던 1905년 12월 플레하노프는 그들은 무기를 들지 말았어야 했다고 평하였다. 이는 물론 주·객관적 상황 속에서 무장투쟁을 매개로 한 혁명의 실현불가능성을 논하였던 것이다. 그렇다면 봉기에 참여한 사람들은 혁명적 낭만주의자나 혁명적 광신주의자들인가? 그 투쟁은 역사적으로 아무 것도 얻어질 수 없는 불임의 결과를 남기는 것일 뿐일까? 이에 관해서는 김홍명·김세균, 「광주5월민중항쟁의 전개과정과 성격」, 광주5월민중항쟁 10주년기념 전국학술대회자료집, 『광주5월민중항쟁』, 풀빛, 1990, 117-148쪽을 참고할 수 있다.

하되 위험하고 허약한, 따라서 '불완전한' 사람들이 되어 버리는 것이다.

『광야』는 「완전한 영혼」에서 사실 한 발짝도 더 나아가지 못한다. 아니 반복일 뿐이다. 그래서 『봄날』과 『그들의 새벽』에서 비판적으로 그려지는 학생수습위원회위원장 김창길이 『광야』에서는 "진지하고 성실했다"고 평가받는다. 문학 담론에서 작가마다 나름대로의 생산 규칙이 있음을 인정해야 마땅할 것이기에 더 시비할 생각은 없으나, 그렇다고 해서 이것이 작가가 사회의 언어 체계를 초과하거나 사회의 가치 체계와 무관한 상태에서 작품을 생산해도 된다는 뜻은 물론 아니다. "작가가 어떤 의도로 썼든지 간에 작품은 시대적 산물"[35]인 것이다. 그럼에도 『광야』의 작가가 매우 진지하고 성실했다는 점은 덧붙여야겠다. 왜냐하면 그는 총을 들고 맞섰던 오월의 광주에 대해 다음과 같이 평가하고 있기 때문이다.

> 역사는 기억과의 투쟁이다. 해방 광주가 분열에 시달렸지만 승리의 기억은 잊지 않았다. 인간의 존엄성을 부정하는 세력에 맞서 죽음으로 쟁취한 승리의 기억을 시민들은 소중히 품고 있었다.(174쪽)

그러면서 그는, "상당수의 국민들이 광주가 조속히 진압된 것에 대해 다행스럽게 생각하고 있었다."는 진술을 통해, 그 승리의 기억(광주라는 환경)에 환상을 심어놓지 않는다. 바로 이 점이 이념의 허구성을 논하는 이 작가 나름의 성실성이라고 믿게 된다. 인간(민중)에 대한 근원적 신뢰는 아름답고 감동적이지만 그것이 근거 없는 신뢰일 때 냉혹한 현실을 올바로 반영하지 못하는 것은 불문가지이기 때문이다.

임철우의 장편 소설 『봄날』 다섯 권은 전체적으로 시간 순서에 따라 86개의 장과 에필로그로 이루어져 있는데, 여러 인물들이 등장하여 그들의

---

35 남운, 「담론 이론과 담론 분석문예학의 입장과 전략」, 문학이론연구회, 『담론분석의 이론과 실제』, 문학과지성사, 2002, 33쪽.

여러 가지 시점으로 5 · 18민중항쟁의 진실을 바라보고 있다.[36] 여기에서 누가 보는가의 문제는 누가 지각하고, 생각하고, 추정하고, 이해하고, 욕망하고, 기억하고, 꿈꾸는가라는 의미로 이해될 수 있다.[37]

이 소설의 중심적 인물은 한원구와 그의 세 아들(무석, 명치, 명기)인데, '무석'은 일반 시민을, '명치'는 계엄군을, '명기'는 대학생을 대표하는 인물이다. 뒷부분에서는 정베드로 신부와 항쟁 지도부의 대변인으로 활약한 윤상현과 외부 관찰자인 K일보의 광주 주재 기자 김상섭이 주요 인물로 등장한다. 그 중에서도 한명기는 작가 자신의 이력과 많이 일치하는 인물로서 작가 임철우의 시각을 대변해 주는 역할을 하고 있다. 또한 김상섭 기자는 이 비극적 사건을 기록으로 남기기 위해 고군분투하는 인물로서 이 소설쓰기의 원동력으로 작용하고 있는 인물이다. 이 소설의 주된 특징이 작가의 증언의 욕망에 있다는 점은 뒤에서 언급하겠지만 이 작품을 이해하기 위해 우선 『봄날』에 나타나는 증언의 방식을 살펴보도록 하자.

『봄날』은 5월 16일(1장~5장), 17일(6장~11장), 18일(12~21장), 19일(22장~33장), 20일(34장~48장), 21일(49상~60장), 22일(61장~67장), 23일(68~71장), 24일(71장~75장), 25일(76, 77장), 26일(78장~83장), 27일(84장~86장) 등 5월 16일부터 계엄군에게 도청이 다시 점령되고 항쟁이 끝난 5월 27일까지 12일 동안 광주에서 일어났던 사건들을 시간 순서대로 서술하고 있다. 이처럼 시간 순서에 따라 서사가 형성되고 있다는 것은 서사의 형성이 연대기적 혹은 시간 연속적인 관계에 의해 이루어진다는 것을 의미한다. 5월 16일은 연대기의 시작이며 5월 27일은 연대기의 끝이고 나머지 날

36 본 논문의 『봄날』에 대한 해석의 경우 조영식과 양진오의 글에서 많은 도움을 얻었음을 밝힌다.

37 Patrick O' Neill, 이 호 역, 『담화의 허구』, 예림기획, 2004, 153쪽. 초점화는 '눈으로 보는 것'에 관한 문제이지만, 이와 관련된 시야는 결코 물리적 시야에만 제한되지 않으며, 심리학적 또는 이데올로기적 구성 요소들을 포함할 수 있다는 의미에서 누가 보는가의 문제는 누가 지각하고, 생각하고, 추정하고, 이해하고, 욕망하고, 기억하고, 꿈꾸는가라는 의미로 이해되어야 한다는 것이 오닐의 견해이다.

들은 연대기의 과정에 해당한다. 역사적 서술 방식을 연상시키는 이러한 연대기적 서술은 독자로 하여금 서술 내용이 상상된 내용이기보다는 현실의 내용이라고 믿게 만드는[38] 기능을 한다.

다음의 인용은 5월 16일 16시, 금남로 1가의 상황을 그리고 있는 부분이지만 이를 통해 앞의 지적이 이 소설 전체에 해당됨을 알 수 있다.

> 학생들이 '민족민주화성회'라고 이름을 붙인 오늘의 집회는 야간 횃불 시위로 일단 막을 내리기로 어제 이미 결정을 내린 참이었다. 애당초엔 이번 횃불 시위 때는 시민들의 호응도를 증명해 보이겠다는 생각에서 전시가지의 모든 불빛을 일제히 소등시킬 계획이라는 소문이 나돌기도 했었다.(1권, 111쪽)

또한 이 소설은 위에서 보인 연대기적 서술에 더해 증언의 신빙성을 강화하기 위하여 그 당시 배포된 유인물, 성명서 등을 적지 않게 인용하고 있다. 5월 16일 16시, 금남로 1가에서 '명기'는 '결전에 임하는 우리의 결의'라는 제목의 유인물을 살펴보고 있고, 소설은 1980년 5월 15일 전남대학교 총학생회 명의의 그 유인물을 한 페이지 이상을 할애하여 그 내용 전체를 싣고 있는 것이다. 소설의 허구성을 최대한 억제하고 그 빈 자리를 사실성으로 채우려는 작가의 의도가 작품 전편에 드러나는데, 때로는 이 의도가 지나칠 정도로 강렬하여 사실적 정보가 서사적으로 가공되지 않은 상태로 제시되어 소설의 구조를 위태롭게 만들기도 한다.

여러 인물들의 시점을 통한 묘사는 광주 문제에 대한 작가의 입체적, 총체적 접근의 서사 전략으로 보인다. 그런데 외부 현실을 바라보는 '무석'의 시점은 기본적인 제한이 있다. 그 말은 오월 광주를 전면적으로 파악할 만한 사회적 인식의 수준이 무석에게 결여되어 있다는 뜻이기도 한

38 양진오, 「5월 문학의 원상과 문학」, 『오월 문학제 워크숍 자료집』, 광주・전남민족문학작가회의, 2001, 13쪽.

데, 무석의 시점으로 오월 광주는 불가해한 공포의 경험일 뿐인 것이다. 무석의 시점은 오월 광주와 만날 때 매번 분노와 공포의 심리를 유발한다. 그것은 한편 항쟁 당시 대부분의 시민들의 인식이기도 하다. 아버지 원구에게서 뛰쳐나온 무석은 시내에서도 가장 변두리에 속하는 광천동의 콘크리트 골조에 적벽돌로 벽면을 붙여 쌓아놓은 사 층짜리 건물에 세 들어 살고 있다. 건물은 모두 세 동인데 백오십 여 세대가 저마다 똑같이 다섯 평이 채 못 되는 공간 하나씩을 차지한 채 개미굴처럼 모여들어 살아가고 있다. 같은 아파트에 살고 있는 미순과 은숙들과 함께 무석은 오월 광주의 민중성을 상징하는 것도 사실이다. 항쟁의 진정한 주제가 그들이라는 점도 강조된다.

대학생 명기의 시점은 죄의식의 형성과 깊은 관련을 맺고 있다. 명기는 그날 밤, 도청이 함락되기 직전에 YWCA를 빠져나왔던 것이다. 그 날 밤 도청 쪽에서는 항쟁지도부의 간부들 대부분이 체포되거나 사살되었다. 명기를 휘감고 있는 죄의식의 내용이란 다음과 같은 것이다.

> 우리들이 겁에 질려 도망쳐 나온 그 자리를 그들만이 외롭게 지키다가, 그렇게 홀로, 외롭게 죽어갔구나…… 아아, 나는 비겁하게 도망쳐 나왔어.(5권, 435쪽)

계엄군으로 광주에 파견된 명치의 시점이야말로 광주의 진실이란 추악한 범죄, 국가 폭력임을 여실히 증언한다. 이 추악한 범죄의 주체는 문명사회가 수많은 재원을 투자해서 정교하게 만들어낸 야만이자 악마인 공수부대와 그들의 지휘자들[39]이다. 그런데 그들이 왜 짐승과 다름없었는지에 대한 작가의 성찰이 이 소설의 많은 부분을 차지하고 있다.[40] 명치

---

39 최정운, 『오월의 사회과학』, 풀빛, 1999, 126쪽.

40 양진오, 「5월 문학의 원상과 문학」, 앞의 글, 14쪽. 양진오는 『봄날』의 진정한 성과는 명치와 같

는 결국 시민들이 결코 적이 아니라는 사실을, 팔십만의 시민과 이만의 병사들은 결국 같은 그물 속에 갇힌 포획당한 물고기라는 것을 깨닫는다. 저항하는 자만이 아니라 진압하는 자의 시점에서도 광주학살은 추악한 범죄라는 것을 처절하게 깨닫는다. 또한 끝내 반성하지 않는, 전율할 폭력의 절정에 있는 인물인 추 상사의 가학성은 인간 본성의 한 극단을 느끼게 하기에 충분하다. 그는 월남전에 참전한 경험을 훈장처럼 여기는 사람으로 그러한 죄의식 없는 극단적 폭력은 군대라는 속성 때문에 필연적이 되고 만다.

금남로 일대는 완연한 사냥터였다. 광기에 눈이 뒤집힌 채 피를 찾아 쫓고 몰아대는 짐승의 사냥터였다. (2권, 135쪽)

"이렇게 될 줄은 정말 꿈에도 몰랐습니다. 공수부대에 입대한다고 했더니, 친구들이 부러워하더군요. 용기가 대단하다고…… 그냥 근사하게만 보여서 자원했는데…… 어쩌다 휴가병을 보면, 베레모랑 얼룩무늬 군복이 그럴싸하게 보이더란 말입니다. 되게 폼도 나고, 그랬는데, 이렇게 민간인들이나 때려잡는 데 동원될 줄은 몰랐어요. 에이, 좆같은."

임상병은 자조하듯 뇌까렸다. 누워있던 강상병이 일어나 앉으며 말했다.

니기미. 애당초 우리만 소모품이 된 거여. 첨엔 몰랐지만, 지금 생각해보니, 날이면 날마다 폭동 진압 훈련만 좆나게 시켜온 목적이 따로 있었던 거라고…… 솔직히 까놓고 말해서, 우리가 해도 너무 했지. 비무장 민간인들한테 대검까지 쓰다니. 여자들까지 길바닥에다가 발가벗겨 앉혀놓고…… 시민들 눈알이 튀어나오게도 생겼어. 나라도 그렇겄어.(3권, 327쪽)

은 인물에게서 반성적 태도와 목소리, 즉 광주의 진상을 반성적으로 바라보는 시점을 확보한 데서 나온다는 평가를 하고 있다.

계엄군으로 광주에 파견된 명치의 시점은 『봄날』에서 제시된 서사적 시야의 발원 지점이 어디인지를 가장 적절하게 위치지우고 있는 것으로 보인다. 윤상현의 시점은 어떠한가. 마지막까지 도청을 사수하다 계엄군의 총에 맞아 죽은 그는 지식인의 성격과 노동자 계급의 정서가 두루 통합되는 대표적 인물로 기능한다. 특히 윤상현의 시점이 광주의 본질과 진실의 복합적인 측면을 아주 적절하게, 동시에 보여준다고 할 수 있다.

① 결국 이렇게 끝나고 마는 것인가. 그 어디서고 끝내 구원의 손길 하나 내밀어주지 않은 채로, 이렇게 우리들은 죽어가야 한다는 말인가. 이 도시만 끝내 버림받고 마는 것인가…… 서울이여! 부산, 대전, 인천, 대구여! 당신들이 달려와 주기를 우리는 기다렸다…. 맨주먹만으로 수백 수천의 총구를 향해 미친 듯 달려 나가면서도, 참혹하게 죽어간 자식의 시신을 껴안고 가슴이 찢어지도록 몸부림치고 통곡하면서도, 그래도, 그래도 그 기다림이 있었기에 우리는 절망하지 않을 수 있었다……. 아아, 지금 당신들은 도대체 무얼 하고 있는가. 왜 이 도시를 잊어버렸는가. 우리는 이렇게 죽어가고 있는데, 지금 당신들의 잠자리는 평안한가. 당신들이 꾸는 꿈은 아름다운가. 그대들과 우리들은 이 순간 얼마나 아득하게 멀리 떨어져 있는 것인가.(5권, 398-399쪽)

② 윤상현은 말없이 광장을 내려다보았다. 먹물 같은 어둠이 무겁게 가라 앉아 있을 뿐 광장은 텅 비어 있었다. 그러나 윤상현은 저 열흘 동안의 뜨거운 마음을 또렷하게 기억하고 있었다. 한 덩어리로 격렬하게 끓어 넘치며 밀물처럼 저 광장으로 쏟아져 나오던 수만 수십만의 사람들을. 그들의 노도와 같은 함성을 저마다 가슴 속에 간직한, 한겨울 보리싹마냥 작고도 지순한 인간애의 불꽃, 자유와 정의와 생명을 향한 그리움의 불꽃들을. 그리고 그 작은 불꽃들 하나가 모여 수백 수천 수만의 불기둥이 되고, 마침내 거대한 불의 강을 이루며 뜨겁게 굽이쳐 흘러가는, 그 찬란한 인간의 신화를, 그리움과 희망의 신화를.(5권, 401쪽)

위의 인용, ①은 형제와 이웃이 죽어 가는데도 누구 하나 그들의 팔을 잡아 주지 않던 비극의 절정을 보여준다. 김유택의 「목부 이야기」에서 본 바 있는 소녀의 무심한 눈빛보다 더한 비극적 정서를 여기에서 확인할 수 있다. ②의 인용은 윤상현의 독백 부분인데, 한편으로는 짧은 기간 동안이었지만 광주 시민들이 자신의 희생과 헌신을 뭇 사람들에게 보여주었던 해방공동체의 역사적 실현을 묘사한 부분이다. 인간에 대한 끝없는 신뢰와 그로 인한 기쁨을 그리고 있다.

임철우는 6 · 25전쟁과 5 · 18민중항쟁을 역사적 배경으로 삼으면서 그 사건을 둘러싼 사람들의 삶을 소설적으로 형상화해 온 작가이다. 항쟁과 관련된 모든 사실들을 완벽하게 재현해 보고자 하는 작가적 열망이 『봄날』에 들어 있음을 알 수 있다. 이 작품에 대해서는 많은 평자들이 관심을 보여 왔다. 오월문학사의 거대한 분수령이라는 평가는 찬사에 가깝다. 무엇보다 오월에 대한 문학적 복원 작업의 정점에 이 작품이 있다는 것, 그래서 임철우는 오월이 제도화되기 이전에, 오월을 가장 극적으로, 가장 총체적으로, 가장 사실에 가깝게 형상화한 마지막 작가라는 찬사인 셈이다.

이성욱은 이 작품은 광주에 관련된 작가 자신의 작품들만이 아니라 그 동안 나온 광주민중항쟁 관련 문학 전체를 그러모은 통합물이라는 의미 부여를 하고 있다.[41] 그런데 이 작품은 증언과 정확한 기록에의 집착 때문에 재현이라기보다는 재연에 가깝다는 지적을 그는 덧붙이고 있다. 이 점은 작가 역시 수긍하고 있는데, "어쩌면 나는 그 열흘 동안 억울하게 죽음을 당한 수많은 사람들의 대리인에 지나지 않았는지 모르겠다. 남들한테는 소설이지만 나에게는 아직도 현실이다."고 토로한다. 그래서 임철우는 "솔직히 고백하건대, 나로서는 이것이 단지 소설로서만이 아니라 비교적 사실에 충실한 하나의 기록물로서도 남을 수 있기를 바라면서 이 작품을 써 왔다."고 작가의 말에서 밝히고 있다.

---

41 이성욱, 앞의 글, 380쪽.

양진오는 문학이 한 사회의 디스토피아적 상황에서 유토피아를 꿈꾸는 역설적인 저항의 언어라고 정의할 때, 이 정의에 완벽하게 합치하는 예가 임철우의 『봄날』이며, 『봄날』의 탄생은 광주 항쟁의 소설화라는 주제론적 계보를 형성하는 단초를 제공했다고 평가한다. 그는 따라서 『봄날』은 "광주항쟁 소설화의 지속적 생산을 가능하게 하는 튼튼한 뿌리와 같다."고 평가한다.[42] 아마 이 작품의 사료적 측면을 염두에 둔 발언일 것인데, 그렇다면 이 점은 김형중의 견해와 서로 엇갈리는 부분이다. 왜냐하면 김형중은 『봄날』에서 80년 광주의 오월에 관해서는 이미 다 말해버렸기 때문에 『봄날』이후로는, 아무리 생각해도 '재현'이나 '복원'은 이제 더 이상 가능하거나 의미 있는 작업이 아니라는 것이다. 그렇다면 6 · 25 전쟁 때 유년기를 보냈던 작가들이 그때의 상흔을 다시 기억해 내면서 지금도 꾸준히 천착하고 있는 6 · 25의 소설화 작업은 어떻게 평가해야 할지 의문이다. 『봄날』과는 다른 방식과 내용으로 5 · 18민중항쟁을 형상화하는 작업은 현재도 필요하고 중요한 과제라고 생각한다.

『봄날』을 단순한 기록물에 불과하다고 혹평한 이[43]가 없는 것은 아니다. 이 소설은, 광주에서 자행된 국가 권력의 야만적 폭력성에 대한 증언에만 그치고 있다는 것, 주요 인물들은 광주에서 자행된 폭력의 현상적 모습에 대해 절규하고 분노하며 증오하는 역할만 충실히 하고 있을 뿐, 사건 안에서의 변화, 발전되어 가는 성격의 형상화가 전혀 이루어지지 않고 있다는 것이다.

어쨌거나 『봄날』은 5 · 18 민중항쟁의 관한 완벽한 재현이라는 작가의 증언의 욕구가 과잉을 드러내고 있음에도 불구하고, 이 소설에는 삶의 세목들에 역사성을 아우르고 있음으로 해서 소설 담론과 역사 서술의 경계

42 양진오, 앞의 글. 11쪽.
43 양문규, 「임철우론-'분단'과 '광주'를 바라보는 역사허무주의」, 『현역중진작가연구Ⅳ』, 국학자료원, 1999, 180쪽.

를 뛰어넘고 있다는 점은 간과할 수 없는 미덕이 되고 있다 할 것이다.

4. 항쟁 주체와 민중성

5 · 18민중항쟁은 한두 사람의 영웅적 봉기가 아닐 뿐 아니라 어느 한 계층의 주도로 이루어진 계급 혁명적 투쟁 역시 아니다. 또한 광주와 전남 일원을 제외한 한반도 전역이 침묵할 수밖에 없었다 하더라도 광주라는 특정한 지역에서만 일어난 '광주항쟁'이 아니다. 그것은 억압에 저항하는 모든 국민의 봉기이면서 나아가 '광주'를 넘어서서 모든 종류의 억압에 저항하는 인류의 보편적 저항의 역사라는 의의를 가지고 있다. 따라서 그것을 한 시대의 고통스럽고 좌절된 역사의 장(章)으로 보아서는 안 된다. 5 · 18민중항쟁은 이 나라의 현대사에 있어서 민주화의 출발점으로, 그리고 무엇보다 인간의 자유와 존엄성을 고취하는 모든 억압에 대한 항쟁으로 그 의의를 자리매김할 것이 필요하다. 아래에서는 5·18민중항쟁 주체의 민중성이라는 측면을 선명하게 드러내고 있는 소설들을 살펴 볼 것이다.

공선옥의 중편소설 「씨앗불」은 5 · 18민중항쟁 때 기동타격대원으로 활동했던 '오위준'이라는 인물의 서술을 통해 그 날 이후 항쟁 참가자들의 왜곡된 삶의 일단을 보여주고 있는 작품이다. 무엇보다 '항쟁의 주체란 누구인가'를 문제 삼고 있는데, '위준'은 중국집 주방장, 목욕탕 때밀이 그리고 넝마주이 등, 세상의 가장 밑바닥 일을 했던 인물이다. 기동타격대 5조장 박명수는 택시 운전사이고 현욱은 중국집 요리사였다. 김치수는 넝마주이였으며 박승택은 자개장이였다. 고아원에서 나와 총 잡기 전까지 빵기통 들고 간판일 따라 다녔던 소년도 있다. "총알받이로 맨 앞장설 사람들이 바로 우리들"이다.

작가가 일차적으로 이 작품에서 말하고자 하는 의도는 우선 5 · 18민중항쟁의 주체는 이름 없는 무지랭이들이다, 그런데 이들의 순수한 항쟁정신이 지식인들에 의해 왜곡되고 있다는 것이다.

> 여기는 시방 오월항쟁의 주체가 당당허게 제도권으로 입성하사 싸워 나갈 첫 발판이 되는 자리랑께.(210쪽)

이렇게 비아냥거리며 묘사하는 야당 지구당 창당대회장을 통해 그러한 의식의 일단이 잘 드러난다. 이 소설에서도 5 · 18 보상금이 문제다. 위준의 친구 서기정의 아내가 "지 남편 몸 팔아 마음 팔아 받은 돈 보따리를 싸갖고 날러 분" 것이다. 광주의 오월을 사리사욕으로 채우고 이용하려는 이들에 의해 그 날의 순수한 정신이 퇴색되어 가는 것에 대한 비판적 접근은 그 자체로 유효한 문제 제기일 것이다.

하지만 짧지 않은 이 소설 곳곳에 산재되어 있는 작가의 육화되지 못한 문장들은 독자들의 소설 읽기를 더디게 한다. "죽음보다 못한 세월을 견디느니보다 죽더라도 싸우는 쪽을 원한다." 거나 "그는 죽더라도 이 싸움에서 이겨서 이 억압과 수탈의 세월에서 해방될 수만 있다면 하고 생각"한다거나, 느닷없이 '라스베가스', '센추럴파크' 등의 불빛이 휘황한 송정리 읍내에는 이국의 병사들이 무리지어 간다"거나 이어서 "미국, 미국 사람, 미국 양반, 에이 우라질 것 미국 놈" 이라고 내뱉는 등 소설 내적 필연성을 확보하지 못하고 있는 점은 소설미학에서 매우 취약한 부분이 아닐 수 없다.

'위준' 과 같은 미각성 상태의 민중적 인물들이 5 · 18민중항쟁과 같은 사회학적 환경의 모순에 맞서 싸우면서 그처럼 각성되기 위해서 가장 필요한 것은, 작품 내에서 인물들이 실천적으로 사회 모순과 대결하면서 깨닫게 되는 과정이 세부적으로 그려져야 할 것이다. 어떤 형태의 '억압과 수탈과 해방'인지가 제시되지 않은 채, 왜 '미국 놈들'이 문제인가가 드러나지 않은 채 작가의 관념이 지나치게 앞서고 있다는 평가에서 이 소설은 자유롭지 못하다. 문학 속에서 이데올로기가 이처럼 명시적으로 드러나면 드러날수록 작가의 의도와는 다르게 작품으로서의 호소력은 떨어지게 마련이다.

「깃발」은 5·18민중항쟁을 그 비극적 양상에서가 아니라 그리고 죄의식이라는 각도에서가 아니라, 그 투쟁의 양상에서 그리고 혁명적 낙관이라는 각도에서 그린[44] 소설이다. 이 소설의 가장 두드러진 점은 5·18민중항쟁이 "71%의 무산자 계급에 의한 항쟁이었다는 점"의 강조에 있다. 도청 앞과 분수대 사이에서 '형자'는 '순분'에게 다음과 같이 말한다.

> 어떤 사람들이 이 항쟁에 가담했고 투쟁했고 죽어갔는가를 꼭 기억해야 돼. 그러면 너희들은 알게 될 거야. 어떤 사람들이 역사를 만들어 가는가를…… 그것은 곧 너희들의 힘이 될 거야.(63쪽)

실제로 광주항쟁의 사망자 가운데 노동자들이나 도시빈민들이 대다수를 형성했던 것을 감안하면[45] '형자'의 존재는 완전히 비현실적인 것이라 할 수만은 없다. 그녀를 통해 광주항쟁에 새로운 의미를 부여한 작가의 의도는 음미해 볼 충분한 가치가 있다.[46] 사건이 일어나자 들쥐처럼 도시를 빠져 나가는 부자와 미국인들, 그리고 시내 곳곳에서 자행되는 공수부대원들의 만행이 신문기사적인 문체로 그려져 있는 이 소설에서 작가는,

---

44 성민엽, 『변하는 것과 변하지 않는 것』, 문학과지성사, 2004, 191쪽.
45 이는 문순태의 『그들의 새벽』을 통해서도 충분히 이야기되고 있다.
46 방민호, 앞의 글, 200쪽.

'순분'이와 '형자'네 같은 노동자들, 그리고 야학 학생들의 곤고한 생활과 '윤강일' 같은 운동권 학생의 고민, 도청 내 강경파와 온건파의 갈등 등 현장에 대한 사실적 재현에도 상당한 공을 들이고 있다. 이 소설의 마지막 장면, 이른 새벽 여명을 헤치고 자전거를 타고 출근하는 노동자들의 건강한 모습을 보며 미소 짓는 순분이와 형자들의 묘사를 통해, 항쟁은 실패로 끝났지만 이후에도 무산자계급의 연대감에 의한 전망 실현의 가능성을 열어두고 있는 점 역시 돋보이는 부분이라 할 것이다. 다시 말하면, 노동자에게 있어 항쟁은 피해자로서의 체험이 아니라 역사의 주체로서의 체험이었고, 앞으로의 삶은 새로운 역사의 주역으로서의 삶이어야 함을 의미[47]하는 것이다. 그러나 전망은 앞으로 나아갈 바를 미리 보여주는 것이 아니라 현재의 실상을 올바로 투시함으로써 얻어지는 것이다. 이 소설은 오직 민중들의 투쟁만을 중심으로 오월을 형상화함으로써 오월의 보편적 모습을 놓치고 있다는 비판에 직면한다.

허구와 사실의 구분이 명확한가에 대해서는 논란의 여지가 있다. 허구가 가미되지 않은 자전(自傳)이란 없고 자전이 가미되지 않은 허구는 없다고 보기 때문이다. 그렇다 하더라도 허구가 어떻게 객관적 실재의 사실성을 굴절 없이 제대로 반영할 것인가의 문제가 남는다. 창조적인 재해석을 통해 '5 · 18소설'이 광주의 진실을 충분히 포착해 낼 수만 있다면 문제될 것은 없을 것이지만 허구와 사실의 관계는 매우 중층적이어서 이는 간단한 문제가 아니다.

「깃발」의 작품성을 가장 높이 평가하고 있는 논자는 이강은이다. 그는, 광주민중항쟁은 "노동자 계급의 당파성에 입각한 철저한 재해석을 바탕으로 형상화되어야 한다"고, 그렇게 했을 때에야 비로소 "우리 사회의 변혁에 대한 구체적이고 올바른 문학적 형상화가 가능하다"고 강조한다.

---

47 신덕룡, 앞의 글, 88-89쪽.

그에 따르면, 김명인의 경우, 노동자 계급의 입장에 설 때에만 역사적 전망을 획득할 수 있다는 '올바른 정의'를 내리고서도 그 당시에 살아있는 사람들이, 예컨대 '형자'라는 노동자가 상당히 각성된 노동자여서 그 당시의 '광주사태의 상황 속에서' 노동자 주체의 문제를 계속 들고 나오는 것은 잘못된 것이라고 비판한다.

이강은은 김명인의 그릇된 문제 제기가 광주의 사실성(그때 광주에서는 실제로 그렇지 않았다는 식의)에 의존하고 있기 때문에 발생되는 오류라는 인식을 갖고 있다. 따라서 이강은은 단순한 사실의 복원에 의해서가 아니라 창조적인 재해석에 의해서 광주의 진실이 규명될 수 있을 것이므로, 문학에 나타난 광주는 얼마든지 '사실'과 다를 수도 있다고 역설한다.

그런데 노동자 계급의 당파성, 곧 이데올로기와 관련하여 「깃발」의 가치를 옹호하는 이강은의 주장은 아이러니컬한 면이 있다. 왜냐하면 그러한 주장은 문학작품의 가치 평가 문제는 시간과 시간성에 대해서가 아니라 문학작품 자체에 대해서 방향설정을 해야 한다는 카이저 등의 주장과 같은 맥락이 되기 때문이다.[48] 문학 작품은 시간을 초월한다고 주장하는 카이저의 논지와, 인간은 시간과 시대의 산물로 시간과 시대의 영향을 피할 수 없다는 것, 곧 문학 역시 그러하다는 입장에 서는 이강은의 그와 같은 주장은 모순이 아닐 수 없다. 창조적인 재해석이야 문학의 본령이지만, 또한 노동자 계급의 당파성이라는 측면에서의 재해석도 가능하지 않을 건 없지만, 그러나 그것이 '사실의 왜곡'까지 허용하는 것은 아닐 터이다. 「깃발」의 시각이 5·18민중항쟁소설의 풍부성에 기여하고 있는 것은 사실이고 그런 점에서는 긍정적 평가가 가능하지만, 이강은의 논지대로 오직 그러한 관점에서만 광주가 재해석되어야 한다면, 그것은 이미 문학이 아

48 유형식, 『문학과 미학』, 역락, 2005, 67-71쪽 참조. 카이저는 사실성의 개념과 관련하여 문제가 되는 것은 '작품이라는 실재'라고 주장한다.

니라 프로파간다(propaganda)가 아닐 것인가의 문제를 남긴다.

텍스트는 이데올로기적으로 생산되는 것이지만, 그 말은 바흐친이 말한 바, '하나의 사회적인 형성이 또 다른 사회적 형성에 영향을 미친다.'는 의미에서 그렇다. 그렇다하여 이 '사회적 형성'이라는 개념이 단순히 사회가 예술의 소재를 제공한다거나 '예술은 이데올로기이다.' 라는 식의 설명인 것은 아니다. 어디까지나 작가라는 주체를 통해서 사회적 사실이 예술적으로 가공되고 변형될 때 독자들과의 역사적 담론적 공감이 형성된다는 의미에서 그렇다. 이 '사회적 사실이 예술적으로 가공되고 변형'될 때에도 '사실의 왜곡'까지 허용되는 것은 아닐 터이다. 다시 말하지만, 무엇보다 5 · 18항쟁을 노동자 계급의 당파성이라는 측면에서만 재해석해 버린다면, 그것은 오월 소설들을 매우 협애화해 버리는 결과를 가져 올 위험이 있다. 그것은 사실의 측면에서도 부합하지 않는다. 「깃발」에서 그리고 있는 노동자는 사실 그때 광주에서, 금남로에서, 도청에서 존재하지 않았다고 보는 것이 옳다. 5 · 18민중항쟁을 광주만의 항쟁으로 보는 것과 같은 차원에서 그것을 노동자만의 항쟁으로 보는 이념적 경사, 열정의 극복을 통과할 때 소설적 진실이 확보될 수 있을 것이다.

방민호도 「깃발」에 대해, 노동자 계급의 시각을 취하고자 했던 이 작품의 의도는 매우 신선하지만 문제는 이것이 광주의 진실에 얼마나 부합하는가 하는 점을 문제 삼는다.[49] 「깃발」에 대한 가장 혹독한 평가는 김형중에게서 나온다. "그것은 '문학적'이라기보다는 '사회과학'이었다. 오월을 보는 공식이 먼저 있고 나서, 그것을 문학적으로 적용한 예가 「깃발」이었음을 부인하기 어려울"[50] 것이라고 혹평한다. 김형중의 문제 제기는 다른 데 있는 것이 아니라 그의 말처럼 '수용미학적'인 관점에서 그러한데, 역

49 방민호, 앞의 글, 200쪽.
50 김형중, 「『봄날』 이후」, 253쪽.

사적 외상 경험에 대한 사회과학적 '진상 규명'작업은 특정 시기가 지나면 제 효력을 상실한다는 측면에서 감동의 지속성이 전무하다고 보는 것이다. 그런데 예술 작품은 사회성을 띤 기호이며 수용자도 사회 구성원인 이상, 문학 작품의 의미는 고정되어 있는 것이 아니고 해석자의 역사 상황에 따라 변화하는 것[51] 으로 보는 게 타당할 것이다. 야우스의 기대 지평 이론에 따르자면, [52] 문학 텍스트의 평가에 있어서도 새로운 기대지평은 존재하며 전해지는 문학 텍스트에 대하여 얼마든지 새로운 평가가 가능할 것이다. 즉 문학작품에 대한 평가도 역사가 흐름에 따라 독자의 기대 지평이 전환되기 때문에 변할 수 있다는 것인데, 그렇다면 「깃발」뿐만 아니라 김형중이 긍정적으로 평가하는 최윤의 소설 「저기 소리 없이 한 점 꽃잎이 지고」역시 같은 운명이 아닐까. 그것이 기본적으로 5·18민중항쟁과 관련된 소설의 운명이 아닐까 싶다.

송기숙의 단편소설 「우투리」는 우리 옛이야기 속의 우투리 설화를 차용하여 대학생들과 기층 민중이 항쟁에 어떤 방식으로 관계 맺는가를 잘 보여주고 있는 작품이다.

자동차 부품공장 공원인 '현도' 는 계엄령이 전국으로 확대되던 날, 전남대학교 교문 앞에서 대학생들에 대한 공수단의 만행을 목격한다. 군인들은 "마치 발을 쳐놓고 거기 걸려드는 고기를 잡아다 갈무리하듯 학생들을 잡아다 조지고 있었던 것"이다. "또 잡아와요!" 한 여학생이 버스 정류소 쪽을 바라보며 다급하게 말한다. 곁에 서서 공수단의 만행을 지켜보고 있던 현도에게 어서 그쪽으로 가서 학생들이 이쪽으로 오지 못하게 해야 할 것 같다는 재촉이다. 현도는 여학생이 옆에 끼고 있는 책으로 얼핏 눈이 갔다. 제목이 한자로 씌어 있었다. 현도는 여학생의 안타까워하는 눈

---

51 이선영, 『문학비평의 방법과 실제』, 삼지원, 1991, 351쪽.
홍문표, 『현대문학비평이론』, 창조문학사, 2003, 531쪽 참조.
52 차봉희 편, 『수용미학』, 문학과지성사, 1985, 31-38쪽 참조.

에서 눈을 거두며 말없이 돌아선다. 저런 일은 자기하고는 아무 상관도 없다고 생각됐기 때문이었다. 그런 일에 어떤 방식으로건 자기 같은 사람이 끼어든다는 것은 마치 들어오라는 소리도 없는 집에 들어서는 것같이 당돌하고 분수를 모르는 것 같기도 했다. 지식인 계층에 대한 민중들의 소외감과 메울 수 없는 심연이 잘 드러나는 대목이 아닐 수 없다.

한편 항쟁 초기 "무지렁이들이 입을 두고도 짹소리 한마디 못한께" 나섰던 학생들은 공용터미널 앞에서 사람이 여럿 죽어 나가는 것을 보고 "지금 저렇게 무지막지하게 나오는데 그 앞에 어떻게" 하면서 몸을 피한다. 그러나 그의 고향 친구 우투리는 같은 자동차 부품공장 공원이면서도 아랑곳하지 않고 공수단과의 싸움에 나서다 지금 소식이 없다. 현도는 난세에는 몸을 피해야 한다는 고향 집 어른 평촌 영감의 재촉과 때마침 시골에 계신 할머니의 병환 소식을 듣고 고향으로 가기 위해 공용터미널로 향한다. 그때 터미널 쪽에서는 금방 차에서 내린 듯한 시골 할머니 하나가 보퉁이를 이고 현도가 있는 쪽으로 건너오려고 서성거리는 모습이 보였다. 현도는 그 할머니가 자기 할머니 같다는 착각을 느꼈다. 허리가 조금 굽은 것까지 자기 할머니를 닮은 모습이었다. 그런데 공수단이 쫓아가던 젊은이를 붙잡아서 얼굴이 피범벅이 된 그 젊은이를 질질 끌고 가는 게 보였다. 현도와 같이 밖을 내다보던 사람들이 이를 갈았다. 그때 시골 할머니가 이고 있던 보퉁이를 내던지며 공수단원 쪽으로 쫓아간다. 그러자 공수단원이 곤봉으로 할머니를 갈겨 버리고, 할머니는 길바닥에 폭삭 나동그라지고 만다. 그것을 보고 있던 현도는 자기 몸뚱이가 하늘로 붕 뜨는 것 같았다. "저놈들을 죽입시다." 현도는 골목에 웅성거리고 있는 사람들을 향해 악을 쓰기에 이른다. "죽이자!" 군중들이 따라 악을 썼다.

처음에 학생들의 시위와 공수단의 폭력에도 자기와는 관계없는 일인 것처럼 아랑곳하지 않던 현도가 소설 말미에 "갑자기 다른 사람이 되어

버린 것"같이 성격의 변화를 일으키는 과정을 통해 항쟁의 불길이 어떻게 타올랐는가 하는 점을 이 소설은 잘 보여주고 있다. 그것은 공수단의 무차별적인 폭력의 행사와 이를 지켜 본 시민들의 분노에서 기인한 것인데, 특히 현도와 같은 민중들의 도덕적 분노가 항쟁의 기폭제 역할을 했다는 점을 시사해 주고 있다.

문순태[53]의 『그들의 새벽』은 1980년 5월27일 새벽 최후까지 목숨을 걸고 전남도청을 지킨 300 여명의 무장시민군 대부분이 하층민이었다는 사실에 주목한다. 이 소설은 이념이라고는 알지 못하는 이들이 목숨을 버린 까닭을 되짚으면서 광주의 실체를 더듬는다. 주인공 '기동'은 구두를 닦으면서 신문기자가 되려고 야학당에 다닌다. 시골 출신으로 가난했으나 성실했던 그는 짝사랑하던 호스티스 '미스 진'의 죽음을 목도하고 역사의 소용돌이로 뛰어든다. 그의 친구인 철가방, 구두찍새, 미용사 같은 야학당 학생들도 주변 사람들의 이유 없는 죽음에 분개해 총을 든다. 이들 대부분은 대학생이 떠나버린 도청을 지키다 최후를 맞는다. 작가는 이들의 심정을 "한 번도 사람대접을 받아보지 못한 이들이 도청을 사수하며 처음 받았던 박수, 평등한 세상에 대한 그리움, 인간적 자존심 회복 때문이 아니었을까."라고 짐작한다.[54] 이것이 『그들의 새벽』의 주요한 모티프이면

53 민중의 한과 그 힘에 대한 긍정적 자세를 견지하면서 5 · 18민중항쟁과 그 계승의 주체를 문제 삼고 있는 문순태의 『그들의 새벽』에 대해서 주목한 사람은 많지 않다. 심지어 동료와 후학들이 그의 정년을 기념하기 위해 엮은 『고향과 한의 미학』(태학사, 2005)에 실려 있는 작품론 어디에도 『그들의 새벽』에 대한 언급이 없다. 문순태는 1974년 『한국문학』 신인상에 「백제의 미소」가 당선되어 문단에 나온 이래, 역사소설에서부터 향토성이 짙은 고향 회귀의 예술 세계, 현대인의 소외와 자학적인 고독의식과 인간 존재의 나약한 방황을 다룬 작품들, 그리고 사회 체제의 모순과 그 고발적 요소가 강한 소설과 분단 극복 의지를 담아내는 이야기까지 한국문학사에 큰 자취를 남길만한 많은 작품을 써오고 있는 작가이다. 문순태는 5 · 18민중항쟁 당시 전남매일신문 기자(편집부국장)였다. 그는 금남로의 현장에 있었고 취재노트를 오랫동안 땅속에 묻어두어야 했다. 그가 바라본 광주는 겉으로 드러난 것과는 달리 이름 없는 이들의 싸움이었다. 살아남은 자들은 명예를 부르짖고 5 · 18민중항쟁의 상품화로 영광의 훈장을 달았지만 정작 당시에 죽어간 하층민들의 존재는 아무도 기억하려고 하지 않는다. 영원히 기억되지 않을 그들의 죽음을 작가는 이 작품을 통해 어둠 속에서 오월의 햇빛 아래로 끌고 나온 것이다.

서, 5 · 18민중항쟁의 진정한 '주제'란 이들 이름 없는 민중들이었다는 작가의 문제의식이다.

이 소설의 초점은 한 번도 제대로 된 사람대접을 받아보지 못했던 구두닦이 손기동과 술집 호스티스 미스 진, 그리고 그의 친구인 철가방, 구두찍새, 미용사 같은 뿌리 뽑힌 존재들에 놓인다.[55] 그래서 전체 32개의 소제목으로 되어 있는 『그들의 새벽』의 마지막 장의 제목은 「그들만의 새벽」으로 되어 있는 것이다.

또 한 사람의 주요한 등장인물인 박지수 목사의 성격은 중간자적인 면모로 그려진다. 박지수는 도심에서 멀리 떨어진 외딴 동네의 개척교회, 빛고을교회의 목사다. 그는 사십을 바라보는 나이에 아직 결혼도 하지 않고 혼자 사는데, 교회에 머물러 있기보다는 불우시설이나 직업여성들을 직접 찾아다닌다. 때문에 일요일 예배시간에 찾아와 자리를 메워 주는 신도들은 인근 주민들이 아니라, 시내에 살고 있는 술집 종업원들이나 구두닦이, 양아치, 교회와 연관이 없는 불우시설 수용자들 그리고 야학당 학생들이 고작이다.

박지수 목사는 손기동과 미스 조와 월순이와 장영구 등의 뿌리 뽑힌 존재들과 야학의 강학인 대학생 박성도, 강미경 등을 연결해 주는 역할을 한다. 그는 항쟁의 막바지에 회색인의 태도를 보인다. 무기를 반납할 것인

---

54 문순태, 『그들의 새벽』, 한길사, 2000, 348-349쪽 작가후기 참조.

55 이미란, 「개인적 삶과 문학적 성취의 행복한 결합」, 월간 『예향』, 2000, 8월호, 246쪽. 필자의 확인으로는 월간 『예향』에 실린 이미란의 글이 『그들의 새벽』에 대한 거의 유일한 평문인 듯싶다. 이미란은 이 글에서 5 · 18민중항쟁을 다룬 소설들 대부분이 1인칭 소설이며, 3인칭의 경우에는 선택적 전지의 시점을 쓰고 있다는 것, 그런데 『그들의 새벽』의 경우 전지적 시점을 통해 항쟁을 총체적으로 조망하고 있다는 긍정적 평가를 하고 있다. 그것은 전지적 시점의 경우, 화자는 이미 알고 있는 사건의 내막을 기술하는 것이므로 5 · 18민중항쟁에 대한 객관적 통찰이 가능하다는 것, 실제로 이 소설에서 당시의 정치적 상황이나 군부의 움직임, 미국의 태도 등을 설명해 내고 있는 것이 다른 시점에서는 볼 수 없는 성과라고 평가한다. 아쉬움도 있는데, 그것은 초점화자가 없기 때문에 독자와 인물 간의 심리적 호응이 약하다는, 전지적 시점의 어쩔 수 없는 한계에 대한 지적이다.

가 끝까지 저항할 것인가를 다투고 있는 그들에게 박지수는 다음과 같이 말한다.

> 내가 보기에 지금 상황은 일촉즉발의 막다른 고비인 것 같네. 계엄군의 진입은 정해져 있는 수순인 것 같아. 오늘밤이 아니면 내일이 될지도 모르지. 지난번에 계엄군이 도청을 빠져 나갈 때처럼 그들은 이번에도 그들 눈에 띄는 대로 총격을 가하게 될 것이 뻔하네. 많은 희생자가 나오겠지. 그리고 도청에 남아서 저항을 하는 사람은 살려 두지 않을 걸세. 그러니 총을 들었거나 들지 않았거나 도청에 남아 있는 것 자체가 목숨을 건 거나 마찬가지네. 그래서 하는 말인데…… 지금 우리가 생각해야 할 문제는 강미경 선생 이야기대로 도청에 계속 남아 있을 것인가 아니면 여기서 나갈 것인가 하는 것일세.(2권, 241-242쪽)

결국 박지수는 탱크를 앞세운 계엄군들의 도청 진압이 시작되었을 때 사지(死地)로부터 복도 끝으로 뛰어나간다. 이 소설에서 그를 비난하는 것은 아니다. 박지수는 최소한 '더 낮은 곳으로 임하라'는 하느님의 말씀을 실천한 종교인이고, 손기동처럼 끝까지 싸우다 죽어간 것은 아니지만, 마지막 순간까지 도청에 남아 그들과 함께 한 것은 사실이기 때문이다. 이 소설은 살아남은 이들의 윤리적 부채감을 따지는 것보다 '왜 그들이 총을 들었는가?' 하는 데에 초점이 맞추어져 있다. 한 가지 더 주목해야 할 것은 이들이 구사하는 활력적 언어인데, 질박한 전라도 방언과 거침없는 속어 그리고 가두의 부르짖음과 같은 다양하고 자극적인 구어의 사용을 통해 마치 살아있는 인물의 언어와 접하는 실체감을 주고 있다.

> "우리가 뭣 땜시 총을 들었는지 그 이유를 알고 싶은 게요?" 박순철이 도로의 끝자락으로부터 시선을 회수하여 기동을 보며 반문했다. 기동은 그냥 희미하게 웃고만 있었다. 따지고 보면 그들이 왜 총을 들었는가에 대해서는 알고 싶은

생각이 별로 없었다. 기동이 자신이 현숙이의 죽음 때문에 총을 들었듯이 박순철과 그의 패거리들도 그만한 이유가 있었을 것이라고 짐작할 뿐이었다. 어쩌면 그들 식구들 중에서 누구인가 계엄군의 총에 맞아 죽음을 당한 것인지도 모를 일이었다. "그러니께 내가 총을 든 이유는…… 아니 우리 양아치들이 총을 든 것은 말하자면…… 세상이 꼴보기 싫어서라고 한다면 이해할 수 있겄소?" (중략) "솔직히 아니꼽고 치사한 세상 확 뒤집어뿔고 자퍼서…… 우리를 깔보고 무시하고…… 발가락 때만큼도 안 여긴 놈들을 싹 쓸어불고 자퍼서……" 그러면서 박순철은 시내 쪽으로 총부리를 들이대고 휘저어 보였다. 그때 그의 옆얼굴이 섬뜩할 정도로 두렵게 느껴졌다. "세상이 그 동안 우리한테 해준 게 뭐가 있소? 형씨는 덕본 것이 뭐가 있소? 으디 세상 사람들이 우리를 사람 취급이나 해줬소? 세상은 우리를 쓰레기 취급을 하지 않았소?" (중략) 기동이가 보기에 그는 세상에 대해 칼날 같은 원한과 적개심을 품고 있는 것이 분명했다.(2권, 233-234쪽)

위의 진술은 사실 5 · 18민중항쟁의 원인과 배경을 규명하는 것과 관련하여 매우 중요한 시사점을 주고 있다. 항쟁에 참가했던 기층민중의 일부가 위의 인용에서 볼 수 있는 것과 같이 세상에 대한 적개심을 품고 있었다는 것이 사실이라면, 5 · 18민중항쟁을 의로운 정신의 계승 · 발전[56]이라는 역사적 평가와는 다른 차원의 접근을 요구한다. 이 소설의 장점이라면 다른 '5 · 18소설'들이 언급하기를 꺼리는 미묘한 부분에까지 작가의 시선이 미치고 있다는 점인데, 그렇다고 작가가 광주를 계급혁명의 시각에서 바라보고 있는 것은 결코 아니다. 위의 인용에서 보이는 '박순철'의 발화는 그것 자체로는 모든 종류의 지배관계의 해소와 경제적으로 기초된 정의와 평등의 관계, 즉 계급 없는 사회에 대한 열망을 함축하고 있지만 그

56 이상식, 「5 · 18광주민주화운동의 역사적 배경」, 『5 · 18민중항쟁과 정치 · 역사 · 사회』2권, 5 · 18기념재단, 2007, 14쪽. 5 · 18민중항쟁의 배경과 관련해서는 정치 · 역사 · 사회 · 문화적 관점 등 다양한 측면에서의 학술적 연구가 많이 진행되었고, 그 결과물이 5 · 18재단에서 펴낸 학술논문집에 수록되어 있을 뿐 아니라 본 논문의 주제를 벗어난 것이므로 이와 관련한 더 이상의 논의는 생략한다.

보다는 그의 작가적 정직함이 치우치지 않는 균형을 이루고 있는 것으로 보는 것이 옳을 것이다. 그는 문학에 덧씌워진 환상에 현혹되지도 않지만, 급진적인 이념이나 이론의 틀에 갇히지도 않는다.[57]

기동은 아직 항쟁 초기기는 하지만 그 와중에도 영어 단어를 외우며 야학당에 도착한다. 교실에서는 보통 사람보다 한 옥타브 높은 고음에다 울림이 좋은 박성도 선생의 목소리가 흘러나오고 있다.

> ① "자 여러분, 내가 나눠준 선언문을 다 읽었지요?"
> 박성도가 학생들을 향해 물었으나 학생들의 대답은 어딘가 시원치가 않았다.
> "자, 그러면 이 선언문을 읽고 무슨 생각이 들었는지 어디 누가 한번 이야기해 보시겠습니까?"
> 분명히 영어 시간인데도 박성도 선생은 영어를 가르치지 않고 학생들에게 선언문을 나눠 주어 그것을 읽게 하고 느낌과 생각을 말해보라는 것이었다. (중략) 그때 기동이가 스프링처럼 퉁겨 오르듯 벌떡 일어섰다.
>
> ② "저, 선생님. 지금은 영어시간입니다. 그러니까 영어공부를 하는 것이 좋겠습니다. 사실 우리는 이런 선언문에 관심이 없습니다. 우리는 공부를 하기 위해 여기 왔으니께 공부를 가르쳐 주십시오." (중략)
> 박성도 선생은 여전히 당혹감과 실망과 절망감이 묘하게 엉킨, 망연한 시선으로 학생들을 바라보았다. 그렇다고 해서 그는 학생들의 태도를 탓하지는 않았다. (중략) 그들의 반응은 무지에서 비롯된 것이라고 생각하고 싶었다. 그리고 그 무지를 일깨워 세상을 바로 볼 수 있도록 안목을 열어주는 것이 자신의 책임이며 사명이라고 생각했다.
>
> ① "공부를 하자는 여러분들의 뜻 알고 있습니다. 여러분한테 공부가 소중하지요. (중략) 우리 자신들의 현실을 자각하지 못하고 영어 단어나 많이 외우면 무엇 합니까? 인간다운 대접을 받으면서 살 수 있게 하기 위하여, 특히 여러분

---

57 이는 황광수가 조정래의 소설세계를 살피고 있는 그의 책에서 조정래를 두고 한 말이지만 필자는 문순태에게도 그대로 해당되리라고 보아 인용한다. 『소설과 진실』, 해냄, 2000, 머리말 참고.

들처럼 어려운 환경에 처한 민중을 위해서 (우리는) 궐기하였습니다. (중략)"
학생들은 한사코 박 선생의 눈길을 피하기 위해 고개를 깊숙이 숙여 버렸다. 그들은 박성도 선생의 말이 교과서 내용만큼이나 딱딱하고 공허하게 들렸다. 그리고 박 선생과 그들 사이에 건널 수 없는 사막처럼 아득한 거리감마저 느꼈다. 그것은 결코 가르치는 사람과 배우는 사람의 입장과 감정의 차이만은 아니었다. (중략)

② "제 꿈은 돈을 벌어서 대학 문턱 한번 밟아보는 것입니다. 그때…… 그러니께 후담에 대학생이 된 다음에, 저도 자유와 평등을 위해 데모도 하고 춤도 추고 미팅도 할 것입니다요. 그러나 시방은 대학생이 아니니께 그딴 것들은 생각하고 싶지가 않습니다. 아니 생각할 여유가 없습니다요. 그러니 우리들한테 제발 공부를 가르쳐 주십시오. 그 이상은 우리들한테 강요도 기대도 하지 마십시오. 우리는 오직 공부하기 위해 여기 왔으니께요." (1권, 161-166쪽)

항쟁을 처음 주도했던 이들, 지식인 계급을 대변하는 대학생 박성도(야학 강학)와 손기동들 간의 거리감이란, 위에서 살펴 본 것처럼, 매우 근본적인 것[58]으로 그려진다. ①은 '민중을 위해서'라는 야학의 강학 박성도의 말이고, ②는 '민중이기 때문'이라는 손기동들의 말이다. 그런 그들을 하나로 묶어준 것[59]은 계엄군으로 투입된 공수부대원들의 치 떨리는 만행이

58 5 · 18민중항쟁에서 선도적 역할을 담당한 세력은 학생들이었다. 그러나 군부의 엄청난 물리력 앞에 세의 불리를 느낀 이들은 항쟁의 실패라는 한계를 미리 설정하고 시 외곽으로 도피하거나 개인적 수준에서 항쟁에 참여한다. 학생 지도부의 이런 나약함에 비해 열악한 노동운동의 조건 속에 놓여 있던 노동자들은 투쟁의 전면에 나서게 되는데 그것은 20일(1980년 5월)부터 투쟁의 주력이 변화되기 시작하는 것으로 나타난다. 21일 오후 4시경 최초로 편성된 무장 시민군의 구성은 노동자 · 목공 · 공사장 인부들과 구두닦이 · 웨이터 · 일용 품팔이 등등이었으며, 교련복을 입은 고교생들 그리고 가끔은 예비군복을 입은 장년층도 보였다. 이에 대해서는, 김세균 · 김홍명 · 「광주5월민중항쟁의 전개과정과 성격」, 『5 · 18민중항쟁과 정치 · 역사 · 사회』 3권, 5 · 18기념재단, 409-411쪽을 참고할 수 있다. 항쟁을 처음 주도했던 대학생 그룹과 손기동 같은 노동자 계층의 근본적인 거리감이란 세계관의 차이도 있겠으나 이처럼 항쟁의 성격 변화와도 무관하지 않은 결과를 가져오게 된다.

59 이는 리스본에서 일어난 지진(지진의 신화)과 파리에서 일어난 혁명(혁명의 신화)을 하나로 묶어 주듯이(상황의 전도) 광주항쟁에서의 시민들의 혼연일체를 설명할 수 있는 측면이 있어 흥미롭다. 1807년에 나온 클라이스트의 노벨레(novella-간결하고 압축적인 줄거리를 담은 산문소설),

었다. '내가 깨달은 거는 현숙의 죽음이 바로 내 죽음이며 우리들 모두의 죽음이라는 것이여'와 같은 기동의 말이 모든 것을 웅변하고 있는데, 이 분노와 단순성과 무명성은 기실 시민들의 자발적 단결과 투쟁의 중추적 내포로 기능하게 됨을 알 수 있다. 또한 서술에서 인물의 내적 삶을 제시하는 가장 소박한 방법은 직접적인 서사적 진술의 방법[60] 일 것인데, 기동이라는 인물의 성격에 잘 부합하는 인물제시 방법이기도 하다.

『봄날』이 다양한 등장인물들의 시선을 빌어 오월 광주의 사실적 재현에 비교적 충실했다면, 『그들의 새벽』은 주로 이들 뿌리 뽑힌 존재들의 시점에서 광주를 복원해 내고 있다는 차이가 있다고 할 수 있다. 그러나 그 차이란 '서로 다름'이라기보다는 오월 광주의 총체적 재현이라는 쪽에서 서로 훌륭한 보완적 가치를 지니는 것으로 보인다. 다만 『그들의 새벽』에서 강조하는 항쟁의 진정한 주체로서의 이름 없는 민중의 개념은 나중에 살펴 볼 홍희담의 「깃발」의 '이데올로기화된 민중'과는 뚜렷한 변별점을 갖고 있다. 다시 논의하겠지만, 그러한 측면에서 볼 때 『그들의 새벽』은 5·18민중항쟁의 소설적 재현에 있어 가장 실제적(實際的)인 작품이라고 할 수 있을 것이다.

그러나 앞에서 지적한 것처럼 도청에서의 최후는 '그들만의 새벽'으로 남는다. 소설은 도청 복도에서 총을 맞고 쓰러진 기동이 가물거리는 의식으로 동트는 새벽을 바라보는 장면에서 끝난다. 일부러 눈을 감기지 않은

『칠레의 지진』한 부분을 다음에서 보자.
"사실상 인간의 정신이 아름다운 꽃처럼 피어나는 듯했다. 눈이 미치는 데까지 들에는 모든 계층의 사람들이 서로 뒤섞여 있는 것을 볼 수가 있었다. 영주와 거지들, 귀부인과 농부의 아내, 관리와 날품팔이들, 수도승과 수녀들이 서로 동정하고 서로 도움의 손길을 내밀었다. 그것은 마치 모든 사람에게 닥친 불행이 그 불행으로부터 벗어난 모든 사람들을 하나의 가족으로 만든 듯했다."
프리드리히 A. 키틀러, 전동열 역, 「클라이스트 소설의 담론 전략-『칠레의 지진』과 프로이센」, 문학이론연구회, 『담론분석의 이론과 실제』, 문학과지성사, 2002, 190쪽 참조.

60 로버트 숄즈 · 로버트 켈로그, 임병권 역, 『서사의 본질』, 예림기획, 2001, 222쪽.

것은 그들의 죽음이 지금까지 유예되고 있다는 뜻이다. 작가는 또 광주냐? 하는 분위기를 잘 안다. 끝나지 않았는데 끝내라고, 그만 잊어버리고들 한다. 그래서 이젠 '5 · 18소설'은 더 이상 쓰지 않겠다고 다짐한다. 고통의 역사에 대한 사람들의 망각도 그렇거니와, 5월 문학은 이제 식상하다는 말이 듣기 싫은 때문이다. 그럼에도 작가는 이름조차 기억되지 않는 그들의 죽음은 아직도 현재 진행형이라고 말한다. 그날 도청에서 죽어간 이름 없는 들꽃들이 죽어서 영원히 빛을 발하는 땅속의 별이 되었다고 그는 무한한 애정을 보인다. 이것이 그가 5 · 18민중항쟁을 기억에서 호명하느라 고통스러워하면서도 『그들의 새벽』을 완성한 진정한 이유일 것으로 생각된다. 『봄날』과 함께 『그들의 새벽』은 '5 · 18소설'의 빛나는 금자탑으로 남을 것이다.

5 · 18민중항쟁의 기억을 재현하고 있는 대부분의 소설들은 '5 · 18'이라는 역사적 사실의 회상을 통해 그 사건이 현재에 어떤 영향을 미치고 있는가를 문제 삼고 있다. 그런데 소설이 사실에 너무 가까이 다가서면 미학적 요소가 감소되어 재미가 없고, 너무 멀어지면 역사적 의미가 후퇴하게 마련이어서 진정성을 포기해야 하는 어려움을 겪게 된다. 그 날의 폭력의 정체와 대항 폭력으로서의 민중의 투쟁의 실상을 제시하면서, 항쟁의 의의와 역사적 진실을 탐구해야 하는 5 · 18민중항쟁소설들은 그러한 상호모순에서 쉽사리 벗어나기 힘든 어려움을 안고 있는 게 사실이다. 다시 말하자면, 1980년 광주라는 특정한 시공간이 내포한 특수성과, 소설이라는 예술 장르가 지니는 시간과 공간을 초월한 보편적 가치를 어떻게 조화시킬 수 있을 것인가 하는 것이 지금까지 살펴본 '5 · 18소설'들의 과제가 되고 있다.

그럼에도 불구하고 그러한 소설적 작업을 통해 항쟁의 역사적 의의가 현재에도 유의미한 것으로 받아들여지는 데 기여한 점은 긍정적으로 평가할 수 있을 것이다. 그것은 '다시 기억하기'라는 고통을 통과한 작가들의 열정을 통해 가능했다.

03 죄의식의 표출 양상

5 · 18민중항쟁을 소설화하는 작업의 초기에 작가들은 항쟁의 진상과 은폐된 진실을 밝혀야 한다는 사명감과, 그렇게 하지 못하는 현실적 상황에 따른 죄의식에 시달린다. 벤야민은 「이야기꾼」에서 공동의 구술적 이야기하기의 상실에서 분명히 드러난, 의사소통이 가능한 경험의 상실에 대해 숙고한 바 있다. 그는 "1차 세계대전이 종결될 무렵 전쟁터에서 돌아온 인간들이 점차 침묵에 빠져들게 된다는 것, 말하자면 의사소통될 수 있는 경험이 더 풍부해지는 것이 아니라 더 빈약하게 되었다는 것은 주목할 만한 일이 아니었던가?"[1]라고 묻는다. 아마도 1차 세계대전은 유럽지성들에게 전쟁에 대한 가능한 재현의 힘을 좌절시킨 최초의 사건일지 모른다. 우리에게는 1980년 광주의 5월이 그러하지 않았을까. 이 죄의식은 1980년대 중반에 와서야 항쟁이 남긴 후유증을 형상화하는 즉, 진실에 대한 우회적 접근을 통해 소설적 진실을 드러내는 양상으로[2] 구체화된다. 광주항쟁을 다루되 체험의 전면적 재현을 통한 진상 규명을 유보하는 대신 5 · 18 이후 살아남은 이들의 정신적 고통과 죄의식을 통해 광주 체험을 유추하는 방식을 택하게 되는 것이다.

---

1 Jeremy Tambling, 앞의 책, 265쪽에서 재인용.

2 신덕룡, 앞의 글, 85-87쪽.

1. 가해자의 죄의식

기억이란 과거의 것을 정신 속에 보전하는 일이다. 개인의 심리적 차원에서 인간의 기억 속에는 대체로 과거의 일이나 정신적 과정의 일부만이 보존된다. 그러나 망각된 것으로 여겨진 과거의 체험들은 한 인간의 내면에서 완전히 사라지는 것이 아니라 인간의 정신 속에서 어떤 다른 형태로 잔존하는 것이다. 어떤 계기가 주어질 때 그 기억은 외부로 드러나서 그 기억과 관계된 사람들의 일상을 뒤흔든다. 개인적 기억의 표출과 밀접한 관계에 있는 심리적 현상은 '은폐 기억'과 '강박적 반복'이다. 은폐 기억이란 꿈에서 억압된 무의식적 내용이고, 강박적 반복이란 잊고 있던 어떤 억압된 내용을 기억해 내야 하는 경우, 그것을 기억하지 않고 행동으로 그 억압된 내용을 반복하는 것을 말한다.[3] 이 부분에서는 1980년 광주의 5월과 관계된 이들, 특히 가해자의 일원으로 광주에 파견되었던 계엄군들의 자의식 속에 남아 있는 '은폐 기억'과 '강박적 반복'의 양상을 살펴보도록 한다.

이순원의 「얼굴」은 광주 청문회가 방영되었던 시기를 배경으로 진압군으로 참가한 7공수 출신의 은행원 '김주호'의 고통과 죄의식, 그리고 지워지지 않는 상흔을 그리고 있다. 일반병으로 입대했다가 차출되어 공수부대원으로 광주에 투입되었던 그는 훈련된 군인으로 명령에 따라 광주 현장에서 데모 군중에게 적개심을 갖고 폭력을 행사했었다. 하지만 제대하고 사회에 나와서는 그것이 결코 떳떳하지 못했던 일임을 깨달으며, 공수부대 출신이라는 자신의 경력 때문에 동료들로부터 따돌림을 당한다. 특히 그가 사회에 나와 결혼을 생각했던 여자 '박영은'이 광주 출신이고 그녀의 오빠가 당시에 죽었다는 말을 들은 후 과거의 기억은 더욱 선명하

[3] 김현진, 「기억의 허구성과 서사적 진실」, 최문규 외, 『기억과 망각』, 책세상, 2003, 205-208쪽.

게 그를 괴롭힌다. "혹시 광주에 가보신 적 있으세요?" 하고 그녀가 묻는다. 그가 대답한다. "아뇨, 아직 한 번도." 이 소설의 문제적 상황은 여기에 있다. 삶은 광주의 피해자들에게만 남겨진 것이 아니라는 것, 가해자들에게도 시간은 펼쳐져 있고 그들 또한 살아가야 하는데, "도대체 누가 진정한 가해자인가"[4] 하는 물음을 이 소설은 던지고 있는 것이다.

그는 밤마다 광주를 다룬 비디오테이프를 보고 또 보면서 거기에 자신의 얼굴이 나와 있는지를 확인한다. 그는 비디오의 해설까지 외울 정도가 되었고, 그러나 화면 어디에서도 자신의 모습을 다행히 발견하지 못한다. 그럼에도 불구하고 그 속 어딘가에 총을 겨냥하고 있거나 곤봉을 휘두르고 있는 자신의 모습이 금방 튀어나올 것 같은 강박에 시달리면서 더더욱 비디오 보는 일을 중단하지 못한다. 불을 끄고 자리에 누워서도 떠오르는 총을 들고 자신을 겨누는 옛 얼굴에 괴로움을 느낀다. 그는 아무리 과거로부터 도망치려 하지만 되살아나는 폭력의 기억으로부터 벗어나지 못한다. 급기야 정상적인 사회생활이 불가능한 심각한 대인 기피 증상을 보이며 사회로부터 스스로 유폐된다.

그 역시 자신의 과거를 합리화해 보려 노력한다. 그때 그가 광주에 가게 된 것은 나라의 부름이었다는 것, 더럽게도 운이 없어 그곳으로 차출된 한 익명의 공수대원이었기 때문이라는 것, 그래서 그때는 누구라도 그런 짐승 같은 짓을 할 수밖에 없었다고 자위한다. 그의 어머니 역시 "왜 잠 못 자고 밤마동 그래? 니가 뭔 죄가 있다고…" 하면서 그를 두둔한다. 아니 광주에 투입된 공수부대원 출신의 아들을 둔 탓에 지금도 전라도라면 이를 갈 뿐 아니라, 〈어머니의 노래〉가 방송에 나오는 것을 보고는 "저넘들이 니들한테 총을 쐈단 말이제? 저런 저, 숭악한……." 이라는 격한 반응을 보인다. 아들 감싸기를 통해서 보이는 이 어머니의 맹목적인 지역감정은 또

---

4 방민호, 「광주항쟁의 소설화」, 204쪽.

다른 복잡한 문제를 제기하고 있거니와, "언젠가 그들은 '폭도'의 누명을 벗고 복권되어도 우리는 영원히 그러하지 못할 것"이라는 김주호의 회한을 통해 이 소설은 보다 근원적인 윤리적 질문을 던지고 있는 것이다. 가해자는 없고 폭력의 하수인만 다시 드러나는 현실, 이것이 광주의 비극을 안고 있는 우리들의 고뇌라는 것, 살아남은 자 그 누구도 이 죄의식의 상흔으로부터 벗어날 수 없다는 것, 뿐만 아니라 어쩌면 '5 · 18'은 영원히 치유되기 힘든 역사적 사건으로 남을지 모른다는 지적을 하고 있다.

자신이 털어놓으면 재미가 없고 작가가 묘사하면 설득력이 떨어지는 인물의 의식의 흐름을 이 소설은 3인칭 초점 인물을 통해 적절하게 보여줌으로써 독자도 함께 전율하고 공감하게 만든다.

정도상의 「십오방 이야기」는 운동권 대학생 김원태의 옥중 투쟁에 그 초점이 놓여 있는 소설이다. 어느 날 김만복이라는 살인죄를 지은 신입자가 감방에 들어온다. 김만복의 주소와 본적이 광주시 서구 농성동이라는 사실을 알고 김원태는 무조건 호감을 느낀다. 말만 들어도 가슴이 울먹거려지는 광주가 튀어나왔기 때문이다. 원태는 만복으로부터 감방에 들어오게 된 사연을 듣는다.

김만복은 진압군으로 광주에 투입되었다가 혹시라도 폭도들 속에 어머니나 동생 만수가 끼어 있으면 어쩌나 하는 걱정이 떠나지 않아 전전긍긍이다. 만복은 사복을 입고 도청 지하실로 잠입해 폭발물의 뇌관을 제거한다. 그리고 도청 인근 전일빌딩의 옥상으로 이동하다가 경비를 서고 있던 일단의 시민군들과 맞닥뜨리게 된다. 만복은 동생 만수와 마주치게 되고 시민군들에게 신분을 들킨 소대장에 의해 자신의 눈앞에서 동생이 죽임을 당한다. 만복은 제대한 후 어머니를 볼 낯이 없어 5년이 넘도록 집으로 돌아가지 못하고 떠돌아다닌다. 꼭 복수를 해야겠다는 원한도 없이 만복은 먼저 제대한 소대장의 뒤를 쫓는다. 그러다가 어느 날 정신을 차리고 보니 살인 혐의로 경찰서 유치장에 갇히고 이어 감방에 들어와 원태를 만나게 된다. 감방에서도 데모나 하는 원태에게 적의를 느끼지만 마지막에는 그들에게 호의를 느껴 투쟁에 연대하게 된다.

문제는 진압군으로 광주에 투입된 그들 역시 피해자라는 인식은 당시로서는 새롭고 날카롭기는 하지만, 상황 설정이 우연적인데다 특히 만복이라는 인물의 성격 변화에 필연성이 확보되지 못한 결함을 이 소설은 갖고 있다. 작가의 관념이 서사를 지나치게 압도한 측면이 그 주된 원인이겠거니와 무엇보다 서사의 중심에 만복을 놓고 그 문제를 정면에서 다룬 게 아니라 운동권 대학생 김원태의 옥중 투쟁에 그 초점이 놓여 있는 구성상의 문제에서 연유한 측면이 크다. 좀더 본질적인 문제는 문학 속에서 이데올로기가 명시적으로 드러나면 드러날수록 작품으로서의 호소력은 약해지게 마련[5]이라는 점에 있다. 명시적인 이념 표현에 대해서 독자들이 느끼는 유보감은 어찌 보면 인간 본연의 주체성의 문제와 연관되기도 할 터인데 즉, 사람은 누군가의 지시나 조작의 대상이 되는 것에 대해 일반적으로 본능적인 거부감을 갖는다. 그보다는 작품을 읽고 스스로 터득하고 이해하는 데서 각별한 즐거움을, 혹은 세계에 대한 인지의 충격을 갖기를 원할 것이다.

> 그래도 정작 아들이 갇히자 무조건 아들 편을 드시며 비로소 민중이 바로 당신임과 민주주의가 어떻게 생긴 밥뎅인 줄을 조금씩 깨달아 가시는 어머니였다.(314쪽)

소설 중간에 원태가 어머니를 그리워하며 서술하는 위의 인용 부분에서 보이는 것처럼 작가의 관념이 구체적 세부에 앞선 서술이 많다. 서술

---

5 유종호, 「문학과 이념」, 이명재 외, 『인간과 문학』, 동인, 2001, 125쪽.

자의 음성이 이처럼 지나치게 강한 경우 담론이 서사를 압도해서 소설미학과의 거리가 멀어지는 결과를 초래한다.

박원식의 중편 「방패 뒤에서」는 5·18민중항쟁 당시 경찰 기동대 내무반장이었던 '오치일'의 수기와 옥중 편지, 오치일의 하급자였던 '양현군'의 편지와 그것을 해석하는 우리역사재료연구소 연구원의 시점 등을 통해 '또 하나의 5월'에 대해 증언하고 있다. 여기서 말하는 '또 하나의 5월'이란 가해자 측에서의 오월을 말함인데, 가해자임이 분명한 오치일도 결국 피해자가 아니냐는 논리다.

주인공인 오치일은 전형적인 룸펜이며, 따라서 돈 없고 학벌 없는 자들은 노상 깨어지게 생겼다는 세상에 대한 원한으로 가득 찬 인물이다. 그는 시위 진압에 투입되면서 시위 군중에 대한 맹렬한 적개심을 경험하게 된다. 그런 그가 하필 시위 군중에게 붙잡혀 곤욕을 치르다가 가까스로 풀려나게 된다. 이 체험은 그로 하여금 불온한 무리들에 대한 맹목적인 저주와 증오를 낳게 되고, 급기야 총검으로 상징되는 권력에 대한 병적인 욕망으로 전이된다.[6] 그의 파국은 그가 초소의 장으로 부임하면서, 이유 없이 부하들을 구타하고 굴욕적인 기합을 강요하는 것에서 시작된다. 그에게 저항하는 대원들을 향해 총을 쏘고 자살을 기도했던 오치일은 끝내 형장의 이슬로 사라진다. 그런데 이 소설은 일종의 성격파탄자인 오치일의 개인적 파국의 전말을 상세하게 설명하고는 있지만, 서술자의 새로움이라는 측면 외엔 정작 그를 왜 광주의 피해자라 규정할 수 있는지에 대해서는 별다른 인과관계가 보이지 않아 독자를 설득하기엔 역부족이다.

특히 「방패 뒤에서」의 경우, 주제를 좌우하는 것은 소재가 아니라 그것을 어떻게 구성하느냐 라는 점에서 일정한 한계를 갖고 있다. 소설이 아무리 '말하기' 일지라도 '보여주기'를 포함치 않을 수 없다.[7]는 지적이 이

6 정명중, 「'5월'의 재구성과 의미화 방식에 대한 연구」, 304쪽.

소설에 해당한다. 체험의 진술 즉 대상에 대한 기계적 묘사가 곧 소설이 되리라 믿는 것은, 소설이 단순한 이야기가 아니라 이야기를 언어화(형식화)한 것이라는 이해에 아직 이르지 못한 소치이다.

2. 살아남은 자의 부끄러움

야스퍼스는 『책죄론』에서 "타인을 죽이는 행위를 막기 위해 생명을 바치지 않고 팔짱 낀 채 보고만 있었다면 그것은 바로 내 죄라고 생각한다.…… 그러한 일이 벌어진 뒤에도 아직 내가 살아 있다는 것은 씻을 수 없는 죄가 되어 나를 뒤덮는다."고 말한다.[8] 5 · 18민중항쟁의 기억을 원죄처럼 지니고 살아가는 살아남은 사람들 역시 '아직 살아 있음에 대한 죄의식'에 시달린다. 이 죄의식- 부끄러움이 문제가 되는 것은 그 날의 피해자는 말할 것 없거니와 가해자들 못지않게 살아남은 사람들 역시 외상 변증법의 지배[9]를 벗어날 수 없다는 점 때문이다. '5 · 18'이라는 폭력적 사건을 경험하고 혈육이나 친구를 잃은 채 자신만 살아남았다는 부끄러움에 갇혀 고통스러워하는 인물들을 그리고 있는 소설들을 살펴보기로 하자.

임철우 소설들의 근원에는 '아직 살아 있음에 대한 죄의식'이 자리하고 있음을 특히 「봄날」을 통해 확인할 수 있다. 그러니까 「봄날」은 그 날에 살아남은 자들의 그 이후의 삶-죄의식, 부끄러움의 문제를 다루고 있는 것이다. 광주의 마지막 날 새벽에 죽음을 당한 명부 때문에 괴로워하다가

---

7 권택영. 『소설을 어떻게 볼 것인가』, 문예출판사, 1995, 180쪽.

8 모치다 유키오, 「전쟁 책임과 전후 책임」, 『기억과 망각』, 타나카 히로시 외, 이규수 역, 31-32쪽에서 재인용.

9 주디스 허먼, 최현정 역, 『트라우마』, 플래닛, 2007, 17쪽. 살아남은 사람들은 사건과 관련된 고통스러운 회상, 이미지, 생각, 지각, 꿈, 플래시백이 반복적으로 나타나는 소위 '사건에 대한 재경험'으로 심각한 심리적 고통과 생리적 반응에서 벗어나기가 어렵다.

정신병원에 입원해 있는 상주를 그의 친구들인 나와 병기와 순임이 찾아간다. 명부의 죽음은 상주에게 너무도 큰 충격을 주고 있다. 그래서 명부의 죽음이라는 사건은 상주가 바라본 자기 밖의 사건이 아니라 그의 속에 있는 그의 일부가 되어 있다. 다시 말하면 상주는 명부의 죽음이라는 사건에 깊숙이 개입함으로써 그 사건의 일부가 된 것이다. 그런데 상주는 명부의 죽음이 자신의 탓이라는 피해망상 때문에 정신질환을 앓고 있는 중이다.

> 오월, 그 마지막 날 새벽, 명부는 죽음을 당하기 바로 전에 정말 상주의 집을 찾아갔었을까. 그리고 명부가 애타게 문을 두드리는 소리를 빤히 들으면서도 자신은 꼼짝 않고 이불 속에 누워 있었노라는 상주의 말은 사실일까.[10]

'나'는 상주가 입원한 병원을 향해 가면서 벌써 몇 번째 똑같은 질문을 스스로에게 던진다. 그러면서 음울하기 짝이 없는 환상에 시달린다.

> 상주야아… 상주야아… 나야, 내가 왔어. 문 좀 열어줘… 상주야아. 하지만 안에서는 아무런 기척도 귀에 잡히지 않는다. 두두두두두… 소리는 점점 가까워 오고 명부는 더욱 다급히 상주를 부르며 문을 흔들어 대기 시작한다. 상주야아… 상주야아… 나야, 문 좀 열어달라니까. 대문이 덜컹덜컹 흔들린다. 그러나 여전히 안에서는 기척이 없다. 상주야. 살려 줘. 늦기 전에 나 좀… 제발… 문득 저벅거리며 다가오는 어지러운 발자국 소리. 순간 명부는 흠칫 몸을 일으켜 세우더니 비칠비칠 골목을 빠져나와 도망치기 시작한다. 남빛 어둠 속으로 명부의 몸뚱이가 지워져 버린 후, 오래지 않아 그쪽으로부터 콩 튀기는 듯한 요란한 발사음이 터져 나온다…. (188쪽)

상주는 광주의 마지막 날 새벽에 죽음을 당한 명부 때문에 괴로워하다

---

10 임철우, 「봄날」, 한승원 외, 『일어서는 땅』, 인동, 1987, 187쪽. 이후 같은 작품의 인용은 괄호 안에 쪽수만 표기함.

가 정신병원에 입원한다. 상주는 그 날 명부가 애타게 자신의 집 대문을 두드리는 소리를 빤히 들었으면서도 자신은 꼼짝 않고 이불 속에 누워 있었다고 말한다. 그러나 그것은 사실이 아니다. 그의 동생 상희는 "그건 오빠의 피해망상이 빚어낸 엉뚱한 이야기에 지나지 않다"고 말한다. 그의 어머니도 "그 날 새벽에 누군가 집 대문을 다급하게 두드렸던 것은 분명 사실이지만 그러나 그가 명부였는지는 확실치 않다"고 말한다. 상주의 식구들은 무서워서 문을 열어줄 수가 없었고 그때 상주는 뒷방에 따로 떨어져 있어서 그 사실을 알 수 없었던 것이다. 그러니까 명부의 죽음은 적어도 상주의 방기 때문은 아니다. 그럼에도 '나'는 거듭 묻는다. 명부가 죽은 곳이 하필 상주의 집과 가까운 곳이었다는 사실은 우연일 뿐일까?

'나'와 함께 상주를 찾아가기로 한 병기는 "단정한 양복차림에 목을 넥타이로 단단히 졸라 묶은" 모습으로 나타난다. 그는 은행에 갓 입사했다. 탈 없이 일상으로 돌아간 것이다. 상주가 온 몸에 유리조각을 긋는 자해 끝에 또 입원했다는 말을 듣고 난 뒤 병기는 말한다. "허, 참, 바보 같은 자식 같으니라구. 아니, 벌써 이 년이 지난 일이잖아. 남들은 언제 그랬느냐 싶게 잘들만 살고 있는데 대관절 그 자식만 왜 아직도 그 지경이야?" 이십 년도 아니고 겨우 이 년이 지나자 그렇듯 모두들 전처럼 탈 없이 살아가고 있는 중이다. 명부의 죽음과 상주의 입원에 대해 진정에서 우러나오는 슬픔을 느끼지 않는 것은 아니지만 그러한 사건들에 대해서 '나'만큼의 심리적 거리를 가지고 있지는 않아 보인다. 학교 선생이 된 순임 역시 별다른 징후는 없어 보인다. "제법 선생님 티가 나는군, 아주 의젓해졌어." 라고 인사를 건네는 나를 향해 순임은 "어머, 그렇게 보여요?" 하면서 웃음을 터뜨린다. 그러니 명부의 죽음이라는 사건에 대해서 심리적 거리가 가장 가까운 것은 상주의 시점이며 그 다음은 나, 그리고 병기와 순임의 순서다.

시점의 차이란 그 사건에 대한 감정적 개입의 차이를 말함인데, 이렇게 하나의 사건은 시점의 차이에 따라 의미의 편차가 생기게 마련이다. 그러나 이 소설의 경우 그것은 사실이 아니다. 느닷없이 어디선가 요란한 사이렌 소리가 고막을 찢어낼 듯 울려나오기 시작한다. 으애애애… 앵. 그 사이렌 소리는 그들이 모여 있는 도로의 맞은 편 도청 건물 옥상으로부터 쏟아져 내리고 있었다. 민방공 훈련의 날이었고, 하필 그 시간이었던 것이다. 잠시나마 당황하고 겁먹은 표정을 지었던 자신들을 속으로 부끄러워하며 그들은 서로 멋쩍게 웃는다. 그 짧은 순간에 그들이 똑같이 경험한 것은 죽음과 파괴에 대한 공포, 그것이 가져다주는 불길한 예감이었다. 겉으로는 아무 탈 없이 살아가는 듯 보이지만 실상 그들 모두 오월의 비극적 상흔을 깊이 간직하고 있었던 셈이다.

상주의 면회는 금지되어 있었다. 어제 아침부터 상태가 좋지 않아 따로 격리중이었기 때문이다. 이는 이 작품이 발표되던 시기를 감안해서 유추해보면, 5·18민중항쟁에 대한 진실규명이 그 접근조차 금기시되던 상황의 알레고리(allegory)로 읽힌다. 끝내 상주를 만나보지 못하고 돌아오는 '나'의 뇌리 속에 자꾸만 상처 입은 한 마리 들짐승처럼 울부짖는 소리가 들린다. 그것은 햇빛도 들지 않는 산속 기도원의 음침한 골방에 틀어박혀 벌거벗은 채 제 손으로 살가죽을 저며 내고 있는 상주가 그의 일기장 속에 써 놓았던 자폐적 독백의 언어(기록)다. 어디에 있느냐, 네 아우 아벨이 어디에 있느냐. 어느 흙더미 속에 산 채로 묻어놓고 너 홀로 돌아오는 것이냐.

그러므로 그 날 새벽 상주의 집 대문을 두드리던 사람은 명부가 아니래도 아벨이다. 따라서 상주를 미치게 한 것은 "단순히 명부의 죽음이 아니라 형제 아벨로 표상되는, 명부와 같은 광주 사람들이 저항 끝에 죽임을 당하고 있던 그 날 새벽에 뒷방에서 삶을 구걸하고 있었다는, 그 죄의식 때문"이 아니겠는가.[11] 그들이 쓸쓸한 심정으로 돌아오는 길에 목격한 것

11 방민호, 「광주항쟁의 소설화」, 195쪽.

은 무수히 떠내려 오고 있는 죽은 물고기들이었다. 허옇게 배를 드러낸 채 쉴 새 없이 둥둥 떠내려가는 죽은 물고기들을(그것은 처참하게 죽어간 그 날의 아벨들의 모습을, 끔찍한 형제 살해의 기억을 연상시킨다) 바라보던 순임이 갑자기 흑, 울음을 터뜨리며 말한다. "어쩌면… 어쩌면 말예요. 그건 혹시 사실인지도 모르겠어요." 언젠가 상주의 어머니에게서 들었던 말, 마지막 날 새벽에 누군가 집 대문을 다급하게 두드리는 소리를 식구들이 분명하게 들었다는 말, 하지만 무서워서 문을 열어줄 수가 없었다는 말을 순임은 다시금 환기하고 있는 참이다.

순임의 말은 우리에게 크나큰 충격으로 다가온다. "학살이 자행되는 공포와 죽음의 상황, 그 속에서 자신만의 안전을 도모했다는 죄의식은 1980년대를 살아온 모든 이의 가슴에 응어리진 상처로 확대된다."[12] 문을 열어달라는 명부의 다급한 절규를 거절한 이들은 누구인가. 마지막 날 새벽에 문을 걸어 잠그고 이불을 뒤집어 쓴 채 목숨을 구걸했던 이들, 즉 카인은 누구인가. 그 날에 살아남은 우리들을 향한 윤리적 질문을 이 소설은 던지고 있는 셈이다. 아니 그것은 질문을 넘어 차라리 심문에 가깝다.

이 소설에서 주요 등장인물의 명명(命名)이 유비(Analogy)의 방식을 통해 인물의 형상성을 높이고 있는 점도 눈여겨 볼 대목이다. 명부는 명부(冥府), 곧 그날에 죽은 이를 상징하며 상주는 곧 상주(喪主), 그러니까 죽은 이의 제(祭)를 감당해야 할 살아남은 이(壽衣를 입은)의 알레고리로 기능한다.

이 소설에서 말하는 이는 누구인가. 누가 무엇을 보는가. 「봄날」의 경우 드러난 사건(의 연쇄)은 상주의 정신병원 입원과 그를 문병 가는 친구들이다. 그런데 상주의 면회는 금지되어 있다. 그들은 상주를 직접 보지 못한다. 대신에 상주의 일기와 그의 여동생 상희의 전언을 통해서 우리는

12 신덕룡, 「광주체험의 소설적 수용 양상」, 86쪽.

상주의 고통에 찬 목소리를 듣는다. 그 매개 과정을 통해 우리는 광주의 오월을 전해 듣게 된다. 이 소설에서 서술자인 나는 자신의 목소리를 죽은 명부의 목소리까지 포함해서 다른 인물의 목소리와 혼합시킨다. 우리는 명부와 상주와 그리고 '나-길수'의 목소리를 동시에 들으면서 이 소설에서 실제로 우리에게 말하는 목소리가 서술자의 것인지 인물의 것인지 명확하게 판단하지 못한다. 복합담화의 서술방식을 통해 이 소설은 우리에게 죽음과 파괴에 대한 공포, 오월의 비극적 상흔과 새삼 마주하게 한다.

(봄날·2)라는 부제를 달고 있는 「수의(壽衣)」는 「봄날」의 '상주'가 회복되어가는 과정을 그리고 있는 작품이다. 이 소설에서는 '나-길수'의 1인칭 시점에서 명부의 죽음과 그로 인한 상주의 자학, 그것을 바라보는 병기와 순임 그리고 자신의 고통을 그리고 있는 「봄날」과 달리 3인칭 초점화자를 통해서 '상주'의 내면을 살피고 있다. 그럼에도 불구하고 이 소설의 서술자(내포화자)는 상주다. 지금 상주는 근 열 달째 이 정신병동에 입원해 있다. 엊그제 순임, 길수와 함께 찾아왔던 병기가 했던 말을 지금 그는 곱씹어 보고 있는 중이다.

> ①상주야, 한 가지만 묻고 싶다. 행여, 넌 지금 우리들을, 아니 그 누구보다도 바로 너 자신을 속이고 있는 건 아닐까? (중략) 네 말처럼 모두가 죄인, 비겁자, 못난 배신자일 테고 … 그렇지만 너처럼 이 년 반이 넘은 지금까지도 여전히 그 끔찍한 기억 속에서 빠져 나오지 못하고 허우적거리기만 하고 있는 사람은 아무도 없어. (중략) 넌 혹시 무엇인가를 과장하고 있는 건 아닐까. 우리 모두의 그 부끄러운 죄와 가증스런 배신의 기억을 마치도 너 혼자서만 송두리째 떠맡은 양, 넌 지금 터무니없이 과장된 채, 너 스스로에게 그리고 우리들에게 과시하고 있는 건 아니냔 말이다.[13]
>
> ② 죄의식? 부끄러움? 흥, 이젠 그따윈 그만두자, 상주야. 암만해도 난 널 더

13 임철우, 「수의(壽衣)」, 『물그림자』, 고려원, 1991, 198쪽.

이상 용납할 수가 없을 것 같아. 부끄러움만으로는 아무 것도 이룰 수가 없어. 죄책감과 자학과 자책만으로는 그 어떤 것과의 싸움도 영영 이겨낼 수가 없어. 그건 패배의 다른 이름에 지나지 않아. 단지 자기 자신만을 스스로 파괴하고 또 패배시킬 따름이라구.(199쪽)

③ 잊으려고 애쓰지 마라. 설사 그것들이 네 기억의 심연으로 용케 가라앉아 잠잠히 숨어 있어 준다고 하더라도, 그것들은 어느 순간엔가 우연히 던져진 작은 파문 하나에도 다시금 어김없이 소용돌이치며 네 의식의 수면으로 떠오르고 말 터이므로… (중략) 이 한 가지 사실만은 절대로 잊지 마라. 너를, 네 영혼을 자유롭게 해줄 수 있는 건 이 세상에서 오직 하나- 바로 너 자신 말고는 아무도 없다는 것을 말이다. 시작하는 거다. 처음부터 다시.(208쪽)

①과 ②는 병기가 상주에게 건네는 말이고 ③은 주치의가 상주에게 하는 말이지만 이 모두는 결국 아직 싸움은 끝나지 않았다는 것, 그러므로 죄책감과 자학과 자책을 넘어서서 처음부터 다시 시작해 보자는 상주 스스로의 다짐으로 읽힌다. 이 소설에서의 서술은 경험자아(상주)의 인식적 수준에서 이루어진 초점화로 이해가 가능하다. 무엇을 다시 시작하자는 다짐인가? 그것은 남겨진 자의 상처와 죄의식의 근원을 더듬어 인간성을 파괴하고 부정하는 폭력의 정체와 맞서는 것으로 귀결된다. 부끄러움만으로는 아무 것도 이룰 수 없다는 작가의 인식이 「봄날」의 절망적 현실인식을 뛰어넘는 부분이다. 윤정모 소설 「밤길」에서 보이는 김 신부의 다짐과도 서로 통한다.

윤정모의 「밤길」도 「봄날」에서 보듯 살아남은 자의 죄의식을 핵심 주제로 삼고 있는 소설이다. 마지막 날 밤 요섭은 김 신부와 함께 도청을, 광주를 빠져나온다. 세상(광주 바깥)에 진실[14]을 알려달라는 동지들의 뜻에 따라 요섭은 지금 김 신부와 함께 밤길을 걸어 서울로 가고 있는 중이다.

---

14 그 진실이란, 그 날에 총을 들었던 이들이 폭도도 불순분자도 아니라는 사실일 것이다.

그런데 그들은, 특히 요섭은 그러한 자신의 행위를 떳떳한 것으로 여기지 못한다. 다음의 대화가 그들이 처한 심리적 상황을 잘 드러내주고 있다.

① "신부님, 추기경을 만나고 수도 사람께 알리고 정부 요인에게 면담을 요청한다고 해서 어떤 해결점이 얻어질까요?"
"그래, 요섭아. 그건 나도 알 수가 없단다. 그래도 우린 가야 해. 가기 위해 출발했으니까." [15]

② "신부님… 제가 정말 신부님을 따라 이렇게 와야 했을까요?"
그 목소리는 하도 깊어서 땅속에서 들려오는 것 같았다.
"그건 너의 뜻이 아니었잖니."
"그래요, 동지들이 날 보냈어요. 신부님과 가깝다는 이유로…. 다른 사람을 보낼 수도 있었어요. 그런데, 그런데 내가…. (중략)
"요섭아, 그렇다면 요섭아, 남아 있어야 할 사람은 네가 아니라 나였단다. 그것으로 끝이기만 하다면, 우리가 남아 있어서 끝나기만 한다면 우리의 탈출은 부끄러움이어야 할 것이다."(108-109쪽)

우선 ①에서 작가는 요섭의 음성을 빌어 외부와 철저히 차단된 채 죽음을 맞이하고 있는 오월 광주의 고립된 상황을 제시한다. 이러한 고립에서 벗어나고자 하는 몸부림이 얼마나 무망한 것이지, 그러면서도 또한 얼마나 절박한 것인가는 김신부의 음성을 통해 제시된다. ②에서 요섭은, 동지들은 도청에서 거리에서 죽어가고 있는데 자신만 사지(死地)에서 빠져나왔다는 죄의식의 심연으로부터 벗어나지 못하고 있음을 알 수 있다. 아무리 그러한 결정이 동지들의 뜻이었고 반드시 필요한 일이었다 하더라도 자신은 삶에 속해 있고 그들은 죽음에 속해 있다는 것, 이것은 요섭의 힘만으로는 도저히 빠져나올 수 없는 부끄러움 그 자체다. 김신부는 요섭의 임무가 아직 끝나지 않았다는 것을 상기시키며 위로하지만 한편 그 또한

15 윤정모, 「밤길」, 한승원 외, 『일어서는 땅』, 105쪽.

도청을 빠져나올 때 자신의 탈출이 과연 출애굽인가, 정녕 그러한가를 스스로에게 반문한다. 그 날에 살아남은 자 그 누구도 죄의식에서 자유롭지 못함을 이 소설은 보여주고 있는 것이다. 그 점은 이 소설의 제목이 「밤길」이라는 점에서도 충분히 유추가 가능하다. 밤길은 누구에게나 어둡고 두려우며 부끄러움을 감추고자 하는 심리적 기제를 갖는 일종의 문학적 약호(code)인 까닭이다.

이 소설의 마지막 장면에서 김신부가 요섭에게 건네는 말, 아니 살아남은 이들에게 건네는 다짐은 이런 것이다.

> 요섭아, 우리도 지금 안전한 곳으로 대피하고 있는 것은 아니란다. 거기에도 장벽은 있다. 그 장벽을 깨뜨려 달라는 임무가 우리에게 주어진 거야. 우린 그걸 해내야 돼. 비록 이 밤길이 영원히 끝나지 않는다 해도 이젠 서둘러야 한다.(112쪽)

"살아남은 자의 나머지 삶 전체를 걸어 동지들의, 형제들의 생명을 유린한 자들과 싸우는 것, 이것만이 죄의식으로부터, 부끄러움으로부터 벗어날 수 있는 유일한 길"[16]이라는 것이다. 그러나 그 어떤 명분도 죽음을 대신할 수는 없다는 깊은 원죄의식, 이것이 소설의 작가가 거듭해서 우리에게 건네는 주문이다. 그것은 광주의 아비규환을 빠져나온 요섭과 김신부가 목격한, 광주와 별로 멀지도 않은 지역의 일상의 모습이 '태평'하기만 하다는 충격적인 정경 묘사를 통해 우리로 하여금 더욱 자책감을 불러일으키게 한다. 야만의 광폭함 앞에서 절망적으로 죽어가는 광주의 고립성이나 절박함과는 너무나 비교되는 타 지역의 태평함과 무심함이 광주의 비극의 깊이를 부각시키는 효과 또한 크다.

박호재의 「다시 그 거리에 서면·2」는 그 날에 살아남은 이들의 삶의 변

---

16 방민호, 앞의 글, 198쪽.

모에 관한 단상이다. 찬수, 종찬, 인숙, 정현 등은 함께 대학을 다녔고 서클 활동을 같이 했었다. 졸업식 날은 유난히 을씨년스러웠다. 함께 있어야 할 몇은 여전히 감옥에 있었고, 또 몇은 아예 잘려나가 손닿을 수 없는 곳에 있었다. 졸업장을 받은 사람들이라고 앞길이 환한 사람은 아무도 없었다. 서클의 후배들이 마련한 술자리에서 인숙은 가슴을 쥐어짜듯 오열하며 울부짖는다.

> 개자식들… 니네들 하나 둘씩 사라져 버리고 나 혼자 얼마나 막막했는 줄 아니….(141쪽)

어둠이 가시기도 전인, 살육이 있었던 날 그 날 꼭두새벽에 찬수 등은 도청을 뛰쳐나왔던 것이다. 그들의 죄의식의 근원에는 그 날 마지막 날 새벽을 함께 하지 못했다는 것에 놓여 있었던 것이다.

졸업을 하자마자 인숙은 진짜 좋아했을 것이라고 모두가 점찍었던, 감옥에 있는 정현이 아니라 무슨 대기업의 사원에게 시집을 갔다. 찬수는 남몰래 인숙을 사랑했었다. 그런 인숙이 이태 전에 이혼을 하고 카페를 차렸다는 전언을 받는다. 놀이패였던 정현은 밤무대의 딴따라가 되었다. 주인공 '찬수'의 아내는 지금 두 번째 아이를 임신 중이다. 그는 오랫동안 셋집을 전전하는 설움 끝에 지금은 비좁긴 하지만 들어가라니 나가라니 참견 받지 않는 열다섯 평 임대 아파트에 산다. 아내는 좀더 넓은 평수의 아파트에 임대 분양 신청을 해놓고 내일 찬수와 함께 추첨 결과를 보러 가자고 조른다. 아내의 악착에 노여움이 들던 찬수는 다음과 같은 아내의 흐느낌에 오히려 가슴이 찢기는 통증을 느낀다.

> 당신은 어떨지 모르지만… 나는… 백 년 동안이나 집이 없었어요. 할아버지도 아버지도 집이 없었어… 문패를 한 번도 달지 못했고… 우리 집이란 애길 해

본 적이 없어… 그래 나는 돼지야… 세상 사람들이 다 돼지라고 불러도 좋으니 나는 좋은 집에서 살고 싶단 말이야…. (145쪽)

그렇다고 그에게 행운이 올 리가 없다. 복부인들의 선점에 아파트 청약은 87대 1이라는, 그래서 찬수네가 애초부터 손닿을 수 없는 거리에 그것은 놓여 있었다. 자괴감을 느끼며 찬수는 그저 집으로 얼른 돌아가 숨고만 싶어진다. 그 날 새벽 도청을 도망쳐 나올 때의 다짐이란 무엇이었던가. 내일을 위해서라고, 그런데 그 내일이란 지금 무엇인가, 라고 찬수는 비통해 하고 있는 것이다. 박호재의 소설들은 광주의 오월이 평범한 사람들의 일상을 어떻게 흩뜨려 놓았는지를 과장 없이 보여주고 있다.

위에서 살펴본 네 편의 소설(「봄날」, 「수의」, 「밤길」, 「다시 그 거리에 서쪽2」) 은 5 · 18민중항쟁을 다룬 초기작품에 해당한다. 다른 도시들과는 철저히 차단당한 채 학살당하고 저항하다가 쓰러져간 수많은 사람들이 있었다는 사실을, 더구나 사건에 대한 접근이 금기시되고 따라서 진실이 봉인된 채 망각을 강요받던 시절에 광주에 대해 말한다는 것은 누구에게나 위험한 일이었음이 분명하다. 그래서 위의 네 작품이 알레고리를 통한 우회적 접근이라거나, 항쟁의 구체적 모습을 드러내기보다는 죽음의 공포와 광주체험의 비극성을 유추해내고 있을 뿐이라는 지적은 그 자체로는 타당성을 지니고 있으나, 문학 텍스트가 그 작품을 생산해 낸 사회 · 역사적 현상의 반영물이라는 측면을 간과한 지적이 아닐 수 없다.

소설 양식이란 물론 사회 · 역사적 현상의 기계적 조합(반영)이 아니라 본질적인 계기들을 예술적 형식으로 반영하는 것이다. 문제의 초점은, 문학이 사회적으로 구속되고 사회적으로 형성되면서도 어떻게 사회로부터 미적 거리를 확보할 수 있을까 하는 데에 놓여야 한다고 본다. 헤겔, 루카치, 골드만 등 비판적 문학사회학은, 소설은 유토피아적 의식의 현실적 구성물이라는 주장을 통해 이 의식의 존재구속성을 설명한다. 이러한 주장은 의식의 선험적 가정, 곧 인간의 의식 속에서 의미가 만들어진다는 가정에 기대어 있다.

위의 네 작품은, 광주라는 공간과 1980년 5월이라는 시간과 인물들의 세부 묘사가 5·18민중항쟁이라는 특정한 사회적·역사적 상황에 확고하게 뿌리박고 있고, 묘사된 전체의 각 부분이 구체적인 사회적 맥락 속에 놓여 있다는 쪽에서 일정한 리얼리즘적 성취를 보이고 있다 할 수 있을 것이다. 다만, "구체적 현실을 폭넓게 제시하는 데 있어, 단편소설은 지나치게 협소하고 단일하다"[17]는 일반적인 명제가 위의 작품들에도 해당되는 것은 어쩔 수 없는 노릇이다. 그렇다 하더라도, 독자들은 소설을 감상함으로써 자신의 인식에 도달한다. 루카치에 의하면 예술작품이란 인간화된 대상이기 때문이다. 인간화된 대상이기에 독자는 위의 작품들을 통해 공포와 죄의식을 함께 경험하고 깨우침에 이를 수 있는 것이다.

공선옥은 1980년 오월 이후 광주를 살아가는 사람들의 모습에 소설적 관심을 보인다. 공선옥의 「목마른 계절」에는 1980년 광주가 직접 등장하거나, 광주 문제가 작품의 중심을 형성하는 것도 아니다. 다만 살아남은 자들의 힘든 삶의 모습이 광주에 연결되고 있을 뿐이다.

1인칭 서술자 '나'는 소음 가득한 영구 임대 아파트에서 아이 둘을 홀로 키우며 살아가는 소설가이다. 소음 때문에 견딜 수 없어 하는 '나'는 아파트 사람들의 서명을 받겠다고 뛰어다니다가 허름한 카페를 운영하는 옆집 유정이 엄마 현순과 가까워진다. 아람이 엄마 '나'는 서른 살의 이혼녀이고 유정이 엄마 현순은 마흔 한 살의 이혼녀다. 현순의 카페에 근무하는 종업원 미스 조는 어릴 때 열차 사고로 양친을 다 잃고 자신은 한쪽 다리를 잃은 불구의 몸이다. 거기에 거두어야할 나이 어린 동생이 둘이나

---

17 김현, 『문학사회학』, 민음사, 1983, 153쪽.

된다.

현순은 자신의 장사가 안 되는 건 길목이 안 좋아서도 제 수완이 나빠서도 아니고, 순전히 서민들의 경제를 파산시킨 정권 때문이라고 생각한다. 그런 그녀는 술을 마시다 오월, 그날이 다시오면 우리 가슴에 붉은 피 솟네, 오월 그날이 다시오면… 이라는 노래를 부른다. 이 세 사람의 등장인물 중에서 광주의 상처와 관련을 맺고 있는 인물은 실상 미스 조다. 그녀의 애인이 5 · 18민중항쟁 때 시민군이었는데, 감옥 나와 십 년을 시난고난 앓다가 최근에 죽었다는 것이다. 상심 끝에 미스 조는 영구 임대 아파트 뒤꼍 햇빛 한 줌 들지 않는 응달의 시멘트 바닥 위로 떨어져 스스로 목숨을 끊는다. '나'는 미스 조가 죽은 뒤 그녀가 살았던 9층에 올라가 본다. 미스 조의 집, 914호의 문은 굳게 잠겨 있다. 나는 미스 조가 없는 집의 굳게 닫힌 문과, 쇠막대로 열고 닫고 하는 옆집의 닫힌 문 앞 복도에 서서 저 아래 찻길을 내려다본다. 그리고 미스 조가 이렇게 서서 뛰어내렸을 것이라고 짐작한다.

그때 나는 확실하게 미스 조의 목소리를 듣는다. 그리고 그녀의 딱딱한 플라스틱 다리가 내 등을 툭툭 차고 있는 것을 느낀다. "죄가 있다면 살아 있는 것이야. 살아남음이 죄라구." 싸늘한 추위가 등을 훑고 지나감을 '나'는 느낀다. 그리고 더 이상 죄를 짓지 않기 위하여 복도 난간을 붙잡는다. 이때 옆집 913호의 아랫도리가 뭉턱 잘려나가고 없는 남자가 왈칵 문을 열어젖히며 눈을 부릅뜨고 소리친다.

> 못난 짓거리 하지 말아요! 나도 살아요. 나 같은 인간도 산다구요. 나는 쫓기듯 9층 복도를 내려온다. 뒤에서 앉은뱅이 남자가 계속 소리를 지른다. 내려가, 한정없이 내려가. 내려가서 살라구. 기를 쓰고 살라구. 밑바닥을 박박 기어서라도 살아내라구.(36-37쪽)

어쨌거나 살아서 견뎌내야 한다는 이 외침은 자못 비장하기는 하지만, "죄가 있다면 살아 있는 것이야. 살아남음이 죄라구." 외치는 미스 조의 환청과 그렇게 느끼는 '나'의 인식이란 다소 억지스럽다. 그러니까 '나'도 저 아래를 향해 몸을 던지려 한다는 것인데 도무지 그런 행위의 필연성이 드러나지 않는다. 왜냐하면 거두어야 할 나이 어린 동생이 둘이나 되는 미스 조의 돌연한 자살의 필연성이 작품 내에서 설득력 있게 제시되지 못하고 있기 때문이다. 작가는 이 소설의 말미에 미스 조의 죽음을 바라보는 현순의 말을 끼워 넣는다. 그것은 오월 광주가 '현재진행형'이라는 것이다.

> 그만 얘기하고 그만 덮어두고 그만 울고 그만하고 싶어도 할 수 없어. 역사란 그런 거야. 갑오년이 따로 없고 기미년이 따로 없다구. 그러드키 오일팔이 따로 있는 게 아냐. 기미년의 삼일운동은 임신년에도 삼일운동으로 이어지듯이 경신년의 오일팔은 계유년의 오일팔로 새로 시작되는 거라구. 역사는 귀신이여. (중략) 상관없는 년이 상관있는 놈을 만나 덜커덕 물린 게라고.(중략) 역사 앞에서 자유로운 사람은 없는 거거든. 그런 거거든. (37쪽)

「목마른 계절」에서 문제 삼고 있는 것은, 그 날에 살아남은 사람들이 지금 어떻게 살아가고 있는지를, 어떻게 죽어가고 있는지를 선연하게 보여주면서[18] 작중인물들의 힘겨운 삶의 조건이란 이처럼 아직 해결되지 않은 과거의 비극에서 연유하고 있다는 것으로 요약할 수 있다. 그래서 광주는 아직 현재진행형이라는 것인데, 작가의 그러한 인식은 기본적으로 옳지만 작품 내적으로 그만한 설득력은 확보하지 못한 것으로 보인다. 현순의 작품 내 인물 성격과 그녀가 하고 있는 말- 내용 사이에 일관성이 결여되어 있기 때문이다. 이를 달리 말하면 서술자의 권위에 대한 문제가

---

18 방민호, 「광주항쟁의 소설화」, 203쪽.

될 것이다. 그녀가 가지고 있는 역사(현실)의식이 선험적인가 아니면 어떤 사회화 과정을 통해 획득된 인식인가가 분명하지 않기 때문이다.

이 범주에서 살펴 본 다섯 편의 작품들(「봄날」, 「수의」, 「밤길」, 「목마른 계절」, 「다시 그 거리에 서쪽2」)은 그 밀도는 다르지만 그 날에 살아남은 자의 죄의식과 그로 인한 고통을 통해 인간의 존엄이 어떻게 훼손되는가, 혹은 살아남은 자의 모습이 어떠해야 죽은 이들에 대한 예의라 할 것인가를 다루고 있다는 공통점이 있다. 그것들은 한편 5 · 18 민중항쟁에 대한 단편적 묘사나 부분적 조망이라는 한계 또한 지니고 있다. 예술로서의 문학작품은 하나의 단순한 대상이 아니라 다양한 의미들과 관계들을 지닌 하나의 성층화(成層化)된 특성으로 이루어진 고도로 복잡한 조직화[19]라는 결과로 나타날 때 문학의 본질에 부합하지 않겠는가 하는 아쉬움을 특히 몇몇 작품에서 갖게 된다.

3. 국외자(局外者)의 시선

근대적 주체는 본질적으로 관찰자이다. 관찰자가 되는 인간은 자신의 주변 세계를 자기 자신처럼 객관화한다. 관찰한다는 것은 거리, 탈육체화를 포괄한다. 관찰하는 자는 시간의 강을 넘어선 사람이다.[20] '5 · 18'이라는 비극적 드라마에는 기본적으로 가해자와 피해자 그리고 관찰자가 등장한다. 가해자나 살아남은 자의 죄의식에는 정도의 차이는 있으나 과잉의 혐의가 있다. 그들의 기억에는 망각과 왜곡의 흔적이 드러난다. 관찰

19 르네 웰렉, 이경수 역, 「문학의 본질」, 이명재 외, 『인간과 문학』, 동인, 2001, 22쪽.
20 알아이다 아스만, 변학수 외 역, 『기억의 공간』, 경북대학교출판부, 2003, 120-121쪽 참고.

자는 그런 쪽에서 사건의 본질에 접근할 수 있는 신뢰할 수 있는 통로가 될 수 있다. 그들의 회상 기억은 재생의 수동적인 성찰이 아니라 새로운 지각의 생산적 행위[21]이기 때문이다. 아래에서는 사건에 직접 개입하지 않은 인물들을 내세워 5·18민중항쟁의 의미를 탐구하고 있는 소설들을 살펴보겠다.

홍인표의 「부활의 도시」는 '5·18' 당시 계엄군에 접수된 광주 교도소 내의 살벌한 풍경을 간략하게 재현하고 있는 소설이다. 교도소 직원 '정현'은 쉬는 날이면 틈틈이 시내를 돌아다니며, 학생들의 외침과 경찰들의 시위 진압과 계엄군에 의한 학살의 현장들을 목도하게 된다.[22] 그는 두려움과 분노와 부끄러움을 느낀다. 더욱이 그가 근무하는 교도소 내에서 군인들이 야전삽을 들고 변소 뒤로 가서 시체를 암매장하는 모습과 지나가는 시위대를 향해 조준사격으로 목숨을 빼앗고서도 멧돼지를 사냥한 것처럼 "잡았다!"고 외치는 충격적인 장면을 목격하고서도 숨을 죽여야 하는 자신에 대해 참담함과 무력감을 느낀다.

이 소설의 새로움이란 5·18민중항쟁의 와중에 체포된 많은 사람들이 반송장의 몰골로 실려가 고통을 당하고 혹은 암매장을 당한 광주 교도소를 공간적 배경으로 하고 있다는 점과 그러한 사건의 서술자가 교도소 직원이라는 비교적 낯선 시선에 있다.[23] 항쟁의 기간은 열흘간에 불과했지만, 그 공간은 광주를 비롯한 전남 일원의 지역이었는데도 '5·18소설'들의 거의 대부분이 도청이라는 공간만을 절대화·상징화하여 서술하는 것

21 같은 책, 133쪽.

22 그런데 이 소설의 또 다른 등장인물 '경석'은 "나중에 누군가의 증언이 필요한 시대가 분명 돌아올 것"이라는 소명으로 '정현'의 손을 끌어당긴다. 그러니까 이 소설은 우선 초점화자가 누구인지 명료하지 않는 구성상의 서투름을 보이고 있다. 전체적으로 독자에게 목격담을 서술하는 이는 '정현'이기 때문이다.

23 실제 이 소설의 작가는 당시 교도소에 근무하던 교도관이었다. 나중에 『하얀 집의 왕』이라는 장편소설을 쓰기도 했고, 전업 작가가 되기 위해 직장을 그만 두기도 했다.

에 그치고 있는 점에 비추어 볼 때 이 소설에서 다루고 있는 광주 교도소라는 공간적 함의는 매우 중요한 측면이 있다. 그러나 아쉽게도 왜 '교도소'인가에 대한 소설적 천착이 전무하다. 소재주의적 측면에서의 공간 제시일 뿐으로, 당시 '이런 일도 있었다.'는 증언 외에 별다른 의미를 주지 못하고 있는 셈이다. 제목과 내용의 괴리도 눈에 띈다. 더욱 문제는 누가 말하는가와 관련하여 소설의 후반부에 와서는 특히 서술의 초점이 과도하게 분산되어 서술자의 증언이 간접화, 파편화되고 있는 점에 있다. 예를 들면 다음과 같다.

> ㅈ대학에 다니는 학생이란 것이었다, 친척집에 가려다 붙잡혔다고 했다, 밖으로 알리려고 했다고 한다, 중상을 입은 사람도 서너 명은 된다는 것이었다, 시체나 다름없다는 것이었다, 무기 같은 것은 가지고 있지 않았다고 했다, 매장해 버렸을 거라는 것이었다, 직원들로부터 전해 들었다, 대책위원회도 구성되었다는 것이었다, 뇌관을 분해해 버렸다는 것이었다, 외치더라는 것이었다, 독침이라는 것이었다, 몰려올지 모른다는 이야기였다, 선동하고 있다는 것이었다, 타협이 되지 않고 있다는 것이었다, 조작했다는 것이었다….(116-117쪽)

두 쪽에 걸쳐 제시되는 위와 같은 산만한 증언들은 신문이 소설보다 훨씬 확실하게 현실을 반영하고 있다[24]는 비아냥 앞에 속수무책인 것이다.

이영옥의 「남으로 가는 헬리콥터」는 공수부대 출신의 교사 '희수'의 시선으로 그 해 오월을 바라본다. 희수는 광주에 관한 온갖 풍문을 확인하고 싶은 욕구에 도청 앞에 가본다. 그곳에서 완전무장을 하고 서있는 검게 그을린 피부의 공수대원들을 보자 본능적 공포와 전율을 느낀다. 그들 개개인이 지닌 힘과 폭력의 정도를 너무나 잘 알고 있기 때문이다. 그래서 희수는 극한 상황 아래 방치되던 훈련 과정을 떠올리며 '그들은 하나같

---

24 김현, 앞의 책, 131쪽.

이 사람도 아니었다.'고 스스로에게 말하며 그가 사는 전주로 걸음을 재촉한다. 그러니까 이 소설의 특징은 주인공 '희수'가 자신의 공수부대 체험, 이른바 살상만을 위해 존재하던 나날의 체험으로부터 광주의 참상을 유추해 낸다는 것인데, 문제는 "광주의 참상의 그 실체성이 유추를 통한 간접화로는 온전히 드러나지 않는다는 점"[25]에 있다.

그는 간밤에 시내 곳곳에 뿌려진 전단을 보고 역 광장으로 나간다. 역사 안에서 무장한 군인들이 몰려나와 광장에 도열하는 것을 본 그는 힘없이 발길을 돌린다. 그는 어둠 속으로 잠겨드는 거리를 지나며 그 어둠보다 더 진한 절망을 느낀다. 그것은 자신이 마주친 힘과 폭력에 대한 두려움이라고 말한다. 끝내는 아무 일도 할 수 없게 되어 버린 나약한 자신에 대한 모멸과 자괴감의 또 다른 모습이라는 서술자의 진술은 조금 지루하다. 광주 밖에서 광주의 참상을 전해들은 나약한 지식인의 관념적 넋두리에서 더 나아가지 못하는 한계를 이 소설은 갖고 있다. 스크럼을 짜고 거리로 뛰쳐나가려는 아이들을 보며 그들과 함께 목이 잠기도록 구호를 외치고 싶다는 잠깐의 생각에 소스라치게 놀라는 희수의 독백은 이해 못할 것은 없으나 큰 공명을 주지 못한다. 「봄날」과 「밤길」에서 보이는 구체적 상황에서의 절박감이 결여되고 있기 때문이기도 하고, 작가의 열정만으로는 소설이 되지 못한다는 것, 소설은 이야기이되 전달매체인 언어(형식)로 이루어져 있다는 가장 초보적인 인식의 서투름 탓이기도 하다.

> 내가 지금 무슨 생각을 하고 있는 거지? 등줄기에 식은땀이 흘렀다. 그는 평소의 자신으로 되돌아갔다. 사람은 옳은 일만 하면서 살 수는 없어. 나도 저 나이엔 저렇게 순수한 열정이 있었어. 지금은 서른여덟, 두 아이와 태어날 한 아이의 아버지야. 내겐 다른 무엇보다 그들이 중요해. 그들을 사랑하니까. (128쪽)

---

25 정명중, 「'5월'의 재구성과 의미화 방식에 대한 연구」, 273쪽.

김남일의 「망명의 끝」 역시 「남으로 가는 헬리콥터」처럼, 광주 밖에서 광주를 바라보는 이의 광주에 대한 부채감을 진술하고 있는 소설이다. 수배를 받고 있는 스물세 살의 운동권 청년 김태근은 체포를 피해 고등학교 친구인 상수네 시골집에서 논일을 도우며 은신 중이다. 그는 뱀눈이란 별명을 갖고 있는 고문 형사 최가의 얼굴을 떠올리며 진저리를 치곤 한다. 처참한 고문의 기억 탓에 그는 생각만 해도 이가 갈리는 한편 자신의 치부를 다 드러냈다는 부끄러움 때문에 치욕스러워 한다. 무엇보다 그는 고문의 고통을 견뎌내지 못하고 그들이 찾는 인물의 이름을 불고 말았다. 계엄령이 전국으로 확대되고 난 5월 18일 새벽, 예정됐던 서울역 집회에 김태근은 나가지 않았다. 그는 약속을 저버리고 오직 도망갈 생각만을 했었다. 그러면서도 누군가는 학교 앞으로, 또는 진즉에 정한 약속처럼 영등포역 앞으로 모여들기를 은근히 기대했다. 환청처럼 이선희의 다급한 목소리도 그를 괴롭힌다. 학교 운동권 후배인 이선희는 1980년 봄 서울역 집회를 마치자 고향인 광주로 내려갔다. "형, 혀엉, 큰일 났어요. 무서워 죽겠어요. 젊은 사람들은 눈에 띄기만 하면 닥치는 대로…." 이선희의 절규를 그는 외면하는 외에 다른 방법을 찾지 못했다.

작품의 주인공을 괴롭히고 있는 죄의식의 내용이란 이 세 가지인데 그것들은 결국 폭력에 저항하지 못하고 몸을 숨긴, 그래서 살아남은 자의 씻기지 않는 자기모멸의 다른 이름일 것이다. 또한 "타인을 죽이는 행위를 막기 위해 생명을 바치지 않고 팔짱 낀 채 보고만 있었다면 그것은 바로 내 자신의 죄라고 생각한다. 그러한 일이 벌어진 뒤에도 아직 내가 살아 있다는 것은 씻을 수 없는 죄가 되어 나를 뒤덮는다."[26]고 했던 야스퍼스의 인식과도 그 맥락이 닿아 있다. 그런데 이 엄청난 폭력의 근원은 무엇

---

26 모치다 유키오, 「전쟁 책임과 전후 책임」, 타나카 히로시 외, 이규수 역, 『기억과 망각』, 삼인, 2005, 31-32쪽 참조.

인가에 대해 이 소설은 묻지도 대답하지도 않는다. 그렇다면 어떻게 이 죄의식을 넘어설 것인가. 문득, 그는 다음과 같이 생각한다. "아니다, 끝이 아니다. 이제부터 시작이다."

리얼리즘 소설은 낙관적 전망을 제시해야 한다는 작가의 강박증이 이처럼 막연한, 따라서 관념적인 결말로 끝내고 있는 게 아닐까 싶다. 이는 같은 노래를 다른 사람의 입을 빌어 되풀이하고 있는 것에 불과하다. 이 소설에만 해당하는 것은 아니지만, 지나침은 부족함만 못하고 따라서 부끄럽다는 그 진정성마저 미덥지 못할 염려가 있다.

「남으로 가는 헬리콥터」, 「망명의 끝」의 한계는 무엇보다 광주를 체험하지 못한 작가들이 광주의 바깥에서 느끼는 관념적인 죄의식의 작위적인 노정 때문으로 보인다. 그것은 부끄러움만으로는 아무 것도 이룰 수 없다는 「수의(壽衣)」의 인식에 채 이르지 못하는 작가의식의 빈곤이기도 하고, "어떤 것에 대해서 작가가 '그것은 슬프다'고 말할 것이 아니라 그것 자체가 스스로 슬픈 것이 되도록 해야 한다"[27]는 문학적 격언을 잠시 잊었던 데서 말미암은 것일 텐데 그것을 달리 말하면, 미학적 거리 조절에 대한 부족함이라 할 수 있다.

임철우의 「관광객들」은 5·18민중항쟁이 7년 쯤 지난 후의 풍경을 '광주 밖'의 시선을 통해 보여주고 있다. 「목부 이야기」가 텔레비전에 나오는 무심한 소녀의 눈빛을 통해 오래 전 잊혀진 광주의 기억을, 그 죄의식의 망각에서 복원해 내고 있다면, 「관광객들」은 제목에서 떠올릴 수 있는 것처럼 광주 밖의 사람들이 광주의 비극을 어떻게 무심히 지나치고 있는가를 보여주고 있다.

칠년 전, 그 해 오월 불란서에서 오년간의 유학 시절을 마무리하는 논문을 쓰느라 눈코 뜰 새 없이 분주하고 힘겨웠던 이은애는 지금 교수가 되

---

27 웨인 C. 부스, 최상규 역, 『소설의 수사학』, 예림기획, 1999, 170쪽.

어서 광주를 스쳐 지나가는 중이다. 그녀의 옆자리에는 도쿄의 한 대학에서 문화사를 전공하고 있는 다케다라는 일본인이 앉아 있다. 어떤 문예잡지의 청탁으로 한국의 오월사건에 관한 기사를 쓰기 위해 광주에 내려가는 중이다. 운전을 하고 있는 양대범은 자신이 경영하는 무역회사의 업무조차 며칠 미뤄놓은 채 이들과 함께 경주나 해운대를 거쳐 제주도로 날아가서 바다낚시며 골프를 즐길 계획을 갖고 있다. 양대범과 이은애는 대학 시절부터 친하게 지내는 선후배 사이이다. 양대범과 다케다는 양대범이 일본에 사업상 용무로 가게 된 기회에 알게 된 처지다.

자동차가 시내로 접어들자 다케다는 거리의 풍경을 카메라에 담는다. "찰칵, 여기서 그랬단 말이지? 찰칵, 찰칵, 정말 여기서 그렇게 많이 죽었단 말야?" 그러나 그들은 잘 믿기지 않는다. 잘 닦여진 차도엔 육중한 장갑차 대신에 무수한 차량들만 무심히 오가고 있고, 검은 아스팔트 바닥 위로는 흥건한 핏물 대신에 보기에도 산뜻한 흰색과 황색의 차선이 정연하게 그어져 있을 뿐이었으므로 그들의 호기심은 이내 심드렁해진다. 그것의 절정은 그들이 망월묘역과 금남로의 오월사진 전시장을 둘러보며 다음과 같이 말하는 데서 잘 요약된다.

> 자, 우리 함께 기념촬영을 하지요. 여기에 왔다는 흔적은 뭔가 남겨야 하지 않겠습니까,
> 양 사장. 허헛.(287쪽)

> 쯧, 기대했던 것보다는 별 것도 아닌 걸.
> 난 괜히 구경 왔나 봐요.(289쪽)

그들이 남기고자 하는 흔적은 과연 무엇일까? 나도 광주에 가 보았다는, 그래서 그들의 아픔을 함께 느껴 보았다는 자기 위안 혹은 알리바이

(alibi)일까. 결국 광주 밖의 사람들은 "광주를 알기는 하지만 광주의 비극을 알지는 못하고, 비극을 알기는 하지만 비극의 깊이는 알지 못하기에"[28] 결국 이렇게 말하는 것이다. 이처럼 망월동 묘역에 처음 가 본 사람들, 아니라도 우리 모두를 은유하는 것이 분명한 이 관광객들의 말은 그들이 광주항쟁에 대해 무엇을 기대하는 것인가 하는 근본적인 회의를 갖게 하기에 충분하다. 그들의 카메라엔 "억압되고 묻혀진 진실"[29]이 인화(印畵)될 리 없다.

주인석의 「광주로 가는 길」은 거듭하여 '광주가 우리에게 무엇인가'를 묻는데, '광주'와 관련하여 언어란 대체 무엇인가를 끈기 있게 탐구하고 있기도 하다. "언어를 사용하는 사람과 그 말을 사용하는 사람의 여러 가지 입장 그리고 그 언어 자체의 관계에 대한 인식"은 꽤 쓸모 있거나 필연적일 것이라고 서술자는 너스레를 떤다. 그런데 그것이 꼭 너스레만이 아닌 것이, 1980년 5월 광주에서 일어났던 어떤 끔찍한 사건이 열흘 동안 지속되었다는 것과 그 사건이 가히 비극적이라는 사실에 대해서는 동의하지만 "그러나 이 대목만 넘어서고 나면 누구라도 동의할 수 있는 사실이란 아무것도 없다."는 인식을 갖고 있기 때문이다.

왜냐하면 사람들이 10년 전 광주에서의 비극을 모두 비극이라는 것에는 이의를 제기하지 않으면서도, 그 비극의 제목을 각기 다르게 부르고 있기 때문인데, 어떤 사람은 그 비극을 광주사태라 부르는데 그렇다면 그 비극은 광주에서 폭도 수십 명이 사살된 사건이고, 또 어떤 사람은 그 비극을 광주민주항쟁이라고 부르는데 그렇다면 그 비극은 광주의 민주시민 수백 명이 무고하게 죽어간 사건이고, 또 어떤 사람은 그 비극을 광주민중봉기 혹은 광주무장봉기라고까지 부르는데 그렇다면 그 비극은 광주에서

---

28 이성욱, 앞의 글, 383쪽.
29 Jeremy Tambling, 앞의 책, 254쪽.

봉기한 수천 명, 적어도 천 명 이상의 혁명적 민중 혹은 노동자 계급이 장렬하게 싸우다 전사한 사건이 아니냐는 것이다. 앞으로의 과제와 관련해서도 하나는 5월 투쟁을 통일 투쟁으로 몰아 나가자 하고, 다른 하나는 그것이 아니라 계급의 해방 투쟁이어야 한다는 것이어서 도대체 무엇이 옳은지 사람들의 그 '말'을 알 수도 믿을 수도 없다는 것이다.

이 소설은 기존의 자동화되고 관습화된 '광주' 해석에 대해, 처음부터 다시 객관적인 질문을 던지고 있는 것이다. 그런데 사실은 객관적이라기보다 이중적이며, 기존의 확고부동한 해석에 환멸을 느끼며, 따라서 "멀찌감치에서 지켜보기만 하는" 이의 시선으로서 아주 당연하게도 역사적 허무주의로 빠지는 것은 피할 수 없는 이 소설의 한계이다. "그것은 내가 알 바 아니다"와 같은 진술에서 보다 명료하게 드러난다.

1980년 5월의 '광주는 우리에게 무엇인가' 하는 질문을 던지고 그 의미를 추적하기 위해 이 소설은, 미국에서 공부하느라 이 나라를 7년간 떠나 있었던, 그래서 광주를 잘 알지 못하는 '김민수'라는 서울에 있는 모 사립대학교 연극영화과 교수를 앞세운다. "5 · 18이 10년째를 맞은" 그즈음 신문과 방송에서는 연일 '5 · 18주간'에 다시금 10년 전과 같은 대규모의 소요사태가 발생할지도 모른다는 심상치 않은 보도를 해대고 있었다. 정말 그럴지도 모를 일인 것이 전민련, 전대협, 전노협과 같은 대규모의 엑스트라 집단을 거느린 프로타고니스트(Protagonist)들과 전투경찰대, 군부대, 각급 관공서 공무원과 같은 엑스트라 집단을 거느린 안타고니스트(Antagonist)들이 속속 광주로 몰려가고 있었기 때문이다. 그런 상황에서 '김민수'는 서울에서 광주로 가게 된다. 그런데 가보고 싶어서가 아니라 가지 않으면 안 되는 상황 때문인데, 그것은 '준채'라는 학생의 제의 때문이었다.

김민수는 이 학교에 발령을 받은 지 한 달 쯤 되었을 때, 그의 연구실로 찾아온 준채로부터 새로 만든 극예술연구회라는 서클의 지도교수를 맡아

달라는 부탁을 받고 그들의 지도교수가 되기로 한다. 그런데 준채가 나중에 다시 찾아 와 공연 허가를 요청했는데, 권터 그라스의 「민중들 반란을 연습하다」라는 대본이 문제를 일으키게 된다. 김민수는 그 작품에 대해 어느 정도 알고 있던 터라 서류에 서명을 해 준다. 물론 그는 권터 그라스의 작품이 그 작품을 모르는 사람들에게서 야기 시킬 수 있는, 제목 속의 '민중' 그리고 '반란'이라는 말이 촉발시킬 불온한 편견에 대해 잘 알고 있었다. 아니나 다를까, 학생과장에게서 온 전화는 그런 우려들을 쏟아내고 있었다. 더 문제는 공연이 허가된 후 극예술연구회의 공연을 알리는 포스터가 교내 여기저기 내걸렸는데 그 제목이 '민중들 반란을 연습하다'에서 '광주는 우리에게 무엇인가'로 변해 있었던 것이다. 당장 학생과장에게서 전화가 온다. 결국 그는 운동권 학생들의 음모에 가담한 꼴이 되었다는 낭패감에 젖는다.

김민수는 준채에게 묻는다. "자네 왜 나를 속였나?" 준채가 대답한다. "진실을 위해서 어쩔 수 없었습니다." 그래서 두 사람은 광주에 가기로 한 것이다. 선생에게 광주에 대해서 잘 모른다고 하니 갈 수밖에 없었고, 갔다 와서 생각이 바뀌지 않으면 공연을 그만 두겠다니 가지 않을 이유가 없었던 것이다.

이 소설에서 김민수가 하고 싶은 말은 다음과 같다.

> 객관적인 사실이란 없다는 말을 하고 싶은 거야. 누구에겐가 해석된 사실이 있을 뿐이지. 사람들은 모두 거짓말을 하고 있는 셈이네. 그들이 그걸 의도했건 않았건 말일세.(53쪽)

따라서 이 소설의 결론은 다음과 같다.

> 광주도 마치 그 영화(구로자와 감독의 '나생문') 속에서 벌어진 사건과 같지

않을까. 진상은 밝혀질 수 없고, 사람들은 각기 나름의 해석된 광주를 갖고 있을 뿐이지. 그 해석된 광주란 바로 자기들의 이해와 의도에 따라 해석된 광주일 테고 말이야.(53쪽)

역사란 실재에 대한 지적 태도의 선택적 체계[30], 곧 해석이고 선택의 문제인 것은 맞다. 그러나 이 말이 어떠한 객관적인 역사도 배제된다는 뜻으로 읽혀서는 곤란하다. 보는 각도가 다르면 산의 모습도 다르게 보이기는 하지만, 산은 원래가 객관적인 모습을 갖지 않고 있다거나 여러 가지 모습을 가지고 있는 것이라고 하는 말처럼 성립되지 않는 말[31]인 까닭이다. 언어의 문제에 있어서도 다를 게 없는데, 어떤 계층의 인간도 하나의 사회 속에서 태어나는 것이 분명한 이상, 그가 사용하는 언어도 개인적으로 상속된 것이 아니라 그가 자라나는 집단으로부터 받은 사회적 획득물인 것[32]이다. 그런 까닭에 광주에 관한 기존의 해석이란 자동화되고 관습화된 것이 아니라 현재의 요구요, 현재의 산물인 것이다.

작가가 이 소설에서 끈질기게 탐문하는 언어의 문제, 곧 대화의 이데올로기적 요소 역시 우리는 소쉬르가 지적한 '언어활동'[33]의 사회적 측면과 연관지어서 설명할 수 있을 것이다. 대화를 구성하는 말은 대화 참여자의 주관에 의해 맥락이 결정되지만, 그 맥락에는 사회적 측면이 개입될 수밖에 없다는 의미다. 다음 대화에서 대화의 맥락에 포함된 사회적 측면을 살펴보자.

"자네 왜 나를 속였나?"
"어쩔 수 없었습니다."

---

30 E.H. 카, 김승일 역, 『역사란 무엇인가』, 범우사, 1998, 21쪽.
31 같은 책, 48쪽.
32 E.H. 카, 앞의 책, 56쪽.
33 장석원, 『한국현대문학의 수사학』, 월인, 2006, 192쪽 참조.

"어쩔 수 없었다니?"
"선생님을 속이고서라도 그 일은 해야만 했습니다."
"왜?"
"제가 대학 생활 4년 동안 배운 것이 바로 그거니까요."
"그게 뭐지?"
"진실이요. 그리고 그 진실을 위해 살아야 한다는 거죠."
"무슨 진실?"
"민중이 고통받는 현실을 변혁시켜 민중이 주인 되는 세상을 만드는 거죠. 저는 그 일을 연극을 통해서 해야 한다고 생각했습니다. 제가 할 수 있는 건 연극이니까요."
"진실을 위해서 거짓말을 한 셈이군."(중략)
"어쨌든 자네는 잘못을 저질렀네. (중략) 공연을 취소하게. 아니면 귄터 그라스의 작품을 공연하든지."
"그럴 수 없습니다."
"자네는 처벌받을 거야. 학교 당국을 속였으니까." (25-26쪽)

대화의 맥락은 인물들의 행위와 밀접한 연관을 맺는다. 위에 제시된 대화는 대화 이전은 물론이고 이후에 인물들의 행위를 추정할 수 있는 근거를 제공한다. 김민수 교수와 준채는 연극 공연과 관련하여 갈등을 겪는다. 이러한 인물 관계가 두 사람의 대화에 압축되어 있다. 김민수는 공연을 취소하라고 준채에게 명령조로 말한다. 언표된 행위의 주체는 학생인 준채이고, 언표 행위의 주체는 김민수 교수다. 교수라는 언표행위의 주체는 언표 내용의 대상인 준채에게 공연을 취소하라고 명령한다. 지시하는 자와 지시를 수행해야 할 자의 관계가 설정된다. 교수는 지시하고 학생인 준채는 지시를 받는다. 준채는 광주의 진실을 말하기 위해 어쩔 수 없이 거짓말을 하게 되고, 김민수는 학교 당국을 대신하여 준채에게 지시를 이행하지 않으면 처벌받을 것이라고 위협하는 작은 권력자가 된다. 교수인 김민수와 학생인 준채의 대화는 언어를 사회에 연결시키는 여러 유형 가운데 하나인 명령하는 자와 명령을 수행하는 자의 이데올로기적 관계를 내포한다. 주제인 '나'의 주관성에 의해 대상과 '나'의 관계가 설정되듯이 발화자와 발화 상대자인 청자-대화의 상대자- 사이의 관계가 이러한 배경에 의해 구별된다. 생략된 대화와 그에 따른 명령형 문장의 사용에는 대화자들 간의 미시적인 권력배치가 숨어 있다.[34] 이렇듯 언어는 사회 구조와 기능의 분모이며 동시에 사회 구조의 해석 체계로 쓰일 수 있는 복잡한 매커니즘이다. 일상적 대화는 물론이고 소설의 대화에서도 사회적 권력 관계는 투영된다. 김민수 교수와 준채의 대화에서 드러나듯이 사회적 권력 체계는 언어 주체의 언어에 반영되고 있음을 알 수 있다.

또한 「광주로 가는 길」의 서술자는 광주를 잘 알지 못하기 때문에, 더욱 광주에 대해 말하는 무수한 말들을 신뢰하지 못하기 때문에, 도대체 광주가 무엇인지를 스스로에게 거듭 묻고, 스스로에게 대답한다. 스스로 묻고 스스로에게 대답한다는 의미에서 이러한 의문문은 알 수 없는 의미를 찾아가는 과정이라고 할 수 있다. 그렇게 보면 이 소설의 진정한 주제는 말에 대한 의미, 말에 대한 탐구인 것으로도 보인다. 어쨌든 서술 주체인 '나'의 질문은, 작품을 읽는 독자에게 광주가 대체 무엇이냐고 묻는 경우이기도 하다는 점에서 자문자답의 형식은 서술자가 독자에게 제시하고자 하는 소설의 주제를 직접적으로 드러내는 장치이기도 하다. 그런데 서술자는 의문문으로 독자들에게 거듭 묻지만 앞에서 서술자가 광주의 의미를 각성하기 위해 던진 그 의문 안에 답은 이미 주어져 있다. "그 해석된 광주란 바로 자기들의 이해와 의도에 따라 해석된 광주" 라는 것이다. 광주에 관한 확고부동한 판단과 주장은 그것과 다른 확고부동한 판단과 주장에 대해 절대 동의할 수 없으므로 문제라는 것이다.

앞에서 살펴 본 소설들 혹은 소설의 인물들은 애초에 기대했던 바, 근

34 장석원, 앞의 책, 195쪽.

대적 주체로서의 관찰자, 시간의 강을 넘어선 관찰자로서 사건의 본질에 접근할 수 있는 신뢰할 수 있는 통로는 되지 못했던 셈이다. 그래서 관찰자라기보다는 국외자(局外者)의 시선에 머무는 한계를 보인다.

4. 지식인의 자의식

'5·18'의 성격에 대해서는 정치지형과 담론의 변화에 따라 다양한 분석이 존재한다.[35] 앞에서 언급한 것처럼 본고에서는 노동자 계급, 농민층, 도시중하층 쁘띠부르주아지, 중간계층, 중소자본가들로 구성된 민중들이 주체가 되어 참여했다는 '민중항쟁'적 성격을 갖는 것으로 이해한다. 본고에서 다루고 있는 대부분의 소설들에서 주요 등장인물들은 민중적 성격을 띠고 있다. 사건 초기 항쟁을 주도했던 학생 운동권을 비롯한 대부분의 지식인들은 '광주'를 빠져 나간다. 그 결과 항쟁에 관한 담론에서 지식인 계층은 배제되는 현상을 보인다. 그러다 보니 5·18민중항쟁의 경험과 기억이 소통으로서의 역사가 아니라 '우리' 안의 박제화된 기억으로 왜소화되는 결과를 초래할 위험이 상존한다. 그 날의 비극적 상황을 풍문으로 들었거나 혹은 목도했던 지식인의 자의식을 살피고 있는 소설들의 상대적 가치가 발휘되는 지점이 여기에 있다.

박양호의 장편소설 『늑대』의 주인공은 강원도 산골에서 소년 시절을 보내고 서울에서 학교를 다녔으며 지방주재 기자로 광주에서 십 년을 보낸 지식인-'나'로 설정된다.

이 작품의 전반부는 주인공이 어떻게 광주로 가게 되었는가 하는 사정

35 이에 관한 자세한 논의는 강현아의 글, 「5·18항쟁의 성격·주체」, 『5·18민중항쟁과 정치·역사·사회』, 551-574쪽을 참고할 것.

에 관해 바쳐지는데, 많은 부분 성장 소설적 면모가 드러나기도 한다. 해방이 조금 지나 강원도 산골 마을에서 태어난 '나'는 고향 마을의 산천에서 또래 아이들과 함께 뱀과 개구리와 잠자리를 잡거나, 서울에서 강릉으로 내려가는 트럭들이 잠시 숨을 고르느라 마을 공터에 머물 때 트럭을 몰래 뒤져 눈깔사탕을 훔치거나 하면서 유년기를 보낸다. 그에게 최초의 기억할 만한 사건은 면장 선거 때 학교 운동장으로 내려앉은 잠자리비행기(헬리콥터)와 별 하나가 반짝거리는 군복차림의 장군이 그 헬리콥터에서 내려 '최 씨네 손, 상희의 외삼촌'에게 손을 내민 일이었다. 그 뒤에 '나'를 포함한 어린아이들의 장래 희망은 대통령에서 장군으로 바뀐다. 그것도 잠자리비행기를 탈 수 있는 장군이어야 했다. 그가 진학한 학교의 선배들 중 서너 명씩은 사관학교에 진학해서 그의 소년 시절의 꿈은 여물어져 가는 듯 보인다. 그러나 그는 적록색맹 탓으로 꿈을 포기하게 되고, 절망감으로 공부를 게을리 하다가 재수를 하게 되고, 결국 소설책 읽는 재미에 푹 빠지게 된다. 이즈음, 마음속의 연인이었던 상희는 이제 다시는 나를 찾아오지 말라고, 그 대신 "나 대학 가고 너 사관학교 가면 만나자"며 냉정히 일어선다.

그는 서라벌예대 문예창작과에 들어가 소설 공부를 하게 된다. 나중에 기자가 되고 광주로 가게 되는 계기가 마련된다. 그 동안에 그는 상희를 포기하고 다른 사람과 결혼한다. 중요한 점은 그가 "박정희 독재정권 아래서 수많은 사람들이 민주주의를 위하여 싸우다가 투옥되고 또 집안이 풍비박산이 되곤 했지만 그런 일로부터 그는 멀찌감치 비켜서 있었다."는 점이다.

그는 사회부 기자로 발령받았을 때 "너무도 좋았다"고 고백한다. 당장이라도 그 잠자리비행기를 탈 수 있을지 모른다는 희망에 부풀었던 때문이다. 그러나 사랑도 인생도 마음대로만 되는 것은 아니다. 그에게 배당

된 일은 주로 잠수교의 통행 사정과 관계된 일이었다. 비가 내린다. 의암호, 팔당, 가평의 호수에서 물을 내려 보낸다. 일초에 몇 백만 톤을…. 그러면 한강의 잠수교까지 닿은 데에는 몇 시간이 걸리고, 그러면 한강의 수위는 몇 미터로 올라간다. 그렇게 되면 잠수교는 통행이 제한된다 … 따위. 결국 그는 광주 주재기자로 내려가게 된다. 그런데, 광주면 어떠냐, 다 거기도 사람 사는 세상인데 하면서도 마음속으론 긴장을 한다. 그래서 그는 "기실 어떤 의미에서 모든 문제의 출발도, 도착점도 거기서 비롯되는 것은 아닐까" 생각하기에 이른다.

그가 광주로 발령 났다는 말을 듣고 집안사람들이 보인 처음의 반응은 "거기 사람들은 김대중이라면 까빡 죽는다면서?" 라거나 "얘… 얘… 전라도 사람들은 말이다. 변소 들어갈 때 하구 나올 때 하구 그렇게 틀리단다…." 따위였다. 더욱이 "그래도 난 어쩐지 그 동네 사람들 싫더라."는 감정적 반응까지 보인다. 어쨌든 그는 광주로 내려가게 되고 부지불식간에 역사의 한복판에 서게 된다. 그리고 그 헬리콥터를 보게 된다. "한 사람의 기자로서, 또 평생 동안 잠자리비행기에 대한 환상과 애정을 가지고 있던 사람으로서 최초로 잠자리비행기를 본 것은 시내 한복판에서였다." 헬기에서 총을 쏘았다는 아우성을 듣는 순간 그는 본능적으로 도망쳐야 한다는 생각이 든다. 그래서 골목길을 향해 무작정 숨어 숨어가 목숨을 구한다. 그가 서울로 돌아왔을 때 사람들이 그에게 은밀하게 묻는다. 광주에서 무슨 일이 있었느냐고. 그러나 그는 아무런 말을 하지 못한다. "그런데 말이야… 국장님께서 자네가 가급적 정부 발표 이외에는 다른 얘기를 안 했으면 하고 말씀을 하시더군." 하며 그가 입을 여는 것을 막는 듯했다. 사람들은 진실을 듣기보다는 그것을 두려워했다.

서울에서의 '나'도 편안한 보통사람의 생활에 익숙해져 가고 있었다. 아내의 관심은 아파트를 마련하는 것이었고 그의 관심은 자동차에 있었다.

언론 통폐합과 자율 정화의 와중에 정부는 '기자 아파트'라는 당근으로 그의 침묵에 대해 보상한다. 그는 이 기자 아파트를 정신의 감옥으로 여긴다. 진실을 말하지 못하는 부끄러움으로 갈등을 겪던 그는 마침내 상황이 호전되어 가는 때에 광주에서의 그 잠자리비행기에 대해 집요하게 추적하는 기사를 내보낸다. 그러나 증거가 없다. 미궁이라는 것, 광주의 진실은 여전히 봉인된 채 사람들의 기억에서 잊혀져가고 있다는 것, 그것을 부추기는 건 "그나저나 그 동네 사람들 보통 사람들은 아니야. 무서운 사람들이야." 라고 말하는 타 지역 사람들의 광주에 대한 근거 없는 지역감정과 차별 의식이라는 것이다.

> 그들도 일상적인 삶을 유지하면서 먹고 살아야 하는 보통 사람들이 대부분이었다. 광주 이외의 사람들이 광주의 일을 애써서 외면하고 지나치고 잊어버리면서 사는 것과는 달리 광주 사람들은 살궂은 사람의 죽음 앞에서도 밥을 먹어야 하는 심정으로 생활을 꾸려나가고 있었다. (292쪽)

위의 인용에서 알 수 있는 것처럼 이 소설은, 광주사람들이라고 해서 모두들 투쟁가나 혁명가는 아니었다는 균형 잡힌 인식과, 별다른 역사의식의 잣대가 아니라 평범한 일상인의 눈으로 그의 시대를 바라보는 중간자적 인물로서의 주인공의 설정이 '5 · 18'이라는 역사적 사건을 바라보는데 있어 미학적 거리를 가능하게 하는 유효한 장치가 되고 있다.

이 소설에서 주인공의 음성을 빌어 작가가 말하는 것은 크게 두 가지다. 우선 광주의 '5 · 18'이라는 참혹한 사건을 목도하고서 느낀 인간적 공포심과, 보고 듣고 느낀 것을 글로 써내지 못한데 따른 지식인으로서의 죄의식이다. 다른 하나는 타 지역 사람들이 광주에 대해서 갖고 있는 근거 없는 지역감정에 대한 비판적 성찰이 그것인데, 소설의 제목에서 암시하고 있는 것처럼 레드콤플렉스와 관계있다는 것으로 요약된다. 5 · 18민중항쟁의 발생 원인과 관련하여 유효한 실마리 하나를 풀어 보이고 있는 것이다.

류양선의 장편소설 『이 사람은 누구인가』는 광주에서의 열흘을 인간의 도덕적 삶의 문제와 관련시켜 정면으로 다루고 있는 작품이다. 이 소설에서 작가는 광주의 참상을 직접적인 목소리로 전달하려 하지 않는다. 오히려 광주의 싸움은 인간 내면의 정신적 · 윤리적 싸움으로 재현[36]된다.

『이 사람은 누구인가』의 시간적 배경은 1980년 5월에서 6월에 걸친 한 달 정도의 기간이다. 전체 7장으로 구성된 이 소설의 등장인물들은 각각 부산 · 광주 · 서울에 거주하는 젊은이들로 대학 강사(영섭), 정신과 의사(성준), 예술가(한빈), 시인(원규) 등 전문직에 종사하는 전형적인 지식인들이다. 이 인물들의 공통적인 특징은 하나같이 고통스런 죄의식에 짓눌려 있다는 점이다. 각각 표현의 형식은 달라도 마음 속 깊은 곳에 이들은 양심의 고통과 부끄러움을 견뎌내고 있는데 이는 오월 광주로 표상되는 당시의 폭압적 정치 현실에서 기인한 것이다.

> 아무도 믿고 싶어 하지 않을 것이었다. 허지만 아무리 믿고 싶지 않더라도 이미 일어난 일은 일어난 일이었다. 그것은 인간의 인간다움을 완전히 부정했던 엄연한 사실이었다. (중략) 그 팽팽했던 긴장과 엄청났던 열기, 죽임과 죽음, 전신을 옥죄어 오던 죽음에 대한 공포, 그 공포의 극복, 생명을 지키기 위한 생명을 건 싸움, 더 많은 사람들의 죽음……. (82쪽)

또, "어떻게 모든 것이 그대로일 수가 있는 것일까 하고 그는 생각했다. 어떻게 바람은 그냥 서늘히 불고 밤은 조용히 찾아올 수 있는 것일까. 어떻게 이 우주가 이대로 침묵할 수 있는 것일까."하는 비탄으로 제시되기

---

36 윤지관, 「광주항쟁의 도덕적 의미」, 류양선, 『이 사람은 누구인가』 해설, 현암사, 1989, 286쪽. 이하의 작품 해석은 윤지관의 글에 많은 부분 의지하고 있음을 밝힌다. 윤지관의 글은 류양선의 소설을 정밀하고 풍부하게 해석해 내고 있다.

도 한다.

제1장의 초점인물인 '영섭'은 우울증을 겪고 있다. "아무도 말할 수 없었다. 거대한 침묵이 학교를 뒤덮어 버린 것이었다. 그 침묵은 내게 있어서 가혹한 형벌과도 같았다. 나는 죄수처럼 방구석에만 웅크리고 앉아 지루하고 답답한 나날을 흘려보냈다. 사실 나는 죄수인지도 몰랐다."

그가 겪고 있는 우울증은 거의 유사한 형태로 다른 인물들에게도 나타나는데, 한빈은 멀쩡한 다리가 잘려 나갔다는 병적 징후를 보이고, 원규는 까닭 모를 절망감으로 자포자기하며, 수찬은 모든 일이 부질없고 쓸데없다고 생각하며, 성준은 생각을 멈추고 멍멍한 상태로 있고 싶어 한다. 세빈은 두통과 환영과 환청에 시달린다. 한마디로 죄의식과 무력감이 이들의 공통된 심리 상태를 이루고 있다. 소설의 많은 부분을 차지하는 일기나 명상 혹은 독백의 형태로 변형되어 제시되는 인물들 간의 대화들은, 죄책감에 시달리는 고통스런 영혼들의 정신적 구원을 얻으려는 지적 노력을 말해준다. 이들의 힘겹고 고통스러운 노력의 핵심에 놓여 있는 것은 5·18민중항쟁의 의미에 대한 모색인데, 광주는 이 소설에서 전해지는 이야기나 회고의 형태로 존재하지만, 등장인물들의 의식은 광주에 의해 온통 지배되는 양상을 보인다.

이 소설은 모두 7장으로 구성되어 있다. 그 각각은 영섭, 원규, 성준 등 주요 인물들의 1인칭 시각에 의해 서술되지만, 주인공 '한빈'의 환청 상태를 나타내는 유령의 시각이나 혹은 3인칭 서술이 사용되기도 한다. 이 3인칭 서술자(화자)도 문법적 관점에서 보면 항상 1인칭이다. 이러한 다양한 서술들은 모두 한 가지 사건, 즉 한빈의 실종이라는 사건에 초점을 맞추고 있고, 그 실종은 바로 광주항쟁이라는 역사적 사실과 밀접한 연관을 맺고 있다. 그러니까 이 소설은 한빈의 기이한 행각에 대한 일련의 해석으로 이루어져 있는데, 이 줄거리의 내부에는 한빈의 죄의식과 속죄를 통한 구원이라는 도덕적, 윤리적 질문들이 놓여있는 셈이다. 한빈의 고통스런 행각과 죄의식은, 그가 사랑을 느꼈던 성욱이 그때 광주에서 참혹한 모습으로 숨졌다는 것, 그러나 아무도 그녀에게 구원의 손길을 내밀지 못했다는 데 일차적으로 기인한다. 또한 "스스로 불구자라고 생각하지 않고서는 견디지 못하는 한빈의 정신적 질병이야말로 당시의 살아남은 많은 사람들이 함께 앓을 수밖에 없었던"[37] 고통이요, 죄의식임을 이 소설을 보여주고 있다.

조각가 한빈은 1980년 봄 무렵, 일종의 정신장애로 인해 자신의 한 쪽 다리가 없어졌다는 생각에 빠져 스스로 한 쌍의 목발을 만든다. 그는 5월 말경 부산의 대학에 근무하는 친구 영섭에게, "나는 얼마 전 불의의 사고로 그만 불구자가 되고 말았네. 어서 와서 나를 구해 주게. 난 지금 쓰러지고 싶네. 난 지금 울고 있네. 난 지금 울고 있는 나를 구타하고 있네…." 라는 절박한 심정을 담은 편지를 발신자가 누구인지 밝히지 않은 채 보낸 후 시인 원규의 하숙을 찾아갔다가 다음날 홀연히 서울에서 자취를 감춘다. 그는 그 길로 광주에 내려가 환청 상태에서 광주를 떠도는 유령들을 만나고 그곳에 머물고 있던 정신과 의사 성준을 방문한다. 그가 만난 유령들은 다음과 같이 말한다.

> ① 들리는가? 들리는가? 우리의 이야기가 들리는가? (중략) 산 자들아, 정말 잘 들어 두어라. 우리를 죽인 자들도 방금 이곳에 와서 우리와 함께 어둠 속에 있다. 그들을 어떻게 해야 할 것인가? 우리는 잠시 고민했다. 우리를 죽이고 나서 곧 죽음을 맞이했던 그들을 어찌할 것인가? 명령에 따라 움직였던 그들, 굶주림을 못 이겨 발광했던 그들, 자신들이 그토록 빨리 무너질 줄 몰랐던 그들을 이 죽음의 세계에서 어떻게 할 것인가? 잘못을 책하고 벌을 내릴 것인가? 아니면 모르는 체 그냥 덮어둘 것인가? 허지만 이건 다 부질없는 질문이다. 삶의 세

37 김태현, 앞의 글, 363쪽.

계에서와는 달리 죽음의 세계는 평등하다. 누가 잘못을 저질렀다는 말인가? 대체 이곳에서 누가 죄인일 수 있는가? 그래서 우리는 그들에게 훨훨 날아가서 손을 내밀었다. 그러나 그들은 감히 우리의 손을 잡지 못했다. 우리의 손을 잡기는커녕 우리를 마주 바라보지도 못했다. 하기야 그들이 어찌 우리의 얼굴을 똑바로 쳐다 볼 수 있으며 (중략) 허지만 그들이 그러하기에, 그들이 스스로 반성하고 수치스러움을 깨달았기에 우리는 이미 그들과 화해한 것이나 다름없는 것이다. 이제 우리는 그들을 우리와 구별하지 않고 다만 '우리' 라고 부른다.(167-168쪽)

② 그러나 산 자들아, 그대들은 어떠한가? 그대들 중의 우리와 그대들 중의 저들과의 관계는 어떠해야 하는가? 삶의 세계에서도 저들을 과연 '우리'라고 할 수 있는가? 저들은 정말 뻔뻔스럽게도 먼저 손을 내미는 체한다. (중략) 저들은 모든 걸 잊어버리자면서 이제 모든 걸 없었던 일로 해야 되지 않겠느냐면서, 그리하여 옛날처럼 즐겁게 아니 옛날보다 더 즐겁게 같이 어울려 뛰놀자고 손을 내미는 것이다. (중략) 그러나 분명히 있었던 일을 아예 없었던 것으로 치부해 둘 수는 없다. 그렇게 하는 것은 그 끔찍한 일을 저지른 것 못지않은 엄청난 죄악이기 때문이다. (중략) 우리는 유언조차 남길 겨를이 없었다. 다 알다시피 우리가 최후의 순간에 남긴 것은 외마디의 비명 소리뿐이었다. (중략) 산 자들아, 정말 들어 두어라. 그대들 앞에 놓여진 삶의 길이는 우리의 죽음의 대가로 하여 얻어진 것임을! (168-170쪽)

①은 광주에 진압군으로 투입되었던 사람들 역시 그날의 고통과 죄의식으로부터 자유롭지 못하다는 점, 하지만 그들이 스스로 반성하고 수치스러움을 깨닫기 전에는 진정한 화해는 가능하지 않다는 점을 역설하고 있다. ②는 그럼에도 불구하고 이제 모든 걸 잊어버리자면서, 이제 그만 모든 걸 없었던 일로 해야 되지 않겠느냐면서 거짓 화해의 손을 내미는 이들과 그로부터 역사에의 망각을 억압하는 이들과의 결연한 싸움을 주문하고 있다. 그러니까 한빈은 "차라리 미쳐 버릴지언정 세상을 비껴가지 말고 세상에 맞서 격렬히 싸우라" 고 말하고 있는 것이다. 그는 광주를 떠나 땅끝 토말리를 찾아 종이조각가 봉한을 만나고 자신의 목발 중 하나를

그곳에 남겨둔 채 다시 길을 돌아 나선다.

한편 영섭은 친구인 한빈의 상태에 관심을 가지고 그를 찾아 나선다. 그는 부산에서 상경하여 원규, 수찬, 세빈, 인숙 등 한빈의 주변 인물들을 만나고, 그의 행적을 좇아 광주로 내려간다. 결국 그는 토말리까지 추적하여, 한빈이 회귀한 그 지점에 서서 자기 자신도 이제 돌아가야 할 시간임을 인식한다. 이 실종과 추적이라는 소설의 기본 구도보다 중요한 것은 우선 한빈의 여행이 갖고 있는 상징적 · 내면적 의미일 것이다. 한빈의 행적은 영혼의 고통에서 벗어나기 위해 구도의 길에 나선 한 순례자의 고행을 보여준다. 다음으로 우리의 주목을 요하는 것은, 그 여행의 핵심에 광주가 놓여 있다는 것이 될 것이다. 마지막으로는 그의 여행이 주변 사람들의 삶과 밀접하게 연결되어 있다는 점인데, 그들이 갖고 있는 고통과 죄의식의 근원이 일차적으로는 광주에서의 성욱의 죽음과 관련 있음은 앞에서 살핀 바 있다. 우리는 이 소설을 통해 인간의 윤리적 삶과 예술적 활동이 결코 정치적 사건과 무관할 수 없다는 사실을 새삼 깨닫게 된다.

이 소설에서 빠뜨릴 수 없는 또 한 가지 중요한 주제는, 예술과 삶의 관계에 대한 성찰[38] 이다. 등장인물 대부분은 예술가 또는 지식인이다. 한빈과 수찬, 그리고 봉한은 조각가이고, 원규는 시인이며, 세빈은 소설을 습작한다. 영섭은 대학에서 역사를 가르치며, 성준은 정신과 의사다. 『이 사람은 누구인가』의 인물들은 폭력이 난무하는 타락한 세계에서 예술이 설 자리를 찾으려 한다. 이 소설 곳곳에서 예술론 내지 문학론이 피력되고 있는 것은 이 때문이다. 한빈은 곧 녹아 없어질 얼음조각에 몰두하다 드디어 작품 활동을 중단하고 목발을 만드는데 몰두한다. 그의 목발은 "병든 세월 혹은 불구스런 세상을 상징"한다. 수찬에게는 작품의 제작이 다 쓸모없고 부질없어 보이며, 원규는 더 이상 시를 쓰지 못한다. 세빈도 쓰

38 윤지관, 「광주항쟁의 도덕적 의미」, 294쪽.

던 소설을 완성하지 못한다. 따라서 한빈의 실종은 곧바로 예술의 위기를 의미하며, 한빈의 모색은 예술의 자리를 확보하기 위한 몸부림으로 읽힌다. 왜냐하면 한빈에게 있어서 예술은 혼신의 힘을 바쳐야 하는 그 무엇, 곧 그의 자체이기 때문이다.[39] 1980년 광주로 표상되는 엄청난 사회적 폭압은 한빈의 일상적 삶을 파괴하고 그것은 곧바로 예술 작업의 중단으로 이어진다.

이 소설의 전언은 그러니까 예술가의 삶이 특이하고 예외적인 것이 아니라, 당대의 사회적 · 문화적 삶과 긴밀한 관계망에 놓여 있다는 것이다. 이는 『이 사람은 누구인가』의 간과할 수 없는 또 하나의 의의라 할 것인데, 5 · 18민중항쟁을 다룬 거의 모든 소설이 지식인의 배반을 논하고 있거니와, 이 소설의 경우 그 사건이 지식인 · 예술인들에게 어떤 충격을 주었고 그 충격에 그들이 어떤 반응을 보였는가를 집중적으로 탐문하고 있다[40]는 점에 있다. 그러니 시간과 공간을 초월한 그 자체(An-sich)는 존재하지 않는 것이다. 루카치가 말한 바, 성향, 재능 등은 태생적인 것이라 해도 그것이 꽃을 피우느냐 마느냐, 형성되느냐 파멸되느냐 하는 것은 삶과 그 주변 환경 그리고 이웃에 대한 작가의 교호관계에 달려 있다.[41] 이 삶이란 객관적이며 당시의 삶의 한 부분이다. 따라서 이 삶은 그 본질로서 사회적-역사적이다. 소설의 마지막 부분에, 한빈을 추적하던 영섭이 마침내 땅끝 마을에 이르러 목격한 남루를 걸친 구도자의 조각은, 그러므로 목발 한쪽을 벗어 던지고 새롭게 삶을 시작하려는 조각가 한빈의 모습일 뿐 아니라 이 광기와 야만의 시대에서도 의미 있는 삶을 살아가려는 살아남은 자 우리 모두의 초상이 될 것이다.

'5 · 18'을 민중항쟁으로 규정하든가 폭동 혹은 사태로 바라보든 간에 하

---

39 소설 제4장의 제목 '작품의 성과는 흘린 피의 절대량에 비례한다.' 가 그것을 시사해 준다.
40 김태현, 「광주항쟁과 문학」, 362쪽.
41 마논 마렌-그리제바하, 장영태 역, 「사회학적 방법」, 이명재 외, 『문학과 사회』, 동인, 2001, 17쪽.

나의 공통된 인식이 존재할 터인데, 그것은 '5 · 18'이 거대한 '폭력적 사건' 이라는 점이다. 이 사건에는 정체를 드러내지 않는 기획자와 그 하수인인 공수부대원들과 피해자와 목격자 등 사건과 관계 맺는 여러 유형의 인물들이 존재하게 마련이다. 문제는 이 폭력적 사건의 가해자들 역시 피해자들 못지않게 극심한 죄의식에 시달린다는 점이다. 그것은 자기 존재의 부정에 이를 만큼 심각한 양상을 보인다. 뿐만 아니라 그 폭력적 사건의 와중에 혈육이나 친구를 잃은 사람들, 그리고 그 엄청난 사건을 전해 들었으나 어떻게 해 볼 수 없었던 살아남은 사람들은 깊이 모를 부끄러움에 고통스러워한다. 그들은 어떻게 모든 것이 그대로일 수 있는 것인지, 어떻게 바람은 그냥 서늘히 불고 밤은 조용히 찾아 올 수 있는 것인지 비탄에 잠긴다. 이렇게 '5 · 18'은 그 날 이 땅에 살았던 많은 사람들에게 결코 지워지지 않는 죄의식과 부끄러움을 남기는데, 이는 앞에서 살펴 본 소설들에서 충분히 드러나고 있다.

04 트라우마의 치유 혹은 해원解冤

일반적으로 정신적 외상이라 번역되는 트라우마(trauma)는 "충격적인 체험이 잠재의식에 각인으로 남아, 때때로 무심코 떠올리는 기억으로 드러나서 지독한 정신적 고통을 유발하는 병증"[1]으로 설명된다. 정신분석학은 트라우마가 의식이 일차적으로 망각한 무의식의 부분이라는 것, 그리고 그것은 일정한 계기가 주어지면 반드시 나타난다는 것을 증명했다. 그것은 사진기의 섬광처럼 순간적으로 나타나 신체에 고통의 흔적을 각인시킨다. 니체는, "무엇인가 기억에 남도록 하려면 그것을 낙인으로 찍어 넣어야 한다. 지속적으로 고통을 주는 것만이 기억에 남아 있는 법"[2]이라고 했다. 그리고 그 고통, 즉 기억의 문자는 마음이나 영혼이 아니라 예민하고 연약한 몸의 표면에 기록된다. 니체는 신체에 각인된 인상을 능동적 의무감(양심)으로 받아들이는 기억의 작용을 '의지의 기억'이라고 명명했다.

---

1 주디스 허먼, 최현정 역, 『트라우마』, 플래닛, 2007, 17쪽. '외상 후 스트레스 장애'라고도 하며 과도한 위험과 공포, 스트레스 상황에 대한 심각한 심리적 충격을 일컫는다. 〈〈정신장애 진단 및 통계 편람 4판〉〉에 따르면, 외상trauma이란 심각한 죽음이나 상해를 입을 위험을 실제로 겪었거나 그러한 위협에 직면했을 때, 혹은 타인이 죽음이나 상해의 위협에 놓이는 사건을 목격하였을 때, 이에 대하여 강렬한 두려움, 무력감, 공포를 경험한 경우를 의미한다. 이런 일들은 흔히 전쟁 참전용사나, 어렸을 때 성적인 학대를 당한 사람, 그리고 강간을 당한 여성들에게서 흔히 발병하는 것으로 알려져 있다. 허먼은 가정폭력이든 정치적 테러이든 폭력의 메커니즘은 어디에서나 동일하며, 이러한 폭력을 종결짓기 위해서는 인권 운동 같은 정치적이고 공적인 행위의 개입이 절대적으로 필요하다고 주장한다.

2 고봉준, 앞의 글, 364쪽에서 재인용. 이하의 관련 글에서는 고봉준의 글에 빚지고 있음을 밝힌다.

5 · 18민중항쟁의 보편적 의의의 근거가 시민들의 행위가 단지 그들의 고향 도시에 대한 애향심이나 단순한 반항정신에서 나온 것이 아니라, 정부 당국의 억압과 왜곡된 선전으로도 결코 지워버릴 수 없었던 민주주의에 대한 깊은 열망으로부터 나온 것이라는 지적[3]은 항쟁의 성격을 매우 적확하게 규명하고 있다.

독일 브레멘 대학교 교수 한스 요르크 잔트퀼러는 우리에게 현대적 테크놀리지를 동원한 살인은 우리로 하여금 그 죽음이 대량학살적 성격을 띨 때에만 경악하게 되는 위험에 빠지게 한다고 일깨운다. 따라서 폭력에 의한 단 한 사람의 죽음도 받아들여서는 안 된다는 것, 그러한 한 사람의 죽음은 인간 전체에 대해 상처를 입히는 것이라는 것을 강조한다. 불의에 대해 저항하는 이는 개별적인 한 인간이다. 폭력에 저항하는 투쟁에서 죽는 이도 개개의 한 인간이다. 모든 인간의 권리를 위해 대표하여 행위 하는 이도 역시 한 명의 개별적인 인간이다. 모든 인간의 개인성은 보편성을 띤다. 하나가 되어 싸웠던 개인들, 노동자, 농민, 학생, 빈민, 종교인, 지식인 그리고 반정부인사들 모두가 각기 개인적 존재로서 폭력에 저항했고, 그들의 행위는 침묵했던, 침묵할 수밖에 없었던 다른 지역의 사람들을 포함한 모든 이들의 자유와 인간의 존엄성이라는 보편성을 대표하는 것이다.

'5 · 18소설'은 이 "문제적 개인"[4]들의 운명에 관한 이야기이다. 5 · 18 민중항쟁의 정신은 무엇보다 앞서 '인간의 존엄성'에 관한 믿음과 그것을 지켜내기 위한 싸움이라고 믿는다. 6 · 25전쟁 이후 가장 큰 역사적 비극인

3 한스 요르크 잔트퀼러(Hans Jorg Sandkuhler), 앞의 글, 398쪽. 독일 브레멘 대학교 교수. 이하의 글은 많은 부분 그의 논지에서 빌려온 것이다.

4 G루카치, 반성완 역, 『소설의 이론』, 심설당, 1985, 103쪽. 루카치는 소설을 '문제적 개인의 자기 인식으로의 여행'으로 본다. 여기서 '문제적 개인'이란, 세계와 일치되지 않는 영혼을 지닌 소설의 주인공을 말한다.

1980년 5월을 체험한 사람들은 누구나 할 것 없이 엄청난 내상(內傷)을 지닐 수밖에 없었다. 가공할 국가 폭력 앞에서 인간의 존엄은 차라리 사치스러운 개념일 수밖에 없었던 것인데, 대부분의 '5 · 18소설'들에서 그러한 병증의 실체나 징후를 그리는 것은 불가피한 일이다. 이 장에서는 다른 작품들에 비해 상대적으로 조금 더 트라우마(trauma)의 문제 혹은 그것에서 벗어나기(해원解寃)의 관점을 드러내는 소설들을 살펴보기로 한다.

1. 폭력과 광기의 상흔

심리적 외상은 무력한 이들의 고통이다. 외상 사건이 일어나는 순간, 피해자는 압도적인 세력에 의해 무기력해지고 만다. 그 세력이 자연에 의한 것일 때 우리는 재해라고 말한다. 그 세력이 다른 인간에 의한 것일 때 우리는 그것을 잔학행위라고 말한다.[5] '5 · 18'은 항쟁-저항-이기 이전에 무차별적인 국가 폭력-양민 학살-이었다. 그 학살[6]을 직접 행사한 자들은 고도로 훈련된 공수부대원들이었다. 그들은 광기에 휩싸여 있었다. 아래에서는 폭력과 광기 앞에 무력할 수밖에 없었던 인물들이 겪고 있는 트라우마의 양상을 다룬 소설들을 살펴보기로 한다.

정찬 소설 「완전한 영혼」은 순결한 한 영혼의 기억 속에 똬리를 틀고 있는 깊은 상처의 근원에 광주의 기억이 있음을 보여주는 작품이다. 1980년 당시 인쇄소 식자공이었던 '장인하'는 공수부대원들에게 쫓겨 막다른 골목에서 연행되는 '지성수'를 구해 낸다. 작고 초라하고 아무런 힘도 없어

5 주디스 허먼, 앞의 책, 67쪽.

6 왜 5 · 1 · 8이 양민학살인가와 관련해서는 최정기의 글, 「5 · 18과 양민학살」, 『5 · 18민중항쟁과 정치 · 역사 · 사회』, 3권, 74-121쪽을 참고할 수 있다.

보이는 한 남자에 불과한 장인하가 지성수를 구해내는 방식이란 어떤 완력을 사용해서가 아니라, 무턱대고 공수부대원들에게 다가가 총을 뺏으려 했던 무모한 행동을 통해서였다.

장인하는 두 손을 올린 채 군인들을 향해 고개를 흔들었던 것이다. 그것은 애원이었다. 사람이 그래서는 안 된다는 간절한 애원이었다. 그러나 군인의 총은 그의 손을 뿌리치며 허공으로 치솟았고, 둔탁한 소리와 함께 장인하의 몸이 기우뚱거렸다. 곧이어 다른 군인이 진압봉으로 그의 머리를 찍었다. 그는 나무가 쓰러지듯 힘없이 쓰러졌다. 비명과 흡사한, 그러나 비명은 아닌 이상한 소리를 내지르며 그가 나타남으로써 폭력의 표적이 지성수에서 장인하로 바뀌었을 뿐 아니라 어이없는 그의 행동이 군인들을 순간 당황하게 만들었고, 결국 흉기를 든 그들의 손을 내려뜨리게 한 것이다. 그때 장인하는 두개골이 골절되면서 소리를 인지하는 감각 기관인 달팽이관이 골절되어 소리의 착란 현상을 겪는다. 그러니까 그는 소리를 듣지 못하게 된 것이다. 이 일을 계기로 지성수는 장인하를 생명의 은인으로 여길 뿐 아니라, 자신의 불완전함을 일깨우는 완전한 영혼의 소유자로 인식하게 된다.

이 소설에서 작가는 지성수라는 매우 신뢰할 만한 운동권 활동가를 통해 80년대 운동에 대한 반성 및 새로운 이념적 지평의 제시를 시도한다. 서사는 장인하라는 인물의 삶과 죽음에 대한 지성수의 관심과 의미 부여를 축으로 전개되지만, 그것은 지성수의 새로운 변혁 이념을 드러내기 위한 하나의 장치로 기능한다. 그래서 지성수가 장인하를 그토록 소중히 여기는 이유가 단지 그가 자신의 생명의 은인이라는 것만 가지고는 설명되지 않는다. 그가 보기에 장인하는 "완벽한 무사상적 인간이며 식물적 정신의 소유자"다. 완벽한 무사상적 인간, 악의 힘을 알지 못하는 인간, 혼돈과 광기와 모순으로 가득찬 세계를 볼 수 없는 인간이자, 악이 가하는 고통에도 식물적으로 순응하는 사람이다. 따라서 지성수에게 장인하는 "세계가 객관적으로 존재하며 이 세계를 진보의 방향으로 움직이게 하는 객관적 진리가 있다는 믿음을 보완해 줄 요소를 지닌 것"[7]으로 보는 것이다.

이 소설에서 장인하라는 인물의 창조는 분명 새롭고 따라서 신선하기는 하지만, 그와 같은 소위 식물적 정신이라는 것이 1980년 5월에 있었던 국가 폭력과 같은 상황에서 어떻게 효과적 대응이 가능할 것인가 하는 문제를 남긴다. 식물적 정신을 양보적 저항이라는 의미로 사용했다면 종교가 그러한 것처럼 이 소설 또한 폭력의 왜곡이 아닐 수 없다. 현실적으로 양보적 저항이 이기는 경우는 거의 없다. 그런데도 있는 것처럼 믿는다는 점에서 그러하다.[8] 또한 이 작품이 "1980년대 변혁 이념에 대한 비판과 아울러 새로운 운동에 대한 나름의 방향 제시인지"[9], 아니면 5월 그 자체(대항 폭력으로서의 광주민중들의 저항-폭력)에 대한 비판인지 그 초점이 석연치 않은 것도 문제로 남는다.

그렇긴 하지만 장인하가 겪는 광주 체험의 비극적 결말은 다른 의미에서 소설적 성취가 있다. 계엄군이 내리친 개머리판과 진압봉에 의해 머리를 얻어맞고 청력을 상실한 그는 청력을 완전히 잃게 되기 전까지, 무자비한 폭력에 죽어간 이들의 고통스런 절규에 몸부림치고 있는 것이다. 그는 달려드는 트럭의 경적 소리를 듣지 못하고 죽어가지만, 그를 죽게 한 것은 저 의식 밑에 잠재된 현장에서 죽어가던 이들의 영혼의 소리였다는 것, 그의 영혼 속에 깊이 각인된 트라우마가 그를 죽음으로 몰아갔다는 것으로 읽어도 아무 문제가 없다.

문제는 이러한 상처가 미래적 삶에 어떻게 긍정적으로 개입할 수 있느냐 하는 것일 터인데, 대개의 '5 · 18소설'들에서는 그러한 전망이 보이지

7 방민호, 「광주항쟁의 소설화」, 208쪽.
8 김현, 『전체에 대한 통찰』, 나남, 1993, 361쪽.
9 정명중, 「'5월'의 재구성과 방식에 대한 연구」, 297쪽.

않는다. 그만큼 광주에서의 국가 폭력이 남긴 상흔이 크다는 반증일 것이다.

박양호의 「참새와 고래」에서는 유년기의 장애 때문에 여자를 사랑하기 힘든 김평후라는 복학생이 군대에서 한 장교와의 상담을 통해 치유되는 듯싶었는데, 5 · 18민중항쟁 때 진압군으로 참여한 기억의 되풀이 때문에 다시 불능 상태에 빠지게 된다는 이야기를 통해 한 젊은 영혼에 각인된 상흔의 문제를 짚고 있다.

주인공 김평후의 유년기의 장애란 다름 아니라 소녀과부 할머니에 대한 지극한 사랑의 감정을 말함인데, 그는 일기에 "나는 절대로 장가를 가지 않을 거야"라고 쓸 만큼 그의 영혼은 순수했다. 그런 그가 공수특전단에 입대하게 된 것은 단지 국방의 의무를 다하기 위한 것이었고 까닭 없이 공수부대의 차림이나 행동거지가 멋있어 보였던 탓이었다. 그는 거듭되는 생존 훈련과 계속되는 비상대기 끝에 80년 5월 광주로 투입된다. 금남로의 한 건물로 진입해서 시위대를 체포하는 중에 선임자가 했던 행동을 그는 평생 잊을 수 없다. 대검으로 "여학생의 가슴을, 그래 가슴을, 그래서" 그는 지금 애인 석미애와 함께 간 술집에서 무대 위에 올라 춤을 추는 여자들의 가슴을 보고 역겨워하며 토악질을 하기에 이른다. 석미애와의 성교도 뜻대로 이루어지지 않는다.

그런데 정작 이 액자구조를 취한 소설에서 작가가 이야기하고자 하는 것은, 액자 밖의 화자인 '나'-소설가-의 소설 쓰기의 어려움에 관한 것이다. 역사적 사실이니 진실이니 하는 것이 그렇게 쉽게 밝혀지는 것도 아닌데다가 정작 더 큰 문제는, "소설이 정말 역사적 진실만을 밝혀내는 데 그 기능을 다하는 것인가 하는 회의"가 들기 때문이다. 그러니까 소설 「참새와 고래」는 '5 · 18'이라는 참혹한 역사적 사실로 인해 정상적인 일상생활이 불가능하게 된 한 청년의 이야기(trauma)를 전해들은 소설가 '나'가 그 이야기를 이것은 그냥 소설일 뿐이야 하고 시치미 떼고 소설을 쓰지 못하는 윤리적 원죄에 관한 성찰로 읽을 수 있다.

최윤 중편 「저기 소리 없이 한 점 꽃잎이 지고」는 홍희담 「깃발」, 그리고 임철우 『봄날』과 함께 항쟁을 다룬 작품들 중 가장 많은 관심과 논의가 있어 온 중편소설이다. 이 소설에 대해 전폭적인 지지와 찬사를 표하고 있는 김형중에 의하면, 「저기 소리 없이 한 점 꽃잎이 지고」는 "언어화가 거의 불가능해 보이는 그 충격적이고 불합리한 역사적 경험의 총체적 반영에는 거의 관심이 없다."[10] 대신 이 소설은 5·18민중항쟁의 현장에서 엄마의 죽음을 방치한 채 도망쳤다는 죄의식으로 인해 극심한 정신분열증을 앓는 15세 소녀를 주인공으로 내세워, 그 역사적 폭력에 의해 광기 속에 유폐되어 버린 한 소녀의 자기 징벌과, 잃어버린 외상적 기억의 탐구에 관한 독백이다. 이 소설은 소녀와, '장'이라는 사내와, 소녀를 찾아 헤매는 그녀의 죽은 오빠의 친구들과(우리의 시점), 마지막으로 프롤로그에 등장하는 서술자의 시점으로 서술되고 있다. 먼저 소녀의 자기 징벌의 연원을, 소녀의 시점에서 기술하고 있는 부분을 다소 길지만 이해를 돕기 위해 인용해 보자.

> 공중에서는 헬리콥터가 돌아다니고 있었고, 학들이 일제히 날개를 펼치듯이 사람들이 소리 지르기 시작했어. 엄마는 나를 한 건물 속에 집어넣고 문을 쾅하고 닫았어. 나는 허겁지겁 어두운 통로에서 뛰쳐나왔어. 엄마는 말 한마디 안 하고 나를 번쩍 들어 다시 통로에 집어던지고 나는 일어서자마자 다시 뛰쳐나오고 …… 이 소리 없는 실랑이에 엄마도 나도 지쳤어. 엄마는 내 손을 으스러지게 움켜잡고…… 이 파도의 밀물 썰물이 얼마나 오랫동안 반복되었을까. (……) 갑자기 아우성이 터졌어. 저 앞에서 무슨 일이 일어나고 있었던 거야. 그리고 그 거대한 물살이 뿔뿔이 흩어지기 시작했어. 그 빛나던 얼굴이 일그러지고 찢겨지고 젖혀지면서 무더기로 바닥에 나동그라졌어. 그래 그 얼굴들을 똑

10 김형중, 「세 겹의 저주」, 5·18재단의 책, 230쪽.

같이 물들이고 있었던 피, 피, 빨간 피. 그때 누군가가 엄마를 뒤에서 덮쳤고 저쪽 먼 곳에서는 소리보다도 빨리 무언가가 엄마 가슴에 와 꽂혔어. (……)엄마 얼굴이 뒤로 꺾였고 구멍이 나버린 엄마가 나를 향해 얼굴을 돌리면서 입을 벌렸을 때 엄마의 눈은 이미 흰자위만 보였어. 나는 …… 그래, 자 천천히 머릿속에서 일어난 일을 되새겨봐. 내 뼈가 고통 속에서 녹을 정도로 천천히, 아주 천천히. (……) 너는 미친 듯이 팔을 휘둘렀지. 엄마의 일그러진 얼굴을 보지 않으려고 눈을 감고 아니면 엄마의 뒤집혀진 흰자위를 괴물 보듯 바라보면서. 그런데 소용돌이 속에서 굳어져 버린 엄마의 손이 너를 놔주지 않았어. 너는 이미 마른 장작처럼 쓰러지는 엄마의 무게에 끌려가면서 다른 손으로, 그래 잔인하게 엄마 손가락의 갈쿠리를 하나씩 떼어내려 했어. (……) 너는 급기야 한 발로 엄마의 내팽개쳐진 팔을 힘껏 누르고 네 손을 빼어냈어. 엄마의 근육살이 발밑에서 미끈거렸지. 너는 사력을 다해 밟았어. 그리고는 무더기로 이동하는 무리를 피해 달아났지.(……) 나는 이제는 다시 고향으로 돌아갈 수 없을 거야. (279-283쪽)

그래서 소녀는 스스로 '검은 휘장'을 쳐버린 오월의 어느 순간에 대한 기억을 찾아 온 국토를 떠돈다. '장'의 시점에서 서술될 때, 소설은 소녀의 광기 너머 어두운 심연에 그녀가 감당하기 어려운 역사적 폭력의 무자비함이 닿아 있음을 보게 된다. 소녀에 대한 '장'의 지긋지긋한 폭력의 충동은, 그래서 우리가 광주에서 경험한 저주스런 폭력의 실체에 대해 차라리 눈감고 싶은 욕망에 휩싸이게 한다. 소녀의 오빠 친구들이 뒤늦게 그녀를 찾아 나섰을 때, '우리'는 왜 우리가 그녀를 찾고자 여행을 떠났었던 지에 대해 곰곰이 생각해 본다.

이미 가버린 친구의 누이를 찾아 위안해 주려고? 그리고 그의 어머니의 죽은 혼을 안심시키려고? 그날, 그 도시, 그 이후 무언가를 했어야 했기 때문에? 그렇지 않고서는 더 이상 사는 일이 불가능했기 때문에? 우리의 미성숙한 고통을 섣불리 치유하기 위해서? 그녀의 모습에서 끔찍함의 구체적인 흔적을 찾고자 하는 자학 심리? 아니면 피폐될 대로 피폐된 그녀를 보호해 주겠다는 경박한 인도

주의? 어딘가를 돌아다니고 있는 그녀처럼 잠을 두려워하면서 깨어 있기 위해서? 악몽을 암처럼 세포 속에 품고 그러고도 앞으로 나가기 위해서? (287쪽)

'우리'의 시점을 통한 이러한 질문들은 왜 우리가 광주를 기억해야 하는가에 대한 근원적 질문으로 읽어도 무방할 것이다. '우리'는 소녀의 행방을 결코 찾지 못하리라는, 그녀의 상처는 영원히 회복될 수 없으리라는 절망적이고 비극적인 정조에 이 소설의 시선은 닿아 있다. 마지막으로 프롤로그에 등장해서 독자에게 말을 거는 서술자의 시점이 있다. 아무 것도 보지 못한 듯 고개를 숙이고 지나간다 하더라도 결코 피할 수 없는, 용케 피한다 하더라도 뒤이어 무수한 소녀들이 당신의 뒤를 쫓아와 오빠라 부를 것이기 때문에 우리는 결코 저 저주스런 폭력의 기억(원죄)으로부터 도망가지 못할 것이라는 '저주', 곧 골드만이 말한 비극적 세계관이 이 작품 전체를 관류하고 있는 주제(작가의 세계관)라 할 것이다.

그러므로 이 소설이 1980년 오월 광주를 전면화하지 않았다고 하여, 그 비극적 사건의 재현 혹은 증언에 아무런 관심이 없다고 말하기는 어렵다. 오히려 이 작품은 지겨운 넋두리거나 대책 없는 '광주는 해방구였다!' 식의 관념의 돌출이거나, 혹은 듣기에 민망한 그 숱한 부끄러움의 토로를 통해서가 아니라, 원죄의 근원에 대한 구체적 세부를 주요 등장인물의 내면적 고백의 시점으로, 그리고 그를 둘러싼 폭력적 환경과의 역동적 관계망 속에서 오히려 더 효과적으로 '증언'하고 있다고 생각된다. 그렇다고 『봄날』이나 『그들의 새벽』과 같은 오월을 총체적으로 재현하면서 항쟁의 주체의 문제를 제기하고 있는 소설들의 가치가 줄어드는 것은 결코 아니다. 오월 문학을 풍부하게 하는데 함께 기여하고 있다고 보아야 공정하다.

구효서의 「더 먼 곳에서 돌아오는 여자」는 동일한 인물이 한 공간에서 두 개의 시간대를 동시에 경험하도록 인물과 사건들을 배치하고 있다. 먼 곳에서 돌아와 지금 오 층짜리 낡은 아파트(사직맨션)와 사동식품과 국밥을 파는 목포집 근처를 배회하는 여자, 역시 같은 공간, 사동식품과 솟을 대문과 누룽지 같고 부스럼 같은 담장 안을 서성이는 소녀는 결국 같은 인물이다. 이 소설은 여자의 회상의 시점이 아니라 같은 공간에 병치시킨 사건들의 연쇄를 통해 한 인물의 내면에 각인된 상처의 징후를 드러낸다.

언덕 위 사직맨션 옆에서 흰 가오리연 날리기를 좋아했던 이 소녀는 할머니가 죽고, 그래서 고아가 되고, 뉴저지로 입양된다. 할머니가 돌아가셨을 때 한 청년이 소녀를 서림원이라는 보육원으로 데려가기로 했었다. "그곳 원장님 어머니는 아이들을 결코 다른 곳으로 보내지 않는다"고, 어릴 땐 학교에도 다니고, 크면 자기처럼 일하면서 함께 살아가면 된다던 그 청년은, 그러나 그 뒤 나를 데리러오지 않았다. 청년이 약속을 지켜주었더라면 이곳을 떠나지 않았을 거라고, 그러면 지금쯤 나는 무엇을 하는 여자로 커 있을까 생각하는 여자의 얼굴엔 쓸쓸한 회한의 미소가 어린다.

뉴저지로 입양된 후 "털이 숭숭 난 가운뎃손가락을 열세 살 먹은 아이의 성기에 집어넣고 휘젓기 전까지" 브라이언은 소녀의 양부였다. "손가락이 아닌 성기가 직접 쳐들어 왔을 때" 브라이언은 여자를 사랑한다고 했고, 그래서 12년 동안 어머니로 모셨던 사람을 본의 아니게 연적으로 삼아야 했다. 대디가 당신 혹은 다링으로 바뀐 다음 그녀가 겪어야 했던 일은, "눈비로 얼룩진 트렌턴의 겨울 밤거리가 환히 내려다보이는 건물 꼭대기 층에서 삼백일곱 명의 남자를 상대하다 실신하는", 그런 이벤트(포르노 배우)였다. 그때부터 삼십 년 연상인 브라이언은 여자에게 너, 혹은 개자식이 되었다.

여자는 21년 만에 돌아왔다. 그런데 왜 이 소설이 5·18과 관련을 맺는가. 미 제국주의 어쩌고 하는 소리가 소설 어디에서도 튀어 나오지 않지만, 그렇다고 미국이라는 나라의 추악한 한 부면을 드러내 주기 때문도 아니다. 모종의 알레고리(allegory)로 기능하기도 하지만, 그보다는 소설의 말미에 밝혀지는, 한 청년의 죽음과 5 · 18이 관계 맺고 있기 때문이다. 곧 역사가 현재에 어떤 영향을 미치고 있는가를 한 개인사의 비극을 통해 이 소설이 탐구하고 있기 때문이다.

21년이 지난 지금에야 여자는 왜 그 청년이 약속을 지키지 못했는지 이해하게 된다. 무심코 들어 간, 커다란 맞배지붕 아래 '역사의 집'이라는 현판이 걸려 있는 건물에서 상영되는 비디오 화면을 여자는 보게 된다. 뒤엉킨 거미줄 같이 금이 간, 무수한 총탄이 뚫고 지나간 유리창이 화면에서 지나간다. 얼룩덜룩한 제복을 입은 군인 둘이 널브러진 시체의 두 발을 끌고 간다. 그 화면 속에서 여자는 청년을 발견한다. 홀을 돌아 나오다가 벽에 걸려있는 사진 속의 청년의 모습은 아래와 같다.

> 복원해 놓은 바스라진 토기처럼 무수한 금들로 갈라져 있었고, 그나마 일부는 유실되어 있었고, 갈라진 금들 사이엔 초콜릿같이 검고 진득거리는 피가 엉겨붙어 있었다.(54-55쪽)

청년은 그 해 5월에 죽었던 것이다. 깨진 청년의 얼굴은 스물다섯 살인 여자의 나이보다 어려 보였다. 여자는 기둥처럼 붙박인 채, 청년의 앳된 얼굴 위로 떨어져 내리는, 검은 오동나무 가지 그림자를 언제까지나 바라보았다.

구효서의 이 소설은 21년의 시간을 거슬러 그 오랜 시간 속에서도 박제되지 않은 오월을 우리 앞에 되돌려 놓는다. 여자의 처참했던 미국에서의 21년이 바로 그 해 오월에 시작되었다는 것을[11] 그리고 그 상흔은 어쩌면 영원히 지워지지 않을 것임을, 공간 몽타쥬(space montage)와 시간 몽타쥬

---

11 김형중, 「세 겹의 저주」, 266쪽.

(time montage)기법의 적절한 활용을 통해 호들갑 떨지 않은 채, 넌지시 일러주고 있는 참이다. 이 호들갑 떨지 않은 방식이란, 기억에 의지하는 서술자의 발화와도 관계가 깊다. 이 소설의 서술자는 '여자'의 과거의 사건, 과거의 기억을 소설이 서술되고 있는 현재로 불러온다. 21년 전이라는 과거는 현재로 불려 와서 그녀에게 현재의 어느 순간처럼 생생하게 기술된다.

> 그곳은 뉴저지의 트렌턴이 아니었다. 털이 숭숭 난 가운뎃손가락을 열세 살 먹은 아이의 성기에 집어넣고 휘젓기 전까지 브라이언은 아이의 대디, 즉 아버지였다. 손가락이 아닌 성기가 직접 쳐들어 왔을 때 브라이언은 여자를 사랑한다고 했고, 그래서 12년 동안 어머니로 모셨던 사람을 본의 아니게 연적으로 삼아야 했다.(중략) 브라이언은 콜롬비아 출신의 메스티조를 새로 끌어들여 또 다른 이벤트를 꾸미느라 여자가 벌어들인 돈을 모조리 쏟아 붓기 시작했다. 아시안은 엄살꾸러기에다 요령만 앞세워서 틀려. 아무래도 이 일엔 라티나가 제격이지. 이번 일만 성공하면 우린 손 떼고 디트로이트로 가는 거야. 당신 언젠가 세인트클러어 호가 내려다보이는 집에서 살고 싶다고 했잖아. 그때부터 삼십 년 연상인 브라이언은 여자에게 너, 혹은 개자식이 되었다. (42쪽)

한 살 때 미국으로 입양되어 겪게 된 일을 회상하는 장면이다. 그녀의 기억은 현재에서 과거로 이동되어 있다. 서술자에 의해 호명된 그녀의 시선은 과거에 머무른다. 그녀는 지금 2001년에 21년 전의 기억을 회상하고 있고, 서술되는 사건의 시간은 1980년이다. 그녀는 기억 속의 1980년으로 이동한다. 거기서 그녀는 양부인 브라이언에게 성적 착취를 당한다. 과거 속의 현재 시간에서 조금 먼 과거를 '그때부터'로 지칭하면서 그녀는 시간상의 거리와 경과를 표현한다. 이 지시어 '그'가 사건에 대한 그녀의 심리적 거리를 나타내면서 소설이 기술되는 현재의 시간대로 과거가 끌려와 있다. '그때부터'의 '그'라는 지시어는 현재와 과거, 과거와 과거의 기억에 대한 기억의 혼합 양상을 보여줌으로써 현재 시점에서 그녀가 느끼는 과거에 대한 심리적 거리감을 표현하고 있다. 이것은 과거가 소멸된 시간이 아니라 여전히 현재의 그녀에게 깊은 영향을 미치고 있음을 드러낸다. 양녀에 대한 브라이언(미국인 양부)의 성적 착취라는 서사 구조는, 5 · 18민중항쟁과 미국이라는 관계에서 매우 의미심장한 알레고리로도 읽힌다.

2. 해원(解冤) 혹은 극복

외상 사건은 기본적인 인간관계에 대해 의문을 제기한다. 가족, 우정, 사랑 그리고 공동체에 대한 애착이 깨진다. 다른 사람과의 관계 안에서 형성되고 유지되는 자기 구성이 산산이 부서진다. 인간 경험에 의미를 부여하는 신념 체계의 토대가 침식당한다. 자연과 신성의 질서에 대한 피해자의 믿음이 배반당하고, 피해자는 존재의 위기 상태로 내던져진다.[12] 개인의 내적 동일성의 회복과 공동체의 복원을 위해 5 · 18민중항쟁과 관련된 트라우마의 치유는 그러므로 필수적인 과제가 된다.

김신운의 『청동조서』에는 여순사건 이후 한반도에서 일어났던 모든 역사적 광기와 폭력의 모습들을 통해 어떻게 그러한 악순환을 극복할 것인가를 탐구한다. 『청동조서』에서 광주라는 공간은 초현실적 · 초역사적 공간으로 설정되고 해석된다. 이 소설에서의 무대는 더 이상 1980년 광주라고 하는 역사적인 공간으로서의 의미를 상실할 정도로 추상화되고 있다. 작품의 무대가 되는 이 도시에서는 여러 시간대가 고도로 중첩되고 병치되어 있어서 일상적이고 현실적인 시간 감각이 통용되지 않는다. 그것은, "바다에 갇힌 주민들은, 밤에는 유격대에게 당하고 낮에는 토벌대에게 시달"(4 · 3사건)리며, "연대는 남해안의 한 섬에서 발생한 폭동 진압

12 주디스 허먼, 앞의 책, 97쪽.

임무를 띠고 출동 명령을 기다리고 있는 중"(여순사건)의 중첩, 병치로 나타난다.

따라서 이 소설에는 여순사건 이후 한반도에서 일어났던 모든 역사적 폭력의 시간대들이 한꺼번에 응축되어 있다. 서사의 시간 역시 청동기 시대의 무자비한 폭력성이 한반도 남쪽 어느 도시에서 다시 한 번 악의에 찬 모습을 드러낸 사건으로 드러날 뿐인데, 그렇다면 굳이 광주의 오월이 아니라도 이 소설에서 이야기되는 청동시대는 폭력이 일상화된 초역사적 초현실적 공간으로 기능하는 것이다.

이 소설에서 광주는 삽화적 차원에서만 수용되고 있다. 그래서 작가 김신운에게 오월은 '트로이전쟁'이기도 했고 '4 · 3'이기도 했고 아프가니스탄에 쏟아진 수많은 폭탄들이기도 했던 것[13]이다. 그렇다면 1980년 5월의 광주는 이 소설에서 무의미해지는 것이 아닌가 하는 질문이 가능하다. 시간과 공간을 초월한 그 자체(An-ch)는 존재하지 않는다. 그런 측면에서 광주라는 공간이 작가의 과도한 이념으로 채색된 일부 '5 · 18소설'들과는 또 다른 의미에서 『청동조서』는 항쟁의 의의와 역사적 진실[14]의 실종으로 귀결되고 있는 것이다.

이는 작가 스스로 고백하고 있거니와, "그는 이 혁명의 배후에 숨은 진실을 파헤치려는 의도였으나", 무엇인가를 상상하기 시작하면 진실은 곧잘 왜곡되는 법이어서, 그리고 "군중이란 계집년과 같은 것"이라며 광주의 희생의 의미를 폄하하는 것으로 나타난다. 혹은 사실의 왜곡도 서슴지 않는다.

---

13 김형중, 「세 겹의 저주」, 262쪽.

14 Jeremy Tambling의 책, 234-237쪽. 현실이 무엇인가에 대한 정의들은 정치적이다. 이 정의들은 끊임없이 변천하는 이데올로기적 관심들에서 비롯되는데 (중략) 역사라는 말은 다음 두 가지 의미의 것, 즉 사건들, 즉 일어났던 일, 일어났던 일을 얘기하기 위해 역사가들이 기술했던 서사체 내지 설명들을 가리킨다.

① 누구나 죽음은 하나일 따름이오. 물에 빠져 죽거나 총에 맞아 죽거나 죽음은 매한가지요. 그런데 얼간이들은 그것에 부질없는 의미를 부여하려고 하오. 이것이야말로 내가 혐오하는 감상주의자들의 버릇이오.(188쪽)

② 반란의 기간에 공공연하게 약탈이 자행되고 있었다는 사실은 널리 알려진 일이었다.(252쪽)

등장인물의 입을 빌린 것이기는 하지만 위 인용 중 ①은 폄하요, ②는 명백한 왜곡이다. 작가 스스로 소설 내의 인물을 내세워 "자기가 공정한 눈으로 이 사태를 바라보고 있는가 자문해" 보는 포즈를 취하기도 하고, "집단 최면에 걸려 있었던 것처럼, 우리는 다만 환상에 들떠 있었던 것일까" 하고 진지하게 고민하기도 한다. 하지만 문학적 상상력이란 이와 같은 시각적 형상화-환상과는 거리가 멀다. 환상이란 시간과 공간의 질서에서 빠져나온 기억의 한 양상일 뿐인 것이다. 외양, 눈속임, 환상으로서의 이미지는 또한 거울에 비친 상(reflet)처럼 실체가 아니므로 현실성의 부재, 나아가 무(neant)[15]라고 할 수 있다. 신화는 신화가 이야기하는 대상에서 역사를 빼앗는다. 대상 속에서 역사가 사라지는 것은 그러므로 필연이다.

① 우리가 세우려는 이념의 탑이 바로 이것이오. 우리는 민족개조의 역사적 사명을 띠고 이 도시에 왔소. 우리는 이 땅에 정의가 강물처럼 흐르는 사회를 건설할 것이오. 이 혁명의 궁극적 목표는 보통 인민들의 최대 행복이오. 당신은 이를 기초로 역사적인 문서를 작성하게 되는 것이오.(184쪽)

② 지상천국의 건설은 인류의 우매한 꿈, 오랜 망상 중의 하나이다.(125쪽)

③ 당신들이 말하는 세계니 정의니 혁명이니 하는 말들이 진절머리가 날 지

15 이용복, 「주네의 발코니에 나타나는 '이미지'에 대한 연구」, 『프랑스문화예술연구』 제6집, 2002, 3쪽.

경이오. 그것은 역사적으로 오래 전에 곰팡이가 끼었지만 현재의 백일몽 속에 언제나 다시 피어나는 유령이기 때문이오.(229쪽)

④그런데 그녀가 없어지자 더 이상 공동체를 공고히 해줄 것이 남아 있지 않았다. 구성원들은 서로 대립했고, 분열된 공동체는 서로를 법정으로 끌고 갔다.(125쪽)

정찬의 장편소설 『광야』에서 볼 수 있는 이념 자체에 대한 회의와 혁명이 끝난 후의 분열에 대한 염증을 『청동조서』의 작가도 지니고 있는 데, ①과 ②, ③ 그리고 ④의 인용이 각각 그것을 반증하고 있다. 결국 『청동조서』의 작가에게 1980년 5월의 광주는, 여순사건과 마찬가지로, "악몽을 꾸었을 따름"이며, "허구"이며, "다만 하나의 스캔들이었을 따름"이다. 그것은 또 "하나의 그림자, 몽상에 지나지 않았으며", 다시 생각해 보아도, "한바탕 꿈"일 뿐이다. 결국 "그것이 열정이 아니라 다만 열에 들뜬 전염병에 불과"했던 것이다. 작가는 일견 청동시대로 지칭되는 폭력의 반복에 대해 성찰하는 듯하지만, 사실은 제주에서, 여수 · 순천에서 그리고 광주에서의 '반란'에 대해서 냉소의 시선을 보내고 있을 뿐이다. 그는 폭력과 그것에 대한 대항 폭력을 구분하지 않고 폭력 그 자체에 대해, 또는 폭력의 반복에 대해 혐오하는 듯이 보인다.

폭력은, 감정 있는 존재에 대한 것이 아니라 재산에 대한 것이거나, 일반 대중에 대한 무차별적인 것이 아니라 독재자에 대한 것이라도 정당화하기가 쉽지 않다. 그럼에도 불구하고 폭력의 종류에 따른 차이가 중요하다. 왜냐하면 그러한 차이를 구별함으로써 우리는 특정한 종류의 폭력, 즉 테러리스트의 폭력 혹은 국가 폭력을 실질적으로 절대적인 의미에서 비난할 수 있기 때문이다.[16] 또한 적대성과 폭력을 구분하지 않으면 결국

16 피터 싱어, 황경식 · 김성동 역, 『실천윤리학』, 철학과 현실사, 2003, 366쪽.

폭력에 직면하더라도 성인(聖人)처럼 행동하라는 단순한 도덕이나 종교론으로 귀착해 버릴 위험이 있다.[17] 이 소설은 그러한 구별을 의도적으로 회피한다. 모든 폭력은 다 악이기 때문이다. 따라서 폭력의 차이는 모호해지고 만다. 이 소설이 강조하는, 폭력을 통해서는 결코 폭력을 넘어설 수 없다는 전언은 그 자체로는 의미 있되, 그것이 자칫 항쟁의 역사성을 무화시킬 수도 있다는 점에서 문제를 내포하고 있는 것이다.

아무리 문학은 많은 것을 허용한다[18]지만 "김신운의 시도로 하여 '오월'이 심연을 얻고, 광대무변한 시간을 얻는다."[19]는 평가는 아무래도 지나치다. 작가가 알고 있건 모르고 있건 간에, 그가 그러한 관계를 원하든 원치 않든지 간에 상관없이, 삶은 객관적이며 그 본질로서 사회적 · 역사적 삶이 의식을 규정한다는 루카치의 전언은 여전히 유효하다고 생각한다. 대부분의 말은 순수 자연과학분야에서 사용되는 극소수의 언어 양식을 제외하면 가치중립적일 수 없다. 작가의 개인적 세계관과 견해가 깊숙이 스며들어 있는 문학 담론에서는 더욱 그러하다.

소설은 언어로 구조화되며 작가는 그가 살고 있는 언어적 환경의 지배로부터 자유로울 수 없다. 언어적 환경은 단순한 그 시대의 언어적 특징뿐 아니라 문화라는 복합적인 요인에 의하여 형성되는 것이기 때문이다. 뿐만 아니라 작가는 공간적인 환경의 영향으로부터도 역시 자유로울 수 없다. 공간적인 언어 환경 역시 우리의 사고의 유형을 규정하는 중요한 요소이기 때문이다. 따라서 어떤 작가가 소설을 쓸 때에는 그가 살고 있는 시간과 공간의 구체적 언어 환경에 놓여있는 데서부터 출발하기 마련이다. 작가가 의도했건 안 했건 문학은 작가 자신의 시대상을 반영한다.[20]

---

17 사카이 다카시, 김은주 역, 『폭력의 철학』, 산눈, 2007, 46쪽.
18 김형중, 「세 겹의 저주」, 263쪽.
19 김형중, 앞의 글, 263쪽.
20 남운, 「담론 이론과 담론 분석문예학의 입장과 전략」, 39쪽.

그럼에도 불구하고 이 소설의 작가는 그 자신의 시대의 한쪽 쪽만 보고 있다는 생각을 필자는 지우지 못한다.

한승원의 「어둠꽃」은 그 상처의 치유에 관해 나름의 해법을 모색하고 있는 작품이다. 이 소설의 주인공 '이종남' 역시 「얼굴」의 '김주호'처럼 당시 공수부대원이었고, 제대하고 난 후 그 사실을 가족이나 친지에게 말한 적이 없다. 자기가 그때 그렇게 도시로 투입되어 총칼을 휘둘렀다는 사실을 참회하는 투로 털어놓는다 하더라도 자기는 사람들에게 밟혀 죽을 것만 같았기 때문인데, 그 비밀이 응어리가 되어 그를 자나깨나 아프게 고문하는 중이다. 그는 직원들이 모두 그를 따돌리고 있다는 강박증에 시달리며 거듭 다짐한다.

> 죽어도 내가 이 도회를 얼룩무늬 옷 입고 들어온 일에 대해서는 발설하지 않아야만 한다. 내가 왜 발설을 해? 나 죽으려고 발설을 해? (47쪽)

이 내적 독백(발화되지 않은 독백)은 간섭하는 서술자 없이 인물의 발화되지 않은 생각들의 직접적이고 즉각적인 제시로 기능한다.[21] 그는 한 건물의 옥상에서 도청 앞 분수대와 금남로 일대를 향해 총을 갈겨대던 일을 생각한다. 아무리 생각해도 그의 잘못이란, "쏘라는 명령을 거역할 수 없었을 뿐"이다. 그런데 사건이 끝난 뒤 열흘쯤 후, 언제 어떻게 들어갔는지 모르지만 한 미친 듯싶은 여자가 분수대 시울 위에 올라가서 치맛자락을 걷어 무릎 사이에 끼운 채 물 속에 발을 담그고 걸터앉더니 두 손바닥으로 얼굴을 가리고 흐느껴 우는 일이 여러 사람들에게 목격된다. 그녀는 한참 동안 노동청과 상무관과 도청 정문 쪽을 보다가 그렇게 흐느껴 우는 것이었는데, 교통순경이 그 여자를 잡으러 가자 용케 잘 도망치면서 공수

---

21 로버트 숄즈 · 로버트 켈로그, 임병권 역, 『서사의 본질』, 예림기획, 2001, 231쪽.

부대다! 공수부대다! 하고 외치더라는 것이다. 문제는 아내 순애가 분수대에서 쇼를 벌인 그 미친 여자일지 모른다는 생각을 그가 하고 있다는 점이다. 그래서 그는 정신질환을 가진 아내를 버리지 못한다. 아내가 장차 그 병을 여의든지 여의지를 못하든지, 자기는 아내를 자기의 운명처럼 안고 살아야 할 것으로 생각한다. 그것이 "자기가 지은 죄를 몇 백분지 일만큼이라도 삭감해낼 수 있을 것으로" 여기는 것이다.

'순애'는 5 · 18 민중항쟁 당시 금남학원에서 재수를 하고 있었다. 자주 다니던 금남학원 골목 만두집의 주방 조수 '이군'과 남몰래 정을 키워간다. 그런 '이군'이 시민군 최후의 날 밤에 도청 안에 남아 있다가 죽었다. 순애는 '이군'을 잊지 못한다. 그러다, "남편 종남은 그녀의 모든 비밀을 알고 있을 것 같았다. 어쩌면 그 남편이 얼룩무늬 옷을 입고 이 도회 안엘 들어온 사람이었는지도 모르고 이군을 죽인 사람인지도 모른다 싶었다."고 생각한다.

이렇게 5 · 18민중항쟁의 트라우마를 갖고 있는 순애는 반드시 그 충격만으로 정신질환을 앓고 있는 것은 아니다. 우선 그녀가 다섯 살 때 아버지에 의해 땅바닥에 내동댕이쳐진 일이 있었다. 어머니와 싸움 끝에 아버지가 순애의 뺨을 호되게 때렸는데 그 순간 순애는 오줌을 쌌다. 아버지가 웃옷과 치마를 벗기고 엉덩이를 갈긴 다음 번쩍 들어 내팽개쳐 버린 것이다. 아버지는 술에 취해 들어오는 날이면 어김없이 온 집안 식구들에게 폭력을 행사한다. 그 잠재되어 있는 공포가 얼룩무늬에 대한 공포감으로 연결되어 있다는 것이 의사의 소견이다. 순애는 오줌을 참지 못하는 실금(失禁) 때문에 늘 속옷이 젖어 있고, 그 젖어 있다는 사실이 순애를 두렵고 불안하게 만든다. 의사가 종남에게 차마 말하지 않은 부분이기는 하지만, 그녀가 고등학생이었을 때 해수욕장에 갔다가 두 불량배한테 윤간을 당했었다.

문제는 여기서 부터인데, 순애는 자기의 몸을 미친 듯이 탐하는 종남에게 몸을 맡긴 채, "우리 갈라서요. 나 미쳤어요. 더러운 여자여요."라고 말한다. 마침내는 고등학교 때 해수욕장에서 불량배들에게 윤간을 당한 일까지 털어놓고 만다. 그때 종남의 반응이 문제적인 것이다. "미치지 않은 사람 어디 있어? 더럽지 않은 연놈들이 어디 있어?" 그러면서 종남은 의사의 처방대로 아내의 몸속을 더욱 속속들이 사랑한다. 성행위를 마치고 밖으로 나가서 마당을 헤매거나 어둠에 잠긴 거리를 싸다니는 아내의 뒤를 따라 다니다가 아내를 다시 데려와서는, "쓰발 것, 어차피 우리는 함께 미칠 수밖에 없는 연놈들이다. 빌어먹을 것, 오늘 그만 미치고, 두었다가 내일 또 미치기로 하자."면서 그들 부부는 서로를 끌어안는다.

이러한 종남의 구원의 방식은 위악적이다 못해 차라리 비참하다. 이러한 바탕 위에서 이루어지는 상처의 치유란 불완전하고 거짓일 수밖에 없는데, 아내의 고백을 듣고 오히려 반가울 수 있었던 종남의 의식 속에 남아 있는 죄의식이 아내의 고백으로 상쇄될 수 있겠는가하는 의문을 이 소설은 해소해 주지 못하고 있다. 이 소설에서 제시하고 있는 상처의 치유는 개인적인 모럴(moral)의 수준에서의 제시인데, 이는 사회의 내부에서 생긴 외적 요청과 개인의 내적 자발성이 일치하는 지점에서 성립할 수 있는 명제라는 점에서 일정한 의미와 한계를 함께 내포하고 있다. 결국 「어둠꽃」은 개인적 차원의 용서와 화해, 그로부터의 구원이란 최소한 오월의 경우 아직은 섣부른 접근이라는 것을 역으로 일러주고 있는 셈이다.

심상대의 단편 소설 「망월」(望月)은 5 · 18민중항쟁 때 아들을 잃은 한 어머니의 넋두리를 통해 그 날에 가족을 잃은 이들의 가슴에 각인된 트라우마와 그것의 해원 가능성을 함께 모색하고 있는 작품이다.

집안의 대들보로 믿고 기대던 생때 같은 큰 아들을 잃은 한 여인의 원한의 정서가 이 소설을 지배하는 정조이다. 그 날 이후 십육 년 만에 어머니는 아들의 무덤을 찾아간다. 남편이 살아 있을 때에는 그의 성화에 가고 싶어도 가지 못하다가 이제야 찾아가는 길이다. 그런데 길을 가면서 어머니는 "야아, 나는 인자 다 잊어부렀다. 다 잊어부렀어." 하고 끊임없이 혼자 소리를 한다. 그러나 어머니는 결코 아들을 잊지 못한다. "십육 년이여. 그렇개 벌써 십육 년이나 되아부렀다. 으짜끄나. 니 소식을 갖고 여까장 찾아왔던 그 여학생은 진작 애기 엄마가 됐겼는디. 아이고 으짜끄나…." 지지리도 못난 에미, 애비들 때문에 자식들에게 호강 한 번 제대로 시켜준 적이 없다는 자책과 회한에 시달리는 어머니에게 죽어버린 큰아들로 인한 한과 죄의식은 전시의 피난지나 소개 지역을 완전 접수한 점령군처럼 이 여인의 무의식을 마음껏 유린, 약탈하면서 식민화시킨다.[22]

"그려, 그려… 고것을 잊어분다믄 인종이 아니제. 인종이 아닐 것이여. 금쪽 같고 은쪽같던 내 아들을 땅에 묻어 불고 산을 넘어 오던 날 밤, 지천으로 피어서 흔들리던 고놈의 풀꽃을 잊어뿐다면 참말로 사람이 아니제. 참말로 사람 노릇이 아닐 것이여.(15쪽)

이 어머니에게 있어 큰아들의 죽음은 일종의 트라우마다. 큰아들의 죽음으로 인한 한과 죄의식이 앞의 인용에서와 같이 어머니의 무의식에 수시로 출몰하면서 그것을 강박적으로 호출해 낼 정도로 강렬하면서도 폭력적이기 때문이다. 사건이 일어나고 오랜 시간이 지나도, 외상을 경험한 많은 사람들은 그들 안의 한 부분이 마치 죽어 버린 듯한 느낌을 받는다.[23] 어머니의 시종일관 주술처럼 반복되어 나타나는 '나는 이제 다 잊어버렸다'는 의식 층위에서의 발화는 그러나 '아무리 잊으려 해도 하나도 잊혀지지 않는다'라는 무의식 층위에서의 대립적인 발화를 전제하고 있다. 그럼

22 공종구, 「넋두리를 통한 트라우마 넘어서기」, 심상대, 『늑대와의 인터뷰』, 솔, 1999, 해설 308-313쪽 참조.
23 주디스 허먼, 최현정 역, 『트라우마』, 플래닛, 2007, 95쪽.

에도 불구하고 '다 잊어버렸다'는 넋두리를 강박적으로 반복하는 것은 자신의 원한의 정서와 아들을 구하지 못했다는 죄의식의 감정을 승화시키고자 하는 방어기제적 행위라고 할 수 있다.

이야기하기를 통한 과거 회상은 과거를 비판적으로 분석하고 개인의 심리적 억압기제를 분석, 치료하기 위해 중요한 의미를 갖는다.[24] 그러나 외상의 완결에는 종착지가 없다.[25] 완성된 회복이란 무엇으로도 가능하지 않다는데 5 · 18민중항쟁의 비극성이 있다.

조성기의 「불일폭포」는 5 · 18민중항쟁 때 잔 다르크와 같았던 한 여인을 잊지 못하고 있는 사내가 그 여인에 대한 환상을 지워버리기 위해 폭포를 찾아가는 이야기이다. 쌍계사 계곡에 남한에서 제일이라는 불일폭포가 있다. 비가 내리는 초여름의 어느 날, 절 입구의 여관에 한 사내가 든다. 사내는 우산도 없이 곧장 폭포를 찾아간다. 그는 경배하는 자세로 머리를 조금 숙이고 있다가 서서히 고개를 들어 폭포의 꼭대기 쪽을 올려다본다. 물은 너무도 맑아 하얀 벚꽃 무더기가 쏟아져 내리는 것 같기도 하고, 눈사태가 생겨 하얀 눈 더미가 굴러 떨어지는 것 같기도 하고, 하얀 학의 무리들이 깃털을 풀풀 날리며 내려앉은 것 같기도 하다. 여관집의 아가씨가 온몸이 비에 젖은 사내에게 형부의 옷을 건네며, 폭포가 어땠느냐고 묻는다. 사내의 표정이 점점 진지해진다. 그러더니 느닷없이 "난 가서 봤어요!"하고 외친다.

그는 불일폭포에 가서 무엇을 본 것일까. "오년 전 5 · 18의 길고 긴 날들이 시작될 무렵" 사내는 한 여인을 본다. 그녀는 "신 지핀 무녀처럼 아무것도 두려워하지 않고 전혀 피곤을 모른 채 이리 뛰고 저리 뛰며" 사람들을 격려했다. 그런데 사내는 그 "잔 다르크와 같았던 여인을 사랑하기" 시작

---

24 정항균, 『므네모시네의 부활』, 뿌리와 이파리, 2005, 125쪽.
25 주디스 허먼, 앞의 책, 351쪽.

한다. 죽음의 공포가 문득문득 몰려올 때 가두 방송하는 그녀의 목쉰 소리를 한 마디라도 들으면 말 할 수 없는 애정이 그녀 쪽으로 흘러갔고 그와 함께 죽음의 공포도 빠져 나가는 것을 사내는 느낀다. 사건이 끝나고 나서 사내는 그 사랑에 완전히 매인 몸이 되어 사진 한 장 가지고 있지 않은 그녀를 오 년 동안 찾아 헤맨 것이다. 불일폭포에 와서 사내는 지금까지 인정하지 않으려 했던 그녀의 죽음을 받아들인다. 그녀가 환상으로 변하는 것을 더 이상 내버려 둘 수 없기 때문이다. 사내는 여관의 아가씨에게 건네는 형식을 빌려 스스로에게 다짐한다.

> 하얀 폭포에서 피의 폭포를 보고 푸른 바다에서 피바다를 볼 줄 아는 눈이 우리에게 필요하오. 난 오 년 전에 지리산 저쪽에서 일어났던 일도 하얗게 푸르게 바래버릴까 두렵소. 나 자신도 점점 바래가는 것만 같소.(58쪽)

과거를 마무리지은 생존자는 이제 미래를 형성하는 과제에 직면한다.[26] 그는 과거의 기억을 통해 현재와의 연속성을 찾고 자신의 정체성을 확고히 하며, 어떤 일에 대해 자신의 확고한 입장을 표명하고 결단을 내린다.[27] 위의 인용에서처럼 그 날에 살아남은 이들의 다짐은 복수가 아닌 정의의 추구를 통해 공동체의 건강을 회복시킬 수 있을 때, 진정한 해원에 이를 수 있을 것이다. 회복은 악이 전적으로 승리할 수는 없었음을, 그리고 회복을 가능케 하는 사랑이 여전히 세상 속에 존재한다는 희망에 기반하고 있다.[28] 그러나 「불일폭포」는 5 · 18민중항쟁이 진압되고 나서 오 년이 지난 뒤를 배경으로 하고 있는 까닭에 아직은 '그 날을 잊지 말자'는 전언이 더욱 강한 울림으로 남는 소설이다.

---

26 주디스 허먼, 앞의 책, 326쪽.
27 정항균, 『므네모시네의 부활』, 뿌리와 이파리, 2005, 69쪽.
28 주디스 허먼, 위의 책, 350쪽.

송기숙의 『오월의 미소』는 광주를 경험한 지 17년이 지난 시점에서, 그러니까 현재 우리들의 모습을 중심으로 과거와 현재를 통합한 미래의 과제를 제시하고 있는[29] 작품이다. 이 소설에서 눈길을 끄는 것은 등장인물군의 설정과 서사의 공간적 배경의 상징성이다.

소설에서의 인물이 사회 모순과의 대면에서 주체적 내면을 갖는 것은 그 모순을 넘어서는 사회발전을 지향하기 위해서다. 그렇다고 그 인물이 반드시 고양된 진보적 의식을 지녀야 할 필요는 없다. 사회 현실을 다양하고 풍부하게 반영하기 위해서는 굳건한 세계사적 개인보다는 오히려 주저주저하는 "중간 정도의 의식을 지닌 인물"[30]이 긴요할 수도 있다. 이러한 중도적 주인공은 사회 모순에 맞선 주체적 내면을 지니면서도 항상 머뭇거리는 성격을 지닐 수밖에 없는데, 왜냐하면 그는 자본주의 사회 내부에 속한 인물로서 현실 모순에 비판의식을 지니면서도 자본주의적 체계 자체를 벗어날 수가 없기 때문[31]이다.

『오월의 미소』는 이러한 중도적 주인공로 '정찬우'를 내세운다. 정찬우는 항쟁에 참여하다 계엄군에 체포되었다. 그는 "아버지가 집 한 채를 판 돈으로 어렵사리 사지(死地)에서 구해낸 다음"에 서울로 내쫓김을 당한다. 그래서 그는 서울에서 재수학원을 다니고 대학을 졸업하고 이제 매달 월급을 받는 직장인으로 살아가고 있다. "광주를 투쟁 공간이 아닌 생활공간으로 살고 싶어" 하는 인물을 통해, 그가 벗어나고 싶어 하지만 결코 벗어나지 못하는 오월을 이야기하게 하는 것이다.

이 소설의 공간적 배경의 상징성도 눈여겨 볼 대목이다. 광주와 소안도는 서사가 진행되는 주된 무대인데, 소안도는 이 소설의 비극적 인물 김영

---

29 송지현 · 최현주, 「'5월 정신'의 문학적 형상화 과정 연구」, 임환모 엮음, 『송기숙의 소설세계』, 태학사, 2001, 138쪽.

30 G. 루카치, 이영욱 역, 『역사소설론』, 거름, 1987, 161쪽.

31 나병철, 『소설의 이해』, 문예출판사, 1998, 158쪽.

선의 고향이며, 그녀가 몸을 던져 한 많은 생을 마감하는 공간이며, 공수부대원이었던 김성보가 낚시를 가서 사고로 죽는 공간이다. 소안도는 일제시대에 일제에 항거했던 역사의 현장이다. 그래서 일제에 항거했던 섬사람들과 공수부대원들을 내려 보낸 신군부에 저항하는 광주 시민을 동일 이미지로, 일제와 신군부가 역시 일치하는 세력으로 자연스레 연결된다. 일제에 항거했던 것이 정당했던 것처럼, 신군부에 항거하는 것이 정당하며 또한 역사적 정통성을 지닌다는 작가의 의도가 구현된 서사의 공간인 것이다. 그것은 또 소안도 앞바다에서 김영선과 김성보가 죽음을 맞이하는 것, 그로써 그들의 영혼결혼식이 가능하도록 배치한 공간으로 잘 기능하는 것이다. 한편 이 소설은 크게 세 가지의 서사담론으로 구성되어 있다.

우선, '세모눈'과 '김중만' 등 5 · 18때 항쟁에 참여했던 이들이 보상금 신청을 하지 않았다는 것을 강조하면서, '보상금' 이후의 광주의 모습에 대하여 "거세게 고개를 젓는" 지점이 하나 있다. 오월의 의미가 왜곡되고 퇴색된 부분이 있다면 보상금과 관련한 여러 스캔들, 오월 단체들의 이익단체화 과정과 관련한 추문들과의 관련도 결코 작지 않다 할 것인데, 우회적으로나마 이 소설은 우리들의 치부를 건드리고 있다. 그러나 소설 속의 미선이가 그랬던 것처럼 항쟁 기간 중 감당할 수 없는 피해를 당하고 십칠년 동안 병 수발을 하면서 겪어야 했던 그들의 현실적 삶이 보상금으로 하여 '형편이 나아진 것'은 어찌되었던 다행인데, 이 소설이 그것까지를 문제 삼는 것은 물론 아니다.

다만 '객관적 사실'의 재현은 어떻게 도덕적 행위가 되는가와 관련한 질문으로는 유용하다. 그것은 바로 사실의 지적 자체를 통해서[32]라고 할 수

---

32 정명환, 「『목로주점』과 리얼리즘」, 백낙청 편, 『서구리얼리즘 소설 연구』, 창작과비평사, 1995, 231쪽.

있다.[33]

다음은, 아직 학살 책임자의 처벌이 이루어지지 않았다는 점의 강조이다. 특히 주인공 '정찬우'의 손에 쥐어진 권총의 의미와 관련해서 이 소설은, 파농이 탈식민의 전략으로 제시했던 폭력의 불가피성 혹은 그것의 옹호[34]와 연관성을 갖고 있는 것으로 보여 매우 흥미롭다.

식민경험은 그것이 공식적으로 종결된 후에도[35] 사람들의 의식 속에 여전히 살아있으며 앞으로도 다루어질 수밖에 없는 심리적 경험이라는 문제의식이 탈식민주의 담론의 출발이다. 파농의 경우, 탈식민화는 어떤 이름을 갖다 붙이든 폭력현상이고, 이런 폭력적 현상은 필연적인데 이 폭력

---

33 이런 지적과 관련하여 작가의 통찰이 아주 탁월하게 제시되고 있는 소설은 이 『오월의 미소』보다는 정찬의 장편소설 『광야』이다. 인용하면 다음과 같다.
"적이 눈앞에 있으면 광주공동체는 붕괴되지 않는다. 붕괴는 분열을 전제로 한다. 광주공동체를 분열시키기 위해서는 그들에게 승리의 기쁨을 안겨 주어야 한다. (중략) 분열의 조건은 얼마든지 있다. 인간이란 존재는 분열의 능력에는 천부적이다. 혁명군은 혁명이 이루어지는 순간 분열된다. 인류사에서 이것을 극복한 집단은 어디에도 없다. 인간은 순수한 시간, 꿈의 시간을 감당하지 못한다. 이것이야말로 인간이 짊어지고 있는 존재의 조건이자 운명이다." (『광야』, 79쪽)

34 프란츠 파농, 남경태 역, 『대지의 저주받은 사람들』, 그린비, 2004, 12쪽. 파농의 전기 작가 알리스 세르키는 2002년판 이 책의 서문에서 폭력을 정당화했던 사르트르와는 달리 파농은 폭력을 옹호한 것이 아니라 폭력을 분석할 뿐이라고 말한다. 그 말은 한편으론 옳지만 한편으론 옳지 않다. 왜냐하면 파농은 식민 상황에서의 폭력을 '분석'하기도 했지만 탈식민의 전략으로 폭력을 '불가피하다'고 보기 때문이다. 따라서 알리스 세르키의 설명은 파농이 폭력주의자로 비추어지는 것을 경계한 것으로 이해하면 될 것인데, 마찬가지 차원에서 송기숙이 『오월의 미소』의 주인공을 통해 폭력을 부추기거나 옹호한 것으로 보이지는 않는다. 그럼에도 불구하고 필자가 보기에 이 설정은 그동안의 5 · 18소설에서 볼 수 없었던 학살책임자의 처벌과 관련한 새로운 방법론의 제기라는 측면에서 매우 흥미 있다는 것이고 파농의 탈식민의 담론과 유사한 점이 발견된다는 것이다.

35 고부응, 『탈식민주의 이론과 쟁점』, 문학과지성사, 2005, 서문 참조. 한국은 제2차 세계대전의 종결과 더불어 일본의 식민 통치에서 벗어났으며, 인도는 1947년에 영국의 식민 통치에서, 알제리는 1962년에 프랑스의 식민 통치에서 벗어났다. 1994년 남아프리카공화국에서는 소수 백인 통치가 종결되었다. 이러한 흐름 속에 러시아로부터 카자흐스탄 등이 독립하였다. 그러나 공식적으로 식민시대를 청산하여 국가 체제의 독립을 이룬 지역들이 근본적으로 식민지적 상황에서 벗어났는가 하는 점은 여전히 의문이다. 한국의 경우에 있어서도 해방 이후 친일파들이 정치 · 경제 · 사회 · 교육 등의 여러 분야에서 여전히 영향력을 행사하고 있으며, 정치 · 군사적으로 미국에, 경제적 측면에서는 일본에 상당한 정도의 예속을 보이고 있다. 결국 15세기에 본격화된 식민시대는 형식적으로 탈식민시대를 맞이했다고 볼 수 있으나 실제로는 (그러한 상황이) 여전히 계속되고 있다고 보는 것이 타당할 것이다.

이라는 행위는 피식민자들에게 자신의 역사에 대한 의식을 갖게 하고, 폭력을 통해 대상에 불과했던 그들이 주체가 된다고 말한다. 물론 피식민지인의 폭력은 식민지인의 폭력에 대한 반폭력-대항폭력이므로 정당하게 규정된다. 파농이 살았던 시기와 환경이 오늘의 우리 현실과 일치하는 것은 아니지만, 그럼에도 불구하고 그 상황의 유사성, 곧 제3세계적 동질성을 전혀 배제하기 어렵다는 점에서 이 소설의 주인공이 권총을 구입하고 사격 연습을 하는 부분은 탈식민주의적 관점에서 접근할 수 있는 가능성은 열려 있다.

학살 책임자 처벌의 당위성을 주장하는 정찬우 등은 자신들을 쫓아 수사망을 좁혀 오는 안지춘 형사의 추적을 받으면서도, 실제로 권총을 구입해 사격을 연습하고 '그 날'을 기약한다. 따라서 이 소설은, 학살자들에 대한 복수에의 결의, 그리고 그것의 실현 가능성의 일단을 모색하고 있다는 점에서 지금까지의 5 · 18소설들에서 볼 수 없었던, 그 날에 살아남은 자들이 이제 '무엇을 할 것인가'와 관련된 보다 적극적인 질문을 우리에게 던지고 있다. 하지만 실제로 당시 권력자의 측근이었던 '하치호'의 암살을 시도한 사람은 식료품 가게 종업원 '김중만'이었다. 백범 김구의 암살범인 안두희를 처벌한 이가 평범한 택시기사 박기서였듯이, 일을 도모하고 기획한 것은 정찬우 등 지식인이지만 그것을 궁극적으로 실행하는 것은 민중이라는 사실을 작가는 분명하게 지적하고 있는 것이다.

나머지 하나는, 실상 이것이 『오월의 미소』의 가장 빛나는 성취라 할 것인데, 1980년 당시 가해자의 일원이었던 공수부대 장교 '김성보'와 공수부대원들에게 윤간을 당해 아이를 낳고 오랫동안 정신병원을 드나들다 결국 자살하고 마는 피해자 '김영선'과의 영혼결혼식을 통한 화해와 상생의 실천적 제시다. 이에 이르는 방법이 물론 그렇게 간단한 것은 아니어서 몇 가지 장치가 준비된다.

① 나는 술잔을 들고 있는 김성보의 얼굴을 뜯어보았다. 그저 평범한 김가박가였다. 학교 선생이라면 선생이고, 동장이나 구청장이라면 또 그런 사람이었다.(49쪽)

② 잘 가세요. 나도 김 이사님 처지를 잘 이해하고 있습니다. 김 이사님도 광주 사람 누구 못지않은 피해자였습니다. 잘 가세요. 광주항쟁의 진상도 제대로 밝혀지고 그 숱한 사람들 원한도 제대로 씻어질 날이 올 것입니다. 그런 날이 오고야 말테니 지하에서 지켜봐주세요.(278쪽)

③ 그 큰애기가 공수단한테 다쳤다고 하제마는 저이 아들이 그런 것도 아니고, 밤 잔 은혜 없고 날 샌 원수 없더라고 이십 년 가까이 되았은게 세월도 흘러갈 만큼 흘러갔고. (286쪽)

④ 산 사람이나 죽은 사람이나 맺힌 것이 있으면 풀어사제라. 총각 죽은 몽달귀신이나 처녀 죽은 쳐녀귀신은 원귀가 되야도 젤로 험한 원귀가 된다는디. 그런 귀신들이 뭣 땀새 그렇게 험한 귀신이 되았겄소. 시집 못 가고 장개 못 간 것도 한이제마는 자식이 없으면 지사를 못받아 묵은께 그것이 더 한이랍디다. 귀신들한테는 일 년에 지사 한 번이 산사람으로 치면 하루 세끼 밥이나 마찬가진디, 총각귀신 처녀귀신 외톨이 신세도 서러운 판에 그런 지사도 못 얻어 묵고, 거리 중천에 동냥치맨키로 골목골목 떠돌다가 남의 집에서 지사 지내고 사리팎에 내 논 내전 밥이나 주워 묵고 댕길라면 아무리 귀신이제마는 눈에서 피눈물이 나겄지라.(299쪽)

①은 소안도로 함께 낚시를 가게 된 상황에서 '나'(정찬우)가 김성보를 바라보는 태도를 보인 것이고, ②는 김성보가 낚시 중 사고로 죽은 소안도 바다에 국화를 던지며 그 혼에게 건네는 '나'(정찬우)의 위로의 말이고, ③은 고향 앞 바다(소안도)에 몸을 던져 죽은 영선의 넋을 건져 올리는 굿판에서 동네 사람 김윤달의 말이며, ④는 미선이의 친척 아주머니에게 차관호 어머니가 하는 이야기다. 차관호의 어머니는 지금 김영선과 김성보의 영혼결혼식을 주선하고 있는 참이다.

이 소설은 우선 김성보로 대표되는 오월 그 날의 가해자들 역시 "똑같은 피해자"라는 인식을 전제한다. 이는 광주의 오월을 직접 체험한 작가들의 발언일수록, 그 살육의 진실을 밝히기 위한 문학적 추구를 계속해왔던 작가들일수록 그 도덕적 설득력은 배가 된다. 송기숙의 경우도 물론 예외가 아니다. 다만 이 소설에서 김성보와 같은 가해자들의 참회는 임철우의 『봄날』에 나오는 계엄군 '명치'의 참회와는 다른 쪽을 보인다.

광기의 인간 사냥이 한참 끝난 뒤이긴 하지만, 그래도 결국 시민들이 결코 적이 아니라는 사실을 명치가 깨달았다는 점이 중요하다. 팔십만의 시민과 이만의 병사들은 결국 같은 그물 속에 갇힌 포획당한 물고기라는 것을 그가 깨달았을 때, 저항하는 자만이 아니라 진압하는 자의 시점에서도 광주학살은 추악한 범죄라는 것을 처절하게 깨달을 때, 그때 우리는 도리 없이 그들도 우리와 같은 피해자라는 작가의 관점에 동의할 수 있는 것이다.

물론 『오월의 미소』에서도 몇 가지 장치를 통해, 예컨대 정찬우 등이 권총을 구입해 사격을 연습하고 '그 날'을 기약하는 것을 통해 학살 책임자의 처벌이 아직 이루어지지 않았다는 것을 새삼 환기시킨다. 또 백범 살해범 안두희를 박기서가 처치한 기사와 관련하여 작중 인물들이 나누는 대화 가운데 남아공의 '진실과화해위원회'를 언급하면서 "화해 앞에다 진실을 내세우고"있는 점을 강조하기도 한다. 그러니까 진정한 화해에 이르기 위해서 선결되어야 할 것은 그 날의 진실, 곧 왜 하필 광주였는지?, 왜 그렇게 잔혹하게 죄 없는 학생들과 시민들을 살해했는지? 발포 명령은 누가 내렸는지? 등을 밝히는 것이 순서라고 역설한다. 그럼에도 불구하고 『봄날』에서 보이는 것과 같은 그들의 진정한 참회가, 그들의 고통이 이 소설에서는 별로 보이지 않는다. 그래서 김성보로 대표되는 오월 그날의 가해자들 역시 "똑같은 피해자"라는 인식에 우리는 선뜻 동의하기 어려운 것이다.

김영선과 김성보의 영혼결혼식을 통한 화해와 상생의 길의 모색에 관해서도 어쩔 수 없이 정서적 거부감을 갖게 된다. "산 사람이나 죽은 사람이나 맺힌 것은 풀어야……" 할 것이다. 그러나 그 풀림의 방법이 용서라는 환상으로 깊은 분노를 우회해 가려는 것[36]이어서는 안 된다. 우선 김영선이 겪은 고통과 그 후유증이 그녀뿐 아니라 주변 인물들에까지 오랜 세월 너무 큰 상처를 주고 있기 때문이다.

김영선은 그때 공수대원들에게 윤간을 당하고 아이(김준일)를 낳는데, 결국 스스로 죽어서야 그 원한에서 풀려나게 된다. 그리고 미선은 십칠 년 동안 정신병원을 들락거리는 언니 병수발을 하느라 청춘을 저당 잡힌다. 그런 일이 없었더라면 필경 미선과 결혼해서 행복하게 살았을 정찬우는 대학을 졸업하자마자 서둘러 결혼을 하고[37], 결국 서둘렀던 결혼은 삼 년 만에 파경을 맞는다. 사귀던 강지연과도 영선의 죽음과 함께 헤어지게 된다. 그것이 강지연의 말처럼, "제 자리로 돌아가는 것"이라기엔 그들이 묶여 있던 역사의 상처가 지나치게 무겁다. 작가는 두 사람의 영혼결혼식과 함께 김영선이 낳은 아이가 죽은 김성보를 대신하여 그의 모친 고성댁의 양자로 들어가는 것으로 화해와 상생의 대미를 장식한다. 영선이 이 아이를 낳게 버려둔 작가의 의도가 여기에 있을 터이다. 그러나 여전히 이 씻김굿과 영혼결혼식이라는 무속적 의례를 통해서 그 날의 가해자와 피해자 간의 화해가 이루어질 수 있을 것인가는 여전히 의문이다. 우리는 일종의 평형 상태, 즉 모든 정열이 다 소모된 마음의 평정 상태[38]에 접근한 지점에서 『오월의 미소』를 제대로 읽을 수 있을지 모른다. 그러나 그것은 쉬운 일이 아니다. 그만큼 그 날의 상처가 아물기에는 아직 세월이 지나

---

36 주디스 허먼, 앞의 책, 315쪽.
37 미선과의 결별은 1980년대적 가치와의 결별을 상징한다.
38 Robort 숄즈 · 로버트 켈로그, 임병권 역, 『서사의 본질』, 예림기획, 2001, 277쪽.

지 않았고, "밤 잔 은혜 없고 날 샌 원수 없더라고 이십년 가까이 되았은게 세월도 흘러갈 만큼 흘러갔고"라 하지만 본질적인 문제들이 해결된 것도 아니다. 혐오든 사랑이든 외상을 몰아낼 수는 없다.[39]

물론 송기숙의 소설 세계는 불화와 적대감으로 가득 찬 세계가 아니라 이해와 사랑이 있는 세계이며(소설은 마땅히 그러한 세계를 추구해야 할 것이다), 자신의 소설 공간에 증오와 원한을 담으려고 의도하지 않[40]음을 『오월의 미소』에서도 확인할 수 있다.

위에서 살펴 본 소설들은 5 · 18민중항쟁이 살아남은 이들에게 남긴 트라우마와 그것의 극복을 주로 다루고 있다. 양심의 형태로 각인되는 기억은 인간의 삶을 도덕과 책임감에 사로잡히게 만들고, 인간의 모든 시야를 과거에 고착시키는 퇴행적 결과를 불러 온다. 살아남은 이들의 기억을 통해 드러나는 '5 · 18'은 폭력과 광기의 상흔으로만 호명된다. 앞의 여러 소설들은 혹은 모든 폭력에 대한 환멸로, 때로는 넋두리로, 또는 복수의 다짐으로, 아니면 죽은 이들의 영혼결혼식이라는 제의를 빌어 그것을 극복하려 해 보지만 무엇으로도 진정한 해원에 이를 수 없음을 다시 확인할 뿐이다.

---

39 주디스 허먼, 앞의 책, 316쪽.

40 홍정선, 「삶과 역사를 향해 열려있는 공간」, 임환모 엮음, 앞의 책, 179쪽.

05 서사 공간의 의미망

바슐라르는 우리들은 때로 시간 속에서 스스로를 알아본다고 생각하지만, 기실 그것은 우리들의 존재가 안정되게 자리 잡은 공간들 가운데서 일련의 정착점들을 알아보는 것에 지나지 않는다.[1]고 한다. 그는 또 우리들이 오랜 머무름에 의해 구체화된, 지속의 아름다운 화석들을 발견하는 것은 공간에 의해서, 공간 가운데서[2]라고 했다. 이는 기억을 생생하게 하는 것은 시간이 아니라 오히려 공간이며, 공간의 의미가 개인적인 인식 과정 가운데 시간의 의미를 넘어 우세하다는 뜻이다.[3] 이처럼 인간과 공간은 실존적인 관계이다. 인간이 공간을 인식한다는 것 자체가 그 자신의 존재를 인식하는 것이 된다.[4] 이야기의 일종이며 근대 이후 가장 유력한 이야기 양식인 소설이 삶을 배경으로 하고 그 조건 아래에서 소통되는 것은 당연한데, 따라서 소설은 삶의 조건에서 자유로울 수 없다. 그 삶을 조건지우는 것은 단적으로 시간과 공간이다. 특히 추상적인 시간보다 구상적인 공간의 제약은 삶의 결정적 조건으로 의식되곤 한다.[5]

그런데 인간은 그를 둘러싼 객관 현실과의 역동적 상호 관계 속에서 사

---

1 가스통 바슐라르, 곽광수 역, 『공간의 시학』, 민음사, 1990, 120쪽.
2 같은 책, 122쪽.
3 유인순, 「소설의 시간과 공간」, 한국현대소설연구회 편, 『현대소설론』, 평민사, 1994, 185쪽.
4 안남일, 『기억과 공간의 소설현상학』, 나남출판, 2004, 153쪽.
5 장일구, 「소설 공간론, 그 전제와 지평」, 『공간의 시학』, 한국소설학회 편, 예림기획, 2002, 9-10쪽.

건이나 행동을 경험한다. 다시 말하면, 인간의 소설적 반영이 '인물'이라면 현실의 반영은 '공간'이다. 그리고 인물과 공간의 상호작용인 인물의 삶은 행동과 사건의 연속으로 된 플롯으로 나타난다. 공간은 인물에게 운동성을 주는 객체적 대상이면서, 그와 함께 인물이 그 속에 얽혀 살아가야 하는 일종의 그물망이기도 한 것이다. 서사문학의 본질이 인물의 삶을 객관적으로 그리는 것이며, 그를 위해 인물과 공간의 상호연관을 드러내야 한다고 할 때, '5 · 18소설'들에서 광주라는 '공간'이 어떻게 의미화되고 있는가를 살피는 일은, 모순의 근원으로서의 현실의 역사적 변화과정을 살필 수 있는 유효한 방법이라 생각된다. 이 장에서는 '5 · 18소설'들에서 '광주'라는 공간이 어떤 의미망을 지니고 있는가를 살펴보도록 한다. 그렇게 함으로써 5 · 18민중항쟁 소설들이 "고통의 유물"[6]을 넘어 새로운 역사적 기억으로 번역 · 보존되어가는 계기가 마련될 것으로 기대한다.

1. 기억의 저장소

공간-장소-는 집단적 망각의 단계를 넘어 기억을 확인하고 보존할 수 있는 곳이다.[7] 대부분의 '5 · 18소설'들은 광주를 우선 '살육과 공포의 비극적 공간'으로 기억-재현-하고 있다. 1980년대는 광주와 죽음-죽임의 연대이기 때문이다.[8]

「다시 그 거리에 서면」에서는 도심에 있던 특수부대가 외곽으로 철수한 때로부터 다시 계엄군에 의해 광주가 장악되기까지의 약 일주일간을

6 알라이다 아스만, 변학수 외, 『기억의 공간』, 경북대학교출판부, 2003, 486쪽.
7 같은 책, 25쪽.
8 김현, 앞의 책, 416쪽.

"어둠이 가시기도 전인 살육이 있었던 날" 이라고 기억한다. 가족의 행복과 평안한 일상을 소망하는 작중인물에게 그 일주일간의 광주는 한낮의 적막을 깨고 들려오는 총소리의 두려움과 벌써 여러 날 째 두 동생의 소식을 모르는 공포의 공간으로 각인된다.

「그대 고운 시간」에서는 "위메, 저것이 뭔 일이다요. 뭔 세상이 이런 세상이 있다요 잉" 혹은 "전쟁이다, 전쟁. 이것은 전쟁이여"라는 어머니의 절규를 통해 그 날의 참상을 단적으로 드러낸다. 이 소설에서도 형을 찾으러 나간 누나가 돌아오지 않는 것으로 그려진다. 화자의 기억에 각인된 광주라는 공간은 혈육의 실종을 불러 온 비극적 공간이다.

항쟁의 현장에서 뜻밖에 살아 돌아온 아들의 목숨을 지켜내기 위한 어머니의 노심초사를 그리고 있는 「모당」에서는 "지옥에서 무사히 돌아 온 아들"이라는 표현으로 광주를 기억-표상한다. 군사정권에 맞서 싸우다 빨갱이로 몰려 초주검 난장질을 당하고 감옥에서 반신불수로 단명 요절한 남편에 이어 아들을 찾으러 다니던 지난 며칠의 광주는 그대로 지옥이었던 셈이다.

「당신들의 몬도가네」는 가족사의 비극과 밀착된 "시대의 광기"가 휩쓸고 간 공간으로, 「일어서는 땅」에서도 "가족의 비극이 대물림된" 땅으로, 「낯선 귀향」에서도 "가족사의 비극이 되풀이되는" 땅으로 광주를 기억하고 있다. 「목부 이야기」에서는 그럼에도 "누구하나 손 내밀지 않았던 무심한 눈빛에 대한 원망"으로 광주라는 공간을 인식하고 있다.

가해자인 국가 폭력의 하수인들, 곧 공수부대원이나 계엄군들에 대해서는 야만적인 집단으로 기억되고 있다. 「다시 그 거리에 서면」에서는 계엄군을 "비적떼"로 인식한다. 「남으로 가는 헬리콥터」에서 주인공은 공수부대원들을 보자 본능적 공포와 전율을 느낀다. 그들은 하나같이 "사람도 아니었다." 「부활의 도시」에서 계엄군들은 시체를 암매장하며 지나가는 시위대를 조준사격으로 목숨을 빼앗고서 멧돼지를 사냥한 것처럼 "잡았다!"고 외치는 야만성을 드러낸다. 「저격수」에서 평범한 시민들은, 아무나 마구 때려잡아 선혈이 낭자한 젊은이들을 질질 끌어 트럭에 싣고 가는 계엄군들의 만행을 목도한 뒤에 자신도 모르게 "죽일 놈들!"이라는 신음을 토한다. 『늑대』에서 계엄군은 무장 헬리콥터를 통해 시민들을 공격한다. 이 소설뿐 아니라 대부분의 '5 · 18소설'들은 "최루탄 정도가 아니라 총알이 핑핑 날아다니고 대검이 번쩍이고 유혈이 낭자한 거리"로 광주를 기억- 재현하고 있다.

물론 항변도 없지 않은데, 「얼굴」에서는 자신도 피해자라고 생각하는 계엄군이 "더럽게 운이 없어" 그곳으로 차출되었을 뿐이라고 생각한다. 그때는 누구라도 그런 짐승 같은 짓을 할 수밖에 없었다고 스스로를 합리화한다. 그렇다 하더라도 그가 광주에서 짐승 같은 짓을 했다는 사실은 기억-트라우마-로 남아 사회로부터 스스로를 유폐하게 만든다. 「어둠꽃」의 주인공인 공수부대원 역시 그의 잘못이란, "쏘라는 명령"을 거역할 수 없었을 뿐이라고 생각한다. 「십오방 이야기」의 계엄군도 자신의 눈앞에서 동생이 죽임을 당하는 것을 속수무책으로 지켜보아야 했다. 모두가 '광주'에서 일어났던 일이다. 진압군으로 광주에 투입된 그들 역시 피해자의 위치에 있다는 이 역설이 광주라는 역사적 공간의 비극성을 선명히 드러낸다.

그럼에도 불구하고 「우투리」에서 군인들은 마치 발을 쳐놓고 거기 걸려드는 고기를 잡아다 갈무리하듯 학생들을 잡아다 족친다. 『봄날』에서는 "야만이자 악마"인 공수부대원들이 광주에 투입되어 살육을 행한다. 금남로 일대는 "완연한 사냥터"였다. 그들의 극도의 잔혹성과 무차별성은 이방의 점령군들보다 더한 "광기"를 드러낸다. 『그들의 새벽』에서 광주는 탱크를 앞세운 계엄군들이 도청으로 진입할 때 하층민으로 구성된 수많은 무장시민군들이 "싸우다 죽는" 곳이다. 그러니 광주는 '사지'(死地)로 기억된다. 구두닦이와 철가방, 미용사 같은 민중들은 주변 사람들의 이유 없는 죽음에 분개해 총을 든다. 『청동시대』의 광주는 '폭력'이 일상화된 초현실적 공간으로 설정된다. 「봄날」과 「수의」(壽衣)의 '정신병원', '죽은 물고기'들 역시 살육과 공포에 포박당한 비극적 공간으로서의 광주를 은유한다. 「밤길」은 외부와 철저히 차단된 고립된 공간으로서의 광주를 탈출하는 주인공들이 밤길을 걸어 서울로 가고 있다. 그들에게 광주는 사지(死地)요, 아비규환의 공간이다. 『이 사람은 누구인가』에서는 팽팽했던 긴장과 엄청났던 열기, 죽임과 죽음, 전신을 옥죄어 오던 죽음에 대한 공포, 그 공포의 극복, 생명을 지키기 위한 생명을 건 싸움, 더 많은 사람들의 죽음으로 광주를 표상한다.

「완전한 영혼」에서 시민들은 "폭력의 표적"으로 그려진다. 「저기 소리 없이 한 점 꽃잎이 지고」에서 소녀는 "폭력과 광기"에 희생당된다. 소녀에게 "지긋지긋한 폭력의 충동"을 일으키는 '장'이나 소녀를 찾는 이들 모두 저주스런 '폭력의 기억'으로부터 풀려나지 못한다. 「더 먼 곳에서 돌아오는 여자」는 무심코 들어간 어떤 건물 안에서 상영되는 비디오를 통해 무수한 총탄이 뚫고 지나간 유리창과 '널브러진 시체'의 두 발을 끌고 가는 얼룩덜룩한 제복의 '군인들'을 본다. 『오월의 미소』에서 광주는 '투쟁 공간'이다. 주인공은 투쟁 공간이 아닌 생활공간으로 살고 싶어 하지만, 그는 결코 5월의 트라우마에서 벗어나지 못한다.

「저기 아름다운 꽃 한 송이」와 「일어서는 땅」의 경우 그러한 비극의 연원에 '분단'이 놓여 있다는 인식으로까지 확장되고 있다.

그 비극적 공간이 '왜 하필 광주였는가?' 하는 물음과 관련하여 신군부의 정치군사적 고려에 주목하고 있는 논자들이 있다. 그들은 분단으로 인한 사상적 콤플렉스와 지역 대결 구조에서 비롯된 지역감정이라는 한국

사회의 두 개의 콤플렉스가 신군부의 계획된 권력 장악 시나리오에 동원된 것이라고 설명한다.[9] 그런 측면에서 「저기 아름다운 꽃 한 송이」와 「일어서는 땅」에서 보이는 분단 구조에 대한 인식은 그 자체로는 매우 중요한 지적이다.

『광야』, 『늑대』와 같은 장편소설에서도 그러한 인식을 기본적으로 전제하고 있다. 『광야』는 죽음을 향해 가는 차량 운전자들로 하여금 죽음을 무릅쓰게 한 것이 경악과 분노였다는 것을 지적하면서 오월의 비극을 분단 이데올로기에서 찾는다. 『늑대』는 광주 바깥사람들의 "거기 사람들은 김대중이라면 까빡 죽는다면서?" 혹은 "그래도 난 어쩐지 그 동네 사람 싫더라"는 감정적 반응을 제시하면서 광주에 대한 근거 없는 지역감정과 차별 의식이 광주의 진실을 왜곡하는데 기여하고 있음을 성찰한다.[10]

우리는 흔히 시간이 흘러감에 따라 자연스럽게 과거가 생겨난다고 생각한다. 하지만 과거의 시간은 그저 망각되고 사라져갈 뿐이다.[11] 영원성을 향해 오늘을 지속시키고 오늘 속에서 내일을 바라볼 수 있는 사람, 곧 5·18민중항쟁의 기억을 통해 그것의 의미를 간직하고 붙잡으려고 노력한 작가들의 지난한 투쟁을 통해 '광주'라는 서사 공간은 새로운 문화적 가치를 획득할 수 있다. 물론 그 이전에 공포와 살육의 비극적 공간이라

---

9 정대화, 「광주항쟁과 1980년대 민주화운동」, 5·18기념재단, 『5·18민중항쟁과 정치·역사·사회』 5권, 2007, 27쪽. 정대화 및 손호철 등은 신군부의 광주 선택은 박정희 피살로 유신독재가 붕괴되면서 군사독재체제가 위기에 직면한 상황에서 국민들에게 성공적으로 접목될 수 있는 특정한 편견을 주입함으로써 계획된 권력 장악 시나리오를 성공시키기 위한 고려에서 기획된 것이라고 본다. 말하자면 '빨갱이'와 '전라도'라는 상호 무관한 두 극단적인 편견을 상승작용을 일으키는 반응로에 집어넣어 폭발적으로 증폭시킴으로써 민주세력과 독재세력의 대결구조를 이념적이고 지역주의적인 것으로 왜곡하여 유신체제의 억압구조에서 벗어나고자 민주화를 요구하는 민중·시민세력을 재정복하고 위기에 직면한 군사독재체재를 재생산하고자 했던 시도라고 보는 것이다.

10 5·18민중항쟁과 관련하여 군부는 왜 광주를 선택했는가, 왜 광주 민중만이 처절한 저항을 할 수 있었는가, 처절한 저항의 힘은 어디로부터 나왔는가 하는 질문에 사회과학적 연구는 적잖은 결과물을 내놓고 있다. 그러나 소설적 대응은 매우 미흡한 게 사실이다.

11 박은주, 앞의 글, 339쪽.

는 기억이 존재한다. 비극 속에서도 어떤 소망을 가질 수 있다면, 현재의 고통은 미래에 대한 희망으로 인해 견딜만한 것이 된다. 그러나 소망 없는 불행은 현재 상태의 변화와 개선에 대한 전망이 전혀 없는 총체적인 비극상황이다.[12] 1980년 5월이 그러했다. 학살 이후의 침묵을 마음에 간직했던 사람들[13]에 의한, 그러한 비극적 상황의 기억과 소설적 재현을 통해 다시 그것은 정체성의 확보와 현실의 해석, 가치의 정당화에 기여한다.

2. 소통과 응답의 공간

서사 공간으로서 광주의 약호화는 '5 · 18기념소설집'의 제목, 즉 『일어서는 땅』, 그리고 『부활의 도시』에서 알 수 있듯이 매우 선명하게 의미화하고 있음을 알 수 있다. 달리 말해 약호는 이미 알고 있었고 이미 정의되었던 세계로 독자를 밀어 넣는다.[14] 그것은 광주와 관련된 약호가 너무나 친숙해서 이데올로기, 즉 하나의 문화권 내에서 작용하는 무의식적인 가정들의 일부만큼이나 완벽하게 기능을 한다는 것, 보편적으로 타당한 것으로 인정되고 여겨진다는 의미를 갖는다. 그러나 이렇게 약호화된 관습화된 광주의 의미는 사실 지난한 투쟁의 산물[15]이었지 자동화된 것은 아

12 정항균, 앞의 책, 231쪽.

13 알라이다 아스만, 변학수 외 역, 『기억의 공간』, 경북대학교출판부, 2003, 376쪽.

14 Jeremy Tambling, 이호 역, 『서사학과 이데올로기』, 예림기획, 2000, 53쪽.

15 5 · 18민중항쟁은 인간의 존엄성을 유린하는 국가폭력에 분연히 저항하는 투쟁의 고귀함을 보여주었고, 분단체제하에서 국가안보를 내세워 시민적 자유를 억압해온 군부권위정권의 정치적 정당성을 결정적으로 박탈했다. 그러나 항쟁은 신군부의 계엄 공수단을 앞세운 무력 진압으로 엄청난 희생을 치른 채 실패하고 만다. 항쟁의 교훈, 곧 '광주오월정신'을 실현하려는 1980년 5월 이후의 사회운동은 정치적 고립과 좌절을 딛고 끊임없이 전개되어 나간다. 이에 대해서는 정근식, 「청산과 복원으로서의 5월운동」, 5 · 18재단의 책, 『5 · 18민중항쟁과 정치 · 역사 · 사회』 4권, 137-175쪽 등을 참고할 수 있다. 항쟁의 공간이었던 '광주'를 소설을 통해 의미화하는 과정 역시 작가들의 '다시 기억하기'라는 고통을 통과하면서 이룬 성과이다.

니었음을 기억할 필요가 있다.

과거를 마무리지은 생존자는 이제 미래를 형성하는 과제에 직면한다.[16] 「목마른 계절」에서 광주는 비로소 삶의 공간으로 제시된다. 살아남은 이들은 어쨌든 살아내야 하는 것이다. 「목마른 계절」에서 광주는 '현재진행형'이라는 인식을 갖고 있다. 그날에 살아남은 사람들이 지금 어떻게 살아가고 있는지, 혹은 어떻게 죽어가고 있는지를 선연하게 보여주면서, 작중 인물들의 삶의 조건이란 이처럼 아직 해결되지 않은 과거의 비극에서 연유하고 있다는 점에서 현재진행형이라는 것이다.

트라우마를 극복하기 위해서는 안전의 확립, 외상 이야기의 재구성, 그리고 생존자와 공동체 사이의 연결 복구가 중요하다.[17] 우선 사건에 대한 정확한 응시-인식이 필요하다. 그것을 문제에 이름 붙이기[18]라 할 수 있다. 그런 의미에서 「목마른 계절」에서 광주의 내부에 대한 반성적 성찰은 의미 있는 작업임에 분명하다. 환부를 알아야 치유가 가능하기 때문이다.

「망월」에서는 아들을 잃은 어머니의 끊임없는 넋두리를 통해 그 날에 가족을 잃은 이들의 가슴에 각인된 트라우마와 그것의 해원 가능성을 함께 모색하고 있다. 어머니의 시종일관 주술처럼 반복되어 나타나는 "나는 이제 다 잊어버렸다"는 넋두리의 강박적 반복을 통해 자신의 원한의 정서와 아들을 구하지 못했다는 죄의식의 감정을 승화시키고자 한다. 광주는 그런 의미에서 제의적 공간으로 기능한다. 「수의」에서는 정신병원에 입원해 있는 주인공이 회복되어 가는 과정을 통해 죄책감과 자학을 넘어서 인간성을 부정하는 폭력의 정체와 맞서는 다짐을 보인다. 정신병동 역시 씻을 수 없는 그 날의 트라우마를 안고 있는 광주의 상징적 기호로 읽을 수 있다.

---

16 주디스 허먼, 최현정 역, 『트라우마』, 플래닛, 2007, 326쪽.
17 같은 책, 20쪽.
18 주디스 허먼, 같은 책, 262-264쪽.

「얼굴」과 「어둠꽃」과 『오월의 미소』에서 계엄군으로 투입된 공수단원들 역시 "더럽게 운이 없어" 광주로 차출되었을 뿐, 그때는 누구라도 "쏘라는 명령"을 거역할 수 없어서 그런 짐승 같은 짓을 할 수밖에 없었다는 인식도 트라우마의 치유를 위해서는 불가피한 인식이다. 『봄날』의 공수단원 '명치'가 "솔직히 까놓고 말해서 우리가 해도 너무 했어" 라는 자조적인 고백 끝에, 시민들이 결코 적이 아니라는 사실을, 팔십만의 시민과 이만의 병사들이 결국 같은 그물 속에 갇힌 포획당한 물고기라는 반성적 인식에 다다른 것 역시 상처의 치유를 위한 발견의 과정에 해당한다.

『오월의 미소』에서 광주와 소안도는 가해자와 피해자 간의 화해와 상생을 위한 제의적 공간이다. 김영선과 김성보의 영혼결혼식 역시 제의를 통한 트라우마의 치유 혹은 재생의 모색이다.[19]

『그들의 새벽』에서 광주는 노동자를 비롯한 민중들에게 5 · 18민중항쟁이란 피해자로서의 체험이 아니라 역사의 주체로서의 체험이었고, 따라서 앞으로의 삶은 새로운 역사의 주역으로서의 삶이어야 한다는 인식 공간으로 기능한다. 그러한 인식은 「깃발」의 마지막 장면에서 더욱 선명하게 제시되고 있다. 여명 속에 안개를 헤치며, 자전거 페달을 힘차게 밟으며 앞으로 달려가는 노동자의 모습에서 커다란 한 획이 스치듯 지나간 게 아니라 앞으로도 계속될 것임을 암시하고 있다. 그래서 광주는 '다시 일어서는 땅-재생' 의 공간으로 자리매김 되고 있다. 그런데 그것만으로는 '고통의 유물'로서의 광주라는 서사공간의 의미가 확장, 계승되지 못한다.

광주의 5월은 패권질서의 지배세력에게 주었던 충격 못지않게, 제3세계 민중들에게 준 혁명적 영감과 충격이 자못 크다. 19세기 중엽 프랑스

---

19 다만 가해자가 공수단원으로 그려지고 있는 점은 그들이 국가폭력의 하수인일 뿐이었다는 점에서, 그리고 학살의 주모자들이 온전히 드러났거나 진정한 참회의 모습을 보이고 있지 않다는 점에서 불완전한 화해의 모색이라는 한계는 앞에서 지적한 바 있다.

혁명사의 파리 코뮌과 다르지 않을 자율적 질서의 유지와 시민군의 혁명적 헌신성, 그리고 그 정치적 파장에 대한 세계적 관심은 한국의 광주와 남아프리카의 반인종차별저항운동의 근거지 소웨토를 동일한 비중으로 주목하게 했다. 광주는 결코 하나의 국지적 한계에 갇힌 단어가 아니라 이렇게 세계사적 의미를 지닌 깃발인 것이다. 그럼에도 불구하고 시간이 지나면서 5 · 18민중항행은 '광주'라는 지역적 사건으로 왜소화되어가는 중이다.[20] 그것은 망각의 베일을 통해 과거로 흘러 들어가는 기억[21]의 속성일 수도 있고, 광주에 덧씌워진 냉전 이데올로기적 타자 혹은 지역주의적 타자로서의 멍에[22]일 수도 있다.

'광주'가 살육과 공포의 비극적 공간이라는 인식에서 나아가 제의와 재생의 공간으로 심화 · 확대되는 과정에서 얻게 되는 새로운 문화적 가치들이 있다. 우선 '공동체 의식'에 대한 새로운 발견을 들 수 있다.

송기숙의 단편 「우투리」에서는 처음에 학생들의 시위와 공수단의 살인적 폭력에도 불구하고 자기와는 관계없는 일인 것처럼 아랑곳하지 않던 현도가 소설 말미에 "갑자기 다른 사람이 되어 버린 것"같이 성격의 변화를 일으키는 과정을 통해 항쟁의 불길이 어떻게 타올랐는가 하는 점을 잘 보여주고 있다. 그것은 공수단의 무차별적인 폭력의 행사와 이를 지켜본 시민들의 분노에서 기인한 것인데, 특히 현도와 같은 민중들의 도덕적 분노가 항쟁의 기폭제 역할을 했다는 점을 시사해 주고 있다. 이 도덕적 분노를 해명하기 위해서는 지역 사회 내부에 흐르고 있는 오랜 공동체적 정서와 연대의식에 대한 이해가 필수적이다.[23]

---

20 김민웅, 「세계자본주의 체제와 한국 민주주의」, 전남대학교 5 · 18연구소 외, 『5 · 18과 민주주의 그리고 한반도 평화』, 심미안, 2007, 335쪽.

21 알라이다 아스만, 앞의 책, 60쪽.

22 정근식, 「청산과 복원으로서의 5월 운동」, 5 · 18기념재단, 『5 · 18민중항쟁과 정치 · 역사 · 사회』, 4권, 심미안, 2007, 143쪽.

23 안병욱, 「광주 5월 항쟁의 계승과 평화통일운동」, 전남대학교 5 · 18연구소 · 한국Ngo학회, 『민

문순태의 『그들의 새벽』에서도 항쟁에 자발적으로 참여한 시민들의 혼연일체를 설명할 수 있는 것은 그들의 공동체 의식이다. 학생들과 민중들을 하나로 묶어준 것은 계엄군으로 투입된 공수부대원들의 치 떨리는 만행이었다. "내가 깨달은 거는 현숙의 죽음이 바로 내 죽음이며 우리들 모두의 죽음이라는 것이여"와 같은 기동의 말이 그것을 웅변하고 있다.

물론 정찬은 『광야』에서 아무도 '너는 누구인가?'를 묻지 않았던 광주공동체가 곧 '우리의 시간'이었다면 해방 광주는 '나의 시간'이 되어서 그리하여 모두가 우리였고 전사였던 광주공동체에서 시민군이라는 새로운 집단이 탄생함으로써 "비무장 시민들은 전사에서 평범한 시민으로 전락했다"는 분석을 내놓기도 한다. 그래서 왜 그들이 총을 들었는가와 관련하여, 처음에는 '윤리적 분노'였던 것에서 나아가, 이제 왜 그들이 무장저항을 주장하는가에 대한 질문에 이른다. 곧 무장해제와 관련한 갈등에서, 일상생활에서 계급적 차별과 편견에 시달렸던 무장시민군들이 추구하는 것은 계급이 존재하지 않는 꿈의 세계요, 수습위원회가 추구하는 것은 현실 세계로의 회귀라는 것, 그러니까 다시 말하면, 절대는 일상의 무게를 견디지 못한다는 것, 꿈이 삶을 이길 수는 없다는 것이다.

「우투리」나 『그들의 새벽』에서도 학생들을 비롯한 지식인 계층과 민중들의 갈등 양상이 드러나고 있는 것은 사실이다. 그럼에도 불구하고 국가 폭력이 난무하는 공포와 비극적 공간에서 윤리적 분노에 기초한 공동체 의식의 발현은 매우 소중한 가치로 되새겨 볼 필요가 있다.[24] 그것은 자연스럽게 국가 폭력으로부터 인간의 보편적 권리를 지켜내기 위한 저항

주주의, 평화, 통일과 시민사회』, 5 · 18민중항쟁 제26주년기념 국제학술대회 자료집, 2006, 60쪽. 이 글에서 안병욱은 5 · 18민중항쟁의 요인으로 지역 차별적 요소와 함께 신의를 중요시하는 정서에 대해 주목하고 있다.

24 항쟁에 자발적 · 주체적으로 참여했던 민중의 동인이 '감성적 분노'의 수준을 넘어 기존 지배구조에 대한 변혁의 주체자로 서지 못한 한계 역시 반성적 과제를 남기고 있는 것은 사실이다.

이라는 가치로 연결된다. 이를 달리 말해 '광주정신' 혹은 '오월정신'이라 할 수 있다.

'5 · 18'의 지향성을 보편적인 인권 개념으로 해석할 경우 다음과 같은 문제가 제기될 수 있다. 즉, ① 5 · 18이 함축하고 있는 다른 고유한 이념들, 예를 들어 저항, 자주, 민주, 통일, 민중해방과 같은 특수 이념들이 평가될 수 있다는 점. ② 5 · 18민중항쟁의 성격을 규정하는 한 축이라고 할 수 있는 광주의 사회적 · 경제적 · 문화적 특수성에 대한 인식을 방해할 수 있다는 점. ③ 5월 광주를 보편주의적 개념 틀로 이상화한 나머지 여전히 우리 사회를 규정하는 핵심코드인 계급갈등 문제와 광주를 분리시킬 수 있다는 비판이 그것이다.[25] 그럼에도 불구하고 '5 · 18소설'들에서 보이는 항쟁 참여자들의 윤리적 분노의 근원에는 국가 폭력의 무자비성에 대한 인간 본연의 심성에서 나온 것임을 부인할 수 없다. 그것은 자연스레 인간의 존엄이라는 가치를 바탕으로 한 공동체 의식의 발현이다.

이와 같은 인권과 공동체 의식을 통한 건강한 시민사회의 구현[26]이라는 보편적 가치 외에 광주라는 특수성에 주목할 수 있다. 그것은 자주적 삶의 지향을 통해 분단을 극복하고자 하는 정치적 에너지의 저장소로서의 의미이다. 「더 먼 곳에서 돌아온 여자」는 은유의 방식을 통해 곧, 광주의 5월과 미국으로 입양된 한 여인의 과거의 겹침을 통해 5월이 현재적 그리고 미래적 가치를 얻기 위해 극복해야 할 대상이 무엇인가를 숙고하게 한다.

보다 적극적인 문제 제기는 단편 「저기 아름다운 꽃 한송이」와 「일어서

---

25 박구용, 「바깥으로 나가는 역사, 5 · 18」, 전남대학교 5 · 18연구소 외, 『5 · 18과 민주주의 그리고 한반도 평화』, 심미안, 2007, 38쪽.

26 김홍길은 이를 '시민 저항 주체'의 출현으로 의미 규정한다. 그에 의하면 5월 광주는 군부독재의 정치적 연장을 저지하고 권위주의 체제가 축적해 왔던 각종 사회적 모순과 부조리를 극복하기 위하여 의식적인 저항공통체를 형성시켰고, 이른바 '시민사회'의 탄생을 이끌었다. 이에 관해서는 김홍길, 「5월 운동과 시민공동체의 변화」, 위의 책, 377-408쪽을 참고할 것.

는 땅」, 그리고 『광야』, 『늑대』와 같은 장편소설에서 볼 수 있다. 광주의 비극의 연원에 '분단'이 놓여 있다는 인식은 깊이 있는 소설적 성찰이다. 특히 『늑대』의 경우 광주에 대한 근거 없는 지역감정과 차별 의식이 광주의 진실을 왜곡하는데 기여하고 있음을 성찰하고 있다. 「씨앗불」에서 볼 수 있는 미국에 대한 새로운 인식도 소설 미학적 측면에서는 많은 한계가 있으나 학살과 분단의 원인과 관련한 사회과학적 인식의 영향을 일정하게 반영하고 있어 주목된다.

지금까지 살펴 본 5 · 18민중항쟁 소설들이 고통의 유물을 넘어 새로운 문화적 기억으로 번역 · 보존되어가기 위해서 반드시 넘어야 할 과제가 있다. 인권과 공동체 의식을 통한 건강한 시민사회의 구현이라는 보편적 가치와 자주적 삶의 지향을 통해 분단을 극복하고자 하는 정치적 에너지의 저장소로서의 의미를 결합하고 재생산하기 위해 요구되는 것은 광주라는 서사 공간이 무엇보다 소통과 응답의 공간으로 기능하여야 한다는 점이다.

그런 면에서 보면 중편 「깃발」과 장편소설 『그들의 새벽』을 통해 강조되는 항쟁주체의 문제는 되새겨 볼만한 면이 있다. 5 · 18민중항쟁은 국가폭력에 의한 양민 학살과 이에 저항하는 민중들의 무장봉기에 그 의의가 있다.[27] 위의 소설들 중 하나는 민중의 계급성을, 다른 하나는 민중의 윤리적 분노를 강조하는 차이가 있기는 하지만 무장 봉기의 주체로 노동자 계급을 비롯한 민중의 자발적 · 주체적 참여를 강조하는 공통점이 있다. 자연스럽게 두 소설의 인물들은 대학생들을 비롯한 지식인 계층과 일정한 거리감을 갖게 된다. 사정은 「우투리」에서도 『봄날』에서도 다르지 않다. 『광야』에서는 그들 간의 갈등이 좀더 분명하게 제시된다.

27 김상집, 「다시 "왜 우리는 총을 들 수밖에 없었는가?"를 말한다」, 5 · 18과 민주주의 그리고 한반도 평화』, 49쪽.

항쟁이 일단락되고 나서 5월의 진실이 폭압적 권력에 의해 망각을 강요받을 때 진실 투쟁의 전면에는 그 날 금남로와 도청을 빠져 나갔던 대학생들을 비롯한 지식인들의 역할이 두드러진다. 5 · 18민중항쟁의 중심 주체는 시민 전체였다.[28] 그러나 항쟁 주체와 관련된 헤게모니 다툼은 이후 5월 기념사업이라는 장으로 이어진다.[29] 전 시민 계층 나아가 5 · 18민중항쟁의 역할 및 정신을 긍정하는 이 나라의 양심 있는 주체들 사이의 소통과 응답이 필요한 연유가 여기에 있다. 지역감정이라는 너울을 걷어 내기 위해서는 제주 4 · 3항쟁과 1979년의 부마항쟁 등을 연결 짓는 문학적 소통과 연대가 필요하다. 나아가 인권과 민주주의의 가치를 열망하는 제3세계 민중 및 지식인과의 소통도 필요하다.[30] 그 모든 것의 전제가 내가 항쟁의 주체였다는, 나만이 항쟁의 진실을 담지하고 있다는 그릇된 관념으로부터 벗어나기 즉, 진정한 의미에서의 '우리 안의 타자'와의 소통과 응답일 것이다.

---

28 정근식, 앞의 책, 142쪽.

29 본고에서 다루지는 않았지만 5 · 18기념재단에서 공모한 제1회 5월 문학 공모전 단편소설 부문 수상작인 심영의 소설 「그 희미한 시간 너머로」에서는 1980년 5월 이후 살아남은 이들 사이의 일종의 긴장관계를 다루고 있다.

30 물론 폭력에 맞서 저항했던 민주주의에 대한 열망이 과학, 국가, 시장에 대한 맹신으로 전복된 사회에서 이제 개인들은 대량생산된 상품처럼 언제나 다른 개인에 의해 대체 가능한 복사물일 뿐이라는 반성적지적은 진즉부터 있어 왔다. 그렇다 하여 인권과 민주주의의 가치가 소멸하는 것은 아니다.

제2부

5·18문학의 다양한 접근

01 5·18소설에서 항쟁 주체의 문제

– 한강 소설 『소년이 온다』의 경우

1. 5·18소설(들)

소설 속의 모든 인물은 자아이면서 동시에 세계의 일부이다. 자아를 텍스트 속에서 고뇌하며 행동하는 주체라고 한다면, 그 주체를 둘러싸고 있는 모든 것은 세계가 된다. 이러한 자아와 세계의 대립과 갈등으로 전개되는 것이 서사의 본질이다. 1980년 5월, 광주에서의 사건을 제재로 한 5·18소설들 역시 다를 바 없다.

5·18소설들의 대부분은 우선적으로 그 참혹한 죽음/죽임의 원인이 무엇이었는지를 묻는다. 그래서 맨 처음에는, "이것이 웬 날벼락입니까?"[1]라는 절규 끝에, "금남로 일대는 완연한 사냥터였다. 광기에 눈이 뒤집힌 채 피를 찾아 쫓고 몰아대는 짐승의 사냥터"[2]였으며, 따라서 "시위대를 대상으로 한 폭력은 허락된 카니발"[3]이었다고 답한다. 광주는 우발적인 사건이 아니라 신군부의 권력 장악 프로그램에 의해 '선택'된 것이라는 관점을 보이는 것이다. 문제는 그 다음인데 곧, 사건의 시발과 진행과 종말까지

---

1 정찬, 『광야』, 문이당, 2002, 33쪽.(정확하게는 1980년 5월 19일자 '광주 시민 민주투쟁회'에서 배포한 유인물의 내용을 이 소설에서 인용하고 있다.)

2 임철우, 『봄날』 2권, 문학과지성사, 1997, 135쪽.

3 정찬, 같은 책, 37쪽.

의 그 열흘 동안, 사람들의 행위[4]를—좀 더 정확하게는 행위의 주체를 어떻게 설명할 수 있겠는가 하는 점이다. 대부분의 5·18소설들은 그것을 '윤리적 분노'에서 기인한 것으로 설명하고 있다. 항쟁 참여자 대부분은 "전두환이 누구인지조차 몰랐고, 정치에 별로 관심이 없던 이들"[5]이었으나, "그들이 죽음을 초월했던 것은 인간의 존엄성을 부정하는 세계를 용서할 수 없었기 때문"[6]이었다. 얼마간 다른 해석도 없지 않다. 문순태 장편소설 『그들의 새벽』의 경우에도 이념에 포박되지 않은 순수한 민초들 즉, 한 번도 제대로 된 사람대접을 받아보지 못했던 구두닦이와 술집 호스티스, 그리고 그의 친구인 철가방, 구두찍새, 미용사 같은 뿌리 뽑힌 존재들이 항쟁의 주동적 참여자이다. 그 중에 한 인물의 다음과 같은 발화는 이 항쟁의 성격의 일단을 잘 설명해 준다.

> "그러니께 내가 총을 든 이유는…… 아니 우리 양아치들이 총을 든 것은 말하자면…… 세상이 꼴보기 싫어서라고 한다면 이해할 수 있겄소?" (중략) "솔직히 아니꼽고 치사한 세상 확 뒤집어뿔고 자퍼서…… 우리를 깔보고 무시하고…… 발가락 때만큼도 안 여긴 놈들을 싹 쓸어불고 자퍼서……" 그러면서 박순철은 시내 쪽으로 총부리를 들이대고 휘저어 보였다. 그때 그의 옆얼굴이 섬뜩할 정도로 두렵게 느껴졌다. "세상이 그 동안 우리한테 해준 게 뭐가 있소? 형씨는 덕본 것이 뭐가 있소? 으디 세상 사람들이 우리를 사람 취급이나 해줬소? 세상은 우리를 쓰레기 취급을 하지 않았소?" (중략) 기동이가 보기에 그는 세상에 대해

---

4 광주에서의 무장투쟁은 피아간의 세력관계의 합리성이라거나 군사기술적 측면에서의 주·객관적 상황 이 모두 결핍된 상태에서 정상적인 사람이 평가할 때 도저히 승리의 가능성이 없다고 판단되는 상황에서 발생하였다. 그러면 그들은 무기를 들지 말았어야 했는가? 하는 질문이 제기될 수 있다. 모스크바에서 무장봉기와 시가전이 발발하였던 1905년 12월 플레하노프는 그들은 무기를 들지 말았어야 했다고 평하였다. 이는 물론 주·객관적 상황 속에서 무장투쟁을 매개로 한 혁명의 실현불가능성을 논하였던 것이다. 그렇다면 봉기에 참여한 사람들은 혁명적 낭만주의자나 혁명적 광신주의자들인가? 그 투쟁은 역사적으로 아무 것도 얻어질 수 없는 불임의 결과를 남기는 것일 뿐일까? 이에 관해서는 김홍명·김세균, 「광주5월민중항쟁의 전개과정과 성격」, 『광주5월민중항쟁』, 풀빛, 1990, 117-148쪽을 참고할 수 있다.

5 정찬, 같은 책, 28쪽.

6 정찬, 같은 책, 155쪽.

칼날 같은 원한과 적개심을 품고 있는 것이 분명했다.[7]

그럼에도 불구하고 문순태의 소설 내 인물들의 행위는 결국 '윤리적 분노'로 수렴된다. 그들을 하나로 묶어준 것[8]은 계엄군으로 투입된 공수부대원들의 치 떨리는 만행이었다. "내가 깨달은 거는 현숙의 죽음이 바로 내 죽음이며 우리들 모두의 죽음이라는 것이여"와 같은 소설 내 인물의 발화가 모든 것을 웅변하고 있는데, 이 분노와 단순성과 무명성은 기실 시민들의 자발적 단결과 투쟁의 중추적 내포로 기능하게 됨을 알 수 있다. 또 드물게는 이념의 차원에서 사건을 바라보는 소설[9]이 없지 않으나 그 역시도 "인간의 탈을 쓰고 어찌 저럴 수 있는가"[10] 하는 탄식과 분노로부터 발화되고 있음은 마찬가지다.

그런데 5·18소설(들)과 관련한 논의에서 놓치고 있는 지점이 있다. 그것은 무엇보다 대부분의 5·18소설(들)의 인물들이 하나같이 표백된 인물들이라는 점에서 기인한 것인데, 이를 테면, 그들은 한결같은 놀라움과 분노로만 작동되는 로봇 같은 존재들이라는 점이다. 물론 그것은 어쩔 수 없

---

7 문순태, 『그들의 새벽』 2권, 한길사, 2000, 234쪽.

8 이는 리스본에서 일어난 지진(지진의 신화)과 파리에서 일어난 혁명(혁명의 신화)을 하나로 묶어주듯이(상황의 전도) 광주항쟁에서의 시민들의 혼연일체를 설명할 수 있는 측면이 있어 흥미롭다. 1807년에 나온 클라이스트의 노벨레(novella-간결하고 압축적인 줄거리를 담은 산문소설), 『칠레의 지진』 한 부분을 다음에서 보자.
"사실상 인간의 정신이 아름다운 꽃처럼 피어나는 듯했다. 눈이 미치는 데까지 들에는 모든 계층의 사람들이 서로 뒤섞여 있는 것을 볼 수가 있었다. 영주와 거지들, 귀부인과 농부의 아내, 관리와 날품팔이들, 수도승과 수녀들이 서로 동정하고 서로 도움의 손길을 내밀었다. 그것은 마치 모든 사람에게 닥친 불행이 그 불행으로부터 벗어난 모든 사람들을 하나의 가족으로 만든 듯했다."
프리드리히 A. 키틀러, 「클라이스트 소설의 담론 전략-『칠레의 지진』과 프로이센」, 전동열 옮김, 문학이론연구회, 『담론분석의 이론과 실제』, 문학과지성사, 2002, 190쪽 참조.

9 홍성담 중편소설 「깃발」의 경우, 5·18민중항쟁을 그 비극적 양상에서가 아니라 그리고 죄의식이라는 각도에서가 아니라, 그 투쟁의 양상에서 그리고 혁명적 낙관이라는 각도에서 그린 소설이다. 이 소설의 가장 두드러진 점은 5·18민중항쟁이 "71%의 무산자 계급에 의한 항쟁이었다는 점"의 강조에 있다. 이 소설은 1998년 창작과비평 여름호에 처음 실렸다가, 2003년 창작과비평사에서 펴낸 홍성담 소설집 『깃발』에 표제작으로 수록되었다.

10 홍성담, 『깃발』, 창작과비평사, 2003, 13쪽.

는 측면이 분명 있다. 그러니까 광기와 야만의 소용돌이에서는 누구나 비슷한 태도를 갖게 되고(경악, 그리고 윤리적 분노), 누구나 비슷한 행동(저항 혹은 도피)을 하며, 이후에는 누구나 비슷한 감정(부끄러움 혹은 죄의식)을 갖게 마련인 것이다. 그러자니 인물 간의 변별성이 떨어지고 만다. 5·18소설(들)이 5·18소설로 단수화(혹은 단일화) 되고 마는 것이다. 5·18소설은 1980년대라는 시간과 광주라는 공간과 사건과 인물의 도식화라는 우물에 빠져 있(었)다. 그런 탓에 소설이 갖추어야 할 가장 기본적인 덕목인 감동을 그 스스로 배제해버린 측면이 크다.

이 글에서는 한강 장편소설 『소년이 온다』[11]를 읽는다. 소설의 초점인물은 소년이다. 그러하니 애초에 이념 따위가 개입될 근거도, 세상에 대한 원망이나 한이 자리할 틈도, 더구나 총을 들고 저항할 여력도 없다. 이 글에서도 여타의 5·18소설과, 특히 관련 연구들에서 그랬던 것처럼, 사건의 발생과 추이와 결말과 그 이후의 서사를 살펴볼 것이다. 다만, 다른 것은, 무엇보다 기왕의 논의에서 놓쳤거나 아니라도 주목하지 않았던 문제 즉, 소설의 인물의 내면에 주목하면서 항쟁의 주체란 누구였는가를 분석할 것이다. 미리 말하자면, 그것은 민초라거나 민중이라거나 무장시민군이 아니라 개개인의 '감정(emotion)' 그러니까 사건을 마주한 개개인의 감정이 모인 '집합적 감정'[12]이 될 것이다.

바바렛은 "감정적 분위기는 공통의 사회구조와 과정에 연루된 개인들

---

11 한강, 『소년이 온다』, 2014, 창비. 이후 본문의 내용을 인용할 때에는 괄호 안에 인용하는 페이지만 표시하기로 한다.

12 잭 바바렛, 『감정의 거시사회학』, 박형신·정수남 옮김, 일신사, 2007, 60쪽. 바바렛은 '배후의 감정'을 논하면서, 이를 감정의 범주에 속하지 않는 것으로 간주되는 감정들이라고 설명한다. 예컨대 감정을 배제하는 도구적 합리성이 구현되기 위해서는, 역으로 도구적 합리성의 실현에 방해가 되는 감정들을 피하게 만드는 특정한 감정들이 필요하다는 것이다. 그러나 이 글에서는 그 둘을 크게 구분하지 않고 사용할 것이다. 자본주의에서는 감정이 이미 도구적 합리성을 파괴하는 것으로 개념화된 범주이기 때문에, '배후의 감정들'은 감정이 아니라 태도(attitude)나 문화의 구성요소 등으로 간주되는 경향이 있기 때문이다.

로 구성된 집단에 의해 공유될 뿐만 아니라 정치적·사회적 정체성과 집합 행동의 형성과 유지에 중요한 일련의 감정 또는 느낌"[13]이라고 주장한다. 그렇다면 특정한 감정적 분위기는 사람들로 하여금 그에 상응하는 행위를 유도한다고 볼 수 있을 것이다. 1980년 5월, 민중의 (저항)행위를 그런 관점에서 읽어내는 것이 이 글의 의도이다. 물론 '감정'이라는 키워드로 문학작품을 읽어내려는 시도는 오래전부터 있어 왔다. 그러므로 전혀 낯선, 새로운 시도는 아니다. 5·18소설을 읽어내는 얼마간 낯선 방식일 뿐이다. 그것은 무엇보다 이후의 5·18소설(들)이 관습화된 광주의 의미를 넘어서서 유의미한 역사적 기억을 재현하기, 그리하여 지금 여기의 우리의 삶을 성찰할 수 있는 계기로 기능하기를 바라는 데 있다.

2. 기억을 말하는 자

죽음을 보았던 자는 죽음의 기억을 짊어진다.[14] 한편 기억은 과거를 표상하는 한 양식이며, 과거의 일을 재현하는 능력이다.[15] 그런데 역설적으로 기억과 망각은 항상 함께 작동한다.[16] 기억은 순수한 과거의 재현이 아니라 망각을 동반한 심리적 산물이기 때문이다. 기억은 일차적으로 기억되는 순간의 우연성을 통과하면서 최초로 굴절되며, 나아가 현재와 과거라는 물리적인 간격을 통과하면서 다시 한 번 왜곡된다. 그러므로 기억은

---

13 잭 바바렛『감정과 사회학』, 박형신 옮김, 이학사, 2009, 15쪽.
14 정찬,『광야』, 문이당, 2002, 210쪽.
15 나간채 외,『기억 투쟁과 문화운동의 전개』, 역사비평사, 2004, 15쪽.
이해경,「민요에서의 기억과 망각」, 최문규 외,『기억과 망각』, 2003, 132쪽. 기억과 망각은 문화생산의 근본이 된다. 부분적으로는 잊혀지고 부분적으로는 기억되어 전해지는 것을 가지고 과거의 것을 재구성하려는 형식이 기억과 반복이다.
16 고봉준,『반대자의 윤리』, 실천문학사, 2006, 356쪽.

결코 과거를 완벽하게 재현할 수 없다. 이렇게 보면 역사 새로 쓰기나 역사의 새로운 규정 등은 망각하고자 하는 열정에 의해 촉발된, 과거의 기억에 대한 적대적인 구성물이 된다. 그 결과 역사/이야기, 기억은 처음에 지녔던 연속성과 정체성을 상실하게 되는데, 그것은 바로 현재의 관심과 이해에 무게의 중심을 둔 당사자가 시도하는 과거의 추방이다.[17]

한강 소설 『소년이 온다』에서 기억을 말하는 자[18]는, 중학교 3학년 소년 '동호'다. 그러니까 이 소설은 80년 그날, 도청 앞 광장의 광경을 소년의 기억으로부터 호출하는 것으로 시작한다. 소년은 도청 옆 상무관에서 주검들을, 그러니까 진압군에 의해 죽임을 당한 시체들이 관 속에 누워있는 것을 지키고 있다. 소년은, "코피가 터질 것 같은 시취를 견디며 손에 들고 있는 초의 불꽃을 들여다본다."(12쪽) 그는 생각한다. "몸이 죽으면 혼은 어디로 가는 걸까. 얼마나 오래 자기 몸 곁에 머물러 있을까."(12-13쪽) 소년은, 애초에는, 군인들이 총을 쐈을 때, 친구 '정대'가 그 총에 맞는 걸 동네사람들이 보았다고 해서 여기까지 찾으러 온 거였다. 그러다 "총검으로 목이 베여 붉은 목젖이 밖으로 드러난 젊은 남자의 얼굴을 물수건으로 닦아내고 있던 고등학생 누나의 "오늘만 우리를 도와줄래?" 라는 말 때문에"(15쪽) 여전히 그곳에 남아 있는 것이다.

소년은 그러니까 소식이 없는 친구를 찾기 위해 이 광장에 나온 것이었다. 그것을 우리는 '내부적 충동'이라고 이름 할 수 있을까. 그러니까 소년이 광장에 나오고 또 계속해서 광장에 남아 있는 일차적인 이유는 죽은 것으로 믿어지는 친구를 찾기 위한 것이다. 그 행위의 이쪽에는 친구와 함

---

17 조경식, 「망각의 담론, 기능 그리고 역사」, 최문규 외, 『기억과 망각』, 책세상, 2003, 300-301쪽.

18 오닐(Patrick O' Neill), 『담화의 허구』, 이호 옮김, 예림기획, 2004, 153쪽. 초점화는 '눈으로 보는 것'에 관한 문제이지만, 이와 관련된 시야는 결코 물리적 시야에만 제한되지 않으며, 심리학적 또는 이데올로기적 구성 요소들을 포함할 수 있다는 의미에서 누가 보는가의 문제는 누가 지각하고, 생각하고, 추정하고, 이해하고, 욕망하고, 기억하고, 꿈꾸는가라는 의미로 이해되어야 한다는 것이 오닐의 견해이다. 이 소설에서 소년은 그가 본 기억을 독자들에게 증언하고 있다.

께 했던 경험을 통해 친구에게 느끼고 있는 어떤 '감정 '때문이고, 이처럼 "감정은 행위를 준비하는 데 결정적인 역할을 하며, 행위를 실질적으로 가능하게 한다."[19] 이를 고려하지 않고 어떤 행위자가 단순히 사회문화적 구조에 놓여있다는 것만으로 구조에 '대한' 반응을 총체적으로 설명하는 것은 무리가 있다. 기왕의 소설과 연구에서 항쟁 참여자들의 행위를 진압군에 의한 시민들의 죽임과 이에 '대한' 자동적인 저항으로 해석하고 있는 것은 5월을 풍부하게 해석하는 데 일종의 강박-망상성 장애로 기능한다.

소년과 함께 시신들을 돌보고 있는 어린 두 소녀도 여고 3학년(은숙)과 양장점 미싱사(선주)인 아직 십대의 소녀들이다. 그녀들은 "피가 부족해 사람들이 죽어간다는 가두방송을 듣고 각자 헌혈을 위해 전남대 부속병원에 갔고, 시민자치가 시작된 도청에 일손이 필요하다는 말을 듣고 왔다가 얼결에 시신들을 돌보고 있는"(16쪽) 참이다. 소년과 마찬가지로, 그녀들의 행위에 개입되어 있는 것은 어떤 (저항)'의식'이 아니라 (자연발생적인) 어떤 '감정'인 것이다.

레비나스는 타자에 대한 윤리적 책임과 관련하여, "타자에 대한 책임은 타자의 요청에 의해 내가 타자를 대체하는 것"[20]이라고 말한다. 그에 따르면 휴머니즘의 근원은 타자이며, 이런 휴머니즘 안에서의 책임이 나의 유일성에 대한 중요한 근거가 된다. 이 소녀들의 행위에 대해서도 그런 설명이 가능할까. 레비나스가 말한 타자에 대한 책임은 소녀(소년을 포함한)들의 행위(휴머니즘에 바탕을 둔)를 설명할 수 있는, 어떤 감정과 연결되어 있을까. 감정은 그 자체가 하나의 사회관계 현상이며, 그 관계의 맥락 속에서 사회적으로 구성되는 것(social construction)이다. 사회적 구조와 얽혀있는 감정은 단순한 '느낌'(feeling)이 아니라 '느낌의 규칙들'(feeling rules)이다.[21] 그

19 잭 바바렛, 『감정의 거시사회학』, 박형신 · 정수남 옮김, 일신사, 2007, 119쪽.
20 베른 하르트 타우렉(Bernhard H.F.Taureck), 『레비나스』, 변순용 옮김, 황소걸음, 2005, 236-238쪽.

러니까, 이 소년 소녀들이 광장에 나간 행위를 우리는 타자와의 '연대의 감정'이라고 잠정적으로 규정할 수 있을 것이다.

개인 혹은 공동체의 정체성을 말하는 것은 '누가 그러한 행동을 했는가?', '누가 그것의 행위 주체인가?'라는 질문에 대답하면서 성립된다. '누구?'에 대한 질문에 답하는 것은 한 삶의 역사를 이야기하는 것이다. 그러므로 이야기된 역사는 행위의 주체를 말한다.[22] 거듭 말하지만, 이 소설에서 기억을 이야기하는 자는 소년이다. 소년의 진술에 따르면, 간단한 염과 입관을 마친 사람들이 상무관으로 옮겨지는 것을 장부에 기록하는 일이 그가 맡은 일이었다. 그 과정에서 소년이 이해할 수 없는 일 한 가지는 다음과 같은 것이다,

> "입관을 마친 뒤 약식으로 치르는 짧은 추도식에서 유족들이 애국가를 부르는 것, 관 위에 태극기를 반듯이 펴고 친친 끈으로 묶어놓은 것도 이상했다. 군인들이 죽인 사람들에게 왜 애국가를 불러주는 걸까. 왜 태극기로 관을 감싸는 걸까. 마치 나라가 그들을 죽인 게 아니라는 듯이."(17쪽)

광장에서는 마이크를 쥔 젊은 여자의 카랑카랑한 음성이 분수대 앞 스피커를 타고 울려온다. 여자의 선창으로 애국가가 시작된다. 무궁화 삼천리 화려강산. 소년은 따라 부르다 말고 멈춘다. 화려강산, 하고 되뇌어보자 한문시간에 외웠던 '려'자가 떠오른다. 꽃이 아름다운 강산이라는 걸까, 꽃같이 아름다운 강산이라는 걸까? 여름이면 마당가에서 자신의 키보다 높게 솟아오르는 접시꽃들이 글자 위로 겹쳐진다. 하얀 헝겊 접시 같은 꽃송이들을 툭툭 펼쳐 올리는 길고 곧은 줄기들을 제대로 떠올리고 싶어서 소년은 눈을 감는다. 그러니까 이 장면에서 간과할 수 없는 것은, 진

---

21 함인희, 「일상의 해부를 위한 앨리 혹실드의 개념 도구 탐색: "감정노동"부터 "아웃소싱 자아"까지」, 『사회와이론』 25, 한국이론사회학회, 2014, 305쪽.
22 김선하, 『리쾨르의 주체와 이야기』, 한국학술정보, 2007, 138쪽.

압군에 의해 죽임을 당한 이들의 가족들과 광장에 모인 사람들이 왜 애국가를 부르는가 하는 점이다.

노래는 그 노래를 함께 부르는 사람들에게 정서적 일체감을 공유하게 한다. 기실 "의례는 감정의 형식화된 표현"[23]인 까닭이다. '동해물과 백두산이~'로 시작하는 애국가가 "서양 선율과 화성으로 만들어진 탓에 우리의 애초부터 정서와 어울리지 않는다거나 그 작곡가의 친일행위를 문제 삼는다거나 하는 논의와는 별개로 현대에 와서 애국가는 분명 억압적인 국가의례와 밀접한 관련을 갖는다."[24] 그것은 국기에 대한 경례로 시작하는 국민의례에서 항용 합창되는 국가주의의 산물인 것이다. 그런데 국가의 군대에 의해 무참하게 살해된 국민들의 주검을 국기로 덮고 애국가를 합창하는 일련의 행위를 우리는 어떻게 설명할 수 있을까.

애국주의와 국민동원체제의 상징적 의례인 애국가 합창에 누구도 시비를 걸지 않았다는 것은 우선, 광장에 모인 사람들의 무의식에 각인된 집단의식의 발현으로 읽을 수 있다. 억압적으로 행해진 국가의례의 자발적 내면화 혹은 순응일 것이다. 그렇다면 자국 군대에 대한 무장저항은 그들에게 감당하기 힘든 내적 갈등과 혼란을 겪게 했을 것이다. 그것을 극복하면서 자신들의 행위를 정당화 할 수 있는 기제는 무엇이었을까. 이 글에서는 혹실드의 '감정규칙'이라는 개념으로 이해하고자 한다.

혹실드에 따르면 개인은 일상 속에서 '감정 규칙(feeling rules)'에 따라 자신의 감정을 규제하고 통제하고자 시도한다는 것이다. 이 감정규칙은 사람들이 언제 어디서 어떻게 감정을 느껴야하는지에 관한 정보를 제공해주는데, 일례로 장례식장에서 우리에게 기대되는 행동은 단순히 슬퍼 보이는 것이 아니라, 실제로 슬픔을 경험해야만 한다는 사실과 유사한 논리

23 잭 바바렛, 같은 책, 84쪽.
24 이강민, 「〈애국가〉는 과연 '한국'을 대표하고 있는가?」, 『민족 21』, 2012 8월호, 178-179쪽.

다. 이는 행위자들로 하여금 '깊은 행동(deep acting)'을 요구하며, 이를 통해 개인은 다시 사회가 기대하는 바람직한 상태를 만들어 내는 것으로 이해된다.[25] 그렇다면 광장에 모인 사람들은 그 공동체가 암묵적으로 요구하는 바람직한 상태에 자신의 감정을 투사한 것으로 이해할 수 있다. 한편으로는, 애국가를 합창함으로써 시민들의 시위가 북한의 지령이라거나 유력한 호남 출신 정치인의 사주에 의한 것이라는 정부의 공작에 맞서고자 하는 의식적 행위일 수도 있었을 것이다.

오월의 사회과학에서 의미 있는 논의를 제출했던 최정운에 의하면, 대규모 군중이 참여하고 투쟁한 사건에서 모든 사람들이 하나의 동기로 참여한 예는 거의 없다. 개개인은 각자 다른 동기에서 참여하며 투쟁의 와중에 또는 그 이후에 투쟁의 의미를 공통적인 해석을 통해 만들어낼 뿐이다. 5·18의 경우에도 모든 시민들이 하나의 동기로 시위에 참여했다는 것은 비현실적 발상이며, 따라서 5·18을 하나의 원인에서 찾는 것도 현실과 맞지 않은 일이라고 말한다.[26] 그래서 최정운은 사회과학의 관점에서 5·18을 분석하고 있는 정해구의 논의를 빌려 다음과 같은 다섯 가지의 요인들을 제시한다. 그것은 민주주의의 열망과 그를 대변하는 학생운동권, 둘째, 호남차별에 대한 불만과 원한, 셋째, 민중적 저항 운동에 대한 역사와 전통, 넷째, 경제적 구조, 다섯째, 전통적 공동체문화 등이다.

그러나 최정운은 그 각각의 경우에 대한 반론을 통해 그것들이 추상적이고 막연한 이야기임을 역설하면서, "인간의 존엄성을 짓밟는 것에 대한 이성적 분노와 그 분노에 따라 반응하지 못하고 두려움에 도망친 자기 자신에 대한 수치와 분노" 곧 '증오의 감정'을 가장 보편적인 요인으로 정리

25 함인희, 앞의 글, 305쪽. 이러한 설명은 훅실드의 '감정노동'이라는 개념에서 비롯한 것이지만, 당시 광장에 나간 사람들의 행위를 설명하는 데에도 유용한 관점이다.

26 최정운, 「폭력과 사랑의 변증법: 5·18민중항쟁과 절대공동체의 등장」, 『5·18민중항쟁과 정치·역사·사회』, 2007, 243-244쪽.

한다.[27] 앞에서도 언급했던 것처럼 많은 5·18소설(들)은 직접적으로든 간접적으로든 항쟁에 참여했던 이들의 행위의 동기를 윤리적 분노에서 찾고 있었다. 사회과학에서 해명한 '증오의 감정'과 문학에서 찾아낸 '윤리적 분노'라는 태도(혹은 감정)는 크게 다르지 않은 것이다. 그렇다면 그동안의 5·18소설(들)은 문학과 사회의 구조상동성을 강조했던 골드만의 문학사회학의 논리에 충실했다고 할 수 있다. 우리가 살피고 있는 한강 소설 『소년이 온다』에서 기억을 증언하고 있는 소년은 다음과 같이 말한다.

> 무명천이든 목판이든 갱지든 태극기든, 필요한 것들을 부탁하면 그(소년)는 수첩에 적었다가 하루 안에 구해주었다. 아침마다 대인시장이나 양동시장에서 장을 보고, 거기서 구하지 못한 것들은 시내의 목공소와 장의사, 포목점들을 찾아다니며 구한다고 그는 선주 누나에게 말했다. 집회에서 걷힌 성금이 아직 많은데다, 도청에서 왔다고 하면 헐하게 주거나 그냥 가져가라는 사람이 많아 큰 어려움은 없다고 했다.(19쪽)

그러니까 그 열흘간의 항쟁 기간에 대부분의 사람들은 자발적으로, 직접적으로든 간접적으로든 항쟁에 참여했던 셈이다. 그것은 어떤 대가를 바란 행위는 물론 아니었다. 문순태는 그의 장편 소설 『그들의 새벽』[28]에서, 이들의 심정을 "한 번도 사람대접을 받아보지 못한 이들이 도청을 사수하며 처음 받았던 박수, 평등한 세상에 대한 그리움, 인간적 자존심 회복 때문이 아니었을까."라고 짐작한다. 그것을 그들이 받고자 했던 대가라고 할 것은 없겠다. 오히려 앞의 혹실드의 논의에서 이야기했던 것처럼, 사회가 기대하는 바람직한 상태에 부응하고자 하는 감정규칙에 충실했던 것으로 설명할 수 있을 것이다. 그것은 구체적으로 '슬픔과 연민의 감정'

27 최정운, 같은 글, 255쪽.
28 문순태, 『그들의 새벽』, 한길사, 2000, 348-349쪽 작가후기 참조.

이다. 또한 죽음에 대한 '공포의 감정'이다. 사건의 마지막 날, 그러니까 80년 5월 27일 날, 소년은 함께 있는 선주 누나에게 묻는다. "오늘 남는 사람들은 다 죽어요?"(28쪽) 그것은 극복할 수 없는 죽음에 대한 '공포의 감정' 이외 다른 아무 것도 아니다.

앞에서, 기억은 결코 과거를 완벽하게 재현할 수 없다고 했다. 기억은 망각과 함께 작동되기 때문이며, 그것은 과거의 체험에서 말미암은 원상(trauma)과 관련된다. 소년은 왜 말하는가. 그것은 체험된 사실로부터 말미암은 원상의 회복, 트라우마의 치유를 위해서다. 그러나 적어도 5·18의 상흔에서 완전한 회복이란 없다. 그것은 다음 장에서 살피게 될 소년의 죄의식에서 말미암은 것으로, 그 상흔은 깊고도 깊다.

3. 기억을 듣는 자

아스만은, "우리가 기억을 소홀히 한다 해도 그 기억은 결코 우리를 놓아주지 않을 것"이라고 말한다.[29] 기억은 우리의 무의식 어딘가에 저장되었고 오랫동안 잠복해 있다가 무의식에서 순환할 것이기 때문이다. 이렇게 무의식은 셈하고, 기록하고, 모두 적어두고, 저장하며, 언제든지 그 정보를 불러낼 수 있다.[30] 그런데, 한강 소설 『소년이 온다』에서 기억을 말하고 있는 이는 소년이지만, 그 말을 듣고 있는 이도 소년이다. 그러니까 이 소설은 소년의 사건에 대한 증언이면서 그 자신의 독백이다. 이 주절거림은 사실 원한을 잊고자 하는 정조-감정과 깊은 연관이 있다.

일반적으로 정신적 외상이라 번역되는 트라우마(trauma)는 "충격적인 체

29 알아이다 아스만, 『기억의 공간』, 변학수 외 옮김, 경북대학교출판부, 2003, 같은 책, 540쪽.
30 브루스 핑크, 『라캉의 주체-언어와 향유 사이에서』, 도서출판 b, 이성민 옮김, 2012, 37쪽.

험이 잠재의식에 각인으로 남아, 때때로 무심코 떠올리는 기억으로 드러나서 지독한 정신적 고통을 유발하는 병증"[31]으로 설명된다. 정신분석학은 트라우마가 의식이 일차적으로 망각한 무의식의 부분이라는 것, 그리고 그것은 일정한 계기가 주어지면 반드시 나타난다는 것을 증명했다. 그것은 사진기의 섬광처럼 순간적으로 나타나 신체에 고통의 흔적을 각인시킨다. 니체는, "무엇인가 기억에 남도록 하려면 그것을 낙인으로 찍어넣어야 한다. 지속적으로 고통을 주는 것만이 기억에 남아 있는 법"[32]이라고 했다. 그리고 그 고통, 즉 기억의 문자는 마음이나 영혼이 아니라 예민하고 연약한 몸의 표면에 기록된다. 니체는 신체에 각인된 인상을 능동적 의무감(양심)으로 받아들이는 기억의 작용을 '의지의 기억'이라고 명명했다.

심상대 단편소설 「망월-望月」[33]은 5·18의 와중에 아들을 잃은 한 어머니의 넋두리를 통해, 그 날에 가족을 잃은 이들의 가슴에 각인된 트라우마와 그것의 해원 가능성을 함께 모색하고 있는 작품이다. 그런데 소설 「망월-望月」은 아들을 잃은 여인-어머니의 넋두리가 마치 무가(巫歌) 혹은 통과의례로서의 씻김굿과 흡사한 구조와 주제의식을 갖고 있어 흥미롭다. 달 밝은 밤길을 걸어 아들의 무덤을 찾아가는 길은 그 자체로 제의의 공간이 된다. 끊임없이 이어지는 여인의 "이제 다 잊어버렸다"는 넋두리

---

31 주디스 허먼, 최현정 역, 『트라우마』, 플래닛, 2007, 17쪽. '외상 후 스트레스 장애'라고도 하며 과도한 위험과 공포, 스트레스 상황에 대한 심각한 심리적 충격을 일컫는다. ≪정신장애 진단 및 통계 편람 4판≫에 따르면, 외상(trauma)이란 심각한 죽음이나 상해를 입을 위험을 실제로 겪었거나 그러한 위협에 직면했을 때, 혹은 타인이 죽음이나 상해의 위협에 놓이는 사건을 목격하였을 때, 이에 대하여 강렬한 두려움, 무력감, 공포를 경험한 경우를 의미한다. 이런 일들은 흔히 전쟁 참전용사나, 어렸을 때 성적인 학대를 당한 사람, 그리고 강간을 당한 여성들에게서 흔히 발병하는 것으로 알려져 있다. 허먼은 가정폭력이든 정치적 테러이든 폭력의 메커니즘은 어디에서나 동일하며, 이러한 폭력을 종결짓기 위해서는 인권 운동 같은 정치적이고 공적인 행위의 개입이 절대적으로 필요하다고 주장한다.

32 고봉준, 『반대자의 윤리』, 실천문학, 2006. 364쪽에서 재인용.

33 심상대, 「망월」, 『늑대와의 인터뷰』, 솔, 1999.

는 큰 아들의 죽음으로 인한 한과 죄의식이 그녀의 무의식에 수시로 출몰하면서 강박적으로 호출해낼 정도로 강렬하면서도 폭력적인 트라우마가 된다. 우리가 살펴보고 있는 한강 장편소설 『소년이 온다』에서 소년의 이야기는 심상대 소설 「망월-望月」에서의 어머니의 넋두리와 매우 흡사한 측면이 있다. 그것은 다시 말하지만, 그날의 기억에서 말미암은 씻을 수 없는 죄의식에서 발원하고 있는 자기 자신에 대한 저주의 감정이다.

소설의 앞부분에서 소년은, 여기(상무관)에 "왜 왔어?"(13쪽)라고 묻는 교복 입은 누나의 질문에, "친구 찾으려고요."(13쪽)라고 답한다. 그는 군인들이 총을 쐈을 때, 친구 '정대'가 그 총에 맞는 걸 동네사람들이 보았다고 해서 여기까지 찾으러 온 거였다고 (독자들이) 믿게 만드는 것이다. 그러나 소년이 처음 누나를 만났을 때, 그가 한 말 중 사실이 아닌 게 있었다. 역전에서 총을 맞은 두 남자의 시신이 리어카에 실려 시위대의 맨 앞에서 행진했던 날, 중절모를 쓴 노인부터 열두어 살의 아이들, 색색의 양산을 쓴 여자들까지 인산인해를 이뤘던 저 광장에서, 마지막으로 정대를 본 건 동네 사람이 아니라 바로 소년, 그 자신이었던 것이다. "모습만 본 게 아니라 옆구리에 총을 맞는 것까지 봤다."(31쪽)

그러나, "지금 나가면 개죽음이여"라고 말 하는 옆의 아저씨의 말과 총성과 함께 쓰러지는 사람들을 보면서 소년은 친구 정대의 주검을 향해 달려 나갈 엄두를 내지 못했다. 아니, 정적 속에 십여 분의 시간이 흐르고 더 이상 군인들의 총소리가 들리지 않자 그때를 기다린 듯, 옆 골목과 맞은편 골목에서 사람들이 뛰어 나가 피를 흘리며 쓰러져 있는 사람들을 들쳐 업을 때도 소년은 정대를 향해 그들처럼 달려 나가지 않았다. 소년은 "겁에 질려, 저격수의 눈에 띄지 않을 곳이 어디일까만을 생각하며 벽에 바싹 몸을 붙인 채 광장을 등지고 빠르게 걸었던 것"(33쪽)이다.

그리하여 소년은 친구 '정대'를 잊지 못한다. 정대는 소년의 무의식에 수시로 출몰하면서 강박적으로 호출해낼 정도로 강렬하면서도 폭력적인 트라우마가 된다. 라캉은 '무의식은 언어다'라고 매우 단순하게 진술한다. 어떤 주어진 언어에서 그 언어를 구성하는 요소들 사이에 존재하는 것과 동일한 종류의 관계들이 무의식적 요소들 사이에 존재하는 것이다.[34] 가령 다음과 같은 진술들이 그러하다.

> …… 공부보다 돈을 벌고 싶어 하는 정대, 누나 때문에 할 수 없이 인문계고 입시준비를 하는 정대, 누나 몰래 신문 수금 일을 하는 정대, 초겨울부터 볼이 빨갛게 트고 손등에 흉한 사마귀가 돋는 정대, 그와 마당에서 배드민턴을 칠 때, 제가 무슨 국가 대표라고 스매싱만 하는 정대……."(35쪽) 지금 정미 누나가 갑자기 대문을 열고 들어온다면 달려 나가 무릎을 꿇을 텐데, 같이 도청 앞으로가서 정대를 찾자고 할 텐데, 그러고도 네가 친구냐, 그러고도 네가 사람이냐, 정미 누나가 그를 때리는 대로 얻어맞으면서 용서를 빌 텐데…….(36쪽)

이렇게 무의식은 양심과 죄책감, 혹은 프로이드가 말한 초자아의 형태로 다른 사람들의 말, 다른 사람들의 대화, 그리고 다른 사람들의 목표, 열망, 환상으로 가득 차 있다. 이 소설에서 자신의 기억을 말하면서 듣는 자, 소년은, "아무것도 용서하지 않겠다고, 그 자신마저 용서하지 않겠다."(45쪽)고 말한다. 이것은 치유가 가능하지 않은 원한과 저주의 정서-감정이다. 죽은 정대는 죽어서 소년에게 말을 건넨다. 소년은 자신의 기억을 스스로 들어야 할 뿐만 아니라 이제 죽은 친구의 이야기까지 들어야 한다.

이미 죽은 정대는 말한다. "이 낯선 덤불숲 아래에서, 썩어가는 수많은 몸들 사이에서 아무도 아는 사람이 없다고 생각하자 나는 무서워졌어.(50쪽)" "더 무서워진 건 다음 순간이었어. 두려움을 견디며 나는 누나를 생각했어. ……(그러나) 누나는 죽었어. 나보다 먼저 죽었어. 혀도 목소리도 없

---

34 브루스 핑크, 같은 책, 33쪽.

이 신음하려고 하자, 눈물 대신 피와 진물이 새어나오는 통증이 느껴졌어."(50쪽) 소설에서, 죽은 자들은 존재하기를 멈췄지만 존재로서 무엇인가를 의미하기는 멈추지 않고 있다. 그리하여 이 무의식적이고 기습적인 기억을 듣는 자 곧, 살아남은 자들에게 끝 모를 죄의식의 감정을 불러일으킨다.

감정에 대한 반응은 행위자가 그 감정의 원인을 어디에 귀인(attribution)시키느냐에 따라서 상이해진다. 심리학자 프리츠 하이더(Fritz Heider)에 따르면 행위자는 특정한 귀인을 내적 요소(개인의 능력)에 결부시키느냐, 아니면 외적요소(운명적인 상황)에 의지하느냐에 따라 '다른' 반응을 나타낸다. 사회학자 테오도르 켐퍼(Theodore Kemper)는 여러 감정 중에서도 '공포'에 대한 행위자의 귀인에 주목했다. 행위자가 공포가 발생한 상황을 외부의 잘못이라고 이해하면, 책임을 추궁할 타자가 뚜렷하게 형성되고 이에 적대적인 반응을 보일 수도 있다. 반대로 그 원인을 주체 스스로에게서부터 찾는다면, 그 공포는 '미약한 자신'이 극복할 수준이 아닌 것으로 인지된다.[35] 따라서 이 소설에서 신념과 자아개념을 구성하는 시기인 아직 어린 소년에게 이 씻을 수 없는 죄의식은 이중 삼중의 공포와 두려움의 감정을 유발한다. 그러나 심상대 단편소설 「망월望月」에서의 어머니가 그랬던 것처럼, 한강 소설 『소년이 온다』에서의 소년(들) 역시 상흔의 회복은 가능하지 않다.

소년과 함께 주검들을 수습하던 소녀들 역시 그날의 기억에서 멀리 벗어나지 못한다. 아니 얼마간의 시간이 흘러 소녀는 열아홉 살이 되고 다시 스물넷이 되었으나. 그녀의 삶이란 그날의 기억이 다만 계속해서 이어질 뿐이다. 그날의 진실은 검열이라는 폭압적 현실 앞에 여전히 봉인되어

35 오찬호, 「공포에 대한 동년배 세대의 상이한 반응」, 『한국청소년연구』 제20권 2호, 2009, 369쪽에서 재인용.

있고, 총 대신 주먹이 자리바꿈을 하였을 뿐이다. 이제 소녀의 이야기를 듣는 주체는 오늘, 살아남은 우리 모두가 된다. 그래서 그녀와 함께 기억-고통의 진창에서 몸서리치게 된다.

잡지사의 편집부에 근무하는 그녀(상무관에서 소년과 함께 주검을 수습하던 여고생 은숙)는 수배 중인 번역자의 연락처를 대라는 수사관에게 일곱 대의 빰을 맞는다. 그녀를 때리던 사내의 얼굴은 평범했다. 전체적으로 요철이 없는 얼굴에 입술이 얇았다. 그 평범하고 얇은 입술을 열어 사내가 말했다. "개 같은 년, 쥐도 새도 모르게 죽기 싫으면 내 말을 들어. 그 새끼 어딨어."(67-68쪽) 목뼈가 어긋날 것 같던 충격을 은숙은 잊을 수가 없다.

그녀는 재수 끝에 들어간 대학의 학생식당에서 '학살자 전두환을 타도하라'는 유인물이 뿌려지고, 그 유인물을 들어 올리는 순간 억센 손이 그녀의 머리채를 움켜쥐었던 것을 기억해낸다. 그녀는 뜨거운 면도날로 가슴에 새겨놓은 것 같은 그 문장을 생각하며 회벽에 붙은 대통령 사진을 올려다본다. "얼굴은 어떻게 내면을 숨기는가. 그녀는 생각한다. 어떻게 무감각을, 잔인성을, 살인을 숨기는가."(77쪽) 그러니 이 소설도 여타의 5·18 소설(들)이 그랬던 것처럼, 그날에 살아남은 이들의 죄의식이라는 감정을 이야기 한다. 문제는 그 죄의식이라는 씻어낼 길이 없는 감정-상흔을 어떻게 할 것인가의 차이일 것이다.

기존의 5·18소설(들)은, 가해자의 일원이었던 진압군 역시 권력의 피해자였다는 인식(임철우 장편소설 『봄날』과 이순원 단편소설 「얼굴」)을 통해서, 혹은 가해자와 피해자의 영혼결혼식이라는 화해를 시도하거나(송기숙 장편소설 『오월의 미소』), 자매애적 연대-퀴어Queer를 통한 새로운 길 찾기(공선옥과 김승희의 소설들)를 모색하고 있다. 이 소설 『소년이 온다』에서의 경우는 어떠한가. 아무것도 용서하지 않겠다고, 그 자신마저 용서하지 않겠다고 다짐하는 것처럼 절대로 그날의 일들을 잊지 않겠다는 것이다. 그것은 섣부른 화해의 모색이 아니라 끊임없는 기억의 갱신을 통해 처음에 지녔던 (기억에 대한) 연속성과 정체성을 상실하지 않겠다는 의지의 표상이다. 은숙은 이제는 출판할 수 없게 된 희곡집에 실려 있는 문장들을 머릿속으로 더듬는다. "당신들을 잃은 뒤, 우리들의 시간은 저녁이 되었습니다. 우리들의 집과 거리가 저녁이 되었습니다. 더 이상 어두워지지도, 다시 밝아지지도 않는 저녁 속에서 우리들은 밥을 먹고, 걸음을 걷고 잠을 잡니다."(79쪽)

단순한 분노와 불안은 망각을 불러일으킨다. 그에 반해 증오와 복수에의 다짐은 기억을 오히려 강화한다. 누구에게 혹은 무엇에게 감사하다는 마음은 부당함을 겪는 경우나 명예훼손처럼 오랫동안 그렇게 깊이 기억되지 않는다. 하지만 증오와 복수와 관련된 기억들은 결코 퇴색하지 않는다.[36] 한강 장편소설 『소년이 온다』의 인물들의 가슴에 각인된 저 죄의식과 절망과 원한의 감정들은 그렇다면 건강하지 못한 것인가.

은숙은 "처음부터 살아남으려 했던 것은 아니었다."(87쪽) 그러나, "입을 벌리고 몸에 구멍이 뚫린 채, 반투명한 창자를 쏟아내며 숨이 끊어지고 싶지는 않았다."(89쪽) 그래서 그녀는 살아남았고, 그런 탓에 그녀는 빨리 늙기를 원했다. '빌어먹을 생명이 너무 길게 이어지지 않기를' 원했다. 익숙한 치욕 속에서 그녀는 죽은 사람들을 생각했다. 그 사람들은 언제까지나 배가 고프지 않을 것이다. 그러나 그녀에게는 삶이 있었고, 배가 고팠다. 지난 오년 동안 끈질기게 그녀를 괴롭혀온 것이 바로 그것이었다. "허기를 느끼며 음식 입에서 입맛이 도는 것."(85쪽) 그러니 살아남은 이에게 삶은 치욕이고 형벌일 뿐이다. 건강이라니, 그건 위선이거나 사치의 수사일 것이다.

---

36 알라이다 아스만, 『기억의 공간』, 변학수 외 옮김, 경북대학교출판부, 2003, 82쪽.

4. 기억을 기록하는 자

한강 소설 『소년이 온다』에서 '은숙'은 항쟁의 마지막 날, 도청에서의 동호(소년)의 눈을 기억한다. "마지막으로 눈이 마주쳤을 때, 살고 싶어서, 무서워서 떨리던 소년의 눈꺼풀"(92쪽)을 기억한다. 소년은 아마 죽었을 것이다. 연극배우의 대사를 빌려, "네가 방수 모포에 싸여 청소차에 실려 갔다"(102쪽)고 말하고 있으니까. 그러니까 이 소설에서 '은숙'은 그날의 기억들을 기록하는 자가 된다.

출판사에서는 수배중인 번역자의 이름 대신, 미국으로 이민 갔다는 편집장의 친척의 이름을 넣어 책을 출간하고, 연극 무대에 올린다. 은숙은 그 책의 서문을 읽으며, 인간은 무엇인가, 인간이 무엇이지 않기 위해 우리는 무엇을 해야 하는가 하는 질문에 빠져든다. "그녀는 인간을 믿지 않았다. 어떤 표정, 어떤 진실, 어떤 유려한 문장도 완전하게 신뢰하지 않았다. 오로지 끈질긴 의심과 차가운 질문들 속에서 살아나가야 한다는 것을 알았다."(95-96쪽)

이처럼 외상 사건은 우리의 기본적인 인간관계에 대해 의문을 제기한다. 가족, 우정, 사랑 그리고 공동체에 대한 애착이 깨진다. 다른 사람과의 관계 안에서 형성되고 유지되는 자기 구성이 산산이 부서진다. 인간 경험에 의미를 부여하는 신념 체계의 토대가 침식당한다. 자연과 신성의 질서에 대한 피해자의 믿음이 배반당하고, 피해자는 존재의 위기 상태로 내던져진다.[37] 한편 그와 같은 은숙의 진술은 기억을 기록하는 자의 책무에 걸맞다. 근대적 주체는 본질적으로 관찰자다. 관찰자가 되는 인간은 자신의 주변 세계를 자기 자신처럼 객관화한다. 관찰하는 자는 시간의 강을 넘어선 사람이다.[38] 그녀가 출판사의 편집부에서 일하고 있는 것은 우연이 아

37 주디스 허먼, 같은 책, 97쪽.

니다. 그녀가 살펴보고 있는 번역본의 서문은 이러하다.

> 군중의 도덕성을 좌우하는 결정적인 요인이 무엇인지는 아직 밝혀지지 않았다. 흥미로운 사실은, 군중을 이루는 개개인의 도덕적 수준과 별개로 특정한 윤리적 파동이 현장에서 발견된다는 점이다. 어떤 군중은 상점의 약탈과 살인, 강간을 서슴지 않으며, 어떤 군중은 개인이었다면 다다르기 어려웠을 이타성과 용기를 획득한다. 후자의 개인들이 특별히 숭고했다기보다는 인간이 근본적으로 지닌 숭고함이 군중의 힘을 빌려 발현된 것이며, 전자의 개인들이 특별히 야만적이었던 것이 아니라 인간의 근원적인 야만이 군중의 힘들 빌려 극대화된 것이라고 저자는 말한다.(95쪽)

위의 진술-서문을 통해 우리는 항쟁에서의 참여자-주체들의 행위를 규제했던 것은 일종의 집합감정(혹은 배후감정)이었음을 확인할 수 있다. 이 글의 서문에서 언급했던 것처럼, 바바렛은 "감정적 분위기는 공통의 사회구조와 과정에 연루된 개인들로 구성된 집단에 의해 공유될 뿐만 아니라 정치적·사회적 정체성과 집합행동의 형성과 유지에 중요한 일련의 감정 또는 느낌"이라고 주장한다. 광장에 나왔던 군중들이 함께 공유했던 기억들은 그들에게 친밀성과 정체성의 경계를 같이 하도록 요구한다. 반복되는 죽음과 죽임의 체험을 통해 사람들은 연대의 감정(feeling of solidarity)-'우리 모두가 여기에 함께 있다. 우리는 어떤 것을 공유하고 있음에 틀림없다.'는 느낌-을 산출한다. 그리고 마지막으로 그것은 집합기억(collective memory)-'우리 모두가 거기에 함께 있었다.'-을 산출한다.[39] 경험한 것과 기억되어 있는 것은 이렇게 정체의 이름으로 이루어진 항쟁에 참여한 행동이다.

사복형사로 짐작되는 남자들 서넛이 객석에 흩어져 앉아 있는 가운데

38 아스만, 같은 책, 120-121쪽.
39 바바렛, 같은 책, 85-86쪽.

연극은 시작된다. 꿈속처럼 느린 걸음으로 남자들(배우들)의 모습이 사라졌을 때, 여자(배우)가 말하기 시작한다. "당신이 죽은 뒤 장례식을 치르지 못해, 내 삶이 장례식이 되었습니다."(99쪽) 공포와 증오와 원한의 감정 말고 달리 어떤 감정이 그날에 살아남은 이들의 정서를 대표한다고 말 할 수 있을까. 이렇듯 "그들의 죽음은 산 자에게 현재의 삶을 바라보게 하며, 삶의 존재 증명을 위해 다시 기억을 떠올리게 한다. 산 자에게 타인의 죽음을 대하는 태도를 선택하는 일은 자신의 존재방식을 결단하는 일이기도 하며, 타인의 죽음은 그 사람과 나의 관계를 새롭게 정립하게 함은 물론이고, 자신의 주체를 이전과는 다르게 구성해 나가게 하는 힘이 되기도 한다."[40]

그러나 그날에 살아남은 자들이 무슨 수로 자신의 주체를 새롭게 구성해 나갈 수 있을 것인가. 그들은 과거의 기억에서 한 발자국도 미래를 향해 나아가지 못한다. 아니 나아갈 수가 없다. 한편 이 소설에서는 체포되고 갇혀 있던 이들의 배고픔에 관한 기억이 여전히 문제가 된다.

"꺼진 눈두덩에, 이마에, 정수리에, 뒷덜미에 흡반처럼 끈질기게 달라붙어 있던 배고픔. 그것들이 서서히 혼을 빨아들여, 거품처럼 허옇게 부풀어 오른 혼이 곧 터트려질 것 같던 아득한 순간들을 기억합니다."(106-107쪽) 이 진술은, 그날 상무관에서 주검들을 수습하던 대학생 김진수와 함께 상무대 영창에서 지냈던 스물세 살 먹은 교대 복학생의 기억이다. 지난 오년 동안 끈질기게 은숙을 괴롭혀온 것이 "허기를 느끼며 음식 입에서 입맛이 도는 것"이라 했거니와, 이렇게 인간 존재는 우리가 의식하지 못하는 무의식의 심연에서 발원된 욕망이나 두려움에 의해 동기가 부여되거나 행동이 유발된다. 무의식은 고통스러운 경험과 감정의 저장고다.[41]

---

40 서혜지, 「주체의 상실과 소통을 통한 존재의 발견」, 『현대문학이론연구』 51권 0호, 현대문학이론학회, 2012, 264쪽.

41 한승옥, 「〈무정〉에 나타난 '친밀감의 거부' 방어기제」, 『현대소설연구』, 제35호, 2007, 106쪽.

받아쓰기로서의 기록자는 '양심'에 관해 적고 있다. 그날 도청에 마지막까지 남았던 이들은 물론, 군인들이 압도적으로 강하다는 걸 모르지 않았다. 다만, 이상한 건 그들의 힘만큼이나 강렬한 무엇인가가 그들을 압도하고 있었다는 것, 그것을 이 소설에서는 '양심'이라고 기록하고 있다. 정찬은 그의 소설 『광야』에서, "그들이 죽음을 초월했던 것은 인간의 존엄성을 부정하는 세계를 용서할 수 없었기 때문"이었다고 적고 있음을 앞에서 보았다. 결국 같은 이야기다. 그날에 광장에 나왔던 사람들은, 그래서 죽음/죽임을 당했거나 운 좋게 살아남았던 사람들은 민주주의라거나 민중봉기라거나 하는 관념이나 개념에 의해서라기보다는 공통의 느낌 구조(그것이 양심이든, 윤리적 분노이든)에 의해 서로의 관계를 보다 더 잘 인식-기억할 수 있는 것이다.

이제 남는 것은 무엇인가. 다음과 같은 기록을 통해 우리는 그날의 참혹했던 기억을 이야기하고, 듣고, 기록하는 것의 참된 의미를 찾아볼 수 있을 것이다.

> 어떤 기억은 아물지 않습니다. 시간이 흘러 기억이 흐릿해지는 게 아니라, 오히려 그 기억만 남기고 다른 모든 것이 서서히 마모됩니다. …… 베트남전에 파견됐던 어느 한국군 소대에 관한 이야기도 들었습니다. 그들은 시골 마을회관에 여자들과 아이들, 노인들을 모아 놓고 모두 불태워 죽였다지요. 그런 일들을 전시에 행한 뒤 포상을 받은 사람들이 있었고, 그들 중 일부가 그 기억을 지니고 우리들을 죽이러 온 겁니다. 제주도에서, 관동과 난징에서, 보스니아에서, 모든 신대륙에서 그렇게 했던 것처럼, 유전자에 새겨진 듯 동일한 잔인성으로.(134-135쪽)

> 저는 그 폭력의 경험을, 열흘이란 짧은 항쟁 기간으로 국한 할 수 없다고 생각합니다. 체르노빌의 피폭이 지나간 것이 아니라 몇 십 년에 걸쳐 계속되고 있는 것과 같습니다.(162쪽)

그것은 과거의 기억을 잊지 않는 것, 과거를 직시하는 것, 그 참혹한 기억이 지나간 이야기로서의 과거일 뿐만 아니라 현재에도, 그리고 미래에도 여전히 유효한 의미를 담고 있다는 것, 무엇보다 광주를 넘어 우리를 억압하는 모든 폭력적인 것에 대한 저항과 연대가 그날의 죽음의 의미를 헛되이 하지 않는다는 것으로 수렴된다. 기실, 이야기하기를 통한 과거 회상은 삶의 중요한 고비마다 행해지는 제의의 일상적 기능이라 할 수 있을 것인데, 제의의 반복성은 인간 삶의 보편성과 본질적 측면을 보여준다. 그것은 또한 과거를 비판적으로 분석하고 개인의 심리적 억압기제를 분석, 치료하기 위해 중요한 의미를 갖는다.

허먼에 따르면, 트라우마의 치유는 악이 전적으로 승리할 수는 없었음을, 그리고 치유를 가능케 하는 사랑이 여전히 세상 속에 존재한다는 희망에 기반하고 있다. 그러나 또한 허먼은, 외상의 완결에는 종착지가 없다고 말한다.[42] 그러나 우리가 살펴보았던 한강 소설 『소년이 온다』의 경우, 외상의 치유를 말하지 않는다. 오히려 그것과 맞설 것을 힘주어 강조하고 있을 뿐이다. 그것은, 부연하자면, 「타자로서 자기 자신」에서 리쾨르가 강조하듯이 어떠한 단계(혹은 상황)에서도 '자기'는 그의 타자와 분리되는 않는, 즉 윤리적이고 도덕적인 주체로서의 역할을 감당해야 마땅하다는 것이다.

5. 행위 주체의 문제

이 글에서는 5·18소설(들), 특히 한강 장편소설 『소년이 온다』를 읽으면서 항쟁의 주체란 누구(혹은 무엇)인가를 살펴보았다. 그날 광장에 나갔던

---

42 아스만, 같은 책, 351쪽.

행위 주체(들)은 홍희담 중편 소설 「깃발」에서처럼, 각성된 (여성)노동자일 수도 있다. 아니면 임철우 장편소설 『봄날』이나 문순태 장편소설 『그들의 새벽』이나 정찬 장편소설 『광야』에서처럼, 전두환이 누구인지조차 몰랐던 이름 없는 민초들이었을 수도 있다. 대부분의 5·18소설들이 대학생 그룹을 비롯한 지식인 계층의 배반이라는 관점에서 접근하고 있는 것과는 달리, 류양선 장편소설 『이 사람은 누구인가』에서는 예술가를 비롯한 지식인의 죄의식을 행위 주체의 자리에 놓기도 한다. 문제는 그러한 관점들이 개개인의 다양한 이해와 참여 동기를 무시하고 단일한 구도로 그날을 기억하게 함으로써 기억과 역사를 전적으로 동일하게 보는 오류에 빠질 수 있다는 점이다. 회상된 기억이 정체성의 문제와 연결되지 않을 때, 그 기억이 지금 우리에게 어떤 의미를 주는가 하는 문제를 고민하지 않을 수 없는 것이다.

이 글에서 읽었던 한강 장편소설 『소년이 온다』에서도 여타 5·18소설(들)이 그랬던 것처럼, 그날의 참혹한 죽음/죽임에 대해 이야기 한다. 그러나 그 진술들이 요란하지 않고 우리의 마음에 깊은 울림을 주는 까닭은, 기억을 이야기하는 자와 듣는 자, 그리고 그것을 기록하는 자가 결국 동일인이기 때문이다. 그(혹은 그녀)는 "인간을 믿지 않았다. 어떤 표정, 어떤 진실, 어떤 유려한 문장도 완전하게 신뢰하지 않았다. 오로지 끈질긴 의심과 차가운 질문들 속에서 살아나가야 한다는 것을 알았다."고 참혹했던 기억에서 빠져 나오지 못하고 있다. 그리하여 그(혹은 그녀)는 다른 사람과의 관계 안에서 형성되고 유지되는 자기 구성이 산산이 부서지고, 인간 경험에 의미를 부여하는 신념 체계의 토대가 침식당하며, 자연과 신성의 질서에 대한 피해자의 믿음이 배반당하고, 존재의 위기 상태로 내던져지고 있다. 그럼에도 불구하고 이 소설의 그(혹은 그녀)는 여타의 5·18소설(들)이 그랬던 것처럼, 섣부른 화해를 이야기 하지 않는다. 화해라니. 누구에게 화해를 이야기한단 말인가. 인간 심층에 똬리를 틀고 있는 저 잔인한 폭력성과 어떻게 화해가 가능할 수 있는가. 그러니 이 소설은, 그날의 참혹했던 기억들을 잊지 않는 것, 과거를 직시하는 것에 바쳐지는 헌사가 아닐 수 없다.

보다 더 중요한 것은, 여타 5·18소설(들)과는 달리 이 소설 『소년이 온다』에서는 그날 광장에 나가 죽었거나 운 좋게 살아남았던 이들을 영웅이라거나 전사의 이름으로 호명하고 있지 않다는 점에 있다. 그들을 함께 묶을 수 있었던 원동력은 민주주의에 대한 갈망이라거나 저항의 역사를 되살린다거나하는 관념적인 것이 아니라 단지 인간에 대한 존엄, 그리고 충격과 분노라는 감정의 공유 곧, 공통의 느낌 구조(그것이 양심이든, 윤리적 분노이든)에 의해서라는 것의 확인에 있다. 물론 행위 주체가 인물인가, 인물의 행위를 추동하는 감정인가의 논의가 이 글에서 충분하게 이루어 진 것은 아니다. 다만, 소설의 인물의 내면에 주목하면서 항쟁의 주제란 누구였는가와 관련한 질문을 통해 그것이 민초라거나 민중이라거나 무장시민군이 아니라 개개인의 '감정(emotion)' 그러니까 사건을 마주한 개개인의 감정이 모인 '집합적 감정'이 라는 점을 강조한 데 이 글의 특징이 있다고 본다.

그것은 다시, 이 소설의 기록에 의해서 확인되는 바, "군중의 도덕성을 좌우하는 결정적인 요인이 무엇인지는 아직 밝혀지지 않았다. 흥미로운 사실은, 군중을 이루는 개개인의 도덕적 수준과 별개로 특정한 윤리적 파동이 현장에서 발견된다는 점"에 있다. 여타의 5·18소설(들)에서는 광주 진압군들은 '절대 악'으로, 그에 맞서는 민중들은 '절대 선'으로 그 윤리적 성격을 전제 혹은 규정한 후 이야기가 전개되고 있다. 그와 달리 『소년이 온다』에서는 인물들이 처한 상황 속에서 행위 주체가 도덕적 개인이라기보다는 사건을 마주한 개개인의 감정이 모인 '집합적 감정'이라는 것을 확인하는 정도에서 아쉬운 대로 이 글을 마무리하고자 한다.

* 전남대학교, 『민주주의와 인권』 제15권 1호, 2015.4.

02 상흔傷痕 문학에서 역사적 기억의 문제

1. 역사적 상흔과 문학

'상흔문학'은 1978년 8월 상하이 ≪문회보文匯報≫에 발표된 루씬화(盧新華) 단편소설 「상흔(傷痕)」이 계기가 되어 그 명칭을 얻게 되었다. 그러니까 상흔문학(傷痕文學)이란 '문혁'이라는 기호를 해체하여 그 속에서 상처받고 파열된 '참(the real)'의 편린을 찾아내 복원하거나 혹은 재현하려는 목적을 가졌던 포스트 문혁기 문학을 말한다.[1] 이 글에서는 역사적 상처를 부여안고 통곡하는 문학을 그렇게 부르겠다. 우리의 경우는 4·3문학과 5·18문학이, 밖으로는 중국의 문화대혁명과 관련한 문학, 그리고 베트남 전쟁을 형상화한 문학을 그렇게 부를 수 있다. 따라서 이 글에서는 우리의 경우 제주 4·3사건을 제재로 한 현기영 중편소설 「순이 삼촌」과 광주 5·18을 그 배경으로 하고 있는 한강 장편소설 『소년이 온다』를, 밖으로는 중국의 문화대혁명을 배경으로 하고 있는 다이어우잉 장편소설 『사람아 아, 사람아』와 베트남 전쟁을 배경으로 한 바오 닌 장편소설 『전쟁의 슬픔』을 비교하여 읽는다.

1 유민희, 「포스트 문혁기 문학 속에 나타난 '5·4' 징후 읽기」, 『中國語文論叢』, 제58권 0호, 중국어문연구회, 2013, 320쪽.

이들 작품들 간에 직접적인 영향과 수용관계를 발견하기는 어렵다. 제주 4·3과 광주 5·18의 근원에는 분단과 이데올로기, 그리고 국가폭력이라는 문제가 개입되어 있는 것은 사실이나 현기영과 한강 소설에서 그 두 사건의 인과적 영향관계는 명시적으로 드러나지 않는다. 폭력과 피비린내와 죽음을 배경으로 한 문화대혁명을 겪어낸 인물들이 마침내 도달한 휴머니즘이라는 가치의 발견을 이야기하고 있는 다이어우잉의 소설과 프랑스 식민지배에서 벗어난 베트남이 남북으로 분단되고 남부 베트남을 점령한 미군과의 전쟁을 배경으로 한 바오 닌의 소설에서도 얼핏 보면 사정은 마찬가지다. 그러나 내용 혹은 주제에서의 유사성은 이들 작품들을 비교문학의 관점에서 살펴볼 수 있는 근거가 된다. 또 다른 하나는 이들 소설의 지리적 배경이 되고 있는 각각의 공간들이 제국주의 세력의 침략과 지배를 경험한 곳이라는 유사성이 있다. 그런 의미에서 이들은 하나의 텍스트를 이룬다. 그것은 폭력적인 상황에 놓인 인간들의 죽음과 죽임, 그리고 그것을 넘어선 휴머니즘의 문제를 제기하고 있는 점에서 그러하다. 역사적 상흔을 기억해내면서 종국에는 그러한 비극의 되풀이를 허용해서는 안 된다는 강력한 전언을 남기고 있는 것 역시 그러하다.

문학의 언어는 무엇보다 정서적 소통을 목적으로 한다. 제주와 광주, 그리고 중국과 베트남에서의 역사적 상흔을 이야기하고 있는 이들 소설들의 비교연구는 국민문학 혹은 민족문학의 경계를 넘어 서로에 대한 이해와 소통을 강화하는 데 자극이 될 수 있을 것이다. 기실 다원주의와 탈민족의 특징을 지닌 세계화의 시대에서 경계를 초월한 문화들, 문명들, 그리고 문학들의 비교는 단순한 대조나 우열의 가름이 아니라 그들 사이의 소통과 대화의 관계를 구축하고 인류의 미래를 공생과 평화의 방향으로 이끌어가는 기능을 요청받고 있다.[2]

---

[2] 박상진, 「비교문학의 새로운 과제: 혼종성에서 혼종화로」, 『비교문학』 39권 0호, 한국비교문학회,

따라서 영향과 수용관계를 중심으로 이루어졌던 과거의 비교문학연구가 아닌 새로운 비교문학이 초점을 둘 곳은 타자의 개념과 그 실제 양상이다. 비교문학의 진정한 '비교'는 타자의 존재를 전제로 하며, 타자와 대화하고 타자를 번역하는 능력, 그리고 타자와 섞이는 자세를 바탕으로 하기 때문이다. 결국 비교문학은 타자들 사이에 초점을 맞추는 '관계'의 학문이라 볼 수 있다. 그것이 곧 '비교'가 의미하는 것이기도 하다.[3] 그러니까 이 경우의 비교는 우열을 가리고 줄 세우고 분류하는 것이 아니라 둘 또는 둘 이상의 다수의 주체들을 서로 대비시켜 유사점과 차이점을 밝혀서 각 주체들의 정체성을 분명히 하는 것이다. 나아가 각 주체들 간의 공존을 위한 상호이해 그리고 상호보완의 경지까지 나아가야 하는 것[4]이라고 볼 때, 이 글에서 함께 읽고자 하는 작품들은 다시 하나의 텍스트가 된다.

이 글에서는 각각의 작품들에서 인물들이 감당해야 하는 폭력의 정체가 무엇인지, 그들은 그러한 폭력적 상황에서 어떤 대응양상을 보이는지 혹은 기억하고 있는지를 우선 살펴볼 것이다. 자연스레 그들이 갖고 있는 상흔을 치유하기 위해 어떤 해결방안을 각각의 텍스트가 제시하고 있는지, 그것들은 실천 가능한 맥락에 위치하고 있는 것인지도 질문해 볼 것이다.

2. 기억의 반복과 현재화

현기영 중편소설 「순이 삼촌」(창작과비평, 1978)은 제주 4·3문학의 본

2006, 223쪽.

3 박상진, 같은 글, 216쪽.

4 정정호, 「드라이든의 문학비평과 비교방법론」, 『비교문학』, 51권 0호, 한국비교문학회, 2010, 296쪽.

격적인 시발이 되는 작품이다. 무엇보다 정치권력에 의해 조장된 4·3에 대한 금기의 벽이 이 작품 발표를 계기로 30년 만에 허물어지기 시작했기에 「순이 삼촌」은 그야말로 4·3문학의 대명사 격인 작품이라고 할 수 있다.[5] 일본어로 쓰인 김석범 소설 「간수 박서방」(文藝首都, 1957)과 「까마귀의 죽음」(文藝首都, 1957)이 그보다 20여 년 전 발표[6]되었으나 이 글에서는 「순이 삼촌」 만을 읽기로 한다. 다른 사건과 관련한 텍스트 역시 한 편씩만 비교하면서 읽기로 한 까닭이다.

「순이(順伊) 삼촌」[7]의 소설적 현재-기억의 재현이 이루어지는 공간은 대부분 제삿집이다. 그러니까 이 소설은 제삿집에 모인 사람들이 제사 시간을 기다리며 나누는 이야기를 담아내고 있는 것이다. 살아남은 사람들이 죽은 자들을 기억해야만 하는 것이 제삿날이다. 제삿날은 산 자들이 모여 죽은 이를 추모하는 시간이다. 그리고 산 자와 죽은 자들이 대화를 나누는 시간이기도 하다.[8] 소설의 서술자 '상수'는 가족묘지 매입 문제로 상의할 일이 있으니 할아버지 제삿날에 맞춰 한 번 다녀가라는 큰아버지의 부름을 받고 8년 만에 고향인 제주를 찾는다. 그에게 고향의 이미지는 다음과 같다. "내게 고향이란 무엇이었나. 나에게 깊은 우울증과 찌든 가난밖에 남겨준 곳이 없는 고향이었다. 적어도 내 상상 속에서 나의 향리는 예나 제나 죽은 마을이었다."(106) 어쨌거나 서울에서 대기업 부장으로 일하고 있는 그는 이틀간의 짧은 휴가를 얻어 제삿날에 귀향하였는데, 그 제사

5 김동윤, 「진실 복원의 문학적 접근 방식 - 현기영의 '순이 삼촌'론」, 『탐라문화』 23권 0호, 제주대학교 탐라문화연구소, 2003, 1쪽.

6 노종상, 「4·3사건의 문학적 형상화와 '심적 거리(psychic distance)'-현기영의 〈순이 삼촌〉과 김석범의 〈까마귀의 죽음〉을 중심으로」, 『인문학연구』 79권 0호, 충남대학교 인문과학연구소, 2010, 8쪽.

7 현기영, 「순이 삼촌」, 『20세기 한국소설』 36권, 창비, 2005. 이 소설은 『창작과비평』 49호(1978년 가을)에 실렸으나 이 글에서는 창비가 2005년에 발행한 20세기 한국문학전집에 실려 있는 작품을 텍스트로 하였다. 본문을 인용할 때는 쪽수만 괄호 안에 적는 것으로 한다.

8 김동윤, 같은 글, 5-6쪽.

는 보통의 기제사와는 성격이 달랐다.

> 그 시간이면 이 집 저 집에서 청승맞은 곡성이 터지고 거기에 맞춰 개 짖는 소리가 밤하늘로 치솟아오르곤 했다. 한날한시에 이 집 저 집 제사가 시작되는 것이었다. 이 날 우리 할아버지 제사는 고모의 울음소리로부터 시작되곤 했다. 이어 큰어머니가 부엌일을 보다 말고 나와 울음을 터트리면 당숙모가 그 뒤를 따랐다. 아, 한날 한시에 이 집 저 집에서 터져 나오던 곡성소리, 음력 섣달 열여드렛날, 낮에는 이 곳 저 곳에서 추렴 돼지가 멱구슬 나무에 목 매달려 죽는 소리에 온 마을이 시끌짝했고, 5백 위를 넘는 귀신들이 밥 먹으러 강신하는 한밤중이면 슬픈 곡성이 터졌다.(123)

할아버지의 제사는 4·3과 연관된 것이었다. 할아버지는 마을에 집단 학살이 있던 날 희생되었다. 허벅지 상처 때문에 집에 남아 있었는데 불이 나자 병풍을 들고 나오다가 토벌대의 총에 맞아 죽은 것이다. 상수네 일가는 이날 할아버지 제사만 치른 것이 아니었고 상수 네처럼 하루에 여러 집 제사를 치르는 이들은 상수네 가족만이 아니었다. 그날 서촌마을의 제사 대상은 무려 5백 위나 되었으니 이 날은 기실 마을 전체의 제삿날인 것이다. 그런데 마땅히 제삿집에 있어야 할 '순이 삼촌'이 보이지 않아서 '상수'는 이를 궁금해 한다. 큰집 제삿날마다 부주로 기주떡 바구니를 들고 오던 순이 삼촌은 촌수는 멀어도 서너 집 건너 이웃에 살아서 큰집과는 서로 기제사에 왕래할 정도로 각별한 사이였던 것이다. 그런 '순이 삼촌'의 부재를 이상하게 여긴 상수가 무슨 일인가 알아보는 데서 비극의 전모가 밝혀지기 시작한다. '순이 삼촌'은 최근에 죽었다는 것을 알게 된다. 소설의 서사는 그래서 '순이 삼촌'이 단서가 되어 이야기가 시작된다. "그 흉물스럽던 까마귀들도 사라져버리고, 세월이 삼십 년이니 이제 괴로운 기억을 잊고 지낼 만도 하건만 고향어른들은 그렇지가 않았다. 오히려 잊힐까봐 제삿날마다 모여 이렇게 이야기를 하며 그때 일을 명심해 두는 것이

었다."(125)

아스만은 '문화적 기억'이라는 개념을 통해 개개인은 공동의 규칙과 가치에 구속되어 있는 한편 과거에 대한 공통적인 기억을 갖고 있다고 말한다. 그 결과 개개인은 공동의 지식과 공동의 자아상을 갖게 된다. 아스만은 이러한 공동의 지식과 자아상을 개개인이 서로를 '우리'라는 집합 명사로 부를 수 있게 만드는 연결구조라고 지칭한다. 이러한 연결구조의 기본 원칙 중 하나는 '반복'이다. 과거의 본보기가 다시 인식되어 체계화되고, 공통적인 문화 요소로 동일시될 수 있도록 보장하는 것이 이 반복이다. 연결구조의 다른 하나는, '현재화'인데, 이것은 종교적 의식과 연관된다. 종교적 의식은 전통을 해석하는 가운데 수행되는 현재화된 기억의 문화다.[9] 이 소설에서 제주사람들이 제삿날마다 반복적으로 기억하는 과거의 상흔은 그들을 각각의 개인에서 '우리'로 연결하는 일종의 매개항이며, 그것은 또한 현재에도 결코 지워내지 못하는 트라우마로 기능한다.

'순이 삼촌'은 스물여섯에 사태를 만났다. 그녀는 사태의 와중에 엄청난 수난을 당한다. 다른 많은 제주여성들이 그랬던 것처럼 그녀는 서북청년단의 횡포에 휘둘리고 만다. 그들은 여맹(女盟)이 뭣 하는 데인지도 모르는 처녀들을 붙잡아다가 여맹에 가입했다는 거짓 혐의를 뒤집어씌우고는 발가벗긴 채 눈요기를 일삼았다. 순이 삼촌도 그들의 횡포에서 벗어나지 못한다. 지서에 붙들어다놓고 남편의 행방을 대라는 닦달 끝에 옷을 벗겼다는 것이었다. 어이없게도 그것은 남편이 왔다갔는지 알아본다는 핑계였는데, 남편이 왔다갔으면 분명 그 짓을 했을 것이고, 아직 거기엔 분명 흔적이 남아 있을 테니 들여다보자는 것이었다. 한국의 소설에서, 전쟁이나 그에 준하는 폭력적 상황에서 여성들이 겪는 겁탈모티프는 결코 사소한 예외가 아니다. 이 겁탈은 비이성적 충동의 결과이거나 예외적인 폭력이

---

[9] 고규진, 「그리스의 문자문화와 문화적 기억」, 최문규 외, 『기억과 망각』, 책세상, 2003, 57쪽.

아닌 보다 구조적이고 중층적인 문제에서 비롯한다. 그것은 정상과 질서를 위협하는 예외적 범죄가 아니라 가부장제가 정상과 질서를 구성하는 방식 자체에 이미 잠재되어 있는 폭력인 것이다.[10]

1949년 제주에서 일어났던 집단학살은 좌우이데올로기에 의한 국가폭력의 외피를 두르고 있다. 그러나 여성들에 대한 광범위한 성적 폭력은 남성들이 일상적으로 내면화하고 있는 강제적 성관계의 확장 혹은 과정이라는 점에서 그것은 가부장제이데올로기와 결탁한 폭력인 것이다. 문제는, 가해자 남성은 사전에는 두려움이 없고 사후에는 후회가 거의 없이 겁탈을 자행하며, 피해자 여성은 희생자에서 오염된 자로, 그리하여 정화와 보호의 대상으로 무력하게 이동할 뿐이라는 점이다. 이 소설에서는 오랫동안 그 진실이 봉인된, 제주에서의 민간인 학살의 폭력성과 비극성을 이야기 하고 있으나, 그리하여 작가가 국가기구에 끌려가 고문을 당하는 고초를 겪고 마침내 4·3문학의 길잡이 역할을 하게 되지만, 여성이 겪어야했던 성폭력의 문제가 어디에서 연유하는 가에 대해서는 말하고 있지 않다. 어쨌거나 소설에서 아직 어렸던 나-'상수'는 어느 날 마당에서 도리깨질하던 '순이 삼촌'이 남편의 행방을 대지 않는다고 빼앗긴 도리깨로 머리가 깨지도록 얻어맞는 광경을 직접 보기도 했었다.

이같은 수모를 겪던 '순이 삼촌'은 굴에 숨어 지내다가 오누이를 데리러 마을에 내려와 있던 중 음력 섣달 열여드렛날 학살 현장으로 끌려간다. 그녀는 군인들의 무차별 총질의 와중에서 까무러쳐 시체 더미에 깔려 있다가 기적적으로 살아났지만, 학살현장에서 오누이를 모두 잃고 청상과부가 되고 만다. 임신 중이던 그녀는 아이를 낳고 살아갔으나, 온전한 삶이 아니었다. 피해의식과 지독한 결벽증, 그리고 신경쇠약에 환청증세까

10 이경, 「태백산맥에 나타난 겁탈모티프와 처벌의 잉여」, 『여성학연구』 제24권 제1호, 부산대학교 여성연구소, 2014, 9쪽.

지 있어서 한라산 아래 절간에서 정양하기도 했으나 사태로 인한 생채기는 더욱 깊어져갔다. 그녀는 토벌대에 의한 1949년의 마을 소각 때 깊은 정신적 상처를 입어, 불에 놀란 사람 부지깽이만 봐도 놀란다는 옛말처럼 군인이나 순경을 먼 빛으로만 봐도 질겁하고 지레 피하는 신경 증세를 보이고 있었던 것이다. 군인이나 순경은 4 · 3때 그들에겐 공포 그 자체였다. '순이 삼촌'은 그런 상흔으로 인해 서울 '상수'네 집에서도 순탄하게 지내지 못한다. 결국 일 년 만에 고향으로 돌아온 그녀는 한 달 만에 초등학교 근처 일주도로변 후미지고 암팡진 밭을 찾아가 스스로 누워버리고 만 것이다. 그 밭은 그녀가 평생 일궈먹은 밭이요, 오누이가 묻혀 있는 밭이요, 그녀가 시체더미에 깔려있던 밭이었다. 사건이 일어나고 오랜 시간이 지나도, 외상을 경험한 많은 사람들은 그들 안의 한 부분이 마치 죽어버린 듯한 느낌을 받는다. 차라리 죽었으면 하는 가장 뿌리 깊고 고통스러운 소망에 시달린다.[11] 이 소설에서는 특히 '순이 삼촌'이 그러한 트라우마의 희생자인 셈이다.

'삼촌'은 제주에서는 촌수를 따지기 어려운 먼 친척어른을 남녀 구별 없이 가깝게 부르는 이름이다. 이 소설에서 '순이 삼촌'은 그러므로 평범하기 이를 데 없는 고향마을 사람들을 대신하는 이름이기도 하다. 그러니까 이 소설은 평범하기 이를 데 없는 사람들이 토벌대에 의해 집단으로 죽임을 당하고 살아남은 이들 역시 그 상흔을 평생 떨쳐버리지 못한 채 살아가다 비극적 죽음을 맞이했다는 데서 역사적 비극의 현재성을 이야기 하고 있다. 이렇게 과거는 언제나 끊임없이 기억되면서 현재화된다. 그런 점에서 과거는 역사를 잉태하고 있다. 한편 기억은 의미를 발생하고 의미는 기억을 고정한다.[12] 이 소설의 서술자 나-'상수'의 고모부가 가지고 있는

11 주디스 허먼, 『트라우마』, 최현정 옮김, 플레닛, 2007, 95쪽.
12 알라이다 아스만, 『기억의 공간』, 변학수 외 옮김, 경북대학교출판부, 2003, 171쪽.

4 · 3의 기억과 의미가 대표적이다.

5 · 18소설들의 대부분은 우선적으로 그 참혹한 죽음/죽임의 원인이 무엇이었는지를 묻는다. 그래서 맨 처음에는, "이것이 웬 날벼락입니까?"[13] 라는 절규 끝에, "금남로 일대는 완연한 사냥터였다. 광기에 눈이 뒤집힌 채 피를 찾아 쫓고 몰아대는 짐승의 사냥터"[14]였으며, 따라서 "시위대를 대상으로 한 폭력은 허락된 카니발"[15]이었다고 답한다. 광주는 우발적인 사건이 아니라 신군부의 권력 장악 프로그램에 의해 '선택'된 것이라는 관점을 보이는 것이다. 그런데 4.3문학과 비교하면 5 · 18문학은 시나 소설에서 압도적으로 양적인 우위를 보임에도 불구하고 5 · 18소설(들)과 관련한 논의에서 놓치고 있는 지점이 있다. 그것은 무엇보다 대부분의 5 · 18소설(들)의 인물들이 하나같이 표백된 인물들이라는 점에서 기인한 것인데, 이를 테면, 그들은 한결같은 놀라움과 분노로만 작동되는 화석 같은 존재들이라는 점이다.

한강 소설 『소년이 온다』[16]에서 기억을 말하는 자[17]는, 중학교 3학년 소년 '동호'다. 그러니까 이 소설은 80년 그날, 도청 앞 광장의 광경을 소년의 기억으로부터 호출하는 것으로 시작한다. 소년은 도청 옆 상무관에서 주검들을, 그러니까 진압군에 의해 죽임을 당한 시체들이 관 속에 누워있는 것을 지키고 있다. 소년은, "코피가 터질 것 같은 시취를 견디며 손에 들고

---

13 정찬, 『광야』, 문이당, 2002, 33쪽.(정확하게는 1980년 5월 19일자 '광주 시민 민주투쟁회'에서 배포한 유인물의 내용을 이 소설에서 인용하고 있다.)

14 임철우, 『봄날』 2권, 문학과지성사, 1997, 135쪽.

15 정찬, 같은 책, 37쪽.

16 한강, 『소년이 온다』, 2014, 창비. 이후 본문의 내용을 인용할 때에는 괄호 안에 인용하는 쪽수만 표시하기로 한다.

17 오닐(Patrick O' Neill), 『담화의 허구』, 이호 옮김, 예림기획, 2004, 153쪽. 초점화는 '눈으로 보는 것'에 관한 문제이지만, 이와 관련된 시야는 결코 물리적 시야에만 제한되지 않으며, 심리학적 또는 이데올로기적 구성 요소들을 포함할 수 있다는 의미에서 누가 보는가의 문제는 누가 지각하고, 생각하고, 추정하고, 이해하고, 욕망하고, 기억하고, 꿈꾸는가라는 의미로 이해되어야 한다는 것이 오닐의 견해이다. 이 소설에서 소년은 그가 본 기억을 독자들에게 증언하고 있다.

있는 초의 불꽃을 들여다본다."(12) 그는 생각한다. "몸이 죽으면 혼은 어디로 가는 걸까. 얼마나 오래 자기 몸 곁에 머물러 있을까."(12-13) 소년은, 애초에는, 군인들이 총을 쐈을 때, 친구 '정대'가 그 총에 맞는 걸 동네 사람들이 보았다고 해서 여기까지 찾으러 온 거였다. 그러다 "총검으로 목이 베여 붉은 목젖이 밖으로 드러난 젊은 남자의 얼굴을 물수건으로 닦아내고 있던 고등학생 누나의 "오늘만 우리를 도와줄래?" 라는 말 때문에(15) 여전히 그곳에 남아 있는 것이다. 소년은 그러니까 소식이 없는 친구를 찾기 위해 이 광장에 나온 것이었다. 그것을 우리는 '내부적 충동'이라고 이름 할 수 있을 것이다. 그러니까 소년이 광장에 나오고 또 계속해서 광장에 남아 있는 일차적인 이유는 죽은 것으로 믿어지는 친구를 찾기 위한 것이다. 그 행위의 이쪽에는 친구와 함께 했던 경험을 통해 친구에게 느끼고 있는 어떤 '감정 '때문이고, 이처럼 "감정은 행위를 준비하는 데 결정적인 역할을 하며, 행위를 실질적으로 가능하게 한다."[18] 이를 고려하지 않고 어떤 행위자가 단순히 사회문화적 구조에 놓여있다는 것만으로 구조에 '대한' 반응을 총체적으로 설명하는 것은 무리가 있다. 기왕의 소설과 연구에서 항쟁 참여자들의 행위를 진압군에 의한 시민들의 죽임과 이에 '대한' 자동적인 저항으로 해석하고 있는 것은 5월을 풍부하게 해석하는 데 일종의 강박-망상성 장애로 기능한다.

소년과 함께 시신들을 돌보고 있는 어린 두 소녀도 여고 3학년(은숙)과 양장점 미싱사(선주)인 아직 십대의 소녀들이다. 그녀들은 "피가 부족해 사람들이 죽어간다는 가두방송을 듣고 각자 헌혈을 위해 전남대 부속병원에 갔고, 시민자치가 시작된 도청에 일손이 필요하다는 말을 듣고 왔다가 얼결에 시신들을 돌보고 있는"(16) 참이다. 소년과 마찬가지로, 그녀들의 행위에 개입되어 있는 것은 어떤 (저항)'의식'이 아니라 (자연발생적인)

18 잭 바바렛, 『감정의 거시사회학』, 박형신 · 정수남 옮김, 일신사, 2007, 119쪽.

어떤 '감정'인 것이다. 레비나스는 타자에 대한 윤리적 책임과 관련하여, "타자에 대한 책임은 타자의 요청에 의해 내가 타자를 대체하는 것"[19]이라고 말한다. 그에 따르면 휴머니즘의 근원은 타자이며, 이런 휴머니즘 안에서의 책임이 나의 유일성에 대한 중요한 근거가 된다. 이 소녀들의 행위에 대해서도 그런 설명이 가능할까. 레비나스가 말한 타자에 대한 책임은 소녀(소년을 포함한)들의 행위(휴머니즘에 바탕을 둔)를 설명할 수 있는, 어떤 감정과 연결되어 있을까. 감정은 그 자체가 하나의 사회관계 현상이며, 그 관계의 맥락 속에서 사회적으로 구성되는 것(social construction)이다. 사회적 구조와 얽혀있는 감정은 단순한 '느낌'(feeling)이 아니라 '느낌의 규칙들'(feeling rules)이다.[20] 그러니까, 이 소년 소녀들이 광장에 나간 행위를 우리는 타자와의 '연대의 감정'이라고 잠정적으로 규정할 수 있을 것이다. 개인 혹은 공동체의 정체성을 말하는 것은 '누가 그러한 행동을 했는가?', '누가 그것의 행위 주체인가?'라는 질문에 대답하면서 성립된다. '누구?'에 대한 질문에 답하는 것은 한 삶의 역사를 이야기하는 것이다. 그러므로 이야기된 역사는 행위의 주체를 말한다.[21] 거듭 말하지만, 이 소설에서 기억을 이야기하는 자는 소년이다.

오월의 사회과학에서 의미 있는 논의를 제출했던 최정운에 의하면, 대규모 군중이 참여하고 투쟁한 사건에서 모든 사람들이 하나의 동기로 참여한 예는 거의 없다. 개개인은 각자 다른 동기에서 참여하며 투쟁의 와중에 또는 그 이후에 투쟁의 의미를 공통적인 해석을 통해 만들어낼 뿐이다. 5 · 18의 경우에도 모든 시민들이 하나의 동기로 시위에 참여했다는

---

19 베른 하르트 타우렉(Bernhard H.F.Taureck), 『레비나스』, 변순용 옮김, 황소걸음, 2005, 236-238쪽.

20 함인희, 「일상의 해부를 위한 앨리 혹실드의 개념 도구 탐색: "감정노동"부터 "아웃소싱 자아"까지」, 『사회와이론』 25, 한국이론사회학회, 2014, 305쪽.

21 김선하, 『리쾨르의 주체와 이야기』, 한국학술정보, 2007, 138쪽.

것은 비현실적 발상이며, 따라서 5·18을 하나의 원인에서 찾는 것도 현실과 맞지 않은 일이라고 말한다.[22] 그래서 최정운은 사회과학의 관점에서 5·18을 분석하고 있는 정해구의 논의를 빌려 다음과 같은 다섯 가지의 요인들을 제시한다. 그것은 민주주의의 열망과 그를 대변하는 학생운동권, 둘째, 호남차별에 대한 불만과 원한, 셋째, 민중적 저항 운동에 대한 역사와 전통, 넷째, 경제적 구조, 다섯째, 전통적 공동체문화 등이다. 그러나 최정운은 그 각각의 경우에 대한 반론을 통해 그것들이 추상적이고 막연한 이야기임을 역설하면서, "인간의 존엄성을 짓밟는 것에 대한 이성적 분노와 그 분노에 따라 반응하지 못하고 두려움에 도망친 자기 자신에 대한 수치와 분노" 곧 '증오의 감정'을 가장 보편적인 요인으로 정리한다.[23] 앞에서도 언급했던 것처럼 많은 5·18소설(들)은 직접적으로든 간접적으로든 항쟁에 참여했던 이들의 행위의 동기를 윤리적 분노에서 찾고 있다.

그러니까 그 열흘간의 항쟁 기간에 대부분의 사람들은 자발적으로, 직접적으로든 간접적으로든 항쟁에 참여했던 셈이다. 그것은 어떤 대가를 바란 행위는 물론 아니었다. 문순태는 그의 장편 소설 『그들의 새벽』[24]에서, 이들의 심정을 "한 번도 사람대접을 받아보지 못한 이들이 도청을 사수하며 처음 받았던 박수, 평등한 세상에 대한 그리움, 인간적 자존심 회복 때문이 아니었을까."라고 짐작한다. 그것을 그들이 받고자 했던 대가라고 할 것은 없겠다. 오히려 앞의 혹실드의 논의에서 이야기했던 것처럼, 사회가 기대하는 바람직한 상태에 부응하고자 하는 감정규칙에 충실했던 것으로 설명할 수 있을 것이다. 그것은 구체적으로 '슬픔과 연민의 감정'이다. 또한 죽음에 대한 '공포의 감정'이다. 사건의 마지막 날, 그러니까 80

22 최정운, 「폭력과 사랑의 변증법: 5·18민중항쟁과 절대공동체의 등장」, 『5·18민중항쟁과 정치·역사·사회』, 2007, 243-244쪽.
23 최정운, 같은 글, 255쪽.
24 문순태, 『그들의 새벽』, 한길사, 2000, 348-349쪽 작가후기 참조.

년 5월 27일 날, 소년은 함께 있는 선주 누나에게 묻는다. "오늘 남는 사람들은 다 죽어요?"(28) 그것은 극복할 수 없는 죽음에 대한 '공포의 감정'이외 다른 아무 것도 아니다. 앞에서, 기억은 결코 과거를 완벽하게 재현할 수 없다고 했다. 기억은 망각과 함께 작동되기 때문이며, 그것은 과거의 체험에서 말미암은 원상(trauma)과 관련된다. 소년은 왜 말하는가. 그것은 체험된 사실로부터 말미암은 원상의 회복, 트라우마의 치유를 위해서다. 그러나 적어도 5·18의 상흔에서 완전한 회복이란 없다. 그것은 아래에서 살피게 될 소년의 죄의식에서 말미암은 것으로, 그 상흔은 깊고도 깊다.

일반적으로 정신적 외상이라 번역되는 트라우마(trauma)는 "충격적인 체험이 잠재의식에 각인으로 남아, 때때로 무심코 떠올리는 기억으로 드러나서 지독한 정신적 고통을 유발하는 병증"[25]으로 설명된다. 정신분석학은 트라우마가 의식이 일차적으로 망각한 무의식의 부분이라는 것, 그리고 그것은 일정한 계기가 주어지면 반드시 나타난다는 것을 증명했다. 그것은 사진기의 섬광처럼 순간적으로 나타나 신체에 고통의 흔적을 각인시킨다. 니체는, "무엇인가 기억에 남도록 하려면 그것을 낙인으로 찍어 넣어야 한다. 지속적으로 고통을 주는 것만이 기억에 남아 있는 법"[26]이라고 했다. 그리고 그 고통, 즉 기억의 문자는 마음이나 영혼이 아니라 예민하고 연약한 몸의 표면에 기록된다. 니체는 신체에 각인된 인상을 능동적 의무감(양심)으로 받아들이는 기억의 작용을 '의지의 기억'이라고 명명했

25 주디스 허먼, 최현정 역, 『트라우마』, 플래닛, 2007, 17쪽. '외상 후 스트레스 장애'라고도 하며 과도한 위험과 공포, 스트레스 상황에 대한 심각한 심리적 충격을 일컫는다. ≪정신장애 진단 및 통계 편람 4판≫에 따르면, 외상(trauma)이란 심각한 죽음이나 상해를 입을 위험을 실제로 겪었거나 그러한 위협에 직면했을 때, 혹은 타인이 죽음이나 상해의 위협에 놓이는 사건을 목격하였을 때, 이에 대하여 강렬한 두려움, 무력감, 공포를 경험한 경우를 의미한다. 이런 일들은 흔히 전쟁참전용사나, 어렸을 때 성적인 학대를 당한 사람, 그리고 강간을 당한 여성들에게서 흔히 발병하는 것으로 알려져 있다. 허먼은 가정폭력이든 정치적 테러이든 폭력의 메커니즘은 어디에서나 동일하며, 이러한 폭력을 종결짓기 위해서는 인권 운동 같은 정치적이고 공적인 행위의 개입이 절대적으로 필요하다고 주장한다.

26 고봉준, 『반대자의 윤리』, 실천문학, 2006. 364쪽에서 재인용.

다. 소설의 앞부분에서 소년은, 여기(상무관)에 "왜 왔어?"(13)라고 묻는 교복 입은 누나의 질문에, "친구 찾으려고요."(13)라고 답한다. 그는 군인들이 총을 쐈을 때, 친구 '정대'가 그 총에 맞는 걸 동네사람들이 보았다고 해서 여기까지 찾으러 온 거였다고 (독자들이) 믿게 만드는 것이다. 그러나 소년이 처음 누나를 만났을 때, 그가 한 말 중 사실이 아닌 게 있었다. 역전에서 총을 맞은 두 남자의 시신이 리어카에 실려 시위대의 맨 앞에서 행진했던 날, 중절모를 쓴 노인부터 열두어 살의 아이들, 색색의 양산을 쓴 여자들까지 인산인해를 이뤘던 저 광장에서, 마지막으로 정대를 본 건 동네 사람이 아니라 바로 소년, 그 자신이었던 것이다. "모습만 본 게 아니라 옆구리에 총을 맞는 것까지 봤다."(31)

그러나, "지금 나가면 개죽음이여"라고 말 하는 옆의 아저씨의 말과 총성과 함께 쓰러지는 사람들을 보면서 소년은 친구 정대의 주검을 향해 달려 나갈 엄두를 내지 못했다. 아니, 정적 속에 십여 분의 시간이 흐르고 더 이상 군인들의 총소리가 들리지 않자 그때를 기다린 듯, 옆 골목과 맞은편 골목에서 사람들이 뛰어 나가 피를 흘리며 쓰러져 있는 사람들을 들쳐 업을 때도 소년은 정대를 향해 그들처럼 달려 나가지 않았다. 소년은 "겁에 질려, 저격수의 눈에 띄지 않을 곳이 어디일까만을 생각하며 벽에 바싹 몸을 붙인 채 광장을 등지고 빠르게 걸었던 것"(33)이다. 그리하여 소년은 친구 '정대'를 잊지 못한다. 정대는 소년의 무의식에 수시로 출몰하면서 강박적으로 호출해낼 정도로 강렬하면서도 폭력적인 트라우마가 된다. 라캉은 "무의식은 언어다."라고 매우 단순하게 진술한다. 어떤 주어진 언어에서 그 언어를 구성하는 요소들 사이에 존재하는 것과 동일한 종류의 관계들이 무의식적 요소들 사이에 존재하는 것이다.[27] 가령 다음과 같은 진술들이 그러하다.

---

27 브루스 핑크, 『라캉의 주체-언어와 향유 사이에서』, 도서출판 b, 이성민 옮김, 2012, 33쪽.

…… "공부보다 돈을 벌고 싶어 하는 정대, 누나 때문에 할 수 없이 인문계고 입시준비를 하는 정대, 누나 몰래 신문 수금 일을 하는 정대, 초겨울부터 볼이 빨갛게 트고 손등에 흉한 사마귀가 돋는 정대, 그와 마당에서 배드민턴을 칠 때, 제가 무슨 국가 대표라고 스매싱만 하는 정대……."(35) 지금 정미 누나가 갑자기 대문을 열고 들어온다면 달려 나가 무릎을 꿇을 텐데, 같이 도청 앞으로가서 정대를 찾자고 할 텐데, 그러고도 네가 친구냐, 그러고도 네가 사람이냐, 정미 누나가 그를 때리는 대로 얻어맞으면서 용서를 빌 텐데…….(36)

이렇게 무의식은 양심과 죄책감, 혹은 프로이드가 말한 초자아의 형태로 다른 사람들의 말, 다른 사람들의 대화, 그리고 다른 사람들의 목표, 열망, 환상으로 가득 차 있다. 이 소설에서 자신의 기억을 말하면서 듣는 자, 소년은, "아무것도 용서하지 않겠다고, 그 자신마저 용서하지 않겠다."(45)고 말한다. 이것은 치유가 가능하지 않은 원한과 저주의 정서―감정이다.

한강 소설 『소년이 온다』는 사건이 종결되고 오랜 시간이 지났어도 그날에 살아남은 자들이 갖고 있는 트라우마에 대해 말하고 있다. 그것은 현기영 소설 「순이(順伊) 삼촌」의 서사가 4·3사건이 지난 30년 후라는 배경과도 유사한데, 두 소설은 한 세대 정도의 시간이 지나도 결코 지워지지 않는, 그리고 회복될 수 없는 역사적 상처와 상실을 이야기하고 있는 점에서도 닮았다.

3. 혁명과 전쟁의 성찰(省察)

문혁에 관한 글쓰기(書寫)는 크게 두 가지로 나눌 수 있다. '상흔(傷痕) 글쓰기'와 '성찰적 글쓰기'가 그것이다. 전자는 문혁 종결 직후 온양(醞釀)시간이 충분치 않은 시점에 문혁의 상처를 다룬 작품으로 「상흔(傷痕)」과 「고련(苦戀)」 등의 중 · 단편을 들 수 있다. 이에 반해 후자는 1976년에 종결된 문혁에 대해 충분한 성찰의 시간을 가지고 주로 장편 형식으로 묘사하고 있다.[28]

이 글에서 살펴보고 있는 다이어우잉 장편소설 『사람아 아, 사람아』[29]는 후자에 속한다. 다이어후잉은 그녀의 또 다른 소설 『시인의 죽음』과 관련하여 다음과 같이 말한다. "나는 『시인의 죽음』을 발표할 목적으로 쓰지 않았다. 단지 감정상의 필요에 의해 썼을 뿐이다. 남들이 상처를 부둥켜안고 통곡하는 것을 보니 내 몸의 상처도 아파오기 시작하였다. 통곡하고 싶고 울부짖고 싶었으며, 남들에게 이해받고 싶었으며 위로받고 싶었다. 게다가 영웅도 아니고 권력도 없는 나와 같은 평범한 사람들이 역사에 막대한 대가를 치렀다는 것을 사람들에게 토로하고 싶었다.[30] 이들 평범한 사람들이 지나친 대가를 치렀다고 분노하는 역사적 배경에는 문화대혁명이 자리하고 있다.

문화대혁명이 일어난 본질적 동기와 이에 대한 역사적 평가 여하와 관계없이 그 운동이 가진 이념은 매우 이상적이고 긍정적이었던 데 반해 이의 실행과정에서 나타난 여러 현상들은 좌편향의 극단으로 귀결되었다. 인민을 신뢰하고 인민에 의거하며 인민이 스스로를 해방하고 스스로를 교육시키는 것을 지향하면서 교육개혁, 문예개혁 등 사회주의 경제기초에 맞는 상부구조의 개력, 교육과 생산노동의 결합, 지식인과 노동대중의 결합 등 사회주의 사회의 기초를 공고히 하면서 사회주의를 발전시키는

---

28 임춘성, 「문화대혁명에 대한 성찰적 글쓰기와 기억의 정치학 - 『나 혼자만의 성경』의 사례를 중심으로」, 『중국연구』 52권 0호, 한국외국어대학교 중국연구소, 2011, 140쪽.

29 다이어우잉, 『사람아 아, 사람아』, 신영복 옮김, 다섯수레, 1991. 이후 본문의 내용을 인용할 때에는 괄호 안에 인용하는 쪽수만 표시하기로 한다.

30 유세종, 「문학으로 본 문화대혁명 이후의 현대 중국사회 : 『사람아 아, 사람아』에서 『폐도』까지」, 『월간 사회평론 길』 95권 4호, 사회평론, 1995, 105쪽에서 재인용.

것이 문화대혁명이 내건 목적이며 이상이었다. 그러나 그것의 실천은 극단적인 계급이기주의의 편향으로 나아갔다.

그래서 소설 『사람아 아, 사람아』에서 작가는 "계급투쟁을 위하여 인위적으로 계급을 만들어내고 인민과 가정을 분열시키는 것은 황당하고도 잔인한 일"(361)이라고 비판한다. 그러나 한편 작가는 소설 내 인물의 입을 빌려 그것을 '저마다의 진실'(11)이라고 한발 물러나 바라보고 있다. 그것은 "우린 두 번 다시 맹목적으로 숭배하거나 복종하지 않으며 두 번 다시 유치하고 경솔한 짓은 하지 않아."(419)라는 소설 내 인물의 발화를 통해, 그러니까 사람들을 기계적으로 분류하고 단죄했으며, 사상과 언론의 박해, 무엇보다 동지관계의 파괴는 물론 부자지간의 기본적인 인륜의 파괴를 겪어내고 나서의 성찰의 결과일 뿐이다. 그 과정에는 "인간의 피와 눈물의 흔적, 비틀려진 영혼의 고통스런 신음"(473)이 있어야 했다.

1978년에서 1980년 사이 중국작가들은 문화대혁명에서 기인한 상처를 노래했다. 이른바 상흔(傷痕)문학기였다. 이 시기 문학의 핵심 가운데 하나가 폭력에 대한 것이다. 상흔 문학에서 폭력은 직설적으로 묘사되곤 한다. 예를 들어, 정이(鄭義)의 단편소설 「단풍」)에서 주인공 루단펑(盧丹楓)은 마오쩌둥 선집을 학습하는 열성분자였다. 문화대혁명이 일어나면서 린뱌오(林彪)가 쓴 마오쩌둥 선집의 「재판 서문」까지도 빠짐없이 암송하였다. 전교 행사인 '마오쩌둥 선집 독서경험 교류대회'에서 붉은 표지의 마오 어록을 술술 외어 보이기도 하였다. 그리고 그들은 학교의 지도자들이 마오쩌둥 선집 학습운동을 의도적으로 회피하고 있다는 사실을 폭로하는 비판대회도 열었다. 그런데 홍위병들의 무력투쟁은 1967년이 되면 홍위병과 조반파(造反派) 간의 투쟁 및 군부 내부의 투쟁 양상으로 번진다. 1967년 7월 '우한 사건'이후에는 홍위병 조직이 와해되면서 홍위병간의 투쟁, 홍위병과 조반파간의 투쟁, 군의 개입 등으로 전국이 무정부상태로 변해 갔다. 소설 「단풍」은 이러한 사회배경 하에서 일어난 제6중학 동창생들 사이의 처절한 무력투쟁을 그리고 있다.[31]

1980년대 들어서면서 작가들은 자신들이 겪었던 상처와 아픔으로부터 거리를 유지하면서, 왜 아프고 상처를 입었는지, 역사는 무엇이며 인간은 어떤 존재인지 하는 문제에 천착하기 시작한다. 이른바 반사(反思)문학이다. 상흔 문학에 반해 성찰 문학에서는 폭력을 직접적으로 묘사하기보다는 다른 장치를 설정해 대자적으로 묘사한다. 이를테면 왕샤오보의 『황금시대』에서 작가의 분신과도 같은 주인공 왕얼(王二)은 언어유희와 성 탐닉을 통해 권력자들에게 항거한다. 왕얼은 자신이 겪은 고통을 마치 병정놀이처럼 대한다. 농촌으로 하방되어 노동개조에 처한 상황에서도 예쁜 여자를 유혹하고 반성문을 쓰면서도 게이머의 감각을 놓치지 않는다. 이렇듯 이 시기 성찰 소설들에서는 맑시즘과 휴머니즘에 대한 열린 사색의 공간 속에서 역사와 전통, 인간 주체에 대한 반성과 성찰이 이루러지는데, 그 핵심은 '인간'의 문제로 집약된다. 다이어우잉의 이 소설 역시 "그 아버지가 치른 거대한 희생은 역사와 어떤 관계가 있는 것일까. 역사는 영원히, 오로지 큰 인물의 행동과 운명을 기록할 뿐이다. 많은 사람들은 역사란 인민이 만드는 것이라고 인정하고 있다. 그러나 그들이 역사를 서술할 때 '인민'이라는 개념에서 과연 생명이 있고, 감정이 있고, 개성이 있는 실체를 읽어 낼 수 있을까?"(360-361) 하는 근본적인 회의를 바탕으로 인간의 문제를 고민하고 있음을 알 수 있다. 그래서 소설의 인물은, "그러나 계급을 만들어내고 인민과 가정을 분열시키는 것은 황당하고도 잔인한 일."(361)이라는 깨달음에 이른다. 작가는 인간의 목적을 '인간의 개성을 말살하고 인간의 가정을 파괴하며, 사람들을 갖가지 울타리로 격리시키는 것'쯤으로 오인해온 교조적 맑시즘에 대해 비판하면서 맑시즘의 핵

31 임춘성, 앞의 글, 141쪽.

심가치로서 휴머니즘을 재발견하고 이에 대하여 풍부하면서도 진지한 반성적 사유로 나아가고 있다. 작가는 소설 후기에서 "나는 인간의 피와 눈물의 흔적을 썼고 비틀려진 영혼의 고통스런 신음을 썼고, 암흑 속에서 솟아오른 정신의 불꽃을 썼다."(473)고 덧붙인다.

다이어우잉 소설 『사람아 아, 사람아』는 전체 4장으로 구성되어 있는데, 각 장의 제목은 다음과 같다. 즉 1장은 '저마다의 진실', 2장은 '마음이 머물 곳을 찾아서', 3장은 '가슴에 흩어지는 불꽃', 4장은 '동녘에 솟는 해, 서녘에 지는 해'로 되어 있다. 그리고 각 장마다 소설의 주요 인물들, 즉 자오져후안, 쑨위에, 허징후, 쉬어엉종, 쑨한, 씨리우, 리이닝, 한한 등 11명의 인물들이 교차하는 시점으로(각 장 마다 초점인물을 달리하여) 기억과 연대와 열정을 이야기하고 있다. 그 기억이란 앞에서도 대략 언급한 것처럼, 문화대혁명이라는 역사의 격동 속에서 사랑과 우정, 이상과 신념이 어떠한 운명을 겪어 가는가, 어떠한 것이 무너지고 어떠한 것이 껍질을 깨고 자라나는가를 보여주고 있다. 이 소설은 그러므로 '인간'을 이야기하고 있지만 역설적이게 그런 깨달음의 배후에는 문화대혁명이라는 폭력이 내재돼 있음을 알 수 있다. 그 폭력의 한 가운데에 있었던 다음과 같은 한 인물의 술회를 통해 문혁 10년 동안의 억압이 결과한 허망함과 고통의 흔적을 우리는 어림할 수 있다.

> 4인방이 날뛰었을 때는 난 고통과 불안으로 날마다 그들이 쓰러지기만을 빌었어. 그리고 드디어 그들이 쓰러졌을 때 난 수천수만의 군중들과 같이 거리로 뛰어나가서 환호성을 올리고 노래를 불렀어. 노동자가 거대한 북채을 높이 휘두르는 것을 보고 뜨거운 눈물을 참을 수가 없었지. 그 채가 내 마음을 때리고 있는 것 같은 느낌이었어. 냉혹한 겨울은 지나갔다, 봄이 온 것이다, 하고. 나는 뜨거운 분위기에 잠겨 있었을 뿐 아무것도 생각할 여유가 없었어. 하지만 흥분은 곧 사라졌지. 그런 다음 나는 과거에 경험했던 모든 것을 생각하기 시작했고,

지금까지 맛본 적이 없었던 고통을 느끼게 되었어. 나를 괴롭히는 것은 10년의 동란의 결과 때문이 아니야. 그보다 그 원인이야. 게다가 그 결과와 원인은 지금의 현실 속에 여전히 존재하고 있어. 나는 상처받은 것 같기도 하고 속은 것 같기도 해서 지금도 혼자서 남몰래 울고 있어. 밤이 깊어서 사람들이 조용해지고 한한이 잠들 무렵이면 나는 밤마다 나 자신에게 물어봐. 너는 무엇을 보았는가? 네가 신봉해 왔던 것은 무너져 버렸는가? 추구해 온 것은 환상으로 사라져 버렸는가?(233-234)

슬라보예 지젝(Zizek, Slavoj)은 폭력에 관한 여섯 가지 우회로를 검토하면서, 폭력을 '주관적(subjective) 폭력'과 '객관적(objective) 폭력'으로 나누고, 후자를 다시 '상징적(symbolic) 폭력'과 '구조적(systemic) 폭력'으로 나눈 연후, 직접적이며 가시적인 주관적 폭력보다 그와 반대인 '구조적 폭력'에 주목하라고 당부한다. 왜냐하면 후자가 전자의 원인임에도 우리가 구조적 폭력의 결과에 대해 둔감하기 때문이다. 이는 '하나의 체계 속에 내재된 폭력'으로, '지배와 착취의 관계를 지속시키는, 보다 더 감지하기 어려운 형태의 강압들'이다. 구조적 폭력은 피해자뿐만 아니라 가해자도 그에 대해 놀랄 만큼 무감각하기 때문에 우리들은 의식하지 못할 뿐만 아니라 그에 대처할 수도 없이 속수무책으로 당할 수밖에 없다. 우리 눈에 비치는 폭력이 주관적 폭력이라면 구조적 폭력은 사회가 정상적으로 작동할 때에도 보이지 않는 곳에서 작용한다.[32]

지젝의 폭력 성찰은, 자신도 언급했다시피, 벤야민(Benjamin, Walter)에 기대고 있다. 실정법을 통해 개인에게 강제되는 국가권력의 신화적 성격을 성찰하면서 그에 대한 효과적 대항폭력 또는 비폭력적 폭력을 조르주 소렐(Sorel, Georges)의 폭력론에 기대어 '총파업'에서 찾고 있는 벤야민은 「폭력비판을 위하여」에서 폭력을 '신화적 폭력'과 '신적 폭력(holy terror)'으로

32 슬라보예 지젝, 『폭력이란 무엇인가』, 이현우 외 옮김. 난장이, 2011, 23-25쪽.

나누고 있다. 그에 따르면, '신화적 폭력'이 법정립적이고 경계를 설정하며 죄를 부과하면서 동시에 속죄를 시키고 위협적이며 피를 흘리게 한다면, '신적 폭력'은 법 파괴적이고 경계가 없으며 죄를 면해주고 내리치는 폭력이고 피를 흘리지 않은 채 죽음을 가져온다. '신화적 폭력'–'법정립적 폭력'과 그 폭력에 봉사하는 '관리된(verwaltet) 폭력'–'법보존적 폭력'은 배척되어야 한다. 그것은 본질적으로 '개입하여 통제하는(schaltend)폭력'이다. 그에 반해 '신적 폭력'은 '성스러운 집행의 옥새와 인장'이라 할 수 있는데 그것은 신화적 폭력과 달리 '베풀어 다스리는(waltend) 폭력'이라 부를 수 있을 것이다.[33]

프랑스혁명에서 로베스피에르 (Robespierre, Maximilien F. M. I. de)가 루이 16세를 단두대에 보낸 것은 그를 처형해야만 공화국의 이상을 실현할 수 있었으므로 '신적 폭력'이라 할 수 있다. 그와 마찬가지로 공산혁명이 성공하고 프롤레타리아 독재를 실행한 것도 같은 맥락으로 이해할 수 있다. 그러나 그것은 시간이 지나면서 변질되었고 어느 순간 자신의 성스러운 성격을 상실하지만 여전히 자신이 신적 폭력의 주체라고 오인하게 된다. 이때 신적폭력은 신화적 폭력으로 추락하게 되고 혁명의 이상을 보호하는 장치에서 혁명을 파괴하는 시스템으로 변모하고 만다. 신화적 폭력은 자신이 대의명분을 가지고 신성한 임무를 수행하고 있다는 오해로 인해 자신의 모든 행위를 정당화하려 한다. 신화적 폭력과 대면한 개인은 무력하고 비굴하다. 개인이 힘을 발휘하는 순간은 신화적 폭력에 편승할 때뿐이다. 그러나 그 순간조차도 개인은 가해자인 동시에 피해자이다. 다이어우잉 소설 『사람아 아, 사람아』의 주요 인물들이 너나없이 그러한 폭력의 가해자인 동시에 피해자인 까닭은 그러한 연유에 기인한다.

---

33 발터 벤야민, 『역사의 개념에 대하여/ 폭력비판을 위하여/ 초현실주의 외』, 최성만 옮김, 길, 2009, 116-117쪽.

우리나라와 베트남은 1992년 외교관계를 재개한 이후 사회 전 분야에서 교류가 급증하고 있지만 서로에 대한 이해는 여전히 부족하다. 양국이 편견과 적대감을 극복하고 민족문화 발전에 기여하려면 단절의 원인이 된 베트남전쟁에 대한 이해가 우선되어야 한다. 미국은 도미노이론과 반공논리에 따라 베트남전쟁에 개입하였다. 그러나 베트남전쟁은 그렇게 단순하게 정의하기 어려운 매우 복합적인 성격을 지닌 전쟁이었다. 베트남전쟁은 단순한 '반공주의 대 공산주의'의 이념 대결이 아니었다. 민족주의/제국주의, 독립투쟁/식민주의, 혁명/반혁명, 통일/분열, 독립/의존, 자유/억압, 황색인/백색인, 아시아/서양, 낙후/현대, 농업/공업 …… 그리고 그 밖에도 상상할 수 있는 20세기의 모든 갈등 요소가 뒤범벅이 되어서 전개된 전쟁이었다.[34]

따라서 미국에서 베트남전쟁은 비도덕적이고 명분 없는 전쟁이 어떻게 국내를 분열하고, 제국의 명예를 실추시키는지를 보여주는 아픈 경험이었던 것이다.[35] 한국은 미국의 동맹국으로 전쟁에 참여하였는데, 박정희정부는 미국의 도미노이론과 반공논리를 확대재생산하고 베트남전쟁을 정권의 안정화와 경제개발 기반 구축에 적극 활용하였다. 한국은 미국과 베트남 사이에서 동일화와 차이의 양가적 담론 구성을 통해 자신의 정체성을 만들어 갔으며, 이는 모순되고 분열된 자화상을 그려내는 작업일 수밖에 없었다. 윤충로는 베트남전쟁 당시 한국이 만들어 갔던 정체성을 식민지적 무의식과 식민주의적 의식의 모순적 접합을 통해 설명하고자 한다. 식민지적 무의식은 식민지 주민의 집단무의식, 일종의 정신 병리현상으로 주체의 상실과 식민주의자와 동일화되고자 하는 욕망이라고 말할 수 있다. 반면 식민주의적 의식은 지배관계를 반영하는 것으로, 인류학적

---

34 리영희, 『베트남전쟁: 30년 베트남전쟁의 전개와 종결』, 두레, 1991, 7쪽.

35 윤충로, 베트남전쟁 시기 한・미・월 관계에서 한국의 '정체성 만들기'-식민지적 무의식과 식민주의를 향한 열망 사이에서, 『담론201』 9권 4호, 한국사회역사학회, 2007, 173쪽.

으로 대조적인 상으로써 인종주의와 같은 '열등한 타자성의 구성', 문화적 사명과 같은 '사명에 대한 믿음과 보호의 책임', 무질서의 식민지에 질서를 부여하고 정치를 비 정치화하여 행정적으로 통제하는 '무정치의 유토피아'의 설정 등을 특성으로 한다.[36]

베트남전쟁을 소재로 한 작품들 가운데 안정효의 『하얀 전쟁』은 당시 국내외적 정황과 작전전술을 잘 형상화한 작품이다. 『하얀 전쟁』은 인물들의 정신적 상흔과 파괴된 삶이 전쟁에서 비롯되었음을 이야기하는데, 이 지점에서 한국문학은 베트남문학과 만날 수 있다.

베트남 작가인 바오 닌은 『전쟁의 슬픔』을 통해 전쟁의 잔혹함과 인간의 황폐함을 이야기한다. 지배 이념과 외부 세력에 의해 관계없는 사람들만 희생되는 전쟁의 참혹한 실상을 마주하면서 베트남문학은 한국문학과 조우한다. 베트남과 수교가 이루어진 이후, 문학 분야에서는 1995년에 '베트남을 이해하려는 젊은 작가들의 모임'이 시작되어 꾸준히 인적 교류를 하고 있다. 창작 및 번역 분야 교류도 이루어지고 있지만, 아직 많이 부족한 실정이다. 두 나라의 문학이 자국의 지배이념과 이익이 아닌 인간의 보편적 가치를 방어하기 위해 노력하고 있다는 사실을 세계에 알리기 위해서는 더 많은 작품들을 소개하고 번역하는 작업이 필요하다. 한국과 베트남의 문학교류가 특별한 의의를 지니는 것은 중심이 주변을 구원할 수 없고 사람과 생명만이 가치라는 것을, 자신이 치른 역사를 담보로 옹호할 수 있는 두 나라가 만나는 것이기 때문이다.[37]

이 글에서 살피고 있는 『전쟁의 슬픔』[38]은 베트남이 낳은 세계적인 작

---

36 윤충로, 같은 글, 175쪽.
37 방재석 · 조선영, 「베트남전쟁과 한-베트남 문학 교류 고찰」, 『현대소설연구』, 57권 0호, 한국현대소설학회, 2014, 56쪽.
38 바오 닌, 『전쟁의 슬픔』, 하재홍 옮김, 아시아, 2012. 이후 본문의 내용을 인용할 때에는 괄호 안에 인용하는 쪽수만 표시하기로 한다.

가 바오 닌의 대표작으로 베트남 땅에서 베트남 사람이 겪은 전쟁, 청춘을 전쟁에 점령당해야 했던 세대의 사랑, 울부짖는 영혼이 안개처럼 감도는 밀림을 그린 소설이다. 작가 바오 닌은 이 소설로 베트남 문인회 최고상을 받고, 1994년에는 이 작품이 영국 '인디펜던트' 지로부터 최우수 외국소설로 선정되기도 했다.

전쟁 이후 첫 건기, 주인공 '끼엔'은 전사자 유해발굴단의 일원으로 부대원들이 전멸당한 전선으로 이동 중이다. 살아남은 단 열 명의 전사 중 한 명인 '끼엔'은 그 지역이 익숙하다. '끼엔'은 "이곳에서는 해질녘 나무들이 바람결에 내는 신음 소리가 마치 귀신의 노랫소리와도 같았다. 그리고 숲의 어느 구석도 다른 어떤 구석과 같지 않고, 그 어느 밤도 여느 밤과 같지 않아서 누구도 이곳에 익숙해질 수 없었다. 방금 지나간 전쟁에 대한 가장 원시적이고도 야만적인 전설들, 온몸을 부들부들 떨게 하는 허구적인 이야기들도 이 지역 사람들이 지어낸 것이 아니라 아마도 산이 낳고 숲이 낳았을 것이다."(18)라고 회상한다. 그 패배가 낳은 수많은 혼령과 귀신을 마주하자 '끼엔'의 마음속으로 바로 작년까지 이어졌던 수많은 전투와 전투에 희생된 전우들, 그리고 전쟁이 갈라놓은 첫사랑 '프엉'을 기억해낸다. '끼엔'은 열일곱 살 나이에 이 전쟁에 뛰어들었다. 조국의 독립과 통일을 위해서라면 '끼엔'처럼 전쟁에 나서지 않은 젊은이가 없었다. 그러나 그에게 막 피어나기 시작한 첫사랑은 그 두 사람에게 상처를 남긴다.

이렇듯, 전쟁은 일상을 파괴하고 대지를 할퀴며 인간의 영혼에 상처를 입혔다. '끼엔'에게는 그의 첫사랑 '프엉'만이 마음속에 유일한 실체다. 처절한 전쟁은 아군과 적군, 군인과 민간인, 남자와 여자, 어른과 아이 구분없이 너무나 많은 목숨을 앗아가고, '끼엔'의 영혼은 전쟁 속에서 메말라간다. 그래서 더욱 그에게 종전은 믿기지 않는 그 무엇이 된다. 그러니까, 지옥보다 끔찍한 전장을 경험한 '끼엔'에게 종전은 전쟁보다 실감나지 않는 현실이다. 그에게 전쟁과 그 이후의 기억이란 다음과 같다.

> 전쟁이 끝나고 나서 지금까지 나는 날이면 날마다 밤이면 밤마다 이 기억에서 저 기억 속으로 떠다녀야 했다. 벌써 몇 년째인가? 멀쩡한 정신으로도 나는 사람들로 가득한 길 한가운데서 문득 길을 잃고 꿈속을 헤매기도 한다. 그런 날이 결코 적지 않다. 길가에 뒤섞인 악취가 갑자기 썩은 냄새로 변하고, 나는 1972년 섣달 끝 무렵의 어느 날로 돌아가 피비린내 나는 육박전 끝에 시신들이 즐비했던 '고기탕'언덕을 지나고 있다. 보도에서 풍겨 오는 죽음의 냄새가 너무 지독해 나는 지나가는 사람들 앞에서 마치 실성한 사람처럼 황급히 팔을 올려 코를 틀어막는다. 어느 날 밤에는 천장 선풍기가 돌아가는 소리에 소스라치게 놀라 깨어나기도 했다. 그 소리가 등골이 오싹한 무장 헬리콥터의 굉음처럼 들려왔던 것이다.(68)

첫사랑 '프엉'과의 재회는 그를 감당할 수 없는 혼란과 슬픔으로 몰아넣는다. 전쟁은 프엉과의 추억을 앗아갔을 뿐만 아니라 그녀를 변화시키고, 그에게도 그녀에게도 지울 수 없는 상처를 남긴다. 그는 '프엉'을 잊으려 갖은 노력을 다 했다. "다만 한심한 것은 어찌해도 그녀를 잊을 수 없다는 것이었고, 더욱 가련한 것은 여전히 마음속으로 그녀를 갈망한다는 것이었다. 물론 그는 이 모든 것이 곧 지나갈 것이며, 그의 나이 또래면 사랑마저도, 가슴속 슬픔마저도 세상에 영원히 머무르지 않는다는 걸 알았다. 그리고 자신의 번민이나 고통이 얼마나 보잘것없고 무의미한 것인지, 공허한 인생 속으로 흩어지는 한 줄기 연기와 같다는 것을 또한 잘 알았다."(94) 방황하는 '끼엔'이 할 수 있는 것은 글을 쓰는 일이 뿐이었다. '끼엔'은 자신이 기적처럼 살아남은 전장에서의 죽음에 관한 기억을 글로 쓰기 시작한다.

작가 바오 닌은 전쟁에 대한 어떤 미화나 과장도 용납하지 않는다. 그는 다만 안타깝고, 끔찍하고, 잔인하며 아주 가끔 따듯했던 전쟁이 어린 연인들의 청춘과 사랑을 어떻게 미궁에 빠뜨렸는지를 냉정하면서도 격정적으로 진술하고 있다. 작가는 이 소설을 통해, 잃어버린 젊음과 아름답고도 애달픈 사랑에 관한 이야기를 들려주고 있다. 전쟁소설이자 사랑의 이야기인 이 소설은 전쟁을 정당화하는 정치가들의 이데올로기적 수사의 허구성을 폭로한다. 작가는 '전쟁만이 아는 슬픔'을 잔인할 정도로 솔직하게 그려냈다. 기나긴 전쟁 기간 내내 끝없이 불안하고 불편한 잠을 자는 한 인간의 영혼을 결코 포기하지 않고서. 우리는 이 소설을 통해서 거듭, 전쟁이란 인성을 비인간화하는 광기어린 공격성이자 살해와 방자한 잔인성을 향한 부자연스러운 갈증을 창조하는 일이라는 것을 깨닫게 된다.

베트남전쟁은 한국의 젊은 병사들이 직접적인 적대관계에 있지 않은 상대를 향해 국경 밖에서 '국군'의 이름으로 총을 겨눈 초유의 전쟁이었다. 이 역사적 사건은 한국의 작가들에게도 무거운 과제를 안겨주었다. 안정효는 그의 소설『하얀 전쟁』후반부에서 소설의 인물 한기주를 통해 전쟁 자체가 지닌 야만적 폭력성에 주목한다. 그는 "전장의 병사는 엄청나게 커다란 전쟁이라는 기계의 움직임에 따라 타인의 동기와 목적에 따라 돌아가는 자그마한 바퀴"와 같은 존재라는 무력감에서 나아가 결국 전쟁 자체에 대한 분노로 발전한다.

히틀러는 국가의 영광과 민족의 긍지를 부르짖으며 전쟁을 일으켜 죽음과 국가의 분단 이외에 무엇을 얻었던가? 한국 전쟁에서는 외국으로부터 수입된 독재자 이데올로기를 내세우고 서로 죽여서 결국 남북의 한국인들이 무엇을 받았던가? 나폴레옹과 알렉산더 대왕과 시저는 그 수많은 사람을 죽여 제국의 허상 이외에 인류에게 무엇을 남겨 주었던가? 남편을 잃고도 자랑스러워해야 하는 전쟁미망인……. 무엇이 그들을 세뇌시키고 기만하는가? 어떤 대의명분이 과연 목숨을 버린 영원한 가치가 있는 것인가? 전쟁이란 폭력에 의한 정치 형태, 순리와 협상 대신에 힘으로 빼앗고 억누르는 것, 두들겨 패서 굴복시키겠다는 원시적 폭력 정치가 언제까지 더 인간을 다스려야 하는가?[39]

안정효 소설 『하얀 전쟁』은 전쟁을 기획하고 젊은이들을 전쟁터로 내몰고, 남편을 잃고도 자랑스러워하도록 세뇌하는 지배자들의 폭력에 대해 분노를 터뜨린다. 그리고 이 지점에서 한국문학과 베트남문학은 서로를 향해 손을 내밀 수 있는 계기로 작용한다. 베트남전쟁을 다룬 베트남문학 중 『전쟁의 슬픔』은 『하얀 전쟁』과 마찬가지로 전쟁 자체에 초점을 맞추어 전쟁의 잔혹함과 인간의 황폐함에 대해 이야기하고 있다. 작가 바오 닌은 직접 베트남전쟁에 참전했던 사람으로, 고등학교를 졸업하던 열일곱 살에 자원입대해서 전쟁이 끝날 때까지 6년 동안 최전선에 싸웠다. 남베트남의 즈엉 반 민(楊文明, Duong Van Minh) 대통령이 항복방송을 하는 시간까지 떤선녓 국제공항을 사수하기 위해 남베트남 공수부대를 상대로 치열한 교전을 벌였던 하사관 출신의 작가이다.

소설에서 주인공 '끼엔'은 베트남전쟁을 역사적 당위성과 민족적 정체성을 기반으로 한 민족해방운동으로 여기고 참전한다. 그러나 전쟁 체험을 통해 전쟁의 잔인함과 인간의 황폐함을 인식하게 되고, 전쟁의 승리가 전쟁의 슬픔까지 극복해주지 못함을 깨닫게 된다. "아아! 전쟁이란 집도 없고 출구도 없이 가련하게 떠도는 거대한 표류의 세계이며 남자도 없고 여자도 없는, 인간에게 가장 끔찍한 단절과 무감각을 강요하는 비탄의 세계인 것이다."(47)

전쟁의 슬픔은 베트남전쟁의 성격이나 정당성과는 별개로 전쟁 자체가 지닌 야만적 폭력성에서 비롯된 것이다. 작가 바오 닌은 누군가 살아남기 위해서는 누군가 쓰러져야 하는 것이 전쟁이라고 말한다. 그러면서 전쟁이 지닌 황당한 성격은 아무런 책임 없는 이들이 모든 책임을 지고 싸우는 데 있다고 했다.

---

39 안정효, 『하얀 전쟁- 제2부 전쟁의 숲』, 고려원, 1993. 52쪽.

정의가 승리했고, 인간애가 승리했다. 그러나 악과 죽음과 비인간적인 폭력도 승리했다. 주위를 둘러보면 안다. 조금만 곰곰이 생각해보면 안다. 파괴된 것은 다시 세울 수 있다. 잃어버린 것은 보상받을 수 있다. 상처는 아물고 통증은 가라앉는다. 그러나 전쟁이 남긴 이 슬픔은 그 어느 것으로도 위로받을 수 없으며 세월이 갈수록 더 깊고 커져만 간다.(바오 닌, 『전쟁의 슬픔』, 260)

한 번 전쟁을 겪은 사람에게는 그 전쟁이 영원히 끝나지 않는다. 성숙이 시작되는 시기에 의식의 밑바닥으로 스며드는 전쟁터에서의 경험, 감각을 마비시키는 그런 경험은 깨어나면 홀가분하게 없어지는 악몽과는 같지 않다. 인간의 과거란 잇몸에 낀 진득거리는 더러움이나 마찬가지로 불쾌하고 끈질기다. 과거는 현재를 파먹고 덮어버리는 침전물이다. 그래서 과거에 겪은 전쟁은 현재의 기억에서 지워버릴 수가 없다. 전쟁 때문에 타의에 의해 파괴된 영혼은 십 년이 지나도 본디 상태로 재생되지 못하는 까닭에서이다.(안정효, 『하얀 전쟁』 1부, 32)

결국 우리나라와 베트남은 자국의 지배이념과 이익에 의해 그것과 아무 관계없는 사람들이 희생당한 참혹한 전쟁의 역사를 공통적으로 안고 있다. 그리고 이를 인식하는 지점에서 한국문학과 베트남 문학은 상호이해의 폭을 넓힐 계기를 마련하게 된다.

4. 치유와 극복의 문제

국가폭력은 말 그대로 국가가 행위의 주체가 되는 폭력을 의미한다. 이 글에서 살펴보았던 한국의 4 · 3과 5 · 18, 중국에서의 문화대혁명, 그리고 베트남전쟁을 다룬 상흔문학은 모두 국가폭력의 상황에서 각각의 인민들이 어떤 대응양상을 보이는가 하는 점을 다루고 있다. 이 글에서는, 이들 소설의 지리적 배경이 되고 있는 각각의 공간들이 제국주의 세력의 침략과 지배를 경험한 곳이라는 유사성으로 인해 각각의 소설이 창작된 시기가 다름에도 불구하고, 또한 각각의 텍스트에서 명시적인 상호 영향 관계를 발견하기 쉽지 않음에도 이들을 하나의 텍스트로 다루었다. 그것은 이들 소설들이 공통적으로 폭력적인 상황에 놓인 인간들의 죽음과 죽임, 그리고 그것을 넘어선 휴머니즘의 문제를 제기하고 있는 점에서도, 역사적 상흔을 기억해내면서 종국에는 그러한 비극의 되풀이를 허용해서는 안 된다는 강력한 전언을 남기고 있는 점에서도 그렇게 했다.

국가폭력에 의해 일어난 양민학살 사건과 그 사건에 대한 사람들의 기억은 항상 중요한 정치적 의미를 가지게 되고, 사건 이후에 많은 영향을 끼치게 된다. 그러면 왜 한국에서의 저 두 항쟁에 대한 사람들의 기억과 역사적 함의는 차이를 가지게 되었는가? 그 이유는 제주 4 · 3 항쟁은 1948년 항쟁의 발생 이후 국가의 억압에 의해 오랜 시간 동안 침묵을 강요당하며 지속적인 기억투쟁을 전개하지 못하였고, 광주 5 · 18 항쟁은 1980년 발생 이후 국가폭력에 대한 지속적인 기억투쟁을 전개하여, 새로운 정치적 함의가 생산되었던 까닭으로 이해된다. 결과적으로 광주와 제주항쟁에 대한 역사적 평가의 차이는 국가폭력에 대한 역사적 평가를 만드는 데 가장 필요한 것은 바로 사람들에 의한 강한 기억투쟁이라는 것을 보여준다.[40]

국가에 의해 자행된 양민학살은 국가권력이 폭력을 동원하여 대중들을 권력의 목표에 순응하도록 통제하는 과정이었다. 곧 국가권력의 이해와 어긋나는 대중은 국가의 이름으로 제거된다는 교훈을 주는 것이다. 이를 통해 대중들의 국가권력에 대한 두려움과 공포를 경험하게 하는 동시에 한편으로 대중이 국가권력에 순응하는 문화를 만들어낸다. 해방 이후 벌어진 여러 사건들 중에 제주와 광주에서 벌어진 4 · 3과 5 · 18은 대규모

38) 이성우, 「국가폭력에 대한 기억투쟁 : 5 · 18과 4 · 3 비교연구」, 『OUGHTOPIA』 26(1), 경희대학교 인류사회재건연구원, 2011, 63쪽.

의 양민학살을 동반하였고, 이를 기반으로 국가권력을 확립하는데 이용했다는 점에서 유사하다. 주지하다시피 4·3사건은 해방 직후 불안정한 정치적 지형, 즉 남북분단과 좌우 이데올로기 대립의 국면에서 발발하였다. 5·18은 군사정권의 장기독재와 억압체제에 대한 민중적 저항투쟁이었다. 두 사건의 공통점은 주민의 공동체적 참여에 의해 이루어졌고, 무장투쟁이라는 치열성을 보여주었다는 것이다.[41] 분단 아래에서의 국가폭력은 분단체제의 한 결과이자 현상이지만, 동시에 분단을 유지 강화시키는 도구이기도 하다.[42]

문화대혁명과 베트남 전쟁 역시 인간에게 가장 끔찍한 단절과 무감각을 강요하는 비탄의 상흔을 남겼다. 그것은 폭력 혹은 전쟁 체험을 통해 그것의 잔인함과 인간의 황폐함을 인식하게 되고, 무엇인가의 승리가 그로 인한 슬픔까지 극복해주지 못함을 깨닫게 하는 것과 관련된다. "나는 인간의 피와 눈물의 흔적을 썼고 비틀려진 영혼의 고통스런 신음을 썼고, 암흑 속에서 솟아오른 정신의 불꽃을 썼다."고 진술하는 소설 『사람아 아, 사람아』 작가 다이어우잉의 말과 "아아! 전쟁이란 집도 없고 출구도 없이 가련하게 떠도는 거대한 표류의 세계이며 남자도 없고 여자도 없는, 인간에게 가장 끔찍한 단절과 무감각을 강요하는 비탄의 세계인 것이다."라는 바오 닌 소설 『전쟁의 슬픔』의 화자의 말을 통해 여실히 드러난다.

그리하여 우리는 결국 그러한 국가폭력의 이면에는 자본과 시장이라는 그물망이 자리하고 있다는 것을 알게 된다. 오늘날 문제가 되는 '식민주의'는 '식민의 잔재'나 '식민의 기억'이 아니다. 이것들은 이제 하나의 변수에 불과하며, 식민주의 재생산의 근원은 '시장'에 있다. 시장에서 주변부로 내몰린 인종과 문화는 폄하되면서 존립 자체에 위협을 받는다. 이들

41 이성우, 같은 글, 64쪽.
42 김동춘, 「분단이 낳은 한국의 국가폭력 -일상화된 내전 상태에서의 '타자' 에 대한 폭력행사」, 『민주사회와 정책연구』 23권 0호, 민주사회정책연구원, 2013, 137쪽.

은 심지어 드라마나 영화, 소설에서도 더 자주 범죄나 부도덕과 관련되며, 당연한 일이지만 일반적으로 빈곤과 관련된다. 그리하여 결국에는 빈곤 그 자체가 부도덕이 되어 버리는 것이다. 이들이 스스로가 처해 있는 경계선 영역에서 어떤 새로운 정체성과 의지를 얻을 가능성은 충분하지만, 과연 그것에 세상을 바꿀 만큼 일상적이고 강력할 수 있을지는 확신하기 어렵다. 그보다는 그러한 상황에 쳐해 있는 이들이 무척이나 힘든 상처투성이의 삶을 살아갈 것이라는 점에 좀 더 주목해야 한다.[43]

이제 남는 문제는 그와 같은 국가폭력 내지 제국주의적 침탈 혹은 이데올로기 투쟁 과정에서 무고한 사람들의 희생을 어떻게 방지 혹은 줄여나갈 수 있을 것인가 하는 것이다. 국가 간 전쟁 상황을 피할 수 있다면 가장 좋을 것이다. 그러나 이념의 다름에서 뿐 아니라 이해의 충돌로 인한 분쟁과 전쟁은 오늘도 계속되고 있는 게 현실이다. 앞에서도 언급한 것처럼 이제 대부분의 국가폭력의 이쪽에는 자본과 시장이라는 그물망이 자리하고 있기 때문이다. 다른 한편, 이 글에서 다루지는 못했지만 팔레스타인 사람들에 대한 이스라엘의 무도한 폭력과 죽임이 현재진행형이고 아랍에서의 종교 간 분쟁과 그에 따른 테러와 보복 살해 역시 끊임없이 되풀이되고 있다. 중국과 러시아에서도 소수민족에 대한 분리 독립 투쟁을 제어하기 위한 국가폭력이 산발적으로 일어나고 있고, 우리나라의 경우도 이제 4·3 혹은 5·18과 같은 직접적이고 대규모인 국가폭력은 그 발생 가능성이 낮다고 할 수 있겠으나, 2014년 4월에 발생했던 세월호 참사와 같은 형태의 의심스러운 폭력적 상황은 우리를 서늘하게 하는 쪽이 있다.

그래서 이 글의 결론에서 제시할 수 있는 대안이란 사실상 없다. 문학이 상처를 치유해 주지는 못한다. 문제를 해결해 줄 수도 없다. 다만 환기를 통해 문제를 직시하게는 할 수 있다. 소설이 현실의 문제를 해결해 줄

---

43 김창현, 「한국비교문학의 미래-잡종화와 주체성의 문제」, 한국비교문학회, 2005, 291쪽.

수 없는 것처럼 텍스트 분석을 통해 국가폭력의 현상을 분석하고 있는 이 글에서 전쟁과 폭력을 예방하고 그것을 이겨낼 수 있는 방법을 제시하는 것 자체가 난센스일 것이다. 평화와 인간성 회복을 위한 연대 운운은 얼마나 나이브한 구두선일 것인가. 폭력의 그늘에 자본주의적 지배가 관철되고 있음을 우리가 깨달았다한들 사정은 마찬가지다.

문학은 다만, 그것의 두려움을, 그 두려움의 정서를 독자와 함께 공유할 뿐이다. 그리하여 저마다의 가슴에 이제 어떻게 할 것인가 하는 질문을 제기하는 것만으로도 버거운 것이다. 그럼에도 불구하고 전쟁 혹은 국가폭력의 트라우마를 겪고 있는 이들에게 남겨진 과제, 곧 그것을 어떻게 치유하고 극복해낼 것인가 하는 것은 여전히 우리의 지속적인 관심을 요구한다. 이 글은 그러한 점에서 얼마간의 소용이 있을 뿐이다. 그것만도 다행이다. 이 글의 작은 의의이기도 하다.

* 숭실대학교, 『한국문학과 예술』 제16집, 2015.9.

03 5·18소설의 지식인 표상

1. 5·18소설과 주체의 문제

20세기의 세계사에서 우리 사회처럼 인류역사의 진보와 발전을 위해 온갖 희생을 무릅쓰면서 투쟁해 온 경우는 흔치 않다.(안병욱 2007, 38) 그런데 1948년 제주에서의 4·3항쟁과 1960년 4·19혁명과 1979년의 부마항쟁, 그리고 1980년의 광주항쟁, 이어서 1987년의 반독재 민주화운동으로 이어지는 격동의 역사 속에서 항쟁(혹은 운동)의 주체는 누구였을까?

이 글은 민주화운동, 특히 5·18항쟁을 대상으로 한 문학텍스트에 재현된 주체의 문제를 다룬다.

손호철은 5·18 당시의 사망자, 부상자, 구속자들의 인적 구성을 계급적으로 분류한 자료를 토대로 항쟁 참여자 중 노동자·농민·영세상인 등 기층민중이 학생을 비롯한 지식인 계층보다 절대다수를 차지하고 있음을 지적한다. 특히 이 중 생산직 노동자의 비중이 매우 높다는 사실을 근거로 하여, 5·18은 '민중들이 주체가 된 민중항쟁'이라고 결론짓는다.(손호철 1995, 175)

안병욱은 당시 광주시민들이 추구했던 의도와 목표 그리고 항쟁의 내용을 충실히 반영하기 위해서는 80년 5월의 광주를 항쟁, 곧 저항과 투쟁이라는 구도를 가지고는 올바른 평가와 적절한 해석에 한계가 있으므로, 그것을 '광주시민전쟁'으로 불러야 마땅하다고 강조한다.(안병욱 1997, 16-17)

이정로는 '무장봉기'라는 규정만이 광주 민중의 삶과 죽음의 의미를 총체적으로 담아낼 수 있는 유일한 명칭이라고 말한다.(이정로 1989, 38)

박광주와 김성국은 특히 손호철의 민중항쟁론을 비판적으로 조망한다. 박광주는 손호철이 사용하는 민중개념의 원천적 모호성을 문제 삼는다. 민중의 개념과 시민의 개념을 구분하고, 시민사회를 굳이 민중사회와 구분하려는 시도는 현대시민사회를 여전히 19세기형의 부르주아사회와 동일시하는 몰역사적 인식 태도라고 지적한다. 시민사회가 그 구성요소의 일부인 부르주아지 때문에 보수적인 반면, 부르주아지를 제외한 민중사회는 바로 그러한 이유만으로 진보적이라고 믿어야 할 이유는 전혀 없다는 것이다.(박광주 1997, 12)

김성국의 경우 박광주의 입론에 동의하면서 논의를 전개해 나가는데, 그는 5·18을 국가와 시민사회의 대립적 역학관계에서 파악하려는 자유해방주의적 시민사회론에 입각하여 5·18의 민중주체론을 비판한다. 김성국은 기본적으로 근대 및 현대사의 전개과정을 국가의 폭력 혹은 폭력으로서의 국가에 대항하는 시민사회로 파악한다.(김성국 2007, 215) 그는 '범시민주체론'을 주장하는데, 5·18의 경우 그것은 특정계급이나 기층민중의 이해를 포함하여 모든 시민이 공통적으로 희구한 민주화, 즉 국가폭력의 거부와 시민사회의 보장을 요구하는 것이었다는 것, 그러므로 5·18의 단초는 '시민사회(=민주화·민족주의)를 위한, 그리고 시민사회의 자기방어에 의한 시민항쟁'(김성국 2007, 247)이었다고 규정한다.

필자가 여기에서 일부 논자들의 5·18에 대한 성격 규정과 그에 따른 명칭 문제를 언급하는 데는 까닭이 있다. 그것은 이 글에서 일차적으로 관심을 갖고 있는 5 · 18항쟁에서의 주체가 누구인가의 문제를 해명하는 데 있어 5 · 18의 성격 규명이 전제가 되기 때문이다. 따라서 이 글에서는 김성국의 '범시민주체론'에 동의하는 관점에서, 5 · 18을 대상으로 한 주요 문학작품들의 표상을 통하여 항쟁의 주체 문제를 다루고자 한다. 이 글에서는 5 · 18을 '5 · 18항쟁' 이라고 부르기로 한다. 그것은 5 · 18에 있어 주체의 문제를, 민중을 포함한 모든 시민계층의 자발적이고 주체적인 참여로 보고자 한 때문이다.

그런데 5 · 18항쟁에 있어 특이한 점은 항쟁의 주체를 문제 삼는 기존 연구들이 어김없이 '지식인의 배반'이라는 관점에서 접근하고 있는 점이다. 무장 항쟁의 참여자 대부분이 학생과 노동자, 특히 도시룸펜프롤레타리아 계층이었음을 강조하면서 그것에 상당한 의미부여를 하고 있다. 항쟁과 관련한 역사적 사실의 많은 부분이 그러한 점을 확인해주고는 있으나, 문제는 그렇다면 항쟁을 전후한 시기에 지식인의 역할은 무엇이었는가 하는 점에 본 연구는 주목하고자 한다. 그것은 민주화운동 과정에서 물리적 동원력의 실체로서 민중계급의 참여가 절대적이기는 하지만, 그것을 지도하고 추동하며 항쟁 이후 그것을 정치행위로서 이끌어나가는 주체로서의 지식인 계층의 역할이 작지 않다는 점에서 그러하다.

대항담론으로서의 5 · 18 문학에서 여성의 누락/배제(심영의 2012, 159)와 함께 지식인 계층의 의도적 누락/배제는, 다시 말해 5 · 18항쟁을 제재로 한 대부분의 문학에서 항쟁의 주체(민중-노동자 계급)들이 거의 '윤리적 분노'라는 단일하면서도 경직된 성격으로서만 제시되고 있는 점은 5 · 18항쟁이 함의하고 있는 다양한 의미들과 그 지속성을 지나치게 단순화시키는 오류가 아닐까 한다. 즉 5 · 18항쟁의 경험과 기억이 소통으로서의 역사가 아니라 '우리' 안의 박제화된 기억으로 왜소화되는 결과를 초래할 위험이 상존한다. 누가 그날 최후까지 총을 들고 항전했는가를 기준으로 항쟁의 주체를 문제 삼는 것은, 자국 군대에 의해 잔혹하게 진압당한 상황에서 무장 항쟁의 의의를 높이 평가하려는 역사적 관점을 강조하려는 의도임에도 불구하고, 오히려 그것은 5 · 18항쟁의 의의를 왜소화하고 만다. 그것은 항쟁이든 운동이든 공유의 감정을 건드릴 때에 생동할 수 있다는 진리를 애써 외면한 결과이다.

광주에 관한 한 지나치게 감상적이거나 지나치게 과학에 갇혀 있거나 하지 않는가를 뼈아프게 통찰(고은 1990, 248-249)할 필요는 여전한데, 그 까닭은 광주가 벌써 역사적 기념물로 화석화되고 있는 것에 대한 성찰과, 그것으로부터 현재 그리고 미래에도 계속될 5월정신의 모색(계승)을 위해서라고 말 할 수 있다.

기실 많은 5 · 18문학은 살아남은 자들의 죄의식에 대해 말하지만 그건 일종의 집단적 강박일 수 있다. 도피하거나 모두 살아남기를 열망했던 지식인들의 행위에 대하여 우리는 타자에 대한 윤리적 책임의식으로 긍정할 수는 없을까.

주지하다시피 문학은 재현의 양식이다. 당연하게도 이 '재현'이 현실 그대로의 모사-모방인 것은 아니다. 5 · 18항쟁을 대상으로 한 문학작품의 경우도 마찬가지이다. 아도르노는 이 재현-모방-미메시스의 개념을 '대상과의 동화'라는 개념으로 설명한다. 개념적 인식이란 동일성 원리에 따라 대상의 비동일성과 차이를 억압하는 주체의 폭력적 동일화의 결과이다. 이에 반해서 재현-미메시스란 대상과의 유사성을 인식하고, 생산하는 능력으로서, 대상에 대한 단순한 모방을 넘어서서 대상과 교감할 수 있는 능력을 말한다.(신혜경 2009, 150) 문학의 언어는 무엇보다 정서를 바탕으로 한 소통의 언어이다.

물론 재현 미학을 반대하는 아방가르드와 일부 모더니즘 예술가들은 고전적인 카타르시스 미학에 대해 진실을 은폐하는 가상, 즉 기만성의 한계를 결코 벗어날 수 없다는 이유로 배척한다. 그렇다면 5 · 18을 제재로 한 문학 텍스트는 어떠한가? 작가와 텍스트에 따라 그렇기도 하고, 그렇지 않기도 한다. 그것은 사건과 기억 사이의 물리적 거리 때문이기도 하고, 작가의 세계관의 문제 때문이기도 하고, 기억과 망각의 메커니즘 때문이기도 하다. 개인에게는 기억의 과정들이 대부분 반사적으로 진행되고 심리적 기제의 일반적 법칙에 따라 일어나고 있는 데 반해, 집단적 · 제도적인 영역에서는 이 과정들이 의도적인 기억 내지는 망각의 정치를 통해 조정되고 있다.

5 · 18을 제재로 하는 문학 텍스트, 특히 소설은 시가 시대의 암흑을 뚫고 시대의 맨 앞에서 닫힌 심상을 열었던 것과는 달리 그로부터 몇 년을 두려움과 침묵 속에 묻어두어야 했다. 이는 소설 장르가 갖는 운명이기도 하려니와 무엇보다 충격적 사건 앞에서 망연자실 할 수밖에 없었던 작가들의 고통과 죄의식에서 연유하는 것이기도 하다. '아아 광주여 우리나라의 십자가여'로 시작하는 김준태의 시는 1980년 6월2일 전남매일신문에 실려 광주의 참상을 비통에 젖어 노래했지만, 소설은 그로부터 몇 년 뒤인 84년에야 임철우가 「봄날」을, 윤정모가 85년 「밤길」을, 황석영이 대표 집필한 『죽음을 넘어 시대의 어둠을 넘어』가 85년에, 김종인이 88년에 『무등산』을, 홍희담이 88년에 「깃발」을 발표하게 된다. 2012년 현재까지 발표된 5 · 18소설은 중 · 단편과 장편을 모두 합해 대략 100여 편에 이른다.

이 글에서는 홍희담 중편소설 「깃발」(1988), 문순태 장편소설 『그들의 새벽』(2000), 정찬 장편소설 『광야』(2002)와 류양선 장편소설 『이 사람은 누구인가』(1989), 임철우 장편소설 『봄날』(1997), 송기숙 장편소설 『오월의 미소』(2000)를 분석대상으로 한다. 위 텍스트들은 5 · 18소설의 계보에서 뚜렷한 문학적 성과와 문제의식을 보여주었으며, 이 글에서 문제 삼고

자 하는 5 · 18항쟁에서의 주체의 문제, 지식인의 역할과 한계를 살펴보기에 매우 적절한 텍스트라고 판단하기 때문이다. 특히 「깃발」, 『그들의 새벽』, 『광야』의 경우 항쟁의 주체를 민중 계층으로 내세우고 있는 반면에 『이 사람은 누구인가』, 『오월의 미소』, 『봄날』 의 경우에는 지식인 계층의 죄의식을 다루고 있다는 점에서 두 개의 범주로 나누어 살펴보고자 한다. 물론 각각의 범주 내에 포함된 작품들 간에 보이는 차이점 역시 놓치지 않을 것이다.

그동안의 5 · 18문학 관련 연구들 대부분은 5 · 18소설들에서 5 · 18항쟁의 의미를 어떻게 재구성하고 있는가에 초점을 맞추어 왔다고 하겠다. 대체로 역사적 사실의 재현이라는 관점과 5월의 의미를 어떻게 미학적으로 재구성할 것인가 하는 문제, 그리고 기억의 현재적 의미와 관련하여 5월 문학사의 가능성을 제기하는 글들로 분류가 가능하다. 보다 구체적으로 살펴보면, 역사적 사실의 재현이라는 관점에서 5 · 18소설들을 살피고 있는 글로는 황정현의 「80년대 소설론-중·단편을 중심으로」, 방민호의 「광주항쟁의 소설화」, 장세진의 「80년대 문학의 사회사적 의미」, 고은의 「광주 5월 민중항쟁 이후의 문학」 등을 꼽을 수 있다. 5월의 미학적 재구성과 관련해서는 김태현의 「광주민중항쟁과 문학」, 이성욱의 「오래 지속될 미래, 단절되지 않는 '광주'의 꿈」, 김형중의 「『봄날』 이후」를 값진 성과라 할만하다. 마지막으로 기억의 현재적 의미와 관련하여 5월 문학사의 가능성을 제기하는 글들로는 최원식의 「광주항쟁의 소설화」, 김명인의 「한국문학사에서 '5월 문학'은 가능한가?」, 윤지관의 「광주항쟁의 도덕적 의미」, 이성욱의 「오래 지속될 미래, 단절되지 않는 '광주'의 꿈」 등이 있다.

여성주의적 관점에서 5월 문화 전반을 검토한 연구 성과도 있는데, 특히 김양선의 「광주민중항쟁 이후의 문학과 문화」, 신지연의 「오월광주-시의 주체 구성 메커니즘과 젠더 역학」, 이경의 「비체와 우울증의 정치학-

젠더의 관점으로 5 · 18소설 읽기」, 김옥란의 「5월을 재현하는 방식- 광주 지역 민속극을 중심으로」, 조혜영의 「항쟁의 기억 혹은 기억의 항쟁 -5 · 18의 영화적 재현과 매개로서의 여성」등 한국여성문학학회에서 2007년에 발행한 《여성문학연구》 제17권의 성과는 괄목할만하다. 본 연구자도 최근 「5 · 18소설의 여성재현 양상」 및 「민주화운동에서 여성주제의 문제 - 홍성담과 공선옥의 5 · 18소설을 중심으로」 를 발표한 바 있다. 그러나 앞에서 언급한 것처럼 5 · 18항쟁에 있어서 지식인의 역할과 관련한 선행연구는 윤선자의 「5 · 18광주민주화운동과 종교계의 역할」을 제외하고는 아직 없다.

2. 항쟁 주체로서의 민중

1) 역사주체로서의 노동자–「깃발」

5 · 18소설의 계보에서 홍희담 중편 소설 「깃발」(1988)은 매우 독특한 위치에 있다. 「깃발」은 5 · 18항쟁을 그 비극적 양상 혹은 죄의식이라는 각도에서가 아니라, 무엇보다 투쟁의 양상에서, 그리고 혁명적 낙관이라는 각도에서 그린 소설이다.(성민엽 2004, 191) 이 소설의 가장 두드러진 점은 항쟁이 "71%의 무산자 계급에 의한 항쟁이었다는 점"의 강조에 있다. 도청 앞과 분수대 사이에서 여성노동자 '형자'는 '순분'에게 다음과 같이 말한다.

> 어떤 사람들이 이 항쟁에 가담했고 투쟁했고 죽어갔는가를 꼭 기억해야 돼. 그러면 너희들은 알게 될 거야. 어떤 사람들이 역사를 만들어 가는가를…… 그것은 곧 너희들의 힘이 될 거야.(「깃발」1988, 63)

실제로 광주항쟁의 사망자 가운데 노동자들이나 도시빈민들이 대다수를 형성했던 것을 감안하면 '형자'의 존재는 완전히 비현실적인 것이라 할 수만은 없다. 이 소설의 마지막 장면, 이른 새벽 여명을 헤치고 자전거를 타고 출근하는 노동자들의 건강한 모습을 보며 미소 짓는 순분이와 형자들의 묘사를 통해, 항쟁은 실패로 끝났지만 이후에도 무산자계급의 연대감에 의한 전망 실현의 가능성을 열어두고 있는 점 역시 돋보이는 부분이라 할 것이다. 다시 말하면, 노동자에게 있어 항쟁은 피해자로서의 체험이 아니라 역사의 주체로서의 체험이었고, 앞으로의 삶은 새로운 역사의 주역으로서의 삶이어야 함을 의미하는 것이다.

「깃발」의 작품성을 가장 높이 평가하고 있는 논자는 이강은이다. 그는, 광주항쟁은 "노동자 계급의 당파성에 입각한 철저한 재해석을 바탕으로 형상화되어야 한다."고, 그렇게 했을 때에야 비로소 "우리 사회의 변혁에 대한 구체적이고 올바른 문학적 형상화가 가능하다"고 강조한다.(이강은 2006, 176) 그는 단순한 사실의 복원에 의해서가 아니라 창조적인 재해석에 의해서 광주의 진실이 규명될 수 있을 것이므로, 문학에 나타난 광주는 얼마든지 '사실'과 다를 수도 있다고 역설한다.

허구와 사실의 구분이 명확한가에 대해서는 논란의 여지가 있다. 허구가 가미되지 않은 자전(自傳)이란 없고 자전이 가미되지 않은 허구는 없다고 보기 때문이다. 그렇다 하더라도 허구가 어떻게 객관적 실재의 사실성을 굴절 없이 제대로 반영할 것인가의 문제가 남는다. 창조적인 재해석을 통해 5·18소설이 광주의 진실을 충분히 포착해 낼 수만 있다면 문제될 것은 없겠지만 허구와 사실의 관계는 매우 중층적이어서 이는 간단한 문제가 아니다. 창조적인 재해석이야 문학의 본령이지만, 또한 노동자 계급의 당파성이라는 측면에서의 재해석도 가능하지 않을 건 없지만, 그러나 그것이 '사실의 왜곡'까지 허용하는 것은 아닐 터이다. 「깃발」의 시각이

5 · 18소설의 풍부성에 기여하고 있는 것은 사실이고 그런 점에서는 긍정적 평가가 가능하지만, 이강은의 논지대로 오직 그러한 관점에서만 광주가 재해석되어야 한다면, 그것은 이미 문학이 아니라 프로파간다(propaganda)라는 일각의 비판에 속수무책 아닐 것인가.

텍스트는 이데올로기적으로 생산되는 것이지만, 그 말은 바흐친이 말한 바, '하나의 사회적인 형성이 또 다른 사회적 형성에 영향을 미친다.'는 의미에서 그렇다. 그렇다하여 이 '사회적 형성'이라는 개념이 단순히 사회가 예술의 소재를 제공한다거나 '예술은 이데올로기이다.' 라는 식의 설명인 것은 아니다. 어디까지나 작가라는 주체를 통해서 사회적 사실이 예술적으로 가공되고 변형될 때 독자들과의 역사적 담론적 공감이 형성된다는 의미에서 그렇다. 이 사회적 사실이 예술적으로 가공되고 변형될 때에도 사실의 왜곡까지 허용되는 것은 아닐 터이다.

이 소설 「깃발」에서 더욱 문제가 되는 것은, 노동자 영순과 미숙, 그리고 철순과 그녀들을 가르치는 야학교사 윤강일과의 다음의 대화에서 보이는 지식인 계층에 대한 노동자의 부정적 시선이라 할 것이다. 항쟁이 진압된 후 수배를 피해 미숙의 자취방으로 숨어 들어온 윤강일은 "사람이 없으니까 도시가 텅 빈 것 같다"고 말한다. 이에 철순은 "사람이 없다니요?" 하고 묻는다. 다시 윤강일의 대답, "글쎄, 쓸 만한 사람들은 감방에 들어갔거나 잠수함을 탔거나 죽었거나 했잖니?" 이에 대한 영순의 물음, "죽은 사람은 어떤 사람을 말하는 거예요?" 다시 이에 대한 윤강일의 대답, "상원이가 죽었잖아." 그러자 순분의 "그 외에 어떤 사람들이 죽었는지 아세요? 죽음조차도 윤 선생님 쪽의 사람만 부상하는군요."라는 발화는 결국 지식인을 바라보는 노동자 계층의 부정적 시선을 함의하고 있다. 이는 항쟁을 전후하여 유포된 지식인의 배반이라는 관점에 이 소설이 갇혀 있다는 뜻일 것이고, 바로 이 점이 항쟁의 의미를 지나치게 노동자를 위시한

민중계층의 전유로 담아내고자 하는 조급증의 결과는 아닐 것인가 숙고하게 만든다. 왜냐하면 역사는 집합적 개인이 만들어나간다 했을 때, 이 집합적 개인 못지않게 중요한 것이 구조적 조건이라 할 것이고, 개인의 의지가 아무리 강력하더라도 이 의지를 제한하는 구조적 조건이 강고할 때 그 의지가 제대로 실현되기 어려운 것은 불문가지인 때문이다.(김호기 2012, 59) 그래서 보다 중요한 것이 집합적 주체가 자기의 의지를 실현하기 위해 어떤 전략적 선택을 할 것인가에 따라 집합적 의지는 실현되거나 좌절할 수도 있는데, 이 소설의 경우 윤강일과 같은 지식인 계층의 선택을 지나치게 편벽된 관점에서 묘사하고 있다.

2) 이름 없는 민초-『그들의 새벽』

문순태 장편소설 『그들의 새벽』(2000) 역시 1980년 5월27일 새벽 최후까지 목숨을 걸고 전남도청을 지킨 300 여명의 무장시민군 대부분이 하층민이었다는 사실에 주목한다. 그런데 이 소설은 각성된 (여성)노동자의 당파성이라는 관점에서 5 · 18항쟁의 주체문제를 다룬 홍희담의 「깃발」과는 달리, 이념이라고는 알지 못하는 이들이 목숨을 버린 까닭을 되짚으면서 광주의 실체를 더듬는다. 주인공 '기동'은 구두를 닦으면서 신문기자가 되려고 야학당에 다닌다. 시골 출신으로 가난했으나 성실했던 그는 짝사랑하던 호스티스 '미스 진'의 죽음을 목도하고 역사의 소용돌이로 뛰어든다. 그의 친구인 철가방, 구두찍새, 미용사 같은 야학당 학생들도 주변사람들의 이유 없는 죽음에 분개해 총을 든다. 이들 대부분은 대학생이 떠나버린 도청을 지키다 최후를 맞는다.

이 소설의 초점은 한 번도 제대로 된 사람대접을 받아보지 못했던 구두닦이 손기동과 술집 호스티스 미스 진, 그리고 그의 친구인 철가방, 구두찍새, 미용사 같은 뿌리 뽑힌 존재들에 놓인다. 그래서 전체 32개의 소제목으로 되어 있는 『그들의 새벽』의 마지막 장의 제목은 「그들만의 새벽」으로 되어 있는 것이다. 이 소설은 살아남은 이들의 윤리적 부채감을 따지는 것보다 '왜 그들이 총을 들었는가?' 하는 데에 초점이 맞추어져 있다.

> "그러니께 내가 총을 든 이유는…… 아니 우리 양아치들이 총을 든 것은 말하자면…… 세상이 꼴보기 싫어서라고 한다면 이해할 수 있겄소?" (중략) "솔직히 아니꼽고 치사한 세상 확 뒤집어뿔고 자퍼서…… 우리를 깔보고 무시하고…… 발가락 때만큼도 안 여긴 놈들을 싹 쓸어불고 자퍼서……" 그러면서 박순철은 시내 쪽으로 총부리를 들이대고 휘저어 보였다. 그때 그의 옆얼굴이 섬뜩할 정도로 두렵게 느껴졌다. "세상이 그 동안 우리한테 해준 게 뭐가 있소? 형씨는 덕본 것이 뭐가 있소? 으디 세상 사람들이 우리를 사람 취급이나 해줬소? 세상은 우리를 쓰레기 취급을 하지 않았소?" (중략) (『그들의 새벽』 2권, 233-234)

위의 인용에서 보이는 '박순철'의 발화는 그것 자체로는 모든 종류의 지배관계의 해소와 경제적으로 기초된 정의와 평등의 관계, 즉 계급 없는 사회에 대한 열망을 함축하고 있는 것으로 보인다. "내가 깨달은 거는 현숙의 죽음이 바로 내 죽음이며 우리들 모두의 죽음이라는 것이여"와 같은 기동의 말이 의미하는 바, 이 분노와 단순성과 무명성은 기실 시민들의 자발적 단결과 투쟁의 중추적 내포로 기능하게 됨을 알 수 있다. 이렇게 『그들의 새벽』에서 강조하는 항쟁의 진정한 주체로서의 이름 없는 민중의 개념은 앞에서 살펴 본 홍희담의 「깃발」의 '이데올로기화된 민중'과는 뚜렷한 변별점을 갖고 있다.

문순태 장편소설 『그들의 새벽』(2000)에서 또 한 사람의 주요한 등장인물로 지식인이라 할 수 있는 박지수 목사의 성격은 중간자적인 면모로 그려진다. 박지수는 도심에서 멀리 떨어진 외딴 동네의 개척교회, 빛고을교회의 목사다. 그는 사십을 바라보는 나이에 아직 결혼도 하지 않고 혼자 사는데, 교회에 머물러 있기보다는 불우시설이나 직업여성들을 직접 찾아다닌다. 때문에 일요일 예배시간에 찾아와 자리를 메워 주는 신도들은 인근 주민들이 아니라, 시내에 살고 있는 술집 종업원들이나 구두닦이, 양아치, 교회와 연관이 없는 불우시설 수용자들 그리고 야학당 학생들이 고작이다. 박지수 목사는 손기동과 미스 조와 월순이와 장영구 등의 뿌리 뽑힌 존재들과 야학의 강학인 대학생 박성도, 강미경 등을 연결해 주는 역할을 한다. 그는 항쟁의 막바지에 회색인의 태도를 보인다. 무기를 반납할 것인가 끝까지 저항할 것인가를 다투고 있는 그들에게 박지수는 다음과 같이 말한다.

> 내가 보기에 지금 상황은 일촉즉발의 막다른 고비인 것 같네. 계엄군의 진입은 정해져 있는 수순인 것 같아. 오늘밤이 아니면 내일이 될지도 모르지. 지난번에 계엄군이 도청을 빠져 나갈 때처럼 그들은 이번에도 그들 눈에 띄는 대로 총격을 가하게 될 것이 뻔하네. 많은 희생자가 나오겠지. 그리고 도청에 남아서 저항을 하는 사람은 살려 두지 않을 걸세. 그러니 총을 들었거나 들지 않았거나 도청에 남아 있는 것 자체가 목숨을 건 거나 마찬가지네. 그래서 하는 말인데…… 지금 우리가 생각해야 할 문제는 강미경 선생 이야기대로 도청에 계속 남아 있을 것인가 아니면 여기서 나갈 것인가 하는 것일세.(2권, 241-242쪽)

그러니까 문순태는 이 소설에서 5 · 18항쟁의 진정한 주체는 이름 없이 사라져간 민초들이었음을 강조하면서 그들을 역사에서 복원시키고 있다. 앞에서도 지적했듯이 그 민초는 이데올로기에 포박된 민중이 아니다. 다만 이 소설에서 구두닦이 등과 같은 기층민중, 뿌리 뽑힌 자들의 무장저항이 윤리적 분노와 공통체적 의식에서 비롯되었다는 해석은 그것 자체로는 올바른 관찰이지만 그것만으로 왜 그들이 총을 들었는가를 다 해명하기는 역부족이라는 생각이다. 그만큼 5 · 18항쟁은 인과관계를 따지기 쉽지 않은 매우 복합적 요인들이 상호작용한 일대 사건인 때문이다.

3) 혁명가가 부재한 혁명–『광야』

정찬의 『광야』는 광주공동체의 실체와 그것의 의미를 형이상학적으로 구명(究明)하고 있는 소설이다. 그가 『광야』를 통해 말하려고 하는 핵심은, '절대는 일상의 무게를 견디지 못한다는 것, 꿈이 삶을 이길 수는 없다는 것'으로 요약된다. 그러니까 작가는 오월의 역사적 위상을 진보사관에 입각하여 맥락화하는 대신에 죽음과 삶이라는 형이상학적 문제를 오월에 끌어들여 그것의 외연을 확장하고 있는 것이다. 그것을 가능케 한 것은 무엇보다 오월에 대한 거리두기와 그럼으로써 획득되는 오월에 대한 예리한 관찰력으로(임철우와 문순태와는 다른 차원에서) 그것의 전모를 꿰뚫어 볼 수 있었던 데에 기인한다.

『광야』는 광주에서의 열흘을 선조적으로 서술하면서 주요 등장인물의 내면을 읽는다. 사료적 자료는 충실히, 그러나 엄정한 실증주의적 태도로 활용한다. 그는 우선 누가, 어떤 계기로 항쟁에 참여했는가를 바라본다. 1980년 5월 18일 오후 4시, 이미 금남로에서는 공수 대원의 진압봉이 춤을 추기 시작한다. "시민들은 길 군데군데 흥건히 고인 핏물을 보며 치를 떤다." 그들의 구성은, 학생들은 소수였고 자유업을 하거나 직업을 가진 청년들이 다수를 차지했다. 젊은 사람들만 있는 것이 아니었다. 아낙네들은 물론이고 중년층과 노년층들도 꽤 눈에 띄었다. 중요한 것은, "그들 대부분은 전두환이 누구인지조차 몰랐고, 정치에 별로 관심이 없던 이들"이었다는 점이다.

한편, 트럭을 몰고 계엄군들에게 질주하는 공장 노동자 김선욱은 휘발유 드럼통에서 타오르는 화염 속에서, 공장에서 일하다 몸이 망가져 투병하다가 끝내 스스로 목숨을 끊은, 고작 열여섯 밖에 안 되는 어린 여동생을 기억한다. 그래서 저들이 학살의 대상으로 광주를 택한 것에 대해 차라리 정직하다고 생각한다. 공장주가 작업의 속도를 높이기 위해 프레스의 안전장치를 뜯어 버릴 수 있는 것은 노동자를 자신들과 다른 인간으로 보고 있기 때문이고, 마찬가지 이유로 광주를 택했다고 생각하는 것이다. 광주는 우발적인 사건이 아니라 신군부의 권력 장악 프로그램에 의해 '선택'된 것이라는 관점을 보이는데, 공장 노동자인 김선우의 시각을 빈 것은 그 둘의 본질적인 연관 관계에서는 적절한 해석으로 생각되지만, 채 각성에 이르지 못한 노동자의 눈으로는 또한 너무 버거운 것이 사실이다. 그렇더라도 이 소설에서 작가의 통찰은 여러 군데서 빛나고 있는데, 신군부의 발포 목적에 대해, "그것은 시위대를 총기로 무장시키기 위해서였다"는 해석이 특히 그러하다. 그리고 이후 무장 해제(무기 회수)와 관련한 강경파와 온건파의 대립 국면과 관련한 다음과 같은 진술이 그러한 예가 될 것이다.

> 적이 눈앞에 있으면 광주공동체는 붕괴되지 않는다. 붕괴는 분열을 전제로 한다. 광주공동체를 분열시키기 위해서는 그들에게 승리의 기쁨을 안겨주어야 한다. 축제의 시간이 지나가면 정말로 무서운 시간이 온다. 참여자와 비참여자, 강경파와 온건파, 학생과 비학생, 부르주아 계급과 프롤레타리아 계급……. 분열의 조건은 얼마든지 있다. 인간이란 존재는 분열의 능력에는 천부적이다. 혁명군은 혁명이 이루어지는 순간 분열된다. 인류사에서 이것을 극복한 집단은 어디에도 없다. 인간은 순수한 시간, 꿈의 시간을 감당하지 못한다. 이것이야말로 인간이 짊어지고 있는 존재의 조건이자 운명이다.(『광야』 2002, 79)

이는 또한 1980년 5월이 끝난 이후 오늘에 이르기까지 노정된 문제이기도 하거니와, 그래서 결국 아무도 '너는 누구인가?'를 묻지 않았던 광주공동체가 곧 '우리의 시간'이었다면 해방 광주는 '나의 시간'이 되어서 그리하여 모두가 우리였고 전사였던 광주공동체에서 시민군이라는 새로운 집단이 탄생함으로써 "비무장 시민들은 전사에서 평범한 시민으로 전락했다"는 분석을 내놓는다. 또한 계엄군이 도청에서 퇴각한 것에 대해 시민들이 서로를 껴안으며 승리의 감정을 이기지 못해 기쁨의 눈물을 흘리고 있는 것에 대한 다음의 지적들이 그러하다.

> 그것은 혁명가가 존재하지 않은 혁명이었으며, 죽음을 넘어선 이들만이 맛볼 수 있는 승리의 열매였다. 그 해방의 땅이 2만여 명의 병력에 둘러싸인 절해고도의 도시임을 아는 이는 (그러나)아무도 없었다.(89쪽)

> 그들은 알고 있었다. 시민군이 혁명과 반란의 도시를 지킬 수 없음을. 그들의 두려움은 여기에 있었다.(91쪽)

그래서 왜 그들이 총을 들었는가와 관련하여, 처음에는 '윤리적 분노'였던 것에서 나아가, 이제 왜 그들이 무장 저항을 주장하는가에 대한 질문에 이른다. 답은 자명하다. 곧, 무장 해제와 관련한 갈등에서, 일상생활에서 계급적 차별과 편견에 시달렸던 무장 시민군들이 추구하는 것은 계급이 존재하지 않는 꿈의 세계요, 수습위원회가 추구하는 것은 현실 세계로의 회귀라는 것, 그러니까 다시 말하면, 절대는 일상의 무게를 견디지 못한다는 것, 꿈이 삶을 이길 수는 없다는 것이다. 그래서 임철우 소설 『봄날』과 문순태 소설 『그들의 새벽』에서 비판적으로 그려지는 학생수습위원회위원장 김창길을 "진지하고 성실했다"고 평가한다. 봉기가 확산될수록 학생들은 그 수가 줄어들면서 시위대의 주변부로 밀려나고 있었다. 그것을 작가는, "신념과 열정이 봉기의 발화점은 되었을지언정 봉기 확산의 원동력은 아니었다."고 판단한다. 이러한 시각은 자연스레 왜 학생들을 비롯한 지식인 계급이 결정적인 순간에 광주에 없었는지를 해명한다. "경악과 분노 속에서 대책을 논의한 그들은 상황이 절망적이라는 것에 의견을 같이 했다. 그들이 선택한 것은 피신이었다. 사태가 발생하면 현장에서 빨리 피해야 한다는 의식이 그들의 몸에 배어 있었기" 때문인 것이다. 그는 또,

죽음을 향해 나아가는 차량 시위대의 운전자들로 하여금 죽음을 무릅쓰게 한 것이 '분노'였음을 확인한다. 그러한 윤리적 분노의 수위를 높이는데 크게 기여한 것이 광주의 공동체의식이라는 것을 등장인물, 대학생이면서 노동운동가인 박태민을 통해 깨닫는다.

결국 영민한 통찰 뒤의 어딘가에 역사적 허무주의가 똬리를 틀고 있다는 혐의로부터 이 소설 『광야』의 작가가 자유롭기는 어려울 듯하다. 사실 우리의 근현대사는 역사적 허무주의를 부추기기에 알맞을 만큼 거의 모든 인간적 선의와 혁명적 기획들이 왜곡되거나 압살당한 결과들로 점철되어 왔다. 그러한 역사적 투쟁과 그 좌절에서 초래된 역사적 사실 사이의 불일치와 괴리는 체계적이고 단선적인 역사 이해에 대한 심각한 반성의 계기를 마련해 주기도 한다. 그러나 그렇다고 해서 그것에 대한 대안으로 곧잘 선택되는 신화적 공간이나 존재의 탐구라는 형식으로는 5 · 18 항쟁이라는 역사적 사건 속에서 어디까지나 주체로 기능했던 이들의 진실을 올바르게 해석하고 규정하기는 버거운 일이다. 아니 작가는 처음부터 절대적 신념(이데올로기)에 대한 회의로부터 출발하고 있으니, 문제는 그렇다면 그때 총을 들었던, 그리고 끝까지 도청을 지키다 죽었던 사람들은, 곧 '악'에 대한 절대적 확신(증오)을 가졌던 사람들은, 고귀하되 위험하고 허약한, 따라서 '불완전한' 사람들이 되어 버리는 것이다.

문학 담론에서 작가마다 나름대로의 생산 규칙이 있음을 인정해야 마땅하지만, 그렇다고 해서 이것이 작가가 사회의 언어 체계를 초과하거나 사회의 가치 체계와 무관한 상태에서 작품을 생산해도 된다는 뜻은 물론 아니다. 작가가 어떤 의도로 썼든지 간에 작품은 시대적 산물인 것이다.

3. 지식인의 죄의식과 머뭇거림

1) 지식인의 자기분열과 고통-『이 사람은 누구인가』

류양선 장편소설 『이 사람은 누구인가』(1989)는 광주에서의 열흘을 인간의 도덕적 삶의 문제와 관련시켜 정면으로 다루고 있는 작품이다. 홍희담 소설 「깃발」이 무산자 계급에 의한 민중항쟁의 차원에서 노동자 계층을 전면에 내세우고 있는 데 반해 이 소설에서 작가는 죄의식과 자기 분열의 고통에 시달리는 지식인들의 내면을 묘사하고 있다. 그런 까닭에 이 소설은 광주의 참상을 직접적인 목소리로 전달하려 하지 않는다. 오히려 광주의 싸움은 인간 내면의 정신적 · 윤리적 싸움으로 재현된다. 이 소설의 시간적 배경은 1980년 5월에서 6월에 걸친 한 달 정도의 기간이다. 전체 7장으로 구성된 이 소설의 등장인물들은 각각 부산 · 광주 및 서울에 거주하는 젊은이들로 대학 강사(영섭), 정신과 의사(성준), 예술가(한빈), 시인(원규) 등 전문직에 종사하는 전형적인 지식인들이다. 이 인물들의 공통적인 특징은 하나같이 고통스런 죄의식에 짓눌려 있다는 점이다. 각각 표현의 형식은 달라도 마음 속 깊은 곳에 이들은 양심의 고통과 부끄러움을 견뎌내고 있는데 이는 오월 광주로 표상되는 당시의 폭압적 정치 현실에서 기인한 것이다.

> 아무도 믿고 싶어 하지 않을 것이었다. 허지만 아무리 믿고 싶지 않더라도 이미 일어난 일은 일어난 일이었다. 그것은 인간의 인간다움을 완전히 부정했던 엄연한 사실이었다. (중략) 그 팽팽했던 긴장과 엄청났던 열기, 죽임과 죽음, 전신을 옥죄어 오던 죽음에 대한 공포, 그 공포의 극복, 생명을 지키기 위한 생명을 건 싸움, 더 많은 사람들의 죽음……. (『이 사람은 누구인가』, 82)

또, "어떻게 모든 것이 그대로일 수가 있는 것일까 하고 그는 생각했다.

어떻게 바람은 그냥 서늘히 불고 밤은 조용히 찾아올 수 있는 것일까. 어떻게 이 우주가 이대로 침묵할 수 있는 것일까."하는 비탄으로 제시되기도 한다.

제1장의 초점인물인 '영섭'은 우울증을 겪고 있다. "아무도 말할 수 없었다. 거대한 침묵이 학교를 뒤덮어 버린 것이었다. 그 침묵은 내게 있어서 가혹한 형벌과도 같았다. 나는 죄수처럼 방구석에만 웅크리고 앉아 지루하고 답답한 나날을 흘려보냈다. 사실 나는 죄수인지도 몰랐다."

그가 겪고 있는 우울증은 거의 유사한 형태로 다른 인물들에게도 나타나는데, 한빈은 멀쩡한 다리가 잘려 나갔다는 병적 징후를 보이고, 원규는 까닭 모를 절망감으로 자포자기하며, 수찬은 모든 일이 부질없고 쓸데없다고 생각하며, 성준은 생각을 멈추고 멍멍한 상태로 있고 싶어 한다. 세빈은 두통과 환영과 환청에 시달린다. 한마디로 죄의식과 무력감이 이들의 공통된 심리 상태를 이루고 있다. 소설의 많은 부분을 차지하는 일기나 명상 혹은 독백의 형태로 변형되어 제시되는 인물들 간의 대화들은, 죄책감에 시달리는 고통스런 영혼들의 정신적 구원을 얻으려는 지적 노력을 말해준다. 이들의 힘겹고 고통스러운 노력의 핵심에 놓여 있는 것은 5·18민중항쟁의 의미에 대한 모색인데, 광주는 이 소설에서 전해지는 이야기나 회고의 형태로 존재하지만, 등장인물들의 의식은 광주에 의해 온통 지배되는 양상을 보인다.

이 소설은 모두 7장으로 구성되어 있다. 그 각각은 영섭, 원규, 성준 등 주요 인물들의 1인칭 시각에 의해 서술되지만, 주인공 '한빈'의 환청 상태를 나타내는 유령의 시각이나 혹은 3인칭 서술이 사용되기도 한다. 이 3인칭 서술자(화자)도 문법적 관점에서 보면 항상 1인칭이다. 이러한 다양한 서술들은 모두 한 가지 사건, 즉 한빈의 실종이라는 사건에 초점을 맞추고 있고, 그 실종은 바로 광주항쟁이라는 역사적 사실과 밀접한 연관을 맺고 있다. 그러니까 이 소설은 한빈의 기이한 행각에 대한 일련의 해석으로 이루어져 있는데, 이 줄거리의 내부에는 한빈의 죄의식과 속죄를 통한 구원이라는 도덕적, 윤리적 질문들이 놓여있는 셈이다. 한빈의 고통스런 행각과 죄의식은, 그가 사랑을 느꼈던 성욱이 그때 광주에서 참혹한 모습으로 숨졌다는 것, 그러나 아무도 그녀에게 구원의 손길을 내밀지 못했다는 데 일차적으로 기인한다. 또한 "스스로 불구자라고 생각하지 않고서는 견디지 못하는 한빈의 정신적 질병이야말로 당시의 살아남은 많은 사람들이 함께 앓을 수밖에 없었던" 고통이요, 죄의식임을 이 소설은 보여주고 있다.(김태현 1991, 363)

조각가 한빈은 1980년 봄 무렵, 일종의 정신장애로 인해 자신의 한 면 다리가 없어졌다는 생각에 빠져 스스로 한 쌍의 목발을 만든다. 그는 5월 말경 부산의 대학에 근무하는 친구 영섭에게, "나는 얼마 전 불의의 사고로 그만 불구자가 되고 말았네. 어서 와서 나를 구해 주게. 난 지금 쓰러지고 싶네. 난 지금 울고 있네. 난 지금 울고 있는 나를 구타하고 있네…." 라는 절박한 심정을 담은 편지를 발신자가 누구인지 밝히지 않은 채 보낸 후 시인 원규의 하숙을 찾아갔다가 다음날 홀연히 서울에서 자취를 감춘다. 그는 그 길로 광주에 내려가 환청 상태에서 광주를 떠도는 유령들을 만나고 그곳에 머물고 있던 정신과 의사 성준을 방문한다. 그가 만난 유령들은 다음과 같이 말한다.

> ① 산 자들아, 정말 잘 들어 두어라. 우리를 죽인 자들도 방금 이곳에 와서 우리와 함께 어둠 속에 있다. 그들을 어떻게 해야 할 것인가? (중략) 명령에 따라 움직였던 그들, 굶주림을 못 이겨 발광했던 그들, 자신들이 그토록 빨리 무너질 줄 몰랐던 그들을 이 죽음의 세계에서 어떻게 할 것인가? 잘못을 책하고 벌을 내릴 것인가? 아니면 모르는 체 그냥 덮어둘 것인가? 허지만 이건 다 부질없는 질문이다. 삶의 세계에서와는 달리 죽음의 세계는 평등하다. 누가 잘못을 저질렀

다는 말인가? 대체 이곳에서 누가 죄인일 수 있는가? (『이 사람은 누구인가』, 167-168)

> ② 그러나 산 자들아, 그대들은 어떠한가? 그대들 중의 우리와 그대들 중의 저들과의 관계는 어떠해야 하는가? 삶의 세계에서도 저들을 과연 '우리'라고 할 수 있는가? 저들은 정말 뻔뻔스럽게도 먼저 손을 내미는 체한다. (중략) 저들은 모든 걸 잊어버리자면서 이제 모든 걸 없었던 일로 해야 되지 않겠느냐면서, 그리하여 옛날처럼 즐겁게 아니 옛날보다 더 즐겁게 같이 어울려 뛰놀자고 손을 내미는 것이다. (중략) 그러나 분명히 있었던 일을 아예 없었던 것으로 치부해 둘 수는 없다.(『이 사람은 누구인가』, 168-170)

①은 광주에 진압군으로 투입되었던 사람들 역시 그날의 고통과 죄의식으로부터 자유롭지 못하다는 점, 하지만 그들이 스스로 반성하고 수치스러움을 깨닫기 전에는 진정한 화해는 가능하지 않다는 점을 역설하고 있다. ②는 그럼에도 불구하고 이제 모든 걸 잊어버리자면서, 이제 그만 모든 걸 없었던 일로 해야 되지 않겠느냐면서 거짓 화해의 손을 내미는 이들과 그로부터 역사에의 망각을 억압하는 이들과의 결연한 싸움을 주문하고 있다. 그러니까 한빈은 "차라리 미쳐 버릴지언정 세상을 비껴가지 말고 세상에 맞서 격렬히 싸우라" 고 말하고 있는 것이다. 그는 광주를 떠나 땅 끝 토말리를 찾아 종이조각가 봉한을 만나고 자신의 목발 중 하나를 그곳에 남겨둔 채 다시 길을 돌아 나선다.

한편 영섭은 친구인 한빈의 상태에 관심을 가지고 그를 찾아 나선다. 그는 부산에서 상경하여 원규, 수찬, 세빈, 인숙 등 한빈의 주변 인물들을 만나고, 그의 행적을 좇아 광주로 내려간다. 결국 그는 토말리까지 추적하여, 한빈이 회귀한 그 지점에 서서 자기 자신도 이제 돌아가야 할 시간임을 인식한다. 이 실종과 추적이라는 소설의 기본 구도보다 중요한 것은 우선 한빈의 여행이 갖고 있는 상징적 · 내면적 의미일 것이다. 한빈의 행적은 영혼의 고통에서 벗어나기 위해 구도의 길에 나선 한 순례자의 고행을 보여준다. 다음으로 우리의 주목을 요하는 것은, 그 여행의 핵심에 광주가 놓여 있다는 것이 될 것이다. 마지막으로는 그의 여행이 주변 사람들의 삶과 밀접하게 연결되어 있다는 점인데, 그들이 갖고 있는 고통과 죄의식의 근원이 일차적으로는 광주에서의 성욱의 죽음과 관련 있음은 앞에서 살핀 바 있다. 우리는 이 소설을 통해 인간의 윤리적 삶과 예술적 활동이 결코 정치적 사건과 무관할 수 없다는 사실을 새삼 깨닫게 된다.

이 소설에서 빠뜨릴 수 없는 또 한 가지 중요한 주제는, 예술과 삶의 관계에 대한 성찰 이다.(윤지관 1989, 294) 등장인물 대부분은 예술가 또는 지식인이다. 한빈과 수찬, 그리고 봉한은 조각가이고, 원규는 시인이며, 세빈은 소설을 습작한다. 영섭은 대학에서 역사를 가르치며, 성준은 정신과 의사다. 『이 사람은 누구인가』의 인물들은 폭력이 난무하는 타락한 세계에서 예술이 설 자리를 찾으려 한다. 이 소설 곳곳에서 예술론 내지 문학론이 피력되고 있는 것은 이 때문이다. 한빈은 곧 녹아 없어질 얼음조각에 몰두하다 드디어 작품 활동을 중단하고 목발을 만드는데 몰두한다. 그의 목발은 병든 세월 혹은 불구적인 세상을 상징한다. 수찬에게는 작품의 제작이 다 쓸모없고 부질없어 보이며, 원규는 더 이상 시를 쓰지 못한다. 세빈도 쓰고 있던 소설을 완성하지 못한다. 따라서 한빈의 실종은 곧바로 예술의 위기를 의미하며, 한빈의 모색은 예술의 자리를 확보하기 위한 몸부림으로 읽힌다. 왜냐하면 한빈에게 있어서 예술은 혼신의 힘을 바쳐야 하는 그 무엇, 곧 그의 자체이기 때문이다. 1980년 광주로 표상되는 엄청난 사회적 폭압은 한빈의 일상적 삶을 파괴하고 그것은 곧바로 예술작업의 중단으로 이어진다.

이 소설의 전언은 그러니까 예술가의 삶이 특이하고 예외적인 것이 아니라, 당대의 사회적 · 문화적 삶과 긴밀한 관계망에 놓여 있다는 것이다.

이는 『이 사람은 누구인가』의 간과할 수 없는 또 하나의 의의라 할 것인데, 5 · 18민중항쟁을 다룬 거의 모든 소설이 지식인의 배반을 논하고 있거니와, 이 소설의 경우 그 사건이 지식인과 예술인들에게 어떤 충격을 주었고 그 충격에 그들이 어떤 반응을 보였는가를 집중적으로 탐문하고 있다는 점에 있다.(김태현 1991, 362) 그러니 시간과 공간을 초월한 그 자체(An-sich)는 존재하지 않는 것이다. 루카치가 말한 바, 성향, 재능 등은 태생적인 것이라 해도 그것이 꽃을 피우느냐 마느냐, 형성되느냐 파멸되느냐 하는 것은 삶과 그 주변 환경 그리고 이웃에 대한 작가의 교호관계에 달려 있다. 이 삶이란 객관적이며 당시의 삶의 한 부분이다.

따라서 이 삶은 그 본질로서 사회적-역사적이다. 소설의 마지막 부분에, 한빈을 추적하던 영섭이 마침내 땅끝 마을에 이르러 목격한 남루를 걸친 구도자의 조각은, 그러므로 목발 한쪽을 벗어 던지고 새롭게 삶을 시작하려는 조각가 한빈의 모습일 뿐 아니라 이 광기와 야만의 시대에서도 의미 있는 삶을 살아가려는 살아남은 자 우리 모두의 초상이 될 것이다. 또한 이 소설에서 주요 인물들은 사르트르적 의미의 지식인, 곧 지식인은 자기 고유의 모순이 결국 객관적 모순의 특수한 표현임을 깨닫고서, 자신과 타인을 위해 이러한 모순과 싸우는 모든 인간에게 연대감을 느끼는 것이다.(사르트르 1979, 42) 결국 이 소설의 인물들은 「타자로서 자기 자신」에서 리쾨르가 강조하듯이 어떠한 단계(혹은 상황)에서도 '자기'는 그의 타자와 분리되는 않는, 즉 윤리적이고 도덕적인 주체로서의 역할을 감당하고 있는 것이다.(김선하 2007, 36)

2) 중도적 지식인의 머뭇거림 – 『오월의 미소』

송기숙 장편소설 『오월의 미소』(2000)는 광주를 경험한 지 20년이 지난 시점에서, 그러니까 현재 우리들의 모습을 중심으로 과거와 현재를 통합한 미래의 과제를 제시하고 있는 작품이다. 이 소설에서 눈길을 끄는 것은 등장인물군의 설정과 서사의 공간적 배경의 상징성이다.

소설에서의 인물이 사회 모순과의 대면에서 주체적 내면을 갖는 것은 그 모순을 넘어서는 사회발전을 지향하기 위해서다. 그렇다고 그 인물이 반드시 고양된 진보적 의식을 지녀야 할 필요는 없다. 사회 현실을 다양하고 풍부하게 반영하기 위해서는 굳건한 세계사적 개인보다는 오히려 주저주저하는 중간 정도의 의식을 지닌 인물이 긴요할 수도 있다. 이러한 중도적 주인공은 사회 모순에 맞선 주체적 내면을 지니면서도 항상 머뭇거리는 성격을 지닐 수밖에 없는데, 왜냐하면 그는 자본주의 사회 내부에 속한 인물로서 현실 모순에 비판의식을 지니면서도 자본주의적 체계 자체를 벗어날 수가 없기 때문이다.

『오월의 미소』는 이러한 중도적 주인공로 '정찬우'를 내세운다. 정찬우는 항쟁에 참여하다 계엄군에 체포되었다. 그는 "아버지가 집 한 채를 판 돈으로 어렵사리 사지(死地)에서 구해낸 다음"에 서울로 내쫓김을 당한다. 그래서 그는 서울에서 재수학원을 다니고 대학을 졸업하고 이제 매달 월급을 받는 직장인으로 살아가고 있다. "광주를 투쟁 공간이 아닌 생활공간으로 살고 싶어" 하는 인물을 통해, 그가 벗어나고 싶어 하지만 결코 벗어나지 못하는 오월을 이야기하게 하는 것이다.

이 소설의 공간적 배경의 상징성도 눈여겨 볼 대목이다. 광주와 소안도는 서사가 진행되는 주된 무대인데, 소안도는 이 소설의 비극적 인물 김영선의 고향이며, 그녀가 몸을 던져 한 많은 생을 마감하는 공간이며, 공수부대원이었던 김성보가 낚시를 가서 사고로 죽는 공간이다. 소안도는 일제 강점기에 일제에 항거했던 역사의 현장이다. 그래서 일제에 항거했던 섬사람들과 공수부대원들을 내려 보낸 신군부에 저항하는 광주 시민을 동일 이미지로, 일제와 신군부가 역시 일치하는 세력으로 자연스레 연결된다. 일제에 항거했던 것이 정당했던 것처럼, 신군부에 항거하는 것이 정당하며 또한 역사적 정통성을 지닌다는 작가의 의도가 구현된 서사의 공간인 것이다. 그것은 또 소안도 앞바다에서 김영선과 김성보가 죽음을 맞이하는 것, 그로써 그들의 영혼결혼식이 가능하도록 배치한 공간으로 잘 기능하는 것이다. 한편 이 소설은 크게 세 가지의 서사담론으로 구성되어 있다.

우선, '세모눈'과 '김중만' 등 5·18때 항쟁에 참여했던 이들이 보상금 신청을 하지 않았다는 것을 강조하면서, '보상금' 이후의 광주의 모습에 대하여 "거세게 고개를 젓는" 지점이 하나 있다. 오월의 의미가 왜곡되고 퇴색된 부분이 있다면 보상금과 관련한 여러 스캔들, 오월 단체들의 이익단체화 과정과 관련한 추문들과의 관련도 결코 작지 않다 할 것인데, 우회적으로나마 이 소설은 우리들의 치부를 건드리고 있다. 그러나 소설 속의 미선이 그랬던 것처럼 항쟁 기간 중 감당할 수 없는 피해를 당하고 십칠 년 동안 병 수발을 하면서 겪어야 했던 그들의 현실적 삶이 보상금으로 하여 '형편이 나아진 것'은 어찌되었던 다행인데, 이 소설이 그것까지를 문제 삼는 것은 물론 아니다.

다만 '객관적 사실'의 재현은 어떻게 도덕적 행위가 되는가와 관련한 질문으로는 유용하다. 그것은 바로 사실의 지적 자체를 통해서라고 할 수 있다. 기실 그날에 살아남은 우리가 할 수 있는 일이란 기만과 왜곡의 그림자를 뚫고 들어가 진실을 알아내는 것이 급선무고 첫 단계가 아닐 것인가.(노암 촘스키 2005, 178)

학살 책임자 처벌의 당위성을 주장하는 정찬우 등은 자신들을 쫓아 수사망을 좁혀 오는 안지춘 형사의 추적을 받으면서도, 실제로 권총을 구입해 사격을 연습하고 '그 날'을 기약한다. 따라서 이 소설은, 학살자들에 대한 복수에의 결의, 그리고 그것의 실현 가능성의 일단을 모색하고 있다는 점에서 지금까지의 5 · 18소설들에서 볼 수 없었던, 그 날에 살아남은 자들이 이제 '무엇을 할 것인가'와 관련된 보다 적극적인 질문을 우리에게 던지고 있다. 하지만 실제로 당시 권력자의 측근이었던 '하치호'의 암살을 시도한 사람은 식료품 가게 종업원 '김중만'이었다. 백범 김구의 암살범인 안두희를 처벌한 이가 평범한 택시기사 박기서였듯이, 일을 도모하고 기획한 것은 정찬우 등 지식인이지만 그것을 궁극적으로 실행하는 것은 민중이라는 사실을 작가는 분명하게 지적하고 있는 것이다.

나머지 하나는, 1980년 당시 가해자의 일원이었던 공수부대 장교 '김성보'와 공수부대원들에게 윤간을 당해 아이를 낳고 오랫동안 정신병원을 드나들다 결국 자살하고 마는 피해자 '김영선'과의 영혼결혼식을 통한 화해와 상생의 실천적 제시다. 이에 이르는 방법이 물론 그렇게 간단한 것은 아니어서 몇 가지 장치가 준비된다.

> ① 나는 술잔을 들고 있는 김성보의 얼굴을 뜯어보았다. 그저 평범한 김가박가였다. 학교 선생이라면 선생이고, 동장이나 구청장이라면 또 그런 사람이었다.(『오월의 미소』, 49)

> ② 잘 가세요. 나도 김 이사님 처지를 잘 이해하고 있습니다. 김 이사님도 광주 사람 누구 못지않은 피해자였습니다. 잘 가세요. 광주항쟁의 진상도 제대로 밝혀지고 그 숱한 사람들 원한도 제대로 씻어질 날이 올 것입니다. 그런 날이 오고야 말테니 지하에서 지켜봐주세요.(『오월의 미소』, 278)

> ③ 그 큰애기가 공수단한테 다쳤다고 하제마는 저이 아들이 그런 것도 아니고, 밤 잔 은혜 없고 날 샌 원수 없더라고 이십 년 가까이 되았은게 세월도 흘러갈 만큼 흘러갔고. (『오월의 미소』, 286)

> ④ 산 사람이나 죽은 사람이나 맺힌 것이 있으면 풀어사제라. (『오월의 미소』, 299)

①은 소안도로 함께 낚시를 가게 된 상황에서 '나'(정찬우)가 김성보를 바라보는 태도를 보인 것이고, ②는 김성보가 낚시 중 사고로 죽은 소안도 바다에 국화를 던지며 그 혼에게 건네는 '나'(정찬우)의 위로의 말이고, ③은 고향 앞 바다(소안도)에 몸을 던져 죽은 영선의 넋을 건져 올리는 굿판에서 동네 사람 김윤달의 말이며, ④는 미선이의 친척 아주머니에게 차관호 어머니가 하는 이야기다. 차관호의 어머니는 지금 김영선과 김성보의 영혼결혼식을 주선하고 있는 참이다.

이 소설은 우선 김성보로 대표되는 오월 그 날의 가해자들 역시 "똑같은 피해자"라는 인식을 전제한다. 광주의 오월을 직접 체험한 작가들의 발언일수록, 그 살육의 진실을 밝히기 위한 문학적 추구를 계속해왔던 작가들일수록 그 도덕적 설득력은 배가 된다. 송기숙의 경우도 물론 예외가 아니다. 다만 이 소설에서 김성보와 같은 가해자들의 참회는 임철우 소설 『봄날』에 나오는 계엄군 '명치'의 참회와는 다른 면을 보인다.

광기의 인간 사냥이 한참 끝난 뒤이긴 하지만, 그래도 결국 시민들이 결코 적이 아니라는 사실을 『봄날』의 '명치'가 깨달았다는 점이 중요하다. 팔십만의 시민과 이만의 병사들은 결국 같은 그물 속에 갇힌 포획당한 물고기라는 것을 그가 깨달았을 때, 저항하는 자만이 아니라 진압하는 자의 시점에서도 광주학살은 추악한 범죄라는 것을 처절하게 깨달을 때, 그때 우리는 도리 없이 그들도 우리와 같은 피해자라는 작가의 관점에 동의할 수 있는 것이다.

물론 『오월의 미소』에서도 몇 가지 장치를 통해, 예컨대 정찬우 등이 권총을 구입해 사격을 연습하고 '그 날'을 기약하는 것을 통해 학살 책임자의 처벌이 아직 이루어지지 않았다는 것을 새삼 환기시킨다. 또 백범 살해범 안두희를 박기서가 처치한 기사와 관련하여 작중 인물들이 나누는 대화 가운데 남아공의 '진실과화해위원회'를 언급하면서 "화해 앞에다 진실을 내세우고"있는 점을 강조하기도 한다. 그러니까 진정한 화해에 이르기 위해서 선결되어야 할 것은 그 날의 진실, 곧 왜 하필 광주였는지?, 왜 그렇게 잔혹하게 죄 없는 학생들과 시민들을 살해했는지? 발포 명령은 누가 내렸는지? 등을 밝히는 것이 순서라고 역설한다. 그럼에도 불구하고 『봄날』에서 보이는 것과 같은 그들의 진정한 참회가, 그들의 고통이 이 소설에서는 별로 보이지 않는다. 그래서 김성보로 대표되는 오월 그날의 가해자들 역시 '똑같은 피해자'라는 인식에 필자는 선뜻 동의하기 어려운 것이다.

김영선과 김성보의 영혼결혼식을 통한 화해와 상생의 길의 모색에 관해서도 어쩔 수 없이 심리적 거부감을 갖게 된다. "산 사람이나 죽은 사람이나 맺힌 것은 풀어야……" 할 것이다. 그러나 그 풀림의 방법이 용서라는 환상으로 깊은 분노를 우회해 가려는 것이어서는 안 된다. 우선 김영선이 겪은 고통과 그 후유증이 그녀뿐 아니라 주변 인물들에까지 오랜 세월 너무 큰 상처를 주고 있기 때문이다.

김영선은 그때 공수대원들에게 윤간을 당하고 아이(김준일)를 낳는데, 결국 스스로 죽어서야 그 원한에서 풀려나게 된다. 그리고 미선은 십칠년 동안 정신병원을 들락거리는 언니 병수발을 하느라 청춘을 저당 잡힌다. 그런 일이 없었더라면 필경 미선과 결혼해서 행복하게 살았을 정찬우는 대학을 졸업하자마자 서둘러 결혼을 하고, 결국 서둘렀던 결혼은 삼 년 만에 파경을 맞는다. 사귀던 강지연과도 영선의 죽음과 함께 헤어지게 된다. 그것이 강지연의 말처럼, "제 자리로 돌아가는 것"이라기엔 그들이 묶여 있던 역사의 상처가 지나치게 무겁다. 작가는 두 사람의 영혼결혼식과 함께 김영선이 낳은 아이가 죽은 김성보를 대신하여 그의 모친 고성댁의 양자로 들어가는 것으로 화해와 상생의 대미를 장식한다. 영선이 이 아이를 낳게 버려둔 작가의 의도가 여기에 있을 터이다. 그러나 여전히 이 씻김굿과 영혼결혼식이라는 무속적 의례를 통해서 그 날의 가해자와 피해자 간의 화해가 이루어질 수 있을 것인가는 여전히 의문이다. 우리는 일종의 평형 상태, 즉 모든 정열이 다 소모된 마음의 평정 상태에 접근한 지점에서 『오월의 미소』를 제대로 읽을 수 있을지 모른다. 그러나 그것은 쉬운 일이 아니다. 그만큼 그 날의 상처가 아물기에는 아직 세월이 지나지 않았고, "밤 잔 은혜 없고 날 샌 원수 없더라고 이십년 가까이 되았은게 세월도 흘러갈 만큼 흘러갔고"라 하지만 본질적인 문제들이 해결된 것도 아니다. 혐오든 사랑이든 외상을 몰아낼 수는 없다.

물론 송기숙의 소설 세계는 불화와 적대감으로 가득 찬 세계가 아니라 이해와 사랑이 있는 세계이며(소설은 마땅히 그러한 세계를 추구해야 할 것이다), 자신의 소설 공간에 증오와 원한을 담으려고 의도하지 않음을 『오월의 미소』에서도 확인할 수 있다. 다만 필자가 5•18을 제재로 한 문학작품을 대상으로 지식인의 역할과 한계를 논하면서 송기숙의 이 작품을 포함한 것은 다음과 같은 까닭 때문이다. 곧 당시 권력자의 측근이었던 '하치호'의 암살을 시도한 사람은 식료품 가게 종업원 '김중만'이었다는 것, 백범 김구의 암살범인 안두희를 처벌한 이가 평범한 택시기사 박기서였듯이, 일을 도모하고 기획한 것은 정찬우 등 지식인이지만 그것을 궁극적으로 실행하는 것은 민중이라는 사실, 다시 말해 이 소설은 중도적 지식인의 '머뭇거림'이라는 특성 내지 한계를 잘 보여주고 있는 때문이다.

3) 인간에 대한 끝없는 신뢰와 기쁨-『봄날』

임철우 장편소설 『봄날』(1997) 다섯 권은 전체적으로 시간 순서에 따라 86개의 장과 에필로그로 이루어져 있는데, 여러 인물들이 등장하여 그들의 다양한 시점으로 5·18항쟁의 진실을 묻고 있다. 여기에서 누가 보는가의 문제는 누가 지각하고, 생각하고, 추정하고, 이해하고, 욕망하고, 기억하고, 꿈꾸는가라는 의미로 이해될 수 있다.

이 소설의 중심적 인물은 한원구와 그의 세 아들(무석, 명치, 명기)인데, '무석'은 일반 시민을, '명치'는 계엄군을, '명기'는 대학생을 대표하는 인물이다. 뒷부분에서는 정베드로 신부와 항쟁 지도부의 대변인으로 활약한 윤상현과 외부 관찰자인 K일보의 광주 주재 기자 김상섭이 주요 인물로 등장한다. 그 중에서도 한명기는 작가 자신의 이력과 많이 일치하는 인물로서 작가 임철우의 시각을 대변해 주는 역할을 하고 있다. 또한 김상섭 기자는 이 비극적 사건을 기록으로 남기기 위해 고군분투하는 인물로서 이 소설쓰기의 원동력으로 작용하고 있는 인물이다.

그런데 외부 현실을 바라보는 '무석'의 시점은 기본적인 제한이 있다. 그 말은 오월 광주를 전면적으로 파악할 만한 사회적 인식의 수준이 무석에게 결여되어 있다는 뜻이기도 한데, 무석의 시점으로 오월 광주는 불가해한 공포의 경험일 뿐인 것이다. 무석의 시점은 오월 광주와 만날 때 매번 분노와 공포의 심리를 유발한다. 그것은 한편 항쟁 당시 대부분의 시민들의 인식이기도 하다. 아버지 원구에게서 뛰쳐나온 무석은 시내에서도 가장 변두리에 속하는 광천동의 콘크리트 골조에 적벽돌로 벽면을 붙여 쌓아놓은 사 층짜리 건물에 세 들어 살고 있다. 건물은 모두 세 동인데 백오십 여 세대가 저마다 똑같이 다섯 평이 채 못 되는 공간 하나씩을 차지한 채 개미굴처럼 모여들어 살아가고 있다. 같은 아파트에 살고 있는 미순과 은숙들과 함께 무석은 오월 광주의 민중성을 상징하는 것도 사실이다. 항쟁의 진정한 주제가 그들이라는 점도 강조된다.

계엄군으로 광주에 파견된 '명치'의 시점이야말로 광주의 진실이란 추악한 범죄, 국가 폭력임을 여실히 증언한다. 이 추악한 범죄의 주체는 문명사회가 수많은 재원을 투자해서 정교하게 만들어낸 야만이자 악마인 공수부대와 그들의 지휘자들이다.(최정운 1999, 126) 그런데 그들이 왜 짐승과 다름없었는지에 대한 작가의 성찰이 이 소설의 많은 부분을 차지하고 있다. '명치'는 결국 시민들이 결코 적이 아니라는 사실을, 팔십만의 시민과 이만의 병사들은 결국 같은 그물 속에 갇힌 포획당한 물고기라는 것을 깨닫는다. 저항하는 자만이 아니라 진압하는 자의 시점에서도 광주학살은 추악한 범죄라는 것을 처절하게 깨닫는다. 또한 끝내 반성하지 않는, 전율할 폭력의 절정에 있는 인물인 추 상사의 가학성은 인간 본성의 한 극단을 느끼게 하기에 충분하다. 그는 월남전에 참전한 경험을 훈장처럼 여기는 사람으로 그러한 죄의식 없는 극단적 폭력은 군대라는 속성 때문에 필연적이 되고 만다.

> 금남로 일대는 완연한 사냥터였다. 광기에 눈이 뒤집힌 채 피를 찾아 쫓고 몰아대는 짐승의 사냥터였다. (『봄날』2권, 135)

계엄군으로 광주에 파견된 명치의 시점은 『봄날』에서 제시된 서사적 시야의 발원 지점이 어디인지를 가장 적절하게 위치지우고 있는 것으로 보인다. 한편 이 소설에서 대학생 명기의 시점은 죄의식의 형성과 깊은 관련을 맺고 있다. 명기는 그날 밤, 도청이 함락되기 직전에 YWCA를 빠져나왔던 것이다. 그 날 밤 도청 쪽에서는 항쟁지도부의 간부들 대부분이 체포되거나 사살되었다. 명기를 휘감고 있는 죄의식의 내용이란 다음과 같은 것이다.

> 우리들이 겁에 질려 도망쳐 나온 그 자리를 그들만이 외롭게 지키다가, 그렇게 홀로, 외롭게 죽어갔구나…… 아아, 나는 비겁하게 도망쳐 나왔어.(『봄날』5권, 435)

윤상현의 시점은 어떠한가. 마지막까지 도청을 사수하다 계엄군의 총에 맞아 죽은 그는 지식인의 성격과 노동자 계급의 정서가 두루 통합되는 대표적 인물로 기능한다. 특히 윤상현의 시점이 광주의 본질과 진실의 복합적인 측면을 아주 적절하게, 동시에 보여준다고 할 수 있다.

> 윤상현은 말없이 광장을 내려다보았다. 먹물 같은 어둠이 무겁게 가라 앉아 있을 뿐 광장은 텅 비어 있었다. 그러나 윤상현은 저 열흘 동안의 뜨거운 마음을 또렷하게 기억하고 있었다. 한 덩어리로 격렬하게 끓어 넘치며 밀물처럼 저 광장으로 쏟아져 나오던 수만 수십만의 사람들을. 그들의 노도와 같은 함성을 저마다 가슴 속에 간직한, 한겨울 보리싹마냥 작고도 지순한 인간애의 불꽃, 자유와 정의와 생명을 향한 그리움의 불꽃들을. 그리고 그 작은 불꽃들 하나가 모여 수백 수천 수만의 불기둥이 되고, 마침내 거대한 불의 강을 이루며 뜨겁게 굽이쳐 흘러가는, 그 찬란한 인간의 신화를, 그리움과 희망의 신화를.(『봄날』5권, 401)

위의 인용은 윤상현의 독백 부분인데, 한편으로는 짧은 기간 동안이었지만 광주 시민들이 자신의 희생과 헌신을 뭇 사람들에게 보여주었던 해방공동체의 역사적 실현을 묘사한 부분이다. 인간에 대한 끝없는 신뢰와 그로 인한 기쁨을 그리고 있다. 그러나 이는 얼마간 작가의 과도한 (관념의) 개입이 아닐 수 없다.

사르트르에 따르면 지식인이란, 자기 내부와 사회 속에서 구체적 진실에 대한 탐구와 지배자의 이데올로기 사이에 대립이 존재하고 있음을 깨달은 사람이다.(사르트르 1979, 34) 이어서 그는, 분열된 사회 속에서 만들어진 지식인은 그가 그 사회의 분열된 모습을 내면화한 까닭에 그가 그 사회를 증거 해주고 있다. 그러므로 그는 역사적 산물인 것이라고 말한다. 이 소설에서, 마지막까지 도청을 사수하다 계엄군의 총에 맞아 죽은 윤상현은 5 · 18항쟁 당시의 집단화된 개인의 전형적인 성격-'저항하는 주체적 성격'을 보여주는 인물로 기능한다. 다시 사르트르의 말을 인용하면, 지식인의 목적은 실천적 주체를 형성하는 것이며, 그러한 존재를 만들어내고 떠받쳐 줄 수 있는 사회의 원리를 발견해내는 것이다. 이는 윤상현 뿐만 아니라 이 비극적 사건을 기록으로 남기기 위해 고군분투하는 김상섭 기자, 그리고 무엇보다 시민수습위원 중의 한 사람인 정 베드로 신부에게 어김없이 해당되는 설명이다.

5 · 18항쟁 이후 교수, 신부, 목사, 변호사, 학생 등으로 구성되어 계엄사령부와의 협상 및 무기회수 등을 위한 활동에 나섰던 수습위원회의 역할을 둘러싸고 투항주의, 타협주의 등의 비난이 가해졌다. 그러나 '죽음의 행진'을 감행하여 총부리를 겨눈 계엄군에게, "우리는 이 자리에서 죽을 수밖에 없다. 당신들이 탱크로 깔아뭉개든지 알아서 하라."며 결사적으로 저항했던 이들을 투항주의자들이라고 몰아붙이는 건 객관적이지 못하다. 오히려 그들은 당시 광주시민의 일반적인 의사를 대변한 현실주의자들이라는 김성국의 평가가 정당하다고 필자는 생각한다. 그것은 소설 『봄날』에서 살핀 바, 항쟁 마지막 날 도청에서 산화한 윤상현과 살아남은 정 베드로 신부로 대변되는 항전파와 협상파가 서로의 역할과 가치를 인정하였다는 점에 미루어보아도 분명하다.

루카치와 골드만, 그리고 아도르노의 경우 문학에 대한 얼마간의 상이한 태도를 갖고 있음에도 불구하고 그들은 공통적으로 문학 작품이란, 사회적 · 문화적으로 조건 지워진다는 입장에 서 있다. 특히 골드만은 철학 · 예술 · 종교 등의 어떠한 문화적 영역도 전체라는 구조 속에서 의미있게 연구되어야 한다고 말한다. 사회구조와 소설구조 사이에는 발생론적으로 그 구조가 동일(혹은 유사) 하다고 본 것이다. 같은 맥락에서 골드만은 작가 개인의 감수성이나 전기적 사실들의 중요성을 부정하지 않으면서도 작품의 통일성을 심층적으로 규정짓는 의미 구조를 밝혀줄 수 있는 구조는 개인적인 층위가 아니라 집단적 층위에 자리함을 강조한다.

왜냐하면 작품의 객관적 의미를 밝혀줄 수 있는 포괄적인 구조를 형성하기에는 개인의 삶은 지나치게 짧을 뿐 아니라 우연적인 요소들로 이루어지기 때문이다. 따라서 문학연구에 있어서 집단의식의 도입은 필연적인데, 그 집단의식의 특징적 요소들이 극대화된 형태를 갖춘 것을 골드만은 세계관이라고 명명한다. 이 세계관은 사회 집단을 토대로 형성되며, 이 세계관이 곧 한 작품의 의미 구조가 끼워져서 설명될 수 있는 포괄적인 구조를 제공한다.(홍성호 1995, 50-51) 앞에서 펴 본 『그들의 새벽』의 작가 문순태와 『광야』의 작가 정찬의 경우가 그러한 세계관의 뚜렷한 대비를 보여준다.

4. 지식인의 역할과 한계

개인 혹은 공동체의 정체성을 말하는 것은 '누가 그러한 행동을 했는가?', '누가 그것의 행위 주체인가?'라는 질문에 대답하면서 성립된다. '누구?'에 대한 질문에 답하는 것은 한 삶의 역사를 이야기하는 것이다. 그러므로 이야기된 역사는 행위의 주체를 말한다.(김선하 2007, 138) 앞에서 살펴보았던, 5·18항쟁을 대상으로 한 문학텍스트들에서 항쟁의 주체는 우선 룸펜 프롤레타리아를 비롯한 민중계급이다.

홍희담 중편소설 「깃발」에서는 무엇보다 각성된 여성노동자들이 항쟁의 주체로 설정된다. 이 소설에서 방직공장 노동자들인 여성인물들은 지식인에 대해 본능적인 불신을 갖고 있는 것으로 묘사된다. 야학 교사였던 윤강일이 항쟁의 현장을 떠나 도피한 데 따른 배신감이 더해진다. 그들은 말한다. "분수대 앞에 모인 사람들은 일상으로 돌아가는 사람들이야. YWCA는 언제든지 선택의 가능성이 있는 사람들이 모인 곳이고. 그리고 도청은 죽음을 결단하는 사람들의 것이야. 그들은 선택이 아니라 당위로 받아들이는 사람들의 것이지."(「깃발」, 49) 그러나 이 소설은 민중계층의 그 당위의 근거를 설득력 있게 제시하지는 못한다. 이는 무엇보다 이 소설의 발표 시기와 관련이 있을 것인데, 1987년의 민주화대투쟁의 시기를 거치면서 형성된 사회학적 민중담론이 이 소설의 주제 및 인물 표상에 일정한 영향을 끼쳤을 것으로 판단된다.

문순태 장편소설 『그들의 새벽』에서도 윤리적 분노의 주체, 곧 항쟁의 주동적 참여자는 구두닦이나 중국집 배달원과 같은 기층 민중으로 설정된다. 여기서의 민중은 「깃발」에서와 달리 이념에 포박되지 않은 순순한 민초를 이야기하고 있기는 하지만, 지식인으로 분류할 수 있는 박지수 목사가 항쟁 마지막 밤 이전에 도청을 떠나는 회색인의 모습으로 그려진다. 물론 이 소설의 경우 이름 없이 사라져버린 민초들을 역사적으로 복원하는데 초점을 맞추고는 있으나, 그럼에도 불구하고 「깃발」과 같은 맥락에서, 이와 같은 항쟁에서의 민중주체 담론은 결코 5·18항쟁의 온전한 모습을 드러내주지 못한다.

정찬 장편소설 『광야』의 경우 항쟁 참여자들에 대해, "그들 대부분은 전두환이 누구인지조차 몰랐고, 정치에 별로 관심이 없던 이들"이었다는 점을 강조한다. 또한 작가는, "신념과 열정이 봉기의 발화점은 되었을지언정 봉기 확산의 원동력은 아니었다."고 판단한다. 이러한 시각은 자연스레 왜 학생들을 비롯한 지식인 계급이 결정적인 순간에 광주에 없었는지를 해명한다. "경악과 분노 속에서 대책을 논의한 그들은 상황이 절망적이라는 것에 의견을 같이했다. 그들이 선택한 것은 피신이었다. 사태가 발생하면 현장에서 빨리 피해야 한다는 의식이 그들의 몸에 배어 있었기" 때문인 것이다.

5·18항쟁의 전개과정에서 남녀노소를 막론하고 각계각층의 사람들이

이구동성으로 민주화를 외치고, 계엄군과 맞서 싸웠다는 사실은 어느 누구도 부정하지 않는다. 그러나 여기에 단서를 붙여, 그 중에서도 가장 적극적으로 싸운 사람은 기층 민중이므로 5 · 18의 주체는 민중이고 따라서 5 · 18은 민중항쟁이라는 주장은 오직 운동의 전투성에만 초점을 맞추어서 혹은 어떤 단정적 논리에 입각하여 특정 집단의 역사적 변혁주체론을 강조하는 것에 불과하다. 그때 광주사람들은 "시민 전체의 이름으로 하나가 되어 국가의 비인간적 폭력에 저항한 시민항쟁"(김성국, 247)이라는 규정이 논리적 타당성을 갖는다고 필자는 생각한다.

문제는 여전히 항쟁에서의 지식인의 존재이다. 살펴보았듯이 「깃발」에서는 매우 부정적인 이미지로, 『그들의 새벽』에서는 다소 부정적인 이미지로 표상된다. 『광야』의 경우에는 민중이든 지식인이든 항쟁에 참여한 이들은 윤리적 분노라는 단순성에 매몰되었다는 것, 저항이란 오히려 신군부의 선택에 의한 결과일 뿐이어서 주체 자체가 성립되지 않는다는 시각을 보인다.

임철우 장편소설 『봄날』의 경우에는 민중과 계엄군과 지식인 등 다양한 인물의 시각으로 5 · 18항쟁을 사실적으로 그려내고 있는데, 대학생인 명기는 그날 밤, 도청이 함락되기 직전에 YWCA를 빠져나왔던 탓에 그는 혼자 살아남았다는 죄의식에 포박당해 있다. 등장인물 모두가 지식인으로 설정된 류양선 장편소설 『이 사람은 누구인가』의 인물들의 경우 이 살아남음에 대한 죄의식에서 오는 자기분열과 고통은 형벌에 가깝다. 송기숙 장편소설 『오월의 미소』의 경우에도, 일을 도모하고 기획한 것은 정찬우 등 지식인이지만 그것을 궁극적으로 실행하는 것은 민중이라는 사실을 작가는 분명하게 지적하고 있다.

이상의 문학 텍스트들에서 민중계급은 투쟁적이고 헌신적인 태도를 보인데 반해, 지식인은 대체로 항쟁의 과정에서 현실적이고 타협적인 모습을 보인 것으로 묘사된다. 항쟁의 발단은 대학생으로 대표되는 지식인들이었으나 상황이 악화되고 결국 무장 항쟁의 상황이 닥치자 그들은 몸을 피해 숨거나, 아니라도 현장에 함께 하지 못했다는 죄의식으로 고통을 겪을 뿐이다. 결사항전이냐 무기회수를 통한 수습이냐의 대치국면에서 민중계급은 당연하게도 죽음을 불사한 항전을, 교수나 목사나 신부나 변호사들을 위시한 지식인들은 현실과의 타협을 강조하는 것으로 그려진다.

그렇다면 항쟁에서 지식인들은 단적으로 말해 무용한 존재인가? 누가 그날 최후까지 총을 들고 항전했는가를 기준으로 항쟁의 주체를 문제 삼는 것은, 자국 군대에 의해 잔혹하게 진압당한 상황에서 무장 항쟁의 의의를 높이 평가하려는 역사적 관점을 강조하려는 의도임에도 불구하고, 오히려 그것은 5 · 18항쟁의 의의를 왜소화하고 만다. 정찬이 이미 그의 소설 『광야』에서 간파했듯이, 모두가 우리였고 전사였던 광주공동체에서 시민군과 비무장 시민들, 민중과 지식인들로 분열함으로써 항쟁 이후 5 · 18정신의 전국화라든가 세계화는 그저 공소한 구호로만 남겨지고 말았다. 문학 담론 역시 80년 5월에 갇혀서 새로운 의미를 발견해내지 못하고 있다. 이것은 아무래도 문학에 있어서 민중담론이 가져 온 폐해라 할 것인데, 항쟁의 역사적 의의를 크게 훼손하지 않는 조건에서 다양하게 열려 있는 문학담론이 요구된다고 할 것이다. 그것은 이 글에서 집중적으로 문제 삼았던 지식인의 역할에 대한 보다 적극적인 문학적 조명까지를 포함할 것이 필요하다는 뜻이다. 에드워드 사이드의 언명 곧, 지식인은 자신의 온 몸을 비판적 감각에 내거는 존재, 즉 손쉬운 공식이나 미리 만들어진 진부한 생각들 혹은 권력이나 관습이 으레 말하고 행하는 것들을 거부하는 감각에 실존을 거는 존재(에드워드 사이드 2012, 36)라는 인식이 5 · 18소설들에서도 필요하지 않겠는가 싶다.

수습위원회에 참여하였던 『오월의 미소』의 작가 송기숙 교수는, “시민들 눈에 교수들이 학생들과 한 덩어리가 되어 시위를 한 것으로 비친 이 사건은(5월 14일의 교수와 학생들의 금남로 시위 및 5월 16일의 평화적 횃불 시위) 광주시민들의 시국판단에 결정적인 영향을 주었고, 이 사건은 그 뒤 많은 시민들이 5 · 18항쟁에 적극 참여하는 견인효과를 가져왔다.”고 말한다.(송기숙 1990, 155) 이렇듯 운동은 공유의 감정을 건드릴 때에 생동할 수 있었다.(노서경 2001, 94)

레비나스는 타자에 대한 윤리적 책임과 관련하여, 타자에 대한 책임은 타자의 요청에 의해 내가 타자를 대체하는 것이라고 말한다.(베른하르트 타우렉 2004, 236-238) 그에 따르면 휴머니즘의 근원은 타자이며, 이런 휴머니즘 안에서의 책임이 나의 유일성에 대한 중요한 근거가 된다. 고은의 말처럼(고은 2006, 315) 그 날 지식인들은 일련의 투옥사태와 해직 · 감시의 수난을 제외하면 항쟁의 현장에서 멀리 도피하고 말아서, 정작 한 사람의 시인도 민중적 전사로 싸운 바 없고, 그 처절한 학살의 피투성이 희생자 가운데 아직까지도 어떤 문학인의 이름이 나타나고 있지 않음은 부끄러운 일이기는 하다.

그러나, 그렇다면 그날 모두가 총을 들고 장열하게 죽었어야 하는가? 살아남은 사람들은 모두가 죄인인가? 많은 5 · 18문학은 이 죄의식에 대해 말하지만 그건 일종의 집단적 강박일 수 있다. 물론 광주의 비극을 전해들은, 살아남은 작가-지식인들의 그와 같은 죄의식, 특히 생명을 걸고 싸웠던 민중에 대한 그들의 부채감이 봉인된 진실을 드러내는 문학적 작업을 지속하게 만들고 그로인해 한국사회의 새로운 윤리의식을 생성하는데 일정한 자양분이 되었던 것도 사실이다. 그렇다면 이제, 도피하거나 모두 살아남기를 열망했던 이들-지식인들의 행위에 대하여 우리는 타자에 대한 윤리적 책임의식으로 긍정해 볼 것이 요구된다. 임철우 소설 『봄날』에서 진압군의 일원으로 광주에서 가해자의 역할을 맡았던 계엄군들 역시 시민들과 다름없는 피해자였다는 인식이 일정한 공감을 얻으면서 5·18의 의미가 외연을 확장하는 데 기여했던 것처럼, 지식인의 부채의식 역시 긍정적으로 조망될 수 있어야 항쟁의 의의가 현재에도 그리고 미래에도 유의미한 전언을 온전히 담아낼 수 있으리라 필자는 생각한다. 다만, 이 글에서 살펴보았던 작품들에서는 아쉽게도 『봄날』의 윤상현 정도를 제외하면 그러한 지식인의 표상을 만날 수 없었다. 『봄날』의 윤상현도 무장저항파들과 함께 도청 안에서 죽음을 맞는 것으로 그려지고 있는 것은 살아남은 자의 부채의식이 한국작가들의 무의식에 여전함을 반증하는 것이라고 생각된다.

* 민주화운동기념사업회, 『기억과 전망』, 2013년 여름호, 통권 28호, 2013.6.

04 5·18 소설의 여성 재현 양상

1. 5 · 18과 여성, 여성성

이 글은 5 · 18 소설들에 나타난 여성 재현 양상을 살펴보는 데 목적을 둔다. 5 · 18 소설은 지배담론에 저항한 대항담론의 성격을 갖는다. 오월을 제재로 한 소설들이 현실과 연결된 공감을 통해 긍정적 평가를 받은 점과는 별개로, 그것을 타자-여성의 관점에 놓고 볼 때, 5 · 18 소설은 또 다른 지배담론으로 기능하고 있음을 부정할 수 없다. 기실 오월을 대상으로 한 소설들은 미적 형상화와 증언의 소명의식이라는 두 축 사이를 왕복하며 소설에 대한 해석과 평가 또한 이 스펙트럼 속에 위치한다. 알레고리와 환상성을 통해 금기의 시대에 접근하기도 하며, 역사의 복원이라는 소명의식 아래 기록물에 근사한 서사방식을 취하기도 한다.

그러나 상반되는 형상화 방식에도 불구하고 여성성에 관한 한 국가권력의 야만적 폭력성에서 출발하는 5 · 18소설의 계보에서 여성은 누락되거나 비가시화되는 경향이 강하다.[1] 그런 의미에서 이 글은 5 · 18항쟁과 관련한 논의 곧, 지배담론에 의해 차별과 배제 혹은 억압되고 무시되고 지

1 이경, 「비체와 우울증의 정치학-젠더의 관점으로 5 · 18소설 읽기」, 『여성문학연구』, 한국여성문학학회, 2007.

워져왔던 타자-여성의 목소리가 주요 5·18소설에서 재현되는 양상을 살펴보고자 한다. 왜냐하면 항쟁에 있어서 여성이 타자가 아니라 주체의 자리에 놓일 때 오월 항쟁이 그 본래적 의미에서 온전하게 해석되고 계승될 수 있다고 보기 때문이다.

또 하나는 좀더 본질적인 의미에서 왜 5·18소설들이 논의되어야 하는가의 문제가 있는데, 그것은 여전히 체제의 억압이 우리의 일상을 억압하고 있다는 점에서 그것을 넘어서기 위한 서사전략으로 오월담론이 유효하다고 보기 때문이다. 5·18이 언젠가부터 기억과 기념의 문제로 전환되었고, 의례적인 기념행사에 대통령의 불참이 비난의 대상이 되고 있는 사실이 그러한 사정을 증명한다. 그러나 조정환의 경우 5월 운동의 미봉적 종료와 박제화가 자본의 예외독재로서의 신자유주의가 5월 항쟁을 가져온 군사적 예외독재로서의 권위주의와 본질적으로 다름없는 정치적 상황을 재연하고 있다는 측면에서 5·18의 계속성을 살피고 있다.[2] 필자 역시 조정환의 견해와 크게 다르지 않은 지점에서 5·18담론을, 특히 문학의 영역에서 탐색하고 있다. 특히 이 글에서 5·18소설과 여성성의 문제를 다루고자 하는 것은 항쟁과 항쟁 이후에 대한 여성적 글쓰기/말하기는 급격히 제도화-의례화 되고 있는 일련의 흐름에 대한 일종의 항의의 양식이 될 수 있다고 보기 때문이다.

이 글에서는 '여성적 특질(feminity)'이 생물학적으로 결정되는 것이 아니라, 그 차이를 개념화하는 의미작용에 의해 구성되는 하나의 문화적 구성물이라고 판단한다. 라캉은 우리 모두가 현실이 아니라 거울이 사방에 걸려 있는 방과 같은 기표 세계 속에 갇혀있다고 주장한다. 이때 라캉이 말하는 기표들은 고정된 개념들과 연결되어 있지 않다. 언어는 기표들이 끊임없이 흘러가는 흐름이며, 이 기표들은 서로 차이를 이루며 말하는 주체

2 조정환, 『공통도시-광주민중항쟁과 제헌권력』, 갈무리, 2010, 44-45쪽.

에게 소급하여 일시적 의미를 얻어준다. 개념의 의미가 언어로 발음되기 전에 고정된다고 전제하는 합리주의자들을 비판하며 기표를 유동적인 것으로 파악한 점이나, 우리의 자아가 허구이고 여성성과 남성성도 언어를 습득하며 형성된다고 보는 점에서 라캉은 페미니스트들에게 유용한 틀을 제공해준다.[3] 따라서 이 글 역시 '여성성'을 여성에게 내재된 고정된 특성이라기보다는 역사적으로 구성되었고 상황에 따라 변화가능한 일종의 개념으로 파악한다. 물론 생물학적 성(sex)과 사회적 성(gender)이 본질적으로 어떤 관계를 갖는가의 문제는 여전히 논쟁적인 것으로 남아 있다. 왜냐하면 생물학적 성차가 어떻게 사회적으로 구조화되어 사회적 성(gender)으로 되는지, 생물학적 성에 대한 우리의 생각이 어떻게 생물학을 구성하는지 등은 일반적인 용어로 설명하기 어렵기 때문이다.[4] 또한 크리스테바 같은 경우 '여성성'을 정의하기를 거부하고 '주변성'이라는 개념과 관련하여 '하나의 위치'로 보기를 선호하기도 한다.[5] 그럼에도 불구하고 우리의 생물학적 성은 모든 여성이 공통적으로 가지고 있는 것이지만, 여성들이 남성에게 억압당하는 것은 사회적 성 때문이라는 관점에서 이 글은 5 · 18을 제재로 한 소설들 중에서, 생물학적 여성 작가의 작품뿐 아니라 남성 작가의 작품 역시 주요한 분석 대상으로 삼음으로써 젠더 관계 속에서 규정되는 여성, 그리고 담론 구성 과정에서 다시 호명되고 재생산되는 '여성'이라는 기호를 문제 삼게 될 것이다.

이를 위해 이 글은 5 · 18 소설들 속에 나타난 여성 재현 양상을 세 개의 범주로 나누어 살펴보고자 한다. 그것은 우선 여성 서술자를 내세운 소설, 그리고 여성을 대상화한 소설, 마지막으로 여성을 주체로 내세운 소설이

---

3 박정오, 「새로운 상징질서를 찾아서」, 한국 영미문학 페미니즘 학회, 『페미니즘, 어제와 오늘』, 2000, 187쪽.

4 캐롤린 라미자노글루, 『페미니즘, 무엇이 문제인가』, 김정선 옮김, 문예출판사, 1997, 102쪽.

5 앤 브룩스, 『포스트페미니즘과 문화 이론』, 김명혜 옮김, 한나래, 2003, 208쪽.

다. 이상의 연구대상에 대한 구체적 분석을 통해 기본적으로 여성이 오월의 대표와 중심을 구성하는 과정에 어떻게 관여하고 있는가의 문제를 살펴보려고 한다.

그동안 발표된 5 · 18소설들은 약 80~100여 편에 이른다. 그 중에서 연구자들이 언급한 주요 작품으로는 임철우 장편소설 『봄날』(문학과지성사, 1997)과 문순태 장편소설 『그들의 새벽』(한길사, 2000), 송기숙 장편소설 『오월의 미소』(창비, 2000), 정찬 장편소설 『광야』(문이당, 2002)와 중편 「슬픔의 노래」(조선일보사, 1995), 최윤 중편소설 「저기 소리없이 한 점 꽃잎이 지고」(문학과지성사, 1992), 홍희담 중편소설 「깃발」(창비, 1998), 윤정모 단편소설 「밤길」(인동, 1987) 등이 있다.

그동안의 관련 연구 대부분은 5 · 18 소설들에서 5 · 18민중항쟁의 의미를 어떻게 재구성하고 있는가에 초점을 맞추어 왔다고 하겠다. 구체적으로는 역사적 사실의 재현이라는 관점과 오월의 의미를 어떻게 미학적으로 재구성할 것인가 하는 문제, 그리고 기억의 현재적 의미와 관련하여 오월문학사의 가능성을 제기하는 글들로 분류가 가능하다.[6] 물론 여성주의적 관점에서 오월 문화 전반을 검토한 연구 성과가 없는 것은 아니다. 특히 김양선 「광주민중항쟁 이후의 문학과 문화」, 신지연 「오월광주-시의 주체 구성 메커니즘과 젠더 역학」, 이경 「비체와 우울증의 정치학-젠더의 관점으로 5 · 18소설 읽기」, 김옥란 「5월을 재현하는 방식- 광주 지역 민속

6 심영의, 『5 · 18민중항쟁소설연구』, 전남대학교 박사학위논문, 2008, 7~13쪽. 역사적 사실의 재현이라는 관점에서 '5 · 18소설'들을 살피고 있는 글로는 황정현의 「80년대 소설론-중 · 단편을 중심으로」, 방민호의 「광주항쟁의 소설화」, 장세진의 「80년대 문학의 사회사적 의미」, 고은의 「광주5월민중항쟁 이후의 문학」등을 꼽을 수 있다. 오월의 미학적 재구성과 관련해서는 김태현의 「광주민중항쟁과 문학」, 이성욱의 「오래 지속될 미래, 단절되지 않는 '광주'의 꿈」, 김형중의 「『봄날』 이후」를 값진 성과라 할만하다. 마지막으로 기억의 현재적 의미와 관련하여 오월문학사의 가능성을 제기하는 글들로는 최원식의 「광주항쟁의 소설화」, 김명인의 「한국문학사에서 '5월 문학'은 가능한가?」, 윤지관의 「광주항쟁의 도덕적 의미」, 이성욱의 「오래 지속될 미래, 단절되지 않는 '광주'의 꿈」등이 있다.

극을 중심으로」, 조혜영 「항쟁의 기억 혹은 기억의 항쟁-5 · 18의 영화적 재현과 매개로서의 여성」 등 한국여성문학학회에서 2007년에 발행한 《여성문학연구》 제17권의 성과는 괄목할만하다.

특히 이경 논문에서는 임철우 『봄날』, 정찬 『광야』, 홍희담 「깃발」, 그리고 공선옥 소설들을 "비체의 귀환과 우울증의 윤리"라는 관점에서 읽어내고 있다. 그의 관점과 텍스트 분석의 결과에 대해 필자는 기본적으로 동의하면서도 몇 가지 아쉬운 점이 있는데, 특히 홍희담과 공선옥의 소설들과 관련해서 필자는 다른 해석과 의미 부여를 하고 있다. 따라서 이 글에서는 그러한 선행연구를 바탕으로 기존의 논의와 다른 지점, 그리고 누락되었거나 혹은 비교해서 살펴 볼 필요가 있는 작품들을 대상으로 연구를 진행하기로 한다.

5 · 18 문학이 민주주의와 평화를 갈망하는 모든 사람들의 소통과 연대를 통해 우리의 안팎을 넘나드는 진정성 있는 이야기로서 기능하기 위해서는 오월의 또 다른 주체이면서도 5 · 18 소설(문학) '안(창작과 연구의 관심)'에서 소홀하게 다루어 온, 혹은 배제되어 온 여성성에 대한 탐구는 그 '안'과 '바깥' 모두와 소통하기 위해 필요한 지점이라 생각한다. 이 글에서 5 · 18 소설들을 여성성의 관점에서 읽기-재해석하고자 하는 의도가 여기에 있다.

이 글에서 다루려는 대상 텍스트는 모두 중단편 소설 열한 편이고, 그것들을 세 가지 범주로 나누어 논하려고 한다. 곧 여성 서술자를 내세운 소설로는 박호재 「다시 그 거리에 서쪽」과 김중태 「모당(母堂)」 두 편의 단편소설을 살펴보고자 한다. 이 작품들은 모두 『80년 5월 광주항쟁소설집』(1987)에 실려 있는 데, 여성 서술자를 내세우면서도 무의식적인 여성 역할의 고정화라는 공통점을 갖고 있다. 여성을 대상화한 소설로는 이삼교 「그대 고운 시간」, 심상대 「망월(望月)」, 박상률 「너는 스무 살 아니, 만

열아홉 살」, 구효서 「더 먼 곳에서 돌아오는 여자」를 살 볼 것인데, 이들 소설들은 여성을 희생자의 기호로만 호명하고 있는 공통점 이 있다. 마지막으로 여성을 주체로 내세운 소설들의 경우 공선옥 「목마른 계절」, 홍희담 「깃발」과 「문 밖에서」, 김승희 「회색고래 바다여행」 등을 살펴 볼 것인데, 이들 작품들의 경우 여성을 말하는 주체로 재정의하고 있다는 긍정적인 측면에서의 공통점과 함께 여성 주체성의 구성에 있어 일정한 편차를 보이고 있다.

2. 젠더화된 서술자, 타자로 남은 여성

박호재 「다시 그 거리에 서쪽」[7]은 도심에 있던 특수부대가 외곽으로 철수한 때로부터 다시 계엄군에 의해 광주가 장악되기까지의 약 일주일간의 시간을 다루고 있다. 홀어머니와 어린 남동생 둘을 거느리면서 집안의 살림을 도맡고 있는 서술자 '지숙'에게 초점을 맞추고 있는 이 소설에서 그녀는 가족의 행복과 평안한 일상을 소망한다. 반면 운동권 대학생 형석은 그런 누나를 소시민적 안정에 대한 욕구라며 비웃는다. 지숙은, "그럼 너희들이 늘상 열기에 받쳐 내뿜는 그 분노의 실상은 무엇이냐?, 그래서, 세상을 어쩌겠다는 얘기냐?"(68쪽)고 묻고, 남성인 형석은 "누군가 내가 아닌, 아니 내 집단이 아닌 다른 이들이 죽어야 뭔가를 이루겠다는 그 비열한 발상이 절대 아닌, 우리들 모두의 가치 있는 삶이 역사발전과 동떨어지지 않는 가운데 꾸려져야 한다."(69쪽)고 답하게 한다.

육체적 고통이나 현실적 역경과 같이 성별 구분을 떠나 보편적으로 인식할 수 있는 상황 속에서도 지숙의 여성적 특성과 결부지어 감성/이성,

[7] 박호재, 「다시 그 거리에 서면」, 『일어서는 땅』, 인동, 1987, 65-96쪽.

희생적 여성/영웅적 남성의 이항 대립이 노정되는 것이다. 그래서 동생의 안부를 염려하는 지숙은 외곽으로 빠지는 국도들이 계엄군에 의해 완전히 봉쇄돼 버린 상황, 푸성귀와 여름 과일들을 구할 수 없는 상황에서 "딸기와 오이와 상치와 깻잎과 호박잎과 고추와 그런 것들을 먹고 싶다는 생각을 하다가 무슨 불륜의 쾌락을 탐한 것인 양 참담한 부끄러움"(87쪽)에 고개를 들지 못하고 만다.

이 소설에서 여성은 내적 욕망이 탈색된 헌신적인 여성상으로만 기존의 남성 중심적인 모성 이데올로기를 부지불식간에 재현하고 있는 듯 보인다. 여성의 고통과 근심, 슬픔이 서사의 한쪽에 존재하되 그것을 극도로 절제하거나 초극해야만 하는 대상으로 그려져서 오월의 서사에서도 여성은 여전히 주변화된 타자의 위치에 자리하고 있음을 알 수 있다. 그럼에도 불구하고 이 소설의 여성 인물 '지숙'은 거대 담론이 포착하지 못했던 일상, 구체적인 삶의 영역을 체현하고 있는 인물로 해석할 수 있는 가능성이 있다. 문제는 이 소설에서 '지숙'이 여전히 가족 이데올로기의 범주에 갇혀 있는 인물로 묘사되고 있는 점일 것이다.

김중태 「모당(母堂)」[8]은 항쟁의 현장에서 뜻밖에 살아 돌아온 아들의 목숨을 지켜내기 위한 '어머니'의 노심초사를 서사의 중심에 놓고 있다. 그녀의 머릿속에는 아들을 찾으러 다니던 지난 며칠이 마치 꿈속인 듯 여겨진다. "마지막까지 남아 싸우던 이들이 모두 죽었다더라."(173쪽)는 어머니의 전언에 아들은 "제가 비겁했어요, 어머니."(173쪽)하고 울먹이는 소리로 말한다. 어머니는 당부한다. "총칼 앞에서는 어뜬 장사두 없는 게여. 그러니 이 에미가 나와도 좋다구 헐 때까장은 꼼짝말구 죽은 듯이 여기에 있어야 헌다."(174쪽) 이렇듯 기존의 가부장제 아래서의 맹목적이고 헌신적인 어머니로서의 모성성의 발현은 이 소설에서도 예외 없이 드러나고 있

8 김중태, 「모당(母堂)」, 한승원 외, 『일어서는 땅』, 인동, 1987, 155-183쪽.

다. 어머니에게는 양육의 정체성 외에 다른 정체성은 허용되지 않는다. 어머니의 책임감이 사회의 질서를 유지시켜 준다고 보기 때문이다.[9]

그래서, "격렬하게 서로를 밀어내면서 서로 다른 세계를 달려가고 있는 것처럼 보였지만 그러나 그들의 싸움이 권력지향의 모습을 하고 있다는 점에서 그 둘의 욕망은 궁극적으로 닮은꼴을 하고 있었다."[10]는 후일의 지적은 너무 가혹한 것일까. 그것이 기득권 쪽의 것이건, 저항 세력 쪽의 것이건 본질적으로는 동일한 속성을 지닌 두 권력 지향의 욕망들이 충돌하는 남성 중심적인 힘의 논리 속에서 개인은, 특히 여성은 그 주체적 자리를 확보하기는커녕 뿌리 깊은 가족 이데올로기와 거기에 순종하는 어머니, 그리고 그러한 어머니와 하등 다를 것 없는 착한 맏딸 강박관념만이 재현되고 있음을 본다.

이 장에서 살펴보았던 소설들이 오월이라는 참혹한 사건을 다루고 있다 하더라도 무의식적일망정 성역할의 고정화라는 문제에서 자유롭지 못한 것은, "환유도 유사도 존재하지 않은, 일종의 유사성 장애"[11]로서의 오월문학이라는 얼마간 냉혹한 지적 말고도 또 다른 한계로 지적 할 수 있겠다. 이들 소설에 등장하는 여성들은 처음부터 주변인이었으며 끝내 비가시적인 존재로 드러난다. 특히 문제가 되는 것은, 모든 어머니에게 모성은 다른 어떤 욕망보다도 우선한다는 모성성의 신화를 반복 생산하고 있다는 점이다. 여성은 약하나 어머니는 강하다는 것인데, 그렇다면 왜 어머니는 강한가? 어머니이기 때문이다. 어머니라는 존재는 자식을 양육하고 보호해야 하기 때문에 강하다는 것이다. 어머니 이전에 여성으로서 갖는 정체성은 고려될 여지가 없다. 그렇다면 어머니는 여성인가 아닌가.

---

9 박정오, 앞의 글, 185쪽.

10 박혜경, 『상처와 응시』, 문학과지성사, 1997, 73쪽.

11 김형중, 「오월문학에 나타난 국가폭력의 이미지화 방식에 대하여」, 『이미지 시대의 인문학(제10회 영・호남4개 대학 인문학연구소 합동학술대회 자료집)』, 2010, 47쪽.

어머니는 여성도 남성도 아닌 제3의 성이 되어버리고 만다.[12] 이렇게 모성이란 시대와 문화를 초월하여 어머니라면 누구나 가지고 있는 보편적이고 항구적인 고유한 역할이나 특성으로 간주되어 왔다.

그러나 페미니즘의 입장에서는 이러한 통념, 즉 고정적이고 본질적인 어머니상에 대한 의문을 제기하지 않을 수 없다. 그리하여 이러한 모성 담론이 여성을 어머니로 환원함으로써 여성의 사회 참여나 성적 욕망의 표출을 제한하는, 억압적 이데올로기로 작동하고 있기 때문이다.[13] 물론 역사적 기억과 인간의 고통을 왜곡되지 않게 담아내는 일이 쉽지 않다는 것, "살아 있으면서도 죽어가는 자 혹은 죽어가는 자와 같은 반(半)인간들, 시체 혹은 유골상자와 같은 비(非)인간들이 역사가 남긴 고통을 문학이 말할 수 있는가"[14] 하는 참혹한 질문과 마주하고 보면 5·18 소설들에서 여성성의 문제를 제기하는 것이 자칫 한가한 노릇 아닌가하는 비판이 있을 수도 있겠다. 그럼에도 불구하고 텍스트의 리얼리티와 그것의 이해와 감상을 통해 형성되는 가치관은 별개의 문제일 것이다.

3. 희생자의 기호로 남은 여성

이삼교 「그대 고운 시간」[15]은 열한 살 소년 화자 '나-창석'의 눈으로 1980년 오월을 본다. 동네 사람들이 골목 뒤 둔덕에 올라 시가지 쪽을 바라보

---

12 김주희, 「90년대 여성소설의 화두-딸의 서사와 어머니의 서사」, 『한국문예비평연구』, 한국현대문예비평연구학회, 2003, 210쪽.

13 이정옥, 「페미니즘과 모성-거부와 찬양의 변증법」, 심영희 외 공저, 『모성의 담론과 현실-어머니의 성 · 삶 · 정체성』, 나남신서, 1999, 55쪽.

14 한순미, 「고통, 말할 수 없는 것-역사적 기억에 대해 문학은 말할 수 있는가」, 『호남문화연구』제45집 , 2009, 107쪽.

15 이삼교, 「그대 고운 시간」, 『부활의 도시』, 인동, 1990, 189-207쪽.

며 중얼거렸다. "워메, 저것이 뭔 일이다요. 뭔 세상이 이런 세상이 있다요잉."(194쪽) 그런 와중에 대학생 형은 집에 돌아오지 않고 있었다. 학교가 쉬고, 누나가 출근을 멈추고, 어머니도 공사장에 가는 일을 중단했다. 그래서 시간은 죽어 있는 것이나 마찬가지였다. 일상의 정지, 아니 "전쟁이다, 전쟁. 이것은 전쟁이여"(193쪽)라고 외치는 어머니의 절규를 통해 오월 광주의 단면을 상징적으로 드러내고 있다. 나는 집안에서 한 발짝만 밖으로 나갔다가는 다리 토막을 작신 분질러 놓겠다는 어머니의 으름장 속에 갇혀 있다. 결국 경애 누나가 형을 찾아 나섰지만, 누나는 돌아오지 않는다. 어머니의 "불쌍한 새끼, 제대로 입히지도 멕이지도… "(200쪽) 라는 한 맺힌 절규 때문이었을까, 형은 그동안 연행되어 있다가 별 탈 없이 돌아왔다.

"연행되어 있다가 별 탈 없이 돌아왔다."는 전언은 이 작가가 당시의 광주를 제대로 이해하고 있는지 그 성실성에 얼마간의 의문을 갖게 하지만, 영영 돌아오지 않는 누나와 대비하자면 그래도 돌아왔으니까, '별 탈 없이' 돌아왔다고 할 수는 있겠다. 하여튼, 영영 돌아오지 않는 스무 살 고운 나이의 누나를 '나'는 지금까지 잊지 못하고 있다.

상고를 나와서 시내에 있는 대리점 경리사원으로 일하고 있던 누나는 대학생 누나들보다 더 예뻤지만 돈이 없어 대학에 가지 못했다. 그 누나가 어머니를 대신하여 남동생을 찾으러 다니다가 영영 돌아오지 못했다는 이 서사에는 기다림의 주체로서의 여성(아들을 기다리는 어머니)과 특히 희생자 혹은 애절한 대상으로서의 여성(남동생을 찾으러 나가서 영영 돌아오지 못한 누나)으로 곧, 죽음에 의해 비극적 상황을 고조시키는 대상으로 기호화되고 있다. 앞에서 살펴보았던 작품들과는 달리 등장인물인 여성의 희생적 죽음을 통해 오월의 비극성을 강조하되 그 역시 가부장제의 관습 속에 포섭된 여성의 희생을 그리고 있는 데에 불과하다.

서술자의 회상 속에 그려지고 있는 이 '누나'의 죽음은, 상황 속에서 보조적이고 주변적일 뿐 역사의 주제로서의 자리를 확보하고 있지 못한다. 텍스트에 재현된 젠더-누나의 "이미지는 대상의 주체적 의지나 본질을 나타내기 보다는 그 대상을 바라보는 타자-남성 작가의 시선이나 가치관이 강하게 개입되어 만들어지는"[16] 까닭에 그러하다. 침묵의 여성화 또는 여성화된 침묵이 현대사의 민감한 축 뒤에 숨겨져 있다는 것, 여성의미에 대한 침묵 그리고 여성들의 침묵이 현대사의 폭력성의 문제를 야기한다고 볼 수도 있을 것[17]이라는 논의와 그 궤가 다르지 않다고 생각한다.

심상대 단편 소설 「망월(望月)」[18]은 5·18민중항쟁 때 아들을 잃은 한 어머니의 넋두리를 통해 그 날에 가족을 잃은 이들의 가슴에 각인된 트라우마와 그것의 해원 가능성을 함께 모색하고 있는 작품이다. 집안의 대들보로 믿고 기대던 생때같은 큰 아들을 잃은 한 여인의 원한의 정서가 이 소설을 지배하는 정조이다. 그 날 이후 십육 년 만에 어머니는 아들의 무덤을 찾아간다. 남편이 살아 있을 때에는 그의 성화에 가고 싶어도 가지 못하다가 이제야 찾아가는 길이다. 그런데 길을 가면서 어머니는 "야아, 나는 인자 다 잊어부렀다. 다 잊어부렀어."(10쪽) 하고 끊임없이 혼자 소리를 한다. 그러나 어머니는 결코 아들을 잊지 못한다.

어머니에게 있어 큰아들의 죽음은 일종의 트라우마다. 큰아들의 죽음으로 인한 한과 죄의식이 앞의 인용에서와 같이 어머니의 무의식에 수시로 출몰하면서 그것을 강박적으로 호출해 낼 정도로 강렬하면서도 폭력적이기 때문이다. 사건이 일어나고 오랜 시간이 지나도, 외상을 경험한 많은 사람들은 그들 안의 한 부분이 마치 죽어 버린 듯한 느낌을 받는다.[19]

---

16 차희정, 「현대사회와 탈전형적 여성성: 메두사의 후예들」, 『이미지와 폭력』(조선대학교 인문학연구원 이미지 연구소 정기 학술대회 자료집), 2010, 6쪽.
17 조은, 「침묵과 기억의 역사화 : 여성 · 문화 · 이데올로기」, 『창작과비평』, 2001년 여름호, 88쪽.
18 심상대, 「망월」(望月), 『늑대와의 인터뷰』, 솔, 1999.

어머니의 시종일관 주술처럼 반복되어 나타나는 '나는 이제 다 잊어버렸다'는 의식 층위에서의 발화는 그러나 '아무리 잊으려 해도 하나도 잊히지 않는다'라는 무의식 층위에서의 대립적인 발화를 전제하고 있다. 그럼에도 불구하고 '다 잊어버렸다'는 넋두리를 강박적으로 반복하는 것은 자신의 원한의 정서와 아들을 구하지 못했다는 죄의식의 감정을 승화시키고자 하는 방어기제적 행위라고 할 수 있다.

박상률 「너는 스무 살 아니, 만 열아홉 살」[20] 역시 심상대 「망월」과 매우 유사한 내용 전개를 보인다. 어머니-월산댁은 큰 아들 영균의 죽음을 납득하지도 수락하지도 못해서 끝내 미쳐버리고 마는 인물이다. 월산댁은 남편과 함께 손수레에 채소를 싣고 다니며 팔았다. 그러던 어느 날 남편과 함께 새벽시장에서 뗀 채소를 손수레에 싣고 길을 건너다가 그만 교통사고를 당하고 말았다. 남편은 그 자리에서 숨지고 자신은 허리를 다쳐 석 달 동안을 꿈쩍도 하지 못한 채 병원에 누워 있어야만 했다. 목격자도 없는 뺑소니 사고를 당한 탓에 남편의 보상금은 물론 자신의 치료비조차 건지지 못했다. 그나마 다행인 것은 고등학교 3년 내내 우유배달과 신문배달 등을 하며 학비를 벌고 집안 살림에 보태던 큰 아들 영균이 낮에는 철물점에서 일하고 밤에는 야간대학에 다니면서도 마음 쓰는 것이나 행동하는 것이 슬거워서 식구들이 굶지 않고 살아 낼 수가 있었다. 그런데 그 난리통에, 난리통과는 아무 관계없이 지낼 수 있었던, 고단한 야간대학생이요, 부지런하고 성실한 종업원일 뿐이었던 영균이, 학생 지도부도 아니었고, 재야민주인사도 아니었고 정치가도 아니었던, 그렇다고 불량배이거나 건달 놈팡이는 더더욱 아니었던 영균이 가슴과 배꼽 사이에 총을 맞고 죽어버린 것이다. "차바퀴에 깔려 죽은 쥐나 몽둥이에 맞아 죽은 똥

19 주디스 허먼, 『트라우마』, 최현정 옮김, 플래닛, 2007, 95쪽.
20 박상률, 「너는 스무 살 아니, 만 열아홉 살」, 『내일을 여는 작가』, 2003년 겨울호, 82~117쪽.

개처럼 아주 형편없는 모습, 갈기갈기 찢긴 짐승의 몰골로"(92쪽) 변해버린 것이다.

어머니-월산댁은 아들 영균이 근무하던 철물점과 다니던 야간대학을 오가며 아들의 흔적을 찾는다. 아들은 절대 죽지 않았다고, 영균이는 난리통을 피하느라 집에 들어오지 않을 뿐이라고 생각한다. 그러다 마침내 아들이 묻힌 곳, 망월동 묘역에 찾아가 다짜고짜 두 손을 뻗어 무덤의 흙을 파헤친다. 그리고 마침내 갈라진 널빤지 안에서 송장 썩는 냄새를 맡으며 절규한다. "아이고메! 이것이 시방 뭔 일이당가!"(117쪽) 어머니의 이 절규와 마침내 드러나는 광기는, 난리통에 생때같은 큰 아들을 잃은 한 여인의 회복불가능한 원한의 정서로, 이 소설을 지배하는 정조이다. 그래서 이 소설은 심상대의 「망월」의 어머니가, 강박적으로 반복하는 넋두리를 통해 자신의 원한의 정서와 아들을 구하지 못했다는 죄의식의 감정을 승화시키고자 하는 방어기제적 행위보다 더 파멸적인 상태를 보여준다. 이 어머니가 감당해야 하는 고통은 무엇보다 수동성보다 더 수동적인 경험, 즉 우리-어머니의 선택 없이 이미 '주어진 것, 스스로 원하기도 전에 이미 주어진 것이며, 거기에 나-우리-어머니는 벗어날 수 없는 상태로 묶여 있다. 까닭에 이 고통은 언어 이전에 있는 것이며 또 언어를 초과하여 존재하기 때문에 이 내 뱉은 절규 이외에 어떤 말로도 재현할 수 없는 것, 즉 말할 수 없는 것이다.[21]

삶이란 본질적으로 다른 사람과의 관계에서 자신을 경험하고, 다른 사람이 우리 안에서 불러일으켰고 거듭해서 불러일으키는 것을 종종 자신으로 경험하며, 인간관계, 특히 사랑의 관계에서 가장 내밀한 자기와의 관계를 만들어가는 것이다. 우리와 그렇게 연결된 사람을 잃게 되면 실제 우리의 한 부분도 그와 함께 죽는다.[22]

---

21 한순미, 앞의 글, 98쪽.

그런데 이 두 소설-「망월」과 「너는 스무 살 아니, 만 열아홉 살」에서 어머니라는 존재는 가족 이데올로기에 포박된 채, 아들을 지켜내지 못했다는 죄의식을 한으로 안고 살아가는 전근대적인 혹은 모성적 자연, 영원한 여성으로서 성별 차이를 넘어선 초월적 존재로서 재현될 뿐이다. 가족 이데올로기는 여성들의 대부분의 삶을 가정적인 영역에 속하는 것으로 규정한다. 그것은 여성의 사회적 위치를 가정의 영역으로 합법화함으로써 여성들에게 공적 조직이 아니라 자신의 가족과 친족집단에 성실하도록 요구하며, 다른 여성들과 갖는 공통된 이해에 대한 인식을 약화시킨다.[23]

그런 까닭에 다른 여성-어머니들과의 연대는 물론이거니와 아들의 죽음을 가져 온 상황과 맥락에 대해 굳이 물으려들지 않는다. 이는 역사를 지배/피지배, 학살/저항이라는 단일한 구도로만 바라봄으로써, "역사를 이끄는 혹은 변혁을 꿈꾸는 집단적 주체의 역할을 떠맡는 존재는 어김없이 남성이 될 수밖에 없으며, 여성은 역사적 서사의 주체라기보다는 대상으로서, 즉 타자로서만 존재할 수 있는"[24] 5·18 소설에 내재한 필연적인 귀결이라 할 수 있겠다. 다만 5·18의 광주에 설치된 비극의 무대는 '모성'의 시공간이 아니었다는 것, 그것은 폭력과 단호한 응징이 난무하는 죽음의 파티였지 바흐친적 의미에서의 살아서, 성장하고 과실을 맺는 민중적 낙관의 시간이거나, 생육의 모성적 시간이 아니었다[25]는 점에서, 전근대적인 혹은 모성적 자연, 영원한 여성으로서 성별 차이를 넘어선 초월적 존재로 그려지고 있다는 비판이 과연 정당한가의 과제를 안겨주고 있다.

구효서 「더 먼 곳에서 돌아오는 여자」[26]는 동일한 인물이 한 공간에서

---

22 베레나 카스트, 『애도』, 채기화 옮김, 궁리, 2007, 17쪽.
23 캐롤린 라미자노글루, 『페미니즘, 무엇이 문제인가』, 김정선 옮김, 문예출판사, 1997, 236쪽.
24 리타 펠스키, 『근대성의 젠더』, 김영찬 · 심진경 옮김, 자음과 모음, 2010, 31쪽.
25 차원현, 「5 · 18과 한국소설」, 『한국현대문학연구』제31집, 한국현대문학회, 2010, 449쪽.
26 구효서, 「더 먼 곳에서 돌아오는 여자」, 『현대문학』, 2001년 5월호.

두 개의 시간대를 동시에 경험하도록 인물과 사건들을 배치하고 있다. 먼 곳에서 돌아와 지금 오 층짜리 낡은 아파트(사직맨션)와 사동식품과 국밥을 파는 목포집 근처를 배회하는 여자, 역시 같은 공간, 사동식품과 솟을 대문과 누룽지 같고 부스럼 같은 담장 안을 서성이는 소녀는 결국 같은 인물이다. 이 소설은 여자의 회상의 시점이 아니라 같은 공간에 병치시킨 사건들의 연쇄를 통해 한 인물의 내면에 각인된 상처의 징후를 드러낸다.

언덕 위 사직맨션 옆에서 흰 가오리연 날리기를 좋아했던 이 소녀는 할머니가 죽고, 그래서 고아가 되고, 뉴저지로 입양된다. 할머니가 돌아가셨을 때 한 청년이 소녀를 서림원이라는 보육원으로 데려가기로 했었다. 뉴저지로 입양된 후 "털이 숭숭 난 가운뎃손가락을 열세 살 먹은 아이의 성기에 집어넣고 휘젓기 전까지"(41쪽) 브라이언은 소녀의 양부였다. 대디가 당신 혹은 다링으로 바뀐 다음 그녀가 겪어야 했던 일은, "눈비로 얼룩진 트렌턴의 겨울 밤거리가 환히 내려다보이는 건물 꼭대기 층에서 삼백일곱 명의 남자를 상대하다 실신하는"(42쪽), 그런 이벤트(포르노 배우)였다.

여자는 21년 만에 돌아왔다. 그런데 왜 이 소설이 5 · 18과 관련을 맺는가. 소설의 말미에 밝혀지는, 한 청년의 죽음과 5 · 18이 관계 맺고 있기 때문이겠으나 그보다는 5 · 18항쟁과 관련한 미국의 역할에 대해 모종의 알레고리(allegory)로 기능하기 때문이다.

구효서의 이 소설은 21년의 시간을 거슬러 그 오랜 시간 속에서도 박제되지 않은 오월을 우리 앞에 되돌려 놓는다. 여자의 처참했던 미국에서의 21년이 바로 그 해 오월에 시작되었다는 것을, 그리고 그 상흔은 어쩌면 영원히 지워지지 않을 것임을, 공간 몽타쥬(space montage)와 시간 몽타쥬(time montage)기법의 적절한 활용을 통해 보여주고 있다. 이 소설의 서술자는 '여자'의 과거의 사건, 과거의 기억을 소설이 서술되고 있는 현재로 불러온다. 21년 전이라는 과거는 현재로 불려 와서 그녀에게 현재의 어느 순간처럼 생생하게 기술된다. 그녀의 기억은 현재에서 과거로 이동되어 있다. 서술자에 의해 호명된 그녀의 시선은 과거에 머무른다. 그녀는 지금 2001년에 21년 전의 기억을 회상하고 있고, 서술되는 사건의 시간은 1980년이다. 그녀는 기억 속의 1980년으로 이동한다. 거기서 그녀는 양부인 브라이언에게 성적 착취를 당한다. 과거 속의 현재 시간에서 조금 먼 과거를 '그때부터'로 지칭하면서 그녀는 시간상의 거리와 경과를 표현한다. 이 지시어 '그'가 사건에 대한 그녀의 심리적 거리를 나타내면서 소설이 기술되는 현재의 시간대로 과거가 끌려와 있다. '그때부터'의 '그'라는 지시어는 현재와 과거, 과거와 과거의 기억에 대한 기억의 혼합 양상을 보여줌으로써 현재 시점에서 그녀가 느끼는 과거에 대한 심리적 거리감을 표현하고 있다. 이것은 과거가 소멸된 시간이 아니라 여전히 현재의 그녀에게 깊은 영향을 미치고 있음을 드러낸다.

잘 알려져 있는 것처럼 탈식민주의는 유색 인종이나 소수 인종, 식민주의의 지배를 받은 민족을 중심으로 인종 억압이나 식민주의에 대한 비판적 시각을 통해 과거 피식민지의 역사나 문학을 재조명하고자 한다. 이 담론이 기존의 서양/동양이라는 이항 대립적 질서 아래 동양이 타자의 자리에 놓여온 것에 의문을 제기하고 있다면, 페미니즘 담론은 남성/여성이라는 이항 대립적 질서에서 여성이 늘 타자의 자리에 위치 지어온 것을 문제 삼는다. 따라서 이 두 담론은 억압 및 불평등에 대한 문제 제기와 그것을 이론적으로 설명하고 이해하려는 시도, 그리고 지배집단에 의해 주변화 된 집단의 권리와 지위를 되찾으려는 시도 등에서 공통점을 갖는다.[27] 식민주의 페미니즘은 남성이 자신의 이념과 문화를 표준 규범과 절대적 진리로 만들어 여성을 은유적 의미에서 식민지화된 타자로 만들기 때문

---

27 마리아 미스 · 반다나 시바, 『에코페미니즘』, 손덕수 · 이나나 옮김, 창비 , 2000, 6쪽.

에 여성은 억압과 압제에 시달린다는 점에서, 그리고 자신들의 경험을 억압자의 언어로 표현해야 한다는 점에서 식민지인들과 같다고 인식한다. 구효서의 소설은 그러한 지점을 매우 뚜렷하게 드러내 보이고 있다.

4. 여성의 서사와 자매애적 연대

여성이 말하는 주체로서 스스로를 재정의할 때, 여성들이 사회적으로 부과된 말 없는 상징으로서의 역할을 깨고 스스로를 말하는 주체로서 입장을 세우고 글을 쓸 때, 공동체의 물질적, 문화적 실천에서 가장 비가시화된 부분을 가시화하며, 동시에 여성들이 단순한 피해자가 아니라 서사에서 누락된 것을 드러내면서 헤게모니적 기억들을 보충, 대체한다.[28] 이는 오월을 대상으로 한 여성작가의 소설에도 해당되는데, 특히 공선옥은 1980년 오월 이후 광주를 살아가는 사람들-보다 정확하게는 여성들의 모습에 소설적 관심을 보인다. 공선옥의 「목마른 계절」[29]에는 80년 5월 이후 살아남은 자들의 힘든 삶, 특히 이혼을 했거나 애인이 죽음으로써 혼자 남겨진 여성들의 모습이 광주와 연결되고 있다.

1인칭 서술자 '나'는 소음 가득한 영구 임대 아파트에서 아이 둘을 홀로 키우며 살아가는 (여성)소설가이다. 소음 때문에 견딜 수 없어 하는 '나'는 아파트 사람들의 서명을 받겠다고 뛰어다니다가 허름한 카페를 운영하는 옆 집 유정이 엄마 현순과 가까워진다. 아람이 엄마 '나'는 서른 살의 이혼녀이고 유정이 엄마 현순은 마흔 한 살의 이혼녀다. 현순의 카페에 근무

28 박미선, 「지구지역시대 젠더이론의 쟁점 : 여성 · 민족 · 국가, 그리고 재기억의 텍스트 정치」, 『탈경계인문학』 창간호, 2008, 42~43쪽.

29 공선옥, 「목마른 계절」, 5월광주대표소설집 『꽃잎처럼』, 풀빛, 1995, 9~39쪽.

하는 종업원 미스 조는 어릴 때 열차 사고로 양친을 다 잃고 자신은 한쪽 다리를 잃은 불구의 몸이다. 거기에 거두어야할 나이 어린 동생이 둘이나 된다.

이 세 사람의 등장인물 중에서 광주의 상처와 직접적인 관련을 맺고 있는 인물은 실상 '미스 조'다. 그녀의 애인이 5 · 18민중항쟁 때 시민군이었는데, 감옥에서 나와 십 년을 시난고난 앓다가 최근에 죽었다. 그런데 이 '미스 조'는 9층 아파트 난간에서 저 아래를 향해 몸을 던져 자살했고 "죄가 있다면 살아 있는 것이야. 살아남음이 죄라구."(36쪽) 외치는 미스 조의 환청을 들으며 서른 살의 이혼녀 '나'도 그렇게 저 아래를 향해 몸을 던지려 한다.

「목마른 계절」에서 문제 삼고 있는 것은, 그 날에 살아남은 사람들이 지금 어떻게 살아가고 있는지를, 어떻게 죽어가고 있는지를 선연하게 보여주면서 작중인물들의 힘겨운 삶의 조건이란 이처럼 아직 해결되지 않은 과거의 비극에서 연유하고 있다는 것으로 요약할 수 있다. 그래서 광주는 아직 현재진행형이라는 것이고, '나'의 자살을 예감하면서 '어쨌거나 살아서 견뎌내야 한다.'고 말하는 소설 내 또 다른 인물의 외침은 비장하다. 하지만, 소설 내 인물들의 행위의 필연성이 독자들의 공감을 얻는 데는 실패하고 있다.

공선옥의 초기 작품에 해당하는 이 소설은 인물들 간의 서사적 갈등관계가 생략된 채 5 · 18항쟁을 일종의 기호 혹은 상징으로 처리한 탓에 현실과 문학의 간극을 오히려 넓게 만들고 말았다고 할 수 있다. 또한 공선옥의 대부분의 소설에서처럼 이 소설에도 모성에 대한 강박이 두드러진다. 그녀는 여성성을 넘어선 보편적 윤리로서의 모성을 강조하고 있다. 그것을 통하여 상처의 치유와 연대의 모색이라는 가능성을 애써 강조하고 있다. 살아가야 한다는 의지의 확인, 생명에 대한 사랑의 강조, 희망적인 결말의 화해와 용서는 그 자체로 아름답기는 하지만, 문제는 그것을 모성적인 것으로 규정짓고 늘 여성의 몫으로 남겨둔다는 데 있다. 그것은 남성/여성의 이분법적 오류를 반복하는데 불과하다. 역사의 상처를 치유하는 것이 모성이라는 논리는 여성문제의 하나로 다루어야할 어머니의 문제를 역사담론 속에 지워버리는 결과를 가져온다.[30] 모성이란 여성이 어머니로서 갖는 의지, 감정, 이성 등을 말한다. 때로는 모성이 개인적 차원의 상처를 치유하고 원상을 회복하는 데 일정한 도움이 될 수 있겠으나, 역사적 상처의 치유는 모성으로 '감싸 안음' 이전에 그 상처의 원인에 대한 치열한 탐색이 우선일 것이다.

이 소설에 등장하는 세 사람의 여성-소음 가득한 영구 임대 아파트에서 아이 둘을 홀로 키우며 살아가는 서른 살의 이혼녀인 아람이 엄마 '나'와 마흔 한 살의 이혼녀 유정이 엄마 '현순'과 어릴 때 열차 사고로 양친을 다 잃고 자신은 한쪽 다리를 잃은 불구의 몸인 현순의 카페 종업원 '미스 조'는, 여성의 차이를 배제한 채 오직 모성이라는 이름으로 획일화 된다. 가부장적 사회구조의 모순과 대면하고 있는 이들 여성 인물들의 부재와 결핍이 아직 해결되지 않은 과거의 비극-5 · 18항쟁에서 연유하고 있다는 것만으로는, 그리고 그 해결책이 '어쨌거나 살아서 견뎌내야 한다.' 는 것만으로는 남성 작가들의 소설보다 좀더 예각적으로 우리가 놓여 있는 자리를 제시하고 있는가하는 데 주저하게 한다. 따라서 공선옥 작품에서의 현실은 (노동자) 의식을 가진 사람들이 사는 소우주 공간일 뿐, 개연성을 가진 현실은 아닌 것[31]이라는 냉정한 지적이 꼬리표처럼 따라붙는 것은 아쉬운 대목이 아닐 수 없다.

홍희담의 「깃발」은 5 · 18민중항쟁을 그 비극적 양상에서가 아니라 그

30 김경희, 『한국 현대소설의 모성성 연구』, 조선대학교 박사학위논문, 2005, 131쪽.

31 이덕화, 「공선옥론 2:반란의 시학, 삶의 거리 지키기」, 명지대 인문과학연구소 편, 『문학 속의 여성』, 월인, 2002, 98쪽.

리고 죄의식이라는 각도에서가 아니라, 그 투쟁의 양상에서, 그리고 혁명적 낙관이라는 각도에서 그린 소설이다.[32] 이 소설의 가장 두드러진 점은 5·18민중항쟁이 "71%의 무산자 계급에 의한 항쟁이었다는 점"(62쪽)의 강조에 있다.

도청 앞과 분수대 사이에서 '형자'는 '순분'에게 다음과 같이 말한다. "어떤 사람들이 이 항쟁에 가담했고 투쟁했고 죽어갔는가를 꼭 기억해야 돼. 그러면 너희들은 알게 될 거야. 어떤 사람들이 역사를 만들어 가는가를…… 그것은 곧 너희들의 힘이 될 거야."(49~50쪽) 사건이 일어나자 "들쥐처럼 도시를 빠져 나가는 부자와 미국인들, 그리고 시내 곳곳에서 자행되는 공수부대원들의 만행"이 신문기사적인 문체로 그려져 있는 이 소설에서 작가는, '순분'이와 '형자'네 같은 노동자들, 그리고 야학 학생들의 곤고한 생활과 '윤강일' 같은 운동권 학생의 고민, 도청 내 강경파와 온건파의 갈등 등 현장에 대한 사실적 재현에도 상당한 공을 들이고 있다.

작가는 이 소설의 마지막 장면, 이른 새벽 여명을 헤치고 자전거를 타고 출근하는 노동자들의 건강한 모습을 보며 미소 짓는 순분이와 형자들의 묘사를 통해, 항쟁은 실패로 끝났지만 노동자에게 있어 항쟁은 피해자로서의 체험이 아니라 역사의 주체로서의 체험이었고, 앞으로의 삶은 새로운 역사의 주역으로서의 삶이어야 한다는 것을 강조하고 있다. 그런데 이 소설에 대한 대부분의 평문들에서는 '여성'이라는 항쟁-기억의 주체보다는 '여성노동자'라는 계급의식을 중심으로 담론을 구성하고 있음을 본다. 이와 같은 '젠더 무관심성(gender indifference)'은 대항기억 내부에서도 젠더에 따른 모종의 위계화 원리가 작동하고 있음을 반증한다.[33]

또 한 가지 지적할 것은 이 소설은 여성 인물들이, 자신들이 처한 상황

---

32 성민엽, 『변하는 것과 변하지 않는 것』, 문학과지성사, 2004, 191쪽.
33 김양선, 「광주민중항쟁 이후의 문학과 문화」, 『여성문학연구』, 한국여성문학학회, 2007, 13쪽.

을 어떻게 능동적으로 깨닫고 자기 정체성을 확립해 나가는지에 초점을 맞추고 있는데, 여성노동자들이 서사의 중심에 위치하고 있는, 5·18 소설에서는 유일한, 따라서 매우 기념비적인 작품이라 할 수 있다. 다만 전망은 앞으로 나아갈 바를 미리 보여주는 것이 아니라 현재의 실상을 올바로 투시함으로써 얻어지는 것이라거나, 오직 민중들의 투쟁만을 중심으로 오월을 형상화함으로써 오월의 보편적 모습을 놓치고 있다는 비판에서 자유롭지 못한 것도 사실이다. 문제는 「깃발」 이후의 홍희담의 5·18 소설들이, 특히 오월 이후를 다룬 소설들이 그러한 한계를 고스란히 안고 있다는 데 있다.

5·18 소설 여섯 편을 싣고 있는 홍희담의 소설집 『깃발』에서 가장 나중에 씌어진 소설 「문 밖에서」[34]를 보자. 광주에서 시가전이 격렬할 때 '영신'은 남편과 함께 도시를 빠져 나갔다. 결혼한 지 채 두 달이 되지 않은 때였다. 그들은 다니던 성당의 신부 주선으로 시외의 과수원 안에 있는 별채에서 지내게 되고, 거기에서 아이- 수환을 갖게 된다. 도청이 계엄군에게 함락되고 광주는 평정된다. 영신은 친구 '연희'로부터 사건의 와중에 임산부였던 스무세 살의 최미애라는 여인이 계엄군의 총에 맞아 숨진 사실을 전해 듣는다. 배꽃이 하얗게 흩날리는 그때, 자신은 남편과 열락의 시간을 보냈는데, 그 시각에 한 여인은 임신한 몸으로 남편의 귀가를 기다리던 집 앞 골목길에서 계엄군이 쏜 총에 맞아 죽었다는 것이 그녀를 깊은 죄의식으로 몰아넣는다. 그런 까닭에 영신은 "죄의식과 행복해지면 안 된다는 심리로"(165쪽) 아들 수환을 미워하게 된다. 그리곤 위암으로 죽는다. 영신의 여학교 때 친구인 연희는 오랫동안 연애하던 남자와 헤어진다. "잘 생기기고 집안도 좋은 남자였는데 그와 결혼하면 행복할 것 같아서, 행복하면 죄스러울 것 같아서"(164쪽), 연희는 오랫동안 연애하던 남

34 홍희담, 『깃발』, 창작과비평사, 2003, 146~166쪽.

자와 헤어지고 정비공이었던 시민군 출신과 결혼한다. 그때는 숨 쉬고 있는 것조차 부끄러웠기 때문이라는 것이다.

이것은 냉정하게 말하면 소설이 아니다. 소설집에 해설을 쓴 최규찬은 이를 인위와 꾸밈을 거부하는 작가의 올곧음으로 '해설'[35]하고 있으나, 그의 말마따나 현실은 그렇게 명료하거나 단순한 게 아니다. 이 소설의 여성들이 스스로 떠안고 있는 죄의식이란 앞에서 살펴 본 공선옥 소설의 여성들과 마찬가지로 모성에 대한 강박의 결과일 뿐이다. 홍희담 역시 공선옥과 마찬가지로 여성성을 넘어선 보편적 윤리로서의 모성을 강조하고 있다. 그것을 통하여 상처의 치유와 연대의 모색이라는 가능성을 강조하고 있다. 국가폭력과 무장저항이라는 5·18 소설의 담론에서 타자화되고 분열된 여성 자아의 구성을 사회 문화적 맥락에서 충분하게 규명해내고 있지 못한 까닭은 오월에 대한 작가의 관념이 소설의 육체를 갉아 먹고 있는 것이다. 그럼에도 불구하고 여성으로 스스로를 동일시하는 수많은 다양한 주체들이 여성임을 긍정하고 자매애적 연대를 이룰 때, 거기에서 생산적이고 변혁적인 힘을 발견할 때, 5월에 살아남은 이들-특히 여성들이 안고 있는 폭력적 상황과 그로인한 상처의 치유가 일정 부분 가능하리라 생각된다.

김승희 「회색고래 바다여행」[36]은 광주의 상처를 안고 미국으로 건너가 사는 강채정이라는 화가의 비극적 삶을 묘사하고 있는 소설이다. 서술자 '나'-유미환은 신문사 기자로 십 년간 문학담당을 하다가 가정담당으로 발령을 받은 후 그토록 뛰어 왔던 기자생활에 낯설음과 염증을 동시에 느끼면서 어딘지 세상 밖에 서 있는 것 같은 무감각의 고통을 느낀다. 다행스럽게 미국에서 일 년 동안의 연수 기회를 갖게 되고, 그녀는 60년대 히피혁

35 최규찬, 「오월의 역사와 함께 한 영혼의 기록」, 위의 책, 312쪽.
36 김승희, 『산타페로 가는 사람』, 창비, 1997, 103~153쪽.

명의 발상지로 알려진 베이로 오게 된다. 그녀는 곶의 안에 들어와 고여 있는 바다의 물, 베이가 마치 자기 안에 기억의 늪을 가지고 있을 것처럼 느낀다. 유미환은 몬트레이에서 그림을 그리며 살고 있는 화가 강채정이 혼수상태에 빠져 있다는 전갈을 받고 경파와 함께 차를 몰아가는 중이다.

두 사람은 고래가 오천 마일이나 되는 대장정을 해온다는 이야기를 나눈다. 생각하면 동물의 본능은 무섭다는 것, 단지 따뜻한 나라에서 살겠다는 것만은 아니고 따뜻한 곳에 자기 새끼를 번식시키려고 온다는 점에서 그렇다는 것, 미국에 이민 오는 사람들 대부분이 자식의 장래를 위해서라니 아마 고래의 대장정과 같은 것이 아닌가 하는 이야기를 나누며 유미환은 인간의 굽혀질 수 없는 꿈의 근육을 느낀다. 이들 셋, 유미환과 경파와 강채정은 어떻게 연결되는가. 경파의 아버지는 80년 당시 강제로 해직된 교수다. 그래서 유미환에게 스스럼없는 친밀감을 보인다. 유미환은 경파의 아버지가 이민 초기에 가지고 온 돈을 믿었던 친구에게 사기당하고 직업도 없이 어렵게 고생했다는 이야기를 듣고 벅찬 동정을 느낀다. "어떤 종류의 죄의식이, 80년대에 어찌되었던 무사했던 사람은 무사하지 못했던 사람에 대해 무언가 어떤 어두운 마음을 아직도 가지고 있기"(119쪽) 때문이다. 유미환과 강채정은 광주가 고향이다. 강채정은 5·18때 고3이었다. 그녀의 집은 도청 뒤 서석동에 있었다. 오월 광주가 다 끝나고 금남로의 피도 수도 호스로 물을 뿜아 다 지운 다음 다시 평정을 되찾은 시내를 걸었을 때 그 오월의 아름다운 햇살이 그녀에겐 그렇게 낯설었다는 일종의 죄의식이 그녀의 내면에 자리하게 된다.

마침내 도착한 그녀의 집 벽에 붙어 있는 크로키 한 장, 벗은 젖가슴 아래로 들고 있는 쟁반에는 유두에서 피가 솟고 있는 유방 한 개가 놓여 있었다. 그것은 광주민중항쟁 사망자 명단 54번 손옥례였다. 여고를 졸업한 19세의 처녀, 친구 병문안 간다고 집을 나간 후 참혹한 시신으로 발견된 그녀는 왼쪽 가슴은 대검으로 찔렸고 오른쪽 가슴은 흉탄이 관통되어 죽은 것이다. 오월은 가지 않았고 아직 오월은 누군가를 죽음 속에 빠뜨리고 있다는 것, 아직도 오월의 진실은 인간의 영혼을 지배하려고 방황하고 있다는 것을 강채정의 상처와 고통을 보며 나-유미환은 아프게 깨닫는다. 그건 유언비어야 하고 우리가 고개를 흔들고 부정하고 있는 동안 여기 한 사람은(혹은 또 누군가는) 자기 조개피 안에 역사의 상처를 기르면서 오직 고통 하나에 자기를 걸고 살고 있다는 것, 역사적 고통 때문에 순수한 영혼이 감당해야 할 상흔은 세월이 가도 지워지지 않는다는 것, 그럼에도 그 상처를 껴안고 감당하며 극복하려는 무서운 본능의 주체는 여성이라는 것이 이 소설의 참된 주제일 것이다.

이는 물론 앞에서 지적했던 공선옥과 홍희담 소설의 여성 주인공들의 모습과 본질적인 면에서 닮아 있다. 다만 공선옥과 홍희담 소설의 여성 주인공들의 그것이 작가의 관념의 소산으로 보이는데 반해 김승희 소설의 여성 주인공들의 경우 소설적 리얼리티를 얻고 있다는 점에서 얼마간의 차이를 보일 뿐이다.

한편 강채정과 유미환 그리고 경파, 이 세 여성인물은 남성의 지배 영역을 벗어나 '반보기-새로운 집짓기'를 시도하고 있는 것으로 볼 수 있다. '반보기'란 전통사회에서 서로 멀리 떨어져 살아 오랫동안 만나지 못한 출가한 딸과 친정어머니가, 어머니의 집도 아니며 딸의 집도 아닌 두 집 사이의 중간쯤 되는 산이나 시냇가 등지에서 만나 장만하여 온 음식을 나누어 먹으며 하루를 즐기는 풍속에서 연유한 개념이다. 남성학자의 관점에서 볼 때 자신의 공간을 갖지 못한 여성들의 비극성을 강조하는 의미[37]로 읽지만, 여성의 시각으로 볼 때 이 반보기는 감당하기 어려운 현실에서의 도피가 아닌 절대화된 남성의 지배질서에서 벗어나 여성의 자아-정체성

37 임동권, 『여성과 민요』, 집문당, 1984, 22쪽.

을 새롭게 확인하고 가꾸어가는 공간으로 의미 부여할 수 있다. 비록 강채정이 80년 광주에서의 비극의 기억에서 벗어나지 못해 여전히 고통 받고 있으나 고래들이 오천 마일이나 되는 대장정을 해 오듯이 이들은 그 고통의 감내와 연대를 통해 스스로를 주체로 자리로 자리매김하고 있는 것이다. 푸코도 '주제'가 담론과 담론적 실천에 의해서 창조된다는 것을 강조한 바 있다. 대항 담론은 지식, 실천, 그리고 과정의 형태로 지배적인 가부장적 담론에 도전하는 페미니스트 인식론과 실천 속에서 드러날 수 있다.[38]

5. 새로운 집짓기

이 글은 5 · 18 소설들 속에 나타난 여성 재현 양상을 세 개의 범주로 나누어 살펴보았다. 이렇게 여성 서술자를 내세운 소설들과 여성을 대상화한 소설들, 그리고 여성을 주체로 내세운 소설들로 범주화한 까닭은 무엇보다 소설 속에 재현된 여성성의 차이와 주체성에 주목했기 때문이다. 우선 여성 서술자를 내세운 소설들에서 남성은 역사적 실천 행위의 주체로 구성되는 반면, 여성은 역사적 고통의 미학적 대상으로 머물러 있다는 것을 확인하였다. 이렇듯 내적 욕망이 탈색된 헌신적인 여성상은 기존의 남성 중심적인 모성 이데올로기를 부지불식간에 재현하고 있는 것이다. 여성의 고통과 근심, 슬픔이 서사의 한쪽에 존재하되 그것을 극도로 절제하거나 초극해야만 하는 대상으로 그려져서 오월의 서사에서도 여성은 여전히 주변화된 타자의 위치에 자리하고 있음을 알 수 있다.

그리고 여성을 대상화한 소설들에서는, 여성 인물들이 기다림의 주체

38 앤 브룩스, 『포스트페미니즘과 문화 이론』, 김명혜 옮김, 한나래, 2003, 108쪽.

로서의 여성(아들을 기다리는 어머니)과 특히 희생자 혹은 애절한 대상으로서의 여성(남동생을 찾으러 나가서 영영 돌아오지 못한 누나)으로 곧, 죽음에 의해 비극적 상황을 고조시키는 대상으로 기호화되고 있음을 확인하였다. 앞에서 살펴보았던 작품들과는 달리 등장인물인 여성의 희생적 죽음을 통해 오월의 비극성을 강조하되 그 역시 가부장제의 관습 속에 포섭된 여성의 희생을 그리고 있는 데에 불과하다는 것, 서술자의 회상 속에 그려지고 있는 이 누나-여성의 죽음은, 상황 속에서 보조적이고 주변적일 뿐 역사의 주체로서의 자리를 확보하고 있지 못한다.

마지막으로 살펴 본 여성을 주체로 내세운 소설들은 얼마간의 편차가 있는데, 공선옥과 홍희담 소설의 여성들이 스스로 떠안고 있는 죄의식에는 모성과 오월에 대한 작가의 지나친 강박이 두드러지는 양상을 보이고 있다. 두 여성작가는 여성성을 넘어선 보편적 윤리로서의 모성을 강조하면서 그것을 통하여 상처의 치유와 연대의 모색이라는 가능성을 강조하고 있다. 문제는 역사의 상처를 치유하는 것이 모성이라는 논리는 여성문제의 하나로 다루어야 할 어머니의 문제를 역사담론 속에 지워버리는 결과를 가져온다는 점에 있다. 따라서 국가폭력과 무장저항이라는 5 · 18 소설의 담론에서 타자화되고 분열된 여성 자아의 구성을 사회 문화적 맥락에서 충분하게 규명해내지 못하는 아쉬움을 갖게 된다.

홍희담과 공선옥의 소설들은 둘 다 작가의 과도한 관념이 인물들의 실제 삶의 세부를 압도하여 이들 여성인물들-하위 주체들이 거의 분노라는 단일하면서도 경직된 성격으로서만 제시되고 있는 약점을 갖고 있다. 그럼에도 불구하고 여성으로 스스로를 동일시하는 수많은 다양한 주체들이 여성임을 긍정하고 자매애적 연대를 이룰 때, 거기에서 생산적이고 변혁적인 힘을 발견할 때, 오월에 살아남은 이들-특히 여성들이 안고 있는 폭력적 상황과 그로인한 상처의 치유가 일정 부분 가능하리라 생각된다.

이들과 달리 김승희 소설의 여성 인물들은 결코 기억하고 싶지 않은, 그러나 기억하지 않을 수 없는 이 가공할 폭력에 대하여 중심/주변, 주체/타자, 남성/여성의 이항대립이라는 담론구조 속에서 여성적 자아의 재발견이라는 문제를 제기하고 있음을 확인하였다. 또한 이들 소설 내 여성들은 남성의 지배 영역을 벗어나 '반보기-새로운 집짓기'를 시도하고 있는 것으로 볼 수 있다. 이 반보기는 절대화된 남성의 지배질서-폭력에서 벗어나(회피가 아니라) 여성의 자아-정체성을 새롭게 확인하고 가꾸어가는 공간으로 의미 부여할 수 있다.

여성들은 5 · 18항쟁의 모든 면에서 영웅적으로 참여했음에도 불구하고, 남성들에게 늘 종속되었고, 여성으로서의 '정상적인' 역할과 행동양식에만 국한되었다. 우리는 5월을 제재로 한 텍스트 전체를 다시 읽고 작품 속에서 침묵되거나 주변으로 밀려나거나 이데올로기적으로 왜곡되어 표상되고 있는 것-특히 여성성의 문제를 명백하게 이끌어내고 확장하여 그것들에 목소리를 부여하는 노력을 기울일 필요가 있다. 그렇게 함으로써 오월 담론은 인간의 존엄이라는 궁극적 목표에 온전히 도달할 수 있을 것이다. 다만 이 이글에서 문제 삼고 있는 5 · 18소설에서의 젠더 무관심성 혹은 여성에 대한 차별과 배제라는 논점이, 국가의 과잉폭력과 그에 맞선 저항적 시민들의 기획된 폭력, 무장충돌, 그에 따른 피비린내를 피할 수 없었던 비극적 상황에서 정당한 비판으로 가능한가의 문제는 숙제로 남겨두고 이후 더 많은 공부로 채워가고자 한다.

* 전남대학교, 『민주주의와 인권』 제12권 1호, 2012.4.

05 민주화운동에서 여성 주체의 문제
– 홍희담과 공선옥의 5 · 18소설을 중심으로

1. 여성과 민주화운동, 그리고 소설

여성과 민주화운동의 관계를 논의하는 데 문제가 되는 것의 하나는 여성들이 종종 이러한 운동들의 지지기반이라는 것, 그러나 동시에 여성들은 가부장적 지배[1]라는 맥락 때문에 종종 그런 운동 내에서 종속적인 위치로 전락한다는 점에 있다. 여성들은 항쟁의 모든 면에서 영웅적으로 참여했음에도 불구하고, 남성들에게 늘 종속되었고, 여성으로서의 '정상적인' 역할과 행동양식에만 국한되었다.[2]

실제로 5 · 18민중항쟁 초기부터 마지막까지 여성들의 참여와 활동은 두드러지게 나타났다.[3] 여성들은 계엄군의 야만적 살육 작전의 희생자이면서(남성 역시 그러했지만) 동시에 자연발생적 학생시위로부터 전면적

1 이수자, 『후기 근대의 페미니즘 담론』, 여이연, 2004, 47쪽. 일반적으로 가부장제 개념은 집중적으로 남성 지배의 사회체계로서 특성화 되어있다. 그러나 주로 하버마스의 분석틀에 의해 한국사회의 남성 지배 체계를 살피고 있는 이수자는 유교적 사고방식과 가치관이 문화적 재생산을 통하여 한국 사회 안에 합법적이고 기구화된 지식으로 자리 잡았다고 본다. 그러니까 이수자는 종래의 가부장제라는 사회 체계에 더해 문화적 구성물로서의 가부장주의 개념을 강조하고 있다. 이 글에서는 그러한 논의에 공감하면서 논의를 이어가고자 한다.

2 죠지 카치아피카스(George Katsiahicas), 「여성과 민주화운동:비교적 관점에서 바라보기」, 김명혜 편역, 『여성과 민주화운동』, 서울:경인문화사, 2004, 26쪽.

3 강현아, 「5 · 18민중항쟁과 여성 주체의 경험」, 김명혜 편역, 『여성과 민주화운동』, 서울:경인문화사, 2004, 336쪽.

인 투쟁에 이르기까지 항쟁의 모든 과정에 주체적으로 참여하였다.[4] 그러나 계엄군이 퇴각하면서 초기에 피신했던 남성 활동가들이 등장한 이후에는 공식적인 정치적·조직적 영역으로부터 여성들이 배제되었다.[5] 뿐만 아니라, 항쟁에 참여했던 여성들이 항쟁 이후, 항쟁의 진실을 규명하고 그 의의를 확산시켜 나가기 위한 운동의 과정에서 배제되는 문제가 노정되었다. 또한 남성들로부터 타자화된 여성들 내부에서도 더욱 주변화된 여성들이 존재한다는 사실을 통해, 5월 항쟁이 젠더화되고 여성들의 자율적 주체성이 생략되었을 뿐만 아니라 나아가 여성 내에서도 위계화 되어 있다는 새삼스러운 결론에 도달하게 된다. 이러한 사정이 5월을 대상으로 한 대부분의 소설들에서도 부지불식간에 그대로 재현되고 있다.

5 · 18소설은 지배담론에 저항한 대항담론의 성격을 갖는다. 그럼에도 불구하고 그것을 타자-여성의 관점에 놓고 볼 때, 5 · 18소설은 또 다른 지배담론으로 기능하고 있음을 부정할 수 없다. 따라서 이 글은 5월 항쟁에 있어서 여성이 타자가 아니라 주체의 자리에 놓일 때 5월 항쟁이 그 본래적 의미에서 온전하게 해석되고 계승될 수 있다는 관점에서 5월을 제재로 한 주요 여성 작가의 대표적인 텍스트를 여성주의적 관점에서 다시 읽고자 한다. 여성이 말하는 주체로서 스스로를 재 정의할 때, 여성들이 사회적으로 부과된 말 없는 상징으로서의 역할을 깨고 스스로를 말하는 주제로서 입장을 세우고 글을 쓸 때, 공동체의 물질적, 문화적 실천에서 가장 비가시화된 부분을 가시화하며, 동시에 여성들이 단순한 피해자가 아니라 서사에서 누락된 것을 드러내면서 헤게모니적 기억들을 보충, 대체한다.[6] 특히 여성이 쓴 글에서 지속적으로 발견되는 긍정적인 특징들 중 하

4 이춘희, 「5월항쟁에 있어서 여성활동」, 5월 여성연구회, 『광주민중항쟁과 여성』, 한국기독교사회문제연구원, 1991, 118쪽.

5 강현아, 같은 책, 337쪽.

6 박미선, 「지구지역시대 젠더이론의 쟁점 : 여성, 민족, 국가, 그리고 재기억의 텍스트 정치」, 『탈

나는 여성들간의 우정, 신의, 사랑에 대한 인식[7]인데, 여성작가들의 5 · 18 소설에는 이러한 부분이 두드러진다.

그동안의 관련 연구 대부분은 5 · 18 소설들에서 5 · 18민중항쟁의 의미를 어떻게 재구성하고 있는가에 초점을 맞추어 왔다고 하겠다. 구체적으로는 역사적 사실의 재현이라는 관점과 오월의 의미를 어떻게 미학적으로 재구성할 것인가 하는 문제, 그리고 기억의 현재적 의미와 관련하여 오월문학사의 가능성을 제기하는 글들로 분류가 가능하다. 5 · 18의 비극성을 설명하기 위해 소포클레스의 〈안티고네〉라는 문학적 사건을 인용하여 5 · 18소설의 의미를 재구성하려는 시도도 눈에 띈다.[8] 기왕의 논의에서 여성주의적 관점에서 5월문학-문화 전반을 읽어내는 노력도 있었다. 안혜련[9]은 5 · 18문학의 대안적 여성성 구현 양상에 관한 논문을 발표한 바 있으며, 김양선의 「광주민중항쟁 이후의 문학과 문화」, 신지연의 「오월광주-시의 주체 구성 메커니즘과 젠더 역학」, 이경의 「비체와 우울증의 정치학-젠더의 관점으로 5 · 18소설 읽기」, 김옥란의 「5월을 재현하는 방식- 광주 지역 민속극을 중심으로」, 조혜영의 「항쟁의 기억 혹은 기억의 항쟁-5 · 18의 영화적 재현과 매개로서의 여성」 등 한국여성문학학회에서 2007년에 발행한 《여성문학연구》 제17권의 성과는 주목할 만하다.

그러나 여전히 일부의 작품에 한정되고 있으며 보다 많은 작품을 대상으로 깊이 있는 논의로 확장되지 못한 아쉬움이 있다. 더구나 항쟁의 기억을 재현하는 여성작가의 작품이라 하더라도 여성을 바라보는 다양한 관점의 차이를 보이고 있는데, 그러한 차이를 읽어내면서 5 · 18소설의 현

경계인문학』 창간호, 2008, 42~43쪽.

7 팸 모리스(Pam Morris), 강희원 옮김, 『문학과 페미니즘』, 서울:문예출판사, 1997, 109쪽.

8 차원현, 「5 · 18과 한국소설」, 한국현대문학회, 『한국현대문학연구』 제31집, 2010, 439~467쪽.

9 안혜련, 「5 · 18문학의 대안적 여성성 구현 양상 연구-공선옥, 송기숙, 최윤, 홍희담의 소설을 중심으로」, 『민주주의와 인권』 제2권 1호, 2002, 261~279쪽.

재적 의미를 확장해 나가는 노력이 드문 것은 큰 아쉬움이 아닐 수 없다. 물론 이 글에서도 다양한 텍스트를 분석의 대상으로 삼지는 못했다. 민주화운동에서 여성 주체의 재현 양상의 문제를 살펴보기 위한 기획의 한 부분으로 우선 5·18소설의 주요 여성작가의 대표적 텍스트를 분석하는 데 머물고 있는 일정한 한계가 있다. 그럼에도 불구하고 이 글은 민주화운동에서 여성 주체의 문제를 더 이상 언급하지 않는 현 단계 문학풍토에서 그러한 기획의 시작으로서 의미를 갖는다고 할 수 있다.

우리는 민주화운동을 제재로 한 텍스트 전체를 다시 읽고 작품 속에서 침묵되거나 주변으로 밀려나거나 이데올로기적으로 왜곡되어 표상되고 있는 것-특히 여성성의 문제를 명백하게 이끌어내고 확장하여 그것들에 목소리를 부여하는 노력을 기울일 필요가 있다. 그렇게 함으로써 5월을 비롯한 민주화담론은 인간의 존엄이라는 궁극적 목표에 온전히 도달할 수 있을 것이다. 이 글에서는 주요 여성작가들 즉, 홍희담과 공선옥의 등단작 혹은 그들의 대표적 5·18소설인 「깃발」과 「목마른 계절」의 다시 읽기를 시도한다. 다른 누구보다 이 두 작가는 5월을 대상으로 한 작품을 집요하리만큼 발표해왔다. 특히 홍희담의 경우는 1998년 「깃발」을 필두로 발표한 소설 전부가 5월을 대상으로 한 것이고, 공선옥의 경우도 1991년 발표한 「씨앗불」 이후 벼랑 끝에 내몰린 여성을 포함한 사회적 약자들에게 깊은 애정을 가지고 그들의 힘겨운 삶을 주로 그리고 있지만, 「목마른 계절」이 다른 작품보다 더 그녀의 5·18소설을 대표한다고 보았기 때문이다.

2. 깃발을 흔드는 여성노동자의 여성성

홍희담의 「깃발」[10]에 대한 대부분의 연구들에서는 '여성'이라는 항쟁-기억의 주체라는 측면보다는 '여성노동자'라는 계급의식을 중심으로 담론을 구성하고 있음을 본다. 구체적으로 황정현[11]은 「깃발」을 5월 광주의 현장성에 고발의식이 강한 작품으로, 장세진[12]은 노동자와 민중이 항쟁의 주체라는 측면에서, 고은[13]은 이념의 과잉을, 이강은은 노동자와 민중의 당파성이라는 입장에서 각각 의의와 한계를 논하고 있다. 정문권과 이내관[14]의 경우 작가의 현실 인식 양상을 세 가지로 나누어 살펴보고 있다. 차원현[15]은 5 · 18을 서사시가 아닌 비극이라는 관점에서 바라보는데, 그에 따르면 「깃발」 등에서 그리고 있는 해방의 몸짓이란 근본적으로 토대 없는 신앙, 맹목의 인간적 몸짓이었음을 강조한다. 그런데 이와 같은 '젠더 무관심성(gender indifference)'은 대항기억 내부에서도 젠더에 따른 모종의 위계화 원리가 작동하고 있음을 반증[16] 하는 것으로 볼 수 있다.

이처럼 남성적 힘의 서사라는 관점에서 다소 획일적으로 분석되던 5 · 18소설들에 대해 안혜련은 여성주의적 관점에서 다시 읽기를 시도하

---

10 홍희담, 『깃발』, 창작과비평사, 2003. 중편소설 「깃발」은 1988년에 발표되었다. 이 글에서는 다섯 편의 중 · 단편을 묶어 2003년에 출간한 소설집 『깃발』을 텍스트로 한다. 본문에서 이 작품의 내용을 인용할 때는 괄호 안에 인용 페이지만 표기하기로 한다.

11 황정현, 「80년대 소설론-중 · 단편을 중심으로」, 5 · 18기념재단, 『5 · 18민중항쟁과 문학 · 예술』, 2006, 141-173쪽.

12 장세진, 「80년대 문학의 사회사적 의미」, 『비평문학』제3호, 한국비평문학회, 1989, 305-320쪽.

13 고은, 「광주5월민중항쟁 이후의 문학」, 『광주5월 민중항쟁』, 풀빛, 1990, 215-253쪽.

14 정문권 · 이내관, 「광주민중항쟁의 문화적 형상화-홍희담의 깃발을 중심으로」, 한국언어문학회, 『한국언어문학』, 2008, 259~278쪽. 정문권과 이내관은 군부정권의 야만적 폭력성 고발, 지식인의 이중적 태도 고발, 그리고 미국의 위선적 태도 폭로라는 작가의식을 중심으로 작품 분석을 시도하고 있는데, 결국 텍스트에 반영된 작가의 진보의식이 역사를 만들어 가는 주체는 민중이라는 점의 역설에 있음을 강조하고 있다.

15 차원현, 앞의 글, 454쪽.

16 김양선, 「광주민중항쟁 이후의 문학과 문화」, 『여성문학연구』제17권, 한국여성문학학회, 2007, 13쪽.

고 있다. 5 · 18문학의 대안적 여성성 구현 양상에 관한 글을 통해 그는 「깃발」을 우리 사회의 하위체인 여성노동자들이 자매애를 나누며 5월 광주에 참여하는 과정을 직접적으로 형상화한 작품이라는 긍정적인 평가를 내놓는다.[17]

그러나 이 소설의 발단 부분을 꼼꼼하게 읽어보면, '여성' 노동자들의 자매애 이전에 방직공장에 다니는 순분이라는 여성노동자가 중국집 배달원인 남자 김두칠의 자전거 뒤에 타고 도청으로 나아가는 장면이 8페이지에 걸쳐 서술되고 있다. "평소엔 낯선 사람과 말도 못하는 주제에 어떻게 자전거까지 얻어 탈 수 있나, 하고 순분은 자신의 대담성에 놀라워했다. 그러나 낯선 사람들이 아니었다. 도시 전체가 일치감을 느끼고 있었다. 모두가 하나였다. 모두가 보고 웃었다. 피어나는 기쁨에 손에 손을 잡았다." (11쪽) 계엄군이 도청에서 일시적으로 퇴각한 후의 상황에서 순분과 남자는 남성과 여성이라는 성차를 넘어 일종의 동지애적인 감정을 느낀다.

그런데 이 감정은 다른 대부분의 서술과 마찬가지로 작가의 관념에서 비롯한다. 무기 회수와 관련한 시민군 내부의 갈등과 관련해서 김두칠은 "지금 이 시점에서 무기를 반납하라는 것은 우리 시민의 피를 빨아먹는 행위에요. 절대 반납해서는 안돼요."(16쪽)라는 결의를 보이며 도청으로 들어간다. 순분과 김두칠은 나중에 도청 안에서 조우하게 된다. 김두칠은 혼잣말처럼 중얼거린다. "이렇게 좋은 세상인데…"(53쪽) 그러나 무엇이 어떻게 좋다는 것인지, 이 감상의 실체는 분명하게 드러나지 않는다.

순분은 같은 여성 노동자인 형자에게 "언니, 난 이 며칠간 맛본 해방의 기쁨만으로도 일생 동안 어떤 험난한 일을 당하더라도 참아낼 수 있을 것 같아."라고 말한다.(50쪽) 어떤 억압과 착취에서의 해방인지 역시 분명하지 않다. 여성의 삶은 여러 가지 다른 차원의 억압을 가져오는 계급과 노

---

17 안혜련, 앞의 글, 272쪽.

동, 성의 복잡한 상호관계 속에서 서로 다른 이해를 갖게 된다.[18] 따라서 바람직한 해방의 함의에 접근하기 위해서는, 오로지 여성들 사이에 존재하는 분리를 정직하게 직면해야만 하며, 어떤 여성들은 남성에 의해서 뿐 아니라 다른 여성에 의해서도 억압된다는 사실을 받아들여야 한다.[19] 그런 의미에서 볼 때, 「깃발」에는 여성노동자들은 있지만 개별적 주체로서의 여성은 보이지 않는다.

또 다른 문제는 시시각각 다가오는 죽음의 상황 앞에서도 김두칠은 "죽는 것은 두렵지 않아요. 어디 산에 파묻히기라도 하면 다행이죠. 살이 썩으면 흙은 자양분을 얻게 되어 이름 모를 풀꽃을 피우게 할 수도 있겠죠. 재수가 좋으면 진달래를 피울 수도 있구요. 어릴 때 배고프면 산에서 진달래를 많이 따먹었지요. 내가 죽어서 피운 진달래를 배고픈 어린애들이 따먹으면 내가 다시 살아나는 게 아니겠어요."(55쪽)라고 말한다. 그는 결국 계엄군의 진압작전 때 총을 맞고 죽는다. 무엇이 그들로 하여금 함께 있다는 것만으로도 좋은 세상이라는 느낌을 가질 수 있으며 해방의 기쁨을 간직한다는 것인지, 더욱 자신의 목숨을 바쳐 끝까지 저항하게 되는 동력은 무엇인지가 밝혀지지 않는다. 이들에게서 보이는 저항의 에너지는 선험적으로 주어진 것인지 아니면 작가의 관념의 소산인지 애매모호하다.

물론 소설 곳곳에 살인마 혹은 악귀들로 표현되는 계엄군들에 대한 분노와 적대감, 싸워보지도 않고 진다고 결정을 내리는 농민운동권 지도부에 대한 분노, 잠깐 끼어든 지식인 그룹에 대한 배신감, 남의 나라에 와서 주인 행세를 하는 미국에 대한 적대감, 민주정부 수립과 통일에 대한 염원 등의 요소들이 없는 것은 아니다. 그러나 이 소설엔 인물들 개개인이 당

---

18 캐롤린 라마자노글루(Caroline Ramazanoulu), 김정선 옮김, 『페미니즘, 무엇이 문제인가』, 서울: 문예출판사, 1997, 181쪽.

19 캐롤린 라마자노글루, 위의 글, 46쪽.

연하게도 지닐 법한 그 모든 상황 앞에서의 갈등과 고뇌가 생략된 채 집단으로서의 노동자들만이 저항하는 윤리적 주체로서 우뚝 서 있는 것이다. 항쟁에 참여했던 무산자 계급 내부의 차이들, 여성 노동자들 사이의 다양하고 복합적인 경험의 차이에 대해 전혀 주목하지 못하고 있다. 그런 탓에 이 소설은 대략 71퍼센트의 무산자 계급이 항쟁에서 저항하다 죽거나 부상을 당했다는 통계의 제시를 통해 "어떤 사람들이 이 항쟁에 가담했고 투쟁했고 죽어갔는지를 꼭 기억해야"(63쪽) 됨을 강조하고 있다. 역사를 만들어가는 것은 다수의 무산자-민중이라는 것의 강조를 통해 항쟁의 진정한 주체가 누구인가를 말하고자 하는 작가의 의도가 지나칠 만큼 전면에 드러난다.

따라서 이 소설에서 무엇보다 뚜렷한 것은 5월의 참상을 고발하는 한편 항쟁의 주체를 분명하게 제시하고 있는 점에 있다. 그런데 이 두 가지는 5월을 대상으로 한 여타의 소설에서도 겹치는 부분이기 때문에 이 소설만의 특장이라고 주목할 것은 없다. 71퍼센트의 무산자 계급, 이들 하위 주체들이 거의 분노라는 단일하면서도 경직된 성격으로서만 제시되고 있는 점은 이 소설이 갖는 약점이다. 오히려 역사의 폭력성을 화해와 포옹의 여성성으로 감싸 안으려 한다는 점과 함께 하위 주체로서의 여성적 글쓰기의 양상을 보여주고 있다는 점이 주목해야할 지점이다.

전자와 관련해서는 레비나스의 윤리적 주체와 타자라는 관점에서 읽기가 가능하다. 레비나스는 우리에게 나를 희생하면서 타자의 요청과 호소에 응답할 것을 강력하게 요청한다. 그에 따르면 나와 절대적으로 다른 타자성을 수용하지 않는다면 끝없이 이어지는 세계 내 갈등과 폭력, 그리고 전쟁의 고리를 완전히 끊을 수 없다.[20] 같은 맥락에서 레비나스는 타자

---

20 이희원, 「레비나스, 타자 윤리학, 페미니즘」, 이희원 외, 『페미니즘, 차이와 사이』, 문학동네, 2011, 259~260쪽. 이 글에서는 레비나스의 종교적 편견이라든가 하는 문제는 논외로 한다. 그의 일련의 논의에서 윤리적 주체의 개념만을 긍정적으로 차용한 까닭에 그렇다.

를 대신해서 고통 받을 수 있으며 타자의 짐을 대신 질 수 있는 책임적 주체로 설 때 비로소 주체가 주체됨의 참의미를 가질 수 있다고 강조한다.[21] 이렇듯 역사의 폭력성을 화해와 포옹의 여성성으로 감싸 안으려 한다는 측면에서 볼 때, 5월 항쟁에서 무산자 계급으로서의 김두칠 등의 죽음의 의미가 온전히 해석될 수 있다.

하위 주체로서의 여성적 글쓰기의 양상이라는 점은 쇼월터(Elaine Showalter)가 지적한 것처럼 자기인식을 특징으로 하는 여성적 글쓰기의 새로운 단계[22]라 할 것인데, 여성노동자인 형자와 순분이 나누는 다음의 대화에서 그러한 징후를 읽을 수 있다.

> 형자는 겉장이 다 낡은 잡지책을 갖고 왔다. (중략) "언니, 이런 글이라면 우리도 쓸 수 있겠네." 하고 순분이는 말했다. "글이란 게 별게 아니야. 혼자서 간직하기엔 너무 벅찬 것 있잖니? 또 공장에서 일하다보면 화나는 일들이 많잖아. 그런 일들을 글로 쓰면 되는 거지." "그래도 글재주는 있어야지." 형자는 도서목록 중에서 책 한 권을 꺼내 보였다. 순분이는 페이지를 넘겨보았지만 너무 어려웠다. "뭐가 뭔지 모르겠네. 언니, 우리 얘기를 이상하게 써놓았잖아. 우리 얘긴 우리가 써야 되지 않을까?" (27쪽)

노동계급 여성들의 집단 정체성이란 것은 존재하지 않는다. 노동계급의 정체성, 다시 말해 남녀 노동자 모두가 자기인식과 긍지의 토대로 삼을 만한 정체성은 이제까지 남성적인 것으로 구성되어 왔기 때문이다.[23] 그러나 이 소설 「깃발」에 등장하는 여성 노동자들인 형자와 순분, 미숙과 철순 등은 그들의 경험을 그들의 언어로 재현하고자 한다. 스피박의 개념을 빌어 말한다면 여성 하위주체의 자기 목소리 내기[24]라는 측면에서, 엘렌

---

21 이희원, 앞의 글, 262쪽.
22 팸 모리스(Pam Morris), 앞의 글, 118쪽.
23 팸 모리스(Pam Morris), 앞의 글, 310쪽.
24 태혜숙, 「탈식민주의 페미니즘」, 『한국여성학』, 제13권 1호, 한국여성학회, 1997, 1~27쪽.

식수의 논리에 근거하면 여성적 가치를 재부각시키려는 투쟁 안에서 (무의식을 담당하는 여성적 글쓰기는) 변화를 가져오는 중요한 장소[25]가 된다고 볼 수 있다. 그래서 그녀들은 시와 수기, 고향으로 보내는 편지, 수필 등의 글을 직접 써서 작은 책자를 만들고 항쟁 기간에는 투사회보를 만들며, 급기야 "난 총을 들고 싶어, 난 시민군으로 들어갈 거야."(30쪽) 하고 결심하는 데까지 나아간다. 다만 도청에 들어가서의 역할은 '취사실'에서 식사준비를 하고 설거지(32쪽)를 하는 것으로, 곧 여성으로서의 '정상적인' 역할과 행동양식에만 국한된다. 나중에 살펴 볼 공선옥의 소설에도 동일한 지적이 가능한데, 이 여성으로서의 '정상적인' 역할이란 보살핌의 윤리로서 성별분업의 고정화 논리로 작동하고 있다는 점이다.

그럼에도 불구하고 우리는 이 소설의 말미에 제시되는 깃발의 상징적 의미를- 자전거를 타고 출근하는 남자 근로자들이 그녀들 곁을 지나가며 휘파람을 불고 그녀들은 미소를 짓는다. 한 근로자가 말한다. '뒤에 타세요.' 그녀들은 웃으며 고개를 젓는다.(74쪽) - 남성 중심으로 진행되어온 역사의 폭력성에 대한 반성을 수반하며 동시에 남성성에 대한 무차별 극복 혹은 여성성의 부각만이 아닌, 남성과 여성 각각의 성을 인정하며 여성적 가치와 특성[26]을 실현하고자 하는 실천적 의지로 읽을 수 있다. 그렇게 했을 때 「깃발」은 노동자 계급의 절대선에 입각한 역사의 사사화(私事化)[27]라거나 사실에 집착한 사회학적 고찰이 문학적 상상력을 압도하는 데서 오는 소설적 단순화[28]라는 지적을 극복할 수 있을 것이다.

---

25 앤 부룩스(Ann Brooks), 김명혜 옮김, 『포스트페미니즘과 문화 이론』, 서울: 한나래, 2003, 139쪽.
26 안혜련, 앞의 글, 273쪽.
27 류보선, 「망각이라는 폭력, 그리고 망각의 기원」, 『문학동네』 2000년 여름호, 472쪽.
28 김형중, 「『봄날』 이후」, 『5 · 18민중항쟁과 문학예술』, 5 · 18기념재단, 2006. 253쪽.

3. 연대의 한 형태로서의 동성애적 자매애

공선옥은 1980년 5월 이후 광주를 살아가는 사람들-보다 정확하게는 여성들의 모습에 소설적 관심을 보인다. 「목마른 계절」[29]에는 80년 5월 이후 살아남은 자들의 힘든 삶, 특히 이혼을 했거나 애인이 죽음으로써 혼자 남겨진 여성들의 모습이 광주와 연결되고 있다. 공선옥의 「목마른 계절」에 대한 기존의 연구들은 여성성을 넘어선 보편적 윤리로서의 모성을 통하여 상처의 치유와 연대의 모색이라는 측면에서 담론을 구성하고 있다. 김미영[30]은 생태 페미니즘의 입장에서, 윤광옥[31]은 젠더 페미니즘의 관점에서 공선옥의 작품 세계를 살피고 있다. 안혜련[32]의 경우 아버지가 다른 두 아이를 데리고 아파트 관리비조차 내지 못한 상태에서 전과자가 되어 버린 '현순씨'와 역시 애 둘 딸린 이혼녀인 '나'의 파괴된 삶이란 역사의 폭력성에서 기인하는 것이라 보고, 그럼에도 불구하고 이 두 여성은 자매애(Sisterhood)를 통해 그 상처를 극복하려 한다는 점에서 이 소설을 긍정적으로 평가하고 있다. 반면 김경희[33]는 역사의 상처를 치유하는 것이 모성이라는 논리는 여성문제의 하나로 다루어야할 어머니의 문제를 역사담론 속에 지워버리는 결과를 가져온다는 측면에서, 이덕화[34]는 공선옥 작품에서의 현실은 (노동자) 의식을 가진 사람들이 사는 소우주 공간일 뿐, 개연

29 공선옥, 「목마른 계절」, 『5월광주대표소설집』, 풀빛, 1995, 9~39쪽. 본문에서 이 작품의 내용을 인용할 때는 괄호 안에 인용 페이지만 표기하기로 한다.

30 김미영, 「공선옥 소설에 나타난 생태학적 상상력 고찰」, 『현대문학이론연구』24집, 현대문학이론학회, 2005, 95~120쪽.

31 윤광옥, 「공선옥 소설 연구-여성, 약자, 자연을 중심으로」, 『한민족문화연구』13호, 한민족문화학회, 2003, 85~108쪽.

32 안혜련, 「5 · 18문학의 대안적 여성성 구현 양상 연구-공선옥, 송기숙, 최윤, 홍희담의 소설을 중심으로」, 『민주주의와 인권』 제2권 1호, 2002, 273~274쪽.

33 김경희, 『한국 현대소설의 모성성 연구』, 조선대학교 박사학위논문, 2005, 131쪽.

34 이덕화, 「공선옥론 2:반란의 시학, 삶의 거리 지키기」, 명지대 인문과학연구소 편, 『문학 속의 여성』, 월인, 2002, 98쪽.

성을 가진 현실은 아니라는 측면에서 냉정한 평가를 내린다.

「목마른 계절」에서 소설 내 인물들의 삶의 공간은 지방도시의 비좁고 낡은 영구임대아파트이다. 아파트 뒤편은 고속도로 진입로인 까닭에 끝없이 이어지는 자동차의 소음으로, 아파트 앞쪽 주차장은 거대한 화물자동차들의 주차장으로, 이들은 하루 종일 끔찍한 소음을 견디며 살아야 하는 조건에 놓여있다. 아이들은 아파트 복도에서만 논다. "찻소리가 시끄러우니 아이들의 목소리도 커지고, 목소리가 커지니 텔레비전 볼륨도 올라갈 수밖에 없는, 그래서 아이들은 노는 것이 아니고 흡사 싸움질하는 것만 같은 이 공간은 아예 소음의 도가니다."(10~11쪽) 루스 사이델(Ruth Sidel)의 타이타닉호의 침몰에 대한 설명 중에는 다음과 같은 내용이 있다.[35] 즉 그 끔찍했던 밤 여성과 어린이가 가장 먼저 구조된 것은 사실이지만 그것은 일등석과 이등석에서의 일이었다는 것, 대부분의 여성과 어린이는 살아남지 못했다는 것인데, 왜냐하면 그들은 삼등석에 타고 있었기 때문이라는 것이다. 제3세계에 사는 여성과 어린이가 처한 환경의 빈곤화를 지적하는 가운데 나온 이야기인데, 그러나 초호화 유람선 타이타닉호의 삼등석에라도 탈만한 정도면 상황은 훨씬 낫지 않을까 싶을 만큼 이 소설의 인물들이 놓여 있는 삶의 조건은 열악하다 못해 "끔찍의 극치"(11쪽)다. 이 소음을 견디지 못해서 301호에 사는 아람이 엄마 '나'는 아파트 뒤편에 방음벽이라도 설치해 줄 것을 요구하는 주민들의 서명을 받으러 다니다가 303호에 사는 유정이 엄마 '현순'을 알게 된다.

'나'는 아이 둘을 홀로 키우며 살아가는 서른 살의 이혼녀이며 소설가다. 마흔 한 살의 이혼녀 유정이 엄마 '현순'은 카페를 운영하며, 데리고 사는 다섯 살 난 유정이 말고도 서울의 장애인 학교에 다니고 있는, 말도 못

35 마리아 미스 · 반다나 시바(Marla Mies · Vandana Shiva, Ecofeminism), 손덕수 · 이나나 옮김, 『에코페미니즘』, 서울:창비, 2000, 94쪽에서 재인용.

하고 듣지도 못하는 잔디라는 딸아이가 있다. 현순이 운영하는 소정카페에는 종업원 '미스 조'가 있는데, 그녀는 열차 사고로 부모를 읽고 자신은 한쪽 다리를 잃었다. 게다가 거두어야할 나이 어린 동생이 둘이나 된다. 이들의 삶의 조건은 끔찍하리만큼 열악하다. 그래서 서로를 못난이라 여기며 연민을 느낀다. 카페는 장사가 잘 되지 않아서 '현순'은 아파트 임대료와 관리비가 연체되어 있고, '나' 역시 소설도 쓰지 못하고 취직도 못한 상태여서 조만간 그런 상황이 도래하리라는 걱정을 하고 있다. 급기야 '현순'은 미성년자 종업원을 고용했다는 죄로 교도소에 들어가게 되고, 같은 영구 임대아파트 914호에 사는 '미스 조'는 자살을 하고 만다. "애인이 5·18때 시민군이었는데, 감옥 나와 시난고난 앓다가 엊그제 제 명을 다하지 못하고 죽은 것"(30쪽)을 상심하다가 그녀도 아파트 베란다에서 몸을 던지고 말았던 것이다. "죄가 있다면 살아 있는 것이야. 살아남음이 죄라구."(36쪽) 외치는 미스 조의 환청을 들으며 서른 살의 이혼녀 '나'도 그렇게 저 아래를 향해 몸을 던지려 한다.

이렇듯 공선옥의 다른 소설들에서처럼 「목마른 계절」에서도 모계가족의 형성과 자매애의 연대라는 구조를 쉽게 확인할 수 있다. "아이들이 저녁도 굶고 기다리고 있을 것을 알면서도 늦은 밤거리를 헤매고 다니는 어미"(20쪽)의 모습 역시 공선옥 소설 대부분에 그려지고 있는 '어미'의 초상이다. 그런데 「목마른 계절」에서 작가가 문제 삼고 있는 것은, 그 날에 살아남은 사람들이 지금 어떻게 살아가고 있는지를, 어떻게 죽어가고 있는지를 선연하게 보여주면서 작중인물들의 힘겨운 삶의 조건(아파트 단지의 제한급수와 목마름이라는 설정을 통해)이란, 아직 해결되지 않은 과거의 비극에서 연유하고 있다는 것으로 요약할 수 있다. 그래서 광주는 아직 현재진행형이라는 것이고, '나'의 자살을 예감하면서 '어쨌거나 살아서 견뎌내야 한다.'고 말하는 소설 내 또 다른 인물의 외침은 비장한 울림을 준다.

하지만, 소설 내 인물들의 행위의 필연성이 독자들의 공감을 얻는 데는 실패하고 있다. 무엇보다 거두어야할 나이 어린 동생이 둘이나 있는 '미스 조'의 죽음과, 역시 아이 둘을 키우며 홀로 살아가고 있는 '나'가 미스 조의 뒤를 따라 아파트 아래로 몸을 던지려 한다는 설정은 이 작가의 과도한 관념의 소산이다. 그것은 그날에 살아남은 자의 부채, 죄의식의 강박일 터이다. '나'가 교도소에 있는 현순을 면회 갔을 때, 현순의 발화를 통해 서술되는 다음의 내용은 이를테면 그러한 극치를 보여준다.

> 역사란 그런 거야. 갑오년이 따로 없고 기미년이 따로 없다구. 그러드키 오일팔이 따로 있는 게 아냐. 기미년의 삼일운동은 임신년에도 삼일운동으로 이어지듯이 경신년의 오일팔은 계유년의 오일팔로 새로 시작되는 거라구. (중략) 거멋이냐, 역사 앞에서 자유로운 사람은 없는 거거든. 그런 거거든.(37쪽)

작중인물들이 작품의 현실 속에서 변화하는 인물이 아니라 처음부터 의식을 견지하는 인물들이다. 이렇듯 작가 의식에 의해서 작품 현실이 결정되기 때문에 갈등이 동반되지 않는다.[36] 또한 공선옥의 대부분의 소설에서처럼 이 소설에도 모성에 대한 강박이 두드러진다. 그녀는 여성성을 넘어선 보편적 윤리로서의 모성을 강조하고 있다. 그것을 통하여 상처의 치유와 연대의 모색이라는 가능성을 애써 강조하고 있다. 살아가야 한다는 의지의 확인, 생명에 대한 사랑의 강조, 희망적인 결말의 화해와 용서는 그 자체로 아름답기는 하지만, 문제는 그것을 모성적인 것으로 규정짓고 늘 여성의 몫으로 남겨둔다는 데 있다. 이를 김경희[37]는 그것은 남성/여성의 이분법적 오류를 반복하는데 불과하다는 것, 역사의 상처를 치유

36 이덕화, 『여성문학에 나타난 근대체험과 타자의식』, 예림기획, 2005, 317쪽.
37 김경희, 앞의 글, 131쪽.

하는 것이 모성이라는 논리는 여성문제의 하나로 다루어야할 어머니의 문제를 역사담론 속에 지워버리는 결과를 가져온다는 측면에서 비판적으로 바라본다. 필자 역시 그러한 지적에 전적으로 공감한다.

「목마른 계절」을 비롯한 공선옥 소설의 인물들이 갖고 있는 상처와 고통은(5 · 18로 인한 비극을 포함하여) 사실 근대성의 담론이 자연과 여성 등의 식민화된 부분들을 전체 곧 살아 있는 연관 혹은 공생관계로부터 분리하여 대상 혹은 타자로 만드는 과정에서 수반된 직접적이고 구조적인 폭력이다.[38] 때로는 모성이 개인적 차원의 상처를 치유하고 원상을 회복하는 데 일정한 도움이 될 수 있겠으나, 역사적 상처의 치유는 모성으로 '감싸 안음' 이전에 그 상처의 원인에 대한 치열한 탐색이 우선되어야 한다는 측면에서 그러한 지적은 일견 타당성을 갖는다.

모성이란 여성이 어머니로서 갖는 의지, 감정, 이성 등을 말한다. 따라서 모성이란 시대와 문화를 초월하여 어머니라면 누구나 가지고 있는 보편적이고 항구적인 고유한 역할이나 특성으로 간주되어 왔다. 그러나 페미니즘의 입장에서는 이러한 통념, 즉 고정적이고 본질적인 어머니상에 대한 의문을 제기한다. 그리하여 이러한 모성 담론이 여성을 어머니로 환원함으로써 여성의 사회 참여나 성적 욕망의 표출을 제한하는, 억압적 이데올로기로 작동하였음을 지적하고 있다.[39]

초로도우는 어머니 되기의 재생산을, 사회 · 문화적으로 성역할이 고정되어 전수되는 성별분업의 고착화라는 점에서 비판적으로 바라본다. 비슷한 맥락에서 캐롤 킬리건은 남성들은 사회적 정의와 권리에서 도덕의 기준이 설정되는 데 반해 여성들은 인간관계의 핵심인 관계맺음, 보살핌, 타인에 대한 배려에 보다 집중된다는 것, 이는 성역할에 대한 고정관념의

38 마리아 미스 · 반다나 시바, 앞의 글, 185쪽.
39 이정옥, 「페미니즘과 모성-거부와 찬양의 변증법」, 심영희 외 공편, 『모성의 담론과 현실-어머니의 성 · 삶 · 정체성』, 나남신서, 1999, 55쪽.

논리적 토대를 제공하는 설명 도구로 읽힐 염려가 있다는 점에서 보살핌의 윤리를 성별분업의 고정화 논리로 보고 있다.[40]

「목마른 계절」에서 보이는, 역사(남성)의 상처로 인해 형성된 모계 가족(끼리)의 연대가 자칫 상처의 원인에 대한 탐색-폭력의 문제를 유보한 채 '감싸 안음'이라는 모성성의 강조로만 귀결되고 있는 것은 아닌가 의심된다. 물론 모녀간의 관계는 가부장적인 남성 중심사회의 억압에 의해 왜곡되고 소외되는 양상을 통해 가부장제의 폐해에 대한 설득력 있는 고발의 현장이 되기도 하고, 보다 적극적으로는 억압에 대항하는 여성들의 연대의 출발점이 되기도 한다.

그러나 「목마른 계절」에서의 여성-어머니들(나와 현순, 그리고 두 동생을 건사해야 하는 미스 조까지 포함하여)은 그녀들의 아이들을 충분하게 보살피지 못하고 있다는 것에 대해 연민과 죄책감을 느낀다. 이들 여성들은 스스로에게 완벽한 어머니에 대한 환상을 강요하며 어머니로서의 기능을 제대로 하지 못하는 스스로를 무화시킨다. 이와 같은 모성성의 신화는 남성 중심적 가부장적 이데올로기를 재생산하는 기능을 하며, 어머니라는 기능을 통해서만 여성의 존재의미를 규정하기에 여성과 어머니를 모두 비현실적인 관념의 벽에 가둔다. 따라서 이 소설 「목마른 계절」에는 모성-어머니는 있으나 여성-여성성은 없다.

그럼에도 불구하고 이 소설 「목마른 계절」의 여성들이 자매애(Sisterhood)를 통해 자신들의 상처를 극복하려 한다는 점에서 우리는 5월의 트라우마(trauma)를 치유하기 위한 하나의 방안으로 주목하고자 한다. 5월에 살아남은 이들이 감당해야 하는 고통은 무엇보다 수동성보다 더 수동적인 경험, 즉 우리-어머니의 선택 없이 이미 '주어진 것, 스스로 원하기도 전에 이미 주어진 것이며, 거기에 나-우리-어머니는 벗어날 수 없는 상태로 묶여 있

40 이수자, 『후기 근대의 페미니즘 담론』, 여이연, 2004, 112~114쪽.

다. 까닭에 이 고통은 언어 이전에 있는 것이며 또 언어를 초과하여 존재하기 때문에 이 내 뱉은 절규 이외에 어떤 말로도 재현할 수 없는 것, 즉 말할 수 없는 것이다.[41]

삶이란 본질적으로 다른 사람과의 관계에서 자신을 경험하고, 다른 사람이 우리 안에서 불러일으켰고 거듭해서 불러일으키는 것을 종종 자신으로 경험하며, 인간관계, 특히 사랑의 관계에서 가장 내밀한 자기와의 관계를 만들어가는 것이다. 우리와 그렇게 연결된 사람을 잃게 되면 실제 우리의 한 부분도 그와 함께 죽는다.[42] 따라서 살아남은 이들에게 주어진 과제는 우선적인 그날의 트라우마를 치유할 것이 요구된다. 그래야 잊지 않고 앞으로 나갈 수 있을 것이기 때문이다.

「목마른 계절」의 여성인물들이 서로의 상처를 감싸 안으려는 태도에서 우리는 퀴어(queer), 곧 동성애적인 자매애를 확인할 수 있다. 동성애를 지칭하는 여러 용어들 중에서 게이(gay)라는 표현이 이중적이고 모호하면서도 비교적 긍정적인 의미도 내포한다면, 퀴어(queer)는 전반적으로 부정적 함의를 가지고 동성애를 지칭했다. 그런데도 이 용어를 사용하는 까닭은 퀴어라는 말이 갖는 부정적 함의를 역으로 이용하여 이성애적 규범이 성 정체성과 성적 실천 양식의 관계를 지나치게 단순화하여 고착시킨 것에 대한 반발 때문이다.[43]

에이드리언 리치(Adnienne Rich)를 비롯한 레즈비언 페미니스트들은 이성애가 자연스럽고 정상적이고 보편적이라는 전제를 내포했던 기존 페미니즘의 이성애 중심적 태도를 맹렬하게 공격한다. 레즈비언이라는 용어

---

41 한순미, 「고통, 말할 수 없는 것-역사적 기억에 대해 문학은 말할 수 있는가」, 『호남문화연구』 제45집, 호남학연구원, 2009, 107쪽.
42 베레나 카스트(Verena Kast), 『애도』, 채기화 옮김, 서울: 궁리, 2007, 17쪽.
43 이희원, 「레비나스, 타자 윤리학, 페미니즘」, 이희원 외, 『페미니즘, 차이와 사이』, 문학동네, 2011, 21쪽.

와 동성애의 실천에 부정적 함의를 덧씌우고 그 가치를 인정하지 않는 문화의 문제점들을 직시하지 않는 이상 페미니즘은 가부장제의 근간이라 할 수 있는 이성애 중심주의에서 벗어나지 못하며, 여성들 사이의 사랑을 이해하고 긍정하지 않는 한 페미니즘은 현실을 변화시킬 수 없다는 것이다.[44]

「목마른 계절」을 포함한 공선옥 소설에서 너무도 익숙하게 등장하는 모계가족의 모습들이 대체로 남편을 내팽개치거나, 남편에게 버림을 당했거나 가정이 해체된 상태의 이혼녀들이 대부분인 것은, 여자 주인공의 삶 자체가 남자에 예속되거나 가정이라는 제도에 구속되어 비주체적인 인간으로 남아있기를 거부하기 때문이다.[45] 그렇다면 여성으로 스스로를 동일시하는 수많은 다양한 주체들이 여성임을 긍정하고 자매애적 연대를 이룰 때, 거기에서 생산적이고 변혁적인 힘을 발견할 때, 그들이 안고 있는 폭력적 상황과 그로인한 상처의 극복이 일정 부분 가능하지 않겠는가 싶다. 다시 그렇다면 「목마른 계절」의 여성인물들이 서로의 상처를 감싸 안으려는 태도를 퀴어(queer), 동성애적 자매애라는 개념으로 읽는 것에 거부감을 가질 필요는 없지 않을까 한다. 그것은 혈연관계로만 규정되지 않는 '가족'이라는 연대, 그리고 생존의 기제화로서의 여성들의 평생의 우정을 함의하고 있는 까닭이다.

4. 5 · 18 소설과 여성 주체

이 글에서는 5월 항쟁에 있어서 여성이 타자가 아니라 주체의 자리에

44 이희원, 앞의 글, 24쪽.
45 이덕화, 앞의 글, 302쪽.

놓일 때 5월 항쟁이 그 본래적 의미에서 온전하게 해석되고 계승될 수 있다는 관점에서 5월을 제재로 한 주요 여성 작가의 대표적인 텍스트 두 편에 대해 여성주의적 관점에서 다시 읽기를 시도했다. 여성이 말하는 주체로서 스스로를 재 정의할 때, 여성들이 사회적으로 부과된 말 없는 상징으로서의 역할을 깨고 스스로를 말하는 주체로서 입장을 세우고 글을 쓸 때, 공동체의 물질적, 문화적 실천에서 가장 비가시화된 부분을 가시화하며, 동시에 여성들이 단순한 피해자가 아니라 서사에서 누락된 것을 드러내면서 헤게모니적 기억들을 보충, 대체한다고 보았기 때문이다. 특히 여성이 쓴 글에서 지속적으로 발견되는 긍정적인 특징들 중 하나는 여성들 간의 우정, 신의, 사랑에 대한 인식인데, 여성작가들의 5 · 18 소설에는 이러한 부분이 두드러진다.

홍희담 「깃발」에서 무엇보다 뚜렷한 것은 5월의 참상을 고발하는 한편 항쟁의 주체를 분명하게 제시하고 있는 점에 있다. 그런데 이 두 가지는 5월을 대상으로 한 여타의 소설에서도 겹치는 부분이기 때문에 이 소설만의 특장이라고 주목할 것은 없다. 71퍼센트의 무산자 계급, 이들 하위 주체들이 거의 분노라는 단일하면서도 경직된 성격으로서만 제시되고 있는 점은 이 소설이 갖는 약점이다. 오히려 역사의 폭력성을 화해와 포용의 여성성으로 감싸 안으려 한다는 점과 함께 하위 주체로서의 여성적 글쓰기의 양상을 보여주고 있다는 점이 이 소설이 갖고 있는 작가의 과도한 관념을 극복할 수 있는 리얼리티의 요소로 특히 주목했다.

공선옥 「목마른 계절」에서 문제 삼고 있는 것은, 그 날에 살아남은 사람들이 지금 어떻게 살아가고 있는지를, 어떻게 죽어가고 있는지를 선연하게 보여주면서 작중인물들의 힘겨운 삶의 조건이란 이처럼 아직 해결되지 않은 과거의 비극에서 연유하고 있다는 것으로 요약할 수 있다. 공선옥의 초기 작품에 해당하는 이 소설은 인물들 간의 서사적 갈등관계가 생략된 채 5 · 18항쟁을 일종의 기호 혹은 상징으로 처리한 탓에 현실과 문학의 간극을 오히려 넓게 만들고 말았다고 할 수 있다. 또한 공선옥의 대부분의 소설에서처럼 이 소설에도 모성에 대한 강박이 두드러진다. 그녀는 여성성을 넘어선 보편적 윤리로서의 모성을 강조하고 있다. 그것을 통하여 상처의 치유와 연대의 모색이라는 가능성을 애써 강조하고 있다. 살아가야 한다는 의지의 확인, 생명에 대한 사랑의 강조, 희망적인 결말의 화해와 용서는 그 자체로 아름답기는 하지만, 문제는 그것을 모성적인 것으로 규정짓고 늘 여성의 몫으로 남겨둔다는 데 있다. 그것은 남성/여성의 이분법적 오류를 반복하는데 불과하다. 그럼에도 불구하고 이 소설 「목마른 계절」의 여성들이 자매애(Sisterhood)를 통해 자신들의 상처를 극복하려 한다는 점에서 5월의 트라우마(trauma)를 치유하기 위한 하나의 방안으로 주목했다.

홍희담 「깃발」과 공선옥 「목마른 계절」은 둘 다 작가의 과도한 관념이 인물들의 실제 삶의 세부를 압도하여 이들 여성인물들-하위 주체들이 거의 분노라는 단일하면서도 경직된 성격으로서만 제시되고 있는 약점을 갖고 있다. 그럼에도 불구하고 이들 소설에서는, 여성으로 스스로를 동일시하는 수많은 다양한 주체들이 여성임을 긍정하고 자매애적 연대를 이루어가는 모습의 전형을 볼 수 있다. 여성이 수동적 피해자 혹은 차별과 배제의 관점에서가 아닌 생산적이고 변혁적인 힘을 가진 주체로 설 수 있을 때, 5월에 살아남은 이들-특히 여성들이 안고 있는 폭력적 상황과 그로 인한 상처의 치유가 일정 부분 가능하리라 생각된다.

* 부경대학교, 『인문사회과학연구』 제13권 1호, 2012.4.

06 광주라는 기억 공간
-문순태의 5 · 18소설들

1. 5월과 기억, 그리고 소설

문학/문화는 모두 기억에서 출발한다. 기억은 문화의 근원이자 바탕이다. "기억은 과거를 표상하는 한 양식이며, 과거의 일을 재현하는 능력이다."[1] 기억과 망각은 문화 생산의 근본이 된다. 부분적으로는 잊히고 부분적으로는 기억되어 전해지는 것을 가지고 과거의 것을 재구성하려는 형식이 기억과 반복이다. 그런데 "역설적으로 기억과 망각은 항상 함께 작동한다."[2]

기억은 순수한 과거의 재현이 아니라 망각을 동반한 심리적 산물이기 때문이다. 기억은 일차적으로 기억되는 순간의 우연성을 통과하면서 최초로 굴절되며, 나아가 현재와 과거라는 물리적인 간격을 통과하면서 다시 한 번 왜곡된다. 그러므로 기억은 결코 과거를 완벽하게 재현할 수 없다. 이렇게 보면 "역사 새로 쓰기나 역사의 새로운 규정 등은 망각하고자 하는 열정에 의해 촉발된, 과거의 기억에 대한 적대적인 구성물이 된다.

---

1 나간채 외(2004), 『기억 투쟁과 문화운동의 전개』, 역사비평사, 15쪽.
이해경(2003), 「민요에서의 기억과 망각」, 최문규 외, 『기억과 망각』, 132쪽.

2 고봉준(2006), 『반대자의 윤리』, 실천문학사, 356쪽.

그 결과 역사/이야기, 기억은 처음에 지녔던 연속성과 정체성을 상실하게 되는데, 그것은 바로 현재의 관심과 이해에 무게의 중심을 둔 당사자가 시도하는 과거의 추방이다."[3]

그럼에도 불구하고 문학/문화는 변화무쌍한 일상 저편에서 중요한 것은 기억해내고, 안정적이지 못하고 우연적인 것은 망각함으로써 개인과 공동체가 이용할 수 있는 하나의 "의미체계를 세우는 기억의 능력을 통해 존재의 바탕을 얻는다."[4] 그런데 "기억된 역사적 사건은 기억 그 자체로서보다 객관적인 문화적 형상물로 재현된다."[5] 이렇게 재현은 단순한 기억의 재생이나 모방이 아니라 또 다른 하나의 실재를 만들어 내는 것이다. "기억과 문학적 상상력이 서로 교차하는 문학 텍스트는 스스로 하나의 '기억 공간'이 된다."[6]

그런데 '다시 기억하기'라는 고통을 통과한 작가들의 열정을 통해 가능했던 5·18의 기억은 자아/공동체를 하나의 주체로 재구성해 내는 한편 타자를 구축하기도 했다. 본고에서 5·18소설들에 보이는 각각의 기억들의 충돌과 그러한 과정을 통한 자아/공동체의 형성 과정을 모두 다루기는 역부족인 까닭에 우선 문순태의 5·18소설들— 「일어서는 땅」(1987), 「최루증(催淚症)」(1993), 『그들의 새벽』(2000)을 중심으로 광주라는 서사 공간이 기억의 개입 과정을 통해 어떻게 의미화 되고 있는가를 분석하기로 한다. 이러한 작업을 통해 5·18소설들이 기억과 망각의 변증법을 넘어 유의미한 흔적 기억으로 각인되고 또 재구성되어 한국문학사의 튼실한 자양분으로 '기억'될 수 있을 것으로 기대한다.

---

3 조경식(2003), 「망각의 담론, 기능 그리고 역사」, 최문규 외, 『기억과 망각』, 책세상, 300~301쪽.
4 고규진, 「그리스의 문자 문화와 문화적 기억」, 최문규 외, 같은 책, 58쪽.
5 나간채(2004), 「문화운동 연구를 위하여」, 나간채 외, 『기억 투쟁과 문화운동의 전개』, 역사비평사, 16쪽.
6 박은주, 「기억과 망각의 역설적 결합으로서의 글쓰기」, 최문규 외, 앞의 책, 313쪽.

문순태는 등단 이후 6 · 25와 분단이 남긴 상처와 한의 해원을 소설의 화두로 삼아 온 작가이다. 그의 글쓰기는 결국 원체험의 공간인 고향을 근간으로 그곳에서의 행복과 불행 그리고 한스러웠던 과거와의 대화인 셈이다. 그 대화는 "아픈 상처 그리고 상처 이전의 삶을 복원하려는 희망을 담고 있다."[7] 작가에 대한 이러한 일반적인 평가는 본고에서 다루고자 하는 주제의 대상 작가/작품으로서의 적절성을 담보하고 있다. 무엇보다 그는 1980년 5월의 현장을 지켜보고 기록한, 학살 이후의 "침묵을 마음속에 간직했던"[8] '광주'의 기자이자 소설가이다. 그는 민중의 한과 그 힘에 대한 긍정적 자세를 견지하면서 광주라는 서사 공간의 의미를 천착하고 있는 광주의 '시모니데스'다.

2. 죽음과 삶이 혼재하는 장소/공간

거듭 말하지만, 기억은 문화의 근원이자 바탕이다. 공간/장소는 그 기억의 근원이자 바탕이 된다. 공간 속에는 잊지 못할 기억들이, 우리들에게 잊지 못할 것일 뿐만 아니라 우리들이 우리들의 보물을 줄 사람들에게도 잊지 못할 그런 기억들이 있다. 그 속에는 과거, 현재, 미래가 응집되어 있다. 그리하여 "공간/장소는 기억을 넘어서는 것의 기억이 된다."[9]

문순태의 「일어서는 땅」은 5 · 18 민중항쟁이 단순히 일회적이고 우발

7 신덕룡(2005), 「기억 혹은 복원으로서의 글쓰기」, 이은봉 외, 『고향과 한의 미학』, 태학사, 31~32쪽.

8 알라이다 아스만 저, 변학수 · 백설자 · 채연숙 역(2003), 『기억의 공간』, 경북대학교출판부, 376쪽.

9 바슐라르Gaston Bachelard 저, 곽광수 역(2003), 『공간의 시학』, 동문선, 184쪽. 인용 부분 중 '장소'는 '상자'로, '잊지 못할 기억'은 '잊지 못할 물건'으로 되어 있으나 필자가 본고에서 사용하는 용어와 그 의미가 크게 다르지 않다고 여겨 공간/장소로 고쳐 인용했다.

적인 사건이 아니라, 한국현대사를 가로지르고 있는 분단 모순의 연장선 위에서 발생된 것이라는 작가의 문제의식이 잘 드러난 소설이다. 여기서 작가는 여순사건과 광주항쟁에서 각각 아버지와 아들을 잃어버리는 화자를 등장시켜, 분단으로 인한 비극의 양상에 광주의 비극을 포개놓는다. 아니 분단뿐 아니라 그 분단의 원인이기도 했던 일본의 식민 지배에까지 시선을 둔다.

> 아버지와 형과 아들 토마스에 대한 그리움은 곧 바다 건너 쪽발이들을 겨냥한 날카로운 분노로 변했다. "이 모든 것이 그놈들 때문이다. 아버지와 형을 잃은 것도, 토마스가 모습을 감춘 것도 다 쪽발이들 때문이야. 내 형과 토마스는 그것을 알고 있었는데 왜 나는 아직까지 미처 모르고 있었을까. 우리가 싸워야 할 사람이 바로 그들이라는 것을 왜 모르고 있었을까. [「일어서는 땅」, 58쪽]

그 해 오월, 소식 없는 아들 토마스를 찾아다니다가 그의 자취방에서 아들의 일기를 읽다 말고 요셉이 고통스럽게 중얼거리는 부분이다.

주인공 '박요셉'은 한국근현대사의 부침을 고스란히 떠안고 있는 인물이다. 그의 아버지는 처자식을 남겨 둔 채 일제의 징용으로 끌려가서 돌아오지 않았고, 형은 스무 살 나이에 여순사건 때 반란군이 되어 개죽음을 당했고, 가난한 탓으로 제대로 가르치지 못해 구두닦이를 하면서 공부를 하던 아들 토마스는 구두통 대신 총을 메고 울부짖다가 흔적조차 찾을 길이 없게 되었다. 또한 그의 어머니와 아내는 동일한 삶의 궤적/기억에 몸부림친다.

어머니가 여순사건 당시 행방불명된 그의 형을 실성한 듯 찾아나서는 것처럼, 그의 아내 역시 아들 토마스를 찾아 헤맨다. 항쟁이 종결된 뒤에도 아내는 아들을 잃은 비통함에 절망한 나머지 일 년 중 열한 달을 의식 없이 지내다가도 어김없이 5월만 되면 잠시 의식을 되찾아 아들을 찾으러 광주로 가자고 보챈다. 그래서 이 소설에서 광주는 죽음과 삶이 교차 혹은 혼재하는 기억 공간이 된다. 그런 아내와 함께 광주로 가면서 요셉은 전에 어머니에게서 그랬던 것과 동일하게 아내 옆에서 왜소해진 자신의 모습을 발견한다. 그가 형을 찾아 헤매던 중 항구도시의 흙구덩이에 처박힌 형의 시체를 발견하지만 그대로 방치해 두고 집으로 돌아와 어머니에게는 그 일을 숨겼다. 이후 그는 하루도 마음 편한 날이 없었고 심한 자괴감으로 고통의 나날을 보내야 했다.

그가 그런 행동을 했던 것에 대해 정명중은, "그의 '차남의식'이 '형제살해'나 '부친살해'와 같은 근원적 원죄의식으로 치환되기 때문"[10]이기도 하거니와, 형과 토마스가 겹쳐짐으로써(형에 대한 죄의식과 오한이 아들 토마스에게로 그대로 전이됨으로써) 이 소설의 비극적 모습이 잘 형상화되고 있음을 지적하고 있다. 또한 "옳거니, 무등산이랑 토마스랑 우리 내외랑 함께 살기로 해야겠구만"이라면서 무등산을 광주로, 그들의 아들의 이미지로 상징화함으로써 5월의 아픈 역사가 살아남은 이들의 가슴 속에서 영영 지워지지 않을 것임을 다시 확인하고 있는데, 그 날에 살아남은 자들의 트라우마를 잘 드러내 보이는 부분이기도 하다.

주디스 허먼에 의하면, 외상 사건은 기본적인 인간관계에 대해 의문을 제기한다. 외상 사건의 피해자들은 가족, 우정, 사랑, 그리고 공동체에 대한 애착이 깨진다. 다른 사람과의 관계 안에서 형성되고 유지되는 자기 구성이 산산이 부서진다. 인간 경험에 의미를 부여하는 신념 체계의 토대가 침식당한다. 자연과 신성의 질서에 대한 피해자의 믿음이 배반당하고, 피해자는 존재의 위기 상태로 내던져진다. 이 단절을 극복하기 위해서는 연결의 복구가 필수적이다. 살아남은 사람들은 다른 사람과 연결되어 있

10 정명중(2006), 「5월의 재구성과 의미화 방식에 대한 연구」, 『5 · 18민중항쟁과 문학 · 예술』, 5 · 18기념재단, 281쪽.

다는 느낌으로 존재감, 자기 가치감, 인격을 지켜 낼 수 있음을 배운다. 결속된 집단은 공포와 절망에 대항할 수 있는 가장 강력한 보호책을, 그리고 외상 경험에 대한 가장 강력한 해독제를 제공한다. 이 소설에서 "옳거니, 무등산이랑 토마스랑 우리 내외랑 함께 살기로 해야겠구만"이라는 화자의 다짐은 무등산으로 표상되는 피해자 집단의 "트라우마를 극복하고자 하는 '연결의 복구'를 의미"한다.[11]

소설 「일어서는 땅」에서 개인의 의지 밖에서 일어난 역사적 폭력에 속수무책으로 희생당할 수밖에 없었던 한 가족의 비극의 대물림을 보여주면서 작가가 아우르는 것은, 화자의 아들 '토마스'를 구두닦이라는 기층 민중으로 설정하여 "광주항쟁의 계급적 성격의 일단까지 내비치고 있다"[12]는 점에 있다. 그러나 뒤에 살펴보게 될 그의 장편소설 『그들의 새벽』에서도 살펴보겠지만, 문순태는 그 날 도청에서 죽어간 이름 없는 들꽃들이 "죽어서 영원히 빛을 발하는 땅속의 별이 되었다"고 생각하는 그의 무한한 애정을(구두닦이와 같은 사람들에 대한) 드러낼 뿐, 그가 항쟁 주체의 이데올로기를 문제 삼고 있는 것은 아니다. 그러므로 작가가 이 소설을 통해 강조하고 있는 것은, 한 가족의 비극의 원인에 분단 상황이 놓여 있다는 것이다. 더욱 문제되는 것이 광주라는 공간이 그러한 비극적 운명에 결박당한 장소라는 작가의 인식에 있다.

"인간의 사회적 삶은 공간에 뿌리를 두고 있으며, 공간은 또한 인간의 삶의 양태변화에 영향을 준다."[13] 인간이라는 존재가 "세계와 관계를 맺는 방식이자, 인간의 실존이 이루어지는 '생활세계'를 우리는 공간/장소"[14] 라 규정할 수 있다. 소설 「일어서는 땅」에서 죽은 아들을 찾으러 가는 길에

---

11 주디스 허먼 저, 최현정 역(2007), 『트라우마』, 플래닛, 97쪽 및 355쪽 참조.
12 이성욱, 「오래 지속될 미래, 단절되지 않은 '광주'의 꿈」, 5·18기념재단, 앞의 책, 377쪽.
13 국토연구원 엮음(2006), 『현대공간이론의 사상가들』, 한울아카데미, 12쪽.
14 심승희(2006), 「에드워드 렐프의 현상학적 장소론」, 국토연구원 엮음, 같은 책, 40쪽.

요셉은 무등산/광주를 두고, "흙과 돌과 바위와 나무와 풀로 이루어진 자연의 총체로서의 거대한 무더기라기보다는, 슬픔과 기쁨과 꿈과 기억들을 불러일으켜 주는 빛나는 생명체"(58~59쪽)로 호명한다. 그렇게 함으로써 광주라는 서사공간이 죽은 이를 찾아 헤매는 살아남은 자의 절망과 좌절을 넘어 그러한 비극을 딛고 일어서는 땅/기억 공간이 되기를 소망하고 있음을 알 수 있다.

3. 트라우마(trauma)와 죄의식의 생성 공간

대부분의 5·18소설들에서 광주는 죽음과 죽임의 공간으로 기억된다. 문순태의 「일어서는 땅」 역시 5·18로부터 5년이 경과한 때를 서사의 시점으로 삼아 결코 망각되지 않는 그러한 참상을 여실히 보여주고 있음을 앞에서 살펴본 바 있다. 그의 소설집 『시간의 샘물』에 수록되어 있는 단편 「최루증(催淚症)」은 13년이라는 시간의 흐름 속에서도 여전히 그날의 상처에서 진물이 흐르고 있음을 보여주고 있다. 이렇듯 "기억은 우리가 그것을 소홀히 한다 해도 결코 우리를 놓아주지 않는다."[15]

더구나 이 소설의 주인공은 사진관 주인이었던 오동섭이라는 인물이다. 그는 〈보도〉 완장을 차고 그날의 역사적 사건들을 기록/기억해 두었던 것인데, 도청 안에 들어가 "형체를 알아볼 수 없을 정도로 얼굴이 짓이겨지거나 뭉그러진 시신들이 여기저기 처참하게 눕혀져 있는 모습을 보았던 것이다.(「최루증」, 66쪽) 그 후 그는 해마다 5월이 되면 고질병이 도지듯 가슴이 벌렁거리면서 맥박이 빨라지곤 했다. 그러면서 생긴 병이 눈물

15 알라이다 아스만, 앞의 책, 540쪽.

샘의 통제선이 마비되어 버린 것처럼 눈시울이 온통 촉촉하게 젖는 최루증이었다.

본디 그는 눈물 많은 사람이 아니었던 것으로 소개된다. 6·25때 아버지와 형이 세상을 떠났을 때도 그는 결코 눈물을 보이지 않았었다. 그는 슬픔과 고통은 혼자 있으면서, 혼자 힘으로 이겨내는 것이라고 생각하는 인물이다. 그런 오동섭이 13년 전 5월, 시민군들이 진을 치고 있었던 도청 안에서 난생 처음으로 눈이 팅팅 붓도록 울었다. 슬픔 때문이 아니라 참을 수 없는 분노의 울부짖음 같은 것이었다. 여기서 우리는 광주라는 공간이 국가폭력에 무장으로 저항했던 장소로써, 그리고 그 근원에는 시민들의 도덕적 · 윤리적 분노가 자리하고 있었음을 다시 확인 할 수 있다.

사진사 오동섭은 그날로부터 13년이 지나 "광주의 유혈이 이 나라 민주주의의 밑거름이 되었다."는 대통령의 담화를 듣고 용기를 내어 그동안 비밀리에 간직해 온 사진들을 공개하기로 결심한다. 그는 공수부대의 군인이 착검을 하고 젊은이의 가슴팍을 찌르려고 하는 문제의 사진을 한꺼번에 스무 장이나 인화하여 각 신문사와 방송국에 전달한다. 팬티 바람의 스무 살도 미처 안 되어 보이는 앳된 청년이 길바닥에 무릎을 꿇은 채 겁먹은 얼굴로, 그의 가슴팍에 총검을 들이대고 있는 군인을 쳐다보고 있고, 건장한 체구에 역삼각형 얼굴의 군인은 총부리에 꽂은 칼로 당장 청년을 찌를 듯 매서운 눈초리로 꼬나보고 있는 사진이었다.

그는 자신이 보낸 사진이 실린 신문들을 보면서, 어떤 경우에도 진실은 땅 속에 묻어둘 수 없다는 것, 역사가 그것을 용납하지 않는 다는 것을 깨닫는다. 그런데 낯모르는 이로부터 약간 흥분되고 경직된 목소리의 전화가 온다. 오동섭이 공개한 사진 때문에 "자신의 인생이 아주 망가지고 말았다는 것"이다. 기억이란 과거의 것을 정신 속에 보전하는 일이다. 개인의 심리적 차원에서 인간의 기억 속에는 대체로 과거의 일이나 정신적 과

정의 일부만이 보존된다. 그러나 망각된 것으로 여겨진 과거의 체험들은 한 인간의 내면에서 완전히 사라지는 것이 아니라 인간의 정신 속에서 어떤 다른 형태로 잔존하는 것이다. 어떤 계기가 주어질 때 그 기억은 외부로 드러나서 그 기억과 관계된 사람들의 일상을 뒤흔든다.

개인적 기억의 표출과 밀접한 관계에 있는 심리적 현상은 '은폐 기억'과 '강박적 반복'이다. 은폐 기억이란 꿈에서 억압된 무의식적 내용이고, 강박적 반복이란 잊고 있던 어떤 억압된 내용을 기억해 내야 하는 경우, 그것을 기억하지 않고 행동으로 그 억압된 내용을 반복하는 것을 말한다. 다시 말해 "억압은 처음부터 존재하는 방어기제가 아니라 의식의 정신 활동과 무의식의 정신 활동 사이에 확연한 간극이 생길 때 발생한다."[16] 또한 "무의식 과정에서 이루어지는 과정들은 무시간적(無時間的)이다."[17] 바꿔 말하면, 그 과정들은 시간적인 순서에 따라 일어나는 것도 아니며, 시간의 경과에 따라 변화되지도 않는다.

5 · 18 13주년이 되었을 때 그날의 트라우마를 갖고 있는 공수부대원 오치선이 사진사 오동섭을 찾아온다. 그는 오동섭이 공개한 사진이 신문에 나오기 전에도 악몽에 시달렸다고 고백한다. 그때 죽은 사람들이 살아나서 자신을 목매달아 죽이는 꿈을 수도 없이 꾸었다는 것, 그래서 완전히 술에 취해 살았다는 것, 그래서 죽은 사람들보다는 오히려 살아 있는 자신이 더욱 고통스러웠다고 말한다. 우리는 이러한 진술을 통해 가해자의 일원으로 광주에 파견되었던 계엄군들의 자의식 속에 남아 있는 '은폐 기억'과 '강박적 반복'의 양상에 주목하게 된다. 「죄루증」의 오치선, 곧 이 폭력적 사건의 가해자 역시 피해자들 못지않게 극심한 죄의식에 시달린다. "그런데 여기에 와보니까 그때 죽은 사람들은 거 뭐이냐…… 그래요, 완전

---

16 프로이트Sigmund Freud 저, 윤희기 역(2004), 『정신분석학의 근본개념』, 열린책들, 139쪽.
17 프로이트, 같은 책, 190쪽.

히 부활했고, 그 대신 나는 영원한 패배자가 되어 있구만요."(70쪽)라는 그의 진술을 통해 자기 존재의 부정에 이를 만큼 심각한 죄의식의 양상을 보인다.

양심의 형태로 우리의 의식에 각인되는 기억은 인간의 삶을 도덕과 책임감에 사로잡히게 만들고, 인간의 모든 시야를 과거에 고착시키는 퇴행적 결과를 불러 온다. 따라서 오월의 트라우마의 양상과 그것을 어떻게 회복시킬 것인가에 대한 작가적 탐구는 작가에게 소설의 주인공들이 겪는 고통과 죄의식을 함께 겪는 고통의 감내를 요구한다.

오치선은 그때 자신의 폭력에 속수무책으로 당하던 청년의 사진을 확대해서 인화해 달라고 오동섭에게 요청하는데, 그의 생사를 확인해보고 싶다는 것, 그런 다음에 이제는 새 출발을 하고 싶다는 심정을 피력한다. 그러나 오동섭은 오치선이 진정으로 자신의 잘못에 대해 반성하고 용서를 비는 것이 아니라, 자신이 죄책감의 굴레로부터 벗어나서 새로운 삶을 살아보겠다는 이기적인 생각을 갖고 있다고 판단한다. 오동섭은 왼손을 잡는 그에게서 징그러운 이질감을 느끼며 손을 뿌리치고 만다.

「최루증」을 통해 작가는, 가해자나 피해자나 그날의 상처로부터 벗어날 수 없는 트라우마를 간직하고 있으나 아직은 진정한 화해의 길에 이르지 못했음을 보여준다. 고민 끝에 오동섭이 젊은이의 사진을 확대 인화해두고 오치선이 다음 날 찾아오기를 기다리지만 그는 한 시간이 지나도록 오지 않는다. 사진사 오동섭은 사진 속의 젊은이를 눈시울이 펑 젖도록 오랫동안 들여다본다. 그러자 사진 속의 젊은이가 그에게 말을 걸어오지 않는가. "아저씨, 그를 기다리지 마세요. 그는 오지 않을 겁니다. 아직 올 때가 안 되었어요."(81쪽) 1980년 5월의 참상과 관련하여 아무 것도 해결되지 않은 상태에서 섣부른 화해의 움직임을 경계하는 작가의 의도가 이 부분에 단적으로 드러나 있음을 알 수 있다.

작가 문순태가 이렇게 1980년 5월 광주에서 있었던 국가 폭력의 기억을 망각의 창고에 가두지 않고 소설적 탐구를 통해 거듭 심문하는 것은, 광주라는 서사 공간이 거대한 폭력에 대항해서 끝내 지켜 내야 할 인간성의 옹호라는 본질적인 측면에서 매우 의미 있는 장소/공간으로 보고 있기 때문이다. 이렇듯 과거가 단순한 역사적 기록으로만 남아 있지 않고 우리와 함께 숨 쉬며 정서적 교감까지 가능하게 하는 것은 소설을 포함한 문학/문화의 기능이고 힘이라 할 것이다. 정치 행위가 언제나 하나의 체제를 유지, 혹은 정립하려는 데 그 목적이 있는 것이라면 문순태의 5 · 18소설들은, 바로 그러한 "체제가 가질 수밖에 없는 인간의 불편함, 혹은 구속을 벗어나고자 하는 것을 최대의 목표로 삼고 있다"[18]고 할 것이다.

4. 윤리적 분노와 저항의 공간

「일어서는 땅」, 그리고 「최루증」과 함께 『그들의 새벽』은 소설적 재현을 통해서 있어서는 안 될 비극적 세계, 곧 존재했던 세계를 치밀하게 그려내고 그럼으로써 그 너머에 있어야 할, 곧 아직은 존재하지 않는 세계를 떠오르게 하는 소설이다.

민중의 한과 그 힘에 대한 긍정적 자세를 견지하면서 5 · 18민중항쟁과 그 계승의 주체를 문제 삼고 있는 문순태의 『그들의 새벽』에 대해서 주목한 사람은 많지 않다. 심지어 동료와 후학들이 그의 정년을 기념하기 위해 엮은 『고향과 한의 미학』(태학사, 2005)에 실려 있는 작품론 어디에도

---

18 김치수(1979), 『문학사회학을 위하여』, 문학과 지성사, 13쪽. 좀 더 부연하자면, (소설을 포함한) 문학은 눈에 보이는 경험된 현실의 구조를 드러낸다기보다는 체제가 표방하는 것 뒤에 감추어진 눈에 보이지 않는 현실의 구조를 보여주는 것일 때 그 존재 의의가 있다.

『그들의 새벽』에 대한 언급이 없다.

문순태는 1974년 『한국문학』 신인상에 「백제의 미소」가 당선되어 문단에 나온 이래, 역사소설에서부터 향토성이 짙은 고향 회귀의 예술 세계, 현대인의 소외와 자학적인 고독의식과 인간 존재의 나약한 방황을 다룬 작품들, 그리고 사회 체제의 모순과 그 고발적 요소가 강한 소설과 분단 극복 의지를 담아내는 이야기까지 한국문학사에 큰 자취를 남길만한 많은 작품을 써오고 있는 작가이다. 문순태는 5 · 18민중항쟁 당시 전남매일신문 기자(편집부국장)였다. 그는 금남로의 현장에 있었고 취재노트를 오랫동안 땅속에 묻어두어야 했다. 그가 바라본 광주는 겉으로 드러난 것과는 달리 이름 없는 이들의 싸움이었다. 살아남은 자들은 명예를 부르짖고 5 · 18민중항쟁의 상품화로 영광의 훈장을 달았지만 정작 당시에 죽어간 하층민들의 존재는 아무도 기억하려고 하지 않는다. 영원히 기억되지 않을 그들의 죽음을 작가는 이 작품을 통해 어둠 속에서 오월의 햇빛 아래로 끌고 나온 것이다.

문순태의 『그들의 새벽』은 1980년 5월 27일 새벽 최후까지 목숨을 걸고 전남도청을 지킨 300여 명의 무장시민군 대부분이 하층민이었다는 사실에 주목한다. 이 소설은 이념이라고는 알지 못하는 이들이 목숨을 버린 까닭을 되짚으면서 광주의 실체를 더듬는다. 주인공 '기동'은 구두를 닦으면서 신문기자가 되려고 야학당에 다닌다. 시골 출신으로 가난했으나 성실했던 그는 짝사랑하던 호스티스 '미스 진'의 죽음을 목도하고 역사의 소용돌이로 뛰어든다. 그의 친구인 철가방, 구두찍새, 미용사 같은 야학당 학생들도 주변 사람들의 이유 없는 죽음에 분개해 총을 든다. 이들 대부분은 대학생이 떠나버린 도청을 지키다 최후를 맞는다. 작가는 이들의 심정을 "한 번도 사람대접을 받아보지 못한 이들이 도청을 사수하며 처음 받았던 박수, 평등한 세상에 대한 그리움, 인간적 자존심 회복 때문이 아니었을까."라고 짐작한다.[19] 이것이 『그들의 새벽』의 주요한 모티프이면서, 5 · 18민중항쟁의 진정한 '주제'란 이들 이름 없는 민중들이었다는 작가의 문제의식이다.

이 소설의 초점은 한 번도 제대로 된 사람대접을 받아보지 못했던 구두닦이 손기동과 술집 호스티스 미스 진, 그리고 그의 친구인 철가방, 구두찍새, 미용사 같은 뿌리 뽑힌 존재들에 놓인다. 그래서 전체 32개의 소제목으로 되어 있는 『그들의 새벽』의 마지막 장의 제목은 「그들만의 새벽」으로 되어 있는 것이다.

또 한 사람의 주요한 등장인물인 박지수 목사의 성격은 중간자적인 면모로 그려진다. 박지수는 도심에서 멀리 떨어진 외딴 동네의 개척교회, 빛고을교회의 목사다. 그는 사십을 바라보는 나이에 아직 결혼도 하지 않고 혼자 사는데, 교회에 머물러 있기보다는 불우시설이나 직업여성들을 직접 찾아다닌다. 때문에 일요일 예배시간에 찾아와 자리를 메워 주는 신도들은 인근 주민들이 아니라, 시내에 살고 있는 술집 종업원들이나 구두닦이, 양아치, 교회와 연관이 없는 불우시설 수용자들 그리고 야학당 학생들이 고작이다.

박지수 목사는 손기동과 미스 조와 월순이와 장영구 등의 뿌리 뽑힌 존재들과 야학의 강학인 대학생 박성도, 강미경 등을 연결해 주는 역할을 한다. 그는 항쟁의 막바지에 회색인의 태도를 보인다. 무기를 반납할 것인가 끝까지 저항할 것인가를 다투고 있는 그들에게 박지수는 다음과 같이 말한다.

> 내가 보기에 지금 상황은 일촉즉발의 막다른 고비인 것 같네. 계엄군의 진입은 정해져 있는 수순인 것 같아. 오늘밤이 아니면 내일이 될지도 모르지. 지난

---

19 문순태(2000), 『그들의 새벽』, 한길사, 348~349쪽. 작가후기 참조.

번에 계엄군이 도청을 빠져 나갈 때처럼 그들은 이번에도 그들 눈에 띄는 대로 총격을 가하게 될 것이 뻔하네. 많은 희생자가 나오겠지. 그리고 도청에 남아서 저항을 하는 사람은 살려 두지 않을 걸세. 그러니 총을 들었거나 들지 않았거나 도청에 남아 있는 것 자체가 목숨을 건 거나 마찬가지네. 그래서 하는 말인데…… 지금 우리가 생각해야 할 문제는 강미경 선생 이야기대로 도청에 계속 남아 있을 것인가 아니면 여기서 나갈 것인가 하는 것일세. [2권, 241~242쪽]

결국 박지수는 탱크를 앞세운 계엄군들의 도청 진압이 시작되었을 때 사지(死地)로부터 복도 끝으로 뛰어나간다. 이 소설에서 작가가 그를 비난하는 것은 아니다. 박지수는 최소한 '더 낮은 곳으로 임하라'는 하느님의 말씀을 실천한 종교인이고, 손기동처럼 끝까지 싸우다 죽어간 것은 아니지만, 마지막 순간까지 도청에 남아 그들과 함께 한 것은 사실이기 때문이다. 이 소설은 살아남은 이들의 윤리적 부채감을 따지는 것보다 '왜 그들이 총을 들었는가?' 하는 데에 초점이 맞추어져 있다.

"우리가 뭣 땜시 총을 들었는지 그 이유를 알고 싶은 게요?" 박순철이 도로의 끝자락으로부터 시선을 회수하여 기동을 보며 반문했다. 기동은 그냥 희미하게 웃고만 있었다. 따지고 보면 그들이 왜 총을 들었는가에 대해서는 알고 싶은 생각이 별로 없었다. 기동이 자신이 현숙이의 죽음 때문에 총을 들었듯이 박순철과 그의 패거리들도 그만한 이유가 있었을 것이라고 짐작할 뿐이었다. 어쩌면 그들 식구들 중에서 누구인가 계엄군의 총에 맞아 죽음을 당한 것인지도 모를 일이었다. "그러니께 내가 총을 든 이유는…… 아니 우리 양아치들이 총을 든 것은 말하자면…… 세상이 꼴보기 싫어서라고 한다면 이해할 수 있겠소?" (중략) "솔직히 아니꼽고 치사한 세상 확 뒤집어뿔고 자퍼서…… 우리를 깔보고 무시하고…… 발가락 때만큼도 안 여긴 놈들을 싹 쓸어불고 자퍼서……" 그러면서 박순철은 시내 쪽으로 총부리를 들이대고 휘저어 보였다. 그때 그의 옆얼굴이 섬뜩할 정도로 두렵게 느껴졌다. "세상이 그 동안 우리한테 해준 게 뭐가 있소? 형씨는 덕본 것이 뭐가 있소? 으디 세상 사람들이 우리를 사람 취급이나 해줬소? 세상은 우리를 쓰레기 취급을 하지 않았소?" (중략) 기동이가 보기에 그

는 세상에 대해 칼날 같은 원한과 적개심을 품고 있는 것이 분명했다. [2권, 233~234쪽]

위의 진술은 사실 5 · 18민중항쟁의 원인과 배경을 규명하는 것과 관련하여 매우 중요한 시사점을 주고 있다. 항쟁에 참가했던 기층민중의 일부가 위의 인용에서 볼 수 있는 것과 같이 세상에 대한 적개심을 품고 있었다는 것이 사실이라면, 5 · 18민중항쟁을 "의로운 정신의 계승 · 발전"[20] 이라는 역사적 평가와는 다른 차원의 접근을 요구한다.

이 소설의 장점이라면 다른 '5 · 18소설'들이 언급하기를 꺼리는 미묘한 부분에까지 작가의 시선이 미치고 있다는 점인데, 그렇다고 작가가 광주를 계급혁명의 시각에서 바라보고 있는 것은 결코 아니다. 위의 인용에서 보이는 '박순철'의 발화는 그것 자체로는 모든 종류의 지배관계의 해소와 경제적으로 기초된 정의와 평등의 관계, 즉 계급 없는 사회에 대한 열망을 함축하고 있지만 그보다는 그의 작가적 정직함이 치우치지 않는 균형을 이루고 있는 것으로 보는 것이 옳을 것이다. 그는 "문학에 덧씌워진 환상에 현혹되지도 않지만, 급진적인 이념이나 이론의 틀에 갇히지도 않는다."[21]

기동은 아직 항쟁 초기기는 하지만 그 와중에도 영어 단어를 외우며 야학당에 도착한다. 교실에서는 보통 사람보다 한 옥타브 높은 고음에다 울림이 좋은 박성도 선생의 목소리가 흘러나오고 있다.

---

20 이상식(2007), 「5·18광주민주화운동의 역사적 배경」, 『5·18민중항쟁과 정치·역사·사회』, 5·18기념재단 2권, 14쪽. 5·18민중항쟁의 배경과 관련해서는 정치·역사·사회·문화적 관점 등 다양한 측면에서의 학술적 연구가 많이 진행되었고, 그 결과물이 518재단에서 펴낸 학술논문집에 수록되어 있을 뿐 아니라 본고의 주제를 벗어난 것이므로 이와 관련한 더 이상의 논의는 생략한다.

21 이는 황광수가 조정래의 소설세계를 살피고 있는 그의 책에서 조정래를 두고 한 말이지만 필자는 문순태에게도 그대로 해당되리라고 보아 인용한다. 황학수(2000), 『소설과 진실』, 해냄, 머리말 참고.

① "자 여러분, 내가 나눠준 선언문을 다 읽었지요?"
박성도가 학생들을 향해 물었으나 학생들의 대답은 어딘가 시원치가 않았다.
"자, 그러면 이 선언문을 읽고 무슨 생각이 들었는지 어디 누가 한번 이야기해 보시겠습니까?"
분명히 영어 시간인데도 박성도 선생은 영어를 가르치지 않고 학생들에게 선언문을 나눠 주어 그것을 읽게 하고 느낌과 생각을 말해보라는 것이었다. (중략) 그때 기동이가 스프링처럼 퉁겨 오르듯 벌떡 일어섰다.

② "저, 선생님. 지금은 영어시간입니다. 그러니까 영어공부를 하는 것이 좋겠습니다. 사실 우리는 이런 선언문에 관심이 없습니다. 우리는 공부를 하기 위해 여기 왔으니께 공부를 가르쳐 주십시오." (중략)
박성도 선생은 여전히 당혹감과 실망과 절망감이 묘하게 엉킨, 망연한 시선으로 학생들을 바라보았다. 그렇다고 해서 그는 학생들의 태도를 탓하지는 않았다. (중략) 그들의 반응은 무지에서 비롯된 것이라고 생각하고 싶었다. 그리고 그 무지를 일깨워 세상을 바로 볼 수 있도록 안목을 열어주는 것이 자신의 책임이며 사명이라고 생각했다.

① "공부를 하자는 여러분들의 뜻 알고 있습니다. 여러분한테 공부가 소중하지요. (중략) 우리 자신들의 현실을 자각하지 못하고 영어 단어나 많이 외우면 무엇 합니까? 인간다운 대접을 받으면서 살 수 있게 하기 위하여, 특히 여러분들처럼 어려운 환경에 처한 민중을 위해서 (우리는) 궐기하였습니다. (중략)"
학생들은 한사코 박 선생의 눈길을 피하기 위해 고개를 깊숙이 숙여 버렸다. 그들은 박성도 선생의 말이 교과서 내용만큼이나 딱딱하고 공허하게 들렸다. 그리고 박 선생과 그들 사이에 건널 수 없는 사막처럼 아득한 거리감마저 느꼈다. 그것은 결코 가르치는 사람과 배우는 사람의 입장과 감정의 차이만은 아니었다. (중략)

② "제 꿈은 돈을 벌어서 대학 문턱 한번 밟아보는 것입니다. 그때…… 그러니께 후담에 대학생이 된 다음에, 저도 자유와 평등을 위해 데모도 하고 춤도 추고 미팅도 할 것입니다요. 그러나 시방은 대학생이 아니니께 그딴 것들은 생각하고 싶지가 않습니다. 아니 생각할 여유가 없습니다요. 그러니 우리들한테 제발 공부를 가르쳐 주십시오. 그 이상은 우리들한테 강요도 기대도 하지 마십시오.

우리는 오직 공부하기 위해 여기 왔으니께요." [1권, 161~166쪽]

항쟁을 처음 주도했던 이들, 지식인 계급을 대변하는 대학생 박성도(야학 강학)와 손기동들 간의 거리감이란, 위에서 살펴 본 것처럼, 매우 근본적인 것으로 그려진다. 5·18민중항쟁에서 선도적 역할을 담당한 세력은 학생들이었다. 그러나 군부의 엄청난 물리력 앞에 세의 불리를 느낀 이들은 항쟁의 실패라는 한계를 미리 설정하고 시 외곽으로 도피하거나 개인적 수준에서 항쟁에 참여한다. 학생 지도부의 이런 나약함에 비해 열악한 노동운동의 조건 속에 놓여 있던 노동자들은 투쟁의 전면에 나서게 되는데, 그것은 1980년 5월 20일부터 투쟁의 주력이 변화되기 시작하는 것으로 나타난다.

"21일 오후 4시경 최초로 편성된 무장 시민군의 구성은 노동자·목공·공사장 인부들과 구두닦이·웨이터·일용 품팔이 등등이었으며, 교련복을 입은 고교생들 그리고 가끔은 예비군복을 입은 장년층도 보였다."[22] 항쟁을 처음 주도했던 대학생 그룹과 손기동 같은 노동자 계층의 근본적인 거리감이란 세계관의 차이도 있겠으나 이처럼 항쟁의 성격 변화와도 무관하지 않은 결과를 가져오게 된다.

위 인용 ①은 '민중을 위해서'라는 야학의 강학 박성도의 말이고, ②는 '민중이기 때문'이라는 손기동들의 말이다. 그런 그들을 하나로 묶어준 것[23]은 계엄군으로 투입된 공수부대원들의 치 떨리는 만행이었다. '내가 깨달은 거는 현숙의 죽음이 바로 내 죽음이며 우리들 모두의 죽음이라는 것이여'와 같은 기동의 말이 모든 것을 웅변하고 있는데, 이 윤리적 분노와

---

22 김세균·김홍명(2007), 「광주5월민중항쟁의 전개과정과 성격」, 『5·18민중항쟁과 정치·역사·사회』, 5·18기념재단 3권, 409~411쪽.

23 키틀러Friedrich Adolf Kittler 저, 전동열 역(2002), 「클라이스트 소설의 담론 전략 – 『칠레의 지진』과 프로이센」, 문학이론연구회, 『담론분석의 이론과 실제』, 문학과지성사, 190쪽.

단순성과 무명성은 기실 시민들의 자발적 단결과 투쟁의 중추적 내포로 기능하게 됨을 알 수 있다. 1807년에 나온 클라이스트의 노벨레(novella: 간결하고 압축적인 줄거리를 담은 산문소설), 『칠레의 지진』 한 부분을 다음에서 보자.

> "사실상 인간의 정신이 아름다운 꽃처럼 피어나는 듯했다. 눈이 미치는 데까지 들에는 모든 계층의 사람들이 서로 뒤섞여 있는 것을 볼 수가 있었다. 영주와 거지들, 귀부인과 농부의 아내, 관리와 날품팔이들, 수도승과 수녀들이 서로 동정하고 서로 도움의 손길을 내밀었다. 그것은 마치 모든 사람에게 닥친 불행이 그 불행으로부터 벗어난 모든 사람들을 하나의 가족으로 만든 듯했다."

이는 리스본에서 일어난 지진(지진의 신화)과 파리에서 일어난 혁명(혁명의 신화)을 하나로 묶어 주듯이(상황의 전도), 광주항쟁에서의 시민들의 혼연일체를 설명할 수 있는 측면이 있다고 생각된다.

5. 자아/정체성의 생성 공간

오월 광주를 그 대상으로 하고 있는 문순태의 소설들은 '광주'라는 서사 공간을 죽음과 삶이 혼재하는 장소, 트라우마(trauma)와 죄의식의 생성 공간, 윤리적 분노와 저항의 공간으로 의미화하고 있다. 가족의 행복과 평안한 일상을 소망하는 대부분의 작중인물들에게 그 해 5월 일주일간의 광주는 한낮의 적막을 깨고 들려오는 총소리의 두려움과 함께 혈육과 친구의 실종을 불러온 공포의 공간으로 각인된다. 가해자인 국가 폭력의 하수인들, 곧 공수부대원이나 계엄군들에 대해서는 야만적인 집단으로 기억되고 있다.

그들은 하나같이 "사람도 아니었다." 계엄군들은 시체를 암매장하며 지나가는 시위대를 조준사격으로 목숨을 빼앗고서 멧돼지를 사냥한 것처럼 "잡았다!"고 외치는 야만성을 드러낸다. 평범한 시민들은, 아무나 마구 때려잡아 선혈이 낭자한 젊은이들을 질질 끌어 트럭에 싣고 가는 계엄군들의 만행을 목도한 뒤에 자신도 모르게 "죽일 놈들!"이라는 신음을 토한다.

한편 자신도 피해자라고 생각하는 계엄군은 "더럽게 운이 없어" 그곳으로 차출되었을 뿐이라고 말한다. 그때는 누구라도 그런 짐승 같은 짓을 할 수밖에 없었다고 스스로를 합리화한다. 그렇다 하더라도 그가 광주에서 짐승 같은 짓을 했다는 사실은 기억-트라우마로 남아 사회로부터 스스로를 유폐하게 만든다. 또 다른 공수부대원 역시 그의 잘못이란, "쏘라는 명령"을 거역할 수 없었을 뿐이라고 생각한다. 어떤 계엄군은 자신의 눈앞에서 동생이 죽임을 당하는 것을 속수무책으로 지켜보아야 했다. 모두가 '광주'에서 일어났던 일이다. 진압군으로 광주에 투입된 그들 역시 피해자의 위치에 있다는 이 역설이 광주라는 역사적 공간의 비극성을 선명히 드러낸다.

과거를 마무리 지은 생존자는 이제 미래를 형성하는 과제에 직면한다. 살아남은 이들은 어쨌든 살아내야 하는 것이어서 광주는 비로소 삶의 공간으로 제시된다. 남은 문제는 그 날에 혈육과 친구를 잃은 이들의 가슴에 각인된 트라우마와 그것의 해원 가능성이 만만치 않다는 데 있다.

'광주'가 살육과 공포의 비극적 공간이라는 인식에서 나아가 응답과 소통의 공간으로 심화 · 확대되는 과정에서 얻게 되는 새로운 문화적 가치들이 있다. 우선 '공동체 의식'에 대한 새로운 발견을 들 수 있다. '5 · 18소설'들에서 보이는 항쟁 참여자들의 윤리적 분노의 근원에는 국가 폭력의 무자비성에 대한 인간 본연의 심성에서 나온 것임을 부인할 수 없다. 그것은 자연스레 인간의 존엄이라는 가치를 바탕으로 한 공동체 의식의 발현이다.

이와 같은 인권과 공동체 의식을 통한 건강한 시민사회의 구현이라는 보편적 가치 외에 광주라는 장소/공간의 특수성에 주목할 수 있다. 그것은 자주적 삶의 지향을 통해 분단을 극복하고자 하는 정치적 에너지의 저장소로서의 의미이다. 「일어서는 땅」에서 요셉은 "우리가 싸워야할 사람이 바로 그들"(58쪽)이라는 은유의 방식을 통해 5월이 현재적 그리고 미래적 가치를 얻기 위해 극복해야 할 대상이 무엇인가를 숙고하게 한다. 「최루증」의 주인공은 자신의 눈물이 5 · 18이(5 · 18이 표상하는 국가 폭력) 끝나기 전에는 결코 멈추지 않을 것이라고 생각한다.(64쪽)

우리는 "사건을 통해 사물에 대해 아는 동시에 문화의 공간에서 의미를 발생시키게 된다."[24] "장소/공간이 기억을 되살릴 뿐만 아니라 기억이 장소를 되살리는 것의 경험을 통해 우리는 자아를 재구성할 수 있"[25]기 때문이다. 개인의 내적 동일성의 회복과 공동체의 복원을 위해 5 · 18민중항쟁과 관련된 트라우마의 치유는 필수적인 과제이다. 그런데 그것이 가능하지 않다면 우리는 무엇을 어떻게 할 것인가? 어떻게 해야 하는가? 문순태의 소설 『그들의 새벽』은 조심스럽게, 치유를 가능케 하는 연대가 여전히 세상 속에 존재한다는 희망을, '광주'라는 죽음과 죽임의 공간에서 제시하고 있다. 그것은 손기동이 "현숙의 죽음이 바로 내 죽음이며 우리들 모두의 죽음"이라는 깨달음/윤리적 분노와 목숨을 버리면서까지 도청/광주를 지켜내고자 했던 데서 확인할 수 있다.

그리하여 문순태의 5 · 18소설을 통해 광주라는 서사 공간은 시간적 망각을 넘어 자아/정체성의 생성 공간으로, 한국문학사에 매우 독특한 의미 공간으로 기억(재구성)되고 있음을 알 수 있다. 문제는 작가들이 5월을 다시 기억하고 호명할 때 느끼는 고통의 압력이 결코 지워지지 않는 상흔

24 나병철(2006), 『소설과 서사문화』, 소명출판, 369~370쪽.
25 아스만, 앞의 책, 25쪽.

트라우마로 남는 다는 데에 있다. 누가, 어떻게, 무엇으로 이 상흔을 넘어 설 수 있을 것인가.

* 전남대학교 호남문화연구 제43집, 2006.12.

07 기억과 망각 사이
-심상대 소설 「망월」

1. 5·18과 문화적 기억

이 글은 심상대의 5·18소설 「망월(望月)」[1]을 민속문학적 방법으로 해석한 글이다. 심상대는 1960년 강원도 강릉에서 태어났다. 1990년 『세계의 문학』 봄호에 단편소설 「묘사총」, 「묵호를 아는가」, 「수채와 감상」 등 세 편의 소설을 발표하며 등단했다. 그동안 그는 『묵호를 아는가』, 『사랑과 인생에 관한 여섯 편의 소설』, 『늑대와의 인터뷰』 등의 소설집을 상재했다. 본고에서 다루고 있는 소설 「망월(望月)」은 1999년에 펴낸 소설집 『늑대와의 인터뷰』에 실려 있다. 본고에서는 『창작과비평』 1998년 가을호에 처음 발표한 소설을 텍스트로 한다.

심상대는 2001년에는 마르시아스 심이라는 필명으로, 단편 「미(美)」로 제46회 현대문학상을 수상했다. 그는 광주와 아무런 연고가 없음에도 불구하고 1990년대 초, 이 년간을 광주에 와서 지냈다. 이문열은 이를 "작가가 그 주제를 무슨 풀지 않으면 안 될 숙제 혹은 반드시 헤어나야 할 지병(持病)처럼 품어 왔던 때문"(『늑대와의 인터뷰』 발문)으로 설명한다. 「망

1 심상대(1998), 「망월(望月)」, 계간 『창작과비평』 가을호, 창작과비평사, 184~201쪽. 작품을 인용할 때는 괄호 안에 쪽수만 표기하기로 한다.

월(望月)」은 그러므로 5·18의 피해자들뿐 아니라 소설가 심상대에게도 일종의 트라우마(Trauma)요, 상흔에서 벗어나기 위한 씻김굿인 셈이다. 같은 글에서 그는 심상대 소설 「망월(望月)」을, "광주의 비극이 이만큼 순화된 감정과 미학적 장치를 갖추어 형상화된 작품도 드물듯 싶다"고 상찬한다.

이 글은 심상대의 5·18소설 「망월(望月)」을 민속문학적 방법으로 분석한다. 「망월(望月)」은 5·18민중항쟁 때 아들을 잃은 한 어머니의 넋두리를 통해 그 날에 가족을 잃은 이들의 가슴에 각인된 트라우마와 그것의 해원 가능성을 함께 모색하고 있는 작품이다. 그런데 소설 「망월(望月)」에는 민속적 소재가 차용되고 있을 뿐 아니라, 소설 전체의 구성과 주제 형성에도 많은 영향을 미치고 있다. 그것은 마치 무가(巫歌) 혹은 통과의례로서의 씻김굿과 흡사한 구조를 갖고 있다.

흘러간 과거사들이 오늘의 우리에게 한과 흥을 주면서 민간전승되는 이야기들을 민속학에서는 구비전승이라 하고, 국문학에서는 민속문학이라 부른다.(김선충 외 1993: 13) 민중의 일상적인 삶이 일정한 양식을 이루고 역사적으로 전승되면 곧 민속문화라 할 수 있다. 그러므로 민속은 민중이 주체가 되어 생산하고 전승하는 일상의 문화라 할 수 있다.(비교민속학회 편 2002: 13) 따라서 명칭이야 어떻든 이 민간전승문학에는 민중이라는 민족 주체의 역사와 의식에 대한 긍정적 함의가 들어 있다.

5·18소설들이 '흘러간 과거사'를 이야기하고 있다는 뜻은 물론 아니다. 대중들은 오래 전 광주에서 무시무시한 사건이 발생했었다는 사실을 주기적으로 알게 되지만, 그 앎이 오래가는 일은 드물다. 사건의 한쪽에서는 잊고자 소망하지만 결코 잊지 못하는 피해자가 있고, 다른 편에는 잊기를 원하고 또한 그러는데 성공하는 강하고 종종 무의식적인 동기를 지닌 다른 모두가 있기 때문이다.(주디스 허먼 2007: 18) 주디스 허먼에 따르면, 전쟁과 피해자는 공동체가 잊고자 하는 무엇이다. 망각의 베일은 고통이

담긴 불쾌한 모든 것들에 드리워져 있다. 1980년 5월에 광주에서 일어났던 사건은 어느 쪽에서나 대부분 "이제 과거는 잊고 앞으로 나아가야 할 때가 되었다."고 말한다. 자칫 역사적 유물-흘러간 과거사가 되기 십상인 처지다. 그럼에도 우리는 문학적 혹은 문화적 재현을 통해 5 · 18민중항쟁이 역사적 유물-흘러간 과거사로 남지 않도록 그것의 현재, 그리고 미래적 의미를 끊임없이, 그리고 새롭게 탐문하는 일이 필요하다. 거대한 폭력에 대항해서 끝내 지켜 내야 할 인간성의 옹호라는 본질적 측면에서 그것은 여전히 유효한 성찰의 대상이기 때문이다.

과거에 대해 눈을 감는 자는 결국 현재에 대해서도 눈이 멀게 될 뿐만 아니라 비인간적인 행위를 마음에 새기려 하지 않는 자는 또 그러한 위험에 빠지기 쉽다.(타나카 히로시 외 2005: 89) 그뿐만 아니라 시대의 증인들이 갖고 있는 경험기억이 미래에 상실되지 않게 하기 위해서는 후세의 문화기억으로 번역될 것이 필요하다.(알라이다 아스만 2003: 16) 개인과 문화는 언어적, 조형적, 제의적 반복이라는 소통을 통해서 그들의 기억을 교호적으로 만들어 나간다. 개인과 문화, 이 양자는 신체 밖의 저장매체와 문화적 행위의 도움으로 그들의 기억을 유기적으로 엮어 나간다. 이것 없이는 세대를 넘고 시대를 넘어 통하는 어떠한 기억도 형성될 수가 없다.(알라이다 아스만 2003: 23)

우리에게 주어진 또 다른 과제는 트라우마(Trauma)의 치유를 통해 개인의 정체성과 공동체의 복원을 모색하는 일이다. 정신분석학은 트라우마가, 의식이 일차적으로 망각한 무의식의 부분이라는 것, 그리고 그것은 일정한 계기가 주어지면 반드시 나타난다는 것을 증명했다. 그것은 사진기의 섬광처럼 순간적으로 나타나 신체에 고통의 흔적을 각인시킨다. 양심의 형태로 각인되는 기억은 인간의 삶을 도덕과 책임감에 사로잡히게 만들고, 인간의 모든 시야를 과거에 고착시키는 퇴행적 결과를 불러 온다.

살아남은 이들의 기억을 통해 드러나는 5 · 18은 폭력과 광기의 상흔으로만 호명된다. 그러므로 개인의 내적 동일성의 회복과 건강한 공동체의 복원을 위해 5 · 18민중항쟁과 관련된 트라우마의 치유-완전한 회복은 필수적인 과제가 된다. 회복의 기본은 안전의 확립, 외상 이야기의 재구성, 그리고 생존자와 공동체 사이의 연결 복구에 있다.(주디스 허먼 2007: 20)

심상대 소설 「망월(望月)」은 5 · 18민중항쟁 때 아들을 잃은 한 어머니의 넋두리를 통해, 그 날에 가족을 잃은 이들의 가슴에 각인된 트라우마와 그것의 해원 가능성을 함께 모색하고 있는 작품이다. 그런데 소설 「망월(望月)」은 아들을 잃은 여인-어머니의 넋두리가 마치 무가(巫歌) 혹은 통과의례로서의 씻김굿과 흡사한 구조와 주제의식을 갖고 있어 흥미롭다. 달 밝은 밤길을 걸어 아들의 무덤을 찾아가는 길은 그 자체로 제의의 공간이 된다. 끊임없이 이어지는 여인의 "이제 다 잊어버렸다"는 넋두리는 큰 아들의 죽음으로 인한 한과 죄의식이 그녀의 무의식에 수시로 출몰하면서 강박적으로 호출해낼 정도로 강렬하면서도 폭력적인 트라우마가 된다.(공종구 1999: 311) 한편 이 넋두리는 살아 있는 이들이 망자를 위해 벌여주는 축제 형식의 기도, 곧 삶과 죽음을 화해시키기 위해 삶의 끝자락에서 펼치는 씻김굿과 다름없다. 본고는 민속문학적 방법으로 소설 「망월(望月)」의 서사 구조와 주제의식을 분석한 글이다. 문학을 그것이 민속전승에 대하여 가지는 관계를 중심으로 하여 살피는 작업은 최근의 이른바 민속비평론, 신화비평론 이전에 이미 비교문학 또는 제재론 등의 범주 속에서 이루어져 있었다.(김열규 1993: 2) 모든 다른 상징적 표현과 시문학 사이에 존재하는 적극적 유사성을 추구하려던 이른바 '적극적 의미론적 비평'의 흐름 속에서 그러한 작업은 현대비평론의 중심적 과제의 하나를 형성하고 있는 것이다.(김열규 1993: 4) 한편 민속문학적 방법을 통한 문학적 형상화가 5 · 18로 인한 트라우마의 치유와 공동체의 복원이라는 과제에 끼치는 영향 혹은 가능성과 일정한 한계를 아울러 살펴본다.

2. 달맞이(月神祭)를 통한 길닦음

5·18때 죽은 큰 아들 '경주'를 꿈에서도 잊지 못하는 여인의 원한의 정서와, 아들을 죽음으로부터 지키지 못했다는 죄의식의 강박적 반복으로서의 넋두리가 소설 「망월(望月)」의 서사를 이끌어가는 주된 축이다. 둥글고 커다란 열엿새 만월이 대밭 위로 떠올라 마당가 감나무 꼭대기에 걸리는 날 밤, 여인은 홀로 집을 나서 아들이 잠들어 있는 5·18묘역을 향해 길을 간다. 여인은 장독대 곁에 여러 장 더미지어 쌓여있는 시멘트 블록 곁에 선 붉은 색과 흰색의 봉숭아 포기를 떠내 고동색 플라스틱 함지에 담아간다. 아들의 무덤가에 심어 주기 위해서다.

자기 아래로 경태, 경복, 경술, 춘애라는 이름의 동생들을 두고 있는 큰 아들 김경주는 5·18이 일어나던 해에 전남대학교 법과대학생이었다. 여인에게 큰아들 경주는 생의 보람이요, 자랑이었다. 여인은 밤길-고샅과 농로와 뚝방길을 걸으며 혼자 되뇐다. "난 한나도 부러운 것이 없어. 우리 아들놈이 한번도 물러서덜 않고 줄창 일등을 했응께. 수북면에서는 다들 알아야. 수북초등학교 수북중학교를 댕김서 한번도 일등을 놓쳐보덜 않은 놈이 내 아들이라는 것을 모다들 다 알아."(189쪽) 광주 인근의 담양군 수북면이 고향인 경주는 그대로 집안의 대들보였다. "느그 동생들도 한나 섭섭해하덜 않아야. 형 땜시 초등학교만 마치고 공장살이간 것을 원망시러하는 놈이 한나도 읎어야. 다덜 잘되았응께. 공부하기 싫은디 잘되얐다고들 혀. 다들 성공해부렀응께 참말로 잘되야부렀어야."(189쪽) 동생들의 희생과 부모의 기대를 한 몸에 안고 대학생활을 하던 그는 5·18때 처참한 주검으로 돌아온다. 거듭해서 "다 잊어부렀다."고 되뇌면서도 여인은 아들의 처참했던 주검을 기억해 낸다. "그랑께 인자는 아프지는 않지야? 깨진 코도, 텍아지도, 찢어져분 귀때기도, 피도 다 몰랐고 찢어진 디도 다 아물었을 것잉께 인자는 한나도 아프지 않지야? 그려 나도…… 다 잊어부렀시야."(187쪽) 심리적 억압은 우리의 의식이 감추고 싶거나 억압하고 싶은 욕구가 무의식의 형태로 숨어서 보존되는 것을 의미한다.(정항균 2005: 237) 이렇듯이 우리가 기억을 소홀히 한다 해도 그 기억은 우리를 놓아주지 않고 무의식적이고 기습적으로 출몰한다.(알라이다 아스만 2003: 540)

집안의 대들보로 믿고 기대던 생때같은 큰 아들을 잃은 한 여인의 원한의 정조에 조응하는 것이 달빛의 이미지다.(공종구 1999: 308) 소설 「망월(望月)」은 달에 대한 묘사로 시작해서 달에 대한 묘사로 끝난다. 둥글고 커다란 열엿새 만월이 대밭 위로 떠올라 청청한 달빛으로 흘러내려 물오른 오월의 감나무를 통째 흠뻑 적시며 이파리마다 윤기를 더하는 밤에 여인은 아들이 잠들어 있는 5·18묘역을 향해 길을 나선다. 고샅과 돌담이 끝나는 골목길과 시멘트로 포장된 농로를 지나고 뚝방길과 마을을 다 벗어나, 뚝방을 따라 길게 뻗은 하천과 농수로의 넘실대는 물결 위로도 달이 떠 흘러간다. 하천을 건너고 논 가운데 난 마을을 가로질러 난 길을 지나고 약국과 농협과 철물점, 슈퍼마켓, 식당이 있는 네거리를 지나 아들이 다녔던 초등학교 담벼락과 낮은 담 너머 중학교 교사가 보이는 길에도 달은 휘엉청 밤하늘 가운데 떠올라 있다. 담양 벌판을 둘러싼 산의 능선이 겹겹이 포개져 놓여 있는 들판을 가르며 광주 쪽으로 곧게 뻗은 농로에도, 밤나무 꽃으로 뒤덮인 산자락에도 희게 희게 부서지는 달빛의 내다.

그리고 마침내 다다른 아들의 봉분위에도 달빛만이 무더기무더기 쏟아져 내린다. 달은 한국인의 우주론과 세계관, 그리고 인생관을 비롯하여 생활습속 등에 있어서 중요한 의미를 지니고 있다. 달은 농경사회에 있어서 생활력의 원점이자 기준을 이루면서 한국인의 생활과 생명의 기복이며, 리듬을 결정하기 때문이다. 한편 달맞이(望月)는 호남의 전 지역에 분포하고 있는 대보름의 대표적인 민속놀이인데, 달을 맞이한다는 것은 달님(月神)을 맞이한다는 것을 의미한다. 달님을 맞이하여 한 해의 소망과 행운을 기원하는 의례가 달맞이라고 할 수 있다. 달이 뜨면 사람들은 제각기 소원과 행운을 기원하면서 손비빔을 하기도 하고 절을 하는 데 이를 달맞이라 한다. 따라서 달맞이는 월신제라고 할 수 있겠는데, 여기서 달은 월신제로서 신격의 역할을 하기 때문에 달맞이는 종교적 기능을 하고 있는 셈이다.(표인주 2002: 225) 그렇게 보면 심상대 소설 「망월(望月)」은 현실의 폐기와 재생적 순환이라는 양면성을 갖고 있는 민간신앙에 그 뿌리를 두고 있음을 알 수 있다. 이 여인의 손비빔과 넋두리는 무당의 제의, 곧 무가(巫歌)가 된다.

그 날 이후 십육 년 만에 어머니는 아들의 무덤을 찾아간다. 길을 가면서 어머니는 "야아, 나는 인자 다 잊어부렀다. 다 잊어부렀어." 하고 끊임없이 혼자 소리를 한다. 그러나 어머니는 결코 아들을 잊지 못한다. "십육 년이여. 그렁개 벌써 십육 년이나 되아부렀다. 으짜끄나. 니 소식을 갖고 여까장 찾아왔던 그 여학생은 진작 애기 엄마가 됐겄는디. 아이고 으짜끄나…."(186쪽) "그랑께 인자는 아프지도 않지야? 깨진 코도, 텍아지도, 찢어져분 귀때기도, 피도 다 몰랐고 찢어진 디도 다 아물었을 것잉께 인자는 한나도 아푸지 않지야? 그려…… 나도 다 잊어부렀시야"(187쪽) 무당이 무속의식인 굿마당에서 구연하는 음악적 사설이나 노래를 무가라 한다.(김선충 1993: 209) 무가는 제의의 현장에서만 가창된다. 무가를 가창하면 신이 강림하기 때문에 반드시 제의의 마당에서만 가창된다. 그러므로 심상대 소설 「망월(望月)」에서 교교한 달빛 아래 아들의 무덤을 찾아가는 밤길—고샅과 농수로와 잡초가 숲을 이루어 우거진 뚝방길과 아들이 다녔던 초등학교 담벼락과 낮은 담 너머 중학교 교사가 보이는 길과 들판을 가르며 광주 쪽으로 곧게 뻗은 농로는 그대로 제의의 공간이 된다.

무가는 신을 대상으로 한 무당의 노래이며, 무당이 부르되 신의 뜻을 노래한 것이다. 길을 가면서 여인은 "다 잊어부렀다. 다 잊어부렀다."는 반복적 넋두리와 함께 큰 아들에게 남은 가족의 안부를 전한다. "경주야, 저번 여름에는 경태가 왔어야. 애기에미하고 아그들을 다 델고 왔는디, 젤로 몯이가 승민이라고 아들이여. 근디 고놈은 제 애빌 안 닮고 똑 니를 닮았어야. 눈이 초롱초롱한 것이 으째 고렇게 즈 큰아부지를 빼다 쐈으까잉."(187쪽) "경주야, 느그 동생들 다들 잘되얐어. 경태, 경복이, 경술이, 춘애 다들 잘되얐어. 잘들 살어야. 경태가 기술이 좋지 않냐. 긍께 고놈이 니 몫을 다 혀. 경태가 장남 노릇을 다 혀. 경술이는 아직 이르다고 애를 안 낳는다고 혀. 경술이만 애기 없이 신랑 각시만 살고…… 돈 벌면 낳는다… 경태가 아들 딸 한나, 춘애가 아들 한나 딸 한나. 경복이는 아들만 한나고. 다들 잘살어. 느그 아부지 돌아가셨을 때도 잘 치렀어야. 잘 치렀다고 모다들 칭찬이여."(188쪽)

여인의 이러한 넋두리는 민속에서 일종의 길닦음-망자놀음으로 볼 수 있다. 망자놀음은 망자를 천도할 목적으로 망자를 한바탕 놀려주는 굿이다. 원래 망자놀음은 길닦음 뒤에 하는 절차로서, 이때 무녀가 주로 사용하는 망자옷은 질베 위를 왕래할 때 반양용선과 함께 들고 망자의 저승길을 닦았던 것을 사용하는 게 일반적이다. 이 의례-망자놀음은 죽은 망자가 무녀에게 강신하여 가족들과 생전에 못다 한 얘기를 하고 가족들과 작별인사를 하는 등의 공수를 내리는 의식이 주를 이룬다.(나경수 외 2007: 318)

길닦음은 망자의 저승길을 닦아주는 의례다. 본래는 씻김굿 후에 한다. 대개 고풀이에서 사용하였던 무명베 일부를 잘라 길닦음에서 사용한다.

질베는 망자의 관 혹은 굿상이 차려진 곳에서 집밖으로 향하게 늘어뜨린다. 질베는 망자의 저승길 혹은 저승다리나 강으로 상징되기도 한다.(나경수 외 2007: 384) 한편 무가는 주술성(呪術性)을 지니고 있는데, 이때 주술성이란 어떤 초자연적 능력 곧 전이성(轉移性)과 전염성(傳染性)을 갖는 힘, 해(害)와 이(利)를 주는 힘, 그리고 이상성(異常性)과 비례하는 불가사의한 힘의 주력을 조작하여 소원을 달성하고자 하는 의도와 방법을 말한다.(김선충 외 1993: 217-218)

달이 농경사회에 있어서 생명력의 상징으로 간주된다고 하는 것은 달을 영험한 물체로 생각하기 마련이고, 무엇보다도 달이 인간의 소망을 들어줄 수 있는 신격이라는 점에서 주술적인 성격을 지닌다.(표인주 2002: 227)

심상대 소설 「망월(望月)」에서 여인에게 달은 그녀의 소망을 들어주는 신격이면서 곧 죽은 아들이기도 하다. 여인의 끝없이 이어지는 넋두리의 대상은 달 일뿐만 아니라 아들이기도 한 까닭이다. 여인은 교교한 달빛 아래 밤길을 도와 아들이 누워있는 5 · 18묘역을 향해 가는 이 제의의 공간에서 스스로 무녀가 된다. 그리하여 여인이 부르는 넋두리-무가는 아들이 '세상의 야단스러움과 소란스러움을 다 잊고'(196쪽) '잘 자기'(200쪽)를 소망하는 길닦음-천도(薦度)라 할 수 있다.

본래 무당이 주도하는 굿은 초자연력의 주력(呪力)을 통하여 재앙을 막고 소망을 성취하기 위한 무속제의다. 고대 부족국가들의 제천행사에서 원류를 찾을 수 있는 굿은 지연이나 혈연을 바탕으로 한 인류의 꿈과 소망, 욕망이나 기원 등을 포괄한 주술적이며 모의적인 행동양식으로서 그 발상의 근원은 '진보적 희망' 곧 다수확과 풍요, 생명의 안전, 치병(治病), 혈통의 보존, 사자(死者)의 천도(薦度)와 같은 인간의 행복을 실현하려는 데서부터 출발하였다. 그리고 그것은 목적한 바의 실현 여부는 차치하더라도 신성 · 통합 · 정치 · 축제 · 예술의 기능을 발휘하여 사회구성원의 뜻을 결합하고 마음을 안정시키는 삶의 중요한 요소로서 존속하여 왔다.(김선풍 외 1993: 245)

3. 씻김굿-넋두리를 통한 해원(解寃)

그 날 이후 십육 년 만에 어머니는 아들의 무덤을 찾아간다. 길을 가면서 어머니는 "야아, 나는 인자 다 잊어부렀다. 다 잊어부렀어." 하고 끊임없이 혼자 소리를 한다. 그러나 그 모든 참혹한 기억이 모두 사라진 것은 아니다. 논둑 사이 좁은 길이 다시 너른 농로로 이어지는 갈림길에 비닐하우스 여러 채가 서 있고, 비닐하우스 주변에는 논을 성토해 만든 밭과 잡초 무성한 좁은 빈터가 있다. 검은 플라스틱 묘판이 쌓인 빈터 가장자리 풀숲에선 억새와 개망초의 흰꽃이 전깃불에 환히 제 색깔을 드러내고 있다. 여인은 그 잡초에 유난스런 애착을 보인다. "저것들만 보면 에미는 살이 떨려야. 다 잊어부렀는디, 다 잊어부렀는디…… 그날 봤던 잡초는 안 잊혀야. 참말로 요상해야. 그 많은 사람들이 죽어 자빠진 아귀지옥이 다 잊히고, 그 곡소리가 다 잊히고, 총소리 비명소리까장 다 잊혀부렀는디, 먼 곡절로 그날 보았던 풀더미는 아직까장 안 잊힌디야? 억세 무데기를 봐도 그라고, 뻘건 엉겅퀴꽃을 봐도 그라고, 살이 떨리고 환장을 허겄어야."(190쪽) 이렇게 큰 아들의 죽음으로 인한 한과 죄의식은 이 여인의 무의식에 수시로 출몰하면서 강박적으로 호출해낼 정도로 강렬하면서도 폭력적인 트라우마(Trauma)가 된다.(공종구 1999: 311)

사건이 일어나고 오랜 시간이 지나도, 외상을 경험한 많은 사람들은 그들 안의 한 부분이 마치 죽어 버린 듯한 느낌을 받는다. 여인-어머니의 시종일관 주술처럼 반복되어 나타나는 '나는 이제 다 잊어버렸다'는 의식 층위에서의 발화는 그러나 '아무리 잊으려 해도 하나도 잊혀지지 않는다'라는 무의식 층위에서의 대립적인 발화를 전제하고 있다. 그럼에도 불구하고 '다 잊어버렸다'는 넋두리를 강박적으로 반복하는 것은 자신의 원한의 정서와 아들을 구하지 못했다는 죄의식의 감정을 승화시키고자 하는 방어기제적 행위라고 할 수 있다.(공종구 1999: 311) 마지막 눈을 감으면서도 아들을 못 잊어 했던 남편의 성화에 오고 싶어도 오지 못하다가 여인은 이제야 아들의 무덤을 찾아온 것이다. 그러나 여인이 아들의 죽음을 아직은 온전히 받아들이지 못하고 있음을 우리는 다음의 넋두리-고통스러운 기억의 반복을 통해서도 거듭 확인할 수 있다. "오덜 못햐, 오덜 못햐, 오덜 못햐…… 싫어라…… 꿈인디, 꿈인디, 하고는 또 하루를 속이고, 또 하루를 속이고, 바람 소리만 휘이 지나가도 이제 오나, 내 자석이 이제 오나, 잠을 못자…… 그날부터 오늘까지 문을 걸들 못하고 너를 지다리는디…… 어짜끄나, 어짜끄나 내 새끼를 어짜끄나…… 콩밭 매면 콩밭 가에서, 깨밭 매면 깨밭 가에서, 날마다 니를 지달리는디, 내가 먼 배포로 여글 성큼성큼 오겄냐?"(199쪽)

이야기하기를 통한 과거 회상은 과거를 비판적으로 분석하고 개인의 심리적 억압기제를 분석, 치료하기 위해 중요한 의미를 갖는다. 트라우마의 치유를 통해 개인의 정체성과 공동체의 복원을 모색하는 일은 살아남은 이들에게 중요한 과제가 된다. 회복의 기본은 안전의 확립, 외상 이야기의 재구성, 그리고 생존자와 공동체 사이의 연결 복구에 있다.(주디스 허먼 2007: 20) 그러나 주디스 허먼에 의하면, 외상의 완결에는 종착지가 없다. 완성된 회복이란 무엇으로도 가능하지 않다는데 5·18민중항쟁의 비극성이 있다. 이제 다 잊어버렸다는 강박적 반복에 의한 넋두리에도 불구하고 여인은 다음처럼 되뇐다. "그려, 그려… 고것을 잊어분다믄 인종이 아니제. 인종이 아닐 것이여. 금쪽 같고 은쪽 같던 내 아들을 땅에 묻어 불고 산을 넘어 오던 날 밤, 지천으로 피어서 흔들리던 고놈의 풀꽃을 잊어뿐다면 참말로 사람이 아니제. 참말로 사람 노릇이 아닐 것이여."(191쪽)

아들에게로 가는 밤길에 우연히 만나는, 피로와 불만에 찌든 어린 사내아이와의 대화는 소설에서의 몇 가지 상징적 장치와 함께 우리의 주목을 요한다. 우선 몇 가지 상징적 장치란 가령 이런 것이다. 우리는 여인이 그녀의 작은 아들 경태의 맏이 승민이가 죽은 큰 아들 경주를 '영락없이 빼닮았다고'(187쪽) 이야기 한 것을 앞에서 살펴보았다. 소설에서 등장인물의 명명은 일종의 상징적 장치다. 죽은 큰 아들 이름 '경주'가 '광주'를 상징하듯이 경주를 영락없이 빼닮았다고 믿는 손자의 이름을 '승민'이라고 부를 때, 비록 여인은 의식하지 못하였을지라도 아들의 승리, 곧 민중의 승리를 염원하는 작가의 의식이 투영되어 있음을 어렵지 않게 짐작할 수 있다.

그것은 앞에서 인용하였듯이 여인이 밤길을 걸으면서 보게 되는 '잡초'에 유난스런 애착을 보이는 것으로 확인된다. 우리의 산하 지천에 널려있는 풀, 곧 잡초는 문학에서 곧 민중의 상징으로 인용되곤 하였음이 주지의 사실이다. 그때 광주에서 총을 들고 국가 폭력에 끝까지 저항하였던 이들은 이름 없는 풀—잡초, 곧 민중이었음도 역시 주지의 사실이다. 여인은 억새와 개망초의 흰꽃을 보며 "저것들만 보면 에미는 살이 떨려야. 다 잊어부렀는디, 다 잊어부렀는디…… 그날 봤던 잡초는 안 잊혀야. 참말로 요상해야. 그 많은 사람들이 죽어 자빠진 아귀지옥이 다 잊히고, 그 곡소리가 다 잊히고, 총소리 비명소리까장 다 잊혀부렀는디, 먼 곡절로 그날 보았던 풀더미는 아직까장 안 잊힌디야? 억세 무데기를 봐도 그라고, 뻘건 엉겅퀴꽃을 봐도 그라고, 살이 떨리고 환장을 허겄어야."(190쪽) 라고 진술한다.

여인이 아들에게로 가는 밤길에서 만나게 되는 어린 사내아이는 민속의례에서 일종의 '영돈'이라 볼 수 있다. 영돈은 망자의 육신으로 간주되는 것을 말한다. 먼저 돗자리를 깐 후 그 위에 망자의 옷을 놓고, 돗자리를 둘둘 말아 세 매듭으로 묶는다. 이를 영돈을 만다는 의미로 '영돈말이'라고 한다. 이 돗자리를 세워 넋을 담은 밥그릇을 얹고, 그 위에 누룩을 놓고 마지막으로 솥뚜껑을 덮어 놓는다. 무녀는 빗자루에 물을 묻혀 뿌리면서 영돈, 즉 망자의 혼을 씻는데 이를 씻김이라 한다. 여인은 밤길에서 우연히 동행하게 된, 고등학교 삼학년이라는 사내아이에게 묻는다. "악아, 뭣땜시 여글 왔다가냐?, 어디 가는 길이여?"(191쪽) 아이가 대답한다. "친구찾으러 왔어라."(191쪽) 키도 몸피도 작고 부실한, 그런 몸으로 다리를 걸며 먼 길을 힘들여 걸어가는 모양의 아이를 보며 안쓰러움을 느낀 여인이 말한다. "뭣을 좀 묵어야 쓰겄다, 잉? 저녁은 묵었냐?"(193쪽) 여인은 큰 아들에게 줄 요량으로 보퉁이에 싸가지고 온 삶은 달걀 두 알과 음료수 깡통하나를 사내아이에게 건넨다. 그리고 말한다. "찬찬히 묵어, 잉. 차분차분…… 찬찬히……"(193쪽) 아이는 삶은 달걀과 알루미늄 깡통에 든 식혜를 마시고 몸을 일으킨 다음 말도 없이 뒤도 돌아보지 않고, 비척대는 걸음으로 담양들노래비를 돌아 다리로 올라선다. "가냐? 악아, 가냐?"(195쪽)고 묻는 여인에게 이별의 말도 없이 아이는 마을길로 들어선다.

우리는 흔히 일 년을 마무리하면서 '한 해가 지나갔다'고 말한다. 여기서 '해'라는 의미는 미분화된 시간과 공간으로서 한 해가 지나간 것, 곧 한 세계가 끝났다는 의미와도 상통한다. 세시에서 '時'는 직선적인 시간이 아니라 순환론적인 시간의 개념이다. 왜냐하면, 순환론적인 시간은 식물의 생장과정을 통해서 인식한 시간인데, 식물의 생장과정은 농경의 과정과 일치하게 되고, 세시풍속이 농경의 과정에 따라 주기적으로 반복되어지는 풍속이기 때문이다. 따라서 세시의 개념 속에는 공간과 시간의 개념이 내재하고 있는 것이라 하겠다.(표인주 2002, 220쪽)

그날로부터 오랜 시간이 '지나서' 찾아 온 아들의 봉분 앞에서 어머니는, 함지를 받쳤던 똬리를 풀어 그 흰 수건으로 상석과 비석을 닦는다. 흰 수건을 뒤집어 유리상자를 닦고, 유리상자를 열어 그 안에 있는 청년의 얼굴을 드러내 품에 안고 한참을 절규한다. "오매…… 오매…… 으짜끄나……"(196쪽)

아들의 이마를 닦고, 눈과 코를 닦고, 볼과 입술을 닦는다. 그리고는 가지고 온 빨간 봉숭아를 봉분의 오른쪽에, 하얀 봉숭아는 왼쪽에 심는다. 비닐봉지 안에 든 콜라 깡통을 꺼내 고리를 따낸 다음 아들의 무덤 위에 천천히 붓는다. 아들이 어렸을 때부터 좋아했던 음료다. 무덤 이쪽 저쪽에는 맥주를 쏟아부어 준다. 씻김이다. 씻김은 쑥물 · 향물 · 맑은 물로 영돈을 씻기는 일종의 정화의례로서, 이 물들을 차례로 뿌리는 행위가 반복된다.(나경수 외 2007: 350) 무속의례에서는 일반적으로 빗자루를 이용하거나, 지전이나 신칼에 물을 묻혀서 영돈을 씻기지만 단순히 손으로 물을 뿌리는 행위도 망자를 씻기는 것으로 인식된다. 여인은 상석 너머로 몸을 기울여 봉분 밑동에 호미날을 대고 찬찬히 흙을 파헤친다. 땅에 묻힌 채로 눈과 비를 고스란히 맞으며 한겨울을 지낸 겨울 내의 한 벌을 파내고 새 내의를 구덩이 속에 꼭꼭 눌러 넣은 다음 흙으로 덮어 묻는다. 이제 제의가 마무리되고 있는 것이다.

여인은 허리를 펴고 일어나 한 바퀴 무덤을 돌아본다. 어깨를 젖혀 휘영청 떠오른 달을 보고, 그리고 사위를 둘러본다. "모다 편안들 하시오, 잉?"(197쪽) 그리고 아들을 향해 "잘 자그라, 잉. 잘 자, 잉. 다씨는 안 올 것잉께, 잘 자, 잉."(230쪽)하고 마지막 작별을 고한다. 비로소 아들의 죽음을 인정하고 아들의 영혼을 내세로 보내는 제의를 이제 마치고 있는 것이다. 이를 씻김굿이라 할 수 있다. 씻김굿은 죽음을 노래한다. 씻김굿은 죽음이라는 운명적 사건을 문화적으로 수용하는 의례이다. 신화학에서 이중탄생이란 말을 흔히 쓰듯이 이와 대칭되는 것으로 이중사망이란 말을 쓸 수 있다. 1차적 죽음이 자연적 · 생물적인 것이라면, 2차적 죽음은 문화적 · 종교적이다. 곧 1차적 죽음은 사실이며, 2차적 죽음은 해석이나 믿음인 것이다.

이렇게 볼 때 망자를 저승으로 천도하는 과정은 종교적 해석이 가해진 2차적 죽음이라고 할 수 있다. 망자를 이승의 공간에서 저승으로 이동하게 하는 2차적 죽음은 통과의례적 절차에 해당한다. 씻김굿은 망자가 현세에서 내세로 옮겨갈 수 있도록 인격전환을 해주는 종교적 장치다. 그리고 이승과 저승이라는 이질적인 두 공간을 매개해주는 통과의례다.(이경엽 2004: 131) 한편 씻김굿은 망자를 저승에 천도하는 것을 주제로 삼고 있지만 그것을 분명히 하여 삶의 질서를 정상화하자는 의지도 보여준다. 굿에서는 망자와의 이별을 아쉬워하지만 재회를 기다리지는 않는다. 삶과 죽음의 세계는 공존할 수 없다. 그러므로 망자는 다시 현세에 돌아올 수 없고 돌아와서도 안 된다고 여긴다.(이경엽 2004: 151-152) 아들을 향해 "잘 자그라, 잉. 잘 자, 잉. 다씨는 안 올 것잉께, 잘 자, 잉."(230쪽)하고 다짐하는 여인의 주문을 통해 우리는 그러한 민간신앙의 면모를 읽는다. 여인은 큰 아들 무덤의 봉분들을 향해서도 작별을 고한다. "잘들 있으씨요, 잉……" 아들의 무덤가를 돌아 고개를 틀어 홀로 돌아가야 할 먼 길을 여인은 멀리 바라보았다. 달빛이 문득 아낙의 검고 주름진 볼에서 빛났다. 양쪽 볼을 타고 흘러내리던 둥글고 굵은 눈물 두 방울에 달이 담긴 것이다.

문화란 '상징적 의미 세계'로서 인간의 유한적이고 무상한 상태를 초월하고 의미 있는 행위와 체험을 지시하는 지평으로서, 집단과 그 구성원의 정체성을 표시해주는 '의미 저장고'이다. 그리고 이러한 문화는 바로 '상징적 현재화의 능력', 즉 거리와 조망의 능력을 지닌 '기억'에 존재의 기반을 두고 있다.(최문규 외 2003: 312) 그런 의미에서 문화는 박물관 같은 건물 속에 보존되어 있는 유물들에 의해 구성되는 것이 아니라 '흔적', '찌꺼기'로 간주되는 기억의 파편화된 유산과 긴밀한 관계를 맺음으로써 구성된다.(최문규 외 2003: 93) 본고에서는 심상대의 5·18소설 「망월(望月)」에서 여인의 넋두리-고통스러운 기억의 반복을 죽음이라는 운명적 사건을 문화적으로 수용하는 의례-씻김굿으로 의미부여 하였다. 한국의 무는 오랜 역사를 거치면서 오늘에 이르기까지 민중신앙의 대상이 되어 왔다.(조흥윤 1994: 38)

같은 맥락에서 여인의 넋두리를 일종의 '민요'로도 볼 수 있을 것이다. 사람의 감정이나 생각을 음악과 시로 표현함으로써 노래가 만들어진다. 어떤 민속학자는 노래가 동질적인 민중집단의 성원에 의해서 특정한 시간대에 불리고 또 자기 것으로 내면화했을 때에만 그것이 민요가 된다고 말한다.(엘리어트 오링 2004: 195) 물론 엄밀하게 말하면, 모든 구비전승이 그러하듯 민요는 공동작이며 공동으로 구연되는 것이다. 그뿐만 아니라 민요는 비전문가의 노래라는 점에서 무가와도 구별된다.(소재영 외 1998: 191) 그렇다고 하여 민요를 개인적으로 즐길 수 없는 것은 아니다. '민'의 삶의 반영인 민요에는 민의 생활, 감정, 사상 등이 진솔하고 소박하게 그려져 있다. '이제 다 잊어버렸다'고 끊임없이 되뇌는 여인의 고통스러운 넋두리는 그런 맥락에서 일종의 씻김굿이요 민요라고 본 것이다.

4. 그러나 잊을 수 없는

이 글은 심상대의 5·18소설 「망월(望月)」을 민속문학적 방법으로 해석한 글이다. 민속문학적 방법으로 「망월(望月)」의 서사 구조와 주제의식을 분석한 까닭은 소설 「망월(望月)」에 민속적 소재가 차용되고 있을 뿐 아니라, 소설 전체의 구성과 주제 형성에도 많은 영향을 미치고 있다고 보았기 때문이다. 소설 「망월(望月)」은 마치 무가(巫歌) 혹은 통과의례로서의 씻김굿과 흡사한 구조를 갖고 있다. 심상대 소설 「망월(望月)」은 5·18광주민중항쟁 때 아들을 잃은 한 어머니의 넋두리를 통해 그 날에 가족을 잃은 이들의 가슴에 각인된 트라우마와 그것의 해원 가능성을 함께 모색하고 있는 작품이다. 그런데 소설 「망월(望月)」의 발화자, 그리고 등장인물은 오직 5·18때 큰 아들을 잃은 어머니-여인뿐이다. 아니 아들의 무덤을 찾아가는 여인의 길을 밝게 비춰주는 달빛과 끝없이 이어지는 여인의 넋두리뿐이다. 밤길을 걷는 중간에 우연히 고등학교 삼학년이라고 밝힌 사내아이가 여인과 잠시 동행하지만, 그는 여인의 죽은 큰 아들 경주의 '영돈'이라고 보아 무방하다.

집안의 대들보로 믿고 기대던 생때같은 큰 아들을 잃은 한 여인의 원한의 정조에 조응하는 것이 달빛의 이미지다. 소설 「망월(望月)」은 달에 대한 묘사로 시작해서 달에 대한 묘사로 끝난다. 달을 맞이한다는 것은 달님(月神)을 맞이한다는 것을 의미한다. 달님을 맞이하여 한 해의 소망과 행운을 기원하는 의례가 달맞이라고 할 수 있다. 달이 뜨면 사람들은 제각기 소원과 행운을 기원하면서 손비빔을 하기도 하고 절을 하는 데 이를 달맞이라 한다. 따라서 달맞이는 월신제라고 할 수 있겠는데, 여기서 달은 월신제로서 신격의 역할을 하기 때문에 달맞이는 종교적 기능을 하고 있는 셈이다. 그렇게 보니 심상대 소설 「망월(望月)」은 현실의 폐기와 재생적 순환이라는 양면성을 갖고 있는 민간신앙에 그 뿌리를 대고 있다고 판단했다. 자연스럽게 이 여인의 손비빔과 넋두리는 무당의 제의, 곧 무가(巫歌)로, 또 민요로도 보았다.

달 밝은 밤길을 걸어 아들의 무덤을 찾아가는 길, 고샅과 돌담이 끝나는 골목길과 시멘트로 포장된 농로를 지나고 뚝방길과 마을을 다 벗어나, 뚝방을 따라 길게 뻗은 하천과 농수로, 그리고 들판과 농로와 한길을 거쳐 마침내 다다른 아들의 봉분은 그 자체로 제의의 공간으로 보았다. 끊임없이 이어지는 여인의 "이제 다 잊어버렸다"는 넋두리는 큰 아들의 죽음으로 인한 한과 죄의식이 그녀의 무의식에 수시로 출몰하면서 강박적으로 호출해낼 정도로 강렬하면서도 폭력적인 트라우마다. 이렇게 여인의 시종일관 주술처럼 반복되어 나타나는 '나는 이제 다 잊어버렸다'는 의식 층위에서의 발화는 그러나 '아무리 잊으려 해도 하나도 잊히지 않는다'라는 무의식 층위에서의 대립적인 발화를 전제하고 있다. 그럼에도 불구하고 '다 잊어버렸다'는 넋두리를 강박적으로 반복하는 것은 자신의 원한의 정서와 아들을 구하지 못했다는 죄의식의 감정을 승화시키고자 하는 방어기제적 행위라고 할 수 있다. 그러한 해석의 연장에서 이 넋두리는 살아있는 이들이 망자를 위해 벌여주는 축제 형식의 기도, 곧 삶과 죽음을 화해시키기 위해 삶의 끝자락에서 펼치는 씻김굿과 다름없다고 보았다.

이제 남은 문제는 두 가지다. 그 하나는 1980년 5월 광주라는 비극적 사건의 역사적 본질이나 의미에 대해서 무관심하거나 무지한 채 오로지 혈연의식의 차원에서만 전개되는 서술 주체의 의식 혹은 발화가 갖고 있는 문제이다. 다른 하나는, 사실은 이 점이 보다 중요한 데, 여인의 이제 '다 잊어 버렸다'는 반복되는 넋두리를 통해 그날의 트라우마가 치유 가능한가, 하는 문제이다. 특히 소설 「망월(望月)」을 민속문학적 방법으로 살펴보았을 때, 그리고 이러한 해석이 상당한 설득력이 있음직하다고 했을 때, 역시 첫 번째 문제와 연결되고 마는 데, 그러한 방식의 해원에는 아들의 죽음의 의미가 전혀 재해석되지 못하고 있지 않은가 하는 문제, 따라서 5·18의 트라우마로부터 완전한 회복이 가능할 것인가의 문제가 제기되는 것이다.

결론을 말하면, 소설 「망월(望月)」은 애초부터 아들의 죽음의 의미를 역사적인 문맥에서 찾고자 하는 것이 아니라는 점이다. 집안의 대들보로 믿고 기대던 생때같은 큰 아들을 잃은 한 여인의 원한의 정조와, 아들을 죽음으로부터 지켜내지 못했다는 죄의식의 강박적 반복으로서의 고통스런 넋두리가 소설을 이끌어가는 서사의 축이다. 둥글고 커다란 열엿새 만월이 대밭 위로 떠올라 마당가 감나무 꼭대기에 걸리는 날 밤, 여인은 홀로 집을 나서 아들이 잠들어 있는 5 · 18묘역을 향해 길을 간다. 여인이 걷는 밤길은 그대로 제의의 공간이 된다. 심상대 소설 「망월(望月)」은 현실의 폐기와 재생적 순환이라는 양면성을 갖고 있는 민간신앙에 그 뿌리를 대고 있다. 자연스럽게 이 여인의 손비빔과 넋두리는 무당의 제의, 곧 무가(巫歌)로, 또 민요가 된다. 그리고 그것은 목적한 바의 실현 여부는 차치하더라도 신성 · 통합 · 정치 · 축제 · 예술의 기능을 발휘하여 사회구성원의 뜻을 결합하고 마음을 안정시키는 삶의 중요한 요소로서 존속하여 왔다.

그러므로 「망월(望月)」의 발화자-여인에게 1980년 5월 광주라는 비극적 사건의 역사적 본질이나 의미에 대해서 무관심하거나 무지하다고 묻는 것은 무의미한 일이 된다. 다만 한 가지, 그 어떠한 의례로도 아들의 생급스런, 그리고 무참함 죽음에 따른 외상의 완결에는 종착지가 없다는 점이다. 완성된 회복이란 무엇으로도 가능하지 않다는데 5 · 18민중항쟁의 비극성이 있다. 이제 다 잊어버렸다는 강박적 반복에 의한 넋두리에도 불구하고 여인은 다음처럼 되뇐다. "그려, 그려… 고것을 잊어분다믄 인종이 아니제. 인종이 아닐 것이여. 잊어뿐다면 참말로 사람이 아니제. 참말로 사람 노릇이 아닐 것이여." 다만 우리는 기억의 고통스러운 반복을 문화적 기억으로 재현함으로써 5 · 18민중항쟁이 역사적 유물-흘러간 과거사로 남지 않도록 그것의 현재, 그리고 미래적 의미를 끊임없이, 그리고 새롭게 탐문하는 일이 필요할 것이다.

심상대 소설 「망월(望月)」은 1980년 5월 광주라는 특수성을 아들(민중)의 무참한 죽음이 가져온 어머니(살아남은 자들)의 트라우마와 그 해원의 방식을, 우리 민족의 보편적 정서로 순화하여 보여줌으로써 (국가)폭력의 실상과 비극성을 더욱 심화시키고 있다. 그러한 의미에서 「망월(望月)」은 주목할 만한 가치가 있는 작품이다.

* 전남대학교, 『민주주의와 인권』 제9권 1호, 2009.

08 성찰과 모색

– 5 · 18문학작품 공모 당선 소설들을 중심으로

1. 5 · 18 30주년의 문학적 의의

2010년은 5 · 18 30주년이 되는 해이다. 어떤 의미에서건 한국 현대사의 중요한 사건임에는 분명하고 따라서 한 세대가 경과한 이 시점에서 대상에 대한 진지한 성찰과 앞으로의 모색이 필요해 보인다. 아직 아물지 않은 상처는 치유되어야 하고 한국 사회 발전에 여전히 의미 있는 내용은 어떻게 계승할 것인지에 대한 모색이 요청된다.

문학의 영역에서도 사정은 다르지 않을 터인데, 진정한 인간의 삶이란 무엇인지 끊임없이 되물음으로써 학습자 스스로 자신의 삶과 세계에 대해 발언할 수 있는 주체적 인간을 형성하기 위한 문학(혹은 문학교육)의 새로운 재료를 제공하기 위해서도 유용한 작업이라 여겨진다.

살핀다는 의미에서 성찰은 자아와 세계를 모두 포함할 수 있지만, 문학에서는 주로 자기를 향하는 시선을 가리킬 터인데, 5 · 18민중항쟁 30주년이 되는 시점에서 그동안의 5 · 18문학의 성과와 한계를 짚어보고 이를 토대로 한국현대문학사의 중요한 일부분으로서의 5월 문학의 나아갈 방향을 모색코자 하는 연구는 매우 시의적절하고 필요하다고 판단된다.

다만 본 연구에서는 그 전체를 다 살피기에 역부족이므로 5 · 18기념재단이 한국작가회의 및 계간 《문학들》과 공동으로 주관하는 5 · 18문학작품 공모전 당선 소설들을 중심으로 5월 문학의 최근의 변모 양상을 살펴보고자 한다. 물론 이에는 얼마간의 문제가 없지 않은데, 그것은 연구 대상 작품들이 5월 문학의 추이를 논하는 작품으로 적절한가 하는 점이다. 우선 이들 작품의 작가들을 전문적인 작가라고 할 수 있겠는지, 대상 작품들이 소설로서의 일정한 성취를 거두고 있는지에 대해 다른 의견이 있을 수 있겠기 때문이다. 그럼에도 불구하고 현재의 시점에서 5월 관련 문학 작품을 '공식적'으로 모집하고 심사해서 상을 수여하는 제도로서의 기능을 담당하고 있는 상이고 작품들이라는 점에서 연구의 의의가 있다고 필자는 판단했다.

푸코의 담론 분석 이론을 문예학의 영역에 적용한 것이 담론 분석 문예학이다. 특히 독일의 문예학자 위르겐 링크의 상호 담론 개념을 원용하여, 5 · 18을 제재로 한 문학 작품의 의미구조가 사회적으로 어떤 부가 의미를 지니고 있는가 하는 점도 밝혀보고자 한다. 그럼으로써 폭력적 상황 속에서 인간의 존엄성을 탐구하는 5 · 18문학의 존재 의의에 대한 생산적인 논의(창작과 비평 그리고 연구)에 본 연구가 일정한 자극을 줄 수 있을 것으로 기대한다.

특히 5 · 18과 같은 역사적 사건을 경험한 시대의 증인들이 갖고 있는 경험기억이 미래에 상실되지 않게 하기 위해서는 그것이 후세의 문화기억으로 번역·보존되어야 한다. 개인에게는 기억의 과정들이 대부분 반사적으로 진행되고 심리적 기제의 일반적 법칙에 따라 일어나고 있는 데 반해, 집단적·제도적인 영역에서는 이 과정들이 의도적인 기억 내지는 망각의 정치를 통해 조정되고 있다. 문화적 기억에는 자체기구가 없기 때문에 매체와 정치에 의존할 수밖에 없다. 생생하고 개인적인 기억에서 인위적이고 문화적인 기억으로의 이행은 기억의 왜곡·축소·도구화의 위험성을 지니고 있기 때문에 다분히 문제성을 지니고 있다. 그리고 이런 축소와 강화는 공공의 비판·성찰·토론을 통해서만 해결될 수 있을 것으로 보인다.

문학적 소통이 갖는 가장 큰 특성을 정서적 교감이라 할 수 있다면, 정보나 사실의 전달에 만족하지 않고 그것과 관계된 인간의 정서를 타인과 소통하려는 것이 문학의 언어라 할 수 있겠다. 그러한 측면에서 문학을 통한 학습의 내용은 감성을 통한 인간과 세계에 대한 이해의 증진에 기여할 수 있다.(김한식, 2009, 53) 5월 문학의 생산과 소비 그리고 관련 연구가 후속 세대에게 절실하게 요청되는 까닭이 여기에 있다 할 것이다.

2. 기억 투쟁으로서의 5 · 18소설(들)

문학 담론은 사회의 커다란 흐름에 단순히 편승하는 것이 아니라 그 흐름을 진단·평가·비판할 수 있어야 한다. 따라서 '인간/사회'의 문제를 폭넓은 시각으로 성찰· 반성하며 새로운 가능성을 타진하는 것이 문학 담론의 본질적이며 동시에 상황적인 과제이어야 한다(남운, 2002, 38)는 지적은 타당하다. 사회는 쉴 새 없이 변화하고, 그에 따라 문학의 영역에서의 규범 혹은 문법들도 항상 변화하기 마련이다. 움직이는 사회, 움직이는 규범성을 포착하지 못하는 문학, 즉 움직이지 않는 문학 담론은 이미 그 사회적 존재 가치를 상실한다고 볼 수 있다.

어떤 의미에서건 5 · 18이 박제화 되고 있다면, 더불어 5 · 18을 제재로 한 문학 작품의 생산과 소비가 정체되고 있다면, 우선적으로 그 까닭이 무엇인지를 밝힐 필요가 있다. 독일의 문예학자 위르겐 링크는 '상호 담론 분석으로서의 문학 분석'이라는 테제를 내세우면서, 다른 담론들과의 관계 하에서 문학 담론의 원재료들이 어떠한 과정을 거쳐 구성되는가를 살핀다.(고규진 외, 1993) 그의 연구는 이제 겨우 (5 · 18민중항쟁이 발발한 지) 30년 밖에 지나지 않은 오늘날 5 · 18 문학작품의 생산과 소비가 정체되고 있는 까닭이 무엇인가를 해명하는 데 매우 유용하다.

필자는 여기서 '정체'라는 표현을 쓰기는 했으나 좀 더 사실적으로 말하자면, 5 · 18을 제재로 한 문학의 생산은 적어도 2천 년 이후에는 '고갈'된 것이 아닌가 한다. 작품의 생산이 전혀 없다고는 말 못하겠으나, 그리고 그 작품(들)에 관해서는 다음 장에서 상세하게 다룰 것이나, 냉정하게 말하자면, 2천 년 이전의 문학을 뛰어 넘는 작품의 생산은 이루어지고 있지 않다고 할 수 있다. 그럴진대 문학 작품의 소비는커녕 관련 교육마저 철저하게 외면 받고 있는 실정이다.

그 중요한 까닭 중의 하나는 5 · 18문학 작품이 5 · 18이라는 정치 · 사회학적 담론 속에 갇혀 있기 때문이 아닌가 한다. 「5 · 18항쟁의 법철학적 고찰」(박명서, 1991) 등을 비롯한 법적 측면에서의 연구들, 「광주 5월 민중항쟁의 심리적 충격」(오수성, 1990)을 위시로 한 심리학 분야의 연구들, 「5 · 18항쟁에 대한 언론의 보도 태도에 관한 연구」(조재구, 1993)를 비롯한 신문방송학계의 연구 성과들, 「광주민중항쟁과 여성」(안진, 1991)을 비롯한 여성학 분야의 연구들 및 「5월 항쟁에 대한 기독교인들의 종교적 반응」(김홍수, 1996) 등에 이르기까지 다양한 분야의 관련 연구 성과가 제출되었음을 알 수 있다. 눈여겨 볼 것은, 이러한 논문들의 대부분이 2천 년대 이전에 제출되었다는 것이다. 곧 2천 년대 이전에 광주의 5 · 18과 관련한 정치·사회적 담론이 마무리되었다는 것으로 읽을 수 있다. 이는 광주보상법과 5 · 18특별법이 광주문제의 해결이 아닌 지배세력과의 역사적 타협의 성격이 강한 불완전한 것(김재균, 2000)이라는 지적에도 불구하고, 이 시기에 광주 5 · 18과 관련한 정치적 해결이 이루어졌다는 점과 관련 있어 보인다.

루카치와 골드만, 그리고 아도르노의 경우 문학에 대한 얼마간의 상이한 태도를 갖고 있음에도 불구하고 그들은 공통적으로 문학 작품이란, 사회적·문화적으로 조건 지워진다는 입장에 서 있다. 특히 골드만은 철학·예술·종교 등의 어떠한 문화적 영역도 전체라는 구조 속에서 의미 있게 연구되어야 한다고 말한다. 사회구조와 소설구조 사이에는 발생론적으로 그 구조가 동일(혹은 유사) 하다고 본 것이다.(홍성호, 문학과 지성사, 1995) 김현이 그의 책 『문학사회학』에서 인용하고 있는 코제브의 글이 시사하는 것도 같은 의미인데 내용은 다음과 같다. "금반지에는 구멍이 있는데, 이 구멍은 마찬가지로 금반지에게 본질적인 것이다. 금이 없다면 구멍은 반지가 아니다. 그러나 구멍이 없다면 금 또한 반지가 아니다."(김현, 9)

5 · 18민중항쟁을 다루고 있는 소설들은 '다시 기억하기' 라는 고통을 통과한 작가들의 열정의 산물로 하나의 문화적 실재이자 기억 공간이다.(심영의, 2009) 그렇다하여 5 · 18을 제재로 한 기왕의 문학 작품들이 5 · 18이라는 역사적 사건의 충실한 재현에만 관심을 갖고 있었다고 보기는 어렵다. 그런데 5 · 18문학의 연구자들은 거의 한결같이, 5 · 18문학이 역사적 진실을 생생하게 기록하는 역할을 수행했다고 그 일차적 의의를 평가한다.(김해중, 1996) 그럼에도 불구하고 광주항쟁을 다룬 대부분의 문학이 사실의 지루한 재현 이상이 되지 못함으로써, 상황과 체험의 진실을 상투화하고 우상화하는 데 이바지하고 있다는 지적이 제기된다.(이경호, 1992) 더 나아가 김형중은, "본의 아니게 사실에 대한 면밀한 진상 규명은 사건의 제도화에 일조하는 셈이다. 그러므로 임철우의 『봄날』(1997, 문학과 지성사) 이후에는 5월에 관해서 (문학적으로) 더 이상 할 말이 없어졌다"고까지 말하고 있다.(김형중, 247-268, 5 · 18기념재단)

역사적 외상 경험에 대한 사회학적 진상 규명이 끝나는 순간, 곧 감추어졌던 진실에 대한 복원 작업이 끝나는 순간, 기존의 관습화된 5 · 18문학은 일종의 신파요, 사회과학적 담론의 문학적 되풀이, 주절거림일 뿐이라는 것이다. 위르겐 링크가 상호 담론 분석을 통한 문학 작품의 분석에서 탐구하고 있는 질문을 원용하자면, 문학 담론이 그 시대의 변화를 읽어내지 못한 채 5월의 사회과학을 답습함으로써 2천 년대가 시작되기도 전에 5월 문학이 상투화의 수렁에 빠져버렸다는 위의 지적들은 앞에서 제기했던 질문- 5 · 18문학의 생산이 정체되고 소비가 이루어 지지 않는 까닭의 상당 부분을 해명해 주고 있다 할 것이다.

관련되는 또 다른 측면을 살펴보면, 야우스의 기대지평 이론이 도움이 될 듯하다. 수용되는 모든 것은 무엇이든지 수용자의 상태에 따라 받아들여진다는 해석의 원칙과 독자들의 기대가 창작 텍스트의 구성 요소가 되고 있다는 견해에서 야우스는 독자의 기대지평을 중시한다.(홍문표, 2003) 일정한 작품에 대한 평가도 역사가 흐름에 따라 독자의 기대지평이 전환되기 때문에 변할 수 있다는 것이다.

작가는 작품을 쓸 때 인간 및 사회와 관련된 여러 요소들을 선택하여, 이것들을 자신의 의도에 따라 분해하거나 결합함으로써 문학 담론화한다. 이때 작가가 무슨 내용을 어떻게 전개시키건 간에, 작품에는 그가 속한 이해 집단의 담론적 입장이 각인된다.(남운, 39) 그런데 오늘날 그런 의미에서의 집단이 존재하는가가 의문시 된다. 어떤 의미에서건 시대는 변했고, 독자 또한 변했다. 그 변화의 양상을 한 두 문장으로 드러내기는 버겁지만, 경제 담론이 메타 담론으로 작용하는 자본주의 사회의 속성이 변화의 가장 큰 요인이 아닐까 싶다. 현대 사회를 포스트모던 사회로 규정하고 그 사회의 다양성과 새로운 가능성에 대해 이야기하지만, 이 사회 역시 경제 담론이 우리의 의식 혹은 무의식을 강제하는 사회임은 틀림없다 하겠다. 오늘날의 독자들은 1980년대 혹은 90년대의 공동체적 가치와 거의 무관한 생활 조건과 방식 그리고 문화와 의식의 세계에 놓여 있다.

경쟁에서 이기려는 열망에만 들떠있는 사회에서 대부분의 행위자들은 역사나 공동체 혹은 타인의 상처 따위는 거들떠보지도 않고 마치 자동인형처럼 앞으로만 돌진한다. 그들은 아주 단순한 어떤 힘들에 이끌리며, 그들 중 누구도 자기의 존재여건에서 빠져나오려 하지 않는 듯하다.(조르주 소렐, 126) 그런데도 여전히 5 · 18이라니, 더구나 자동화되고 관습화된 5월의 반복이라니, 독자들은 고개를 가로 젓지 않을까.

3. 새로운 5 · 18 소설들

문학의 언어는 대항 담론이며, 언어만이-푸코가 표현하듯이- "거친 존재로 나타나는 끊임없는 중얼거림"이다.(이지은, 49) 여기에서 말하는 '끊임없는 중얼거림'이란 무엇인가. 『천일야화』의 세헤라자드처럼, 죽음에 대항하는 천 가지 이상의 이야기, 바로 이것이 푸코가 문학의 본질로 파악하는 매력이다. 푸코는 그의 논문 「끝없는 말하기」에서 다음과 같이 말한다. 곧 죽음을 유보하기 위해서는 단 하나의 가능성이 존재한다. 즉 스스로를 끝없이 반영하는 거울의 유희처럼 자신의 모습을 끊임없이 나타나게 하는 것이다. 거울의 깊은 심연에서 죽음을 벗어나기 위하여 한계점에 도착하고 그리고 다시 시작하는 그곳에서 사람들은 다른 말하기를, 즉 진정한 말하기의 가능성을, 그러나 아주 작고 내적이며 잠재적인 가능성을 엿볼 수 있다.(이지은, 52-53에서 재인용) 5·18문학의 새로운 가능성은 이 푸코의 전언으로부터 시작할 수 있지 않을까 한다.

또 다른 측면에서 참고할 만한 사례는 1810년에 『칠레의 지진』이라는 제목으로 간행된 클라이스트의 소설에서 찾을 수 있지 않을까 싶다. 소설은 칠레 왕국의 수도 산티아고에서 수천 명의 사람들을 죽음으로 몰고 간

1647년의 대지진 때의 사건들을 배경으로 서사를 전개한다. "영주와 거지들, 귀부인과 농부의 아내, 관리와 날품팔이꾼, 수도승과 수녀들이 서로 동정하고 서로 도움의 손길을 내밀었다. 자신의 삶을 보전하기 위해 꺼내왔을 법한 것을 기꺼이 나누어주었다. 그것은 마치 모든 사람에게 닥친 불행이 그 불행으로부터 벗어난 모든 사람들을 하나의 가족으로 만든 듯했다."(전동열, 177에서 재인용)

1980년 5월 광주 공동체가 그러한 모습을 보이지 않았던가. 그런데 '5월 광주에서만'이라고 할 때, 그러한 문학 담론은 자신의 울타리 안에 스스로를 고립·유폐시키고 이는 독자의 외면을 자초하게 된다. 다시 클라이스트의 노벨레로 돌아가 이야기하면, 지진의 (칠레에서의)신화와 파리에서 일어난 혁명(프랑스대혁명)은 하나로 연결되는 데, 이는 자연이 행사하는 무력이 사람들을 법으로부터 해방시켜 인간의 본성으로 돌아가게 하는 효과를 일으키는 것으로 이해되고 있기 때문이다.

광주의 5월을 1979년 10월의 부마(釜馬) 민주화운동, 그리고 제주 4·3항쟁은 물로 베트남전에서의 민간인 학살(조연현, 72) 등과 연결 짓는, 또는 일상에서의 국가 혹은 자본의 구조적 폭력을 연결 짓는 문학적 모색이 좀 더 일찍 시작됐어야 하지 않을까 생각한다. 그것을 광주의 5월이 갖고 있는 특수성을 모든 폭력의 문제로 일반화해서 바라보는 문학적 시각이라고 폄하할 것은 아니라고 본다. 사실의 왜곡과 의도적인 폄하만 아니라면 5월 문학은 좀 더 활짝 열려 있을 것이 요구된다. 클라이스트는 자유·평등·박애에 대해서도, 신은 사람들이 이 세 단어들에 대해 항상 동일한 것을 써서 독자들에게 괴로움을 주지 않기를 원한다고 생각한다. 광주의 5월도 광주의 5월을 직접 체험하지 않았던 사람들, 특히 5월 이후의 세대들에게 지나친 억압으로 작용하지 않을 것이 요구된다.

문학은 대안뿐 아니라 다른 아무 것도 내세우지 않기 때문에 권력을 만들지 않는다. 권력을 만들지 않는다는 말은 그 스스로 권위와 신화가 되지 않으려 한다는 의미이다.(김한식, 65) 다만 무엇이 옳은 삶인가, 우리가 놓치고 있는 삶의 내용은 무엇인가를 질문하게 하는 것이 문학이라고 할 때, 5월 문학이 예외일 필요는 없지 않겠는가. 김현의 말을 빌려 말하면, 긍정적 선전 문학은 그 문학이 나타낸 사회에 대한 반성적 질문을 불가능하게 만든다.(김현, 14) 그렇다면 5 · 18문학작품 공모전에 당선된 최근의 소설들은 어떠한가. 우선 그 겉모습부터 살펴보겠다.

5 · 18기념재단은 "한국 민주주의 발전의 결정적 전환점이자, 정점이었던 5 · 18민중항쟁의 정신을 계승, 발전시킴으로써 민족의 통일과 인류의 평화를 실현하는 데 헌신하고자 5 · 18관련 피해자들이 정부로부터 받은 보상금의 일부를 출연하고 시민들의 성금으로 1994년 8월 30일 설립한 비영리 재단법인"이다.(재단 홈페이지, http://www.518.org) 재단은 설립 목적을 구현하기 위하여 5월 인권상을 제정 운용하는 한편 광주국제평화포럼을 비롯한 여러 가지 기념사업을 시행하고 있다. 전남대학교 부설 5 · 18연구소가 매년 5월 국제학술대회를 비롯한, 5월 항쟁에 대한 학술연구와 교육에 집중하고 있다면 재단은 기념사업에 초점을 맞추어 활동하고 있다고 이해된다. 재단은 그러한 노력의 일환으로 2006년부터 한국작가회의 및 계간 『문학들』과 공동으로 5 · 18문학작품 공모를 실시하고 있다. "다양한 시각을 통해 5월정신의 외연을 넓히고자 5 · 18의 역사적 의미와 정신을 일깨워줄 수 있는 참신한 문학 작품을 공모"한다고 그 목적을 명기하고 있다.

공모 첫 해인 2006년에는 시 부문에 심은섭의 「동면하지 않는 도마뱀」 외 2편이, 소설 부문에는 심영의의 「그 희미한 시간 너머로」가 당선작으로 뽑혔다. 동화의 경우 당선작을 내지 못했는데 그 이유를, 응모한 작품 대부분이 '5 · 18'이라는 이름의 무게에 짓눌려 자유로운 상상력을 발휘하지 못했다. 그러다 보니 그날 있었던(혹은 있었음직한) 일을 일지 식으로 기록하기에 급급했기 때문이라고 말한다.(수상 작품집, 60) 다음 장에서 살펴보겠지만 이는 비단 이 해에 당선작을 내지 못한 동화 부문에만 해당되는 평가가 아니다.

2007년도의 공모에는 시 부문에 송기역의 「바보 전태일」 외 4편이, 소설 부문에는 김가현의 「쇼를 하라」가, 동화 부문에는 이혜영의 「되찾은 삼촌」, 그리고 희곡 부문에 당선작 없는 가작으로 정범종의 「오방색 양말」과 이민재의 「오래된 만남」이 공동 선정되었다. 심사촌평의 서두에서 심사위원들은 시, 소설, 동화를 막론하고 이번 5·18문학공모에 응모한 작품의 수준이 그리 높지 않았다는 데 세 사람의 심사위원 모두 의견이 일치했다고 밝히고 있다.(수상 작품집, 6)

제3회 공모인 2008년도에는 하기정의 시 「지구가 둥근 이유」 외 5편이, 안재근의 소설 「야만적인, 너무나도 야만적인」이, 그리고 동화에는 장지혜의 「아빠의 선물」과 임윤희의 「할머니의 분홍원피스」가 공동 가작으로 뽑혔다. 역시 심사평에서, 대다수의 작품이 구성단계에 있거나 생각을 작품으로 표현해 내는데 문장력이 따라주지 않는 작품이 많았다. 거기다 5·18관련 단체에서 작품을 모집한다는 것을 너무 의식해 무리하게 5·18에 맞추다 보니 기획 동화 같은 기교적인 측면만 드러내는 작품도 있었다고 아쉬워하고 있음을 본다.(수상 작품집, 12)

5·18 30주년을 1년 앞두고 공모한 2009년도의 경우에는 명서영의 시 「시계」 외 4편과 신은자의 소설 「달빛」, 그리고 문귀숙의 동화 「무궁화 꽃이 피었습니다」가 각 부문의 당선작으로 선정되었다. 여느 때와 다름없이 심사위원은 대부분의 투고작이 5·18이라는 큰 이름에 너무 직접적으로 얽매여 있었음을 지적하고 있다.(문학들, 230)

문학공모의 투고 자격을 살펴보면, 제1회 공모의 경우에는 기성 작가나 신인을 불문하고 응모 자격을 주었다가 2007년의 경우에는 미 등단 및 추천이 완료되지 않은 신인으로 한정했다. 기성 문인의 경우 작품을 제출해도 심사에서 제외됨을 밝히고 있다. 2006년의 공모 당선 작가들의 경우(시와 소설) 모두 문예지와 지방지 신춘문예 등에 당선된 이력을 갖고 있었던 까닭에 좀 더 참신한 시각을 갖고 있는 작품을 원했기 때문으로 보인다. 예년에 없던 "우리 문학의 전위를 꿈꾸는 문학인들의 많은 관심과 응모를" 당부하고 있는 안내문이 들어 있다.

그러나 심사평에서 밝히고 있듯이, 주최 측에서는 세대 간의 단절이라는 원하지 않았던 결과를 만난 듯하다. 상당수의 응모 작품들을 젊은 예비문인들이 보내왔는데, 그러나 그들의 5·18을 바라보는 관점이 지극히 교과서적이고 인공적인 것이었다고 밝히고 있다. 2008년의 경우에는 약간 혼란스러운데, 문학 작품을 공모하는 '공고' 문 바로 아래에는 투모 자격을 "신인에 한"한다고 해놓고 그 아래 투고 요령을 자세하게 안내하고 있는 글에서는 기성이나 신인에 제약을 두지 아니하며, 공모에 관심 있는 누구나 가능하다고 적고 있기 때문이다. 이는 실무상의 사소한 잘못일 수도 있겠으나, 기존의 자동화되고 관습화된 혹은 5월의 체험에 매몰된 시각을 극복하고자 하는 주최 측(좀 더 정확하게는 심사위원들)의 고민의 일단이 이러한 실무상의 혼란으로 이어졌을 수 있다. 2009년도의 경우 "우리 문학의 전위를 꿈꾸는 문학인들의 많은 관심과 응모"를 당부하면서도 투고 자격에는 "기성 · 신인에 제한을 두지 아니하며 공모에 관심 있는 누구나 응모 가능"하다고 밝히고 있다.(5 · 18기념재단 홈페이지)

앞에서 살펴 본 것처럼, 5 · 18기념재단에서 2006년부터 2009년까지 공모했던 문학 작품에 대한 상금은 소설의 경우 300만원, 시와 동화는 각각 200만원씩으로 되어 있다. 중앙 일간지 신춘문예의 경우 대체로 단편소설 당선작에 7백만 원, 시 당선작에 5백만 원, 동화에는 3백만 원 내외를 상금으로 지급하며, 지방지의 경우는 대체로 5 · 18재단의 문학공모 당선작가에게 지급하는 금액과 비슷한 실정이다. 기념재단에서 문학 작품 공모와 관련한 예산을 증액하기는 현실적으로 어려움이 있을 것이지만, 냉정하게 말하면 지방지 신춘문예 정도의 상금으로 전국적인 문학공모를 하고 있는 현재의 상황에 획기적인 변화를 주지 않는다면 역량 있는 작가(예비작가를 포함하여)들의 관심을 끌기 어려울 것으로 판단된다.

소설의 경우 역시 예산 때문에 장편 소설 공모는 엄두를 내지 못할 일이겠으나, 200자 원고지 7, 80매 내외의 단편 소설에 한하여 작품을 공모하고 있는 것은 풀기 어려운 과제가 되고 있다. "다양한 시각을 통해 5월 정신의 외연을 넓히고자 5 · 18의 역사적 의미와 정신을 일깨워줄 수 있는 참신한 문학 작품을 공모" 하고 있으되, 여전히 "응모작들의 수는 늘어났으나 작품의 질은 예년보다 나아지지 못하고 있는" 상황이 오래 반복될 것으로 보인다. 물론 문학 작품의 생산을 격려하는 데 있어 경제적 유인만이 전적인 몫은 아닐 것이나, 경제 담론이 메타 담론으로 작용하는 자본주의 사회의 속성을 우리가 굳이 외면해서는 문제의 해결이 쉽지 않을 것이다.

한 가지 더 간략하게 살피고 갈 게 있다. 5 · 18문학 공모 당선 작품들을 어떻게 활자화해서 문학의 생산적 소비로 연결시킬 것인가 하는 문제이다. 2006년도부터 2008년도까지 3년간은 당선작품들을 계간 『문학들』의 별책 부록으로 묶어 냈다. 본 책에 수록하지 않고 별책 부록으로 따로 묶어낸 연유를 알 수는 없으나 광주에서 발행되는 문학 전문잡지로서 조심스러운 선택이 아니었나 싶다. 이와 관련해서는 아주 일찌감치 김명인이 지적한 바 있다. 곧, 1980년대 초반엔 정치적 금기였던 오월 광주가 1990년대 이후엔 문화적 금기가 되었다는 것(김명인, 2001)인데, 2009년도 수상 작가들의 시상식 직전에 열린 역대 수상작가 모임에서 필자 등이 이러한 문제를 지적한 바 있다. 다행히 계간 『문학』들의 발행인이 그러한 지적을 받아들여 2009년도 수상작들은 문학들 2009년 겨울호에 실리게 되었다. 수상작품들을 잡지의 별책 부록으로 묶어냈을 때 그 작품들의 문학적 성취에 대한 독자들의 판단에 일정한 영향을 줄 것은 정한 이치겠고, 문학의 생산(문학 작품의 공모)과 소비의 연결을 통한 5월 정신의 외연 확장이라는 근본 취지도 살리기 어려울 것이기 때문에 본 책에 수록한 것은 그나마 다행이라 하겠다. 다음 장에서는 당선 소설들의 내용을 중심으로 5월 문학(소설)의 최근의 변모 양상과 그것의 의미구조가 사회적으로 어떤 부가 의미를 지니고 있는가 하는 점에 대해 살펴보겠다.

4. 그러나 새로울 것 없는, 5 · 18소설들

2006년도 문학 공모의 단편소설 당선작은 심영의의 「그 희미한 시간 너머로」였다. 심사위원인 김형중은 소설 부문 심사평에 다음과 같이 말하고 있다. 소설들을 심사하면서 가장 염두에 두었던 것은 (5 · 18) 26년이 지난 지금의 시점에서 광주항쟁이 우리에게 주는 의미는 무엇인가? 또 오월의 정신을 세대를 거듭해 계승해야 한다면 그 문학적 방안은 무엇이겠는가? 이 두 가지 화두를 넉넉히 짊어질만한 작품을 간절히 찾았다. 그러나 결론부터 얘기하자면 그런 작품들은 거의 없었다. 끝내 저울질을 계속하게 한 두 작품 외에는.(수상 작품집, 52)

심사위원 김형중의 글을 좀 더 인용함으로써 첫 번째 5 · 18문학작품 공모에 투고된 작품들의 성격과 한계를 더 잘 이해할 수 있을 것으로 보인다. 김형중은 출품된 대부분의 작품(소설)이 소위 '후일담' 형식을 취하고 있다고 말한다. 가족이나 친척 혹은 친구의 돌연한 죽음, 그리고 이어지는 80년 5월 당시의 회상, 그리고 '잊지 말자'를 되풀이하는 관습적인 결말의 구도는 이제 낯익다 못해 식상해진 '오월 문학'의 클라세라는 것, 곧 여전히 상투적이고 진부한 서사 전개를 답습하고 있는 5월 소설들에 그는 냉담한 시선을 보내고 있다. 향수와 회고의 방식으로 21세기에도 오월 정신이 살아 있을 수 있다고 믿는다면 그것은 참으로 순진하거나 안이한 발상이 아닐 수 없다는 것인데, 오월 문학에 관심을 두고 있는 이들이 있다면 뼈아프게 받아들일 만한 지적으로 보인다.

그런 대부분의 작품에 비할 때 「그 희미한 시간 너머로」의 장점은 유독 도드라졌다고 그는 평한다. 김형중이 보기에, 물론 이 작품 역시 '후일담' 형식에서 완전히 자유롭지는 못했다. 그러나 「그 희미한 시간 너머로」의 경우 "26년이 지난 지금 항쟁 당사자들이 보여주는 이러저러한 변화와 부침을 아무런 과장이나 신비화 없이 담담하게 보여주려는 용기가 돋보였다"는 점에 후한 점수를 준 듯하다. 이 작품은 아주 지혜롭고 안정된 문체로 현재의 오월이 처한 다소 게으르고 나태하고 비루하기도 한 상황을 담담하게 그려내고 있다는 것, 그러면서도 여전히 오월 정신에 대한 애정과 신뢰를 잃지 않는 모습이 감동적이었다고 말한다. 당선작품에 대해 갖는 의례적인 수사의 측면이 이 심사평에도 담겨 있을 것이므로 그 점을 감안하고 읽을 것은 독자의 몫이겠다.

단편소설 「그 희미한 시간 너머로」는 20대의 한창 젊었던 때에 광주의 5월을 겪었던 인물 몇 사람의 삶의 궤적을 통해 우리의 현재적 모습(자화상)을 응시하고 있는 작품이라고 할 수 있다. 소설은, 그날에 살아남은 죄값으로 이십여 년을 연극운동으로 여일했던 박영선의 부음이 그들 각자에게 어떤 울림 혹은 의미로 다가오는가를 묻는 것으로 시작된다. 스스로를, 세상에 대한 어떤 결기가 사라진지 오래되었다고 생각하는 있는 김연수가 한 편에 있다. 분노나 욕망이나 희망마저도 사라져버렸다고 믿는 그는 무명의 소설가이자 문화센터 등에서 강의를 하며 밥벌이를 하는 소시민이다. 다른 한 편에 시의회 부의장으로 출세한 이정식이 있다. 그는 후원자들의 사소하면서도 잡다한 부탁들에서 이제 그만 벗어나고 싶다고 생각하면서도 후원자를 향해 싱긋 미소를 보낸다. 미소뿐이겠는가, 발에 입이라도 맞추라면 못할 게 무엇인가 하고 그는 생각한다. 한때 5월 단체의 사무총장을 했고 지금은 운정동 희생자 묘역 입구에서 화원을 하고 있는 임인규도 있다. 그는 스스로 민중운동의 자랑스러운 투사였다고 생각한다. 민중이 주인 되는 대동 세상을 위해 몸 바쳤건만 그가 지닌 학력이 보잘 것 없는 까닭에 그 과실은 다른 이들이 가져가고 있다는 게 그의 오랜 불만이다. 그들은 박영선의 하관식에 참석하지만 서로를 외면한다.

어느새 적보다 한때의 동지를 더 미워하는 것이 아무렇지도 않은 관성이 된 까닭이다. 그래서 소설의 서술자는 아, 그런데 우리가 한때나마 동지이긴 했을까 하고 묻는다.(수상 작품집, 46) 세상은 벌써 아무렇지도 않게 딴청이고 거리에는 그날의 함성이나 숨죽인 통곡 대신에 전혀 새로운 열망으로 달아오른 낯선 세대들의 입맞춤으로 가득하다. 그래서 소설의 인물들은, 언제부턴가 중요한 것은 기억이 아니라 일상의 삶이라는 것을 새삼 깨달으면서도, 원한은 원한대로 간직하고 사는 게 그나마 힘이 되지 않을까 라고 믿는다. 그것은 지배적인 다수의 가치에 부합되거나 혹은 거기에 대칭되는 상처나 아픔을 의미하는 들뢰즈적 대문자 기억의 포획에서 벗어나, 그저 사소하거나 하찮은 것으로 치부되는 소문자 기억으로의 이행을 뜻한다. 그러므로 이 소설은 시간의 흐름과 함께 변화된 현실 앞에서 그날에 살아남은 세대의 길 찾기에 관한 작가 나름의 고민이 반영되었다고 읽을 수 있겠다. 이 소설은 작가의 5 · 18 및 그 이후의 5월 운동 체험을 바탕으로 하고 있다. 사실과 허구의 경계가 자칫 위태로울 수 있는 데다가 5월 이후의 나태하고 비루한 모습을 지나치게 드러내고 있지 않은

가 하는 지적이 있을 수 있겠다. 반면 오월에 관계 맺고 있는 이들의 변모의 양상과 새로운 길 찾기의 고민의 일단을 보여주고 있다는 점에서 오늘의 사회적 문맥 속에 위치하고 있는 오월의 현재를 점검하는 데 시사하는 바가 있다고 볼 것이다.

2007년도의 공모에 당선된 단편소설은 김가현의 「쇼를 하라」였다. 이 작품은 젊은 노동자의 병리적인 심리 상태를 통해 FTA문제와 그를 둘러싼 노동 현장의 문제를 실험적인 형식에 담고 있다. 이 소설은 5 · 18을 직접 거론하고 있지는 않다. 그러나 5 · 18을 단순히 27년 전에 있었던 열흘간의 사건으로 다루지 않고 지금 현재 한국 사회의 가장 첨예한 모순의 지점에 개입하고자 하는 정신으로 이해한다면, 이 작품이 다루는 주제는 5 · 18정신을 현재까지도 유효한 살아 있는 어떤 것으로 확장시키고 있음에 분명하다고 심사위원 김형중은 심사평에서 밝히고 있다.(수상 작품집, 8)

그는 응모작의 대부분이 지난해에 비해 별로 나아진 게 없었다는 것, 여전히 후일담의 형식으로 5 · 18이야기를 풀어낸 작품이 많았고, 대체로, 유년 화자가 등장하고, 잘 모르는 어른들의 세계가 등장하고, 풍문으로 들리는 학살의 소식, 그리고 가족 중 누군가에게 들이닥친 불행 등등의 '상투적인' 서사로 일관하고 있는 점에 대해 고개를 가로 젓는다. 그리고 계엄군이었던 자와 희생자였던 자의 화해 역시 식상하기는 마찬가지였다고 비판한다. 김가현의 「쇼를 하라」의 경우, 5 · 18문학으로서는 보기 드문 새로운 형식에 대한 탐구, 작금의 문제에 대한 살아 있는 비판정신을 높이 사 이 작품을 당선작으로 결정했다는 것이다.

이 소설의 작가 김가현은 5 · 18이후의 세대에 속한다. 따라서 흔히 말하듯이, 그 날에 살아남은 혹은 그날 함께 하지 못한데 따른 부채감에서 훨씬 자유롭다. 소설의 서술자 '나'는 월화수에 (2년제 대학의) 수업을 몰아서 듣고 나머지 사흘은 원단검사소에서 알바를 뛰는 청년이다. 거래처의, 자기보다 여덟 살 연상인 여직원 'L'에게 청혼을 했을 때, 그녀는 '나(내)'가 대학만 졸업하면 생각해 보겠다고 한다. 대학 등록을 마친 후 연락을 했으나 L은 핸드폰 번호를 바꾸어버렸다. 그동안 친구이자 동료인 '종명'이 분신을 했다. 나는 그의 장지에 따라가는 대신 어떻게 하면 L의 마음을 돌릴 수 있을지에 대해 고민하고 있다. 그런데 L이 왜 나와의 교제를 일언반구도 없이 끊어버렸는지에 대한 소설 내 해명이 없다.

뒤늦은 추모식에서 종명은 '열사'가 된다. 대물림된 가난과 폭력, 그럼에도 불구하고 학업을 놓지 않다가 염색공장이 망하자 결국 분신을 했다는 것, 그를 죽음으로 몰고 간 것이 무엇이었는가와 관련한 답들이 극적이었다고 '나'는 다소 시니컬하게 묘사한다. 한국의 섬유업은 다 죽었다고, 그게 어디 섬유업뿐이겠냐고, 한미 FTA협정이 맺어지면 그것은 더 많은 희생자를 낼 것이라고, 감수성이 풍부한 친구는 목소리를 떨며 추도문을 읽어나간다. 그리고 그날 또 누군가가 분신을 한다. 그러나 거듭되는 노동자들의 분신은 그것을 기억하는 시효가 채 일주일도 되지 않는다. 나는 1년 전에 죽은 종명을 학교 도서관에서도, 교문 옆에서도, 누군가가 분신했던 12차선의 뜨거운 아스팔트바닥에서도 마주하고 그와 대화를 나눈다. 그의 죽음이 나에게 남긴 트라우마의 부피를 작가는 과장하지 않은 채, 오히려 이 모든 사건들과 거리의 풍경들을 짐짓 무심한 척 서술한다. 여관에 들어서 부른 여자와 잠을 자고 새벽에 깨어보니 그녀는 가고 없고 냉장고에 현금 50만 원을 넣어두었더라는 것, 학생식당의 요리사가 그녀였다는 것, 밝은 곳에서 보니 거의 내 어머니뻘 되는 나이더라는 다소 작위적인 삽화 역시, 서술자가 자칫 무거운 주제를 심드렁한 태도로 바라보는 데 기여하는 서술적 장치라 할 법하다.

그러니까 이 소설의 주제의식이란 이를테면, 종명의 분신도 일종의 '쇼'이고, 학생회 간부들을 비롯하여 죽은 종명을 열사로 우상화하는 이들의 행위도 '쇼'이되, 그러한 쇼가 계속 이어질 때만이 사람들은 관심을 보인다는 것, 그나마 일주일도 채 되지 않아 사람들은 심드렁해지고 자신의 일상에 매몰되고 만다는 것이 아닐까 싶다. 문학이 허위를 말하는 것에 그치지 않고, 그 허위를 말하는 것조차 허위가 아닌지 되물어야 한다는 임동확의 원론적 지적(수상 작품집, 7)은 물론 당연한 것이지만, 이 소설의 현실비판 의식에 진정성이 없다고는 할 수 없겠다. 다만 이 소설의 경우 과연 어디까지를 5 · 18소설의 범주로 할 것인가의 새로운 문제를 남긴다.

임동확의 글을 다시 인용하자면, 5 · 18문학 작품의 외연을 어디까지 넓힐 것인가의 고민인데, 5월 정신의 확대는 필연적이지만 그렇다고 일정한 경계를 설정하지 않는다면 그 한계가 모호해 질 것은 정한 이치인 때문이다. 따라서 어떻게든 5 · 18과의 연관성이 무엇이며 과연 절실성은 있는가가 5월 문학의 범주 설정에 중요한 고려가 되어야 할 것으로 보인다.

2008년도의 소설 당선작은 안재근의 「야만적인, 너무나도 야만적인」이다. 이 해에는 총 19편의 단편이 접수되었는데, 소설 부문 심사위원인 김형수는 안재근의 소설을 까다로운 주제를 소화해 낸 군계일학의 작품이라고 높게 평가하고 있다.(수상 작품집, 8) 「야만적인, 너무나도 야만적인」은 당대의사회운동에 접근해가는 대학생들의 이야기이다. 김형수는 심사평에서, 최근에 정치와 현실의 괴리를 첨예하게 드러낸 '뉴타운 공약'을 연상시키는 현실 소재를 잡아서, 끝없이 빈민운동에 집착하는 부잣집 딸과 시장에서 철거당하는 어머니를 통해 자신의 현실을 재인식하게 되는 가난 한 집 아들 간의 교류를 현대적인 문체와 시선으로 포착한 솜씨가 돋보이되, 그러나 눈앞의 현실과 대결하는 치열한 산문정신이 부족하다는 아쉬움을 함께 토로하고 있다.

이 해의 당선작가인 안재근은 전 해의 당선작가인 김가현과 함께 명지대학교 문예창작과 재학생인 점이 특이하다. 소설 창작을 공부하는 문학도로서 사정이야 어떻든 5·18문학에 관심을 갖는 점은 새로운 세대의 참신한 시각을 구하려는 재단의 문학 작품 공모 취지에 부합한다고 하겠다.

스무 살, 명문대 신입생인 '나'는 대학이라는 분위기에 푹 빠져 술과 여자를 탐닉한다. 그러면서도 과 수석을 놓치지 않고 있다. 어머니는 집에서 10분 거리의 재래시장에서 야채장사를 하신다. 그런 내게 '연수'가 다가온다. 그녀는 열성적인 '시위 마니아'다. 당연한 얘기지만, 처음부터 그랬던 건 아니다. 유명한 기업인 출신으로 장관까지 지낸 아버지를 둔 그녀는, 남부럽지 않은 집안의 모범생 딸이었다. 새내기 때 우연히 한 남학생에게 끌려 동아리에 가입했고 그와 사랑에 빠진다. 그녀는 "술과 연애와 섹스에 더 많은 관심을 가지고 있는 얼치기들이 가득한, 무늬만 운동권인" 그곳에서 사회의 부조리에 눈 뜨게 된다. 나와 같은 과 친구인 '승철'이 연수를 소개해 달라고 보챈다. 그는 몰래 찍은 듯한 연수의 수많은 사진들을 자취방 곳곳에 붙여 놓고 있다. 벽에도 책상에도 액자에도, 하다못해 베개외피와 잠옷에도 연수의 사진을 프린팅해 놓고 있는 그는 스토커 수준을 능가하는 연수 마니아다.

부당해고 근로자들의 시위 현장에 연수가 등장하고, 그것이 뉴스에 나오고, 그녀의 아버지가 이를 보고 노발대발해서 머리를 깎아버리고, 그래서 연수가 자살시도를 해서 병원에 입원하게 된다. 재개발을 위해 구청에서 동원한 용역깡패들이 나의 어머니가 장사를 하시는 시장 곳곳을 때려부수고, 철거반원에게 행패를 당하는 어머니를 발견한 내가 그들과 맞장을 붙고, 그래서 몸을 다치게 된다. 승철과 함께 철거정책과 관련된 자료를 수집하고, 시청과 청와대에 항의서한을 보내고, 같은 처지가 되어버린 시장 사람들을 찾아가 단결을 촉구한다. 그러나 현실의 벽은 너무 높아서 하마터면 실명에 이를 뻔 한 폭행을 당한 나는 연수가 입원해 있는 병원에 입원하게 된다. 연수는 퇴원한 뒤 사회정의실현을 꿈꾸는 청년당을 하나

만들자고 제의한다. 하나씩, 하나씩, 차근차근 쌓아나가면 된다고 나를 격려하면서.

이 소설은 투고된 작품 가운데서는 군계일학이었는지 모르지만 곳곳에서 젊은 작가 특유의 치기가 발견된다. 재개발과 관련된 대응과 관련하여, 시청과 청와대에 항의서한을 보내고, 같은 처지가 되어버린 시장 사람들을 찾아가 단결을 촉구한다는 것들이 대표적이다. 작품 말미에 청년당 운운 역시 애교로 보아 넘기기엔 석연찮다. 이를 두고 김형수는, "눈앞의 현실과 대결하는 치열한 산문정신이 부족하다"고 했다. 사회비판정신으로 가득차서 시위현장에 빠지지 않고 등장하는 부잣집 딸과 그런 일에는 거리를 두고 살아가는 가난 한 집 아들의 설정도 어디선가 많이 보았던 모습이다. 무엇보다 소위 운동권 사람들에 대한 등장인물의 부정적인 시각은 8, 90년대의 치열했던 시간을 경과해 온 이들에게는 최소한의 예의가 아닌 듯싶다. 연수는 한때 쌀 수입 반대운동을 했었는데, 수입안이 체결되자 활동을 그만 두었다고 했다. 그런데 그 까닭이, "여기선 아무도 진짜로 할 생각은 안하니까." 그렇다는 것이다. 또 그녀는 "술과 연애와 섹스에 더 많은 관심을 가지고 있는 얼치기들이 가득한, 무늬만 운동권인 그곳에서" 사회의 부조리에 눈 뜨게 되었다고 한다. 그런 사람들이 없다고는 못할 것이다. 그러나 문학이 허위를 말하는 것에 그치지 않고, 그 허위를 말하는 것조차 허위가 아닌지 되물어야 한다는 임동확의 지적을 이 작가에게 들려주고 싶다. 너무 쉽게 이루어지는 자기 부정은 그 비판의 진정성을 의심하게 한다.

2009년도 소설 부문 당선작은 신은자의 「달빛」이다. 심사위원 김형수는, 대부분의 투고작이 5·18이라는 큰 이름에 너무 직접적으로 얽매여 있다는 것, 소재의 반복이 심할수록 투고자들에게 불리하다는 것을 지적한다.(계간 『문학들』, 230) 「달빛」은 만연체 문장을 갈무리하는 솜씨가 부족해서 여러 곳을 멈춰 가며 읽어야 하고 군데군데 신파로 흐르는 단점이 있었으나, '달빛'처럼 미련·회한·연민을 다룸으로써 가치 지향성을 '일상의 깊은 곳'까지 끌고 들어온 점을 높이 샀다고 덧붙이고 있다.

이 해의 당선 작가는 경북 영덕 출신의, 이제 막 오십 대에 들어서는 나이(63년생)이다. 광주의 5월과 직접적 인연은 없다. 그러나 작가는 이 소설을 오랫동안 가슴 속에 간직해 왔다고 말한다. 그것은 그녀가 고향에서 고등학교를 졸업하고 서울에 있는 대학으로 진학하면서 겪게 된 80년대 후반의 격렬했던 민주화운동과의 연관에서 이해할 수 있다. 무엇보다 김종철 고문치사 사건의 충격이 그녀의 무의식에 오래 남아 있었던 듯하다. 소설은 그러한 내력을 암시하고 있다.

칠순의 노부부가 있다. 장의사로 밥 빌어먹고 사는 고영감 내외다. 초가을 밤 달빛 아래, 길가에 평상을 내다놓고 잠을 청하자니 속까지 차고 들어온 추위에 턱까지 끌어당겨 덮은 담요 속에서도 부르르 몸을 떤다. 두 늙은이가 등 붙이고 자는 바닥이 깨졌거나 금간 곳이 없나 살펴보다가 장판지를 걷어낸 바닥에 가늘게 금간 곳 서너 곳을 발견하고 결국 방 전체를 시멘트로 발라버렸다. 내친 김에 좁은 점포의 구석에 쥐가 들락날락했던 구멍까지 메우느라 살림살이 전체를 밖으로 들어낸 참이었다. 이웃의 복덕방 홍 영감과 함께 점포 안 벽을 하얀 시멘트로 칠하고, 쥐구멍을 메우고, 들뜬 바닥을 시멘트로 덧칠하고 나니 어느새 저녁이 되었다. 거리의 평상 위에 앉아 지나가는 행인을 아랑곳하지 않고 술잔을 들었다. 그러던 중, 등 뒤에서 난데없이 오토바이가 달려오다 부딪쳐 넘어지는 소리가 들렸다. 중국집 음식을 배달하던 청년의 오토바이가 점포 앞 인도 가까이에 내다 놓은 라면박스에 걸려 넘어진 것이다. 화가 난 청년이 나무토막 같은 다리를 들어 찻길 옆에 쌓아놓은 라면박스를 밀어버린다. 도로 쪽으로 넘어진 박스는 대충 담아 테이프를 붙이지 않은 탓에 내용물이 튕

겨져 나온다. 누렇게 바랜 오래된 책들이 찻길 위에 흩어졌다. 할멈이 쪼그리고 앉아 책을 줍다가 치마로 곰팡이 슨 책들을 닦으면서 울음을 물고 있다. 30년 전, 그해 봄에 죽은 아들의 책들이다.

대학에 다니던 외아들이 그렇게 죽고, 부모보다 먼저 세상을 떠나버린 자식을 데리고 고향으로 갈 수 없어 집 떠나 공부하며 꿈꾸었던 도시의 강물에 뿌리고 돌아섰다. 대대로 살아왔던 집에서 아무렇지도 않게 살아가야 하는 나날이 끔찍했다. 그래서 내외는 다 버렸다. 땅도 버리고 이웃도 버렸다. 그렇게 삼십 여 년 동안 떠돌며 살고 있었다. 세상은 깜깜하고 지나다니는 삼라도 없고, 날씨는 늙은이가 참을 수 없을 만큼 추웠다. 자리에서 일어나 앉은 영감은 아들의 책들을 쓰다듬듯이 만져본다. 아들은 삼십여 년 전에 이미 이 세상을 떠나 버렸는데, 아버지는 아직도 아들을 떠나보내지 못하고 있었던 것이다. 영감은 아내의 화들짝 놀라 만류하는 것도 아랑곳 하지 않고 아들이 남긴 책들을 한 장 한 장 뜯어 불을 피운다. 그 불길 속에 지나간 날들이 가닥가닥 피어났다가 다 탄 재를 남기고 허공으로, 검은 하늘로 스르르 올라갔다. 가슴에 묻혀 있던 아들에 대한 그리움도 그 불길에 어쩔 수 없이 녹아내렸다. 이렇게 아들의 흔적을 태워 가을의 깊은 밤 뼈 속에 스미는 추위를 녹여내고, 이제 그만 아들에 대한 애절한 그리움을 불길에 타 올라 연기로 사라지는 재처럼 접어두자는 서러운 다짐으로 이 소설은 끝나고 있다.

2006년부터 2009년까지의 5 · 18문학공모 소설부분 당선작 네 편을 살펴보았다. 그 이전의 5 · 18소설들과 무엇이 어떻게 다른가? 2006년도 당선작 「그 희미한 시간 너머로」는 작가의 5 · 18 및 그 이후의 5월 운동 체험을 바탕으로 하고 있다. 그 이전에 발표된 대부분의 소설들이 5월 광주에서 행했던 국가 폭력의 악마성과 피해자들의 원한을 중심으로 국가의 공식 기억을 극복하고자 하는 진실 찾기의 담론이었다면, 이 소설은 5 · 18

에 직접 참여했던 인물들이 오랜 시간이 경과한 후 어떤 모습으로 살아가고 있는가 하는 점에 초점을 맞추고 있다. 다소 게으르고 비루한 일상의 모습을 통해 새로운 길 찾기의 고민의 일단을 보여주고 있다는 점에서 오월의 현재를 점검하는 데 시사 하는 바가 있다고 본다.

2009년도 당선작 「달빛」은 30년 전에 죽은 외아들에 대한 원한의 정조를 과장해서 드러내지 않고 있다는 점에서 오히려 그 슬픔의 깊이를 공감하게 만드는 소설이다. 이 소설은 아들의 오래되어 낡은, 그러나 아들의 꿈과 숨결과 손때가 묻어 있는 책을 지금껏 간직하고 있던 노 부부가 집안을 정리하려고 밖에 내놓은 그 책 더미로 인해 타인의 일상에 사소한 불편을 끼치게 되고, 그리하여 뼈 속까지 스며든 추위를 녹이기 위해 아들의 책을 찢어 불을 피운다는 서사 구조를 통해 아들을 잃은 원한의 정조로부터 벗어나고자 하는 주제를 갖고 있다. 이전의 소설들에서도 가해자와 피해자 사이에 용서와 화해를 모색하는 작품들이 없었던 것은 아니나 그것들의 대부분이 설익은 관념으로 섣부른 화해를 추구하여 정서적 거리감을 갖게 했다. 그에 반해 이 소설은 아들을 잃고 고향을 떠나 30여 년을 헤매면서도 고이 간직했던 아들의 책들이, 본인들에게는 아무짝에도 쓸모없을 뿐 아니라 그 사건과 아무런 관련이 없는 타인들에까지 불편한 존재일 수두 있다는 일상 속에서의 깨달음을 통해 부모보다 먼저 죽은 아들과, 그리고 그 아들을 앗아간 세월과 화해하는 지점에 이르고 있다. 상처는 치유되어야 하겠지만, 그 상처의 치유란 억지 화해로서가 아니라 오랜 세월, 적어도 30여 년의 세월이 지나고 아들을 잃은 부모 세대가 이제 아들 곁으로 갈 날이 그리 많이 남아 있지 않다는 자연스러운 깨달음을 얻을 때 비로소 가능할 수 있다는 전언이 이 소설 속에 들어 있다. 그런 면에서 이 소설 「달빛」은 5·18의 상처를 치유하고 진정한 화해에 이르는 문학적 모색의 한 방향을 제시하고 있다는 데에서 의미를 발견할 수 있겠다.

2007년과 2008년의 당선작 두 편, 「쇼를 하라」와 「야만적인, 너무나도 야만적인」 5 · 18이후의 젊은 세대의 사회의식을 다룬 소설이다. 두 작가 역시 5 · 18이후의 젊은 세대다. 그런 만큼 이들의 소설에서는 앞의 두 작품에서 볼 수 없었던 얼마간의 실험적인 방식과 날렵한 문장들이 눈에 띈다. 5 · 18이라는 역사적 부채로부터 자유로운 젊은 세대라는 점에서 이들에게 5월 문학의 새로운 가능성을 기대해도 좋을 것이다. 문제는 이들의 소설을 과연 5 · 18소설의 범주에 넣고 논의하여도 아무런 문제가 없을 것인가 하는 점이다. 두 소설은 대학생들이 등장인물이고 노동운동에 일정한 연관에 따라 서사를 전개하고 있는 공통점을 갖고 있다. 5 · 18이 남긴 정신적 유산이 국가 폭력의 정체를 밝히고 그 폭력에 저항하여 개인과 공동체의 존엄을 지켜내야 한다는 깨달음이라면, 이 두 편의 소설에서 보이는 국가 혹은 자본의 폭력성과 그에 맞서는 학생이면서도 노동자인 젊은이들의 저항은 5 · 18소설의 보편적인 주제와 맞닿아 있는 것으로 해석된다.

그럼에도 불구하고 이들 소설에는 5 · 18이라는 특수한 역사적 사건과의 실마리가 발견되지 않는다. 이렇게까지 외연을 확장하려고 들자면, 이 땅위에서 일상적으로 행해지는 국가 혹은 자본의 폭력성과 관련되지 않은 소설이 어디 있을 것이며 그렇다면 대부분의 소설들이 5 · 18소설의 범주에서 해석되고 자리매김 될 수 있을 것인가 하는 문제가 있다. 또 하나는 이들 젊은 작가의 소설에서는 일종의 문학적 핍진성이 결여되어 있다. 너무 쉽게 섹스라는 낱말이 튀어나오고 아무렇지도 않게 자살을 시도하거나 혹은 분신을 행한다. 행위들의 필연성이 담보되어야 독자를 정서적으로 설득할 수 있지 않을까 싶다.

5. 새로운 5 · 18소설의 가능성

서사론에 따르면, 역사-이야기는 인간이 자기 자신과 다른 사람들 및 현실과의 관계를 조직해 주고 있는 의미 있는 것으로 해석하게끔 해주는 틀이다. 특히 문학적 소통이 갖는 가장 큰 특성은 정서적 교감을 목적으로 한다는 데 있다. 정보나 사실의 전달에 만족하지 않고 그것과 관계된 인간의 정서를 타인과 소통하려는 것이 문학의 언어이다. 문학의 언어는 정서적 체험과 관련된 구체적 내용을 전달한다. 독자는 생산적 소비행위-독서를 통해 '지금' 소통하고자하는 구체적 내용과 정서를 취한다.

5 · 18소설들의 경우 거대한 국가 폭력에 대항해서 끝내 지켜내야 할 인간성의 옹호라는 본질적인 주제를 통해 독자와 소통해 왔다. 그것은 '다시 기억하기'라는 고통을 통과한 작가들의 열정의 산물로 하나의 문화적 실재이자 기억 공간이다. 기억과 재현, 그리고 계승으로서의 그동안의 5월 문학은 진실의 봉인 혹은 망각을 넘어 새로운 역사적 기억으로 번역·보존되어 가고자 하는 자체의 열망을 내재하고 있다. 다만 사회는 쉴 새 없이 변화하고, 그에 따라 문학의 영역에서의 규범 혹은 문법들도 변화해 가고 있다. 그런 의미에서 움직이는 사회, 움직이는 규범성을 포착하지 못하는 문학, 즉 움직이지 않는 문학 담론은 이미 그 사회적 존재 가치를 상실한다고 볼 수 있다. 5 · 18문학은 아쉽게도 자동화되고 관습적인 해석의 틀-담론에 갇혀 있다는 지적을 오래 전부터 받아왔고, 이는 관련 문학의 생산과 연구와 소비에 부정적인 영향을 끼쳐왔다.

이제 문제는, (이미 오래 전부터 제기되고 있던 까닭에 새삼스럽긴 하지만), 5 · 18 항쟁 30주년을 맞는 이 시점에서 다시 살펴 보건데, 5·18의 본질적 의미를 훼손하지 않는다는 조건 하에서 5월을 성찰하는 혹은 외연을 확장하는 문학적 시도가 요구된다는 점이다. 그런 차원에서 살펴 본 네 편의 5 · 18문학작품 공모 당선 소설들은 지난 시기의 소설들과 비교할 때, 광주라는 서사 공간이 학살과 공포의 공간이라는 '관습화된 광주'의 의미를 넘어서고 있다는 점에서 새롭다 할 수 있겠다. 젊은 작가들의 소설들은 아예 80년 광주의 언급이 생략되어 있기도 하다. 다만 천박한 후기 자본주의 시대에 문학이 무엇을 할 수 있는가와 관련하여 민주주의와 평화를 갈망하는 모든 사람들의 소통과 연대를 통해 우리의 안팎을 넘나드는 진정성 있는 이야기로서의 5월 소설의 가능성에는 얼마간의 유보를 표할 수밖에 없다는 생각이다. 아무래도 두 편의 소설은 얼마간 낡았고, 다른 두 편의 소설은 아직 생경한 까닭인데, 그 말은 여전히 5 · 18소설의 새로운 가능성이 열려 있다는 의미이기도 하다.

* 전남대학교, 『민주주의와 인권』 제10권 1호, 2010.4.

09 오월의 기억과 트라우마, 그리고 소설

– 이미란 소설 「말을 알다」를 중심으로

1. 기억 공간으로서의 소설

이 글은 이미란 소설 「말을 알다」[1] 를 분석한 글이다. 대상 작품 분석을 통해 이 글은 개인의 의지 밖에서 발생한 역사적 사건이 그 개인들을 어떻게 억압하고 있는가 하는 점을 고찰하고자 한다. 아울러 그러한 사건을 경험한 소설 내 인물들이 겪는 트라우마가 어떠한 기억과정을 거쳐 문화적 기억으로 재현 및 전승되는가를 살펴보고자 한다.

주지하다시피 문학-문화는 모두 기억에서 출발한다. 기억은 문화의 근원이자 바탕이다. 문화는 변화무쌍한 일상 저편에서 중요한 것은 기억해내고, 안정적이지 못하고 우연적인 것은 망각함으로써 개인과 공동체가 이용할 수 있는 하나의 의미체계를 세우는 기억의 능력을 통해 존재의 바탕을 얻는다.(고규진 2003, 58) 그런데 기억된 역사적 사건은 기억 그 자체로서보다 객관적인 문화적 형상물로 재현된다.(나간채 2004, 16) 이렇게 재현은 단순한 기억의 재생이나 모방이 아니라 또 다른 하나의 실재를 만들어 내는 것이다. 기억과 문학적 상상력이 서로 교차하는 문학 텍스트는

---

[1] 이미란, 「말을 알다」, 계간 『문학들』 (문학들, 2007년 겨울호), 158-184쪽. 작품을 직접 인용할 때는 괄호 안에 쪽수만 표기하기로 한다.

스스로 하나의 '기억 공간'이 된다.(박은주 2004, 313) 어떤 형태로든 오월과 관계 맺고 있는 소설들은 지워지지 않는 하나의 '기억 공간'으로 남는다. 문학공간은 확장된 삶의 공간이며, 역사적 경험을 기억하는 흔적이면서 과거의 체험을 현재화하는 동시대적 공간이기도 한다.(한원균 2004, 35) 「말을 알다」는 우선 오월의 기억과 관계 맺고 있는 소설이다.

2. 기억의 서사

소설의 주인공 장형수는 한국의 국립 지방대학 교수인데, 지금 중국 텐안 대학에 교환 교수로 와 있다. 그는 외국인 교수 숙소 옆방에 들어있는 미국인 교수의 중국인 아내 엔쯔량에게 관심을 갖게 된다. 그녀는 문화대혁명 때 헤어진 아버지를 찾기 위해 상해에 와 있다. 그녀로부터 문화대혁명이라는 말을 들었을 때 장형수는 장국영이 여장 경극 배우 '데이'로 분했던 영화 '패왕별희'의 한 장면을 떠올린다. 주인공 데이와 샬로는 그 문화대혁명의 와중에 서로를 배반하게 된다. 그래서 장형수에게 문화대혁명은 "인간성에 대한 혹독한 고문이며 시대의 폭력"(168)으로 기억-해석된다. 자연스레 장형수는 1980년 5월을 회상-기억하게 된다. 그는 그때 광주의 한 대학을 다녔고, '5 · 18'로 인해 문학 동인으로 만났던 네 사람의 삶은 저마다 지워지지 않는 상흔을 갖게 된다.

소설의 주인공 장형수가 외국인 교수 숙소 옆방에 들어있는 미국인 교수의 중국인 아내 엔쯔량에게 관심을 갖게 된 것은, 무엇보다 숙소의 방 구조 때문이었다. 그것은 이웃하는 방과 침실은 침실끼리 거실은 거실끼리 붙어 있어서 침실에서는 옆방의 침대 조명등 끄고 켜는 소리까지 다 들렸다. 처음에 장형수는 그녀에게 숨겨진 애인이 있으리라 지레 짐작한다.

중국어를 잘 알아듣지는 못하지만 장형수는 그녀가 오래 붙들고 있는 송수화기를 통해 응, 응, 하는 다정한 응대, '-야,' '-아'하는 친근한 어미 처리, "뚜이, 뚜이, 뚜이." 하면서 늘 상대의 의견에 동의하는 듯한 대화 방식을 통해 그녀가 버리고 간 연인의 트집이나 응석을 받아주고 있는 것이 아닐까 상상(160)했기 때문이다.

그녀의 숨겨진 연인에 대한 장형수의 상상은 김영희에 대한 회상으로 이어진다. 그 시절, 대학신문사에서 공모한 문학상의 단편소설 부문에는 장형수가, 시 부문에는 김영희가 당선되었다. 그들- 장형수의 국문과 선배였던 박영선, 의대생이었던 최성호 등 네 사람은 함께 문학동인을 만들었던 것이다. 박영선은 일찍이 연극반 활동을 통해 학생운동을 시작한 사람이었고, 의과대학 학생회 임원으로 있었던 최성호는 의대 축제 때, 반정부 혐의로 감옥에 다녀온 작가를 초청할 정도로 당돌한 면모가 있었다. 장형수는 스스로를 "나는 작가 지망생으로서의 기본적인 사회 인식은 있다고 할 수 있었지만, 집단 활동에 대해서는 알레르기가 있는 편이었다"(168-169)고 규정한다. 지금 그가 그리워하는 인물, 김영희는 "그저 평화주의자"(169)로만 기억된다.

그 날, 5월 27일 오후, 도청으로 가기로 했던 장형수는 그의 아버지가 방문을 잠가 버리는 바람에 약속을 지킬 수 없었다. 그는 "아버지가 문을 잠갔을 때, 도청에 가지 않아도 될 핑계를 얻어서 기뻤을지도 몰랐다."(169)고 생각한다. 그 날 자정 무렵, 그는 "광주시민 여러분! 계엄군이 쳐들어오고 있습니다! 우리 모두 나섭시다!" 라고 가두방송을 하고 다니던 여인의 목쉰 소리를 들었으나 다만 죄의식에 떨며 방에 숨어 있었던 것이다. 사정은 김영희도 다르지 않은데, 그녀는 27일 밤 도청에 있던 박영선에게서 나와 달라는, 나와서 지켜 봐 달라는 전화를 받았으나 "무서워서"(170) 나가지 못했다. 그 날 이후, 그녀는 천둥 번개 치는 날은 밖에 나가기가 두렵다는 무의식-죄의식에 사로잡혀 지낸다. 이렇게 인간 존재는 우리가 의식하지 못하는 무의식의 심연에서 발원된 욕망이나 두려움, 혹은 필요나 갈등들에 의해 동기가 부여되거나 행동이 유발된다. 무의식은 고통스러운 경험과 감정의 저장고다.(한승옥 2007, 106)

그 날 이후, 장형수가 남몰래 마음에 두었던 그녀는 수녀가 되었다. 박영선은 도청에서는 살아남았으나, 남은 생애를 그 날 최후의 순간에 자신이 지켜보았던 사람들에 대해 책임을 다하기 위해 애쓰다 과로로 인한 간암이 악화되어 죽었다. 최성호는 의료 사고를 내고 난 뒤 자살로 생을 마감했다.

야스퍼스는 『책죄론(責罪論)』에서 다음과 같이 말한다. "타인을 죽이는 행위를 막기 위해 생명을 바치지 않고 팔짱 낀 채 보고만 있었다면 그것은 바로 내 자신의 죄라고 생각한다.…… 그러한 일이 벌어진 뒤에도 아직 내가 살아 있다는 것은 씻을 수 없는 죄가 되어 나를 뒤덮는다."(주디스 허먼 Judith Herman 2007, 97) 그 해 오월에 있었던 일들 때문에 장형수의 문학 동인들은 모두 존재의 위기 상태로 내던져진 것이다.(주디스 허먼 97)

장형수는 생각한다. "오월이 아니었더라면 우리 네 사람은 지금도 어느 찻집에서 만나고 있었을 것이다."(183) 공간은 작품의 개연성을 제고하고, 의미 있는 서사적 구조를 형성하는데 기여한다.(한원균 2004, 35) 이렇게 공간 속에는 잊지 못할 기억들이, 우리들에게 잊지 못할 것일 뿐만 아니라 우리들이 우리들의 보물을 줄 사람들에게도 잊지 못할 그런 기억들이 있다. 그 속에는 과거, 현재, 미래가 응집되어 있다. 그리하여 공간은 기억을 넘어서는 것의 기억이 된다.(가스통 바슐라르 Judith Herman 2007, 97) 뿐만 아니라 인간이 공간을 인식한다는 것 자체가 그 자신의 존재를 인식하는 것이 된다.(안남일 2004, 153)

한편 「말을 알다」는 광주라는 공간으로 한정되다시피 한 기왕의 '5·18'

소설들과 비교해 볼 때, 서사 공간의 확장이라는 측면에서도 눈 여겨 볼 가치가 있는 소설이다. 왜냐하면 기왕의 '5 · 18'소설들을 분석 · 비평하고 있는 평자들은 거의 한결같이 ('5 · 18'소설들이) 너무 오래 1980년 주변을 벗어나지 못했다는 것, 그렇다보니 '오월'을 바라보는 시각 역시 지나치게 일면적이고 닫혀있는 것은 아닌가 하는 지적과 아울러 이제 광주라는 공간의 '안'에서 그만 벗어날 것을 주문하고 있는데 이러한 지적은 어느 정도 설득력이 있기 때문이다.[2]

3. 오월의 트라우마

과거는 뒤늦게 나타나 고통을 호소한다. 그런데 트라우마에서 흘러나오는 신음소리는 내게는 생경한 타인의 목소리이다. 그것은 지금 여기에 살아 있는 나로서는 알 수 없는 어떤 피맺힌 진실을 증언한다. 만약 이 목소리에 진정으로 귀 기울인다면, 나는 섣부른 재현의 작업에 나설 수 없다.(전진성 2006, 476) 서사화를 할 수 없는 사회는 현재의 불만을 불식할 진보적 방법을 생각해 낼 능력을 잃어버린 사회이기도 하다.(제레미 탬블링Jeremy Tambling 2000, 257) 그래서 「말을 알다」의 서술 시간은 그 날로부터 오랜 시간이 경과한 때일 뿐 아니라 기억-재현의 공간을 광주와 중국의 상해로 병치시킨다. 그런 의미에서 「말을 알다」의 서사는 시간성을 의미 있게 만드는 것이기도 하다.(제레미 탬블링 258)

그 날의 참혹했던 기억과 관련된 트라우마는 기본적인 인간관계에 대

---

2 김형중, 「『봄날』 이후」, 5 · 18기념재단, 『5 · 18민중항쟁과 문학 · 예술』, 2006, 267쪽.
고은, 「광주5월민중항쟁 이후의 문학」, 위의 책, 343쪽.
이성욱, 「오래 지속될 미래, 단절되지 않는 '광주'의 꿈」, 같은 책, 389쪽 등에서 이와 같은 지적을 확인할 수 있다.

해 의문을 제기한다. 그것은 가족, 우정, 사랑 그리고 공동체에 대한 애착을 깨지게 한다. 다른 사람과의 관계 안에서 형성되고 유지되는 자기 구성이 산산이 부서진다. 인간 경험에 의미를 부여하는 신념 체계의 토대가 침식당한다. 자연과 신성의 질서에 대한 피해자의 믿음이 배반당하고, 피해자는 존재의 위기 상태로 내던져진다.(주디스 허먼 97)

김영희의 의식 속에 그 해 오월의 광주라는 공간은 무서움으로 각인되어 있다. 그녀는 세상을 떠나 수녀원으로 들어가고 만다. 장형수는, "박영선과 만나는 건 내가 숨기고 있는 죄의 목격자를 만나는 것 같기도 하고, 내가 가해한 당사자를 만나는 것 같기도 했다"(169)고 고백한다. 그는, 아버지가 문을 잠근 바람에 도청에 나가지 못했던 데 대한 죄의식과 박영선이 도피 생활의 통고를 겪는 동안, 아무 일 없었다는 듯 자신은 대학원에 다니고 밥벌이를 하고 있었다는 부끄러움에서 쉽사리 벗어나지 못한다. 박영선 역시 진압군이 탱크를 앞세우고 도청을 공격해 들어오던 그 날 밤, 그곳에서 빠져나왔다는 자책감에 시달리기는 마찬가지다. 그는 과로로 인한 암으로 죽음을 맞이한다. 최성호는 박영선이 수배되었을 때, 숨겨주지 못한 것에 대해 평생 죄책감을 지니고 살다가 의료사고를 저지른 후 자살로 생을 마감한다. 오월이 아니었더라면 문학 동인이었던 그들 네 사람은 지금도 어느 찻집에서 만나고 있었을 것이지만, 그들은 예상치 못했던 광기를 만나 흩어지고 혹은 스러지고 말았다.

개인의 내적 동일성의 회복과 공동체의 복원을 위해 5 · 18민중항쟁과 관련된 트라우마의 치유는 그러므로 필수적인 과제가 된다. 그러나 혐오든 사랑이든, 외상을 완전히 치유할 수 없다(주디스 허먼 316)는 게 문제가 된다.

4. 말- 소통을 넘어선 치유의 모색

중국어를 좀 더 알아듣게 되면서 장형수는 외국인 교수 숙소 옆방에 들어있는 미국인 교수의 중국인 아내 옌쯔량이 한 사람에게만 전화하는 것이 아니라는 것을 알게 된다. "이름을 알게 되면 (타인의) 존재를 느끼게 되는 법"(161)이기도 하지만, 한편 우리가 어떤 대상을 안다는 것은 물 자체(실재계)도 관념도 아닌 그 둘 사이의 공간(문화의 공간)에서 생성되는 사건을 아는 것이다. 우리는 사건을 통해 사물에 대해 아는 동시에 문화의 공간에서 의미를 발생시키게 된다.(나병철 2006, 369-370) 이렇게 의미부여는 적응의 문제일 뿐만 아니라 자기규정의 문제이기도 하다.(알라이다 아스만Aleida Assmann 2003, 334)

좋아하는 열대 과일들을 사들고 숙소로 돌아오던 장형수는 어느 날, 그의 숙소 옆 방 문 앞에서 열쇠를 찾느라 핸드백을 뒤지고 있는 옌쯔량을 만난다. 그녀는 감기에 걸린 듯 무척 피곤해 보였다. 장형수는 극구 사양하는 그녀에게 감기에 좋다며 오렌지 몇 개를 건네고, 벽 너머로 기침 소리가 잦아들던 어느 날 옌쯔량은 과일 샐러드를 만들어 그의 숙소를 방문한다. 그녀가 문화대혁명 기간에 아버지와 헤어지게 된 사연을 듣게 되는 계기가 마련된다. 그 많은 전화가 아버지의 행방을 수소문하는 것과 관계되어 있음도 알게 된다. 아버지의 소식을 알게 되었으나 아버지가 자신을 만나려 하지 않으려 해서 너무 슬프고 화가 난다는 것, 그럼에도 미국에 있는 그녀의 어머니가 간절히 원하기 때문에 아버지와 만나기로 했다는 이야기도 듣게 된다.

장형수는 학기가 끝난 겨울방학을 이용해 잠시 한국에 나가 있는 동안, 중국에 관한 몇 권의 책을 읽는다. 그는 『케임브리지 중국사』나 『문화대혁명사』, 『우붕잡업(牛棚雜億)』 등의 책을 읽으며, 문화대혁명의 전모가 매우 구체적이고 세밀하게 분석되고 있는 것을 알게 된다. 그것과 비교할 때 5 · 18광주민중항쟁이 그 전모를 드러내지 못하고 반쪽 역사로만 기술되고 있는 점에 대해 그는 "가슴 아프게 생각"(173)한다.

서사에 등장하는 인물들이 찾는 궁극적인 지향점은 자기성찰 혹은 자아인식이라 할 수 있다.(이은영 2002, 134) 따라서 "행복은 서로 닮아 있고, 불행은 저마다의 얼굴을 가지고 있다고 하지만, 그네들의 삶과 우리의 삶을 지배했던 힘의 연원은 비슷한 것이 아니었을까."(175)하는 생각-인식을 갖게 된 장형수는 옌쯔량을 만나게 되면 그녀가 그녀의 아버지에 대해 좀 더 자세한 이야기를 해 줄 수 있을 거라는 기대를 갖고 그의 숙소로 돌아간다.

옌쯔량의 아버지가 그녀를 만나지 않으려 했던 것은 그에게 부인이 있었기 때문이었다. 그러나 옌쯔량은 그녀의 아버지에게 화를 내지 못했다고 말한다. 왜냐하면 "그들이 너무 늙어 있었기 때문"(176)이다. 그녀의 아버지가 그녀에게 했다는 말은 장형수 뿐 아니라 독자들에게도 공감을 불러일으킨다. "우리들은 세월 속에 자기 자신을 묻어 버렸다."(176)

옌쯔량의 아버지가 견뎌내야 했던 참혹한 세월과 그 해 오월을 겪었던 장형수의 상흔은 본질적인 면에서 다르지 않을 것이다. 자기 자신을 시간 속에 묻지 않을 수 없었던 그것은 광기라 부를 만한 것인데, 광기는 꿈과 그토록 유사한 이미지에 오류를 구성하는 긍정이나 부정이 덧붙여질 때 존재할 것이다. 광기는 진실과 인간의 관계가 혼란되고 흐려지는 바로 거기에서 시작된다.(미셸 푸코 Michel Foucault 2006, 399-400) 광기 속에서는 영혼과 육체의 총체성이 흐트러진다.(미셸 푸코 386)

그래서 「말을 알다」는 소통을 넘어서서, 우리를 억압했던 기나긴 세월-상처의 치유를 모색하는 소설이기도 하다. 그러나, 옌쯔량의 아버지는 그를 그리워했던 사람들과 만날 수 있는 가능성이 아직 남아 있지만 장형수는, "어디로 가서 그리운 사람들을 만날 수 있을 것인가"(184) 하는 회한만 이 남는다.

이야기하기를 통한 과거 회상은 삶의 중요한 고비마다 행해지는 제의의 일상적 기능이라 할 수 있을 것인데, 제의의 반복성은 인간 삶의 보편성과 본질적 측면을 보여준다.(오세정 2002, 71) 그것은 또한 과거를 비판적으로 분석하고 개인의 심리적 억압기제를 분석, 치료하기 위해 중요한 의미를 갖는다.(정항균 2005, 125)과거를 마무리 지은 생존자는 이제 미래를 형성하는 과제에 직면한다.(주디스 허먼 326) 그는 과거의 기억을 통해 현재와의 연속성을 찾고 자신의 정체성을 확고히 하며, 어떤 일에 대해 자신의 확고한 입장을 표명하고 결단을 내린다.(정항균 69) 트라우마의 치유는 악이 전적으로 승리할 수는 없었음을, 그리고 치유를 가능케 하는 사랑이 여전히 세상 속에 존재한다는 희망에 기반하고 있다.(주디스 허먼 350) 그러나 외상의 완결에는 종착지가 없다.(주디스 허먼 351) "어디로 가서 그리운 사람들을 만날 수 있을 것인가" 하고 묻는 장형수의 독백-과거 회상이 시사하는 것처럼, 완성된 치유-회복이란 무엇으로도 가능하지 않다는 데 그 해 오월의 비극성이 있다.

장형수는, 명시적으로 말하고 있지는 않지만 그러한 비극의 연원을 어느 쪽이든 인간을 억압하는 이데올로기라고 생각하고 있는 듯싶다.[3] 이데올로기는 개인들을 주체로 불러 세운다고 말한 알튀세르와는 달리 지마는 이데올로기적 순응주의가 가치들의 무차별성에서 발원하며 주체의 실

---

3 이경덕, 「탈식민주의와 마르크시즘」, 고부응 외, 『탈식민주의의 이론과 쟁점』(문학과지성사, 2005), 183쪽. 명목상의 해방을 이룬 신식민지의 상황에서는 같은 민족이 새로운 식민 세력으로 자리하면서 같은 민족을 억압하고 통치하는 데 민족주의 이데올로기를 사용하는 것을 볼 수가 있다. 즉 지배자들이 자신들을 대립항으로 만들지 않기 위해 민족 내지 인종에 대한 의식을 민족 자체 혹은 인종 자체의 결속을 위한 이데올로기로 만들 필요가 생기는 것이다. 독재자를 우상화하는 작업이나 대대적인 의식 개혁으로서의 중국의 문화대혁명이 그러하거니와 우리의 현대사의 경우에도 그와 유사한 측면을 볼 수 있다.

존적 토대인 이데올로기 그 자체가 결국 무차별하고 교환 가능한 것으로 되어버린다(페터 V. 지마 Peter V. Zima 1997, 215)고 말한 바 있다. 그런 측면에서 이미란의 「말을 알다」는 중국의 문화대혁명과 광주의 오월이라는 비극의 겹침을 통해 인간 삶을 억압하는 기제로써의 이데올로기에 대한 비판적 함의를 담고 있는 소설이기도 하다.

5. 기억과 치유의 문제

문화대혁명이든 혹은 그 해 오월이든, 평범했던 사람들의 일상을 뿌리째 흔들고, 진실과 인간의 관계를 혼란스럽게 만든 결과를 가져온 게 분명하다. 살아남은 사람들은 그 날의 기억에 의해 무력감과 두려움, 죄책감으로 고통을 겪는다.

이 글에서 살펴 본 이미란 소설 「말을 알다」는 오월의 기억과 관계 맺고 있는 소설이다. 기억과 문학적 상상력이 서로 교차하는 문학 텍스트는 스스로 하나의 '기억 공간'이 된다. 문학공간은 확장된 삶의 공간이며, 역사적 경험을 기억하는 흔적이면서 과거의 체험을 현재화하는 동시대적 공간이기도 한다. 자칫 망각의 유물 혹은 기억의 박물관으로 남겨질 지도 모르는 그 해 오월의 기억을, 「말을 알다」는 소설이라는 문화적 기억-재현을 통해 새삼스레 그 현재-미래적 의미를 묻는다.

「말을 알다」의 서술 시간은 그 날로부터 오랜 시간이 경과한 때일 뿐 아니라 기억-재현의 공간을 광주와 중국의 상해로 병치시킨다. 광주라는 공간으로 한정되다시피 한 기왕의 '5 · 18'소설들과 비교해 볼 때, 서사 공간의 확장이라는 측면에서도 「말을 알다」는 눈 여겨 볼 가치가 있는 소설이다. 한편 소설 「말을 알다」는 소통을 넘어서서, 우리를 억압했던 기나긴 세월-상처의 치유를 모색하는 소설이기도 하다.

말- 이야기하기를 통한 과거 회상은 삶의 중요한 고비마다 행해지는 제의의 일상적 기능이라 할 수 있을 것인데, 제의의 반복성은 인간 삶의 보편성과 본질적 측면을 보여준다. 그것은 또한 과거를 비판적으로 분석하고 개인의 심리적 억압기제를 분석, 치료하기 위해 중요한 의미를 갖는다. 트라우마의 치유는 악이 전적으로 승리할 수는 없었음을, 그리고 치유를 가능케 하는 사랑이 여전히 세상 속에 존재한다는 희망에 기반하고 있다. 그러나 외상의 완결에는 종착지가 없다. "어디로 가서 그리운 사람들을 만날 수 있을 것인가" 하고 묻는 장형수의 독백-과거 회상이 시사하는 것처럼, 완성된 치유-회복이란 무엇으로도 가능하지 않다는데 그 해 오월의 비극성이 있다. 문화대혁명의 전모가 매우 구체적이고 세밀하게 밝혀진 것과는 달리 5 · 18광주민중항쟁은 그 전모를 드러내지 못하고 반쪽 역사로만 기술되고 있는 때문이다. 총을 쏜 자도, 총을 쏘라고 명령한 자도 드러나지 않았는데 무려 2백여 명이 그때 죽었다. 그런데도 거짓 화해를 이야기하는 담론들이 존재하고 있는 것은 어찌된 일인가.

개인의 내적 동일성의 회복과 공동체의 복원을 위해 5 · 18민중항쟁과 관련된 트라우마의 치유는 필수적인 과제이다. 그런데 그것이 가능하지 않다면 우리는 무엇을 어떻게 할 것인가? 어떻게 해야 하는가? 이미란 소설 「말을 알다」는 조심스럽게, 치유를 가능케 하는 연대가 여전히 세상 속에 존재한다는 희망을, '광주'라는 공간을 넘어선 곳에서 제시하고 있다. 그것은 옌쯔량의 아버지가 견뎌내야 했던 참혹한 세월과 그 해 오월을 겪었던 장형수의 상흔은 본질적인 면에서 다르지 않다는 인식, 행복은 서로 닮아 있고, 불행은 저마다의 얼굴을 가지고 있다고 하지만, 그네들의 삶과 우리의 삶을 지배했던 힘의 연원은 비슷한 것이 아니었을까하는 생각-인식을 통해 잘 드러나고 있다. 소설 「말을 알다」가 기왕의 '5 · 18'소설들과 다른, 빛나는 지점이라 할 것이다.

* 전남대학교 민주주의와 인권 제8권 1호, 2008.4.

10 5·18 문학교육의 의미
– 『자전거』와 『누나의 오월』을 중심으로

1. 5 · 18, 여전히, 앞으로도

다시 보수정권이 들어선 2013년은 유난스레 5 · 18에 대한 왜곡과 시비가 많았던 해인 듯싶다. 소위 뉴 라이트 계열의 국사교과서 내용이 벌써부터 많은 논란을 일으키고 있는 것으로 보아 앞으로도 그럴 것으로 생각된다. 5 · 18을 "폭력적인 국가와 자율적인 시민사회 간의 역사적 · 구조적인 대립과 투쟁"[1]이라는 관점에서 볼 수밖에 없으니 더욱 그러하다. "타 지역 사람들은 5 · 18의 함성과 민주화에 동의하고 그 시절 광주시민들과 공감하지만 그들은 여전히 5 · 18에 대한 피상적 이해로 민중과 호남사람들을 불편한 마음으로 보고 있"[2]는 까닭에 도 그러하다. 다양한 대응이 필요하고 그 방법이 모색될 수 있겠다.

필자는 교육, 특히 문학 교육을 통해 자라나는 청소년 세대에게 5 · 18에 대한 올바른 이해를 도와주는 것이 매우 중요하고 필요하다고 생각한다. 5 · 18항쟁 이후의 5 · 18운동은 결국 기억투쟁의 성격을 지닐 수밖에

1 김성국, 「국가에 대항하는 시민사회」, 『5 · 18민중항쟁과 정치 · 역사 · 사회』, 5 · 18기념재단, 2007, 213쪽.
2 최정운, 「폭력과 언어의 정치:5 · 18담론의 정치사회학」, 『5 · 18민중항쟁과 정치 · 역사 · 사회』, 5 · 18기념재단, 2007, 403쪽.

없고, 역사적 기억의 재현으로서의 문학이 아동 및 청소년들에게 끼치는 영향이 매우 지대하다는 점에서 그러하다.

주지하다시피, 문학의 작용은 인간 역사나 인간 사상의 형성 및 변화에 중요한 역할을 해왔다. 문학은 인간이 유년기부터 세계를 인식하는 창으로 작용한다. 그렇다면 문학이 자신이 직면한 일상을 정확히 바라볼 수 있도록 아이들에게 도움을 준다면 이보다 중요한 일은 없을 것이다. 문학(책)을 통해 아동이(그리고 청소년이) 자신을 둘러싼 환경 안에서 안전하고 소중하게 다루어진다는 느낌을 받고, 자기 또래에 일어날 수 있는 일들을 이해하고, 그로 인해 여유를 갖고, 어려울 때도 있지만 그래도 산다는 것은 멋진 일이라는 확신을 얻기를 바랄 수는 없을까?[3]

나아가 문학을 통해 우리 삶의 존재기반이라 할 수 있는 공동체의 역사에 대한 올바른 이해가 가능하다면, 그래서 자신과 타자가 서로 연결되어 있다는 자각에 이를 수 있다면 더 없이 바람직하지 않을까? 이 글은 각각 초등학생과 중학생을 주인공으로 하는 5 · 18문학작품 두 편- 박상률 동화 『자전거』와 윤정모 청소년 소설 『누나의 오월』을 분석대상으로 삼아 문학(그리고 문학교육)이 아이들의 가치형성에 미치는 원리 및 구조에 대해 살펴보고자 한다.

5 · 18을 대상으로 한 동화와 청소년 소설이 무엇보다 양적으로 많지 않은 가운데 이들 작품들은 아동과 청소년들에게 5 · 18의 의의를 교육하기에 적절한 텍스트라 판단된다. 그렇게 판단하는 까닭은 이들 작품에서 5 · 18의 의미를 어떻게 재구성하고 있는가를 분석하면서 보다 구체적으로 제시할 것이다. 아울러 이 글은 5 · 18의 의의를 후속세대에게 잘 가르치기 위해 대상 문학작품을 어떻게 활용할 수 있을 것인가 하는 데에 초점

3 키르스텐 보이에, 「아동문학이 세상을 바꿀 수 있을까?」, 송상희 옮김, 『창비어린이』 제4호, 2004, 257-258쪽.

을 맞추어 논지를 전개해 나갈 것이다.

2. 정서의 환기를 통한 세계 이해

문학의 의도적인 교육은 불가능하다는 주장이 있다. 이는 예술불가지론에 귀결된다. 이에 따르면, 문학교육은 스스로의 체험을 통해 비의도적으로 이루어질 수 있을 뿐이다. 그러나 문학은 교육할 수 있을 뿐만 아니라 의도적으로도 (교육이)필요하다.[4]

문학교육은 문학을 교육할 수 있다는 것을 전제로 하여 성립된다. 문학교육이 가능하다는 주장은 다른 예술장르와는 다른 문학의 속성에서 그 이유를 찾는다. 무엇보다 문학의 매개체가 언어라는 것, 언어는 사회적 약속이므로 사회성 · 역사성과는 결별할 수 없다는 것이다. 따라서 문학은 다른 예술 장르, 이를테면 음악이나 미술과는 달리 보다 진지하게 삶과 역사의 문제에 대해 질문하는 장르라 할 수 있다.

특히 아동문학은 처음부터 청중을 교육하고 지도하기 위해 사용되어 왔다. 아동문학의 사회적 역할을 교육적 도구로 전락시키는 것은 실망스러운 일이지만, 이런 측면들을 완전히 간과할 수는 없다. 아동문학은 아무런 의심 없이, 의식적이고 지속적으로 청중을 교화하고 사회화하는 데 이용되어 왔다.[5] 그런데 아동문학은 성인문학과 많은 형상들을 공유한다. 예를 들어, 간접적이긴 하나 아동문학은 현실세계를 반영하고, 이데올로기적 가치를 전달하고, 정신에 강력한 영향력을 행사하며, 우리의 감정에 호소한다.[6]

---

4 김봉균, 『현대문학의 쟁점 과제와 문학 교육』, 새문사, 2004, 14-15쪽.
5 마리아 니콜라바예, 『아동문학의 미학적 접근』, 조희숙 외, 교문사, 2009, 3쪽.

박상률 동화 『자전거』[7]의 경우 초등학교 5학년 여자아이 '꽃님'이를 주인공으로 내세워 80년 5월의 기억을 환기한다. '꽃님'이는 초등학교 5학년 여자아이이다. 아빠는 길 닦는 공사장 인부다. 고모는 대학을 졸업하자마자 서울에 직장이 나서 집을 떠났다. 나이가 열두 살 차이 나는 띠동갑 고모를 꽃님이는 마치 친언니처럼 따른다. "고모가 다니던 대학교는 마치 공원 같아서 고모랑 자주 자전거를 타고 가서 놀던 곳이다."(27쪽) 엄마는 배가 불러 곧 해산할 예정이다. 동생이 태어나면 꽃님이와 열두 살 차이가 나니까 고모와 꽃님이와 동생은 띠동갑이 된다.

이 동화에서 '자전거'는 꽃님이에게 고모의 분신과도 같다. 고모가 함께 살 때, 고모는 항상 꽃님이를 자전거에 태워 꽃길과 숲길을 그리고 고모가 다니던 대학까지 구경을 시켜주곤 했다. 꽃님이는 일주일에 한 번씩 집에 오는 아빠를 졸라 자전거를 타고 고모와 함께 가곤 하던 대학교에 간다. "대학생 언니들이 서로 어깨를 겯고 무리 지어 다니는 것이 보인다. 무리 선두에 있는 이는 손나발을 만들어 입에 대고 뭣인가 외치고 있었다."(41쪽) 물론 아직 어린아이인 까닭에 "꽃님이는 세상이 어떻게 돌아가는지, 들어도 무슨 소리인지 잘 알 수는 없다. 하지만 세상이 '시끄럽다'는 소리만은 알아듣는다."(52쪽) "서울의 봄이니 뭐니 하며 서울이 시끄럽고, 나아가 온 나라가 시끄러웠다. 광주도 봄 내내 시끄러웠다."(60~61쪽)

동화 『자전거』에서 보이는 것처럼, 어린이문학은 많은 금기를 깨고 더욱 넓고 다채로운 세계를 모색하면서 변화와 성장을 거듭해 왔다. 동화는 예전에 다루지 않던 성이나 장애, 이혼, 폭력, 전쟁 등의 주제를 어린이 독자의 수준을 겨냥하며 다루어낸다.[8] 그런데 아동물 작가와 어린 독자사이의 소통 형태의 독특성은 비대칭성에 있다. 모든 다른 종류의 문학은 성

6 마리아 니콜라바예, 같은 책, 8쪽.

7 박상률, 『자전거』, 북멘토, 2013. 본문을 인용할 경우 괄호 안에 쪽수만 표기하기로 한다.

8 한명숙, 「동화의 서술자와 문학교육」, 『새국어교육』 제76호, 한국국어교육학회, 2007, 369쪽.

인을 대상으로, 성인이 쓴다. 아동은 인생의 경험이 적고, 참조체계가 다르며, 일반적으로 어휘와 다른 언어적 기술이 덜 발달되어 있다. 이러한 불평등한 권력 위치가 함의하는 바는 무엇인가? 성인작가는 어떻게 어린 독자들과 소통할 수 있는가?[9] 어린이에 대한 이야기와 어린이를 위한 이야기는 전혀 다르다[10]는 지적을 이 동화의 작가는 어떻게 극복하는가?

그것은 무엇보다 설명과 묘사의 서술전략을 통해서라 할 수 있다. 설명을 통한 정보의 제공에는 아빠가 주로 동원된다. 거리에서 마주친 사람들의 대화와 삐라도 거기에 일조한다. 군데군데 배치한 삽화와 함께 섬세한 내면풍경의 묘사, 이를 테면, "세상이 시끄러우니 꽃들도 마음이 편치 않을 것입니다. 꽃님이는 꽃들을 통해 이미 알고 있습니다. 집안에 있는 꽃밭의 꽃나무들도 시무룩한 것처럼 느껴졌는데, 고모 학교에 피어난 꽃들도 예전처럼 밝지 않았습니다."(52쪽)와 같은 묘사를 통해 정서의 환기를 불러일으킨다. 그러나 무엇보다 이야기의 재미있는 전개, 설레면서 기대되는 이야기의 전개야말로 이 작품의 장점이다. 어린이의 흥미를 끌며 가슴 속 깊이 새겨지는 이야기의 전개야말로 이 동화가 지닌 가치다.

한편 문학교육은 문학텍스트 자체에 대한 교육이라기보다는 문학 텍스트를 매개로 한 활동을 강조하는 것이 되어야 한다. 문학 텍스트를 매개로 한 활동을 통해 아동들은 텍스트가 자신에게 어떤 의미가 있는지를 궁구할 수 있기 때문이다. 다시 말하면 아동들이 텍스트에 대한 이해를 바탕으로 하여 자기 이해와 자아 성장의 토대를 얻을 수 있기 때문이다.[11] 그런 면에서 박상률 동화 『자전거』의 경우 책 말미에 '본문을 활용하여 연

9 마리아 니콜라바예, 앞의 책, 15쪽.
10 니시모토 게이스케, 『동화 창작법』, 최현숙 옮김, 미래 M&B, 2001, 20쪽.
11 선주원 · 박기범, 『현대소설교육론』, 역락, 2010, 63쪽. 이 책에서는 '소설'을 대상으로 그 교육방법론을 전개하고 있는데, 이 글에서는 '문학'로 표기를 바꾸어 인용했다. 결국 같은 맥락으로 본 까닭이다.

극해 보기'라는 내용의 대본을 마련해놓은 것은 문학교육의 기능에 대한 이해와 고려가 있었던 것으로 보인다.

서울의 봄이라고도 하고 "광주에서도 내내 시끄러웠던 그 해 봄. 군인들은 기다렸다는 듯이 젊은이와 학생들을 낚아챘다."(61쪽) "하늘에는 헬리콥터가 떠서 삐라를 뿌렸다. 삐라에는, '폭도들은 자수하라, 그러면 생명은 보장한다.'고 씌어있다. 사람들은 흥분한다. "누가 누구보고 폭도라는 것이여?, 시방!"(66쪽) 아빠는 광주 밖으로 가는 차가 모여 있는 터미널에서 사람들이 많이 다쳤다는 이야기를 듣고 조심스레 터미널로 갔으나 이미 광주 밖으로 가는 차가 모두 끊겨 공사장으로 가지 못하고 집으로 되돌아온다. 아빠는 하루에 한 번은 밖에 나가서 소식을 가져온다. 어느 날은, "아휴, 꽃님이 고모가 집에 없기 망정이지…"하면서 혀를 끌끌 차기도 한다. 고모가 생각나서 전화를 해보았지만 어쩐 일인지 서울에 사는 고모와는 전화 연결이 되지 않는다. "전화도 끊기고, 기차나 버스도 끊기고, 학교는 문을 닫았다. 광주는 섬처럼 외따로 떨어져 있게 되었다."(102쪽)

5월을 제재로 한 기왕의 소설들과 마찬가지로 이 동화에서 80년 5월의 광주는 고립된 섬에 비유된다. 하루 이틀 지나면서 공수부대의 만행이 도를 더하자 아빠도 "시방 일이 문제여!"(89쪽) 하면서 집을 빠져나와 거리로 묻어 들어간다. 그렇게 그날 모두는, "눈사람 만들라고 첨에 눈 굴릴 때 주먹만 하잖여. 고걸 더 굴리믄 크게 되는 것 아녀. 학생들도 처음엔 몇 사람 안 되었단께. 공수들 하는 짓 보고서 안 되겠다 싶어 모이다 본게 불어난 거제."(88쪽) 하면서 거리의 시위에 합세하게 된다. 아빠를 찾아 나선 꽃님이는 영안실에서 아빠를 만나게 된다. 아빠는 영안실에 밀려드는 시체를 처리하고 시체를 찾아 나선 사람들을 도와주는 장례반에서 일하고 있었다. 병원마다 부상자가 넘쳐나고 그들을 치료하기 위한 피가 부족했다. 이제 5학년에 불과한 꽃님이도 우격다짐으로 헌혈을 자청한다. 꽃님이는 나중에 고모를 만나면 자기도 헌혈을 했다는 걸 자랑스레 말 할 수 있어서 내심 기뻐한다. 시민들의 저항이 심해지자 마침내 계엄군은 시 외곽으로 물러난다. 꽃님이는 고모와 함께 돌아다녔던 길이 난리통에 어떤 모습을 하고 있는지 궁금하다. 그래서 서툰 자전거에 몸을 싣고 조그만 강이 있는 곳까지 간다. 강을 가로지른 다리를 건너면 (광주)시 바깥으로 나가는 길이 있다.

그런데 다리 건너편에 철모를 깊숙이 눌러 쓴 군인들이 총을 들고서 있는 모습이 보인다. 꽃님이를 뒤따라온 똘똘이(강아지)가 컹컹 짖어도 군인들은 꼼짝도 하지 않는다. 꽃님이는 자전거 방향을 돌려세운 뒤 다시 그간 지나온 시내 쪽을 향한다. 그러나 자전거에 다시 올라타 짧은 발로 바퀴를 몇 바퀴 굴리지도 않았을 때, 갑자기 콩 볶는 소리가 따콩! 따콩! 따콩! 하고 난다. "누가 보아도 꽃님이는 어린아이이고 똘똘이는 개였을 텐데 계엄군 눈에는 그렇게 보이지 않았던 모양이다. 계엄군은 어른 아이 가리지 않고, 무장했는지 안 했는지 가리지 않고 아니, 사람 동물도 가리지 않았다."(144쪽)

결국 꽃님이는 군인들이 쏜 총에 맞아 죽는다. 초등학교 5학년 여자아이의 죽음이라는 매우 상징적 장치를 통해 80년 광주의 비극을 보여주는 이 동화를 읽고, 아동독자들은 어떤 정서적 반응을 할까? 크게 두 가지일 것이다. 하나는, 병원마다 부상자가 넘쳐나고 그들을 치료하기 위한 피가 부족한 상황에서 이제 5학년에 불과한 꽃님이도 우격다짐으로 헌혈을 자청하는 모습을 통해 타인의 고통에 동참하고자 하는 윤리의식을 체득할 수 있을 것이다. 레비나스는 타자에 대한 윤리적 책임과 관련하여, 타자에 대한 책임은 타자의 요청에 의해 내가 타자를 대체하는 것이라고 말한다. 그에 따르면 휴머니즘의 근원은 타자이며, 이런 휴머니즘 안에서의 책임이 나의 유일성에 대한 중요한 근거가 된다.[12] 이 동화가 아이들에게

전하고자 하는 이데올로기가 있다면, 아마 이 부분일 것이다. 아주 당연하게도 문학은 윤리학이 아니다. 그럼에도 문학이 삶과 역사의 의미를 추구하는 차원에서 윤리를 외면할 때, 잠재된 위험성은 심상치 않다.[13]

그런 맥락에서 볼 때 동화 『자전거』는 매우 윤리적인 주제를 담고 있다. 두 번째는, 주인공 여자아이의 죽음에 대한 의아함, 왜 그 아이가 죽어야 하는가에 대한 질문은 어쩌면 아동들에게 공포로 다가올지 모른다. 어른 아이 가리지 않고, 무장했는지 안 했는지 가리지 않고 아니, 사람 동물도 가리지 않고 총을 쏘아댔던 군인들을 어떻게 받아들일 것인가의 하는 것은 사실 매우 심각한 문제다. 나라를 지키고 국민들의 생명을 지키기 위해 만들어진 국가조직인 군대가, 그 군인이 아무런 잘못도 없고, 저항의 몸짓도 없는 어린 여자아이를 총을 쏘아 죽음에 이르게 했다는 사실로부터 어린 독자들은 무엇을 배울 수 있을까? 결국 우리역사에 대한 올바른 이해가 필요할 것이고, 그 몫은 이 동화를 함께 읽은 어른들-부모와 교사들의 몫이어야 할 것이다. 결국 문제는 동화에서 교훈에 대한 압박을 작가가(혹은 부모나 교사가) 어떻게 극복해갈 것인가, 어린 독자들의 정서를 환기시키면서 타인과 세계를 보다 깊이 있게 이해하는 공감의 능력을 키워줄 것인가의 문제는 아직은 어른들의 몫이랄 수 있겠다.

그 몫이란, 우선, 교과 구조상 문학교육이 '국어과'교육 안에 자리 잡고 있는 한 문학의 교육이 언어의 교육과 함께 이루어질 것이 전제가 된다. 한편 문학의 본질에 비춰 문학교육은 학습자에게 감동체험을 시키는 일을 근간으로 삼을 것이 우선적으로 요구된다. 감동은 교육할 수 없으며, 수업에서 이를 심화시킬 수 없다는 일각의 지적도 있으나 감동이 인식의 결과로 일어나는 정신적 작용인 한, 5월 문학 읽기를 통해 감동의 경험은

12 베른하르트 타우렉, 『레비나스』, 변순용 옮김, 인간사랑, 2004, 236-238쪽.
13 김봉균, 앞의 책, 71쪽.

충분히 가능한 일이다. 구성원 사이에 보편적 경험으로 승화된 정서를 지니게 됨으로써 집단의 정체성이 확보된다고 볼 때,[14] 동화 『자전거』를 읽은 초등학교 고학년 아이들이 그들 주변의 세계, 사소한 일상성의 세계에 대한 이해를 넘어 공동체 의식에 기반한 정체성을 형성할 수 있을 것이다.

문학이 깨달음과 관련되는 방식은 대체로 두 가지다. 첫째, 작가가 깨달음의 경험을 작품 속에 담는 쓰기와 표현 차원의 것이다. 둘째, 독자가 작품을 읽고 수용하는 과정에서 깨달음의 경지를 경험하는 읽기와 수용 차원의 것이다. 문학교육은 둘째를 지향한다. 그런데 둘째는 첫째가 뒷받침될 때 더 원활해진다.[15] 박상률 동화 『자전거』는 그 두 가지를 모두 담고 있는 작품이다.

3. 성장을 통한 주체의 형성

문학의 기능은 즐거움, 깨우침, 감동이다. 문학은 풍부한 정서, 지적 충족감과 함께 창조적 상상력을 길러준다. 삶을 아름답고 가치 있게 살도록 암시적 · 상징적으로 자극하는 것이 문학이다.[16] 문학을 통한 학습의 내용은 작가의 경험세계이다. 이 경험세계는 작가의 직접 체험뿐만 아니라 대상을 통해 환기된 작가의 감상까지도 포함된다. 문학작품 읽기를 통해 작가가 겪었던 '슬픔', '기쁨', '두려움' 등의 경험을 독자가 간접 경험하는 일은 매우 흔하다. 감정을 이해하는 능력도 문학을 통해 학습된다. 문학은

14 김대행, 「국어교과학을 위한 언어의 재개념화」, 『선청어문』 제30집, 서울대국어교육과, 2002, 287쪽.

15 이강옥, 「문학교육에서 바라본 문학의 힘 : 문학교육과 비판, 성찰, 깨달음」, 『문학교육학』 29권, 한국문학교육학회, 2009, 10쪽.

16 김봉균, 앞의 책, 14쪽.

섬세한 감정의 결을 다루는 영역이어서 감정을 학습하는 가장 좋은 수단이고 그 학습 결과는 일상에 바로 적용된다. 문학적 정서나 표현에 익숙해지면 일상에서 쉽게 접하기 어렵거나 무심코 지나치기 쉬운 정서들을 보다 더 잘 이해할 수 있게 된다.

특히 청소년 소설은 청소년을 대상으로 쓴 소설로, 청소년 주인공이 성장 장애를 극복하고 성숙한 인물로 변화하는 과정을 그린다. 좋은 청소년 소설은 주 독자인 청소년이 자아 정체성을 탐색하고 세계를 인식하며 바람직한 가치관을 형성하도록 돕는다.[17] 그런 면에서 박상률 동화 『자전거』와 함께 윤정모의 청소년 소설 『누나의 오월』은 우리의 주목을 요한다. 특히 『누나의 오월』은 타자와의 관계를 통해 자아를 확인하고 존재론적 욕구를 충족하는 과정에서 주체는 새로 구성되는 '나'가 되는[18] 성장소설의 요소도 갖추고 있다.

소설 『누나의 오월』의 서술자인 나(이기열)는 중학교 3학년 남자아이다.[19] 같은 반 아이들인 규식이와 수익이가 치고 박고 싸우자 담임선생님이 벌을 준다. 선생님은 말한다. "우리나라에는 배운 사람들이 많다. 그런데 배운 사람들이 더 무서운 폭력을 행사하는 경우도 있다. 그 원인은 어디에 있는가? 너희들처럼 배운 언어를 제대로 사용할 줄 모르기 때문이다. 그래서 '어른'을 주제로 토론을 할 테니 준비를 해 와라."(15-16쪽) 담임선생님은 평소와는 다르게 체벌 대신 토론 준비를 시킨다.

'나'는 음악 선생님을 사모하고 있다. 그래서 이웃집 숙이가, 그 예쁘장한 여자애가 나에게 쪽지를 주었지만 나는 그것을 읽지도 않고 버렸다. 사모하는 사람이 있는데 다른 여학생을 넘본다는 것은 배신행위이기 때

17 박기범, 「공선옥의 청소년 소설에서 발견되는 교육적 가치」, 『청람어문교육』 제46권, 청람어문교육학회, 2012, 596쪽.

18 선주원 · 박기범, 같은 책, 427쪽.

19 윤정모, 『누나의 오월』, 산하, 2005. 본문을 인용할 경우 괄호 안에 쪽수만 밝히기로 한다.

문이다.(19쪽) 서울에서 대학을 나왔다는 선생님은 폭이 넓은 치미와 꽃무늬 블라우스를 즐겨 입으셨다. 나는 그 선생님을 맞은 첫 기간부터 가슴이 뛰었고, 그것은 곧 사랑이 시작된다는 신호였다.(20쪽) 그런데 아이들이 음악 선생님의 치마 속을 보려고 계단에 손거울을 가져다 놓고 음악 선생님이 오기를 기다리는 것이었다. 그래서 나는 선생님이 가까이 오는 그 순간 독수리처럼 뛰어내려 그 거울을 집어 들고 줄행랑을 친다. 결국 아이들에게 배신자 소리를 듣게 되고 조금 얻어맞기까지 한다. 그러나 상관없었다. 그날 밤 꿈에 나는 선생님을 만나고 그 포근한 가슴에 안겨 보기까지 했으니.(22쪽) 이렇게 아이들은 자란다. 소설은 자잘한 디테일의 묘사를 통해 아이들의 인식이 뜬금없이 5 · 18묘역으로 비약하는 것에 알리바이를 만든다.

아이들의 야외학습 장소는 뜻밖에도 망월동 5 · 18묘역이었다. 부반장의 사촌형, 5 · 18때 대학생이었던 그는 데모를 하다 군인들에게 잡혀 간 후 거리에서 시신으로 발견되었다고 했다. 석호, 늘 말이 없고 구석으로만 돌던 그 아이는 트럭 운전수였던 아버지가 계엄군이 쏜 총에 맞아 돌아가셨다고 했다. 이야기를 듣고 나서 선생님은 말한다. “우리가 폭력을 사용하지 않아야 하는 이유는, 여기 이분들이 바로 그 폭력에 의해 희생당하셨기 때문이다. 너희들이 폭력대신 대화하는 습관을 기르고 무엇이나 토론을 한다면…, 민주주의를 우선하는 그런 사람이 된다면, 그런 사회를 만든다면 이 민주묘역은 더 이상 슬픔이 아니다.”(42쪽)

‘나’는 망월묘역을 다녀온 후 고향인 ‘운기’로 간다. 너무 오랫동안 잊고 있었던 누나에 대한 그리움 때문이다. “나는 지금까지 누나를 부끄러운 존재라고만” 여겨왔다.(52쪽) 이 대목에서 ‘나’는 깨달음의 계기를 마련한다. 깨달음이란 주체가 존재나 삶 전체에 대하여 근본적 각성을 하여 마침내 스스로 혁신되는 것이다. 문학이 깨달음을 일으키는 힘이 있다는 주장은, 문학이 존재와 삶에 대한 근본적인 진리나 지혜를 담고 있다는 판단을 근간으로 한 것이다.[20] 소설의 소설자이자 중심인물인 '나-이기열'이 누나를 의식적으로 잊고 있었던 것, 그리고 그것은 누나를 부끄럽게 여겼음에서 기인하는 바, 그 내력은 다음과 같다.

그것은 우선 일곱 살 나와 터울인 누나가, 선생님이 되고 싶어 했던 누나가, 중학교를 졸업한 뒤 고등학교에 진학하지 못한 데에 있었다. 시골의 가난한 농부인 아버지는 누나를 고등학교에 진학시키지 못했다. 그러던 어느 날 누나(기순)가 아버지의 모든 것이라 할 수 있는 소 한 마리를 몰고 집을 나가버린 사건이 있었다. 결국 그날 밤 아버지의 손에 이끌려 집으로 돌아오긴 했지만, 소 팔아서 학교 갈려고 그랬다는 누나의 말은 식구를 모두에게 큰 충격을 준다. 그러나 그 소는 엄마 아버지의 말처럼 내 학자금 마련을 위한 것이지, 누나 것이 아니었다.(69쪽) 그날 밤, 누나는 편지 한 통을 남기고 집을 나간다. 편지에는 "누나는 반드시 선생님이 되어서 돌아 올 것이여."하고 씌어 있었다. 고작 열여섯 살 밖에 안 된 누나가 집을 나간 후, 엄마는 자주 누나의 꿈을 꾸었고, 꿈에 슬픈 얼굴을 본 다음 날은 내내 눈물을 질금거렸다.

그러던 어느 날 누나가 돌아온다. 집에 돌아 온 누나는 광주에 방을 얻어 두었다고, 그동안 전기밥통 만드는 공장에 나갔다면서, 나를 광주의 학교로 전학시키자고 한다. 엄마 아빠는 누나가 공장에 다녔다거나 방을 얻어두었다거나 하는 말에 반신반의하지만, 결국 다음 날 아버지가 누나와 함께 광주에 다녀온 뒤로 나를 누나가 살고 있는 광주로 전학시키기로 한다. 초등학교 4학년인 나는 누나가 세를 얻어 살고 있는 집주인 아들인 '식'이와 함께 광주거리를 구경 다니기에 바쁘다. 그런데 누나는 나중에 공장이 아니라 꽃집에 다닌다 하고, 또 나중에는 황금동에서 짧은 치마에

20 이강옥, 앞의 글, 20쪽.

뾰족구두를 신고 윗도리도 속내복같이 달라붙는 빨간색의 아주 야한 차림으로, 손에는 마호병을 들고 황금다방으로 들어가는 누나를 나는 우연히 목격하게 된다.

그래서 나는 "월급 많이 받으려고 꽃집에서 늦게까지 일한다더니, 꽃집이 아닌 다방에 갔다? 난 밤늦도록 팽개쳐 두고 남자들이랑 놀려고 그딴 짓거릴 한단 말이여?"(108쪽) 하고 생각한다. "속았다는 배신감과 분노"(108쪽)가 그의 머리를 폭발시킬 것만 같다. 그러나 누나는 "총소리가 마치 우박처럼 온 세상을 뒤덮는 것만 같은"(133쪽) 때, "시방은 나리가 났은께 집에 가만히 있어야 하는 거여. 세상이 잠잠해질 때까지"(135쪽) 하면서, 나더러는 꼼짝없이 집에 있으라고 당부하고서는 밖으로 나간 누나는, 부상자들의 치료를 위해 너무 많은 헌혈을 한 나머지 죽음에 이르고 만다. "아부지, 기열이는 꼭 공부시켜줘요."(167쪽) 하는 마지막 당부를 남기고. 나는 여태껏 누나의 죽음을 의도적으로 외면해 왔다. 여태 마을 뒷산 후미진 구석에 묻혀 있는 누나의 죽음을, 그러나 이제 나는 그 누나의 죽음이 과도한 헌혈 때문이었다는 것을 선생님 등의 도움으로 밝혀내면서 누나에 대한 재인식의 과정에 이르게 된다. 꿈에 나는 선생님 옷을 입고 달려온 누나를 만난다. 비로소 누나와의 화해에 이른 것이다. 누나의 사랑을 확인하게 된 것이다. 슬픔의 공유를 통한 합일에 이른 것이다.

다른 한편 『누나의 오월』은 누나와의 관계의 상실이라는 측면에서도 주목을 요한다. 한국문학사의 주요 작품에서 확인할 수 있는 '누이(혹은 누나)에 대한 그리움'의 지속과 변용[21]을 이 소설에서도 확인할 수 있다. 그러니까 이 소설에서 누나의 죽음은 피붙이인 누나 개인의 상실이라는 의미를 넘어서 가족(나아가 공동체)의 일체감을 와해시키는 일대 사건이

21 이승수, 「누이의 죽음, 잔영(殘影), 그리움 - 오뉘 형상의 전변과 관련하여」, 『한국고전여성문학연구』13권, 한국고전여성문학회, 2006, 314쪽.

된다. 모두가 다 아는 것처럼, 5 · 18은 항쟁 이전에 학살이었고, 그 학살은 누이의 죽음이라는 상징적 사건을 통해 '나'의 존재의 기반이 뿌리 채 흔들리는 것을 경험하게 된다. 더구나 이 소설에서 누나의 죽음을 떳떳하게 여기지 못했던 나의 인식은 항쟁이 진압된 후 폭동이었다느니, 북한의 사주를 받은 불순분자들의 책동이었다느니 하는 악의적인 왜곡 선전과 그 궤를 같이 한다. 경제적으로 무력하기만 한 부모를 대신하여 '나'의 생활과 학업을 돕기 위해 누나가 다방이든 술집이든 나가지 않을 수 없었다는 사실을 '나'는 부끄러워하고, 그래서 누나가 부상자들을 위해 과도한 헌혈을 하다가 마침내 죽음에 이르게 되는 그 숭고함마저 부정하게 만드는 것이다.

문학은 주체의 형성과 밀접한 관련을 맺고 있다. 문학작품이란 곧 삶이 무엇이며 어떠해야 하는지에 대한 작가의 말이며, 문학작품을 통해 우리는 가장 내밀한 타자의 삶을 들여다 볼 수 있다. 학습자들의 삶의 경계를 확장하는 새롭고 대안적인 이념과 가치의 보고로서의 문학은 그 자체로 민주적 교육의 이념태를 고스란히 자신 속에 담고 있는 대상이다. 따라서 문학교육은 교육과 국어교육의 반민주적 양상들을 내파 할 가능성을 지니고 있음이 분명하다.[22] 그럼에도 현재의 문학교육은 민주주의와 그다지 깊은 친연성이 없다. 민주주의가 자유와 평등을, 곧 주체의 형성과 타자에 대한 공감을 바탕으로 함에도 정작 문학교육은 이에 대해 무기력하거나 무관심하다. 그것은 이 글을 시작하면서 제기했던 문제 곧, 5 · 18을 "폭력적인 국가와 자율적인 시민사회 간의 역사적 · 구조적인 대립과 투쟁"[23] 이라는 관점에서 정의할 때 불가피한 측면이 있다. 국가 혹은 정부의 성격이란 본질적으로 폭력적이라는 면에서도 그러하다. '교육적'이라는 의

22 김상욱, 「문학교육과 민주주의」, 『문학교육학』 32, 권 한국문학교육학회, 2010, 20쪽.
23 김성국, 「국가에 대항하는 시민사회」, 『5 · 18민중항쟁과 정치 · 역사 · 사회』, 5 · 18기념재단, 2007, 213쪽.

미에서 문학 텍스트는 도덕적으로 고무될 수 있는 내용과 형식을 지니고 있어야 하며, 나아가 이념적으로 정당화될 수 있어야 한다. 그렇지 못한 것들은 교과서에 실리기에 부적합한 것들로서 사실상 배제된다.[24] 그렇게 보았을 때, 이 글에서 살펴본 박상률 동화 『자전거』와 윤정모의 청소년 소설 『누나의 오월』이 교과서에 실려 아동 및 청소년들에게 읽혀질 기회는 없을 것이다.

그렇다면 문제는, 문학 본연의 가치로 돌아가서 이 문제를 검토해 볼 수밖에 없다. 이 글에서는 5월을 대상으로 한 두 편의 문학 작품을 함께 읽고 우선적으로 텍스트의 의미구조에 대해 살펴보았다. 인물들의 행위 양상과 주제의식에 대한 이해, 그로부터의 공감, 살아남은 자의 공포 혹은 부끄러움과 항쟁 참여의 원동력이 되었던 윤리적 분노라는 정서적 반응으로부터 우리는 5월의 기억의 의미를 새롭게 할 수 있었다. 이 정서적 반응이 문학읽기를 통한 학생들의 정서적 발달에 끼치는 긍정적인 영향들에 관해 우리는 주목할 필요가 있다. 이는 서론에서 언급했던 문학읽기의 의의와 관련하여, 언어는 느낌을 고정시키는 역할을 한다는 점에서 보다 주의를 요한다. 그래서 이 두 편의 작품은 정규 수업 이외의 다양한 재량 활동 시간에 아동 및 청소년들이 읽고 그들의 사유를 확장할 수 있도록 교사의 배려가 필요한 부분이다.

4. 공감에서 실천으로

문학 작품은 창작된 허구의 세계를 통해 인간의 정서를 탐구한다. 예컨

24 최지현, 「이른바 '애상(哀傷)'은 어떻게 거부되는가-슬픔의 정서에 대한 '교육적 고려'를 비판적으로 성찰하기」, 『문학교육학』 3권, 한국문학교육학회, 1999, 261쪽.

대 공포예술을 감상할 때 잔혹한 장면, 고통에 몸부림치는 인물이나 끔찍한 장면은 그 자체로 나의 감정을 자극한다. 쇠톱이나 전기톱으로 잘려나가는 신체는 손가락을 베여본 경험과 같은 미약하지만 유사한 경험으로 인해 자리하게 된 고통의 상황과 고통의 정도를 환기하게 되며 이는, "톱: 연필깎기 칼= 끔찍한 고통: 나의 고통"이라는 등식으로 되어 증폭된다. 이렇게 증폭된 경험을 통해 끔찍한 고통에 공명하게 되는 것이며, 공감하는 정서적 능력을 형성하게 되는 것이다.

이 공명(共鳴)은 그것으로 말미암아 유사한 정서가 환기되는 과정을 말한다. 다시 말해 우리는 5월과 관련된 문학읽기를 통해 그날에 죽어갔던 혹은 살아남은 사람들과 공명할 수 있는 능력을 갖게 된 것이다. 5월의 의미를 죽은 과거의 일이 아니라 지금 여기 살아 숨 쉬는 현재적 의미로 호명하는 매우 실제적이고 효과적인 방법인 것이다. 타인의 고통을 이해하고 그들과 연대할 수 있는 힘을 갖게 된 것이다. 다른 하나는 5 · 18문학 읽기를 통해 자라나는 청소년 세대의 정서의 순화 내지 바람직한 정서적 태도의 함양에도 일정하게 긍정적 영향을 미칠 수 있다는 점을 우리는 확인할 수 있다. 이렇게 문학읽기는 자아와 세계의 부단한 교호작용을 통해 우리의 정신을 발달시키고, 그것을 바탕으로 우리들의 자아가 삶의 주체의 자리에 서도록 해준다. 따라서 문학 읽기의 궁극적 목적은 문화적 실천을 하는 주체로서의 인간을 형성해내는 데 있다. 무엇보다 문학읽기는 읽는 주체인 자아와 텍스트로서의 세계가 상호작용하는 매우 독특한 경험 공간이다. 그 공간에서 시민들은 서로의 '피'를 나눈다. 이는 매우 중요한 대목이다.

동화 『자전거』에서도, 청소년 소설 『누나의 오월』에서도, 병원마다 부상자가 넘쳐나고 그들을 치료하기 위한 피가 부족했다. 이제 5학년에 불과한 꽃님이도 우격다짐으로 헌혈을 자청한다. 누나 역시 과도한 헌혈을 하는 바람에 종내 자신이 죽음에 이르고 만다. 그것은 자신의 안위를 우선하기보다 타자의 고통에 동참하려는 성숙한 윤리의식의 발현이다. 그때 총을 들었던 이들에게, 아니라도 그때 학살에 분노했던 이들 모두에게서 볼 수 있는 이와 같은 순정한 윤리의식을 우리는 오월정신이라 부를 수 있다. 그것을 바탕으로 아이들은 보다 성숙해질 것이고, 쉬운 일은 아니겠으나 일상에서의 자잘한 대립과 갈등을 우격다짐으로서가 아니라 상대에 대한 긍정과 공감의 능력으로 바라보는 바람직한 태도를 형성해 나갈 수 있을 것이다. 『누나의 오월』에서 사소한 일도 우격다짐하는 아이들에게 담임선생님이 내린 처방이 그러하였고, 아이들이 5 · 18묘역을 참배한 후에 갖게 된 정서의 공유가 그러한 바람을 희망적으로 바라보게 한다. 이것이 5 · 18문학이 민주주의와 인권(교육)에 기여할 수 있는 소중한 가치이다.

* 이 글은 2015년 12월 5 · 18기념재단 주관 〈5 · 18 교육 · 연구 학술집담회〉에서 발표한 내용을 보완한 글이다.

제3부

소수자 문학들

01 다문화 소설의 유목적 주체성

- 천운영과 송은일 소설

1. 다문화, 폭력의 구조

한국 내에서 이루어지고 있는 국제결혼의 모습은 1995년을 기점으로 이주여성이라고 범주화하는 집단의 여성 비율이 남성을 능가하면서 이주의 여성화 경향으로 나타나고 있다. 이를 "지구화로 인한 이주현상의 한 맥락이자 이주의 여성화현상"(김수정 · 김은이, 2008, 384) 이라고 할 수 있겠다. 외국인 이주민이 날로 증가하고 있는 이러한 현실에 비추어 볼 때, 다문화사회 구성원들의 문제 역시 "우리 사회의 주요한 현안이 되고, 기억의 표상인 문학의 중요한 대상이 될 수밖에 없다."(송현호, 2010, 44)

박범신의 『나마스테』(2005)를 비롯하여 김재영의 「코끼리」(2005), 「아홉 개의 푸른 쏘냐」(2005), 전성태의 『여자 이발사』(2005), 천운영의 『잘 가라, 서커스』(2005), 손홍규의 「이무기 사냥꾼」(2005), 공선옥의 「유랑가족」(2005) , 「가리봉 연가」(2005), 김중미의 『거대한 뿌리』(2006), 이혜경의 「물 한 모금」(2006), 이은조의 「우리들의 한글나라」(2007), 이시백의 『새끼야 슈퍼』(2008), 김려령의 『완득이』(2008), 송은일의 『사랑을 묻다』(2008), 박찬순의 『가리봉 양꼬치』(2009), 정인의 「그 여자가 사는 곳」(2009), 「타인과의 시간」(2009), 김훈의 『공무도하』(2009), 한승원의 『피플

붓다』(2010) 등이 한국사회의 주변인-소수자로 존재하는 외국인 이주자들의 삶의 양상을 그려낸 작품들이다. 이들 작품들 대부분이 2000년대 중반 무렵부터 발표되었다는 것은 이 시기를 즈음하여 우리가 실질적으로 다문화 사회로 서서히 진입해 들어가면서 이주노동자, 이주결혼여성, 미등록체류노동자, 탈북자 등 이민자가정[1]의 형성이라는 사회적 변동 상황이 문학을 창작하고 있는 작가들의 작품 세계에도 영향을 끼치게 된 것으로 보인다.

그런데 "다문화 현상과 관련한 논의에서 가장 큰 문제들 중의 하나는 '차이'의 문제"(Semprini, 1997/2010, 16)라 할 수 있다. 한 개인이 자기 자신에 대해 그리고 자신의 개성에 대해 알게 되는 것은 인지구조와 신체 도식, 가까운 사람과의 관계, 자신이 소속된 그룹과 다른 그룹의 구성원들과의 상호작용의 과정에서 드러나는 모습 속에서 발견할 수 있는 차이 곧, 차별적 특징에 달려 있다. 그런 의미에서 한 개인의 정체성은 다른 사람들의 시선 속에 존재하고 있다. 그러나 "개인의 정체성이란 복수적이고 변화하는 것"(Martiniello, 1997/2010, 119) 임에도 불구하고 외국인 이주민의 차별적 특징과 그들을 바라보는 우리의 고정된 시선이 그들에 대한 차별과 배제를 불러오고 있다고 우리는 흔히 생각한다. 먼 곳에 있는 자들에 대한 증오(여기에서는 나와 다른 문화적 차이를 가지고 있는 이들에 대한 두려움)란 기실 "이미지와 메시지, 미디어와 프로파간다가 만들어낸 결과"(Appadurai, A. 2006/2011, 174)일 뿐인데도 그러하다.

---

1 장한업. 2011. "한국 이민자 자녀와 관련된 용어 사용상의 문제점-다문화가정과 다문화교육", 『이중언어학』 제46호. 서울: 이중언어학회. 357. 장한업은 '다문화가정'이라는 용어가 진지한 학술적 논의 없이 만들어졌고, 보통 한국인 가정은 단일문화가정이라고 전제함으로써 부지불식간에 한국인 특유의 단일의식을 강화할 위험이 있다고 지적하면서 '이민자가정'이라는 용어 사용을 제안하고 있다. 적어도 '다문화가정'이라는 용어보다는 객관적이고 '단일문화', '단일민족'이라는 이념적 색채도 없기 때문에 보다 적절한 것으로 보인다는 그의 제안에 동의하는 까닭에 이 글에서는 '다문화가정'이라는 용어 대신에 '이민자가정'이라는 용어를 사용하기로 한다.

앞에서 언급한 다문화소설 대부분이 이주민에 대한 정주민의 차별과 배제라는 관점을 취하고 있다. 구체적으로는, 대부분의 다문화소설들이 팔리듯이 이루어진 국제결혼, 기대에 못 미치는 결혼 생활과 빈곤을 견디지 못하고 가출하고, 범죄에 노출되며, 죽음에 이르는 이주여성들을 형상화하고 있다. 이주여성들은 국적, 인종, 젠더의 다중의 차별 속에서 각종의 인권 침해, 경제적 착취, 육체적, 성적 폭력, 그밖에 열악한 삶의 조건 속에서 "부적응의 삶을 영위하고 있는 것으로 그려지고 있다."(송명희, 2012, 51)

다문화주의와 관련된 텍스트를 분석하고 있는 선행 연구들 역시 대체로 비슷한 문제의식을 바탕으로 하고 있다. 그래서 송현호는 "체류 외국인과 다문화가정이 급증하는 상황에서 인종차별을 묵인해온 기존의 사회적 인식을 반성하고 공론화하는 발상의 전환이 무엇보다도 시급한 실정"(송현호, 2010, 172)임을 강조하고 있다. 같은 맥락에서 현남숙은 "다원성이라는 시민적 가치와 신념의 공유, 공동체를 위한 것이 무엇인가를 생각하는 공공성과 공익성, 동료 시민의 입장에서 사고하는 감정이입, 평등한 시민으로서 상대방에 대한 배려와 같은 가치들을 중심으로 한 다문화 의사소통 교육의 필요성"(현남숙, 2010, 357) 을 제기하고 있다. 윤여탁은 김훈의 『공무도하』 등의 작품이 다문화사회의 특성인 불평등과 차별의 문제를 중심으로 우리 사회의 단면을 보여주고 있다는 측면에서, "다수자의 소수자 이해 증진 교육의 필요성"(윤여탁, 2010, 5-9)을 역설하고 있다. 김미영은 "주체와 타자 사이에서 발생하는 시선은 항상 비대칭적이고 불균등적이다. 이는 주체와 타자 사이에 권력 관계가 개입하기 때문이다. 또한 편견이 지배적으로 작용하는 현실을 보여준 것"이라는 분석을 통해, "학생들이 자신이 속해 있지 않은 다른 문화에 대한 편견을 줄이고 다양한 문화를 올바로 이해하도록 지식, 태도, 가치교육"의 중요성을 논하고

있다.(김미영, 2010, 80-86)

아래에서 살펴 볼 소설 천운영의 『잘 가라, 서커스』에는 조선족 신부들과 선보러 가는 인물들 간에 다음과 같은 대화가 오간다. "조선족들은 하나같이 어떻게 등쳐먹을까, 어떻게 하면 돈이나 많이 벌어갈까, 그 궁리만 한다구." 이렇게 "편견은 사람 자체와는 아무 상관없는, 그 사람이 소속된 집단과 관련된 채색된 판단이다. 그리고 때로 이 소속집단이 우리가 한 개인에 대해 알고 있는 유일한 것으로 작용한다."(Forster, 2007/2008, 22)는 점에서 앞의 지적들은 타당성을 갖는다. 다만 소수자를 억압의 대상으로만 바라보는 시각은 피해자의 억울한 현실을 드러내 준다는 점에서 긍정적인 측면도 있지만, 주체적인 문제 해결의 가능성을 배제한다는 점에서 만족스럽지 못하다. "소수자는 소외당한 객체이기도 하지만 자신이 처한 현실과 문제를 해결하려고 적극적으로 움직일 가능성을 지닌 주체"(박경태, 2010, 307-308)이기 때문이다.

다문화소설과 관련한 논의에서 또 하나 중요한 점은 소수자-소수집단-소수적 문학의 문제이다. 한 사회에서 남다른 특징을 갖는다고 반드시 소수자가 되는 것은 아니다. 어떤 사람이 가지고 있던 '사소한' 차이가 특정한 상황에서 결정적인 차이로 인식되는 순간, 그 사람은 소수자가 된다. 그 차이가 차별의 정당한 원인으로 여겨질 때, 그 사람이 누리던 인권은 유보된다. 우리 사회는 중심주의를 지향하는 사회이다. 그러한 사회에서는 중심과 주변의 차별화가 이루어지고 그러한 현상은 이주자들이 주변인으로 살아갈 수밖에 없는 분위기를 만들게 된다. 외국인 이주자들은 이방인으로, 언제나 우리 사회의 주변을 떠돌 수밖에 없다.

그런 의미에서 다문화소설은 소수적 문학의 성격을 갖는다. 다만 여기서 말하는 소수적 문학은 "다수적인 언어 안에서 만들어진 소수자의 문학" 이라는 질 들뢰즈와 펠릭스 가타리의 '소수적인 문학'과는 다소 개념의 함의를 달리한다. 들뢰즈와 가타리가 '소수적인 문학'의 전범으로 채택한 카프카의 문학은 체코어 문화권 안에 자리한 독일계 유태인이 모국어, 즉 독일어 문화권의 변방에서 특수한 독일어로 창작한 문학이었다. 오늘날 한국사회에서 발표되는 다문화 소설의 작가는 모두가 한국어로 사유하고 한국어로 창작하는 한국의 작가들이다. 낯선 문화의 언어로 자신을 표현해야 하는, "체코의 유태인이 독일어로 글을 써야 하듯이, 혹은 우즈베키스탄인이 러시아어로 글을 써야 하듯이, 구멍을 파는 개처럼 글을 쓰는 것, 굴을 파는 쥐처럼 글을 쓰는 것, 자신의 방언을 자기 자신의 제3세계를, 자신의 사막을 찾아내는"(Deleuze·Guattari, 1986/2001, 48) 이주자들 자신의 글쓰기는 아니라는 의미에서 그러하다. 다만 '소수적'이라는 말이 어떤 문학을 특징짓는 것이라기보다는, 거대한(혹은 기성의)문학이라고 불리는 것 안에서 만들어지는 모든 문학의 혁명적 조건을 뜻하는 것일 때, 다시 말해 탈영토화 혹은 탈중심화의 추구라는 의미를 가질 때, 다문화소설은 페미니즘 문학이 그렇듯이 소수적 문학이 된다. 그러고 보면 다문화소설은 삶의 경험적인 다층성과 다원성, 그리고 전통, 언어, 역사에 의해 조명되는 구체적인 문화의 상황들을 그려 내려고 하는 문학인 셈이다.

그러나 다문화사회의 여러 문제들을 문화적 관계에 집중시키면서 경제적·사회적 문제를 은폐할 때 곧, 문화를 사회를 읽는 유일한 열쇠로 삼아 문화·경제·사회의 영역간 상호작용을 소홀히 하면 현대사회에서 작용하고 있는 역학에 대해 단순화되고 편파적인, 부분적인 관점을 가질 염려가 있다. 지금까지 이주결혼에 대한 논의들은 대체로 국제결혼시장의 착취적 성격이나 단지 이주만을 목적으로 한 여성들의 사기결혼 또는 외국인 아내에게 가해지는 남편들의 폭력과 인권침해에 대해 많은 관심을 두어 왔다. 물론 이와 같은 이주결혼과 관련한 폭력적 상황은 자본주의 시장체제가 갖고 있는 본질적인 문제에서 기인하고 있음을 부정할 수는 없다.

시장과 관련해서도, 어느 시대든 교역과 교환과 거래가 이루어지는 장으로서의 시장이 존재했기 때문에 시장은 자본주의만의 것이 아니겠다. 그러나 자본주의의 정체성을 규명하는 데 있어 공통적으로 나타나는 것은 모든 것의 상품화와 시장 의존성, 특히 시장이야말로 자본주의를 이해하는 키워드라 할 수 있다. 그러나 시장이 오직 자본의 축적이라는 관점에서만 합리적으로 작동하고 있는 것이 오늘날의 현실이라 할 때, 자본주의체제는 빈부격차의 확대를 재생산해 내는 폭력적 체제라 할 수 있다. 더욱이 기업가와 노동자 모두 이러한 시장논리에 종속되어 있는 한, "기업이든 국가든 경제공동체의 번영이 그 구성원의 끝없는 희생을 통해서만 달성되고 유지될 수 있다는 인식은 결국 각자의 이익을 위한 대립적 투쟁-폭력을 내재화하고 있다."(이경재, 2008, 230-231) 국제결혼이라는 담론 장에서도 마찬가지 논리가 적용되고 있는 게 현실이다. 그럼에도 불구하고 결혼은 두 사람 간의 '친밀한 관계'를 만들어가는 과정이기도 하다.

천운영의 소설 『잘 가라, 서커스』[2]와 송은일의 소설 『사랑을 묻다』[3]는 사랑과 경제의 관계를 통해서 각각 결혼이주여성의 꿈과 삶, 사랑과 상처를 드러내 보이고 있다. 대부분의 다문화소설이 이주여성을 학대하는 남편이나 시댁 식구들, 경제적 어려움, 주위의 물리적인 차별을 중심으로 한 문화적 갈등에 초점을 맞추고 있는 것과는 다른 지점에서 두 소설은 이민자 가정의 한 양상을 포착하고 있다. 이 글에서는 천운영의 소설 『잘 가라, 서커스』와 송은일의 소설 『사랑을 묻다』을 중심으로 결혼 이주여성의 한국문화에 적응하는 문제, 나아가 이민자 가정을 이루는 데 있어 사랑과 경

---

2 천운영. 2005. 『잘 가라, 서커스』. 서울: 문학동네. 본문에서 이 소설을 인용할 때는 괄호 안에 작가 이름과 인용 쪽수만 표기하기로 한다.

3 송은일. 2008. 『사랑을 묻다』. 서울: 대교북스캔. 본문에서 이 소설을 인용할 때는 괄호 안에 작가 이름과 인용 쪽수만 표기하기로 한다.

제의 관계를 바탕으로 한 감정자본주의의 문제를 살펴보고자 한다.

더불어 이들 결혼이주여성들이 유목적 주체로서 변화하는 정체성 형성의 과정을 브라이도티의 유목적 주체 개념을 빌어 탐색해보고자 한다. 우리 사회에서 급증하고 있는 국제결혼은 가난한 나라 여성의 경제적 동기와 한국 남성의 가부장적 전략의 협상 결과로 이해되고 있다. 이런 경우 두 사람 간의 친밀한 관계가 이루어지는 결혼은 도구적 성격이 강조되면서 감정이나 정서적 요인이 간과된다. 그러나 외국인 신부들의 결혼 동기를 단지 경제적인 차원으로 환원시키기보다는 '결혼'과 '이주'를 통해 이들이 배우자와의 관계를 포함한 자신들의 삶을 어떻게 만들어 가고자 하는지에 대해 주목할 것이 필요하다.(이재경, 2011, 246)

특히 이 두 소설에서는 여성인물이 모두 조선족 출신이라는 것, 그녀들의 결혼상대인 한국남성들이 모두 불구를 가지고 있다는 공통점이 있다. 이들은 기왕의 다문화소설 내 여성주인공이 겪게 되는 경제적 고통과 남편을 비롯한 시댁 식구의 물리적 폭력에서는 비교적 자유롭지만 그럼에도 불구하고 그들이 처한 폭력적 현실의 압력에 좌절과 고통을 겪는 점은 역시 유사하다. 다만 『잘 가라, 서커스』의 여성인물 '해화'는 끝내 그 고통의 터널을 벗어나지 못하고 행려병자로 죽어가지만, 송은일의 소설 『사랑을 묻다』의 여성인물 '부용'에게서는 다시 일어설 수 있는 단초를 읽어낼 수 있다. 많은 다문화 소설 가운데 이 두 편의 작품을 연구 대상으로 삼은 까닭은, 앞에서도 언급한 것처럼 이들 여성인물들이 경제적 어려움과 물리적 폭력에서는 비교적 자유롭다는 점과 그럼에도 불구하고 현실의 압력을 견뎌내는 방식의 차이가 우리에게 시사하는 바가 작지 않다는 점에 있다.

2. 사랑과 감정 자본주의

일루즈(Illouz)는 감정적·경제적 담론과 실천이 상호 구성되는 문화를 '감정 자본주의' 라는 용어로 설명한다.(Illouz, 2005/2010, 54) 정서가 경제행위의 본질이 되는 동시에 경제논리가 감정생활을 지배하게 되는 문화적 현상을 말하는데, 감정 자본주의가 친밀한 관계와 시장의 영역 모두로 확장되면서 감정(feeling)은 합리화되고, 양화되고, 측정과 통제가 가능하게 된다. 이 글에서는 상업적으로 거래되는 측면이 강한 결혼이라도 그 동기나 과정을 경제적 요인으로만 환원할 수 없다는 전제에서 이주결혼에서 사랑과 경제가 상호 결합되는 측면에 주목한다.

우리는 사랑은 비이성적 행위이고 경제행위는 이성적인 것으로 여긴다. 그러나 오늘날 우리 삶의 많은 영역이 상품화되고 있는 전지구적 시장경제의 현실 속에서는 감정이 개입되는 친밀한 관계 또한 경제적인 요소와 무관할 수 없다. 오히려 "상업적 거래가 사회적 관계들을 지지하거나 구성하는 측면이 이전보다 강하게 나타나고 있는 것처럼 보인다."(이재경, 2008, 231) 기실 경제학에서 매우 중심적인 위치를 차지하는 기대는 감정에 대한 연구에서 하나의 핵심적인 인용어이다. "개인 간의 감정적 관계, 창조적 상상력, 그리고 평균적 지표에 대한 감정적 집착은 기대를 낳는 데 필수불가결하다."(Jocelyn Pixlcy, 2002/2009, 133-134.) 이 글에서 살펴보고 있는 다문화소설 내 여성인물들의 삶의 궤적도 마찬가지다.

천운영의 소설 『잘 가라, 서커스』의 주인공은 조선족 처녀 '림해화'다. 송은일의 소설 『사랑을 묻다』의 주인공은 조선족 처녀 '최부용'이다. '림해화'는 아주 작고 마른, 스물다섯 살이긴 하지만 그보다 훨씬 어려 보이는 여자다. '림해화'는 연길에서 마사지사로 일한다. 그녀의 경우 한국에 가고자 하는 사연은 남다른 데가 있다. 그녀가 열 살 때, 발해 문왕의 넷째

딸 정효 공주의 무덤 안에서 만났던 그 남자(발해사를 전공하게 되는, 그래서 한국으로 갔으나 속초 언저리에서 불법체류자로 지내는)를 다시 만났을 수 있으리라는 기대가 우선이다. 물론 그녀가 2년 째 마사지사로 일하는 것, 또한 교원이었던 그녀의 아버지가 정효 공주 무덤의 도굴과 연루되어 먼 지방으로 쫓겨나게 되는 것 등으로 보아 경제적 어려움을 타개해 보자는 생각도 없지 않았을 것이다. 그래서 서커스에서 재주를 부리다 사고로 줄에서 떨어져 목소리를 잃어버린 불구자 '이인호'를 배우자로 선선히 받아들인다. '최부용'은 꽃다운 나이 스무 살에 희망이라곤 없는 현재 자신의 삶에서 벗어나고자 돈 삼천만 원에 지적장애인인 '남겸'에게 시집을 온다.

여성들의 이주에는 여러 가지 이유가 있지만 그중에서 경제적 어려움과 실업이 주된 이유로 간주된다. 해외의 많은 이주여성들이 이 같은 이유로 인해 이주를 결심하고 실행한다. 또 다른 주요 이유는 삶을 바꾸기 위해 해외로 나가려는 경향이다. "더 풍요롭고 근대적인 국가로 통합되고 싶은 욕구-기대가 여성들의 이주를 부추긴다."(Quy, L. T. 2011. 208) 『사랑을 묻다』의 여성 주인공 최부용의 경우는 그 두 가지 모두에 해당한다. 『잘 가라, 서커스』의 주인공인 조선족 처녀 림해화의 경우도 다를 게 없다. 이는 림해화의 친구 영옥의 다음과 같은 발화, "야야, 청수동에서는 이제 너를 제일 부러워하게 되었다. 남들은 서류 넣어놓고도 일 년 동안 맞선 한 번 못 봤다는데, 너는 성공했다."(천운영, 25)를 통해서도 어림할 수 있는 일이다. 또한 그녀는 F2비자를 손에 쥐고서, 한국에서 자유롭게 살 수 있고, 부모까지 초청할 수 있는 비자를 손에 들고 뭔가 대단한 것처럼 몸이 부르르 떨리는 것을 느낀다. 이 비자를 얻기 위해 그녀의 친구 화순은 직업도 버리고 순정도 버렸다. 잊을 수 없는 남자 '그'는 이것이 없어 한국의 속초 어스름, 무덤 같은 지하방에 숨어 지내고 있다.(천운영, 40)

『사랑을 묻다』의 여성인물 부용은 일곱 살에 들어간 초중을 졸업하고 직업고중이 아닌 일반고중에 들어갔는데, 대학에 가서 작가가 되고 싶어서였다. 한국어 공부를 하고 한국어로 글을 쓰는 작가가 되고 싶었고 그래서 대학에 진학하고 싶었다. 그러나 그럴 형편이 되지 못했다. 많은 조선족이 한국으로 건너가 숱한 실패를 겪는다는 이야기가 셀 수 없이 많았지만, 그래도 한국에 가고 싶은 열망들은 집요하게 조선족들 사이를 떠돌았다. "그들은 잘살고 싶어서 한국에 가고 싶은 것이지만 또한 자신이 있는 곳에서 벗어나고 싶은 것이었다. 도망치기. 희망이라곤 없는 식구들의 현재는 곧 부용 자신의 미래였다. 그녀는 그 모든 것에서 도망쳐 훨훨 날아가고 싶었다."(송은일, 27)

그렇게 도망쳐 온 곳이 한국의 남쪽 도시 광주의 하백당, 삼백 년이 훨씬 넘은 고택이었다. 부용은, 모든 것이 허울뿐이지만 남씨 상암공파 종가의 큰며느리자리이자 삼백여 년을 이어온 하백당의 안주인으로서 조용히 살아줄 여자로 선택된 것이다. 그것은, "부용 씨, 아니 형님! 그림처럼 예쁘고 고요하게 살아주세요. 그러면 만사형통이에요."(송은일, 23) 라고 말하는 동서의 언명을 통해 명료하게 드러난다. 그렇다고 부용이 자신을 팔려온 사람이라고만 생각하는 건 아니다. "그 바보를 믿으며 살아야 할 미래는 감감하지만, 팔려온 게 아니라 대학에 유학 온 거라고 생각할 수도 있는 것"(송은일, 33)이라고 스스로를 위로한다. 부용의 한국 생활에는 학대하는 남편이나 시댁 식구들도, 경제적 어려움도, 주위의 물리적인 차별도 없다. 그렇다고 부용의 '코리안 드림'이 이뤄졌느냐하면 그런 것도 아니다. 지능이 낮지만 천진한 남편 남겸을 사랑하며 인간답게 살려고 했던 부용은 지극히 이기적이고 편의적인 명문가의 권위 속에서 서서히 좌절하고 만다. 이것은 전래의 한국사회가 지탱해 온 가부장제 질서의 구조적 폭력과 관계된다. 가족 구성원의 위계 관계와 친밀성에서 비롯된 가족 중심의 가치지향성, 그것을 뒷받침하는 가부장적 순혈주의가 온존하는 한 부용과 같은 이방인을 진정한 의미의 가족으로 받아들이는 일은 요원할 것이다. 결혼이주여성 '부용'의 좌절에서 핵심적인 문제는 이와 같은 뿌리 깊은 혈통중심의 가족주의가 내재하고 있는 한국사회의 폭력적 구조에 있다고 할 것이다.

『잘 가라, 서커스』의 해화를 맞이하는 공간은 서울의 변두리에 위치한 경기도 부천이다. 해화는 그녀의 남편을 시종여일 '나그네'라 부른다. 이는 무심코 넘길 수 있는 문제가 아닌데, 해화가 그를 진정한 의미에서 자신의 반려자로 생각하고 있지 않다는 반증이기 때문이다. 이 소설의 인물들의 관계가 결국 파국으로 끝나는 것 역시 이와 무관하지 않다. 그녀는 공항에 마중 나온 남편을 바라보면서 이질감을 느낀다. "저기 내 나그네가 있다. 환하게 웃고 있는 저 사내. 나를 향해 다가오는 저 사내가 나는 너무 낯설었다. 전혀 모르는 사람 같았다. 하지만 …, 이제 나는 다른 공기를 마시고, 다른 땅을 밟고 살게 될 것이다. 그리고 나는 행복해질 것이다. 나는 어린애를 달래듯이 내 자신을 설득했다. 어차피 도망갈 길은 없었다."(천운영, 41) 해화가 나그네라 부르는 이인호는 비록 목을 다쳐 목소리를 잃긴 했으나 부지런할 뿐 아니라 천성적으로 착한 사람이다. 무엇보다 해화를 진심으로 좋아한다. 이인호의 어머니는 당뇨 합병증으로 한쪽 다리를 잘라내고 의족을 하고 있으나, 그녀 역시 해화를 진심으로 반기고 따뜻하게 대해준다. 그들은 보잘 것 없으나마 자기 땅과 집을 갖고 있으며, 오리와 닭 요리를 내놓는 음식점을 갖고 있어서 생계의 어려움은 없다.

이 소설에서는 다만 불구인 형을 위해 그와 함께 연길에 가서 맞선을 보고 해화를 선택해 온 시동생 '윤호'가 문제라면 문제가 된다. 윤호는 형수 해화의 형 인호의 다정한 모습을 보고 안도감과 함께 묘한 상실감을 느낀다. 그는 형과 엄마가 그랬던 것처럼 해화의 손등을 오래오래 쓰다듬고 싫어 하는 마음을 갖는다. 그러다 돌이킬 수 없는 살인을 저지른 사람처럼, 지금 막 저지른 범죄가 믿어지지 않는 사람처럼, 두려움에 떤다.(천운영, 54)

『사랑을 묻다』에서 가장 중요한 것은 부용과 그녀의 남편 남겸, 그리고 어린 시절부터 남겸의 친구인 고영라, 이들 셋이서 만들어내는 사랑이라는 감정이다. 그런데 이들의 감정은 결국은 사랑이라기보다는 '동화(同化)'라고 이해할 수 있다. 그 동화라는 감정은 불안정한 이 시대에 어딘가에 강력히 소속되고 싶은 열망인 것이다. "어딘가에 소속되어 있지 않다는 것, 그것이 한 개인을 홀가분하게 자유의 영역으로 풀어주는 것이 아니라 세계의 두려움을 끔찍하게 느끼도록 한다"(송기섭, 2003, 243)는 점에서 그러하다.

부용은 남겸의 아내가 되어 유서 깊은 하백당의 안주인으로서 자부심을 지키고, 진짜 한국인으로서 살아가고 싶었다. 어린아이 같은 남겸과 당차고 싹싹한 부용은 소꿉장난 같은 결혼생활을 시작해 나가는데, 남겸과 함께 자란 고영라가 아무 것도 모르는 겸을 집안으로 끌어들이면서 갈등이 시작된다. 뒤늦게 잘못을 깨달은 남겸이 고영라의 집에 발길을 끊은 이후 고영라는 남겸의 아이를 가졌다고 주장하고, 출마를 앞둔 남겸의 동생 남면을 비롯한 하백당 사람들은 부용의 입장보다는 주변사람들의 시선을 우선시한다. 고영라의 경우는 행랑채 어린 시절부터 봐왔던 하백당의 모습, 그 일원이 되고 싶었던 마음이 남겸을 향한 사랑이라는 형태로 드러난 것은 아닐까 싶다. 아무리 돈이 많아도 채워지지 않는 기품, 문화적 자부심 등을 남겸과의 관계를 통해서 얻고 싶었던 것이다. 그런가 하면 남겸은 정상인이 아니었기에 부용에게는 학습된 우렁각시로서의 남편, 그리고 고영라에게는 학습된 성인남자로서의 역할로 정상인에 동화되고 싶어 한 것이다.

과연 이러한 감정을 사랑이라고 할 수 있을까? 이들은 진정 사랑을 한 것인가. 아니라고 할 것도 없다. "그가 싫지 않았고 아이 같은 그의 바보스러움이 이물스럽지도 않았"(송은일, 21)으니까. 이들의 결혼 동기가 도구적이라고 하더라도 결혼 당사자들에게 사랑의 가능성을 배제할 수는 없다. 친밀한 관계에서 교환되는 사회적 · 문화적 자본은 '낭만적 사랑의 감정'을 구성하는 한 요소이기 때문이다. "어떤 결혼이든 자신의 삶을 배우자와 공유하고 정서적 · 성적 친밀성을 나눌 수 있는 상대를 구하기 위한 동기를 배제한 채 이해하는 것은 곤란하다."(이재경, 2011, 247)는 측면에서 볼 때에 최부용과 남겸의 관계에서 사랑의 감정을 배제할 수는 없다.

『잘 가라, 서커스』의 해화와 이인호의 관계 역시 다를 게 없다. 해화는 선한 표정의 시어머니와 친절한 나그네, 그 모든 것이 훈훈하기만 했다.(천운영, 55) 해화의 남편 인호는 누구보다 친절하고 선량한 사람이었다. 악의라고는 찾아볼 수 없는 나그네의 눈은 미소의 눈처럼 크고 깊었다.(천운영, 63) 두 사람은, 그들의 관계가 파탄나기 전까지는 평범한 다른 사람들의 결혼생활과 하등 다를 것 없는 친밀한 애정관계를 유지하고 있었다.

『사랑을 묻다』에서의 문제는 하백당 사람들에게 있었다. 처음에 부용은 하백당이 지닌 무게가 사람을 돈으로 살 수도 있는 부에 있다고 여겼다. 하백당을 유지하는 힘이 돈이라고 생각했다. 물론 금전이 있어 가능한 지속이지만 그보다 더 큰 힘은 이 집 사람들이 지닌 자부심에 있다는 건 최근에 느꼈다. 고영라는 "하백당을 깨놓고 싶은 듯 몸부림쳤지만 사실은 이 집에 동화(同化)되고 싶었던 것"이다.(송은일, 243)

이 모든 사건의 중심은 결국 '하백당'이다. 평생에 걸쳐서 공을 들여야만 얻어낼 수 있는 자부심인 것이다. 날 때부터 천생인 듯 몸에 익히고, 온갖 것을 감내하고 공들이며 지켜야만 가능한 것, 그렇게 만들어지는 자부심이었다. 그러나 이 하백당 사람들은 오래 전에 남겸을 정관절제수술을 받게 해서, 부용은 남겸과 더불어 아이를 낳을 수 없다. 이 집 사람들은 그를 불임으로 만들어놓고 부용을 불러들여 그의 아내 노릇을 하게 한 것이다. 이 소설에서 결혼이주여성 부용에게 가해지는 가장 본질적인 폭력은 바로 이 부분 즉, 그녀의 남편 남겸이 정관수술을 한 까닭에 그녀가 불임 상태에 있다는 것이라 할 수 있다. 가부장적 유교가치가 여전히 온존하고 있는 상황에서 대를 이을 수 없다는 것은 치명적인 결함이요, 아무짝에도 쓸모없는 물건 취급을 받는 존재로 전락한다는 것을 의미한다.

『잘 가라, 서커스』에서의 파국은 우선 고궁으로 꽃구경을 간 가족나들이에서부터 시작된다. 민속박물관 전시실에서 마주한 발해공주의 무덤 앞에서 해화는 그동안 잊고 지냈다고 믿었던 '그 남자'에 대한 기억을 되살려내고 만다. 그녀가 어린 시절을 보냈던 곳, 개오동나무가 울창하고 강물이 굽이치는 그곳에 대한 기억과 함께 그 남자의 목소리가 그녀의 가슴을 쾅쾅 두드리는 것이다. 해화는 마침내 몸을 부들부들 떨며 그 자리에 쓰러지고 만다. 한참 후 놀란 남편이 동생에게 달려가고 동생 윤호가 또 해화에게 달려온다. 문제는 윤호가 두 팔을 뻗어 해화의 겨드랑이 사이에 끼고 그녀를 일으켜 세운 것, 해화가 그의 팔에 의지한 채 겨우겨우 중얼거린 "어째 이제 옴까?"라는 말, 그 말을 두고두고 잊지 못하는 윤호, 그리고 아마도 그 정경을 보고야 말았을 형 인호의 마음에 움텄을 얼마간의 의혹이 이들 관계에 균열을 내고 마침내 파국을 예비하게 된다. "언제부터 거기 서 있었는지, 무엇을 보고 무엇을 보지 못했는지, 형의 표정만으로는 도무지 감을 잡을 수 없었다. 다만 퍼렇게 질린 형의 얼굴에서 안도감과 경계심이 동시에 느껴졌을 뿐이었다."(천운영, 75)

송은일의 소설 『사랑을 묻다』는 하백당이라는 고택을 중심으로 인간답게 살고자 몸부림치는 한 이주여성을 둘러싼 비인간적 권위와, 자신의 욕망 때문에 타인의 상처를 무시하는 인간의 몰염치의 극한을 보여준다.

우리가 여기에서 거듭 확인할 수 있는 것은, 이 소설이 하백당이라는 장소를 중심으로 벌어지는 결혼이주여성 부용의 삶의 양상을 통해 가족의 의미는 무엇인가, (결혼이주여성이) 가족 내 자신의 역할을 무엇으로 규정하고 어떻게 평가하고 있는가 등의 질문을 통해 가족의 개념, 경계 및 범위, 특히 이민자가정이라는 변화하는 한국 가정의 구체적 내용과 성격에 대해 숙고해 볼 기회를 갖게 한다는 점이다. 그것은 사랑과 친밀성은 개인적인 차원에서 일어나는 것이지만 결국은 사회경제적 요소들과 상호작용을 통해서 제도화되는 점이다. 사실상 "사랑과 친밀성은 사회적 · 정서적으로 구성되지만 동시에 전체 사회의 자원, 위계, 권력이 배분되는 방식과 상호 영향을 주고받는다."(이재경, 2011, 236) 부용이라는 조선족 출신 결혼이주여성의 이주와 사랑이라는 개인적 선택이 온전하게 보호받지 못하고 그녀가 좌절에 이르게 되는 일련의 과정이 그러한 점을 잘 드러내주고 있다.

소설 『잘 가라, 서커스』에서 흥미로운 것은, 이창동 소설 「녹천에는 똥이 많다」와 그 이전 소설인 김동인의 「배따라기」 등에서도 보이는 불구적 가족의 행태, 특히 불구인 형과 정상적인 아우, 그 사이에 있는 형수와의 미묘한 관계라는 익숙한 도식을 발견할 수 있다는 것이다. 물론 『사랑을 묻다』에서는 시동생과의 관계에서 이성적 호기심이나 그로 인한 갈등 양상 대신 불구인 남편과 그의 옛 여자와의 미묘한 관계가 문제가 되고 있지만, 여기에서 강조하고 싶은 것은 소설 내 갈등의 한 축이 조선족(결혼 이민자)이기 때문에 발생하는 특수한 현상이라기보다는 "사람들 사이에서 발생할 수 있는 보편적인 정서의 한 표현으로 보아야 한다"(이정숙, 2011, 20)는 것이다.

3. 횡단하는 유목적 주체

유목적 주체는 끊임없이 탈영토화하고 재영토화하는 운동을 통해 정의된다. 천운영의 소설 『잘 가라, 서커스』와 송은일의 소설 『사랑을 묻다』의 여성인물- 결혼이주여성은 "자신이 살던 익숙한 공간을 떠나 낯선 타지로 이동하는 과정을 통해 자신을 자기 속에 가두지 않고 새로운 나를 계속 만들어 나가려는 노력, 이질적인 운동이나 조직이 자신을 침범하는 것을 두려워하지 않고 기꺼이 그것과 부딪히려는 노력, 이러한 노력을 바탕으로 주어진 구획을 뛰어넘는 횡단적 주체"(Rosi Braidotti, 2002/2004. 28)로 새롭게 태어나고자 몸부림친다. 물론 브라이도티가 말하는 유목적 주체란, 비판적인 페미니스트, 그리고 행위가 아닌 철학적 사유 방식인 관습의 전복을 지칭하는 개념이기는 하다. 그러나 『잘 가라, 서커스』의 해화와 『사랑을 묻다』의 부용이 자신이 살던 연길과 하얼빈을 떠나 한국의 지방 도시로 이동해 오는 과정과 노력에 브라이도티의 유목적 주체 개념을 빌어 적극적인 의미부여가 가능하다.

들뢰즈에 의하면, 아무리 안정되고 강건한 영토라 하더라도 거기에는 영토를 무너뜨리고 거기로부터 벗어나기 위한 단서가 되는 여백이 반드시 있다. 들뢰즈는 이 여백을 '탈주의 선(line of flight)'이라 부른다. 그리고 이 탈주선을 따라 탈영토화(deterritorialization)의 현상들이 나타나는데, 영토화를 거부하고 '탈주의 선'을 따라 끊임없이 탈영토화를 시도하는 사람들이 바로 유목민(nomad)이다.(이동수 · 정화열, 2012, 303에서 재인용)) 즉 유목민이란 국가에 의해 강제적으로 부여되어 따르기를 강요하는 규격화된 배치, 보편적이라는 이름으로 시도되는 획일화를 거부하고 새로운 배치, 새로운 욕망을 끊임없이 추구하는 사람을 지칭한다. 유목민은 "국가장치에 의해 설정된 공간 안에서 정주민으로 살아가기를 거부하며 '탈주의 선'

을 따라 지금까지와는 다른 형태의 삶을 찾아 이동하는 사람들"(이동수·정화열, 2012, 303) 인 것이다. 벨 훅스는 "가난과 억압에 대항하기 위해 가정을 떠나 멀리 이동하는 과정에서 그 자신이 극도의 소외와 소원함을 알게 되고, 결과적으로 가정은 다양하면서도 계속 변화하는 시각을 가능하게 하고 이를 촉진시키는 장소이자 우리가 현실을 보는 새로운 방식, 즉 차이의 개척지를 발견하는 장소임을 알게 되었다."(McDowell, 1999/2010, 45)고 말한다.

브리테니커 사전의 정의에 의하면, 좁은 의미의 가정은 주로 가족이 살아가는 공간적 장소를 가리키지만, 넓은 의미의 가정은 인간관계에 초점이 주어지는 가족(family), 생활과 거주 장소에 초점이 주어지는 집(house), 공동의 소득에 근거한 생산 소비 활동의 단위인 가계(household), 의식주를 비롯한 일련의 가족자원 관리활동을 모두 포함하는 개념이다.(이재경, 1999, 65에서 재인용) 흔히 사람들은 가족을 '실체'를 가진 하나의 고정된 사물로 인식하는 경향이 있지만 사실상 "가족은 사람들이 생각하는 하나의 사고방식이며, 사람들이 살아가는 현실에서 끊임없이 구성되고 해체되고 재구성된다."(이재경, 1999, 65) 그런 측면에서 가족은 "성원들 간에 모든 것을 공유하는 하나가 아니라 이해가 다른 개인들이 모인 사회적 집단이라는 점을 인식하는 것이 중요하다."(이재경, 1995, 48)

『잘 가라, 서커스』의 여성인물 해화는 이인호와의 현지에서의 결혼식 후 손에 쥐게 된 F2비자를 혹여 누가 채가기라도 할까봐 비자와 여권이 든 가방을 가슴에 품고 영사관을 빠져나온다. 그리곤 주문을 외듯이 다짐한다. "나는 행복해질 것이다."(천운영, 41) 그 다짐은 그러나 지극한 불안한 그녀의 내면을 드러내는 데 불과하다. 아니 이 소설 내 인물들의 관계의 파국을 암시하는 언표일 뿐이다.

『사랑을 묻다』의 여성인물 부용은 꽃다운 나이 스무 살에 희망이라곤 없는 현재 자신의 삶에서 벗어나고자 돈 삼천만 원에 지적장애인인 '남겸'에게 시집을 온다. 부용은 그 돈 삼천만 원을 받아 집에 주고 올 수 있어 좋았고, 시집어른들도 자상하고, 무엇보다 부용이 돈을 벌지 않아도 되는 부잣집이어서 다행이었다. 조금씩 모은 돈을 송금하기도 한다. 남편이 지적장애를 가지고 있는 게 흠이기는 하지만, 부용은 소리 내어 괜찮다고 읊조린다. 왜냐하면 팔려온 게 아니라 대학에 유학 온 것으로 생각하기로 마음을 고쳐먹은 탓에 그러하다. 이것을 위선이거나 자기합리화라 할 수는 없다.

『잘 가라, 서커스』의 여성인물 해화의 경우는 처음부터 이 새롭고도 낯선 시작에 어떤 기대를 갖지 않는다. 아니 오히려 그녀는 남편 될 사람을 '나그네'로 호명하면서 "어차피 도망갈 길은 없었다."(천운영, 41)고 자신의 선택에 족쇄를 채운다. 그런데 이 소설의 경우 해화가 그리워하는 인물 '그 남자'의 형태가 보다 분명하게 제시되지 않은 점은 얼마간 아쉬움을 남긴다. 왜냐하면, 해화는 실상 발해사를 전공한 그 남자를 만나고자 하는 욕망을 감추고 한국으로 시집을 온 것인데, 그 남자를 찾고자 하는 적극적인 노력은 보이지 않기 때문이다.

『사랑을 묻다』의 부용의 경우는 낯설지만 새로운 형태의 가족을 적극적으로 체현하고 있다. 부용은 박물관의 문화강좌를 듣고, 이주민지원센터 '텃새둥지'에 회원으로 가입하여 활동하는 등 새로운 나를 계속 만들어 나가려는 노력을 게을리 하지 않는다. 새로운 사람들과 낯선 생활 풍습, 익숙한 것을 버리고 새로운 것을 받아들이며 새로운 정체성을 만들어가고 있는 것이다. 이 과정에서 획득되는 부용의 정체성을 우리는 유목적 주체성이라 할 수 있다. 『잘 가라, 서커스』의 해화의 경우도 그녀의 행동반경이 가족(가정)내에만 머물러 있기는 하지만, 그녀 역시 시어머니와 남편이 운영하는 음식점 일을 거들며 새로운 자아를 만들어 가는 중이다.

남성들은 낮은 경제적 지위와 열악한 문화자본으로 인해 자국의 여성들과 결혼하기 어려운 상황에서 외국인 여성과 결혼하고자 하며, 외국 여성들에게서 자국 여성들이 갖고 있지 않은 '전통적인 여성성-근면, 성실, 가족가치 존중, 소박, 순종 등- 을 열망한다. 한편 외국 남성과 결혼하고자 하는 여성들은 모국의 경제적 열악함과 자국 남성들의 경제적 무능함에 좌절해서, 보다 잘사는 나라로 이주하고자 한다. 즉, "가난한 나라의 여성들에게는 보다 잘사는 나라의 하층계급의 남성이 계층이동과 낭만적 사랑을 실현할 수 있는 매력적인 상대로 여겨지는 것이다."(이재경, 2011, 233-234)

그럼에도 불구하고 그녀들의 코리안 드림은 대부분의 경우 고난과 좌절에 봉착한다. 부용이 회원으로 있는 이주민센터에 나오는 이주여성들의 면면은 매우 다양하다. 베트남, 필리핀, 이란, 몽골, 중국, 일본 등 출신국가뿐만 아니라 그들의 사연 또한 그러하다. 더 나은 삶을 찾아 먼 곳까지 날아와 둥지를 짓기 위해 기를 쓰고 있는 것, 그러나 너무 가난하거나, 한국말이 너무 어렵거나, 폭력적인 남편을 만났거나, 한국 습속에 적응하지 못해 괴롭거나, 이혼을 생각하면서도 이혼 이후가 두려워 견디는 사연들이란 사실 다양하면서도 똑같다 싶을 만큼 비슷하다.(송은일, 95) 다만 부용은, 그들 중 누구와도 비슷하지 않다는 자각을 한다. 그것은 우선 부용이 "가난하지도 한국말이 어렵지도 않다는 사실, 폭력 남편도 없었고 한국 습속에도 쉽게 적응했다"(송은일, 95-96)는 점에 있을 것이다. 그것은 부용이 경제적으로는 가난했으나 한국말을 이해하고 사용하는 조선족 출신의 교육받은 젊은 여성이었다는 것 때문에 누릴 수 있는 '차이' 일 수 있다. 해화 역시 언어의 소통 때문에 불편을 겪지는 않는다. 그럼에도 불구하고 그의 남편 인호가 목소리를 잃어버린 불구자라는 설정이 함의하는 바는 적지 않다. 부용의 남편 남겸이 정관절제수술을 받은 탓에 그녀가 불임상태라는 설정 역시 마찬가지다.

인호의 어머니이면서 자칫 위태로운 해화의 결혼생활을 별 탈 없이 지지해주던 시어머니가 심장마비로 죽게 되면서 이들의 사랑에 마침내 균열이 드러나기 시작된다. 사실 균열의 징후는 사실 곳곳에서 예비 되고 있었다. 무엇보다 시동생인 윤호와의 미묘한 관계와 그녀가 끝내 잊지 못하는 발해공주의 붉은 무덤의 환상이 그러하다. 어머니가 죽은 뒤 형 인호는 해화에게 더욱 매달리게 된다. 윤호의 말처럼, "어미를 잃은 형은 새로운 어미를 찾았다."(천운영, 90) 윤호는 마침내 집을 떠나 바다로 간다. 떠나는 날 새벽, 해화와 윤호는 어머니를 묻은 마당 한쪽 배롱나무 아래에서 아쉬운 작별을 한다. 윤호는 두 손으로 해화의 손을 가만히 감싸 안았다. 해화는 어떻게든 시동생을 붙들고 싶었고 윤호 역시 해화에게서 떠나지 말아달라는 말을 듣고 싶었으나, 그것은 서로의 마음 깊은 곳에서만 울릴 뿐 끝내 발화되지 못한다. 그런데 또 이 장면을 인호가 보았던가 싶다. 어머니가 죽고 동생이 떠난 후 인호의 부드럽던 눈빛이 변한다. "먹이를 지키려고 이빨을 드러내고 털을 세운 짐승처럼 형형한 눈빛, 두려움을 숨기느라 독기를 품은 승냥이의 눈빛"(천운영, 103)이다. 결국은 거칠다 못해 사디즘(sadism)적인 폭력을 거듭 행사하는가하면 밤에 잠을 잘 때에는 전선줄로 해화의 손과 발을 자신의 몸에 묶어두기에 이른다. 이제 그녀는 스스로 이불을 깐 다음 직접 손목과 발목에 전선을 묶고 자리에 눕는다. 절망에 빠진 해화의 자기혐오가 스스로를 그 폭력적 상황에 순치시켜버린 것이다.

『사랑을 묻다』의 경우, 문제는 '텃새둥지'에 나오는 그들 모두가 어쨌든 아이를 낳았거나 임신을 했는데, 부용, 그녀만 아이를 갖지 못하는 것이다. 시할머니에 더해 중풍으로 쓰러진 시어머니와 바보신랑을 수발해야 하는 삶, 남겸의 어릴 때 친구 고영라의 등장으로 겪어야 하는 마음고생,

시동생 남면의 정치 입문을 위해 모든 것을 쉬쉬하면서 견뎌야 하는 이 모든 삶의 짐보다 그녀를 더 고통스럽게 하고 모욕하는 것은, 남겸이 어릴 때 정관절제수술을 했다는 것, 그래서 부용과의 사이에 아이를 낳을 수 없다는 것, 그런 사실을 여태껏 아무도 모르게 쉬쉬해왔다는 것이었다.

"이민자가정의 결혼이란 무엇보다 행복한 가족에 대한 헌신과 사랑, 공통의 가치 등을 바탕으로 했을 때 지지된다."(Le Thi Quy, 2011, 208) 부용의 결혼생활과 가정의 모습은 따라서 그녀에게 트라우마적 충격-상처와 상실, 박탈에 뒤이은 체념과 수동성을 갖게 만든다. 해화 역시 스스로 손과 발을 전선에 묶는다. 체념은 그녀가 할 수 있는 전부였다. "봄은 순식간에 사라졌다."(천운영, 116) 이 모든 부정적 열정들은, "자아만 파괴하는 것이 아니라 자아가 타자와 관계를 맺고, 그럼으로써 타자 안에서, 또 타자를 통해 성장하는 능력까지 훼손한다. 부정적 감응들은 높은 수준의 상호 의존, 타자에 대한 결정적 신뢰를 표현하는 우리의 능력을 손상시킨다."(Braidotti, 2004, 53-54)

『사랑을 묻다』의 여성 인물 부용은 그러나 바보의 짝이 되기로 스스로 선택한, 생각과 의지가 분명한 인간이었다. 막연한 동경과 모종의 허영기를 좇아온 게 아니었다.(송은일, 286) 그녀는 혼인 신고한 지 만 2년이 지나 귀화하기 위한 서류를 준비하는 과정에서 시동생인 남면에게 기대해봐야 어리석다는 걸 깨닫고 "고용인처럼 일하고 인형처럼 침묵하면서 기다리기로"(송은일, 319) 한다. 한편 고영라의 죽음과 관련하여 그녀가 하백당에, 하백당으로 표상되는 한국사회의 완고한 가부장적 혈통주의에 맞섰기 때문에 눈 더미 속에 파묻혔다는 것, 최부용 또한 언제라도 그렇게 될 수 있다는 두려움(송은일, 324)을 갖고 있다. 그러나 무엇보다 중요한 것은 "참담한 고통 속에서 생겨난 지표만이 인간 전체를 의미 있는 방향으로 이끌어간다"(류보선, 2006, 156)는 사실이다. 또한 부용과 그녀의 남편 남겸이 갖고 있는 각각의 상처는 이들을 서로 튼튼하게 묶어주는 감정적 연대의 기초가 될 수 있을 것이다. 그러나 해화에게는 바로 그 남편에게서 서로를 튼튼하게 묶어주던 감정적 연대의 기초가 무너지고 만다. 두 소설, 두 인물의 차이가 극명하게 드러나는 부분이다.

그럴 형편은 되지 못했지만, 부용은 한국어 공부를 하고 한국어로 글을 쓰는 작가가 되고 싶었고 그래서 대학에 진학하고 싶었다. 자신이 팔려온 게 아니라 대학에 유학 온 것으로 생각했다. 부용은 박물관의 문화강좌를 듣고, 이주민지원센터 '텃새둥지'에 회원으로 가입하여 활동하는 등 새로운 나를 계속 만들어 나가려는 노력을 게을리 하지 않았다. 여수 외국인보호소에서 불이 나 열 명이 죽고 열다섯 명이 다치는 사고가 나자 중국어 통역 자원봉사를 하며 분노하기도 한다. 소설에서 그녀가 글을 쓰자고 결심하는 데까지 이르지는 못하지만, 주체를 의지와 욕망의 접면으로 보고, 알려는 의지, 말하려는 욕망, 말하고 생각하고 재현하려는 욕망이 주체되기의 전 과정에 개입하는 조건으로 보는 로지 브리이도티의 견해를 빌리자면, 『사랑을 묻다』의 여성인물 부용은 그러한 측면에서 횡단하는 유목적 주체의 면모를 가졌다.

그러나 『잘 가라, 서커스』의 여성인물 해화는 결국 '나그네'로부터 벗어나기를 결심한다. 목욕탕 거울 앞에서 그녀는 벌거벗은 자신의 몸을 본다. 그리고 깨닫는다. "가슴에 손을 올려놓았다. 따뜻했다. 내 몸은 피가 흐르고 숨을 쉬는 육체였다. 묶이고 갇혀야 할 고깃덩어리는 아니었다."(천운영, 119) 그녀는 자신의 이름을 부른다. "해화야! 내 이름은 해화야, 림.해.화"(천운영, 119) 그녀는 잠들어 있는 나그네의 얼굴을 한 번 더 보고 방문을 열었다. 문턱을 넘어 첫발을 내딛자마자 모든 두려움이 사라졌다. "문을 열면 새로운 어둠이 몰려왔지만, 두려울 것이 없었다."(천운영, 121) 그럼에도 불구하고 해화의 횡단적 주체성의 구현은 끝내 좌절하고 만다. 그것은 그녀가 국가가 부여한 국민의 이름을 갖지 못한 불법 체류자, 이방인의 지위를 넘어서지 못하기 때문이다. 아니 어쩌면 조선족 여자 림해화에게는 애초부터 정해져 있던 숙명인지 모른다. 그래서 해화는 고향을 떠나 낯선 곳에 도착했을 때 벌써 말하지 않았던가. "어차피 도망갈 길은 없었다."(천운영, 41)고. 소설에서 해화는 아감벤이 말한 바, 호모 사케르, 곧 사회 · 정치적 삶을 박탈당하고 생물적 삶 밖에 가지지 못한 헐벗은 자로만 남겨진다.

"현실을 그리되 현실을 넘어서는 모색을 하는 것이 소설의 본령이다. 다문화를 소설과 연결하여 논의하는 데도 이 사항은 반드시 짚어져야 한다."(우한용, 2009, 1 0) 그렇다면 이제 남는 문제는, 『사랑을 묻다』의 여성인물 부용이 갖게 된 좌절과 고통-부정적 열정들을 여하히 긍정적 열정으로 변화시킬 것인가의 문제일 것이다. 끝내 좌절하고 행려병자로 죽어가는 『잘 가라, 서커스』의 해화에게도 마찬가지다. 유목적이며 들뢰즈-니체적 관점에서 볼 때 윤리학은 본질적으로 "부정성을 긍정적 열정으로 변신시키는, 이를테면 고통 너머로 이동하는 것에 관한 것이다. 이는 고통을 부정한다기보다 오히려 이를 활성화하고 고통을 통해 작동하는 것이다."(Braidotti, 1994/2004, 57) 우리는 우리에게 일어난 모든 것들을 가치 있는 것으로 길러내야 한다. 우리는 고통을 의미를 추구하는 데서 분리하고, 그 사건과 공존하는 다음 단계로 이동시킬 필요가 있다. 이것이 바로 부정성을 긍정적인 열정으로 변신시키는 것이다.

4. 고통 너머로 탈주하기

이 글에서는 천운영의 『잘 가라, 서커스』와 송은일의 소설 『사랑을 묻다』를 중심으로 다문화소설에 나타난 감정 자본주의와 유목적 주체의 문제를 살펴보았다. 대부분의 다문화소설들이 2000년대 중반 무렵부터 발표되었다는 것은 이 시기를 즈음하여 우리가 실질적으로 다문화사회로 서서히 진입해 들어가면서 이주노동자, 이주결혼여성, 미등록체류노동자, 탈북자 등 이민자가정의 형성이라는 사회적 변동 상황이 문학을 창작하고 있는 작가들의 작품 세계에도 영향을 끼치게 된 것으로 이해된다. 다문화소설은 삶의 경험적인 다층성과 다원성, 그리고 전통, 언어, 역사에 의해 조명되는 구체적인 문화의 상황들을 그려 내려고 하는 문학으로 규정할 수 있다.

그러나 이 글에서는, 다문화사회의 여러 문제들을 문화적 관계에 집중시키면서 경제적·사회적 문제를 은폐할 때 곧, 문화를 사회를 읽는 유일한 열쇠로 삼아 문화·경제·사회의 영역간 상호작용을 소홀히 하면 현대사회에서 작용하고 있는 역학에 대해 단순화되고 편파적인, 부분적인 관점을 가질 염려가 있다는 관점에 주목했다.

천운영의 『잘 가라, 서커스』와 송은일의 소설 『사랑을 묻다』는 사랑과 경제의 관계를 통해서 한 결혼이주여성의 꿈과 삶, 사랑과 상처를 드러내 보이고 있다. 대부분의 다문화소설이 이주여성을 학대하는 남편이나 시댁 식구들, 경제적 어려움, 주위의 물리적인 차별을 중심으로 한 문화적 갈등에 초점을 맞추고 있는 것과는 사뭇 다른 지점에서 이 소설은 이민자가정의 한 양상을 포착하고 있다. 그것은 사랑과 친밀성은 개인적인 차원에서 일어나는 것이지만 결국은 사회경제적 요소들과 상호 작용을 통해서 제도화되는 점이다. 사실상 사랑과 친밀성은 사회적·정서적으로 구성되지만 동시에 전체 사회의 자원, 위계, 권력이 배분되는 방식과 상호 영향을 주고받는다는 것을 확인할 수 있었다.

더불어 이들 결혼이주여성들이 유목적 주체로서 변화하는 정체성 형성의 과정을 브라이도티의 유목적 주체 개념을 빌어 탐색해보았다. 우리 사회에서 급증하고 있는 국제결혼은 가난한 나라 여성의 경제적 동기와 한국 남성의 가부장적 전략의 협상 결과로 이해되고 있다. 이런 경우 두 사람 간의 친밀한 관계가 이루어지는 결혼은 도구적 성격이 강조되면서 감정이나 정서적 요인이 간과된다. 그러나 외국인 신부들의 결혼 동기를 단지 경제적인 차원으로 환원시키기보다는 '결혼'과 '이주'를 통해 이들이 배우자와의 관계를 포함한 자신들의 삶을 어떻게 만들어 가고자 하는지에 대한 물음이 제기되어야 한다. 그러한 문제의식에서 이 글은 새로운 사람들과 낯선 생활 풍습, 익숙한 것을 버리고 새로운 것을 받아들이며 새로운 정체성을 만들어가는 과정에서 획득되는 여성인물의 정체성을 유목적 주체성이라는 관점에서 살펴보았다.

『사랑을 묻다』의 여성인물 부용은 바보의 짝이 되기로 스스로 선택한, 생각과 의지가 분명한 인간이었다. 막연한 동경과 모종의 허영기를 좇아온 게 아니었다. 그럼에도 불구하고 인간답게 살고자 몸부림치는 그녀의 현재적 삶은 좌절과 고통을 겪게 된다. 그것은 불임이라는, 그의 의지와 아무 상관없는 폭력적 상황에서 기인한다. 천운영의 소설 『잘 가라, 서커스』의 해화는 그리운 '그'를 만나지 못하고 행려병자로 죽고 만다. 물론 그녀를 바깥으로 내 몬 그녀의 '나그네' 역시 바다 한 가운데로 몸을 날리고 만다.

이제 남는 문제는, 이들 조선족 출신 이민자결혼 여성들이 갖게 된 좌절과 고통-부정적 열정들을 여하히 긍정적 열정으로 변화시킬 것인가의 문제일 것이다. 유목적이며 들뢰즈-니체적 관점에서 볼 때 윤리학은 본질적으로 부정성을 긍정적 열정으로 변신시키는, 이를테면 고통 너머로 이동하는 것에 관한 것이다. 이는 고통을 부정한다기보다 오히려 이를 활성화하고 고통을 통해 작동하는 것이다. 무엇보다 중요한 것은 참담한 고통

속에서 생겨난 지표만이 인간 전체를 의미 있는 방향으로 이끌어간다는 사실이다. 부용이라는 결혼이민자 여성의 앞으로의 삶에 그러한 기대가 가능한 것은, 소설에서 그녀가 글을 쓰자고 결심하는 데까지 이르지는 못하지만, 주체를 의지와 욕망의 접면으로 보고, 알려는 의지, 말하려는 욕망, 말하고 생각하고 재현하려는 욕망이 주체되기의 전 과정에 개입하는 조건으로 볼 때, 『사랑을 묻다』의 여성인물 부용은 횡단하는 유목적 주체의 면모를 가졌다고 볼 수 있기 때문이다.

다만 그러한 기획이 성공하기 위해서는, "우리 사회가 차이에 대한 이해 혹은 차이가 있는 상대에 대한 인정이라는 책임윤리의 확립, 나아가 소통정치가 활성화 될 것이 필요하다."(이동수 · 정화열, 2012, 299) 물론 바디우는 차이의 존중과 인권의 정치가 하나의 정체성을 규정하는데, 그 차이들에 대한 존중은 그 차이들이 서양의 정체성에 불과한 그러한 정체성에 동질적인 경우에 한하여만 적용된다고 비판한다. "어떠한 구체적 상황도 타자의 인정이라는 주제를 통해서는 해명될 수 없다는 것이다."(Badiou, 1993/2011, 44) 지젝 역시 다문화주의가 다국적 자본주의의 논리에 불과함을 지적한 바 있다. 그는 "가장 세련된 형태의 인종(혹은 성)차별적 억압은 타자가 스스로 자신의 권리를 규정할 권리를 거부하고 우리가 대신 해주는 것이다. 우리는 그들에게 그들이 누구이고 그들이 무엇을 하는 사람인지 말해준다고 지적한다."(Zizek, 2002/2008, 278)

이러한 지적들은 한국의 다문화소설 일반에서 확인 할 수 있는, 타자에 관한 인정과 차이에 대한 존중을 기반으로 하는 인정의 정치학에 대한 성찰의 계기로 삼을 수 있다. 이 글에서 살펴본 송은일 소설 『사랑을 묻다』의 경우(그리고 소설 내 여성인물의 주체적 자아가) 그러한 지적을 얼마간 극복한 경우가 아닐까 한다. 하위주체는 말할 수 있는가의 문제와 관련하여 이 소설 역시 한국으로 시집 온 조선족 여자 부용 자신의 말하기

/글쓰기는 아니라는 것, 결국 한국인 작가에 의한 대신 말하기/글쓰기라는 한계는 여타 다문화소설이 공통적으로 갖고 있는 본질적인 한계라 할 것이다. 그럼에도 불구하고 소설 내 인물 부용이 알려는 의지, 말하려는 욕망, 말하고 생각하고 재현하려는 욕망을 갖게 되었다는 것이 중요하다. 천운영의 소설 『잘 가라, 서커스』의 여성 인물 해화가 현실의 중압에 좌절하고 마는 것과 비교할 때, 부용이라는 인물의 창조는 지금 여기 현실의 부정합을 극복해낼 수 있는 작은 희망으로 여겨도 좋을 듯하다.

* 숙명여자대학교, 『아시아 여성연구』 제5권 2호, 2 013.11.

02 타자로서의 장애인 문학
–방귀희와 김미선 소설

1. '장애인 문학'[1]이라는 것

장애인은, 특히 장애여성은 우리 사회의 타자다. 물론 장애인이 다른 장애인을, 그리고 장애여성이 다른 장애여성을 타자화할 수도 있고, 차별받는다고 느끼는 그들 집단 내에서도 권력과 가치의 위계가 존재한다.

장애인도 비장애인과 마찬가지로 인간으로서의 존엄이 존중되는 권리를 태어나면서부터 가지고 있다는 시민적 · 정치적 선언과 그에 따른 보편적인 인식을 우리는 갖고 있다. 그러나 실제에서는 여전히 자신의 권리를 행사하기 쉽지 않은 폭력적 구조 속에서 장애인들이 다양한 종류의 차별에 노출되어 있다는 점이 문제다. 더구나 여권주의 학파와 그 이론 속에서 장애여성은 배제되고 있다는 점, 여권운동의 역사에서마저 장애인은 늘 객체로서 위치하고 있다는 점[2]에 주목할 때, 장애여성은 이중 · 삼중

1 장애인 자신이 창작한 문학이야말로 장애인 자신의 '존재의 확인과 주체의 발화'라는 점에서 우리의 주목을 요한다. 그렇다고 하여 장애인 자신이 직접 창작한 문학만을 〈장애인 문학〉이라고 정의하면 장애인 문학의 의미를 지나치게 축소시키는 어려움에 빠진다. 그것은 장애인에 관한 문제를 해결하는 데 장애인들만이 주체가 되어야 한다는 말처럼 환원론적 모순에 빠질 염려가 있다. 따라서 이 글에서는 〈장애인 문학〉의 개념을 장애인을 제재로 한 문학작품까지를 포괄하는 개념으로 사용하고자 한다. 다만 장애인이 대상으로서가 아니라 주체로서 자신을 어떻게 인식하고 있는가 하는 부분을 보다 중요하게 다룰 것이다.

2 오혜경 · 김정애(2000), 『여성장애인과 이중차별』, 서울:학지사, p.28.

의 차별을 받고 있음을 알 수 있다.

이 글에서는 장애인 자신들의 장애를 바라보는 시선-자아 응시에 주목하고자 한다. '장애자들을 위해' 수용했던 장소에서 그들을 주체로서가 아니라 대상으로 바라보는 시선의 맥락을 우선 살핀다. 다음에는, 장애여성이 직접 창작한 소설 읽기를 통하여 그들이 자신의 존재를 규정하고 있는 이중 · 삼중의 억압에 어떤 대응을 보이고 있는지를 비교하여 살펴보고자 한다. 푸코에 의하면 글쓰기는 존재의 길 찾기다.[3] 글쓰기의 욕망은 따라서 지워졌던 존재를 소환하는 과정이다.

문학이 시대와 현실의 일정한 반영이라는 문학사회학적 관점에 바탕을 두고 그동안 창작된 한국 소설들을 분석하면서, 그들 작품에 형상화된 장애인 표상을 연구한 선행 연구들은 적지 않다.[4]

그런데 선행연구들은 거의 모두가 문학작품 속에 나타난 장애인 표상 및 등장인물들의 장애인에 대한 인식을 그 분석대상으로 하고 있음을 알 수 있다. 그러니까 선행연구들의 일관된 관점은, 장애인에 대한, 보다 정확하게는 장애인에 대한 비장애인의 차별과 배제라는 측면에서 그것을 어떻게 넘어설 것인가에 초점을 맞추고 있다. 장애여성의 여성성에 관한 담론은 최소한 문학 연구에서는 아직 없다.

---

3 미셸 푸코(1987), 『말과 사물』, 이광래 옮김. 서울:민음사, p.72.

4 김광순(2002), 『한국소설에 나타난 장애인관 연구』, 조선대학교 석사학위논문./김경민(2012), 「『도가니』에 나타난 '부끄러움'의 미학 - '인권'에 대한 문학적 접근」, 『현대문학이론연구』, 제51권 0호, 현대문학이론학회./김명섭(2000), 『한국현대소설에 등장하는 신체결손여성 인물 연구:1930년대 단편소설을 중심으로』, 홍익대학교 교육대학원 석사학위논문./김미영(2005), 「현대소설에 나타난 장애인물의 교육적 의미 고찰」, 『한국언어문화』, 제27집, 한국언어문화학회./김정숙(2012), 「법의 문학적 수용과 법문학의 가능성 – 공지영의 『도가니』를 중심으로」, 『현대문학이론연구』, 50권 0호, 현대문학이론학회./김희경 · 이승희(2004), 「장애관련 동화 분석」, 『발달장애학회지』, 8권 1호, 한국발달장애학회./최선희 · 이승희(2008), 「한국소설에 나타난 장애인관 연구:1980년부터 2007년까지를 중심으로」, 特殊敎育學硏究. 제43권 제3호, 韓國特殊敎育學會./ 유경수(2012), 「부정적인 현실에 대항하는 사회적 소통의 관계망 -공지영의 『도가니』를 중심으로」, 『현대문학이론연구』, 제51권 0호. 현대문학이론학회.

주체와 타자 사이에서 발생하는 시선은 항상 비대칭적이고 불균등적일 수밖에 없다. 주체와 타자 사이에 권력 관계가 개입하기 때문이다. 그런 측면에서 작가나 연구자들에게도 여전히 장애인들에 대한 편견이 지배적으로 작용하는 현실을 보여준다. 이렇게 장애인을 차별과 편견과 억압의 대상으로만 바라보는 시각은 그들의 고통 받는 현실을 드러내준다는 점에서 긍정적인 측면이 있으나, 주체적인 문제 해결의 가능성을 배제한다는 점에서 오류를 발견할 수 있다. 장애인은 소외당한 객체이기도 하지만, 자신이 처한 현실과 문제를 해결하려고 적극적으로 움직일 가능성을 지닌 주체라는 관점이 문제 해결의 매우 중요한 열쇠이기 때문이다.

그렇게 볼 때, 장애인 자신이 창작한 문학이야말로 장애인 자신의 '존재의 확인과 주체의 발화'라는 점에서 우리의 주목을 요하는 것이다. 장애인 자신이 창작한 문학작품을 대상으로 장애 인식의 양상에 관해 분석하고 있는 차희정(2013)[5]의 연구는 그런 의미에서 매우 값진 성과다. 차희정은 『솟대문학』 창간호부터 2011년 겨울호까지에 실린 125편의 소설 중에서 장애인이 주인공이거나 주요 등장인물인 소설을 대상으로 한 위의 연구에서 장애인에 대한 인식(장애인관)을 중심으로 연구를 진행하고 있다.

다만 차희정의 연구는 너무 많은 텍스트를 대상으로 한 까닭에 개별 작품에 대한 깊이 있는 분석보다는 범주화에 그친 측면이 있다. 또한 『솟대문학』에 실려 있는 소설들 대부분이 장애인 자신이 창작한 문학이라는 의의에도 불구하고 본격적인 소설문학으로서의 미학적 성취보다는 자전적 에세이 정도로 그치고 있는 점도 분석 대상 텍스트로서의 한계를 고민하게 한다.

이 글에서는 장애인들을 '대상'으로 한 기존의 작품 중에서 이청준 소설 『당신들의 천국』[6]과 공지영 소설 『도가니』[7]를 우선적으로 검토한다. 이

5 차희정(2013), 「장애인 소설에 나타난 장애인식 양상」, 서울: 『솟대문학』, 제90호.

두 작품에서는 장애인들을 위해 수용한 공간에서, 특히 장애 여성에게 가해지는 폭력의 양상과 대응에 주목할 것이다. 더불어 장애인 작가의 소설 중에서 의미 있는 성취를 보이고 있는 김미선 장편소설 『버스 드라이버』[8]와 방귀희 장편소설 『샴사랑』[9]을 비교 · 분석하기로 한다.

본 연구는 장애인이 타자가 아닌 우리 사회의 진정한 주체의 일원으로 당당한 삶을 열어나가는 긍정성을 확보하고자 하는 데 있다. 앞의 두 작품에서는 장애인을 수용한 공간의 폭력성이 장애인을 타자화하는 것은 필연적 귀결이라는 것을, 뒤의 두 작품에서는 특히 여성장애인 자신이 어떻게 존재의 확인을 넘어 주체되기를 시도하는지 비교 · 분석할 것이다.

연구방법론으로는 루시앙 골드만(Lucien Goldmann)의 문학사회학 개념을 우선적으로 적용하고자 한다. 물론 문학사회학의 기본적 전제가 되는 것은 작품세계의 구조 또는 사회집단의 정신적 구조와 문학적 창조의 집단적 성격이 대응관계라는 인식이다.

그럼에도 불구하고 이러한 관점은 소수자 집단으로서의 장애인과 개별적이고 구체적인 주체로서의 장애인을 구별할 수 없게 만드는 문제점이 있다. 따라서 본 연구에서는 이를 보완하기 위하여 라캉의 구조적 정신분석학을 원용하고자 한다.[10]

이 글에서는 문학사회학과 여성주의적 관점, 그리고 정신분석학의 이

---

6 이청준(2005), 『당신들의 천국』, 서울:문학과지성사.

7 공지영(2009), 『도가니』, 서울: 창비.

8 김미선(2013), 『버스 드라이버』, 서울:개미.

9 방귀희(2009), 『샴사랑』, 서울: 연인M&B.

10 라캉의 기본적 명제는, 무의식은 언어처럼 구조화된다는 것이다. 그는 헤겔의 주종(主從)의 변증법을 무의식과 의식의 역동적 모델로 설명한다. 라캉에 있어서 의식은 주인이 되고 무의식은 종이 된다. 종인 무의식은 주인으로서의 의식에 의하여 억압되고 인정을 받지 못하지만 헤겔적인 역전의 변증법에서처럼 무의식은 의식이 잠을 자는 동안에도 일을 하면서 의식의 존재를 떠받치는 역할을 한다. 따라서 의식은 주인이 아니라 실상 무의식에 의존되어있는 종으로 밝혀진다. 헤겔적인 모순의 변증법에서 무의식은 의식의 타자(orher)다. 그렇다고 무의식의 존재도 아니고 비존재도 아니며 비현실적된 것으로서 의식을 통하여 자신을 계시하는 타자의 담화가 된다.

론을 빌려 장애인 문학을 검토함으로써 그들의 자기존재에 대한 규정-인식과 그것을 뛰어 넘어 긍정적 정체성을 형성하고자 하는 주체의 내면을 재구성해 보려 한다. 그렇게 하여 궁극적으로는 "모든 이들이 다양한 신체적 상태를 인정하고 수용하고 공감하도록 하는 것"[11]이 왜 중요한 것인지를 함께 숙고해보는 기회를 갖고자 한다.

2. 대상으로서의 타자(the Other)

2-1. 잉여적 존재로서의 장애인

이청준 소설 『당신들의 천국』은 소록도의 역사를 소재로 실제 인물을 모델로 창작되었다. 1974년과 1975년간에 씌어졌고 1976년 5월에 문학과지성사에서 출간했다.[12] 총3부로 구성된 장편소설로 삼인칭 전지적 시점으로 서술되고 있다. 1부는 조백헌 원장이 소록도에 부임하여 매립공사를 시작하며 원생들과 갈등을 빚는 과정을, 2부는 오마도 간척사업 공사기간에 조 원장이 겪는 갈등과 고뇌가, 3부는 조 원장이 소록도를 떠난 후 7년 뒤에 민간인 신분으로 다시 돌아와 원생과 함께하는 모습을 그리고 있다. 그러나 이야기를 서술하는 사람은 부분마다 달라진다. 1부는 이상욱이 보는 섬과 조백헌의 모습이고, 2부는 주로 조백헌의 시점에서 그려지며, 3부는 신문기자 이정태의 시점에서 그려진다. 이 세 가지 시선들은 천국 건설을 둘러싼 주체와 타자의 변증법적 관계와 그 대립적 지양을 조망할 수 있는 중요한 서술전략이 된다.

---

11 수전 웬델(2013), 『거부당한 몸』, 강진영 외 옮김, 서울:그린비, p.51.

12 이청준(2005), 『당신들의 천국』, 서울:문학과지성사. 이 글에서는 2005년에 출간한 5판 1쇄본을 텍스트로 한다. 글 속에서 작품의 내용을 직접 인용할 때는 괄호 안에 페이지수를 기입하는 것으로 한다.

소설의 주요 내용을 정리하면 다음과 같다. 나환자들의 섬 소록도에 전직 군의관 출신 조백헌 대령이 병원장으로 부임해 온다. 그는 환자들을 위해 오마도 간척사업을 시작한다. 그러나 공사 기간 내내 나환자들과의 갈등이 심화된다. 그들에게는 일제 강점기 때 주정수 원장이 행했던 낙원 건설의 욕망과 그로 인한 고통의 기억이 있기 때문이다. 그러나 나환자들은 조 원장의 헌신에 감동하여 간척사업에 동참하고 어려움을 감내한다. 조 원장에 대한 원생들의 신뢰가 깊어지자 보건 과장 이상욱은 또 다시 누군가 우상화되는 것이 두려워 공사가 마무리되기 전 조 원장에게 떠나기를 권한다. 조 원장은 간척사업의 결말을 보지 못하고 섬을 떠나지만, 7년 뒤 민간인 신분으로 다시 돌아와 미감아인 서미연과 윤해원의 결혼을 성사시키고 섬사람들과 함께 하는 삶을 살며 믿음과 사랑이 바탕이 된 진정한 천국의 건설을 꿈꾼다는 내용이다.

이상에서 알 수 있는 것처럼 이청준 소설 『당신들의 천국』은 무엇보다 지배자와 피지배자 간의 권력관계를 그린 소설이다. 이 권력관계에 대한 문학적 천착은 이청준 소설만의 특징은 아니다. 그러나 『당신들의 천국』이 다른 소설들과 구별되는 것은 눈에 보이지 않는 권력의 미시물리학을 다루고 있는 점이다. 때문에 이 소설을 분석하고 있는 기존 연구 대부분은 사회와 개인의 역학관계에 집중해서 『당신들의 천국』에서 나타난 이청준의 정치적 전망을 대체로 긍정적으로 보고 있거나[13], [14] 이와 달리 권력의 문제에 집중하고 있는 연구자들은[15], [16] 이 작품을 부정적 시각으로 보고 있다.

---

13 김 현(1980), 「자유와 사랑의 실천적 화해」, 『문학과 유토피아』, 서울:문학과지성사.

14 정과리(1988), 「모범적 통치에서 상호 인정으로, 상호 인정에서 하나됨으로」, 『스밈과 짜임』, 서울:문학과지성사.

15 나병철(1997), 「『당신들의 천국』과 권력의 미시물리학, 『현역중진작가연구』, 서울:국학연구원.

16 박희일(2000), 『이청준 소설의 주체 구현 방식 연구』, 서울대 석사논문.

이 글에서는 무엇보다 한센병으로 대변되는 장애인들을 격리 수용하고 있는 장소가 소설의 주된 공간이라는 것, 그러니까 비가시적으로 작용하는 미시적 권력작용의 대상이 장애인이라는 데 주목한다.

이 소설에서 한센병 환자로 대변되는 소록도의 사람들은 그들 스스로의 의지에 의해 규정될 수 없는 이들이다. 섬을 위해 노력하고 봉사하는 지배자들에 의해 규정되는 잉여적 존재들일 뿐이다.[17] 아감벤의 용어를 빌리면, 모든 형식을 제거한 이후에 남겨지는 잔여물, 추상과 구별 논리 또 배제에 의해 양산되는 잔여물 곧, 벌거벗은 생명(homo sacer)이다. 한마디로 말해, 아무것도 가진 것이 없는, 오로지 벌거벗은 생명 외에 지닌 것이 없는, 전적으로 권리를 박탈당한 자이다.[18] 우리가 어떤 종류의 선이나 좋은 것을 말하든지 간에, 만약 그것이 우리가 바랄만 하지 않고 우리가 동의할 만하지도 않는 것이라면, 선이든 좋은 것이든 모든 것은 우리와는 상관없는 소외된 가치에 불과하다. 그리고 그런 경우에 선이나 좋은 것이란 우리의 삶을 밖으로부터 억압해 들어오는 타율적 강제의 핑계에 지나지 않는다.[19]

이 소설 1부에서 병원장 조백헌은 섬사람들과 지속적인 소통을 통해 그들이 내재한 '불신과 배반'을 치유하고자 하지만, 여전히 그들을 자신과 구분 짓고 있다. 섬사람들에 대한 '당신들'이라는 호명을 통해 섬사람들과 자신을 구분한다. 소록도의 이러한 소통 불가능성은 '사자(死者)들의 섬'이라는 규정을 통해 명료하게 드러난다.

이 소설에서 조백헌과 이상욱은 천국 건설을 둘러싸고 주체와 타자의

---

17 홍웅기(2012), 「소설적 자유와 욕망의 실천 가능성」, 『현대문학이론연구』, 51권 0호. 서울: 현대문학이론학회, 2012, p.444.
18 조르조 아감벤(2008), 『호모 사케르. 주권 권력과 벌거벗은 생명』, 박진우 옮김, 서울:새물결, p.156.
19 김상봉(1999), 『호모 에티쿠스』, 서울: 한길사, p.77.

시각차를 현격하게 드러내는 대립구도를 이루는 인물들이다. 조백헌은 이 섬이 죽은 자들의 섬, 그리하여 죽은 자들만이 말을 하며, 모습도 찾아볼 수 없는 동상이, 섬을 빠져나가다 물귀신이 되어간 사람들이, 납골당에 잠들어있는 수많은 망령들이 말을 하는 섬이라고 생각한다. 이상욱도 이 섬은 죽은 사람들만이 가장 정직한 말을 하는, 따라서 사자들의 넋이 살아있는 죽은 자들의 섬이라고 응수한다. 조백헌은 나환자들과 운명을 같이 하는 것이 아니라, 그들과 다른 입장에서 그들을 위해 '헌신'하는 것이다. 이처럼 서로 운명이 다른 조건에서 남을 위해 일한다는 것은 진정으로 상대편을 위한 것이 될 수 없다. 조백헌 이후에 병원장이 된 주정수 원장의 의지에 의해 선언되고 약속되었던 낙원 건설 역시 한센병 환자들의 삶을 극단으로 치닫게 만드는 사건이었을 뿐이었다.

따라서 소록도에 거주하는 한센병 환자들은 온전한 하나의 존재로 인정받지 못하는 잉여적 존재들이다. 그들을 위한 낙원을 건설하고자 하는 명분은 그들에게 보다 인간답고 편안한 삶을 제공하는 것이지만, 실상은 그들을 억압하고 착취하는 수단에 불과할 뿐이다. 그러한 상황에서 한센병 환자들은 대체로 두 가지 방식의 대응을 보인다. 섬에서의 탈출과 자살이 그것이다.

> 하나는 죽음을 무릅쓰고 바다를 헤엄쳐 나가는 길이었고, 다른 하나는 그러한 운명을 조용히 감수하고 나서 때가 되면 새로운 복락과 위안이 약속된 '주님의 날'을 맞는 것이었다. 하지만 그런 사람들 가운데는 이따금씩 그 약속된 날을 기다리기에도 너무 깊이 지쳐버린 사람들이 있었다. 그리고 그러한 사람들 가운데는 그날을 기다리다 못해 마침내 스스로 주님의 날을 앞당겨 맞이하는 사람들이 있었다. (pp.85-86)

섬에서의 탈출은 역설적으로 그들의 존재를 증명하는 방식이다. 그들이 온전한 자유인으로 살아가고 있음을 가장 명확하게 보여준다. 섬사람들의 주체적 운명이란 한센병 환자로 구분되는 것이 아니라 개인의 측면에서 한 인간이 되는 것이어야 마땅했다. 그것은 억압으로부터 온전한 자유를 획득하는 것과 함께 스스로 지배하는 방식이어야 했다. 그러나 그것의 증거로서의 탈출은 더 이상 실행되지 못함으로 해서 다시금 타자-환자와 노예의 자리로 되돌아가고 만다. 이것이 이청준 소설 『당신들의 천국』에서의 한센병 환자-섬사람들의 잉여적 존재로서의 운명적 현실이다. 장애인들 자신의 주체적 선택이 아니라 수용소에 '수용' 되고, 병원장의 윤리에 의해 생성되는 낙원(천국)은 그곳을 생성하는 주체, 살아가는 주체들에게도 결코 낙원이 될 수 없음을 이 소설은 극명하게 보여준다.

2-2. 다른 언어를 쓰는 이방인

공지영 소설 『도가니』[20]는 광주의 청각장애인 학교에서 실제로 일어났던 성폭력 사건에 관한 짧은 보도기사 한 줄에서 시작된 소설이다. 이후 이 소설이 영화화되어 많은 사람들에게 실제 사건이 알려지면서 장애인 인권 문제는 우리 사회에서 한동안 큰 이슈가 되었다. 나아가 이러한 사회적 반향은 속칭 '도가니법'의 제정이라는 사회적 변화를 이끌었다.

이 소설 『도가니』는 장애아동들의 인권을 유린한 기득권층의 모순과 비리, 그리고 이를 묵인하고 방관한 법제도의 부조리함을 고발하고 비판하면서, 우리 사회에서 인권의 사각지대로 남아 있던 장애인 인권에 대해 문제제기를 하고 있다.

---

20 공지영(2009), 『도가니』, 서울: 창비. 이 소설은 2008년 11월 26일부터 2009년 5월 7일까지 인터넷 포털사이트 〈다음〉에 연재했던 내용을 다듬어서 2009년 창비에서 펴냈다. 2005년 TV 시사고발 프로그램을 통해 알려진 실제 사건을 바탕으로, 작가가 현장을 취재하고 자료를 수집한 뒤 집필하였다. 2010년 영화로 개봉되어 사회적 반향을 일으켰다. 이 글에서는 소설만을 분석 텍스트로 한다. 본문의 내용을 인용할 때에는 괄호 안에 인용 페이지를 표시한다.

소설은, 작중인물 강인호가 무진시에 있는 농아학교인 자애학원에 기간제교사로 발령을 받아 내려가는 것으로 이야기가 시작된다. 강인호는 부임한 첫날부터 자애학원에서 벌어지는 심상치 않은 사건들을 목도하게 된다. 그곳에서 그는 지적 장애와 청각 장애를 지닌 복합 장애아가 기차 사고로 죽고(폭력의 고통으로 인한 자살로 의심되는), 열다섯 살 연두와 유리가 자애학원 설립자의 아들인 이강석과 이강복 쌍둥이 형제, 그리고 기숙사 생활지도교사인 청각장애자 박보현으로부터 성추행과 성폭력을 지속적으로 당해왔다는 사실, 학생들에게 끔찍한 린치와 폭력이 가해지고 있다는 것을 직간접적으로 알게 된다. 그는 무진인권운동센터에서 일하는 대학 선배 서유진과 사건의 진실을 파헤쳐가면서 인간으로서 도저히 상상할 수 없는 인권 유린의 복판에 서게 된다. 작가는 이 같은 묘사를 통해 우리 사회에 잠재돼 있는 거짓과 폭력의 실체를 적나라하게 파헤치고 진실을 똑바로 보게끔 만든다.

소설 『도가니』에 관한 연구는 『현대문학이론연구』제50호와 제51호에 집중적으로 소개되고 있는데, 각각의 글은 법의 문학적 수용[21]과 인권의 측면[22], 그리고 사회적 소통의 관계망[23] 이라는 관점에서 접근하고 있다. 김정숙(2012)의 글에서는 특히 이 소설이 "재현의 측면에서 특정계급이나 소수집단의 전형성을 박제화하고 있다"[24]는 지적에 유의할 필요가 있다. 자애학원의 감사요청을 묵살하는 교육청의 장학사나, 진수와 민수 형제를 상습적으로 성폭행한 생활지도교사 박보현, 행정실장과 기숙사 사감

---

21 김정숙(2012), 「법의 문학적 수용과 법문학의 가능성 – 공지영의 도가니를 중심으로」, 『현대문학이론연구』, 제50권 0호. 현대문학이론학회.

22 김경민(2012), 「『도가니』에 나타난 '부끄러움'의 미학-'인권'에 대한 문학적 접근」, 『현대문학이론연구』, 제51권 0호, 현대문학이론학회.

23 유경수(2012), 「부정적인 현실에 대항하는 사회적 소통의 관계망 -공지영의 『도가니』를 중심으로」, 『현대문학이론연구』, 제51권 0호. 현대문학이론학회.

24 김정숙, 위의 글 p.36.

인 윤자애의 경우 "억센 인상, 눈매가 얍삽하고, 쥐처럼 반짝이는 눈동자, 냉소적인" 등의 부정적 외양묘사가 그러하다. 반면 진실과 정의, 인간 본성의 가치는 강인호와 특히 서유진을 통해 전달되면서 미화되는 측면도 있다. 워낙 이 사건의 실제 인물들이 용서받기 힘든 죄를 지었다는 사실에서 기인할 터이나 어쨌든 소설이라는 문학적 장치 안에서 인물의 형상화가 단선적으로 이루어지고 있는 점은 일정한 한계로 지적할 수 있겠다.

사실 어떠한 인간도 단 한마디의 말로 정의내릴 수 없는 존재이다. 착하다거나 악하다거나 순진하다거나 비열하다거나 라는 평가의 말들은 한 인간의 아주 작은 부분만 보여줄 뿐이다. 모든 인간의 내면은 다양한 형태를 가지고 있고, 단지 그것이 어떤 시간과 어떤 공간에서 어떻게 발현되느냐에 따라 그에 대한 평가가 같거나 혹은 다르게 나타난다. 특히 소설의 경우 인물의 성격을 형상화할 때 이렇게 선과 악의 단순한 대립구도로만 처리하면 윤리적 분노라는 공감을 불러일으키기에 당장은 유용할지 모르지만, 왜 그러한 일들이 오래토록 지속되고 있었는지에 대한 원인을 숙고하는 데 있어 그 부정적 인물들 개인의 성격 결함이라는 차원으로만 한정지을 염려가 있다.

다만 여기에서 우리가 좀 더 관심을 갖는 부분은, 소설 내 인물들이 장애인들을 바라보는 비틀린 시선이다. 아래의 말은 자애학원에서 일어나는 일들에 대하여 철저하게 방관자로 일관하는 박 선생이 강인호에게 건네는 말의 일부이다.

> 앞으로 여기 계시면 알게 되겠지만 모든 장애인들 중에서 가장 피해의식이 심한 것이 농아들이에요. 자기네들 외에는 아무도 믿지 못하는 것도 특징이구요. 같은 언어를 쓰는 것을 민족이라고 하면 그들은 수화를 쓰는 이방인, 얼굴 생김새는 같지만 다른 민족이죠. 아시겠어요? 다른 민족이라구요. 언어가 다르고 풍습이 다르고…… 거짓말도 그들의 풍습 중 하나지요.(p.32.)

그러니까 농아학교인 자애학원의 교사들이, 그들이 가르치고 돌보아야 할 장애 아이들을 자신들과는 다른 이방인이라고 인식하고 있는 데서 이 비극의 단초가 이미 마련되고 있었음을 알 수 있다. 이와 같은 인식은, 황변호사가 증인신문 중에 하는 다음과 같은 말(①)과 생활관 지도교사 윤자애가 황변호사의 증인신문에 답하면서 하는 말(②)을 통해 여과 없이 드러난다.

① 여기 이 피고들을 고발한 아이들은 모두가 청각장애인으로 이 시설에서 어린 시절을 보낸 아이들입니다. 우리가 거리에서 마주치는 그런 아이들이 아닙니다. 그들은 오랜 시간 격리되어 어쩌면 우리와 아주 다른 가치관을 가지고 있을지도 모릅니다.(p.244.)

② 제가 보기에 청작장애인들은 장애인들 중에서 가장 다루기 힘든 사람들입니다. 우리가 흔히 말하듯 남의 말 못 듣는 사람들이지요. 그러니 자기 생각만이 옳다고 여길 뿐 아니라 어떤 사실을 잘못 알았다 싶어도 전혀 수정할 생각을 하지 않습니다.(p.245.)

그런데 위에서 인용한 발화 중 장애아동들을 '그들'이라 부르는 그 우리는 대체 어떤 '우리'인가. 얼굴 생김새는 같지만 다른 언어를 쓰는 이방인이라는 그들의 인식은 이 소설에서뿐 아니라 어쩌면 청각장애인들을 바라보는 일반의 고정된 인식이 아닐까 싶다. '우리'란 그래서 장애인들을 은연중에 타자로 설정하고 있는 비장애인들, 곧 우리 모두인 셈이다. 강인호가 장애아동들과 처음 만났을 때 보인 낯설고 불편한 느낌이나, 성폭행 사건을 처음 접했을 때 연루되고 싶지 않아서 외면하고자 했던 모습을 통해 독자들은 소설 내 부정적인 인물들과 별반 다를 것 없는 자신의 모습을 발견하게 된다.

소설 『도가니』의 장소인 청각장애인 학교 '자애학원'은 이청준 소설

『당신들의 천국』의 '소록도'가 그랬던 것처럼 다른 곳과는 분리된 공간으로 기능한다. 안개 속에 있는 자애학원은 명목상으로는 도교육청의 표창을 여러 해 받은 훌륭한 장애인 복지시설로 그럴싸하게 포장되어 있지만 온갖 악행들이 저질러지는 공간이다. 자애(慈愛)라는 이름은 강한 반어적 어휘이다. 자애학원 내에서의 폭행과 억압은 밖으로 드러나지 않는다.

자애학원은 고립된 안개 속에서 모든 것을 은폐하는 공간이다. 그 안에서 어떤 일이 벌어지는지 외부에서는 알 길도 없고 외부의 사람들은 이것에 대해 알려고 하지도 않는다. '자애' 대신 '폭력'이 행해지는 자애학원은 무진의 명물인 두꺼운 안개로 가려진 채 진실을 왜곡한다.[25] 교장 등은 갖은 수단을 동원하여 그들의 악행을 덮으려 하지만, 가장 중요한 것은 그들이 갖고 있는 장애 아동들에 대한 부정적 인식이다. 문제는 장애아동들 자신이 어떻게 자신의 존재를 규정하고 있는가 하는 것이다.

이 소설의 경우 청각장애아들이 비장애인들과 소통할 수 있는 보편적 의사소통 수단으로서의 언어를 갖고 있지 못하다는 것이 우선 문제가 될 수 있다. 그러나 아이들은 자신들만의 언어(수화), 그리고 무엇보다 정신적 교감을 바탕으로 자신들이 어떤 상황에 놓여 있는가를 인식한다. 그리고 법정에서 자신들을 성폭행했던 자가 누구인지 정확하게 짚어낸다. 그리고 사건이 마무리 된 다음, 그들은 "우리도 똑같이 소중한 사람이라는 걸"(p.290.) 알게 된다. 이러한 자기 발견은 매우 소중한 가치라 할 수 있다.

한 주체에 대한 신체적 학대는 사랑을 통해 배운, 자기 몸을 자주적으로 움직일 수 있는 능력에 대한 믿음을 지속적으로 훼손하는 무시 형태이다. 따라서 신체적 학대의 결과는 사회적 치욕의 형태와 함께 자기에 대

25 유경수(2012), 「부정적인 현실에 대항하는 사회적 소통의 관계망 -공지영의 『도가니』를 중심으로」, 『현대문학이론연구』, 제51권 0호. 현대문학이론학회, p.262.

한 믿음, 세계에 대한 믿음의 상실이다.[26] 지속적인 성적학대를 무방비상태로 견뎌내야 했던 아이들이 자기존중에 대한 인식에 이르렀다는 것은 그들이 주체적 존재로서 살아갈 수 있는 토대가 형성되었다고 할 수 있다.

자기존중(Selbstachtung)이란 자기 자신에 대한 긍정적인 태도를 뜻한다. 각 개인은 자신이 속한 공동체의 구성원들이 자신을 하나의 특수한 인격체로 인정할 때 자신에 대한 이러한 긍정적인 태도를 취할 수 있다.[27] 소설 내 장애아동들에 대해 그들을 둘러싼 외부세계가 그들을 온전하게 그대로 인정하고 있는 것은 아니지만, 강인호와 서유진과 같은 사람들의 연대의 힘, 그리고 많은 독자들의 공감을 통하여 그들은 자신에 대한 긍정적 태도를 형성할 수 있었다.

3. 대상에서 주체로

3-1. 금지를 넘어선 주체로서의 성(性)

소설가 방귀희는 돌 때 발생한 소아마비로 휠체어에 의지해 살아가는 장애여성이다. 그런데 공부에 대한 집념이 대단했던 모양이다. 여고 수석입학, 대학 불교철학과 수석 졸업, 석사를 마치고 박사과정에서 수학하는 한편(2009년 현재), 몇 군데 대학에서 강의를 하고 있다. 한국장애인복지진흥회 회장과 장애인문학 전문잡지인 『솟대문학』 발행인으로서의 활동도 전개하고 있다. 뿐만 아니라 그 자신이 방송작가로 여러 방송사에서 프로그램을 진행하는 한편 동화와 소설 등을 창작하는 전문작가이기도 하다. 그의 노력은, 장애인은 전반적으로 무능력하다는 잘못된 통념을 바

26 악셀 호네트(1996), 『인정투쟁』, 문성훈 · 이현재 옮김, 동녘, p.224.
27 악셀 호네트, 같은 글, p.144.

꾸고 싶었던 의지와 무관하지 않을 것이다.

방귀희 소설 『샴사랑』[28]은 뇌성마비 장애인으로 휠체어를 사용하는 여성장애인 '박수아'의 사랑이야기를 그린 작품이다. 작가의 전기적 사실에 비추어볼 때, 이 소설 『샴사랑』의 여성주인공 '박수아'는 작가 자신의 분신처럼 여겨지기도 하고, 따라서 자전적 소설의 요소가 더러 보이기도 한다. 이 글에서는 장애여성의 몸에 대한, 더 정확하게는 장애여성의 몸에 대한 금기를 넘어서는 주체의 발화에 주목하고자 한다. 그것은 다음과 같은 까닭에서이다.

즉, 인간은 누구나 기본적으로 물질로서의 몸을 통해 현존한다. 그 몸은 또한 생물학적 성별로 구분된다. 몸은 주체 형성에 있어서 인식론적 기반과 젠더적 경험, 이 경험이 각인되는 육체, 그리고 사회 역사적 토대가 논리적 연관성을 찾아가는 데 구심점이면서 무대가 되는 것이다.[29]

몸은 생리학적 · 심리학적 현상일 뿐만 아니라 사유 · 느낌 · 욕구의 역동적 복합체이다. 사유 · 느낌 · 욕구의 역동적 복합체는 우리 몸의 통일적 역동성을 가능하게 한다. 따라서 우리가 몸을 통해 살아나간다는 것은, 단지 먹고 자고 숨 쉬는 생명체로서의 의미만을 지니는 것이 아니라, 우리가 어떠한 삶을 살아가는지를 설명해주는 텍스트인 것이다. 우리는 몸을 실마리로 하여 인간의 내적 · 외적 우주의 살아있는 통일된 구조 즉 진정한 인간의 본성을 밝힐 수 있다.[30]

그러나 또한 한 사회의 담론이 생산되고 선별되고 조직화되는 과정에서는 배제라는 특별한 힘이 작동한다. 배제는 금지, 분할과 배척, 그리고 진리에의 의지라는 하위 과정을 포함한다. 금지는 어떤 대상에 대한 금기

---

28 방귀희(2009), 『샴사랑』, 서울:연인 M&B. 이 글에서 소설 본문의 내용을 인용할 때에는 괄호 안에 인용 페이지를 표기하는 것으로 한다.

29 박선웅 외(2012), , 『문화사회학』, 서울:살림, p.65.

30 홍덕선 · 박규현(2010), 『몸과 문화』, 성균관대학교출판부, p.113.

상황에서의 관례, 말하는 주체의 배타적 권리 등으로 구성된다. 예컨대 드러내놓고 성을 말하는 것에 대한 금지를 말한다.[31] 특히 장애인의 몸, 더구나 여성장애인의 몸은 무성적인 존재로 여겨져 왔다. 방귀희 소설 『샴 사랑』은 그러한 사회 일반의 편견에 맞서 여성장애인의 몸과 사랑에 대해 이야기하고 있다.

소설의 줄거리는 다음과 같다. 박수아(언니)와 상아(동생)는 샴쌍둥이이다. '수아'는 뇌성마비 장애인으로 휠체어를 사용한다. '수아'는 대학에 갓 입학한 신문방송학과 새내기다. 상아는 미스코리아에 당선될 만큼 눈부신 미모를 갖고 있는 건강한 여성이다. 상아는 (미스코리아)진이 되지는 못했지만, 잘 나가는 탤런트가 되었다. 그 둘 사이에 서지민이라는 남성이 있다. '박수아'와 서지민은 중학교 때부터 펜팔을 통해 알게 된 사이다. 지민은 '수아'를 위해 우리나라 건축문화를 바꾸겠다고 건축공학을 선택했고, '수아'와 같은 장애인을 위한 무장애 공간에 매료되어 틈만 나면 '수아'가 살 집(그리고 자신이 건축할 무장애 공간-주택)을 종이 위에 그린다. 그런데 몸이 불편한 '수아'를 대신해서 상아가 지민을 만나는 경우가 많아지고 두 사람은 급속하게 가까워진다. 급기야 상아와 대통령의 난봉꾼 아들 사이에 염문설이 불거지고, 위기를 모면하려는 과정에서 두 사람이 육체적 관계를 맺고, 결국 지민은 그토록 좋아했던 '수아'가 아니라 상아와 결혼하게 된다.

여기까지 보면 흔하게 볼 수 있는 통속적인 드라마와 크게 달라 보이지 않는다. 더구나 여성인물 중 하나인 상아가 유명한 탤런트가 되고(또 수아와 상아의 아버지가 전직 국회의원이다) 난봉꾼인 대통령 아들과 염문설에 휘말리는 일련의 이야기(또 상아와 지민의 결혼식 주례를 총리가 한다)는 여성장애인의 몸과 성 그리고 사랑이라는 주제를 형상화하고 있는

---

31 박선웅 외, (2012), 『문화사회학』, 서울:살림, p.397.

이 소설의 의미를 반감시키는 요소가 아닐 수 없다. 이 소설의 작가가 방송국에서 드라마를 집필하거나 프로그램을 진행하는 일을 해 온 사실에 비추어 생각해보면 그러한 이야기 전개(설정)를 이해 못할 건 없다.

라캉의 해석에 따르자면, 무의식은 언어처럼 구조화되어 있다.[32] 다시 말해서 어떤 주어진 언어에서 그 언어를 구성하는 요소들 사이에 존재하는 것과 동일한 종류의 관계들이, 무의식적 요소들 사이에 존재한다. 그러니까 이 소설의 경우 작가의 방송작가로서의 체험과 그 체험이 무의식의 형태로 이 소설의 서사 전개에 끼어드는 것으로 이해할 수 있다. 그러나 문학은 특수한 이야기를 통해 보편적 진리를 추구해야 설득력을 얻을 수 있다는 평범한 진리에 비추어볼 때, 오늘날 한국의 장애여성 일반이 갖고 있는 성과 사랑의 문제를 제기하면서 지나치게 현실과 멀리 있는 인물과 상황을 설정하고 있는 점은 이 소설의 약점이다. 그럼에도 불구하고 이 소설은 여러 중요한 논점을 제기하고 있다.

여성장애인은 장애를 인지하기 시작한 그 시점부터 자신의 몸에 대한 정체성뿐만 아니라 성적 정체성에 대해 끊임없이 의심받는다. '수아' 엄마는 아주 옛날부터 '수아'의 여성을 부정했었다. '수아'가 박사학위를 받은 후 시민운동에 종사하고, '수아'를 돕는 김영건이 그녀를 좋아하고 있는 것을 알게 된 상아가 엄마에게 "언니도 결혼해야 할 거 아냐?"고 말하자, 엄마는 "쓸데없는 소리, 수아 결혼 안 해"(p.91)라고 단정적으로 말하고 있는 것이다. 나아가 "수아가 결혼생활을 어떻게 해."(p.92), "네 언닌 사랑 같은 거 몰라."(p.92)라고 확신한다. 이 소설에서 '수아'를 바라보는 그녀 엄마의 이와 같은 발화는, 그녀(수아)가 여성이라는 범주에서 제외된 존재로서의 여성장애인으로 규정되고 있음을 알 수 있게 해준다.

이처럼 여성장애인은 장애정도와 무관하게 신체적 장애가 있다는 사

---

32 브루스 핑크(2012), 『라캉의 주체-언어와 향유 사이에서』, 이성민 옮김, 서울:도서출판b, p.33.

실만으로도 여성으로서의 정체성에 위협을 받고 있다. 손이나 팔, 다리 등의 외형에 손상을 지닌 여성은 '기능적인 제약을 지닌 여성'이 아니라 '여성이라는 범주에서 제외된 존재'이다. 그래서 여성장애인은 여성이 아니라는 것이다.[33] 그러나 이 소설의 여성 인물 '수아'는 다른 여성들과 하등 다를 게 없이 자신의 몸을 느끼고 반응하는 지극히 정상적인 존재다. 소설의 맨 처음 부분에 '수아'는 지민과의 첫 키스를 하면서 눈앞이 캄캄해지는 걸 느낀다. 마치 태양이 갑자기 빛을 잃어버린 듯 주위가 어둡게 느껴지다가 이내 태양빛이 한꺼번에 쏟아지는 듯 새하얀 광채에 몸을 떤다. 즉, 그녀의 여성성이 지민의 남성성과 연결되었다는 느낌을 갖는다.

방귀희 소설 『샴사랑』이 의미 있는 지점은 여기에 있다. 곧, 금지된 주제로서의 여성장애인의 성을 담론화 하고 있는 점이다. 소설에서 장애여성 '수아'의 엄마가 보이는 태도에서 확인했던 것처럼, 여성장애인은 재생산을 할 수 없는 존재거나 성적 쾌락을 누릴 수 없는 존재이며 단지 보호를 필요로 하는 어린아이와 같은 존재라는 통념에 맞서 이 소설의 여성인물은 나름의 사투를 벌인다. 우선 그녀가 이겨내야 할 금지는 엄마를 비롯한 일반의 장애여성에 대한 그릇된 통념이다. 장애여성의 몸과 성에 대한 부정을 넘어서는 일이다.

그러나 '수아'는 그녀가 좋아하는 남자, 지민의 친구들 앞에 모습을 드러내지 않는다. "당당해져야지 하면서도 막상 나가려고 하면 자신이 없어졌다."(p.33) 장애가 정상에서 이탈된 무엇인가 부족하거나 결함이 있는 손상된 상품이라는 인식을 정작 본인도 완전하게 넘어서지는 못하는 것이다. 그 빈 틈을 그녀의 동생 상아가 비집고 들어온다. '수아'와 지민의 사이에 균열이 생기는 것이다. 그런데 상아의 경우 그녀가 간암이 악화되어

---

33 장명숙(2008), 「여성장애인의 몸과 성(性)」, 『여성학연구』제18권 1호, 부산대학교 여성연구소, p.191.

죽음을 목전에 두었을 때 왜 지민을 좋아하게 되었는지 다음처럼 밝히고 있다.

> (병원에서) 지민 씨가 언니 앞에 나타나면서 부터야. 나한테는 그런 진정한 친구가 없었거든. 그때부터 언니가 커보였지. 언니한테서 지만 씨만 떼어놓으면 내가 언니보다 커 보일 줄 알았어. 그래서 지민 씨 내가 뺏은 거야. 내가 뺏었어. (p.239)

지민은 상아를 안으며 '수아'를 생각하고 '수아'를 보면 상아가 떠올라 온 몸이 결박된다. (p.160) 상아가 죽고 난 다음 두 사람은 지민이 설계하고 시공한 무장애 주택에서 평온한 삶을 살지만(물론 '수아'도 그녀의 부모가 돌아가신 후 얼마 살지 못하고 죽는다)그럼에도 불구하고 이 소설에서 지민이 장애여성인 '수아'를 그토록 헌신적으로 좋아하는 필연적인 까닭은 제시되지 않는다. 일반적으로 이성 관계는 외모에 의해 큰 영향을 받는다. 따라서 눈에 띄는 장애는 대인관계에서 더 큰 어려움으로 작용한다. 그런 까닭에 '수아'는 남자친구의 친구모임에 동생 상아를 대신 내보내는 것이다. "상아는 발이 유난히 예뻤다. 볼품없이 비틀어진 수아 발 때문인지 상아 발은 조각을 해 놓은 듯이 반듯했다."(p.159) 지민은 그러니까 우리가 일반적으로 만날 수 있는 남성은 아니다. 이 소설의 인물 대부분이 그러하다. 리얼리티의 문제에서 취약한 부분이 많이 발견된다.

그럼에도 불구하고 다시 말하지만, 이 소설의 여성인물-장애여성인 '수아'가 자신이 갖고 있는 사회적 억압 혹은 규정들-장애여성인 수아의 여성성을 부정하며 정상적인 여성과 구별되는 무성적(無性的)인 존재, 여성으로서 아무런 역할을 기대하지 않는 '역할 없는 존재'-을 뛰어넘고자 사투를 벌이는 주제적 인물로 형상화되고 있는 점이 이 소설을 빛나게 한다.

3-2. 거부당한 몸을 넘어서는 성(性)

소설가 김미선은 목발에 의지해 살아가는 장애여성이다. 대학에서 국문학을 전공했고 문예지에 단편소설이 당선된 후 장애인권운동가로 활동 중인 작가다. 한국장애인연맹 부회장 등을 지냈고 현재(2013년)는 한국장애예술인협회 이사로 활동하고 있다.

그녀의 소설 『버스 드라이버』[34]는 장애여성인 소설 내 인물 '손봉애'가 자신의 몸과 여성성에 눈뜨는 과정을 그리고 있는 작품이다. 방귀희 소설 『샨사랑』의 인물들과 그들의 상황이 다소 간에 드라마적인 것이라면, 이 소설 『버스 드라이버』의 경우 평범한 여성인물의 일상이 제시되고 있어 보다 현실적인 면이 있다. 무엇보다 같은 장애남성과 결혼한 여성장애인이 다른 비장애남성과 "열정과 합해진 육체, 의식보다 무의식이 선행하여 끌어당기는 그 실체를 한 번은 경험해보고"(p.218) 싶은 성적 욕망을 그리고 있다는 점에서 매우 의미 있는 텍스트이다.

이 소설의 대강의 줄거리는 다음과 같다. 소아마비장애를 갖고 있는 '손봉애'는 장애를 갖고 있는 남자와 결혼해서 별 탈 없이 살고 있다. 그런데 몸 수련센터에 다니기 위해 쇼핑센터의 셔틀버스를 타고 다니다가 버스운전사에게 마음을 주기 시작한다. 무관심하고 냉정해 보이는 버스운전사에게 '봉애'는 패배나 상처자국에서 느낄 수 있는 어두움과 고독을 느끼며 그에게 정서적으로 가까워지는 것이다. 특히 운동을 하면서 그녀는 "언제나 내버려 두었던 몸, 할 수만 있다면 존재자체를 깨끗이 지워내고 싶었던 몸"(p.49)을 느끼게 된다. 마침 버스 안에 두고 내린 손지갑을 버스운전사가 찾아주는 것으로 두 사람의 인연이 시작된다. 급기야 "언제나 혼자만으로 꼿꼿하게 움켜쥐고 있던 자아라는 것을 한번 놓아버리고 싶

---

34 김미선(2013), 『버스 드라이버』, 서울:개미. 이 글에서 소설의 내용을 인용할 때에는 괄호 안에 인용하는 페이지를 표기하는 것으로 한다.

은"(p.93) 생각에 이른다. "이제 그 역시 남성의 눈으로 그녀를 바라본다. 여자를 만나는 남성의 기쁨이 그 눈에 담겨있었다. 그런 남자의 기쁨을 확인하는 여자의 깊은 희열이 그녀의 온몸을 거듭거듭 적셔내는 것이다."(p.101) 봉애는 그를 단 한번이라도 가슴에 품고 그를 통과해내고 싶어 한다. 그래서 '봉애'는 남편에게 "그러니 당신 부디 눈을 감아 주세요." 라고 호소하기에 이른다.

우리 사회에서 여성장애인에 대한 배제와 차별은 육체의 기능적 손상 때문이라고 설명하고 있다. 즉, 여성장애인의 육체가 정상적인 육체의 기준에 미달된, 자신에게 부여된 역할을 수행하기에는 기능적으로 부족하다는 통념을 근거로 여성장애인의 차별을 생물학적 조건에 의한 당연한 결과라고 생각하는 것이다. 이렇게 정상에 관한 담론은 비정상을 주변화시킨다. 비정상으로 정의되고 분류되고 치료되는 과정을 통해 일탈-비정상은 통제의 대상이 되고, 그러한 통제가 효과적으로 이루어지기 위해서 규율은 내적 통제에 대한 통제로 내면화된다. 그리하여 마침내 스스로 순종적인 육체를 생산하게 된다.[35]

그 결과 이 소설의 여성인물 '봉애'도 "바지만 입고 자랐다. 그 속에 늘 감추어져 있어야 했던 육체, 수치스럽게 흔들리던 다리."(p.9)라고 자신의 장애를 수치스러워 한다. 그녀의 어머니 역시 방귀희 소설 『샴사랑』의 장애여성 '수아'의 어머니가 그랬던 것처럼, (장애를 갖고 있는 남자와) 결혼하겠다고 했을 때 그랬다. "미쳤구나. 네 한 몸도 꾸려나가기 어려운 판에 또 그런 사람을 만나 무슨 수로 살아가겠다는 거냐?" (p.36)

소설 『버스 드라이버』의 여성인물- '봉애' 역시 여성이라는 범주에서 제

---

35 장명숙(2008), 「여성장애인의 몸과 성(性)」, 『여성학연구』제18권 1호, 부산대학교 여성연구소, pp.189-190.

외된 존재, 무성적(無性的)인 존재로 규정되고 있는 것이다. 따라서 그녀에게는 전통적인 성역할이 요구되거나 아내 혹은 어머니가 되기를 기대하지 않으며, 오직 어린아이처럼 보호받아야할 존재로 여겨지는 것이다. 그래서 장애여성은 장애가 자신을 정상인의 범주에서 제외시키는 요인이므로 장애를 자신의 떼어내 버리고 싶고 부정하고 싶으나, 실제로는 불가능한 현실에 직면한다. 그래서 무력감과 자기 비하의 늪에 빠지기 십상이다. '봉애'는 "세상은 결국 크나큰 비애의 덩어리로 뭉쳐져 있다는 것을, 그것의 가장 깊은 원인이 바로 자기 몸에 있다는 것을 그녀는 첫돌을 넘기자마자 배우기 시작한 것이다. 혼자서 걷지 못하는 몸, 혼자서는 결코 바로 설 수 없는 몸"(pp.49-50)이라는 자기부정에 갇혀 있는 것이다. 다음의 인용 역시 세상의 누구에게서나 타자 일 수밖에 없었던 장애여성의 참혹한 자기 인식을 잘 보여주고 있다.

> 여태까지 아무도 그녀의 존재를 기뻐해주지 않았다. 어머니에게 그녀는 납덩어리 같은 짐이었고 평생 업고 다닌 슬픔이었다. 그리고 그녀가 만났던 몇 번의 남자. 그들은 그녀를 아끼고 존중하긴 했지만 그들 역시 연민과 곤혹스러움이 함께하는 것이었다. 그래서 그들은 그녀의 여성성에 대해서는 아예 눈을 돌려버리는 것으로, 그것으로 서로의 평화로움을 유지해나가곤 했다.(p. 100)

이처럼 장애와 여성의 이중적인 억압구조에서 성적으로 배제된 장애여성은 성적 무관심을 강요당하고 있다. 나아가 성에 대한 사회적 편견을 내면화한 장애여성은 자유로운 성적 표현의 기회를 박탈당함으로써 자신의 성적욕구를 드러낼 수 있는 가능성을 놓치고 있는 것이다.[36] 그런데 이 소설의 장애여성 '봉애'는 운동-요가를 하면서 자신의 몸에 눈 뜨기 시작한다. 그녀는, "언제나 슬픔만을 가져다주던 몸, 어머니의 등에 업혀서 가

36 장명숙, 앞의 글, p.195

장 먼저 배운 것이 슬픔이었다."(p.49)고 말한다. 그러나 이제 스스로 자신의 내부에 잠재되어있던 고유의 몸-여성성을 발견하고 그것으로 인해 희열을 느끼기에 이른다. 그러나 그녀의 몸은 더는 그를 바라보는 것만으로 만족하지 못한다. "그에 대한 갈증으로 그녀의 몸은 아우성치고 몸부림쳤다. 나를 안아다오, 나를 안아서 그 길을 건너다오. 이제 그녀는 그의 앞에서 애원한다."(p119) 급기야 다른 남자와 성적 교합을 꿈꾸는 것을 알아챈 남편에게 "그러면 왜 안 돼?"(p.155)냐고 항의하고 있는 것이다. 이 질문은 매우 중요하다. 그 말들은 결국 어딘가에 저장되었고 수년 동안 잠복해 있다가 나타나서 마침내 의미를 띄게 되었다. 그래 그러면 왜 안 되는가? 프로이트에 따르면, '봉애'의 이 부정(Vemeinung)은 억압된 것을 인식하는 나름의 방식이다. 실로 그것은 이미 억압을 푼 것(Aufhebung)이다.[37]

가장 핵심적인 문제는 우리 사회의 뿌리 깊은 가부장제 이데올로기에 있다. 부계혈통을 중심으로 하는 부계씨족집단의 지배력이 강화되면서 유교적 혈연주의, 부계혈통주의, 장자우선주의, 그리고 철저한 남아선호사상 등이 뿌리내리게 된 저간의 사정은 여기에서 재론할 것 없겠다. 물론 시대의 변화와 세계 체제 속에 편입된 한국사회가 서구적 가부장제의 영향을 받아 전통적 가부장제의 이데올로기를 그대로 답습하는 것은 아니다. 그럼에도 불구하고 남성은 주체요, 여성은 타자라는 남성중심사회의 구조와 인식은 여전하다. 거기에 여성은 순결과 정조를 지켜야한다는 이데올로기가 덧칠된다. 그런 구조 속에서 성 담론은 남성들만의 것이 된다. 따라서 성 정체성의 형성에 사회의 지배담론이 끼치는 영향은 지대하다.

이는 비단 우리 사회에서뿐 아니라 서구의 경우에도 남성 중심의 성 담론은 그 뿌리가 깊다. 요컨대 문화의 중심으로서 남성 주체는 자신의 열

---

37 박찬부(2011), 『라캉 : 재현과 그 불만』, 서울:문학과지성사, p.94-95.

등한, 다시 말하면 사회문화적으로 금기시한 속성들을 육체적인 다른 이로서 여성에게 투사하여 타성을 본질론적으로 '다른 이'로 규정함으로써 '중심=정상'과 '동일한 이'라는 자신의 정체성과 지배자적 위치를 굳혀왔다고 할 수 있다. 이렇게 하여 남성 중심적 문화의 주변인 역할이 주어진 여성은, 항상 구심점이요, 정상으로서의 남성과는 다를 뿐 아니라 비정상적 내지 열등한 존재라는 신화를 만들어내고 유지해 온 것이 서구에서의 성 담론의 역사라 할 수 있다.[38]

하물며 정상과 비정상, 무엇인가 손상된 몸으로 여겨지는 장애인의 성, 더구나 여성장애인의 성은 발설해서는 안 되는 금지어가 된다. 그런 탓에 소설에서 '봉애'의 어머니는 "아직 세상을 모를 때, 여자라는 것이 무엇인지, 욕망과 본능이 얼마나 끈질긴 고통인지를 아직 모를 때에, 그녀의 어머니는 차라리 딸을 세상 너머로 보내고 싶어 했다.(p.9)

수전 웬델(2013, 91)에 의하면, 장애의 경험을 현실성 있게 그리는 문화적 재현물이 그리 많지 않다는 점은 장애인의 '타자(the Other)화'에 이바지한다. 문학을 포함한 문화는 장애를 만들어 내는 중요한 요소이다. 여기에는 사회적 삶을 문화적으로 재현할 때 장애 경험을 배제하는 것뿐 아니라 장애인에 대한 문화적 고정관념, 신체 및 정신의 한계나 다른 차이들에 가하는 선택적 낙인, 다양한 종류의 장애와 질병에 따라붙는 수많은 문화적 의미, 장애인이 실행할 수 없거나 실행하리라는 기대조차 하지 않는 활동들이 갖는 문화적 의미에서 장애인을 배제하는 것까지 포함된다.[39] 이 소설 『버스 드라이버』의 여성인물- '봉애'가 문제적인 것은 그러한 배제와 금지를 이중으로 넘어서는 데에 있다.

장애가 사회 · 문화적으로 구성되었다는 담론을 문학으로 형상화한 의

38 김윤옥(1998), 「여성적 특성 및 성욕에 대한 프로이트의 이론과 독일어권 여성 작가의 (성) 정체성 문제에 관한 연구」, 『인문과학연구』 제17권 0호, 성신여자대학교 인문과학연구소, p.110.
39 수전 웬델(2013), 『거부당한 몸』, 강진영 외 옮김, 서울:그린비, p.91.

미 있는 텍스트-재현물은 그리 많지 않다. 앞에서도 언급한 것처럼, 장애인 문학 전문잡지인 『솟대문학』에 발표되는 작품들과 장애인을 대상으로 한 문학공모전 등에서 수상한 작품들이 있지만 아직은 체험수기의 틀을 크게는 넘어서지 못하고 있는 게 사실이다. 장애인들이 본격적인 문학창작 수업을 받기 어려운 사정에서 기인하는 것일 수도 있고, 그들의 여러 환경이 전문적인 문학창작의 여건을 갖추지 못한 것, 장애인 문학의 역사가 일천한 것 등이 그 원인이 될 수 있을 것이다. 더구나 장애인의 성, 여성장애인의 성을 본격적으로 담론화한 문학 텍스트는 이글에서 살피고 있는 두 작품이 거의 유일하다. 특히 『버스 드라이버』의 장애여성 '봉애'가 배제와 금지를 이중으로 넘어서고 있다는 의미는 다음과 같다.

우선, 장애여성의 몸을 발견하고 몸을 통해 삶의 의미를 추구하고 있다는 점이 그러하다.

그러한 몸의 발견은 그녀의 어머니가 바라보는 성에 대한 인식을 비판적으로 바라보는 다음의 발화에서 보다 분명하게 드러난다.

> 아버지는 깊은 밤에 몰래 어머니한테 들어오곤 했다. 도둑처럼, 강간범처럼 아버지는 어둠 속에서 어머니를 찾아 곧장 위로 올라간다. 어머니는 언제나 매몰차게 아버지를 밀어냈다. 그러나 아버지의 건강한 육체는 사정없이 어머니의 몸속을 밀고 들어간다. 어머니는 낮은 소리로, 그러나 결코 가볍지 않은 비명을 지르기 시작한다. 미쳤어, 미쳤어, 아이들도 있는데. 아이들이 깨면 어떡할라고. 아이들이 있는데 미쳐도 정말 많이도 미쳤어. 그러나 그 소리는 아버지의 두툼한 손바닥 아래로 스미고 만다.(p.159)

그래서 '봉애'는 "전생에 내가 무슨 죄업이 이다지도 많아서……."라고 자책하는 어머니를 향해, "그러나 전생이란 멀리 있는 것이 아니었다. 사랑을 멸시한 죄, 어둠에 몸을 숨기지 않고서는 받아들일 수 없었던, 미쳤군, 미쳤어를 연발하지 않고서는 차마 받아들일 수 없었던 사랑에 대한 철저한 소외, 그리고 사랑에 대한 완벽한 경멸. 그것이야말로 어머니의 가장 큰 죄업이었다."(p.165)고 단정하기에 이른다.

다른 하나는 이 점이 보다 중요한데, 사회가 여성에게 요구하는 순결(정절)이데올로기를 정면에서 부정하는 데 있다. 흔히 말하는 불륜(물론 이 소설은 불륜에까지 나아가지는 못(혹은 안)한다.)에 대하여 "그러면 왜 안 돼?"냐고 묻는 것이다. 이제까지의 지배적 관념-남성중심의 성 담론에 대한 탈피-저항의 몸짓으로 읽을 수 있을 것이다. 이는 성차별적 이데올로기에 맞서는 한편 여성장애인에 대한 기존의 관습적 틀을 넘어서는 자주적 정체성을 스스로 설계 하려는 적극적인 노력으로 평가 가능하다.

4. 차이로서의 장애

이 글에서는 타자(the Other)로서의 장애인 문학이 어떤 의미가 있는가를 살펴보았다. 그 경로는 크게 두 가지였는데, 우선 이청준 소설 『당신들의 천국』과 공지영 소설 『도가니』의 경우 장애인을 대상으로서의 타자로 규정하고 있는 비장애인의 관점을 살펴보았다. 그것들은 각각 잉여적 존재로서의 장애인과 다른 언어를 쓰는 이방인으로 규정되었음은 앞에서 살핀 바 있다. 장애인에 대한 그러한 관점은 결국 차이로서의 장애에 대한 우리 사회의 무지와 그릇된 편견-어쩌면 공포에 가까운-에 기인하고 있음을 알 수 있었다. 이는 비장애인이 장애인을 자신과 같은 사람으로 보지 않으며, 자신이 장래에 장애인이 될 수 있다고 생각하지 못하기 때문이다.

나를 중심에 둔 경험 체계를 넘어서는, '있는 그대로의 현실'이라는 것은 없다. 현실은 그것을 말하는 사람이 있다는 점에서 담론화된 현실이고,

따라서 누가 말하느냐에 따라서(물론 어떻게 말하느냐 하는 것도 매우 중요하다) 다르게 서술될 수밖에 없는 운명을 지니고 있다. 소설적 재현을 통해 장애인들의 삶과 운명의 한 양상을 그리고 있는 이청준과 공지영의 소설이 어쨌거나 장애인들을 (주체가 아니라) 대상으로 할 수밖에 없었던 사정은 그러한 점에서 연유한다. 따라서 장애를 가진 삶은 살 가치가 없다는 믿음이 은연 중에 유포되고 장애인 자신 역시 그러한 사회적 믿음에 감염되기 십상인 게 부정할 수 없는 우리의 현실이다. 그러한 전염의 시발은 장애여성의 가장 가까운 보호자인 어머니로부터 비롯한다. 부모적 타자로부터 되반사된 자신의 이미지에서 유래하는 여타의 이미지들(착한 딸이나 나쁜 딸이나 모범적인 아들 등)이 그러하듯 유사한 방식으로 아이들에 의해 동화된다고 라캉은 말한다.[40]

방귀희 소설 『샴사랑』과 김미선 소설 『버스 드라이버』의 장애여성인물들이 공통적으로 갖고 있는 자기규정 역시 그러함을 앞에서도 살펴보았다. 그럼에도 불구하고 장애를 갖고 있는 여성 작가들의 소설인 『샴사랑』과 『버스 드라이버』의 경우 장애, 특히 여성장애인들에게 가해졌던 이중의 금지를 스스로 넘어서려는 주체적 발화가 눈에 띈다.

『샴사랑』에서 '수아'와 『버스 드라이버』의 '봉애'는 공통적으로 그녀들의 엄마로부터 그녀들이 여성이라는 범주에서 제외된 존재로 규정되고 있음을 앞에서 살펴본 바 있다. 그것은 무엇보다 장애라는 차이를 인정하지 않는, 장애는 비정상이라는 사회적 낙인에서 기인한 것이다. 모든 사람이 건강하고, 장애가 없고, 젊은 성인이고, 문화적 이상에 따른 외양을 갖춘 남성일 것이라고 암묵적으로 가정한 상태에서 물리적으로 만들어지고 공적으로 조직된 사회는 대부분의 사람들이 사회에 온전히 참여하기 위해 필요한 것들을 완전히 무시함으로써 장애를 폭넓게 만들어낸다.[41]

40 브루스 핑크(2012), 앞의 글, p.82.

이렇게 장애가 사회 · 문화적으로 구성된다는 인식의 변화가 없을 때, 장애는 극복해야 하는 커다란 개인적 책무로 남게 된다.

성 담론은 여성에게 특히 여성장애인에게는 발설해서는 안 되는 금지로 작용한다. 남성 중심적 문화의 주변인 역할이 주어진 여성은, 항상 구심점이요 정상으로서의 남성과는 다를 뿐 아니라 비정상적 내지 열등한 존재라는 신화를 만들어내고 유지해 온 것이 서구를 비롯한 우리 사회에서의 성 담론의 역사라 할 수 있다. 프로이트의 경우도 남녀공통의 '남성적'성욕 및 특성을 이야기하면서 이러한 특성이란 오로지 남성만이 변함없이 지녀야 하는 것이며, 여성은 이러한 특성을 완전히 억제해야만 '진정한' 여성이 될 수 있는 것으로 설명한다. 이렇게 하여 결국 여성이란 남성과는 달리 끊임없는 자기억제와 이에 대한 반항과 좌절, 또 그로 인한 평생 동안의 심리적 상처로 얼룩진 결함투성이의 존재로 만들어진다고 규정하는 것이다.[42] 하물며 정상과 비정상, 무엇인가 손상된 몸으로 여겨지는 장애인의 성, 더구나 여성장애인의 성은 발설해서는 안 되는 금지어가 된다.

그럼에도 불구하고 『샴사랑』에서 '수아'와 『버스 드라이버』의 '봉애'는 그러한 남성, 그리고 비장애인 중심의 성 담론을 해체하고자 하는 적극적인 몸짓을 통해 당당한 주체로서의 자신을 만들어가고 있는 것이다. 이들 소설 내 장애여성들은 사회 · 문화적으로 만들어진 성 차별 이데올로기에 의해 굴절되지 않는 자주적 정체성을 여성 스스로 설계하려는 노력을 성적 욕구의 스스럼없는 발현으로 전개해 가고 있다. 다만, 이 두 소설의 장애여성은 사랑했던 이와의 결혼에서 실패하거나('수아'의 경우), 관계 맺기를 간절하게 원했던 남성으로부터의 거절('봉애'의 경우)로 인해 여전

41 수전 웬델(2013), 같은 책, p.85
42 김윤옥(1998), 「'여성적' 특성 및 성욕에 대한 프로이트의 이론과 독일어권 여성 작가의 (성)정체성 문제에 관한 연구」, 인문과학연구 제17집, 성신여자대학교 인문과학연구소, p.113.

히 미완의 주체로만 남겨진다. 그것은, 이 글에서 다루지는 못했으나 비장애여성 작가가 쓴 소설들에서 보이는 여성인물의 과감한 성애 묘사와 비교할 때 장애여성작가의 자기 검열이 작동한 결과가 아닌가 생각된다. 장애를 차이로 바라보는 광범위한 인식의 전환과 함께 장애인 그리고 장애여성 자신의 주체되기의 각오가 좀 더 요구된다. 그러한 과정을 거쳐 장애인은 주체적 인격체로서의 자기규정을 전개해나갈 수 있을 것이다.

이 글에서는 문학작품에 재현된 장애인의 삶의 양상을 다루었다. 장애와 관련한 사회 일반의 의식이 장애인을 보호해야 할 대상으로서만 여기는 데서 멈춘다면 우리사회의 건강은 담보하기 어려울 것이다. 남성과 여성을, 그리고 비장애인과 장애인을 구분 짓는 틀을 원점에서부터 재검토하지 않는다면, 다시 말해서 남성과 여성이 그리고 비장애인과장애인이 다만 '차이'로서 존재할 뿐이라는, 그래서 함께 사는 동반자라는 의식이 확산되지 않는 한 우리 사회는 건강하지 못한 사회로 남아 있을 것이다.

그러나 현실은 그렇게 순진한 바람대로 진보하는 것은 아니다. "왜 안 돼?"냐고 부정하는 주체는, 라캉에 따르면 결코 견고한 실체가 아니라 나타났다가 사라지고, 사라짐의 불빛 속에서 언뜻언뜻 자신을 실현하는 '실체 없는 실체'이다.[43] 그럼에도 아주 다행스럽게 그러한 중심과 주변의 이데올로기를 장애인 스스로 해체하려는 문학적 시도를 만난 것은 반가운 일임에 틀림없다. 그렇게 해서 한 걸음씩 앞으로 나아갈 것이기 때문이다. 라캉의 말마따나 그것은 흔적이며 흔적 만들기이다.

* 전남대학교, 『민주주의와 인권』, 제14권 2호, 2014.8.

43 박찬부(2011), 같은 책, p.112.

03 지역작가들의 변방의식과 트라우마

–광주 · 전남작가들의 소설들

1. 지역문학의 위치

오늘날 문학은 일종의 제도로 기능한다. 그것은 근대의 소산이다. 푸코에 의하면 근대는 제도에 의해 형성되고 유지되는 규율사회이다. 문제는 문학이 근대의 제도가 되면서 문학이 교환가치의 대상이 되고 그것은 다시 시장의 지배구조에 흡수되면서 위계화 된다는 점에 있다. 문학의 중심부와 주변부를 가르는 경계는 생산성의 정도에 따라 분리되면서 서열화된다. 지역문학은 이러한 경계의 하위 영역을 차지하는 주변부에서 형성된다.[1]

한편 근대의 파급력을 국가 간의 관계에서 보았을 때, 대체로 제3세계의 근대는 서구의 강제의 결과다. 강요된 근대는 근대화되어야 할 주체를 그것의 대상으로 전도시킨다. 결국 서구에 의해 지배받는 문화적 타자의 관계는 자민족 문학의 내부에도 동일한 논리가 관철된다. 중앙 중심지에 의한 지방 변두리 지역에 대한 식민화의 결과, 지역문학은 문화적 변방에 있는, 지배받아야 하고 종속되어야 하는 사람들의 문화형식으로 규정된다.

이 글에서 살펴보고자 하는 지역문학은 이렇듯 근대적 제도와 그것이

1 송기섭, 「지역 문학의 정체와 전망」, 『현대문학이론연구』제24집, 현대문학이론학회, 2005, 5쪽.

낳은 문화적 시스템에 의해 형성된 하위의 문학 형식, 소수자의 문학이다. 지역문학은 소수문학의 성격을 지닌다. 문학의 본성 중 하나는 미적 가치의 언어적 실현이며, 문학성의 구현은 기존의 미학적 인식을 전복하는 데 있다. 이러한 맥락에서 보면 문학의 길은 소수적일 수밖에 없는 운명을 지닌다.[2] 기존의 미학적 패턴을 항상적으로 갱신해야하기 때문이다.[3]

지역문학은 또한 탈근대의 담론이다. 전 지구적 자본주의는 주변부적 다양성, 지역적 다양성을 규격화하거나 표준화하여 모든 사회 체계와 문화를 동질화하려 한다. 즉 사회 전체에 대한 효율적인 관리를 목표로 하는 사회 시스템이 형성되면서 중심부의 비대화와 주변부의 빈곤화라는 양상이 뚜렷해지고 있는 것이다. 이러한 상황에서 지역주의가 새롭게 의미 있는 문맥을 얻는 것은 당연한 이치이다. 새로운 지역주의는 중심부 중심의 사회 시스템에 저항하면서 새로운 사회 시스템을 창안하고 실천하는 방향으로 나아간다.

여기에서 중요한 것은 지역성의 문제이다. 지역성(地域性)이란 한 지역만이 가지는 특징을 말한다. 그런데 지역성은 단순한 특징을 넘어서서 그 특징이 그 지역의 정체성이 될 때 유의미하다. 지역의 정체성은 지역을 이루는 물리적 공간으로서, 공간과 삶의 주체인 인간 그리고 인간들이 이루는 집단인 사회, 이 세 가지가 섞이고 누적되어 만들어지는, 인간 사유의 결과인 구성체인 것이다.[4] 따라서 광주 · 전남지역만이 가지는 지역적 특성이라는 의미의 지역성은 이 연구에서 가장 중요한 준거점이다.

---

2 질 들뢰즈 · 펠릭스 가타리, 『카프카-소수적인 문학을 위하여』, 이진경 옮김, 동문선, 48쪽. 들뢰즈와 가타리가 '소수적인 문학'의 전범으로 채택한 카프카의 문학은 체코어 문화권 안에 자리한 독일계 유태인이 모국어, 즉 독일어 문화권의 변방에서 특수한 독일어로 창작한 문학이었다. 낯선 문화의 언어로 자신을 표현해야 하는, 자신의 방언을, 자기 자신의 제3세계를, 자신의 사막을 찾아내는 글쓰기를 들뢰즈와 가타리는 '소수적인 문학'이라 정의한다.

3 남기택, 「소수자로서의 지역문학, 그 정체와 전망-대전 · 충청 시문학을 중심으로」, 『비교한국학』 제17권 1호, 국제비교한국학회, 2009, 357쪽.

4 김승환, 「지역 현대문학연구의 새로운 방법」, 『어문론총』 제49호, 한국문학언어학회, 2008, 57쪽.

그런 맥락에서 지역문학 연구에서 나타나는 지역 정체성의 추구가 탈근대성으로 해석될 수 있는 이유는 다음과 같다. 첫째는 지역이 지닌 특수성의 추구를 통해 보편성을 해체시킨다는 점에서 탈근대적인 양상을 찾아볼 수 있다. 이 지역적 특수성은 기존 연구에서 나타나는 보편적인 가치체계를 허물 수 있는 토대를 제공한다는 점에서 의미가 있다. 이러한 지역적 특수성의 인식은 하나의 중심을 전제한 보편적 세계인식을 해체한다는 점에서 탈근대적이라 할 수 있다. 둘째는 앞선 논의에서 나타난 지역의 특수성에 기초한 결과로서 나타나는 현상이다. 즉, 각 지역마다의 특수성을 다 인정함으로써 유일성보다는 다양성을 추구한다는 점에서 탈근대적인 모습을 지닌다고 본다.

근대성이 유일성을 추구해왔다면, 탈근대성은 다원성을 추구하는 경향을 지닌다. 이런 측면에서 지역문학 연구에서 나타나는 특성의 하나는 각 지역마다의 주체성을 인정하고, 이를 토대로 유일성을 초극하는 다양한 지역문학의 체계를 세워간다는 점에서 탈근대적인 성향을 지니고 있다고 할 수 있다.[5]

같은 맥락에서 지역문학연구는 탈식민의 담론이기도 하다. 서구 중심의 자본주의 세계 체제를 유지 강화하기 위해 서구 문명이 자신을 특수한 문명의 하나로 인정하지 않고 보편적 규범이라고 주장하는 것, 윌러스틴은 이러한 문명을 '단수의 문명'이라고 명명한다. 탈식민주의는 이러한 보편주의적 '단수의 문명'에 맞서 세계를 다양하고 특수한 문명들의 총체로 이해한다.[6] 이른바 '복수의 문명'을 인정하는 것은 탈식민주의적 실천의 구체화인 셈이다.

이렇게 중심의 폐해를 분석, 해체하고 그것을 바탕으로 주변의 다중성

5 남송우, 「지역문학 연구에 나타나는 탈근대성의 양상」, 한국문학논총 제50집, 한국문학회, 2008, 556쪽.
6 김양선, 「탈식민의 관점에서 본 지역문화」, 인문학연구 제10집, 한림대인문학연구소, 2003, 13쪽.

내지 복수성을 인식하는 것은 탈식민의 담론과 밀접한 관련성을 갖는다. 사실 '지역'을 설정하는 인식론의 뒤에는 지역을 타자화 하려는 시각이 내재해 있다. 우리가 발명한 '타자'의 하나로 지역을 들 수 있다. 객관적이고 가치중립적인 문화적 단위로서의 지역이 아닌, 타자화의 대상으로 발명된 지역은 자신의 역사적 체험과 집단적 기억이 지워진 채 담론화 된다. 흔히 광주 · 전남을 포함한 호남지역 하면 떠오르는 동학농민항쟁과 여순사건과 1980년 광주항쟁 등의 기억으로 인해 반역이라든가 저항의 땅이라는, 부정적인 의미에서의 이미지가 그것이다. 그러나 이 지역을 그러한 상투적인 정의로만 이미지화할 경우 그것은 극히 일면적이고 표피적인 관찰에 지나지 않는다. 그보다 더 풍부하면서도 다양한 삶의 역동성은 간과되기 마련이다.

이 글의 구체적인 연구방법론은 다음과 같다. 우선, 이야기는 주로 시간적 양식으로 이해되어 왔으나, 근래에는 문학작품의 창작과 수용에 있어 공간 혹은 공간성 개념에 대한 관심과 논의가 활발하게 이루어지고 있는 편이다. 이야기의 공간은 물리적 환경으로서의 공간 뿐 아니라 지각과 인식, 서술을 통해 형성되는 공간까지 포함된다. 따라서 외부환경에 대한 경험/지각을 심리적으로 서술하는 이야기의 특성에 비추어볼 때, 공간에 대한 특히 기억공간에 대한 논의는 필연적이라 할 수 있다. 따라서 본 연구에서는 광주 · 전남지역민의 삶을 대상으로 하는 소설작품들에서 그들의 삶/역사적 기억이 광주 · 전남지역이라고 하는 이야기 공간과 어떻게 밀접한 관련을 맺고 있는지를 우선 살펴 볼 것이다. 지역문학은 장소의 구체적 총체성을 구현하면서 문학의 보편성을 추구한다. 지역문학에 대한 해석과 평가는 이러한 장소성에서 시작되고 장소성의 성취 과정에 집중되는 것이 타당하다. 이는 문학사회학적 연구방법론과의 연계 속에서 이루어 질 것이다.

지역문학을 통해서도 모방에서 저항을 낳고 차별적 현실을 노래하면서 탈식민성을 계기하는 다양한 양상을 접할 수 있다. 이는 우리 근대문학의 일반적 성격 속에서도 충분히 발견할 수 있는 이중적 구조일 뿐 아니라, 지역문학에 있어서도 중앙문단과의 관계 속에 항상 노정되어 있는 문제적 양상이라 할 수 있다. 이에 따라 탈식민 이론의 전유와 이에 입각한 텍스트 재해석 과정은 광주 · 전남지역문학의 정체를 확인하고 차별적 구조를 극복하는 하나의 방법이라고 생각한다.

이 글의 분석대상작품들은 광주 · 전남작가회의에서 펴내는 회원작품집 『작가』 11호(2005년)부터 18호(2012년)까지에 실려 있는 소설 14편으로 한다.[7]

2. 지역이라는 골짜기

김현주 소설 「잠의 골짜기」[8]는 잃어버린 기억을 더듬어 다시 길을 찾아 나선 한 남자의 이야기다. 그는 근무하고 있던 사학재단의 행정실에서 긴 머리가 잘 어울리는 어떤 여자를 만난다. 출퇴근을 함께하면서 자연스럽게 정이 들고, 그러다 너무 가까이 간 게 아닌가 싶어 머뭇거리지만 그녀를 보지 못하면 안절부절 하기에 이른다. 그러다 3년 전 오월 어느 날, 두

---

7 광주 · 전남작가회의에서는 1995년 창간호를 펴낸 이후 매년 작품집을 발간해오고 있는데, 그 제호를 처음에는 『함께 가는 문학』으로, 2005년부터는 지금과 같은 『광주전남작가』로 바꾸었다. 창간호에 실려 있는 작품들부터 살펴보려하였으나 아쉽게도 멸실되어 구하지 못한 탓에 부득불 11호부터 18호까지를 그 대상으로 하였다. 여기에는 모두 18편의 단편소설이 실려 있으나, 제18호에 실려 있는 필자의 소설 「꿈이라니, 꿈이라고?」를 제외하고, 또 이진, 장정희, 전용호 등의 소설은 각 2편씩 실려 있는 데 각 1편씩만을 골라서 모두 14편을 살펴보기로 한다. 작품집의 제호는 약칭인 『작가』로, 본문에서 언급할 작품은 작품집의 권수와 쪽수를 괄호 안에 표기하는 것으로 한다.

8 김현주, 「잠의 골짜기」, 『광주전남작가』 제11호, 광주 · 전남작가회의, 심미안, 2005.

사람이 자동차를 타고 산길을 가다가 전복사고가 난다. 여자는 죽고 남자는 사고의 후유증으로 정상적인 삶이 허용되지 않는다. 누구나 짐작했다시피 남자는 가정이 있었고(물론 아내 역시 직장에서의 늦은 귀가라든가 하는, 남자에게만 집중될 수 있는 윤리적 비난을 피하기 위한 장치를 해놓고는 있다), 주변은 물론 아내 역시 남자의 행실을 이해해줄리 없으니까. 그래 남자는 죽기 전, 그 골짜기를 다시 찾아가는 것이다. 산 벚꽃이 화사하게 피어 있던 그곳, 아픔이 없는 곳, 통증이 없는 그곳(11호, 150)을, 그 골짜기가 과연 존재하는 것일까(11호, 151) 회의하면서도 찾아가는 이야기다.

이 소설에서 우리의 주목을 요하는 것은 '골짜기'에 관한 기억과 '오월'이라는 기표다. 사적 기억은 자기 동일성을 찾고자 하는 개인의 정체성 형성과 밀접한 관련을 맺고 있다. 소설 「잠의 골짜기」에서 남자가 죽기 전에 다시 찾아가는 골짜기는 그에게 아픔과 통증이 없는 세계로 묘사-기억된다. 그녀와 함께였기 때문일 것이다. 그러니 골짜기라는 공간은 이 소설 내 인물들에게는 절대적 이상향이다. 그러나 이상향이란 존재하지 않는 것이고, 그러니 여자는 죽고 없다. 다만 그녀와 함께 했던 기억만이 그에게 남아 회한을 남긴다.

그런데 다시 '오월'이라는 계절은 이 소설에서 어떤 의미작용을 하는 것일까. 단순한 계절적 배경, 그러니까 산 벚꽃이 화사하게 피어나는, 더불어 사랑이 만개하는 그런 봄날의 의미만을 갖고 있지는 않다. 왜냐하면 이 소설에서 소설 내 인물들이 함께 골짜기를 찾아가는 시간이 굳이 오월이어야 할 필연적 이유는 없기 때문이다. 이는 작가의 무의식에 남아서 무시로 출몰하는 '80년 5월'이라는 메타포이다. 그렇게 해석하고 나면 골짜기는 광주라는 장소의 은유가 아닐 수 없다. 다시 그렇게 해석하고 나면, 이 소설은 한때나마 행복했던, 그러나 자신의 소중한 사랑을 잃어버린 저 광포한 시기에 대한 안타까운 기억으로 읽을 수 있을 것이다. 기억만이, 그것이 망각과 왜곡을 동반한다할지라도, 기억만이 온전하게 살아남은 이들의 정체성을 보존해 주는 거의 유일한 장치이기 때문이다.[9]

그런데 광주라는 장소에 대한 기억을 이야기 하는 소설은 또 있다. 장정희 소설 「스무 살」[10]은 우선, 제목에서 일러주는 것처럼 한 여성 인물의 스무 살 시기를 반추하고 있는 자전적 성격의 소설이다. 서술자 '나'가 대학입시를 코앞에 두고 있던 어느 날, 아버지가 파산을 한다. 중간도매상을 운영하면서 제법 여유 있게 살아가던 '나'의 집은 갑작스런 아버지의 파산으로 몰락의 길을 걷는다. 모든 집기에 차압이 붙었고 집은 경매에 넘어간다. 어느 날 새벽 아버지가 몰고 온 낡은 용달차에 몸들을 싣고 '나'의 식구들은 여태껏 살아왔던 서울을 떠나 K시로 향한다. 아버지는 K시에 살고 있는 한 사업자에게 사기를 당했고, 그래 아버지는 식솔들을 이끌고 그 K시로 가는 참이다. 그렇게 예외적인 사건은 아니다. 다만 K시가 광주라는 장소를 지시하는 것이 문제가 될 뿐이다. K시에서 살아가는 소설 내 인물들 누구라도 그해 오월과 관계 맺지 않은 이가 없기 때문이다.

소설 내 여성 인물 '나'의 눈에 비친 K시는 우울한 잿빛으로 감각된다. "어쩌다 지나가는 사람들도 꺾인 등뼈를 곧추세우지 못한 환자들처럼 걸었다. 무표정이거나, 음울한 낯빛이었다."(14호, 154) '나'는 어렵사리 K시에 있는 대학에 들어가지만, 황사가 자욱한 교정, 집회와 시위로 어지러운 교정과 그들 틈에 끼어들지 못한다. 사람들은 내게, 지난 해 이곳에서 얼마나 끔찍한 일이 일어났는지를 말하고 싶어 하지만, '나'는 그들과 함께 나눌 수 있는 사연이 없었을 뿐 아니라, 평생 처음 여태 겪어보지 못한 가장 비참한 삶에 봉착해 있는 참이다. 그래 혼자 가서 듣곤 하던 음악다방

---

9 알라이다 아스만(Aleida Assmann), 『기억의 공간』, 경북대학교출판부, 변학수 외 옮김, 2003, 80쪽.

10 장정희, 「스무 살」, 『광주전남작가』 제14호, 광주 · 전남작가회의, 심미안, 2010.

의 DJ, 국문과를 휴학한 '그'를 만나 몸을 섞으며 일상을 견뎌보지만 '그'도 '나'도 그것만으로는 이 질곡을 감당해 내지 못해 헤어지고 만다.

문제는, 아버지는 결국 시장 통에서 그 사기꾼을 찾아내기는 했으나, "작년 오월에 아들딸 두 놈이 한꺼번에 험한 꼴을 당했다고, 놈을 죽이려고 찾아다녔지만 이미 알코올 중독에 빠진 그놈은 차라리 날 죽여 달라고 애원하는 바람에 그냥 돌아오고 말았다."고 넋두리처럼 말을 남기고 밤길, 기차에 치어 죽음을 맞는 사건에 있다. 이 소설 「스무 살」에서도 광주라는 장소는 골짜기인 셈이다. 그것은 여성 인물 '나'에게는 평생 처음 겪어보는 비참한 삶의 골짜기로, 사기꾼을 찾으러 식솔들을 끌고 여기까지 내려 온 아버지에게는 더 이상 떠날 곳이 없는 막다른 골짜기로, 사기꾼에게는 80년 5월의 폭력적 사건에 자식들을 잃어버린 죽음의 골짜기로 호명되고 기억된다. 사건이 일어나고 오랜 시간이 지나도 외상을 경험한 사람들은 그들 안의 한 부분이 마치 죽어 버린 듯한 느낌을 받는다.[11] 그러니까 이 작가에게도 광주와 오월은 기억의 장소인 것이다. 그것은 회복되지 못한 트라우마, 여전한 상처로 각인되어 있음을 알 수 있다.

앞의 두 단편에 비해 1980년 5월과 관련된 인물을 직접적으로 제시하는 소설이 있다. 전용호 소설 「사이렌 소리」[12]는 '태주'라는 택시운전을 하며 살아가는 사내가 '동만'이라는 사내를 만나면서 펼치는 이야기 한 토막이다.

태주와 동만은 5 · 18때 상무대 영창에 갇혀 지내다 알게 된 사이다. 태주는 터미널에서 시외로 나가는 사람들을 호객하는 일로 살아간다. 우연히 동만과 해후하게 되고, 술을 마시며 옛 이야기를 하다가 동만의 입으로부터 그때 영창에서 '독사'라는 별명으로 불리어지던 최 반장 이야기를 듣

11 허먼(Judith Herman), 『트라우마』, 최현정 옮김, 플래닛, 2007, 95쪽.
12 전용호, 「사이렌 소리」, 『광주전남작가』 제18호, 광주 · 전남작가회의, 심미안, 2012.

게 된다. 총선에 국회의원 후보로 나섰다는데, 그는 별명에 걸맞게 영창에 붙들려왔던 사람들에게 모진 폭행과 고문으로 일관하던 자였다. 선거 유세장에서 동만은 칼로 독사를 겨누고 달려들다가 제압당하고 만다. 80년 5월, 그날로부터 30년이 지났어도 그날의 상흔은 여전하다는 것을 이 소설의 인물들이 보여주고 있다.

다만 그 복수의 방법은 다소 어수룩하다. 뿐만 아니라 복수의 대상이 자신을 괴롭혔던 인물에게만 집중될 뿐, 그 너머를 보지 못하는 한계는 치명적이다. 이는 오월에 대한 작가의 체험이 여전히 객관화되지 못한 탓에 있다. 그것은 이 작가에게만 해당되는 건 아니다. 이 작가의 탓만도 아니다. 80년 오월이라는 기표가 (지역의)작가들에게 남긴 상흔이 여전한 것, 그것이 죄일 것이다. 아래에서 보게 될 소설 역시 마찬가지다.

이원화 소설 「키스가 있는 모텔」[13]은 '영화'라는 이름의 조선족 동포가 모텔에서 청소 일을 하면서 겪게 되는 이야기를 담고 있다. 그녀가 한국에 건너오게 된 이야기는 익숙한 패턴의 반복이다. 자랄 때는 별 걱정 없이 자랐다, 아버지가 당 간부였다, 퇴직하기 전에 힘을 써줘서 좀 더 잘 살아보겠다고 남편과 함께 한국에 왔다, 남편은 단속에 걸려 중국으로 돌아갔다. 때문에 그녀와 함께 일하는 고참인 '순자'의 이야기가 좀 더 흥미롭다.

그녀(순자)의 오빠가 80년 5월 광주에서 죽었다는 것, 아들을 잃은 그녀의 어머니가 날마다 술에 절어서 살게 되고, 담임에게 성폭행을 당했어도 그런 사실을 엄마에게 말할 수 없었던 나-순자는 그 후 결혼을 했으나 남편과 이혼을 했다는 것, 그 모든 것이 그날 오빠의 죽음에서 비롯되었다는 것이다. 어느 날, 조선족 동포 '영화'는 모텔에든 어떤 사내에게 성폭행을 당한다. 불법체류자인 그녀의 처지를 이용해서 강압적으로 찍어 누르는

13 이원화, 「키스가 있는 모텔」, 『광주전남작가』 제18호, 광주 · 전남작가회의, 심미안, 2012.

사내를 '영화'는 이겨내지 못한다.

이 소설에서 눈여겨 보아야할 인물은 둘이다. 우선 모텔에서 일하는 소설의 서술자 나-순자인데, 그녀의 오빠가 80년 오월 광주에서 죽었다는 것이다. 삶이란 본질적으로 다른 사람과의 관계에서 자신을 경험하고, 다른 사람이 우리 안에서 그동안 불러일으켰던 경험들, 특히 사랑의 관계에서 가장 내밀한 자기와의 관계를 만들어가는 것이다. 그렇게 연결된 사람들을 잃게 되었을 때 실제 우리의 한 부분도 잃게 된다.[14] 그의 오빠가 그렇게 죽어갔을 때, 남겨진 가족들의 삶은 정상에서 이탈하고 만다. 내가 담임에게 성폭행을 당했던 일과 영화가 모텔에 든 사내에게 성폭행을 당하는 일은 따라서 별도의 사건이 아니다.

여성에게 있어(남성도 다를 게 없을 것이나) 성폭력의 경험 이후 보다 중요한 것은 자기에 대한 긍정적인 관점을 복구하는 것이다. 공동체와의 연결 속에서 새로운 자율성과 함께, 새로운 자기 존중감 또한 필요하다.[15] 그러나 이 소설에서 여성 인물들이 경험한 성폭력을 80년 5월 광주에서의 국가폭력으로 등치시켜놓고 보면 이야기는 달라진다. 무엇보다 그로부터 오랜 시간이 지났으나 여전히 지역의 작가들에게 트라우마로 남아 있는 오월의 상흔이 주술처럼 되풀이 되고 있는 것은, 개인이든 사회든 공동체의 완전한 연결/복구에 이르지 못했다는 반증이 된다.

이명한 소설 「권학가」[16]는 세월을 거슬러 1948년 10월에 일어났던 여순사건을 배경으로 하고 있다. "일제시대에 독립운동을 하다가 일본 놈들한테 매를 맞고 정신이상이 된 '권학가' 노인은 달리 이름이 있지만 어느 자리에서나 권학가(勸學歌)를 불러대는 바람에 그런 별호를 가지게 된 사람이다."(11호, 210) 누군가의 기일 저녁 산사람들이 내려와서 식량을 거두

---

14 베레나 카스트(Verena Kast), 『애도』, 채기화 옮김, 궁리, 2007, 17쪽.
15 주디스 허먼(Judith Herman), 『트라우마』, 최현정 옮김, 플래닛, 2007, 120쪽.
16 이명한, 「권학가」, 『광주전남작가』 제11호, 광주 · 전남작가회의, 심미안, 2005.

어간다. 마을 반장이 슬그머니 토벌대에 밀고하러 가다가 빨치산에게 붙잡혀 죽음을 당하게 된 상황에서 권학가가 나선다. 누구에게도 사람을 죽을 권리는 없다는 권학가의 말을 듣고 빨치산 대장은 얼마간 언쟁을 하지만 아무도 다치지 않고 산으로 돌아간다. 이어서 들이닥친 토벌대 대장은 신고가 늦었다면서 이장의 뺨을 후려친다. 그러면서 마을 사람들 모두를 몰살시켜 버리겠다고 위협한다. 다시 나선 권학가를 향해 토벌대장은, "저놈이 일제시대부터 빨갱이였다는 것을 우리 아버지한테 들어 잘 알고 있어. 이래 뵈도 우리 집은 일제시대부터 이십 년 동안 대를 이어온 경찰 집안이야"(11호, 205)라고 말하면서 권학가와 그를 두둔하는 사람을 즉결처형하려고 한다.

이 소설 「권학가」는 일제 때 일본제국주의자들의 경찰노릇을 하며 독립운동가들을 탄압했던 자들이 해방된 조국에서도 여전히 위세를 부리는 역사의 모순을 그리고 있다. 한편 이데올로기 의 대립과 집단폭력의 상처를 서사화하면서 그 내밀한 폭력의 구조 속에 위치하고 있는 지역이라는 골짜기/장소를 서사화하고 있기도 하다.

이렇듯이 오랜 시간이 지나도 여전히 지워지지 않는 역사적 상처는 그날에 살아남은 이들의 무의식에 각인되어 기본적인 인간관계에 대해 의문을 제기한다. 그것은 몸에서 떼버릴 수도, 지울 수도 없도록 고착되어 있는, 몸속에 박혀 있지만 빼버릴 수 없는 탄환, 또는 삶 속의 죽음이라는 비유로 설명되는 모순적인 어떤 것이다.[17] 그러나 외상의 완결에는 종착지가 없다는 것, 완성된 회복이란 없다는 것이 가장 큰 문제가 된다.[18]

작가는 기본적으로 관찰자다. 관찰자가 되는 인간은 자신의 주변 세계를 자신처럼 객관화한다. 따라서 작가는 곧, 관찰하는 자는 시간의 강을

17 권선형, 「기억, 정체성, 그리고 문화적 기억으로서의 시대소설」, 『독일언어문학』 제27집, 한국독일언어문학회 2005, 126쪽.
18 허먼(Judith Herman), 같은 책, 351쪽.

넘어선 사람이다.[19] 그럼에도 불구하고 지역에서 활동하며 살아가는 지역의 작가들이 자신이 경험했던 80년 오월의 기억(그리고 그보다 더 오랜 여순사건의 기억)을 여전히 지워내지 못하고 있는 것은 일종의 병리적 현상이다. 지나간 것을 기억하고 재현하는 행위는 삶의 실천적 연관 속에서 그것의 역사적 의의를 망각하지 않기 위한 노력(대항기억으로서의 서사)으로 긍정할 수 있다. 이 지역만의 독특한 지역적 정체성의 한 양상으로 볼 수도 있다. 그러나 앞에서 살펴본 다섯 편의 단편들은 자신들(소설 내 인물)의 활동 장소/지역을 생(生)의 아닌 죽음의 공간/골짜기로 인식하고 있다는 점에서 문제적이 된다.

3. 변방이라는 벼랑

박응순 소설 「그곳에 배가 있었다」[20]는 작은 바닷가 마을에서 일어난 한 심지 굳은 노인의 실종사건을 매개로 사람들의 저열한 욕망의 일단을 그리고 있다. 다만 그 욕망을 부추기는 것이 식민지배자들의 자본과 권력에서 비롯되고 있다는 인식에까지는 이르지 못한다. 어느 해인가, 고요한 바다에 태풍처럼 거센 바람이 불기 시작했는데, 멸치잡이로 생계를 이어가던 사람들에게 갑자기 어구단속을 나온다. 처음에는 순순히 당해서는 안 된다며 단속반원들과 맞서 싸우기도 하고 찢은 그물을 보상하라며 관청에 쫓아다니던 사람들의 태도가 어느 날 돌변한다. 그물 단속은 그러니까 피조개 양식을 위한 어느 양식업자의 작업이었고 사람들은 결국 업자와 결탁하고 만다. 다만 정수 아버지만 흔들리지 않는다.

19 알라이다 아스만(Aleida Assmann), 같은 책, 121쪽.
20 박응순, 「그곳에 배가 있었다」, 『광주전남작가』 제11호, 광주 · 전남작가회의, 심미안, 2005.

바다는 5년을 넘기지 못하고 황폐화된다. 팥죽을 풀어놓은 듯 불그스름한 바다에는 죽은 고기가 떠오르고 어린 피조개가 하얗게 입을 벌리고 죽어 가는데, 그 까닭이 적조 때문이라는 것이다. 20여 년이 지난 뒤, 이 마을에 다시 한 번 격랑이 몰아친다. 이번에는 물막이 공사가 시작된 것이다. 사람들은 보상을 노리고 빚을 내어 배를 사들이고, 심지어 농사를 짓던 사람들까지 논밭을 팔아가며 어가를 짓고, 배를 사들이고, 너덜너덜한 그물을 바다로 끌고 들어간다. 간척공사로 인한 보상금을 노리던 마을사람들과 달리 정수 아버지는 20년 전과 마찬가지로 혼자 격렬하게 반대하다가 결국 실종되고 만다. 이제 바다에는 갈매기 한 마리 날지 않는다. 이제 바다엔 배가 없다.(11호, 186)

바다에 배가 없다는 진술은 우선적으로, 독자의 뒤통수를 후려친다. 그것은 삶의 터전이 이미 황폐화되었음을 의미하기 때문이다. 또한 그것이 자연의 어떤 변화에서 말미암은 게 아니라 그곳에서 살아가던 사람들과 그들의 욕망을 이용하여 자연공동체를 훼손한 자본/양식업자, 그리고 (식민)권력의 지배에서 말미암은 것이라는 데 본질적인 문제가 있다. 사람들에게 대지/바다는 식량과 함께 존엄성도 주었을 테지만, 이제 그 대지/바다가 죽어버렸다.[21] 파농의 말마따나 원주민은 정해진 경계를 넘어가지 말고 제 자리를 지켰어야 했다. 그 경계를 넘어서는 순간, 그는 비가시적인 존재가 되기를 강요당하다 마침내 사라진다.

이 소설에서, 다른 사람들과 달리 혼자남아 끝까지 저항하던 원주민/정수 아버지의 실종(아마도 죽임을 당했을 짐작되는)은 변방에서 살아가는 이들의 삶이란 이처럼 벼랑 끝에 서 있다는 위태로운 상황을 은유하고 있다. 시장의 지배구조에 흡수되면서 위계화 된 지역/변방(새로운 식민지)의 희망 없는 삶의 양상을 이 소설은 잘 드러내 보이고 있다. 더 큰 문

---

21 프란츠 파농(Franz Fanon), 『대지의 저주받은 사람들』, 남경태 옮김, 그린비, 2004, 72쪽.

제는 어떻게 그것을 극복할 것인가에 대한 전망이 전혀 보이지 않는다는 점이다.

임수정 소설 「그 놈, 태수」[22]는 소설의 서술자 규태의 어렸을 때 친구인 태수라는 한 문제적 인물에 대한 관찰기라 할 수 있다. 경찰공무원인 규태에게 태수는, "나이 30세, 공고 퇴학, 선배 여자 친구 따먹기가 특기요, 후배 여자 친구 따먹기가 취미"(12호, 208)인 막노동꾼이자 걸핏하면 죽겠다고 설쳐대는 껄렁하면서도 골치 아픈 친구다. 물론 규태라고해서 평범하거나 태평한 세월을 지나온 건 아니다. 그 역시 "아버지는 바람을 피우고도 당당한 사람이었고, 엄마는 등신처럼 질질 짜면서도 김빠진 맥주처럼 식당에 나갔으며, 여동생은 일찌감치 집에서 탈출해버렸으며, 형도 튄지 오래다."(11호, 218)

때문에 규태도 태수 못잖게 세상살이가 쉽지 않고 감춰둔 상처 역시 많다. 그런데 지금 태수는 공사현장에서 철골 구조물이 무너지는 바람에 심각한 부상을 당해 병원에 누워있다. 그냥 누워있는 것도 아니고 갈수록 나 몰라라 하는 건축업자에게 분노를 내보이며 자살 소동을 벌이고 있는 참이다. 이 소설은 그러니까 벼랑 끝에 서 있는 태수뿐만 아니라 규태 자신을 포함해서, 이 세상의 가장 낮은 곳에 있는 이들의 희망 없음에 대한 울분을 보여주고 있는 셈이다.

이 소설 「그 놈, 태수」에서 소설 내 인물들의 활동공간으로 지역의 정체성을 문제 삼을만한 부분은 표면적으로는 드러나지 않는다. 막노동으로 생계를 이어가는 인물과 그의 친구로 설정되어 있는 말단 공무원이 그들의 계급적 자아에 대한 인식이 분명한 것도 아니다. 다만, 노동자 태수가 사고를 당한 장소가 '황금동 빌라 신축 공사 현장'이라는 데에 주목할 필요가 있다. 이 소설에서 '황금동'은 광주지역의 한 동네 실제 이름이면

---

22 임수정, 「그 놈, 태수」, 『광주전남작가』 제12호, 광주 · 전남작가회의, 심미안, 2006.

서 그것은 배금주의적 논리가 관철되고 있는 장소이다. 갈비뼈와 머리에 골절상을 입고 무릎 뼈가 부러지는 중상을 입었음에도 회사에서는 산재 처리가 아닌 일반치료를 강요하는가하면, 떨어질 때 안전모가 벗겨졌다는 주장을 외면한 체 안전수칙을 지키지 않았다는 핑계를 들이대며 겁박하고 있는 자본의 민낯이 여실히 드러나고 있는 것이다.

자본의 폭력 앞에서 태수는 경찰 공무원인 친구 규태에게 하소연해 보지만 공권력의 최말단에 위치하고 있는 그 역시 속수무책일 수밖에 없다. 현실은 자본의 지배에 종속당해 있기 때문이다. 그런데 이 소설에서도 박응순 소설 「그곳에 배가 있었다」가 그랬던 것처럼 출구/희망이 보이지 않는다. 막노동꾼 태수는 울분을 토하며 지금 옥탑방 난간/벼랑에서 아래를 향해 몸을 던지려하고 있기 때문이다. 이렇듯 소설 내 인물들의 일상을 포획하고 있는 자본의 그물은 너무도 촘촘해서 그 누구도 빠져나가지 못한다.

이진 소설 「새벽길」[23]은 노동운동을 하다 교도소에 수감되고 이제는 고문 후유증인 듯, 당뇨합병증으로 거의 실명상태에 이른 한 남자를 사랑했던 '나'의 이야기다. '나'는 '그'의 아이를 가졌고 이제 그 아이가 고등학생이 되었으나 감옥 안에서 자신을 기억에서 지워달라던 '그'에게 차마 아이를 가졌다는 말을 하지 못했었다. 결국 혼자 아이를 낳고 그 아이는 이제 고등학생이 되었다. 갈등 끝에 아이와 함께 '그'에게 간다. 아이에게 아빠를 알려주기 위해서이다. 까닭은 '나'의 아빠, 술주정에 잦은 가정폭력을 휘둘러 넌더리가 나던 '나'의 아빠가 어느 겨울 새벽 캄캄한 어둠 속에서 집을 나서던 나를 뒤따르며 비춰주던 군용 랜턴의 그 노란 불빛이 생각났기 때문이다.

그러니까 이 소설의 경우 우선, 화해와 사랑만이 상처를 치유할 수 있

23 이진, 「새벽길」, 『광주전남작가』 제13호, 광주 · 전남작가회의, 심미안, 2008.

다는 메시지를 전하고 있는 셈이다. 아빠가 비춰주던 랜턴의 노란 불빛이 상기하는 따스함과 고등학생이 된 아이에게 자신의 아빠를 찾아주는 일로 상징되는 자아정체성의 회복은, 그러나 자칫 중심에의 동경에 그칠 염려가 있다. 술주정과 잦은 폭력으로 상징되는 전근대적 질서와 교도소라는 장소가 함의하는 억압과 폭력의 이미지는 이 소설의 인물들이 삶의 벼랑에 서 있음을 지시한다. 아빠의 폭력에 넌더리가 나서 집을 뛰쳐나갔던 나와, 자본의 횡포에 대항해 노동운동을 했던 나의 남자는 그러나 결국 그 폭력을 극복한 게 아니다. 나는 미혼모가 되었고, 남자는 갇혀 있기 때문이다. 그러하니 아들에게 아버지를 찾아준다는 행위는 전근대적 질서와 자본의 횡포로부터의 극복이라기보다 선망과 질시의 복합적인 감정이 개입된 중심에의 모방 혹은 동화일 개연성이 크다.

물론 폭력의 두려움에 더하여 압도적인 무기력감, 그 폭력을 도무지 예측할 수 없었던 데서 오는 두려움에서 기인한 것으로 동화/굴복을 이해할 수 있다. 그럼에도 불구하고, 오래되었으나 잊을 수 없는 증오와 그처럼 쉽게 화해하고자하는 것은 마땅히 받아야 할 몫을 포기해버린 식민지 원주민의 의식과 크게 다르지 않다. 다시 그것은, 원주민이 끊임없이 이주민의 자리를 꿈꾸는 것과 같은 것일 텐데, 그것은 이주민이 되고자하는 게 아니라 이주민의 자리에 자신이 있고자 하는 바람 때문이다.

조성현 소설 「엘리베이터」[24]는 직장상사이자 연장자인 '서 차장'이라는 인물에게 업무 스트레스를 받고 있는 편집회사 여직원의 이야기를 다루고 있다. '서 차장'은 여자에게 항상 "일 할 때 감정을 개입 시키지 말라"고 일방적으로 그리고 위압적으로 말하는 습관이 있다. 여자는 마땅한 변명이나 항변을 하지 못한 채 우울증에 걸린다. 어느 날엔 엘리베이터 안에서 정신을 잃고 쓰러지기까지 한다. 그 엘리베이터 안이 여자에겐 거대한

---

24 조성현, 「엘리베이터」, 『광주전남작가』 제13호, 광주 · 전남작가회의, 심미안, 2008.

범죄 소굴처럼 느껴지고 '서 차장'은 굶주린 사냥개 같다는 생각을 하며 진저리를 친다.

이 소설의 서사 역시 여느 직장에서나 볼 수 있는 일반적인 풍경이다. 권한과 책임을 더 갖고 있는 상위자가 특히 남성이 그가 갖고 있는 권력관계를 이용하여 직장 내 여성을 비인격적으로 대하는 것, 심지어 여러 유형의 성적 착취를 가하는 것은 우리 사회 병폐의 하나가 된 지 오래다. 따라서 이 소설에서 이야기하는 내용 자체는 새로울 게 없다. 문제는, 엘리베이터 라는 공간의 의미일 것이다.

이 소설에서 엘리베이터는 현대 첨단문명을 상징하면서의 그 상징이 갖는 바, 자본의 논리와 위계의 논리, 즉 권력의 논리가 재현되는 공간으로 부호화된다. 따라서 이 공간은 박응순 소설 「그곳에 배가 있었다」에서의 '죽어버린 바다'거나, 임수정 소설 「그 놈, 태수」의 '황금동' 빌라 신축 공사 현장이거나, 이진 소설 「새벽길」에서의 '교도소'와 하등 다를 게 없는 식민의 공간이다. 그런 탓에 「엘리베이터」의 소설 내 인물, 편집회사 여직원이 그 엘리베이터를 거대한 범죄 소굴처럼 느끼는 것은 당연한 이치다. 다만, 그런 억압과 폭력에 대응하는 인물의 태도가 우울증으로, 그리고 실신으로 나타나는 것 역시 일종의 병리적 현상이다. 이 소설에서도 개인은 한 없이 무력하다. 진저리를 칠 뿐, 거대한 폭력의 구조에 맞설 엄두를 내지 못한다.

이 장에서 살펴보았던 네 편의 단편 중, 임수정 소설 「그 놈, 태수」의 '황금동' 빌라 신축 공사 현장을 제외하면 사실 광주 · 전남지역이라는 특수한 장소를 의미화하고 있는 소설은 없다. 박응순 소설 「그곳에 배가 있었다」에서의 '죽어버린 바다'는 이 지역의 바다에서만 볼 수 있는 바다도 아니다. 이진 소설 「새벽길」에서의 '교도소'와 조성현 소설 「엘리베이터」의 공간인 '엘리베이터'가 함의하고 있는 공간의 의미 역시 이 지역만의 특수성이라고 말 할 수는 없다.

그럼에도 불구하고 그 소설들을 하나로 묶어 낼 수 있는 요소는 그 모든 공간/장소가 변방 즉, 벼랑이라는 공통적인 자질 때문이다. 더 이상 물러설 곳 없는 벼랑, 생존의 위기에 내몰린 변방이라는 자각이 지역작가들의 무의식에 작동하고 있다는 점에서 탈영토화 혹은 탈중심화를 추구 할 수 있는 가능성을 본다. 서술된 기억이 과거만을 환기시키는 것이 아니라 대중에게 역사에 대한 비판적 이성을 되살리며 논쟁적 사건에 대한 원거리적 관점을 제공할 수 있다는 점에서 그러한 가능성은 열려 있다 할 것이다.

4. 글쓰기의 욕망

나정이 소설 「루빅스 큐브」[25]는 서로에게 느슨해진 남편과 '나'의 관계에 대한 짤막한 보고서라 할 수 있는 작품이다. 그렇다고 중학교 국어교사인 '나'와 남편과의 사이에 무슨 큰 일이 있는 건 아니다. 남편은 시간만 나면 그저 인터넷 공간을 배회할 뿐이다. 그런 까닭에 '나'는 외로움을 느낀다. "가족과 함께 있을 때마다 나는 외로움을 느꼈다."(15호, 211) 사정은 '나'의 직장 동료인 김 선생의 경우도 별반 다르지 않다. 김 선생은 시어머니가 아이를 돌보아주는 데 그게 고마우면서도 그런데, "주말만이라도 우리 가족끼리만 있었으면 좋겠어요, 저 나쁘죠?"(15호, 210)하고 '나'에게 묻는다.

두 사람은 수업이 없는 토요일을 틈타 도시 외곽의 카페 촌에 있는 찻집 '물레방아'에 드나든다. '나'는 그곳에서 우연히 남편의 친구가 그의 아내

25 나정이, 「루빅스 큐브」, 『광주전남작가』 제15호, 광주 · 전남작가회의, 심미안, 2010.

가 아닌 다른 여자와 마주 앉아있는 것을 보게 된다. 그리고 '통쾌하다고' 느낀다. 일상의 관습에 묶여 있는 '나'의 내면에 그런 일탈에의 욕망이 숨어있음을 느끼는 것이다.

그러니까 이 소설의 여성인물은 숨어 있던 일탈에의 욕망을 다른 사람의 일탈을 통해 대리경험하고 있는 셈이다. 그런데 욕망은 엄밀히 말해서 대상을 가지지 않는다. 본질적으로 욕망은 다른 무언가에 대한 끝없는 탐색이며, 이를 만족시킬 수 있는, 다시 말해서 이 불을 끌 수 있는 그 어떤 특정한 대상도 없다. 욕망에 내포된 유일한 대상은 욕망을 이야기하는 저 대상이다. 욕망은 원인을, 욕망을 존재하게 하는 원인을 갖는다. 이를 라캉은 대상(a), 욕망의 원인이라고 칭한다.[26] 욕망의 원인으로서의 대상은 욕망을 이끌어내는 무엇이다.

그렇다면 이 소설 「루빅스 큐브」의 여성인물의 잠재된 욕망을 추동하는 것은 무엇일까. 그것은 자신에 대해서 끊임없이 그리고 다르게 말하기/글쓰기이다. 그녀가 국어 교사라는 점은 그러한 욕망의 발현이 가능한 것을 시사한다. 더구나 직장 동료인 김 선생과의 계속되는 수다는 그녀의 말하고자하는 욕망이 지속될 것임을 암시한다. 욕망으로서의 서사/말하기의 원형은 이미 『아라비안 나이트』의 여인 셰헤라자데를 통해 익숙한 풍경이 되었다. 그러한 말하기의 욕망은 다음의 소설에서도 볼 수 있다.

이진 소설 「수다와 논평의 오류」[27]는 독특한 간판 그림에 이끌려 들어간 미용실에서의 삽화 한 토막을 이야기하고 있다. '나'는 동네 미장원 간판 그림치고는 꽤 외설적이면서도 한편 초현실주의 화가 미로의 그림 속에 빠지지 않고 등장하는 그림 속의 태양처럼 선명한 어떤 이미지에 이끌려 미용실 문을 열고 들어간다. 주인여자의 과장된 억양과 제멋대로인 머

---

26 브루스 핑크(Bruce Fink), 『라캉의 주체』, 이성민 옮김, 도서출판 b, 2012, 171쪽.
27 이진, 「수다와 논평의 오류」, 『광주전남작가』 제15호, 광주 · 전남작가회의, 심미안, 2010.

리 만지기에 짜증이 나면서도 '나'는 그녀의 수다를 들어준다.

미용실에는 주인여자 말고도 두 명의 여종업원이 있다. 손재주가 좋아 맘 놓고 일 맡길 만하지만 미꾸라지처럼 빠져 나가 속을 썩이는 여우가 하나고, 대한민국에서 둘째가라면 서러울 만큼 성실한 다른 하나는, 느리고 무딘데다 덤벙대고 답답하다는 것이 미용실 여주인의 푸념이 '나'가 듣게 된 수다의 내용이다. 여주인의 이야기가 끝나자 약속이나 한 듯 여종업원 둘이 미용실 문을 열고 들어온다. '나'는 주인여자의 이야기를 바탕으로 그 둘의 이미지를 혼자 그려보았지만 알고 보니 전혀 다른, 그러니까 두 사람은 '나'가 그린 이미지와는 정반대의 인물들이었다는 것이다.

이 소설에서 '이미지'가 주는 의미는 남다르다. 우선 개인이 파악하는 삶의 표현은 통상 개별적인 것으로의 표현인 동시에 공동체에 관한 지식과, 그 공동체에 주어진, 내적인 것과의 관계로 충만해 있다.[28] 이 말의 의미는 자명하다. 어떤 하나의 문장은 공동체 안에서 그 단어의 뜻이나 통사적인 분류의 의미 같은 굴절 형태의 뜻과 관련해 존재하는 공통점을 통해 이해된다는 것이다. 그런 의미에서 이 소설의 인물들이 서로에 대해 갖게 되는 인식의 착오 곧, 이미지의 왜곡은 공동체와의 연결이 끊어졌음을 시사한다. 그것은 또한 말/언어가 갖고 있는 운명적 한계와도 관련된다. 의미의 연쇄, 기의의 미끄러짐은 기표의 절대적인 우위를 암시한다.

송재희 소설 「미스터 칼」[29]은 공무원을 그만 두고 소설을 쓰는 '나'가 오랜만에 고등학교 동창들을 만나는 이야기이다. 그런데 '나'는 인터넷에서 구입한 목검을 휘두르는 연습을 하는 데, 최형우라는 고등학교 때의 담임에 대한 원한 때문이다. 휘두르는 연습용 칼이 목검인데서 짐작할 수 있듯이 무슨 대단한 사건이 발생하는 것은 아니다. 그 원한의 내력이라는

28 빌헬름 딜타이(Wiheim Dilthey), 『체험 · 표현 · 이해』, 이한우 옮김, 책세상, 2012, 46쪽.
29 송재희, 「미스터 칼」, 『광주전남작가』 제16호, 광주 · 전남작가회의, 심미안, 2011.

것도 어려운 형편에 시험을 잘 치러 장학금을 받고 싶었으나 담임이 성적을 조작한 탓에 '나'가 받아야 할 장학금을 다른 아이가 받게 된 게 아직도 가시지 않은 상처라는 것이다. 동창회에서 조우한 그 담임은 그러나 나중에 알고 보니 암 투병 중이고, 담임이 동창회비라며 내게 맡긴 얼마간의 돈이란 그때 내가 받아야 할 장학금이라는 것, 그의 마지막 앞에서 숙연해졌다는 것 등이 이 소설의 내용이다.

그렇게 사소해 보이는 이야기를 주목하는 까닭은, 우선 그 사소함 속에서 발견할 수 있는 일상성과 일상성 속에 내재된 폭력성 때문이다. 소설 내 인물이 고등학교 시절 부도덕한 담임으로부터 받았던 부당한 처사/폭력은 결코 하나의 예외적인 사건이 아니다. 왜냐하면 담임의 정당하지 못한 행위로 인해 차별과 배제라는 감정을 경험한 '나'에게 그 일은 오랫동안 지워지지 않는 상처로 남아있다는 진술로부터 우리는 이 작가의 무의식에 깃든, 배제된 자의 황폐한 내면을 읽을 수 있기 때문이다.

더구나 이 소설의 서술자가 소설을 쓰는 작가로 설정되어 있는 점에 주목할 때, 문학이 삶의 주체로서 자신의 표현 형식으로 기능하기보다는 자신의 사회적 존재를 확인받기 위한 수단으로 기능하고 있지 않은가 하는 혐의를 갖게 된다. 그랬을 때, 이 소설의 서술자가 그러한 것처럼 이 작가의 무의식에는 지역에서 활동하고 있는 작가들의 무의식의 일단 곧, 상실감 내지 박탈감이라는 부정적 정념을 확인할 수 있는 것이다. 지역작가가 주체가 되어 지역의 현장성을 읽어 내고, 그것을 바탕으로 지역을 공생과 소통의 장으로 만들어 가는 데 일정한 기여를 함으로써 탈근대의 지향이라는 새로운 의미를 획득해야 할 지역작가의 무의식에 드리운 저 열패감(목검으로 상징되는)은 그 뿌리가 깊고도 깊다. 글을 쓰는 작가가 주인공으로 나오는 소설은 또 있다.

정강철 소설 「바다가 우는 시간」[30]은 시나리오 작가인 '나'가 선배의 부탁을 받고 누군가의 자서전을 대필해주기 위한 작업을 하면서 만나게 된 어떤 여자의 이야기이다. '나'는 변변치 못한 사정 때문에 아내와의 사이가 서걱거린다. 그뿐 아니라 아내는 지금 누군가와 불륜관계에 있다. 마침 선배가 쥐어주는 몇 푼의 돈을 받고 목포 선창가 어름의 구석진 집 2층에 세를 얻어 자서전 대필을 시작한다.

그런데 밤마다 아래층에서 들려오는 기괴한 소리에 잠을 깨는데, 처음에는 여자가 심한 폭행을 당하는 소리였다가 나중에는 거친 교성이 그 소리의 정체였던 것이다. 소주를 사오다 마주친 아랫집 여자가 소주 몇 잔을 줄 수 있느냐며 '나'의 허름한 2층 방으로 온다. 그러나 별 일은 없다. 왜 그처럼 심한 폭행을 견디며 그 남자를 만나느냐고 '나'는 묻고, "내 취향이 그렇당게요, 난 요런 것이 좋단 말이요, 그런 나를 어떤 다른 사내놈이 만족시켜주며 살 수 있겄소?"(17호, 165)라고 여자가 대답할 뿐이다. '나'는 여자의 말을 들으며 아내와의 사이가 서걱거리는 것이 혹여 그때문은 아닌가 생각하다가 마침 그의 방에 반찬 등속을 가지고온 아내를 거칠게 몰아 부친다. 그는 "그녀의 다리를 비틀어 올린 뒤 거칠게 돌진"(17호, 167)한다.

그러니까 이 소설의 인물은 다른 사람의 자서전이 아니라 소설의 형식을 빌려 자신의 자서전을 쓰고 있는 셈이다. 자서전이란 무엇인가. 그것은 무엇보다 고백과 성찰의 기록일 것이다. 그런데 이 소설에서 자신의 이야기를 하는 서술자의 무의식에 두드러진 점은, 자신의 성적 능력의 결여가 아내와의 사이를 서걱거리게 만든 원인이 아닐까 하는 강박에 있다. 그러한 생각은 마조히즘(masochism)적 취향을 보이는 아래층 여자와의 대화를 통해 상기된 것이긴 하나, 송재희 소설 「미스터 칼」의 주인공이 휘두르는 '목검'처럼 자신의 성적 능력의 결여를 의식하고 있는 점에서 문제적

30 정강철, 「바다가 우는 시간」, 『광주전남작가』 제17호, 광주 · 전남작가회의, 심미안, 2011.

이다. 곧, 목검으로 부호화되는 이 남근 기능의 무력감에 대한 자기 확인은 지역작가들의 열패감을 은유하고 있다는 점에서 여전히 극복해야 할 과제가 되는 것이다.

백은하 소설 「의자」[31]의 서술자 '나' 장진경 역시 소설을 쓰는 여자다. 물론 처음에는 9급행정직 공무원시험에 합격해서 하동의 식물시험장에 근무하게 된다. 그곳에서 '나'는 '김세훈'이라는 동료와 사귀게 되고 둘이서 곧잘 '동다송'이라는 찻집에 드나들게 된다. 그곳에서 '운니'라는 이름의 주인여자를 만나 언니라고 부르며 가까이 지낸다. 그 '동다송'이라는 찻집에는 "영화에 나오는 옛날 이발소 의자 비슷한, 매화꽃과 참새가 수놓아진 낡은 방석이 놓여 있고 원앙 한 쌍이 수놓아진 횃댓보가 걸쳐져 있다."(18호, 152) '나'는 그 의자에 앉아도 되는가 하고 묻는다. 운니언니는 안된다고, "저 의자에 앉은 사람은 여서 나랑 같이 살아야 해여. 여서 나랑 천년만년 살고 싶으믄 앉아 보고, 아님 차나 자서예. 그래도 앉고 싶으믄 어쩔수 없지예."(18호, 152) 라고 그 의자에 담긴 의미를 말한다.

그런데 '나'가 소설을 쓰고 싶어 하는 데는 까닭이 있다. 자신의 과거사에 대한 회환이 그것. '나'는 할머니 손에서 자랐다. 네 살 때 폐암으로 아버지가 돌아가시고 어머니는 여섯 살 때 재혼을 했다. 대학입학이 어려워서 아르바이트를 전전하다 카페에 나가게 되고 그곳에서 알게 된 마흔 살 가량의 남자의 애인이 된다. 그가 원하는 대로 정사를 나누고, 처음에는 사랑한다는 떨림 없이 시작한 정사였으나 나중에 그와 헤어질 때쯤엔 "신음소리가 흘러나오는 내 몸을 알게 되었다."(18호, 163)

알고 보니 운니언니의 남자는 절 사람이었다. 그가 직접 만들어 놓은 의자에, 어느 날 그가 와서 누워있다. 운니언니는 의자 옆에 주저앉아 통곡을 하고, 그 남자는 운니언니의 머리를 쓰다듬고 있다. 그 무렵 '나'는 소

---

31 백은하, 「의자」, 『광주전남작가』 제18호, 광주 · 전남작가회의, 심미안, 2012.

설 한 편을 마무리한다. 비로소 그녀는 몸속에 웅크리고 있던 슬픔과 분노의 응어리들을 풀어헤칠 것 같은 느낌에 사로잡힌다. 그러니까 이 소설에서도 우리의 주목을 요하는 것은 소설 내 인물(특히 여성)의 말하기/글쓰기의 욕망이다.

남성중심사회에서 부정되고 배제되고 가치 절하되었던 여성의 몸은 스스로의 정체성에 대한 끊임없는 회의와 불안을 환기시키는가 하면, 많은 경우 여성 자신의 몸/욕망에 대한 부정과 부재 혹은 결핍으로 각인된다. 그것은 우선 이 소설에서 운니언니의 경우가 그러하다. 쓰고 있던 소설을 마무리하지 못하고 있는 '나' 역시 다를 바 없다. 그러나 '나'는 그러한 욕망의 은폐에서 벗어나는 데, 젊은 시절 만났던 나이 든 남자와의 정사에서 자신의 몸/욕망을 확인할 수 있었던, 다시 말해 그녀가 자신의 욕망의 주체로 나아갈 수 있었던 자각에서 말미암은 바 크다. 따라서 운니언니가 그리던 이와 재회하는 장면을 보고서 그녀가 미완성의 소설을 마무리할 수 있었다는 사실에서 우리는 그녀의 글쓰기 욕망의 근원이 대상에서 주체로 나아가는 과정과 닮았음을 확인할 수 있다.

이는 매우 중요한 점인데, 왜냐하면 앞에서 다뤘던 많은 (지역 작가들의)소설들에서 볼 수 있었던 작가들의 무의식에 똬리를 틀고 앉은 열패감을 극복할 수 있는 단초를 이 소설 「의자」에서 발견할 수 있기 때문이다. 이는 엘렌 식수가 『메두사의 웃음』에서 강조한, "여성은 자기 육체를 통해 글을 써야 한다. 여성은 난공불락의 언어를 창안해 내야 한다."는 주장과 맞닿아 있다.[32]

이 장에서 살펴본 다섯 편의 단편들이 갖고 있는 공통점은, 소설 내 인물들이 이야기하기의 욕망을 매우 뚜렷하게 드러내고 있다는 점이다. 주인공 혹은 서술자를 아예 작가로 설정해 놓은 소설들이 대부분이기도 하

---

32 윤학로, 「『메두사의 웃음』과 여성의 글쓰기」, 『프랑스학연구』 제26권, 프랑스학회, 2003. 190쪽.

다. 말하기/글쓰기의 욕망은 기존의 관습과 제도 곧, 억압으로부터의 일탈을 지향한다. 푸코에 의하면 글쓰기는 존재로의 길 찾기다.[33] 글쓰기의 욕망은 따라서 지워졌던 존재를 소환하는 과정이다. 그것은 내면의 발견을 넘어선 탈식민의 욕망과도 닿아있다.

5. 경계를 넘어서기

지역은 사회적 관계 속에서 일상생활을 영위하는 주민들의 삶의 터전이며, 개인이나 집단의 정체성을 제공하는 사회 문화적 장소이다. 사람들에게 거주지는 하나의 소우주이다. 거주 공간으로서의 장소는 우리에게 안정과 영속의 이미지를 부여하며 가치의 중심으로 자리한다. 지역문학은 이렇게 고유한 장소의 아우라를 재현하고 생성할 문화적 힘의 장(場)이라 할 수 있다. 지역은 중앙의 통제와 지시에 의해 채워질 텅 빈 공간이 아니라, 정신의 역사와 환경을 갖고 있는 문화 생성의 단위이다.

지역문학은 고유한 미학적 경험의 장소가 그러한 지역의 경계 내에 있음을 환기시킨다. 그렇듯 지역문학은 자기중심적 세계관과 토착적 정서를 기반으로 자족적으로 구현되는 문화적 실체이다.[34] 그러한 장소에서 지역의 작가들은 같은 이야기를 다르게 반복하기를 통해 자신만의 고유한 영토를 확보하고자 한다. 그것은 중심은 물론이고 다른 지역문학과의 차이를 바탕으로 자신의 존재가치를 증명해가는 지난한 일이기도 하다.

이 글에서 살펴보았던 지역작가들의 소설들은 이른바 정전화된, 유명작가의 작품들이 아니다. 예컨대 광주 · 전남지역에서 배출한 걸출한 작

33 미셸 푸코(Michel Foucault), 『말과 사물』, 이광래 옮김, 민음사, 1987, 72쪽.
34 송기섭, 「지역 문학의 정체와 전망」, 『현대문학이론연구』제24집, 현대문학이론학회, 2005, 16쪽.

가들 곧, 한승원과 이청준과 문순태와 송기숙 과 조정래와 서정인 등의 작품들을 부러 피한 것은 그것들이 이미 충분하게 논의된 점을 우선 고려하였다. 물론 지역문학의 정체성이라는 주제로 새롭게 재해석할 여지는 있겠으나 다음의 과제로 미루었다. 다른 하나는 사실 이 점이 중요한데, 앞에서 거론한 작가들은 지역의 범주를 넘어선, 그러니까 중앙문단에서도 잘 알려져 있고 작품 발표의 기회도 보장받았던 작가군이라는 점이다. 그러니까 이 글에서 분석의 대상이 되었던 텍스트들은 모두가 광주 · 전남지역에서 창작활동을 하는 작가들이면서 그들의 작품이 광주 · 전남작가회의의 기관지인 『작가』지 정도 말고는 발표할 지면을 얻지 못하고 있는 사정에 주목했다. 이들의 작품을 통해 지역작가들의 소외/변방의식과 그럼에도 불구하고 어떠한 경로를 통해 지역문학의 정체성을 만들어가고 있는가하는 점을 살펴보았던 것이다.

그런데 한 지역의 정체성이란 언제나 고정되어 있는 실체가 아니라, 이미 형성된 바탕위에 늘 새롭게 형성되어 가는 실체이다. 또한 정체성은 심리적인 것이면서 이데올로기적인 것이고 윤리적인 것이며 동시에 사회적이고 문화적인 산물이기도 하다. 그리고 정체성은 주체성을 의미하기도 하고, 동시에 동일성과 연대성의 의미로도 사용되는 측면이 있기에 이를 일목요연하게 규명하기가 그렇게 쉽지 않은 일이다. 그러나 광주 · 전남지역은 다른 지역과는 다른 특수성을 지니고 있다는 점에서 이 지역만의 정체성을 부정할 수는 없다. 한 지역의 정체성은 그 지역의 역사 · 문화 · 정치 · 경제 등 다양한 요소들이 중층적으로 복합되어 나타날 수밖에 없다. 이러한 지역정체성의 확인은 그 지역의 지역성을 드러내는 특수성으로 지역문학을 탈지역화하여 보편성을 논의할 수 있는 토대를 이룬다.

그런 관점에서 이 글에서 살펴 본 작품들의 경우 일차적으로, 장소에 내재된 역사적 기억(대체로 5 · 18의 상흔)을 되풀이하여 이야기하고 있는 점이 유별났다. 오랜 시간이 흘렀어도 지역의 작가들에게 무의식의 형태로 각인된 폭력의 상흔이 여전히 치유되고 있지 않다는 점에서 특히 지역을 생(生)이 아닌 죽음의 공간/골짜기로 인식하고 있다는 점에서 문제적이 된다. 물론 같은 범주에서 다룬 작품들마다 그 기억에 대한 표상이 미세한 차이를 보이기는 한다. 한편 지역의 공간을 벼랑 끝에 선 변방으로 인식하고 있는 일련의 작품들의 경우 근대적 기획에 의해 타자/변방으로 규정된 원주민/지역민들의 삶이 얼마나 황폐해졌는가 하는 점을 문제 삼고 있다. 지역의 작가들은 '이제 바다엔 배가 없다.'고, 그래서 삶의 근거가 뿌리째 뽑혔다고 인식하고 있음에도 불구하고, 문제는 어떤 전망도 발견할 수 없는 데 있다.

이는 지역에 근거를 두고 살아가면서 지역민의 삶의 세부를 묘파하려는 작가들의 자기부정과 자기모멸에 가까운 태도가 아닐 수 없다. 그런데 이것은 이 지역만의 국지적 현상은 아닐 것이다. 지역문학은 지역 간의 차별과 소외라는 사회적 모순 상황에서 형성되는 담론이다. 세계자본주의의 반(半)주변부에 속한 한국사회가 빠른 속도로 세계시스템에 흡수되는 것은 어쩌면 피할 수 없는 일일지도 모른다. 그렇다면 중심부에 자본과 권력이 집중되는 것은 당연하며, 따라서 주변부 지역의 소외 현상은 그 어느 시기보다 두드러지게 된다.

그렇다면 어떻게 길을 찾을 수 있을 것인가. 그것은 글쓰기의 욕망, 끊임없이 반복하여 말하고자 하는 욕망만으로 가능할 것인가. 보다 치열하고 섬세하게 지역성을 재현하는 노력이 요구된다. 그럼에도 불구하고 이 글에서 살펴본 소설들에서 두드러지게 발견되는 여성적 글쓰기 양상은 푸코 식으로 말하면 그것은 자기배려를 통한 존재로의 길 찾기요, 식수 식으로 말하면 경계를 넘어서기 위한 전략이다.

다면 여전히 아쉬운 것은, 한국사회에서 근대성의 추구로 인해 매몰되거나 상실된 요소들이 지역의 논리에 의해 새롭게 복원되거나 재해석의 과정을 거쳐 중앙 혹은 타 지역과의 차이를 바탕으로 한 지역만의 가치를 뚜렷하게 드러내고 있지는 못한다는 점이다. 그것은 다시, 지역의 언어와 지역민의 정서를 바탕으로 재구성된 지역만의 독자적 세계의 구축에까지는 이르지 못했다는 것이다. 그렇다고 하여 이 글에서 살펴 본 작가의 작품들이 그 질적인 차원에서 우열의 문제로 재단/환원되어서는 안 된다. 본질적인 의미에서 문학에는 좋은 문학과 나쁜 문학이 있을 뿐 우수하거나 열등한 문학은 없는 까닭에 그러하다.

* 부경대학교, 『인문사회과학연구』 제 15권 2호, 2014.8.

04 영·호남지역문학에서 주체와 타자

1. 타자(the Other)로서의 문학

지역은 사회적 관계 속에서 일상생활을 영위하는 주민들의 삶의 터전이며, 개인이나 집단의 정체성을 제공하는 사회 문화적 장소이다.[1] 지역문학은 지역의 문학이다. 이때의 지역은 공간적 개념이지만 물리적 공간 개념은 아니다. 즉, 어떤 행정구역 내의 문학만을 지칭하지는 않는다.[2] 그럼에도 불구하고 지역문학은 지역이라는 구체적 장소와, 지역작가라는 창작의 주체와, 지역민이라는 독자, 더불어 이를 중개하는 지역의 문학매체로 구성되는 문화적 실체다. 그런데 이 지역(문학)이라는 설정은 중앙과의 상관관계 속에서 가능한 논의이다.

문제는, 오늘날 지역문학이 독자적인 문학적 정체성과 자율성을 지닌 주체라기보다는 보편적인 문학제도의 주변부에 위치하고 있는 타자(the Other)로서의 문화형식이라는 점에 있다. 그것은 어쩔 수 없이 중심과 주변이라는 이항대립적인 경계에 지역문학이 놓여 있는 사정과 무관치 않다. 그렇다하더라도 지역문학을 중심에 대한 주변의 문학으로만 보는 단순논

---

1 최병두, 『근대적 공간의 한계』, 삼인, 2002, 137쪽.
2 김승환, 「지역 현대문학연구의 새로운 방법」, 『어문론총』 제49호, 한국문학언어학회, 2008, 61쪽.

리는 극복되어야 한다. 세계화와 더불어 국민-국가 내의 지방이라는 관점이 한계를 드러내면서 기존의 '지역문학' 개념이 모호해지고 있다는 사실이 고려되어야 한다. 일국 단위에서의 지방(local)과 세계 단위에서의 지역(regional)을 중층적으로 인식하는 지역문학의 논리가 요청되고 있는 것이다.[3] 그렇게 보면 프레드릭 제임슨의 공간에 대한 지정학적 함의를 원용해서 지역문학을 읽어내는 것이 유용한 관점을 제공해 준다.[4] 지역작가들의 위치 혹은 지역문학의 정체성이라는 것도 한 나라의 중앙과 지역이라는 틀을 넘어선 세계체제 내에서 총체적으로 해석할 것이 요구된다.

제임슨에 따르면 후기자본주의 세계 체제는 이 시대 모든 사고의 기본이 된다. 포스트모던 시대에는 전통적 의미에서의 역사와 내러티브, 기억과 미학적 깊이, 그리고 비판적 거리가 사라진 세계다. 그 결과 문화나 예술은 자본주의 구조로부터 더 이상 독립적일 수 없으며 이제 일상의 한 부분으로 남는다. 따라서 (문학을 포함한)예술이 경제적 문제에서 멀리 떨어져 있다는 환상은 말 그대로 환상에 불과하다.[5] '자연'과 '무의식'마저 다국적 자본의 지구적 팽창으로 인해 권력 구조로부터 더 이상 자유로울 수 없게 되었기 때문이다. 이제 사람들은 공간적으로 방향을 잃고 헤맬 수밖에 없는 처지가 된다.

그래서 제임슨은 '인지적 지도 그리기'(cognitive mapping)를 강조한다. 포스트모던한 세계에서 인지적 지도 그리기의 의미는 개인들에게는 더 이상 이해 불가능해 보이는 포스트모던한 세계를 이해하고 자신의 위치와 가야할 바를 깨닫게 해준다는 면에서 중요하다. 지정학적 미학은 지역적이고 전지구적인 인지적 지도 그리기와 연관된다. 이는 우리가 어떻게 지

3 구모룡, 「장소와 공간의 지역문학-지역문학의 문화론」, 『어문론총』 51호, 한국문학언어학회, 2009, 338쪽.
4 프레드릭 제임슨, 『지정학적 미학』, 조성훈 옮김, 현대미학사, 2007, 33쪽.
5 애덤 로버츠 (Adam Roberts), 『트랜스 비평가 프레드릭 제임슨』, 곽상순 옮김, 앨피, 2007, 84쪽.

역과 세계를 분절하는지 보여주며, 가장 지역적인 것과 가장 세계적인 것을 연계시키는 방식을 제공한다. 지역문학은 고유한 미학적 경험의 장소가 그러한 지역의 경계 내에 있음을 환기시킨다. 지역문학은 무엇보다 지역을 그 내용으로 하는 문학이다. 따라서 지역문학(연구)은 지역이라는 장소에 뿌리를 둔 지역작가들의 인지적 지도를 가늠해 볼 수 있는 지표가 된다.

이 글에서는 영남과 호남지역 작가들의 근작소설 읽기를 통해 영·호남 지역작가들의 장소와 공간[6]에 대한 인식, 나아가 그 동질성과 이질성을 살펴본다. 이를 통하여 자연스레 지역작가들의 의식 혹은 무의식에 내재된 주체와 타자의 인식을 어림해본다.

연구 대상 작품은 다음과 같다. 영남(대구·경북) 지역 작품으로는, 대구소설가협회에서 2014년 11월에 발행한 연간지 『소설세계』 2015[7]에 수록되어 있는 단편소설 10편과, (사)포항문인협회에서 2014년 10월에 발행한 『포항문학』 41[8]호에 수록되어 있는 단편소설 2편으로 한다. 호남지역의 경우, 광주·전남소설가협회에서 2014년 12월에 발행한 『코뿔소와 벌레의 지문을 밀고하다』[9]라는 제호의 연간 회원작품집(제9집)에 실려 있는 단편소설 11편과 해남 땅끝문학회에서 2014년 12월에 발행한 회원작품집 『땅끝문학』 13호[10]에 게재된 단편소설 3편으로 한다. 이렇게 영남지역 작

---

6 공간(space)과 장소(place)는 지리학의 기본개념이다. 공간은 가치가 포함되어 있지 않은 객관적이고 추상적인 공간을 의미한다. 철학적으로는 실증주의의 배경 하에서 탄생한 개념이다. 반면에 장소는 그 장소를 점유하고 있는 인간의 가치나 신념이 내재되어 있는 곳을 의미한다. 그런 탓에 장소는 주관적이고 구체적이다. 하지만 공간이나 장소의 개념을 쉽게 구분할 수 있는 것은 아니다. 각각의 개념에 조금 더 접근해가면 두 개념은 동전의 양면처럼 인식되고 있기 때문이다. 그래서 이 글에서는 이 두 개념을 구분하지 않고 사용한다.

7 대구소설가협회, 『소설세계 2015』, 2014. 이후 글 속에서 수록된 작품을 인용할 때는 괄호 안에 쪽수만 밝히기로 한다. 『포항문학』과 『땅끝문학』, 광주·전남소설가협회의 『코뿔소와 벌레의 지문을 밀고하다』에 수록된 작품을 인용할 경우도 마찬가지로 한다.

8 (사)포항문인협회, 『포항문학』 41, 2014.

9 광주·전남소설가협회, 『코뿔소와 벌레의 지문을 밀고하다』, 2014.

품 12편과 호남지역 작품 14편 등 모두 26편의 단편소설 중에서 유의미한 작품을 분석대상으로 한다.

한 지역의 정체성은 그 지역의 역사 · 문화 · 정치 · 경제 등 다양한 요소들이 중층적으로 복합되어 나타날 수밖에 없다. 이러한 지역정체성의 확인은 그 지역의 지역성을 드러내는 특수성으로 지역문학을 탈지역화하여 보편성을 논의할 수 있는 토대를 이룬다는 점에서 통시적(diachronic) 접근이 요구된다. 지역의 장소감(senses of place)은 시간의 흐름에 따라 생성과 변화의 과정을 거쳐 축적된 것인 까닭에 그러하다. 그러나 이 글에서는 같은 해에 발표된 근작소설들 내부에는 작가들의 공통적인 의식 혹은 무의식이 관류할 것으로 보았다. 일종의 횡단면-공시적(synchronic) 접근을 통해서 지역작가들의 장소와 공간에 대한 인식, 나아가 그 동질성과 이질성이 무엇인가 하는 것을 살펴보고자 하는 것이다.

위 작품집들은 각각 대구와 포항이라는 영남지역과 광주와 해남이라는 호남지역에서 발행되고 있는 지역작가들의 회원작품집이다. 그러니까 이 글에서 분석의 대상으로 삼고 있는 지역문학의 작품들은 지역이라는 구체적 장소와 지역작가라는 창작의 주체, 그리고 지역독자(그런데 어쩌면 이들 독자들은 지역작가들일 것이다.)와 지역에서 발행되는 문학잡지(혹은 지역문인단체의 기관지)라는 지역문학연구의 조건을 두루 갖추고 있다. 다만, 왜 영남과 호남지역만의 근작소설인가 하는 질문이 있을 수 있겠다. 우선, 다른 지역문학을 한꺼번에 모두 살펴보는 것은 이 글의 역량 밖의 일이다. 다른 하나는, 영남과 호남지역이 서로에 대해 갖고 있는(갖고 있다고 믿는) 지역감정의 문제가 지역작가들의 근작소설들에서는 정치적 무의식의 형태로 감추어져있을 것인가 하는 관심 때문이다.

가능한 다른 질문 하나는, 이 글에서 지역에서 활동하되 전국적인 명성

10 땅끝문학회, 『땅끝문학』 13호, 2014.

을 갖고 있는 작가들, 이를 테면 대구 · 경북지역의 현진건, 하근찬, 이윤기 등 작고문인을 포함하여, 이문열, 김원일, 성석제, 그리고 광주 · 전남지역의 박화성, 김승옥, 이청준, 조정래, 한승원, 문순태, 서정인 등의 작품을 다루지 않고 이들 무명에 가까운 작가들의 작품을 읽고자 하는 것은 두 가지 까닭이 있다. 우선, 이들 유명한 작가들은 작가론과 작품론의 영역에서 많은 연구가 이루어져 있으나[11] 이 글에서 살펴보고자 하는 작가들은 대부분 의식적인 배제 혹은 소외를 경험하고 있는 (소수 문학의)작가들이라는 점에서 그러하다. 타자로서의 지역문학은 자신의 본체를 말하지 못하게 된다. 비하된 타자는 자기 비하나 비난의 대상이 되기 일쑤이다.[12] 그것은 지역문학작품의 질적 수준을 다음과 같이 열등하게 인식하고 있는 데서 단적으로 드러난다.

> 지역문단의 병통 중의 하나가 우물안 개구리식 문학을 한다는데 있습니다. 솔직히 고백하자면 중고등학교 학생문집에 실린 학생들의 작품보다 낮은 작품이 수두룩합니다.[13]

그러나 과연 지역작가들의 작품은 그처럼 열등한 것인가. 그렇게 허랑(虛浪)하게 비교되고 싸구려 상품처럼 아무렇게나 취급되어도 상관없는 것인가 하는 문제의식을 필자는 갖는다.[14] 다른 하나는, 중앙문단에서 주

---

11 그런 탓에 이 글에서는 그들 작가들을 다수파로 보았다. 들뢰즈와 가타리는 다수자와 소수자라는 용어를 수적인 측면에서가 아니라 구성의 양태적인 측면을 기술하기 위해 사용한다.

12 송기섭, 「지역 문학의 정체와 전망」, 『현대문학이론연구』제24집, 현대문학이론학회, 2005, 10쪽.

13 임지연, 「지역문학의 어제와 오늘」, 『지역문학과 에꼴의 가능성』, 민족문학작가회의 대전 · 충남지부, 2004, 12쪽,

14 물론 그러한 비판을 받을만한 작품이 없다고는 할 수 없다. 이 글에서 살피고 있는 문학매체 4권에 실려 있는 26편의 단편소설 중에서 몇 편을 제외한 까닭은 그들 작품의 소설적 성취에 대한 고민의결과다. 그렇다면 필자 역시 지역문학에 대한 비하의 시선을 갖고 있는 것 아닌가 하는 반문이 있을 수 있겠다. 그러나 대상 작품을 선별하는 필자의 시각 역시 나름의 주관적 판단을 전혀 배제할 수는 없는 탓에 이 글의 목적에 부합하는 '유의미한 작품'으로 한정했다.

목받지 못하면서도 작품을 계속 써나감으로써 그들이 어떻게 상대적 박탈감에서 벗어나고자 하는가(제임슨 식으로 말하면 인식적 지도 그리기와 길 찾기)를 살펴보는 데 적절하기 때문이다. 중앙문단에 명성이 알려진 예의 작가들만이 각각의 지역을 대표한다고 볼 수는 없을 것이다. 물론 이 글에서 분석의 대상으로 삼고 있는 작가들의 작품이 각각의 지역을 대표한다고도 할 수 없다. 다만, 무명에 가까운 작가들이 그들이 처한 부정적 상황을 어떻게 긍정적 열정으로 바꿔나가는지, 그래서 그들의 장소와 공간에 대한 인식과 지역의 정체성이란 무엇인지를 살펴보는 것이 이 글의 관심이다.

다른 한편, 소수자는 동질적 체계로서의 다수파에 비해 잠재적이고 창조적이다. 창조된 생성으로서의 소수자 문학이 곧 지역문학이다. 지역문학은 그렇게 규범적 체계에서 일탈된 창조적 힘을 지니게 된다. 지역문학은 자신의 고유한 차이를 통해서, 그리고 다른 지역의 그것과의 근원적인 차이를 확인하면서 문화적 주체로 고유한 내면을 형성한다. 주체로서의 지역문학이 타자로서의 또 다른 지역문학과 갖게 되는 관계란 이렇듯 교감하여 서로 상승하기 위한 동일 지평에서의 소통을 의미한다. 주체로서의 지역문학은 그러한 관계 하에서만이 자율적 발전의 계기로 타자를 받아들일 수 있다는 점에서 이 비교연구는 일정한 의의를 갖는다고 생각한다.

주된 연구방법론은 다음과 같다. 이 글에서는 우선, 영·호남지역민의 삶을 대상으로 하는 소설작품들(좀 더 정확하게는 대구·경북지역 그리고 광주·전남지역의 근작소설들)에서 그들의 삶과 역사적 기억이 영남과 호남지역이라고 하는 이야기 공간과 각각 어떻게 밀접한 관련을 맺고 있는지를 비교하여 살펴 볼 것이다. 지역문학은 장소의 구체적 총체성을 구현하면서 문학의 보편성을 추구한다. 지역문학에 대한 해석과 평가는 이러한 장소성에서 시작되고 장소성의 성취 과정에 집중되는 것이 타당하다. 이를 위하여 프레드릭 제임슨의 '지정학적 미학'의 이론을 원용하여 읽어볼 것이다.

제임슨에게 있어 포스트모던에 적합한 세 가지 내러티브 방식은 정신병적 알레고리와 공간 분석, 그리고 '인지적 지도 그리기'이다. 그는 문학해석의 본질은 대상을 일정한 의미체계로 환원시키는 행위라고 말한다. 문학 텍스를 해석함에 있어 정치적 해석이 다른 어떤 것보다 우위에 있고, 정치적 관점이 모든 해석과 독서 행위의 절대적 지평이라고 보는 것이다.[15] 라깡의 정신분석학 이론을 자신의 해석학 모델에 적용시키면서 제임슨은 문학적 서술행위가 단순히 언어적 기표(시니피앙)의 제시가 아니라 역사나 현실의 알레고리적 재현이라고 설명한다. 따라서 텍스트에서 각 개인의 의식은 밀폐된 주관적 세계들의 공존과 이러한 세계들 특유의 상호작용이라는 입장을 갖는다.[16]

다음으로는, 들뢰즈와 가타리의 소수문학의 개념을 활용할 것이다. 들뢰즈와 가타리는 '소수적'이라는 형용사가 특정한 특수문학이 아니라 소위 거대(혹은 확고하게 자리 잡은) 문학 내에 위치한 모든 문학의 혁명적인 조건들을 가리킨다고 말한다. 다수언어 안에서 소수가 만들어내는 문학으로서의 소수 문학의 세 가지 특징으로 그들은 언어의 탈영토화, 개인과 정치의 직접 관련성, 집합적인 언표 연쇄 등을 지적한다.[17]

우리가 지역문학에 관심을 두는 이유는 무엇보다 삶의 현실성을 회복하자는 의도가 가장 크다. 우리가 살아가는 지금 이곳의 삶에 문학이 뿌리를 내려야 한다는 점에서 지역은 우리에게 생활감각으로 살아있는 곳

15 허상문, 「F.제임슨의 변증법적 문학이론」, 『인문연구』 56권 0호, 영남대학교 인문과학연구소, 2009, 12쪽.

16 전봉철, 「제임슨의 재현전략」, 『영어영문학』 제46권 2호, 한국영어영문학회, 2000, 464쪽.

17 질 들뢰즈 · 펠릭스 가타리, 『카프카-소수적인 문학을 위하여』, 이진경 옮김, 동문선, 2001, 43-69쪽.

이며, 구체성을 담보하면서 우리에게 다가오는 공간인 때문이다.

2. 퇴락의 이미지리(imagery)

모든 풍경에는 기억과 역사가 내재해 있다. 사람들은 이러한 풍경을 통해 정체성을 얻고 타자와 교섭한다. 풍경과 장소와 공동체는 서로 교차하고 중첩된다.[18] 『소설세계』[19]에 수록되어 있는 단편소설 대부분은 지역이라는 장소성을 지역의 구체적 삶과 생활방식의 맥락 속에서 드러낸다. 그런데 지역의 고유한 삶의 방식으로서의 지역문학이라는 의미에서 볼 때, 아래에서 살펴 볼 소설들에서 등장하는 장소로서의 지역은 생성의 장소가 아닌 퇴락의 이미저리(imagery)가 두드러진 특징을 보인다.

이연주 소설 「토끼와 호랑이」[20]의 경우 서술자의 아버지가 정년 후 '시골집'에서 여생을 보내고 있다는 진술 외는 그 구체적 장소가 드러나 있지 않다. 그럼에도 불구하고 이 소설에서 '시골집'은 서술자의 늙고 병든 부모가 스스로(오래 치매를 앓고 있던 아내를 먼저 죽이고 남편도 뒤따라 목을 매서 죽는다.) 생을 마감하는 절멸의 장소로 기능한다. 이제 시골은 이들 소설의 인물들에게 유년의 따뜻한 기억으로 남아 있는 모태로서의 장소가 아니라 부정적인 곳으로 인식된다. 물론 양부의 불행한 노년과 죽음이 시골이라는 장소 자체의 부정성 때문은 아니다. 그렇다하더라도 시골이라는 장소가 원초적인 생명력으로서의 활기를 잃고 퇴락의 부정적 이미지로 그려지고 있는 소설은 많다.

---

18 구모룡, 「장소와 공간의 지역문학-지역문학의 문화론」, 『어문론총』 51호, 한국문학언어학회, 2009, 347쪽.

19 대구소설가협회, 『소설세계』, 2015, 2014.

20 이연주, 「토끼와 호랑이」, 『소설세계 2015』, 대구소설가협회, 2014, 182-207쪽.

윤중리 소설 「석양의 풍경 · 2」[21]에서 묘사되고 있는 '고향' 역시 그러하다. 이 소설에서 서술 대상인 김 선생은 갑상선암 수술을 받고 고향에 돌아와 정착한지 2년이 되었으나 아직 완치된 게 아니다. 이 소설의 장소인 '고향'은 이제 첫돌 지난, 서울 사는 딸아이의 아이를 떠맡아 보육해야 하는 곳으로 그려진다. 김 선생의 모교는 우람하던 플라타너스도, 우물곁에 있던 회나무도 사라져 옛 자취를 찾을 수 없을 뿐 아니라, 올 해 졸업생이 열 명이 안 된 까닭에 마침내 폐교될지 모르는 사정에 처해있다. 이제 고향은 생성의 장소가 아닌 것이다.

노정완 소설 「용들의 시간」[22]에 묘사된 고향 역시 다르지 않다. 삼랑진 근처 용당이라는 구체적 장소가 제시되고 있는 이 소설에서 서술자는 간암 투병 끝에 죽은 아버지와, 아버지의 병문안을 다녀오다 덤프트럭에 치여 죽음을 당한 용주댁을 회상하고 있다. 용주댁은 아버지의 정인(情人)이었던 모양이다. 어쨌거나 이 소설에서 서술자에게 고향은, 예전엔 지천으로 잡혔으나 하굿둑이 생기고 강물이 오염되면서 거의 사라지고 만 '웅어'로 기억된다. 아버지와 용주댁이 회거나, 아니면 굽거나 매운탕으로 끓여내던 그 웅어의 맛을 여전히 간직하고 있다. 그러나 이제 고향엔 아버지도 용주댁도 없고 다만 주인 없는 빈집들만 남아 있다.

이순우 소설 「아버지의 귀향」[23]의 경우, 장소인 '고성'은 소설 내 인물의 "유년의 꿈이 서린 곳이고 아버지와 동생들이 살고 있으며, 아버지가 긴긴 세월을 두고 꿈에도 잊지 못하던 곳"이다.(259) 소설에서 서술자는 지금 아버지의 유골을 안고 '대진'을 향해 가는 택시 안에 있다. 대진은 민간인들이 사는 마을로는 가장 북쪽에 있는 마을이다. 그런데 택시를 타고 달리는 길은 종국에는 휴전선에 가로막혀 더 이상은 나아갈 수 없는 길로,

21 윤중리, 「석양의 풍경 · 2」, 『소설세계 2015』, 대구소설가협회, 2014, 208-221쪽.
22 노정완, 「용들의 시간」, 『소설세계 2015』, 대구소설가협회, 2014, 277-300쪽.
23 이순우, 「아버지의 귀향」, 『소설세계 2015』, 대구소설가협회, 2014, 259-276쪽.

죽은 길이나 마찬가지다. 이 소설은 분단의 한을 안고 살다가 죽은 아버지의 유해를, 그의 고향인 북쪽 고성읍에 가장 가까운 곳까지 가서 뿌리고자 하는 아들의 행위를 묘사하고 있다. 그러니까 이 소설에서 고향은 여전히 근원회귀의 장소이기는 하지만 망향의 한을 지닌 이들의 상실의 장소로만 호명된다.

한편, 이 소설이 분단의 상흔을 간직하고 있는 인물(아버지)의 죽음을 서사화하면서도 그 인물들이 처한 시공간적 위치에 대해 굳이 말하지 않고 있는 점은 주목을 요한다. 이는 제임슨적 의미에서 일종의 알레고리로 볼 수 있다. 사물과의 일대일 대응이 가능하다고 믿었던 모더니즘 시대의 산물이라고 할 수 있는 상징과는 달리, 알레고리는 사물과의 일대일 대응이 더 이상 불가능하며 일대다 대응만이 가능해진 포스트모더니즘 시대의 대표적인 표현방식으로 이해된다. 이 소설의 인물들은 분단으로 인한 상흔에 대해서는 말하지만 분단의 원인에 대해서는 의도적으로(혹은 그 대립의 실체가 무엇인지 모를 수도 있다) 침묵한다. 다시 말하면, 이 소설의 인물들은 분단과 전쟁의 의미를 여전히 제대로 이해하지 못한 채 정치적 · 역사적 소용돌이 속에 휘말려 여전히 분단 상태로 머물러 있는 자신들의 상황에 대한 분노하기는 하지만 그 이상의 어떤 인식이나 행동을 취할 수 없는 우리들 모습의 알레고리적 표현이라고 할 수 있다. 더구나 아버지의 죽음으로도 분단 상황은 아무런 변화가 없으며, 남은 가족-자식들의 상흔이 치유되는 것도 아니다.

광주 · 전남지역작가들이 그들의 소설에서 다루고 있는 지역이라는 장소감(senses of place)도 크게 다르지 않다. 박혜강 소설 「잡초는 없다」[24]의 경우 서술자는 한 해 전쯤에 농촌지역인 솔뫼마을로 이주해 온 소설가다. 그가 아내의 냉담을 견뎌내며, 예전엔 100호를 웃도는 제법 큰 규모의 마

24 박혜강, 「잡초는 없다」, 광주 · 전남소설가협회, 2014, 78-99쪽.

을이었으나 이제는 곶감처럼 쪼그라진 퇴락한 촌마을로 귀촌을 결심한 까닭은 무엇보다 "농촌에서는 사람들을 자주 만나지 않게 되어서 스트레스가 줄어들 거라는 점"(79) 때문이었다. 그러나 그의 소박한 바람은 군에서 부사관으로 근무했으며 퇴직하고 나서 이 솔뫼마을로 들어온 본토박이 똥장군(강호 씨)으로 인해 난감한 상황에 빠지게 된다. 가까운 사람들에게 귀촌하겠다는 말을 했을 때 가장 많이 들었던 걱정 중 하나가 촌으로 이사 가면 텃세에 시달리는 경우가 많다는 것이었는데, 영락없이 그런 경우를 당한 셈이었다.

똥장군은 걸핏하면 술에 취해서 아침저녁을 가리지 않고 고함을 질러대거나 텃세를 부렸다. 그에게 똥장군은 뽑고 나면 어느 틈인지 또 솟구쳐 있는 잡초처럼, 그리고 자신의 일에 열중하기보다는 기득권을 지키려고 악바리처럼 굴던 도시의 사람들 못잖게 성가신 존재였다. 그러니까 이 소설에서 시골은, 도시의 번잡함을 피해 한적한 곳으로 이주한 인물에게 도시와 별반 다를 것 없는 악머구리의 장소라는 일차적 전언을 남긴다. 물론 이 소설은 잡초는 인간 우월주의와 편협함이 가득한 단어라는 갑작스런 깨달음으로 그간 쓰지 못하던 소설을 쓸 수 있게 되었다고 마무리하고 있다. 그렇다하여 시골이라는 공간이 곧바로 창조 혹은 생성의 의미를 갖는 것은 아니다. 그것은 소설 내 서술자의 소설쓰기가 가능해졌다 해서 그 똥장군의 행패로 대표되는 시골이라는 장소의 번잡스러움과 퇴락의 이미지가 바뀌는 것은 아니기 때문이다.

김용두 소설 「코뿔소와 코, 코, 꼬뿔소」[25]에서의 이야기 공간은 퇴락한 비닐하우스다. 한때 파프리카를 재배했던 곳이었으나 지금은 소여물을 보관하거나 텃밭 정도로만 사용하는 곳이다. 이제 대학에 갓 입학한 소설 내 인물은 이 비닐하우스에서 어릴 적 친구와 함께 밤새워 탁구를 친다.

---

25 김용두, 「코뿔소와 코, 코, 꼬뿔소」, 광주 · 전남소설가협회, 2014, 10-31쪽.

찢어진 비닐 사이로 불어오는 바람에 탁구공이 제멋대로 휘지만 그들은 찢어진 곳을 테이핑으로 이어 붙이면서 게임을 계속한다. 그는 중학교를 졸업하지 못한 채 죽은 형에게서 탁구를 배웠고, 그러니까 허름한 비닐하우스에서 친구와 함께 밤새워 탁구를 치는 행위는 그의 형을 추모하는 것이면서 그 기억으로부터 벗어나고자 하는 일종의 통과제의가 된다. 이 소설 내 인물의 행위공간인 비닐하우스가 주는 이미저리 역시 퇴락의 이미지에서 멀리 있지 않다.

이진 소설 「다이아몬드 더스트」[26]는 상당한 규모의 마을 단위 집터에 대한 발굴조사 현장에서 발견된 유골을 매개로 이야기가 전개된다. 유골은 두터운 겨울 점퍼를 껴입은 채 살점 하나 없이 육탈된 해골의 상태로 발견되지만, 이 소설에서는 유적으로서의 가치를 거의 상실한 토기조각처럼이나 별 의미 없다. 문제는 '수분을 먹은 먼지'라는 뜻의 소설 제목이 의미하는 바, 어려서 아빠에게 버려지고, 굳이 찾아 나서려 하지는 않았으나 필경 그의 아버지일 것으로 짐작되는 변사체가 다른 장소에서 발견됐다는 점에 있다. 그러나 또 소설의 인물은 그의 아버지일 것으로 짐작되는 시신에 대한 확인 작업을 머뭇거린다. 치유할 수 없는 마음의 상처가 원인일 것은 빤한데, 이 글에서 주목하고자 하는 것은 소설의 배경으로 제시되고 있는 유적 발굴지라는 장소가 갖는 이미지다.

유적지 발굴은 지역사 연구에 가장 기본이 되는 자료 중 하나이다. 그것은 무엇보다 장소의 구체성을 복원하는 데 있어 소중한 가치를 지니고 있기 때문이다. 다만, 이 소설에서 일종의 배경으로 등장하는 유적지라는 장소는 그곳에서 발견된 유골과 아버지일 것으로 짐작되는 변사체와의 매개로서만 기능할 뿐 지역이라는 삶의 구체적 공간성을 담보하고 있지는 않다. 그럼에도 불구하고 작가가 인물의 행위공간을 유적지 발굴 장소

26 이진, 「다이아몬드 더스트」, 광주 · 전남소설가협회, 2014, 164-182쪽.

로 제시한 것은 장소가 그곳에서 삶을 영위하는 인물들의 구체적 실존을 담보하고 있다는 의식의 발현으로 읽을 가능성은 남는다. 유적 발굴이 2년 동안 진행되고는 있으나 "유적으로서의 가치를 거의 상실한 토기조각이 음료수 깡통처럼 발에 채"(165)일 뿐이라는 묘사를 통해 우리는 이 소설의 장소가 갖고 있는 비생산성 혹은 퇴락의 이미저리를 확인할 수 있다.

3. 배제된 곳, 게토(ghetto)의 환유

지역문학은 지역의 장소와 공간을 내용으로 하는 문학이다. 따라서 장소는 소설 내 인물들의 제유적 연관으로 이해된다.[27] 그런데 아래에서 살펴 볼 소설들에서 이야기 공간으로 제시되는 장소가 중앙 혹은 중심(또는 법과 제도)으로부터 배제된 지역의 이미지를 환유하고 있는 특징을 보인다. 유토피아적 전망이 사라진 의미를 잃어버린 장소, '세계없음'의 '무장소성'의 공간[28]인식은 대구 · 경북이나 광주 · 전남지역 작가들의 작품에서 공통적으로 발견된다.

장정옥 소설 「어느 고물상의 노트북」[29]은 고물상에서 우연히 주운 노트북에 저장된 다른 사람의 소설을 자신의 이름으로 투고하여 신춘문예에 당선됐다는 '나'의 이야기로 시작된다. 그런데 고물상에 노트북을 팔아버린 이로부터 '나'에게 술이나 한 잔 사라는 연락이 온다. 이 소설에서 우리의 주목을 끄는 것은, 그가 왜 소설을 스스로 포기해 버렸는가에 있을 것

27 구모룡, 앞의 글, 354쪽.

28 슬라보예 지젝, 『폭력이란 무엇인가』, 이현우 외 옮김, 난장이, 2012, 122쪽. 알랭 바디우는 현재 우리가 살아가는 삶의 공간이 점차 '세계없음'의 공간으로 경험된다고 설명한다. '세계없음'이란, 우리가 지향하는 유토피아적 전망 자체가 사라져버린, 따라서 이제 세계가 아니라 단순한 장소에 불과하다는 것이다.

29 장정옥, 「어느 고물상의 노트북」, 『소설세계 2015』, 대구소설가협회, 2014, 158-181쪽.

이다. '나'에게 노트북을 가져다 준 '나'의 애인인지 남자친구인지 애매한 '소유'라는 인물의 입을 빌려 얼마간의 해명이 시도된다. 즉, 소유는 자신의 소설 쓰는 후배도 "너무 고독해서 자살을 기도했던 적이 있다고, 자발적인 유배의 삶을 선택하고도 세상 사람들에게 버림받은 느낌이 들면 처절해지는가 보더라고, 사람을 죽음으로 몰고 가는 건 그놈의 외로움이고 거듭되는 실패의 기억이라고"(171) 말한다.

그러니까 고물상에 노트북과 함께 한 무더기의 책을 내다버린 무명의 소설가는, 우선적으로 거듭되는 실패와 외로움 탓에 사회와의 마지막 끈이자 소통의 통로를 스스로 끊어버린 것으로 이해된다. 이를 우리는 지역 작가들의 소외와 고립의 극단적 체현으로 읽을 수 있다. 타인의 글을 (결과적으로)훔쳐서라도 신춘문예에 당선되고자 하는 비뚤어진 '나'의 열망마저도 중심으로부터 배제된 자의 황폐한 내면을 비추는 은유가 된다. 노트북과 함께 한 무더기의 책을 내다버린 고물상이라는 장소는 어떤 함의를 갖는가. 일반적으로 고물상은 헐거나 낡은 물건을 수집하는 곳이다. 헐거나 낡은 물건은, 쓸모 있음과 없음을 구별하는 쓰레기와는 그 결이 다르기는 하지만, 쓰레기와 크게 다를 것 없이 배제의 과정이 자동적으로 이루어지는 장소인 것은 마찬가지다. 이 소설에서 결코 간과할 수 없는 장소인 고물상은 오늘날 제도의 바깥에 위치하고 있는 지역(문학)의 은유가 아닐 것인가.

손병현 소설 「오아시스」[30]는 '오아시스 이용원'이라는 간판이 붙은 변종 성매매업소라는 공간이 제시된다. 그곳, 어두침침한 곳에서 잔주름이 많고 살점이 없는 긴 손바닥의 늙은 이발소 여자의 다음과 같은 발화를 통해 소설 내 인물 '우석'의 상황을 정리하면 다음과 같다. 곧, "아저씬 점점 사막이 돼가고 있군요. 늘 갈증에 시달리면서 천천히 말라가고 있겠죠.

30 손병현, 「오아시스」, 광주 · 전남소설가협회, 2014, 102-121쪽.

몸을 만져보면 알 수 있어요. 더 이상 물줄기가 흐르지 않는 푸석한 땅의 힘없는 맥박이 느껴져요. 결국은 나뭇잎처럼 말라비틀어져서 바스락거리고 말거예요"(113)

이 소설에서 어두컴컴하고 밀폐된 장소, 변종 성매매가 은밀하게 이루어지는 '오아시스 이용원'은 어떤 함의를 갖는 장소인가. 그것은 일차적으로 비윤리적인 퇴폐의 공간이면서 배제에 의해 양산된 잔여물이 고여 있는 곳이다. 이를 아감멘 식으로 말하면 벌거벗은 생명 곧, 호모 사케르[31]라 할 수 있을 것이다. 따라서 이용원에서 일하는 여자에게는 벗어나고 싶으나 결코 벗어나지 못하는 폭력적이고 폐쇄된 공간이며, 소설에서 '우석'으로 호명되고 있는 인물에게는 현실에서의 도피이면서 갈증(그것도 가짜 갈증)을 해소하기 위한 공간으로 기능한다. 그가(혹은 그녀가) 어떤 현실적 억압과 타자화의 과정을 거쳐 이 공간에 스며들었는지는 알 수 없다. 다만 두 사람 모두에게 이 공간이 그 이름과는 달리 '오아시스'가 아닌 것만은 분명하다. 이 공간은 마주하고 있는 두 사람에게 일상적 언어와 친밀성을 매개로 이루어지는 생활공간이 아니라 기능적으로 작동하는 화폐나 권력을 매개로 이루어지는 폭력적인 공간이기 때문이다. 작가가 이렇듯 일종의 게토(ghetto)로서 환유하고 있는 '오아시스 이용원'이라는 공간은 장정옥 소설 「어느 고물상의 노트북」에서 '고물상'이 그러했던 것처럼 법/제도의 바깥에 위치하고 있는 지역(문학)의 은유가 된다.

조상현 소설 「밀고자」[32]에서의 이야기 공간은 지방사립대학이다. 학장의 사위인 백 실장의 비리를 당국에 제보한 사람을 '혜정'으로 단정한 학장과 백 실장 등이 밀고자를 찾기 위해 직원들을 대상으로 추악한 짓들을

---

31 고지현, 「조르조 아감벤의 '호모사케르' 읽기」, 『인문과학』 제93집, 연세대학교 인문학연구원, 2014, 225쪽. 아감벤에 따르면 호모 사케르(homo sacer)란, 한마디로 말해, 아무것도 가진 것이 없는, 오로지 벌거벗은 생명 외에 지닌 것이 없는, 전적으로 권리를 박탈당한 자이다.

32 조상현, 「밀고자」, 광주 · 전남소설가협회, 2014, 184-225쪽.

벌이는 이야기가 소설의 뼈대를 이룬다. 소설에서 언급되는 지방사학의 온갖 비리와 부정의 양태는 새삼스러울 것 없다. 가령, 실험기자재 납품 비리를 수사하고 있는 검찰의 수사가 난항에 빠진 가운데, "치근대는 사내들 살피느라 밤을 샌다며?, 요즘은 자연산이 최고지"(198) 등의 성희롱과, "자기 상사를 배신하는 건 거지같은 인간들이나 하는 짓"(186)이라는 백 실장의 위협과, "종국에는 폭력이 날뛰며 이성이 눈을 가리고 윤리와 질서조차도 짓이겨지는 야만의 시간"(197)을 견뎌내야 하는 하위주체들의 굴종의 시간들은 이미 낯익은 풍경이 되었다.

이 소설에서 주목을 끄는 것은 두 가지다. 그것은 먼저, '밀고자'라는 호명이다. 우리가 어떤 대상을 언어로 상징화하는 과정에는 이미 폭력성이 내재되어 있다. 즉, 언어는 그것이 가리키는 사물을 단순화하고, 사물을 단일한 하나의 속성, 즉 본질로 환원시켜 버린다. 언어는 또한 사물을 의미의 영역으로 밀어 넣는데, 이 의미 영역은 결국 그 사물에게는 외부적인 것이다. 사물로부터 본질을 분리해 내는 언어의 능력에 근본적인 폭력이 존재한다는 것인데, 이것이 곧 지젝이 말한 상징적 폭력인 셈이다. 사학을 비롯한 공공의 영역에 있는 기관의 비리를 사법당국에 제보한 사람에게 우리 사회는 어떤 시선을 보내는가. 그것은 이 소설에서, "자기 상사를 배신하는 건 거지같은 인간들이나 하는 짓"(186)이라는 백 실장의 언명을 통해 명료하게 규정된다. 그는 공익을 위한 제보자가 아니라, 배신자, 밀고자가 되는 것이다.

다른 하나는 소설의 이야기 공간인 지방사립대학이라는 장소다. 우리나라 거의 대부분의 사학이 족벌체제로 운영되고 있다거나, 상상을 초월하는 재정 비리와 교권침해가 일상화 되고 있다거나, 그것의 배후에는 교육비 부담을 줄이고자 하는 국가의 요구와 학교 교육 일반에 대한 통제를 강화하려는 요구가 상관관계에 있다거나 하는 것을 이 글에서 논의할 것은 없다. 이 소설에서 '밀고자'이거나 아니거나 상관없이 폭력적인 상태에 놓여 있는 인물들의 위치만이 문제된다. 그것은 다시 아감벤 식으로 말하자면, 국가에 의해 보호받아야 할 신성하고 존엄한 생명이 아니라 버려져도 상관없는 호모 사케르라는 것이다. 그렇다면 이 소설의 이야기 공간인 지방사립대학은 학장이나 그의 사위인 백 실장 등 주권자들을 제외한 인물들에게는 일종의 게토가 되는 것이다.

차노휘 소설 「운행구간」[33]에서는 'H계곡 하류에 있는 장례식장'이 눈길을 끈다. 늪 속에 오랫동안 처박혀 있었을 것이 분명해 보이는 부패한 사체 한 구가 들어오고 나서, 일단의 대학생들이 이 지역 일대에서 실종된 환경운동가들의 얼굴 사진과 이름이 적힌 피켓을 들고 사인규명을 요구하는 시위를 벌인다. 이 소설에서 계곡과 늪지는 환경운동가들이 실종되는 죽음의 장소가 된다. H에 광우병 파동과 부동산 투기 열기가 한꺼번에 찾아왔다가 사그라진 뒤 토지보상금을 노리고 만들어졌던 축사들은, 이제 매몰했던 가축들에서 풍겨 나오는 악취와 썩은 물로 인해 오염된 장소가 된다.

그곳을 취재하던 환경운동가들 몇이 의문의 실종과 죽음을 당하는 사건이 일어나지만, 소설 내 인물인 택시 운전자 사내는 그 모든 일에 무덤덤하다. 아니 오히려 시위를 하던 대학생들이나 취재를 하러 왔던 환경운동가들을 "한꺼번에 울음판을 떨어대다가 시기가 지나면 조용해지는 매미 떼"(241)에 비유한다. 사내는 "아무런 일도 일어나지 않기를 바라면서 무분별한 사건에 뛰어들지 않으며, 평온한 일상을 유지하는"(242) 게 최상의 삶이라고 여긴다. 왜냐하면 그는 자신의 일상이 흐트러지는 것이 두려운, 그래서 조용히 택시 운전을 하다가 무사고 경력으로 개인택시라도 몰았으면 하는 지극히 평범한 개인에 불과하기 때문이다.

---

33 차노휘, 「운행구간」, 광주 · 전남소설가협회, 2014, 228-247쪽.

지나치게 영악하거나 혹은 무기력한 인물의 시선에 포착된 이 소설의 장소가 계곡과 늪이라는, 무엇보다 부정한 상황에 비판적이던 인물들을 아무도 모르게 삼켜 버리는 죽음의 공간이라는 점에서 우리는 이 공간에 담긴 함의를 그냥 지나치기 어려운 것이다. 그것은 사람이 살 수 없는 장소, 가축을 묻은 그곳에서 썩은 물이 고여 지면으로 흘러내리고, 오염물이 침전되어 마침내 지하수까지 이르는 또 다른 게토로서의 환유가 된다.

이룸 소설 「울어라, 개굴 개굴」[34]의 경우 소설의 공간은 저 멀리 아프리카 수단의 수도인 북카트룸에서도 자동차로 세 시간이나 걸리는 청나일강 기슭이다. 수단 군부로부터 부지를 불하 받아 타이어 코드사 작업라인을 확장하려는 한국인 직원들에게 악어농장 사내 '당카'는 골칫덩이다. 악어농장을 밀어버리고 공장을 확장하려는 한국인 직원들과, 그들의 생계수단인 악어농장을 지키려는 현지인 '당카' 사이의 갈등과 긴장이 이 소설의 주요 서사다.

그러나 노조위원장 출신이면서 사내에서 일어난 노사분규를 일시에 진압할 정도의 능력을 가지고 있는 '한 이사'가 도착하면서 그 긴장은 싱겁게 끝나고 만다. 한 이사는 당카를 무자비한 폭력으로 대한다. 한 이사의 폭력은 몽둥이로 당카의 몸에 매질을 하는 것에서 그치지 않고, 그의 몸에 석유를 뿌려 불을 지르고자 하는 데 까지 나아간다. 그가 현지에 도착하기 전에는 한국인 직원들이 당카의 젊은 아내에게 임신을 시켜 놓기도 했다. 이 소설의 장소가 우리나라의 경계를 벗어난 지역을 설정하고는 있으나, 이 소설에서 당카와 그의 아내는 본래적 의미에서 벌거벗은 생명-호모 사케르요, 이야기 공간인 청나일강 기슭의 작은 악어농장은 게토의 환유다. 동시에, 프레드릭 제임슨이 그의 '지정학적 미학'에서 강조하고 있는 것처럼, 자본의 확장과 침투로 인한 식민화된 공간인 것이다.

---

34 이룸, 「울어라, 개굴 개굴」, 『소설세계 2015』, 대구소설가협회, 2014, 309-326쪽.

게토는 다른 집단에 대한 공포로 인해 고립으로 떠밀린 특수한 집단-공동체이다. 주지하다시피 게토는 본래 유대인 격리지역을 말한다. 이탈리아 베네치아에서 시작된 게토는 장벽으로 둘러싸이고 밖으로 연결된 2개의 통로에는 보초가 세워졌다. 게토는 유대인의 노동력과 경제적 역할을 최소한이나마 활용하면서 이들에 대한 사회적 혐오감을 정치적으로 이용하려는 전략의 소산이었다. 그러니까 게토의 근인은 바로 이 유대인에 대한 혐오감에 있었다고 할 수 있다. 오늘날 게토는 보다 넓은 의미로 전유된다. 아브라힘 카한(Abraham Cahan)이 "A Tale of the New York Ghetto"(1898)에서 뉴욕 할렘에 이 용어를 사용한 이후 이 용어의 외연은 점차 확대되어 어빙 고프만(Erving Goffman) 이후에는 빈민 주거지역 뿐 아니라 소수민족 보호구역 등 집단촌락, 감옥, 정신병원 등으로 더욱 넓혀지고 있다. 이는 이 용어가 지닌 강력한 이미지를 통해 문제점을 부각하려는 전략적 선택의 결과일 것이며, 이 글도 그런 의도에서 유토피아적 전망이 사라진 의미를 잃어버린 장소, '세계없음'의 '무장소성'의 공간에 대한 인식으로 사용하고 있다.

이 유사한 의미의 장소감이 영 · 호남 지역작가들의 작품에서 되풀이-반복되어 재현되고 있는 점은 흥미로운 대목이다. 이는 동일한 말을 서로 다르게 표현하는 다양한 목소리들이 동시에 들리는 것으로 읽을 수 있는데, 그것은 무엇보다 상대적 박탈감을 갖고 있는 지역작가라는 공통된 문제의식의 공유로 인해 가능한 현상일 것이다.

4. 기억과 상흔(trauma)

지역성과 보편성은 대립적인 개념이 아니다. 지역성(地域性)이란 한 지역만이 가지는 특징을 말한다. 그런데 지역성은 단순한 특징을 넘어서서 그 특징이 그 지역의 정체성이 될 때 유의미하다. 지역의 정체성은 지역을 이루는 물리적 공간으로서, 공간과 삶의 주체인 인간 그리고 인간들이 이루는 집단인 사회, 이 세 가지가 섞이고 누적되어 만들어지는, 인간 사유의 결과인 구성체인 것이다.[35]

그러나 지역성은 이러한 작가 경험의 특수성만을 강조하기 위한 것이 아니다. 이러한 체험의 특수성이 어떤 사유의 특성을 낳았으며 이것이 그의 문학적 특성과 어떻게 관련을 맺는가를 두루 살피기 위한 출발점일 뿐이다. 이 지역성이란 그러므로 주변성과 타자성에 대한 작가의 인식문제, 그리고 자신의 존재에 대한 고민을 풀어가는 방식의 문제와 밀접한 연관을 지닌다. 그러므로 지역성이란 작가의 이력이나 지역적 특질로 환원되기보다는 주체와 현실을 사유하는 방법론이자 원칙이라는 차원에서 이해되어야 할 것이다.[36]

그렇게 볼 때 이 글에서 살펴보고 있는 영 · 호남 작가들의 현대소설들에서는 유독 상처의 기억이 두드러지게 눈에 띄는 것 역시 흥미롭다. 그 양상은 유사하면서도 얼마간의 차이를 보인다.

우선 박옥순 소설 「검은 목련」[37]을 읽어보자. 이 소설의 여성인물 '혜린'은 사회복지기관인 '희망의 전화'에서 자살방지 상담 업무를 보고 있다. 그런데 자살미수로 입원했던 여학생에게 심리치료를 맡아달라는 대학병원의 의뢰를 받고 '가은'이라는 이름의 여자아이와 상담을 하게 된다. '가은'이는 계부에게 지속적인 성폭행을 당했으며 친모 역시 그 사실을 알면

---

35 김승환, 「지역 현대문학연구의 새로운 방법」, 『어문론총』 제49호, 한국문학언어학회, 2008, 57쪽.
36 서영인, 「백신애 문학 연구-타자인식의 근거로서의 지방성과 자기탐구의 욕망」, 『한민족문화연구』, 29권 0호. 한민족문화학회, 2009, 242쪽.
37 박옥순, 「검은 목련」, 『소설세계』 2015』, 대구소설가협회, 2014, 222-241쪽.

서도 묵인하고 있었다는 것, 그런데 '가은'이의 심리치료를 하고 있는 소설의 여성인물 역시 어렸을 때 이웃집 아저씨에게서 비슷한 경험을 가지고 있다는 것이 소개된다.

어쨌거나 친모를 죽이고 자신 역시 죽으려던 소동을 벌인 뒤 시골의 친할머니에게 가 있는 가은에게서 온 메일에는 다소의 희망이 담겨 있다. "이곳 시골은요, 또 다른 세상이에요. 새소리에 잠이 깨면, 밝은 햇살이 얼굴을 간질여요. 이제야 지옥의 터널을 지나 이렇게 햇살을 받고 있는 것인가 하구요."(241) 그러나 그뿐, 흰 목련꽃을 검은 목련으로 바라보는 가은의 일상은 잠시의 평온 뒤에 어떤 폭풍우를 만날지, 그녀가 잠시 머물고 있는 시골이라는 공간은 구체적 대안을 제시해주고 있지는 않다. '희망의 전화'에서 자살방지 상담 업무를 보고 있는 소설의 인물 역시 내밀하게 간직하고 있는 유년의 상흔에서 완전한 회복이란 가능하지 않다.

근대적 주체는 본질적으로 관찰자다. 관찰자가 되는 인간은 이 소설의 서술자 '혜린'처럼 주변 세계를 자신처럼 객관화한다. 관찰하는 자는 시간의 강을 넘어선 사람이다.[38] 그럼에도 불구하고 그녀가 유년의 상흔을 온전하게 극복했다고 볼 수 없는 것이 '가은'의 상담을 통해서 자신의 기억 너머에서 봉인된 듯싶었던 유년의 상흔이 불시에 출몰하기 때문이다. 프로이드는 이처럼 우리의 무의식 속에 깊이 묻혀 있던 과거의 기억이 의식으로 잔혹하게 침투하는 것을 '억압된 것의 귀환'[39]이라고 불렀다.

임수진 소설 「삼각 김밥을 먹는 시간」[40]도 상처에 관한 기억을 이야기하고 있다. 방송국 구성작가인 '나'의 아버지는 보디빌더였다. 거실 장식장에는 아버지가 받은 트로피가 가득했다. 그런데 어느 날 아버지가 교통사고를 당하고 다시는 덤벨을 들 수 없는 신세가 된다. 더구나 가해자는

38 알라이다 아스만, 『기억의 공간』, 변학수 외 옮김, 경북대학교출판부, 2003, 120-121쪽.
39 김소영, 『근대성의 유령들』, 씨앗을 뿌리는 사람, 2000, 216쪽에서 재인용.
40 임수진, 「삼각 김밥을 먹는 시간」, 『소설세계』 2015』, 대구소설가협회, 2014, 242-258쪽.

의무보험 조차 들지 않았으며 배 째라는 태도로 일관했다. 중증장애를 입은 아버지는 다른 사람의 도움 없이는 한 걸음도 움직일 수 없게 되었다. 엄마는 집을 나갔다. "날 좀 씻겨다오. 몸에 벌레가 기어 다니는 것 같구나."(252) 나는 아버지의 사타구니 사이로 손을 집어 비누칠을 하고 물로 헹군다. 아버지가 죽기 전 나는 아버지에게 숯불갈비 맛 삼각 김밥과 소주를 준다. 세상의 모든 맛과 바꾼 보디빌더의 꿈, 그 자리에 헐거워진 피부와 욕창이 생긴 몸만 남았다. 아버지를 화장하고 나서 엄마도 나도 울지 않았다. 다만, 삼각 김밥을 먹을 때마다 아버지가 생각나는 것은 어쩔 수 없다. 그 기억이 지금의 '나'를 행복하게 해 주는 기억은 물론 아니다. 그것은 아무리 담담하려 해도 그럴 수 없는 씻기지 않는 상흔일 뿐이다.

이은유 소설 「와이의 지문」[41] 역시 기억을 이야기한다. 구청의 보건소에서 일하는, 소설의 서술자 '나'는 노트북 컴퓨터를 수리하기 위해 서비스센터에 들렀다가 노트북 가방 안쪽에서 귀고리 한쪽을 발견한다. 귀고리는 내가 이 K시에 처음 도착하던 날 샀던 한 쌍의 나비귀고리 중 하나였다. 나비 귀고리를 '나'는 '와이'를 만난 지 얼마 되지 않아서 잃어버렸다. '와이'는 자동차부품을 만드는 중소기업에 다닌다. 그와 나는 시내에서 축제가 있던 날 만났다가 술에 취해 나의 원룸에서 함께 밤을 지내게 된다. 그리고 특별한 계기 없이도 헤어진다. 남아 있는 것은 어디에 잃어버렸는지 몰랐다가 우연하게 다시 찾은 귀고리처럼, '와이'의 기억이 남아있다는 것뿐이다. 그런데 그 기억이라는 것이 '나'의 엄마가 별 것 아닌 일로 경찰서에서 진술서를 작성하고 지장을 찍다가 지문이 닳아진 것을 발견하게 된 것처럼, 무감각하거나 흐릿하다는 것이다.

기실 기억이란 인간이 가진 것 중 가장 신뢰할 수 없는 것에 속한다.[42]

---

41 이은유, 「와이의 지문」, 광주 · 전남소설가협회, 2014, 144-162쪽.
42 알라이다 아스만, 앞의 책, 80쪽.

바로 그 지점을 아주 적확하게 파고드는 소설이 있다. 김살로메 단편 「누가 빈지를 잠갔나?」[43]가 그렇다. 이 소설의 서술자 '나'는 소설가다. '나'는 일인칭 시점의 소설들을 별로 신뢰하지 않는다. 까닭은 그러한 소설이 결국 자기연민과 자기방어의 산물인 때문이다. 그럼에도 '나' 역시 지금까지 썼던 소설의 팔 할이 일인칭 관찰자거나 일인칭 주인공 시점이다. 대단한 역설이 아닐 수 없다. 어쨌거나 '나'는 카카오스토리(SNS)에서 '강약자'를 만나게 된다. 그녀는 내가 어릴 적 살던 고향 '땅섬'에서 이웃해 살았던, 한 살 아래의 고향 동생이다. '나'는 '강약자'와의 대화를 통해 열두 살 시절의 기억을 되짚는다.

땅섬마을은 높은 지대에 있었다. 하지만 댐이 건설되면서 모든 게 뒤틀려 버린다. 수몰지구가 되고나서 고향을 등진 사람들은 오래 향수병을 앓았다. 하지만 '나'는 고향을 떠난 뒤로도 그런 정서로 힘겨워하거나 감상에 젖어본 적은 없었다. 왜냐하면, "조숙했으며 삐딱했던 나는 이미 내 마을이, 내 고향이 품고 있는 자만심과 폐쇄적 비관용의 정서를 갈파하고 있었기"(263) 때문이다. '나'는 예의니, 범절이니 하면서 사람을 옭아매는 그 형식주의에 염증을 느꼈다. 어쨌거나 이 소설에서 중요한 지점은 다음과 같은 것이다. 즉, '강약자'와 내가 공유한 추억의 대상과 내용은 같은데, 구체적인 부분의 기억은 제각각이라는 것이다. 이를 테면 이런 것이다.

'나'의 아버지는 마을의 이장이었고, 마을 어귀에서 작은 점빵을 했다. 담배와 자질구레한 생필품들을 파는 점빵은 대여섯 짝의 세로로 된 나무문을 넓은 문틀에 끼워 맞추는 식의 빈지문을 열고 닫았는데, 어느 날 '강약자'가 우리 점빵에서 훔친 '미풍'이라는 이름의 조미료를 되돌려 놓기 위해 우리 점빵에 들어왔던 '강약자'의 엄마가 그만 점빵 안에 갇히고 만 사건이 있었다. 강약자의 엄마가 졸고 있는 우리 아버지의 눈을 피해 한

---

43 김살로메, 「누가 빈지를 잠갔나?」, 포항문인협회, 『포항문학』 41, 2014, 259-279쪽.

칸 남아있던 빈지문을 통해 점빵 안에 들어오기는 했으나, 누군가 그 문을 닫아버리는 바람에 그리 된 것이었다. 그런데 누가 그 빈지문를 닫았는가와 관련해서 강약자와 나의 기억이 다르다는 것이다. 강약자는 내가 그 문을 닫았다고 믿고 있고, 나는 내 키보다 큰 그 문을 어떻게 소리도 없이 내가 닫을 수 있었겠느냐는 것이다. 확실한 건 약자 엄마가 점방으로 들어간 것을 본 누군가가 의도적으로 문을 잠근 것인데, 그게 누군지는 알 수가 없되, 아무튼 약자는 그녀 엄마의 기억을 빌어 그렇게 알고 있다는 것이다.

그러니 기억이란 있었던 그대로의 재생이 아니라 시간이 흐르면서 변형되고 왜곡되는 하나의 이미지인 것이다. 그럼에도 불구하고 지워지지 않는 기억은 상흔으로 남아 현재의 삶에 영향을 끼치게 마련이다. 아래에서 살펴 볼 『땅끝문학』에 실려 있는 두 편의 단편이 특히 그러하다.

박태정 소설 「봄꽃은 모여 핀다」[44]는 시골 마을에 들어설 예정인 화력발전소를 막아내는 '연지'라는 여성 인물의 시선으로 이야기를 풀어간다. '연지'는 "갯벌에서 바지락이나 캐는, 까무잡잡한"(236) 그리고 나이 오십 중에 있어도 아직 결혼하지 않은 평범한 인물이다. 그녀의 마을에 화력발전소를 건설하기 위해 마을 주민들을 돈으로 매수하려는 시도가 있고, 군의회를 압박하여 발전소 건설을 무산시키려는 반대파가 있다. 일단의 마을 사람들을 이끌고 '연지'는 대열의 앞에 선다. 그녀가 이장이면서 어촌계 반장이기도 하려니와 무엇보다 "배추주산지로도 널리 알려진 이곳에 대표적인 공해산업인 화력발전소가 들어온다면 농수산물의 청정 이미지에 심각한 타격이올 것이며, 온배수로 인해 갯벌도 다 죽게 될 것이기 때문"이다.(235)

그러니까 '연지'네들은 자신들의 삶의 터전을 지키기 위해 발전소 건설

---

44 박태정, 「봄꽃은 모여 핀다」, 『땅끝문학』 13집, 땅끝문학회, 2014, 235-253쪽.

을 강행하려는 이들에게 빨갱이라는 욕을 들으면서도 지금 군의회로 몰려가고 있는 참이다. 조그마한 시골마을에서 오랫동안 서로 친밀하게 지냈던 이들이 보상금을 미끼로 한 공작에 일부 넘어가면서 '연지'네와 갈등을 빚기도 한다. 그러나 다음 선거에서의 네거티브를 걱정하는 군 의회는 결국 반대파의 손을 들어주고 발전소 건설 시도는 무위로 끝난다.

그런데 이 소설에서 눈여겨 볼 대목은, '연지'의 오빠가 대학 일학년 때 광주 5 · 18의 와중에서 죽음을 맞았다는 것, 그녀의 부모 역시 그 충격으로 시름시름 앓다가 모두 세상을 떠났다는 것, 그래서 '연지'혼자 여태 고향마을을 지키고 있다는 점에 있다. 그녀가 마을 사람들의 대열을 조직하고 선두에 설 수 있었던 힘 역시 그런 가족사의 비극을 바탕으로, "오빠의 죽음이야 어쩔 수 없었지만, 갯벌의 죽음만은 자신의 의지로"(236) 막겠다는 결연함에 있었다.

그러니까 이 소설에서는 80년 5월로부터 30여 년이 지난 지금까지도 그날에 죽은 누군가의 기억이 작중 인물에게 트라우마로 남아있다는 것, 그 기억이 마을을 지키고 마을 사람들과 연대의 틀을 다지는 긍정적 에너지로 작용하고 있는 점이 매우 소중하다. 다만, 이러한 서사는 새삼스러울 것 없으나 소설 내 인물들 간의 갈등이 현실에서처럼 치열하게 묘사되고 있지는 않다거나, 발전소 건설 시도를 막아내는 일련의 사건이 다소 나이브하게 읽혀지는 점은 아쉬운 점이 있다. 현실은 우리의 바람처럼 그렇게 간단한 게 아닌 때문이다.

임인영 소설 「모래의 시간」[45] 역시 박태정 소설 「봄꽃은 모여 핀다」에서 보이는 것처럼 1980년 5월의 기억이 소설 내 인물의 의식세계를 지배한다. 박태정 소설의 인물 '연지'의 경우 오빠의 죽음이 트라우마로 남아있지만, 이 소설의 경우에는 초등학생이던 두 아들 중에서 큰 아이가 행방

45 임인영, 「모래의 시간」, 『땅끝문학』 13집, 땅끝문학회, 2014, 254-271쪽.

불명되고 작은 아들은 4년 만에 찾을 수 있었던 기억으로 인해 그 사건으로 인한 트라우마가 상대적으로 깊다.

소설 내 인물은 지금 병실에 누워있다. 의식은 있으나 팔이 묶여 있고, 주사기로 미음을 주입하고 있는 위중한 상태다. 그런데 작은 아들을 보는 '나'의 마음이 어둡다. 그것은 광주에서 행방불명되고 4년 만에 엄마를 만난 아이가 전혀 모르는 사람처럼 변해 있었기 때문이다. 공부를 하지 않으려는 아이에게 무엇이 가장 하고 싶은지 물었을 때 아이는 총을 가지고 싶다고 했다. 자란 후에 아이는 엽총을 사서 사냥을 하러 다녔다. 꿩과 비둘기 따위를 잡아오는 아들과 그의 친구들에게 '나'는 야만스러움을 느낀다. 뿐만 아니라 아들의 그런 모습과 살기 어린 눈빛에서 5월에 보았던 그 군인들을 떠올린다. 아들은 결국 사냥감인줄 알고 사람에게 총을 쏘고 마는 사고를 일으키고도 자수하러 가지 않는다. '나'는 그 햇빛을 받으며 아이들을 찾아 헤매던 길이 갑자기 벼랑처럼 느껴진다. '나'는 아들을 잃어버리고 그를 기다리며 살아온 세월이 꽃잎과 함께 지고 있음을 느낀다. 그러니 지금 병실은 '벼랑'과 마찬가지다. 뿐만 아니라 공부 대신 총을 가지고 싶다고 하던 아이, 지금은 마을 친구들과 떼를 지어 꿩과 비둘기 따위를 잡으러 다니는 아들의 황폐한 내면에 자리한 역사적 상흔은 치유가 가능하지 않을 만큼 넓고도 깊다.

뿐만 아니라 이 아들에게서는 일종의 정신병적 징후를 발견할 수 있다. 제임슨적인 의미에서 정신병의 알레고리는 역사적 모순과 무의식의 관계에, 곧 억압당당하거나 억눌린 본능, 다시 말하면 프로이트적 의미인 무의식의 요동치는 상태를 말한다. 그러니까 제임슨은 예술 작품에서 개인 차원의 억눌린 무의식의 결렬한 형태는 사회의 역사적 모순을 은유적으로 표현하는 것으로 본다.

어느 작가의 작품들 속에서 특정한 지역의 역사적 기억이 반복적으로 나타날 때 그 지역은 작품과 작가를 이해하는데 중요한 배경이 된다. 때로는 주제를 결정짓는 상황이 되기도 한다. 이 두 편의 단편소설은 호남지역 작가들의 무의식 속에서 여전히 작동하고 있는 역사적 기억과 관련하여 시사 하는 바가 많다. 그것은 영남지역 작가들의 기억에 남아 있는 가족이나 연인 혹은 친구 간의 개인적 기억이 아닌, 집단기억과 연관되어 있다는 점에서 그러하다. 더구나 대도시 광주에서 발행되는 광주 · 전남소설가협회의 연간지 『코뿔소와 벌레의 지문을 밀고하다』에서가 아니라, 호남지역에서도 변방인 해남지역 작가들의 작품집에서 80년 5월의 상흔이 발견되고 있는 점은 특기할만하다.

이는 들뢰즈와 가타리가 소수문학의 두 번째 요건으로 든 개인과 정치의 직접적 관련성의 측면, 또한 세 번째 요건으로 든 발화행위의 집합적 배치라는 측면에서 숙고를 요한다. 어느 경우나 작가는 언제나 한 사람의 개인이지만, 들뢰즈와 가타리에 따르면 소수문학에서 작가는 정치적인 문제에 천착하는 경향이 있다. 소수문학의 작가는 비주류의 비좁은 공간이 부여한 불리함을 안고 글을 쓰기 때문이다. 또한 카프가가 그의 『일기』에 쓴 것처럼, "그곳에서는 몇몇 사람의 스쳐 지나는 관심인 것이 여기에서는 삶과 죽음의 문제로 모든 것을 빨아들이고 있기 때문"인지도 모른다. 그것이 망각과 왜곡을 동반한다할지라도, 기억만이 온전하게 살아남은 이들의 정체성을 보존해 주는 거의 유일한 장치로 작동하고 있다[46] 는 점에서도 이 두 소설은 각별한 의미를 띈다.

이렇듯이 오랜 시간이 지나도 여전히 지워지지 않는 역사적 상처는 그날에 살아남은 이들의 무의식에 각인되어 기본적인 인간관계에 대해 의문을 제기한다. 그것은 몸에서 떼버릴 수도, 지울 수도 없도록 고착되어 있는, 몸속에 박혀 있지만 빼버릴 수 없는 탄환, 또는 삶 속의 죽음이라는

46 알라이다 아스만, 앞의 책, 80쪽.

비유로 설명되는 모순적인 어떤 것이다.[47] 그러나 외상의 완결에는 종착지가 없다는 것, 완성된 회복이란 없다는 것이 가장 큰 문제가 된다.[48]

5. 주체로서의 지역문학

지역은 지역의 존재양상인 스스로의 타자성에 대한 인식을 바탕으로 이 시대 다양한 타자들을 발견하기 용이한 곳이다. 나아가 이를 통해 소외된 자들의 연대를 꿈꾸어 볼 수 있는 장소다. 제임슨 식으로 말하면 유토피아의 공간이 될 수 있다. 앞 장에서 살펴보았던 박태정 소설 「봄꽃은 모여 핀다」[49]의 경우가 가장 적절한 사례가 될 것이다. 소설의 인물인 '연지'는 다음날 있을 시위를 생각하면서, "시위대 안으로 경찰이 곤봉을 휘저으며 뛰어들면 어떡하지? 설마 총을 쏘지는 않겠지?"(236) 걱정한다. 걱정은 자연스레 30여 년 전 시위를 진압하던 군인들에게, 갯벌에 널린 낙지나 게처럼 하찮게 취급되던 오빠를 생각하게 한다. 자신 또한 갯벌에서 바지락이나 캐는 까무잡잡한 아낙일 뿐이라는 자기인식을 거쳐 '연주'는 그때 죽은 오빠에게 다짐이라도 하듯 주먹을 꼭 쥐고 용기를 얻는다. 그리고 시위대의 앞에 선다.

군 의회에서 화력발전소 유치에 관한 안건을 부결처리하고 난 뒤, 연지가 그의 오빠가 죽고 나서 받은 보상금 일부를 이번 화력 싸움의 투쟁비용으로 냈다는 사실이 밝혀진다. 그녀의 다음과 같은 말이 주는 울림은 간단치 않다. 곧, "여러분, 사랑이란 팔에 피가 통하지 않을 때까지 그걸 간

47 권선형, 「기억, 정체성, 그리고 문화적 기억으로서의 시대소설」, 『독일언어문학』 제27집, 한국독일언어문학회 2005, 126쪽.
48 주디스 허먼, 『트라우마』, 최현정 옮김, 플래닛, 2007, 351쪽.
49 박태정, 「봄꽃은 모여 핀다」, 『땅끝문학』 13집, 땅끝문학회, 2014, 235-253쪽.

절히 필요로 하는 누군가에게 팔베개를 해주는 것이라고 생각합니다. 우리는 지난 4개월 동안 농사도 팽개치고 '미래의 아이들'에게 팔베개를 해주었습니다. 이제 우리의 고향은 영원히 푸를 것입니다."(253) 이 소설은 지역이라는 삶의 공간을 배경으로 스스로의 타자됨과 소통과 연대에 주목하고 있다는 측면에서 의미 있는 작품이다. 특히 연지의 말 속에 담겨 있는 '미래의 아이들'이란, 내부의 이방인 되기를 통해 장차 도래할 민중, 새로운 배치로서의 함의를 갖는다.

또한 이 소설에서 공간의 분할과 그 의미에 주목할 필요가 있다. 시위대가 목표로 하는 공간은 군청 건물 내에 있는 군 의회다. 군 의회 본회의에서 화력발전소 유치 여부에 대한 표결이 이루어지는 것이다. 시골마을의 의회는 절대적 권위를 가진 다수자들의 공간이요, 비가 내리는 의회 밖 도로는 갯벌에 널린 낙지나 게처럼 하찮게 취급되는 소수자들의 공간이다. 의회는 들뢰즈와 가타리가 말한 것처럼 홈 패인 공간, 다시 말해 코드화되고 영토화 된, 따라서 길들여진 중심공간이다. 따라서 이 소설에서 누가 소수자 곧, 탈주의 주체인가 하는 점이 보다 분명하게 드러난다.

이 소설 「봄꽃은 모여 핀다」의 경우 소설 내 인물들이 공유된 역사적 경험과 기억을 바탕으로, 지역이라는 구체적 삶의 공간에 살면서 그 삶에 새로운 의미 혹은 가치를 부여할 수 있는 주체적 태도를 보여주고 있다는 점에서 여타의 작품들과 차이를 보인다. 그 차이는 가령, 구모룡의 다음과 같은 글을 통해 지역문학의 새로운 대안 가능성을 엿볼 수 있다.

> 지역문학은 자본-기술 복합체에 충성하는 타락한 문학이 아니라 그에 저항하는 살아 있는 문학이다. 이것은 자기 땅으로부터 나와 자기와 세계를 변화시키려는 가치를 창조하는 문학이다. 아울러 자본주의적 기술이 지배하는 사회가 아니라 사회에 대한 생태학적 전망을 제시하는 문학 생산의 가능성을 높인다.[50]

그렇다하여 앞에서 살펴보았던 여타 소설들의 가치 혹은 의미가 평가절하 되는 것은 아니다. 왜냐하면 지역문학이란 단순히 그 지역과 관련된 것을 소재로 썼다거나 그 지역의 작가가 썼다고 해서 지역문학인 것이 아니라, 지역적 실천을 토대로 안에서 밖을 내다보는 문학이어야 하기 때문이다. 안에서 밖을 내다보기가 가능하기 위해서는 우선적으로 안, 곧 지역의 문제가 무엇인가에 대한 소설적 탐구가 요구될 것이다. 안에 갇혀 있지 않으면서 밖을 지향하는 문학, 자신의 고유한 차이를 통해서, 그리고 다른 지역의 그것과의 근원적인 차이를 확인하면서 문화적 주체로서의 고유한 내면을 형성하는 문학이 진정한 지역문학이어야 할 것은 새삼 강조할 것이 없다. 그런 의미에서 볼 때, 앞에서 살펴보았던 지역작가들의 소설들은 우선, 삶의 토대인 지역이라는 공간을 퇴락의 이미저리와 배제된 게토로서의 환유로 인식하고 있는 데 이는 부정적인 의미에서 문제적이라 할 것이다.

이렇게 영남과 호남지역 작가들이 공통적으로, 지역을 유토피아적 전망이 사라진 의미를 잃어버린 장소, '세계없음'의 '무장소성'의 공간으로 인식하고 있는 것은 지역문학이 타 지역과 혹은 생태학적 공동체 운동과의 연대를 통해 주변부 문학으로부터 보편성을 향해 나아가는 데 일정한 제약적 조건이 된다. 그러나 한편, 들뢰즈에 의하면 연속해 있는 어떤 힘들은 어떤 생명을 무엇이 되도록(영토화) 할 수도 있고, 무엇이 되지 않도록(탈영토화) 할 수도 있으며, 탈영토화된 항을 되돌려줄(재영토화) 수도 있다.[51] 지역작가들이 자신의 삶의 토대인 지역이라는 공간을 보편적인 문학제도의 주변부에 위치하고 있는 타자(the Other)로서의 문화형식으로 인식하고 있는 것 자체가 탈영화토의 가능성을 담지하고 있다고 볼 수 있

---

50 구모룡, 「주변부 지역문학의 위상」, 오늘의 문예비평 50, 2003, 28쪽.
51 클레어 콜브룩, 『들뢰즈 이해하기』, 한정현 옮김, 그린비, 2008, 45쪽.

을 것이다.

다른 하나는, 지역작가들이 창작활동을 지속할 수 있도록 지원하거나 격려하거나 혹은 스스로를 붙들어 매는 일련의 노력들에 대해 주목할 필요가 있다. 이 글에서 살펴본 소설들은 모두 영 · 호남 각각의 지역에서 발행되고 있는 매체다. 대구 · 경북과 포항지역, 그리고 광주 · 전남과 해남지역 작가들의 동인지(혹은 작가단체의 기관지)다. 특히 『소설세계』를 발행하는 대구소설가협회에서는 '현진건문학상'을 운영하고 있다는 점이 눈에 띈다.

대구 · 경북지역 출신의 뛰어난 단편 작가인 현진건의 문학적 업적을 기리는 한편, 서울 및 수도권에 편중되어 상대적으로 침체된 지역 소설가들을 새롭게 발굴하려는 취지로 지역 매체에 수록된 단편소설을 대상으로 매년 공모를 거쳐, 상금 1천만 원을 상금으로 수여하고 있다. 광주 · 전남의 경우에는 5 · 18기념재단에서 매년 문학작품을 공모하는데, 비단 5 · 18에 한정된 주제가 아니라 5 · 18 정신에 부합하는 폭넓은 주제의 문학작품을 발굴하고 있다. 이 글에서 다루지는 못했으나 전북지역에서는 『혼불』의 작가 최명희를 기리는 '혼불문학상'을 운영하고 있고, 제주에서도 '4 · 3문학상'을 운영하는 등 각각의 지역성과 역사성을 이어나가고자 하는 문학적 노력이 지속되고 있는 점은 지역문학의 미래를 위한 거름이 될 것으로 생각된다.

이 글에서 살펴보았던 지역작가들의 소설들은 타자(혹은 타 지역)에 대한 배타성에 사로잡힌 대신 스스로의 타자됨을 직시하면서, 궁극적으로 지역의 삶에 은폐된 구체성을 지시한다는 점에서 나름의 의미와 가치를 지닌다. 또한 '달빛동맹'[52]이라고 하는 정치적 수사가 시사 하는 것처럼,

52 광주를 '빛고을'이라 하고 대구를 '달구벌'이라고 하는 지명의 고유성을 합성하여 광주광역시와 대구광역시가 양 지역의 협력과 공동번영을 꾀한다는 일종의 정치적 레토릭을 말한다.

양 지역의 지역감정이라는 것이 현실에서는 없는 듯 있는 듯 허깨비처럼 작동하는 경우가 없지 않으나, 이 글에서 살펴 본 지역문학에서는 그런 흔적을 발견하기 어려웠다는 점은 다른 차원에서 숙고해 볼만하다.

곧, 지역을 타자로서 인식하고 있다는 점에서 양 지역작가들은 공통적인 문제의식을 갖고 있다는 것이다. 다만, 영남지역 작가들의 기억에는 개인적 차원의 과거회상이, 호남지역 작가들의 작품에서는 일부나마 역사적으로 공유했던 집합적 기억이 두르러지고 있음을 확인할 수 있었다. 이는 무슨 연유일까. 그것은 영남지역에서 발생했던 역사적 기억은 보다 보편적인 데 반해(6 · 25로 인한 고향 상실과 이산의 아픔을 그린 작품의 경우), 광주지역에서 발생했던 역사적 기억(5 · 18의 경험과 관련한 작품의 경우)은 더욱 특수하고 그 경과가 상대적으로 지속되고 있다는 점의 차이일 것이다.

그런데 여전히 남는 문제는 있다. 지역문학은 중앙문학과의 이항대립의 관계 속에서 가능한 논의라면, 그렇다면 중앙문단은 세계사적 문학의 흐름 속에서 여전히 타자가 아닐 것인가 하는 점이다. 그러니까 중앙문단의 고민과 이 글에서 다루었던 지역문단의 고민은 그 결이 같은가, 혹은 다른가의 문제까지는 짚어내지 못하고 있는 것이 도리 없는 이 글의 한계다. 이와 같은 지적들은 이후의 연구에서 충분하게 검토할 것이다.

* 순천대학교, 『남도문화연구』 제28집, 2015.6.

05 사실과 허구의 변증법

–영화 〈부러진 화살〉

1. 서사체의 본질– 이야기

문학과 영화는 서로 다른 예술장르에 속한다. 문학과 영화의 변별은 그것들이 담고 있는 이야기에 의해서가 아니라, 각각의 매체인 언어와 영상이라는 전달 수단에 의해서이다. 채트먼은 모든 서사체는 이야기와 담론의 두 필수 요건을 가진다고 보았다. 이야기가 서사체의 내용에 해당하는 것이라면 담화는 서사체의 표현, 즉 내용이 전달되는 수단이라 할 수 있다.[1] 전달 수단이 다르면 전달 방식도 달라진다. 언어와 영상이라는 각기 다른 전달 수단은 그에 적합한 다른 전달 방식을 요구하기 때문이다.[2] 그러나 문학과 영화는 '이야기'를 갖고 있는 서사체라는 점에서, 그리고 그 이야기는 하나의 문화권 전체에 걸쳐 작용하는 일상생활의 신념과 해석의 문맥에서 결코 벗어난 자리에 존재할 수 없다는 의미에서 함께 논의할 수 있는 근거를 갖는다.

기법적인 측면에서도 문학과 영화의 상호 연관성 혹은 상호 매체적 역

---

1 시모어 채트먼(1996, Seymour Benjamin Chatman), 김경수 역, 『영화와 소설의 서사구조』, 민음사, 21면.

2 김중철(2000), 『소설과 영화』, 푸른사상, 169-170면.

동성은 긴밀하게 연결되어 있다. 영화가 만들어지기 시작한 초창기에는 영화가 소설의 전통적인 서사기법을 수용했다. 이러한 서사기법을 바탕으로 문학과 영화는 예술의 영역이라는 동질성을 공유하고 있다. 모더니즘 소설은 한 편의 영화를 보는듯하면서도 해설자의 개입 없이 단순하게 한 편의 줄거리를 펼쳐 보이는 듯한 인상을 준다. 서구의 경우에는 조이스, 울프, 프루스트 등의 문학에서 이러한 기법들이 적절한 예술성을 확보하면서 드러나 있다. 소설에서 주요 기법으로 등장하는 자동기술법, 상대적인 시간체험, 이미지의 몽타주적 배열 등은 영화의 서술적인 기법을 원용하여 현대인의 복잡하고 소외된 의식을 드러내는 서사적인 수단으로 쓰이고 있다.[3]

세상에는 무수한 이야기들이 있다. 그런데 수많은 다양한 형태에도 불구하고 모든 문화, 모든 계층의 사회, 모든 나라들에서 유사한 이야기 텍스트들이 발견되는 사실을 토대로 우리는 모든 서사 텍스트가 하나의 일반적인 모델에 기본을 두고 있다고 말할 수 있다. 그것은 상동관계, 즉 문장의 언어적 구조와 다양한 문장들로 구성되는 전체 텍스트 사이에는 상호 긴밀히 연관하는 상동구조가 존재한다는 가정에 기초하고 있다. 다른 하나 역시 서사체의 파블라(fabula-논리적으로, 그리고 연대기적으로 연결된, 행위자에 의해 야기되거나 경험되는 사건의 연속)와 현실의 파블라 사이에는, 사람들의 실제 경험과 작중 인물의 경험 사이에 그러한 것과 동일한 구조적인 상호관련성이 존재한다는 가정이다.[4] 아무런 상동관계나 추상적인 상응 관계가 존재하지 않는다면 사람들이 서사체를 이해할 수 없을 뿐만 아니라 그것의 존재 가치 역시 의문시될 것이다.

서사적 예술에서의 의미는 두 세계들, 즉 작가가 창조하는 허구적 세계

---

3 양혜경(2008), "문학과 영화의 상호 작용", 『문예운동』 99호, 문예운동사, 91-92면.
4 미케 발(1999, Mieke Bal), 『서사란 무엇인가』, 한용환・강덕화 옮김, 문예출판사, 27-28면.

와 이해 가능한 우주인 현실의 세계 사이에 존재하는 관계의 기능이라는 측면에서, 특히 작가의 현실 세계와 독자의 현실 세계 사이의 관계에서[5] 우리의 관심을 갖게 한다. 이 글에서는 김명호 전 성균관대 교수의 복직 소송과 관련한 이른바 석궁테러사건을 영화화해서 세간의 화제와 함께 다양한 논쟁을 부른 정지영 감독의 영화 《부러진 화살》을 중심으로, 서사체에 있어서 사실(혹은 현실)과 허구의 변증법적 관계를 살펴보고자 한다. 이 영화와 관련한 논쟁에서 가장 두드러진 점은 이 영화가 사실인가 허구인가 혹은 얼마만큼의 진실을 담보하고 있는가의 문제였기 때문이다. 나아가 하나의 서사체의 의미를 해석하는 상이한 관점들의 작동방식, 곧 담론형성과정에는 어떤 이데올로기적 함의가 담겨있는가도 고구할 것이다. 텍스트는 진공 속에서 생성되지 않는다. 그것은 구체적인 역사적 문화적 상황 속에서 생산되고 유포된다. 다시 말해 텍스트는 이데올로기적으로 생산된다. 텍스트는 일어난 사건의 투명한 서술이 아니라 이데올로기의 날실과 씨실로 짜여진 이데올로기적 구조물이다.[6] 알튀세르는 이데올로기를, "사람들이 그들 자신이 처한 현실적 조건들을 상상적으로 재현한다."는 말로 정의하는 데, 이 상상적 재현이란 사람들이 자신들이 처한 실제 환경을 해석하는 관념화된 방법을 지칭한다.[7] 영화 《부러진 화살》을 완전한 허구라고 해석하는 사람들과 허구이되 그 내용은 사실(혹은 진실)이라고 믿는 사람들 사이에는 그들이 처한 어떤 환경적 차이에서 비롯한 이데올로기가 작동한다고 생각하기 때문이다.

5 로버트 숄즈(2001, Robert Scholes) · 로버트 켈로그(Robert Kellogg), 『서사의 본질』, 임병권 옮김, 예림기획, 113면.
6 석경징 외(1999), 『서술이론과 문학비평』, 서울대출판부, 11-23면.
7 제레미 탬블링(2000, Jeremy Tambilng), 『서사학과 이데올로기』, 이호 옮김, 예림기획, 84-85면.

2. 서사체의 본질- 재현

작가의 허구적 세계와 독자의 현실 세계 사이에 존재하는 관계의 본질을 해명하는 일은 쉬운 일이 아니다. 이 본질 문제는 작가에게는 창조의 문제이고, 독자에게는 비판(혹은 해석)의 문제이다. 우선 의미 창출을 열망하는 작품들이 모두 그 의미를 동일한 방식으로 창조하려 하거나 전달하려 하는 것은 아니라는 점[8]을 이해할 필요가 있다. 그럼에도 불구하고 포스트모던 사회에서 주체와는 다른 타자가 영화 메시지를 읽는 데 이미 큰 역할을 하고 있다는 것은 부정할 수 없는 현실이 되었다. 영화는 영화감독의 의도와 저자의 의도, 그리고 그의 무의식적 욕구를 전달하는 것으로 여겨진다. 이런 의미에서 볼 때 영화의 요소들을 세 부분, 즉 저자와 텍스트, 관객으로 나누는 것은 더 이상 의미가 없다. 영화는 이미 사회적 맥락에 비추어 읽혀지고 있다. 영화는 다른 서사체와 마찬가지로 사회적 소통기제이기 때문이다. 작가(주체)의 의도는 영화 메시지를 이해하는데 이미 주도적 역할을 하지 못한다.[9] 그래서 들뢰즈는 영화 이미지에 새로운 존재론적 이미지를 부여했다. 이미지는 객관적 사물도 아니고 주관적 심상도 아니고, 그것들 사이에 있다는 것이다.[10]

영화 《부러진 화살》 (정지영 감독, 2012)이 개봉되기 이전에 역시 세간의 관심과 화재를 불러일으켰던 서사체로 공지영 소설 『도가니』(창비, 2009)가 있다. 공지영의 장편소설 『도가니』 는 광주 인화학교에서 교장과 행정실장, 보육교사가 청각장애아들을 성적으로 유린한 실제 사건을 토대로 했다. 그러나 소설보다는 이 소설을 원작으로 각색해서 영화 《도

---

8 로버트 숄즈 · 로버트 켈로그, 앞의 책, 115면.
9 박지홍 · 신양섭(2002), "기호학 논쟁의 영화 미학적 근거", 『영화연구』19 , 한국영화학회, 268면.
10 박성수(2003), "들뢰즈의 이미지-사유개념에 관하여", 『동서철학연구』27, 250-252면.

가니》(황동혁 감독, 2011)가 만들어지고 상영되었을 때, 이 영화가 갖고 있는 내용-의미-메시지에 대한 우리 사회의 관심이 폭발했다. 이는 포스트모던 시대에 시각언어의 (문자언어에 대한)지배적 현상이며, 영화매체가 지니는 강력한 현실효과와 광범위한 도달능력과 관계된 측면이 있는데, 이 글에서는 깊이 있게 다루지 않기로 한다. 어쨌든 영화는 개봉 2주 만에 관객 수가 3백만 명을 돌파했고, 관객들을 중심으로 한 우리 사회의 분노의 여파로(좀 더 정확하게는 언론의 담론형성과정을 통하여) 문제의 인화학교는 폐교 조치되고, 관련자는 사법처리를 받는 등 일련의 조처가 이루어졌다. 보육시설의 실태와 운영에 대한 점검과 사회적 관심이 제도적 보완을 요구하는 것으로 이어지기도 했다.

이 소설『도가니』와 영화 《도가니》를 관통하는, 그래서 독자와 관객에게 전달-해석된 의미 기호는 '분노'라는 감성이었다. 작품에 재현된 부조리한 현실에 대해서 관객들은 분노하게 되고, 그 분노는 부정을 저지르고도 태연한 기득권층에 대한 비판을 끌어내고, 결국에는 비기득권층 간의 공감대를 형성하게[11] 되었던 것이다. 언론들이 일치단결하여(!), 영화 관객들의 분노를 사회적 담론으로 재생산하였음은 주지의 사실이다. 관객과 언론은 소설과 영화 속의 허구적 세계를 곧바로 그들의 현실 세계의 문제로 인식하고, 곧 허구와 사실의 관계에서 그 간극을 따지기보다는 윤리적 비난의 대상을 향해 아낌없이 분노의 감성을 발설할 수 있었던 것이다. 그럼으로써 비난하는 주체는 비난의 대상보다 도덕적 우위에 있다는 카타르시스를 마음껏 향유할 수 있었다.

《도가니》 이전에도 영화 텍스트가 영화 자체에 대한 담론보다는 그것

---

11 유경수(2011), "부정적인 현실에 대항하는 사회적 소통의 관계망—공지영의『도가니』를 중심으로",『현대문학이론연구』, 현대문학이론학회, 273면.
김수남(1999), "비판적 리얼리즘과 한국영화미학에 대한 논의",『공연과 리뷰』21호, 현대미학사, 46면.

을 사회문화적 맥락에서 해석할 수밖에 없는, 사회 고발적 성격의 작품들이 다수 제작되었다. 그것은 1990년대 이후 복잡다기해진 우리 사회의 사회·문화·정치·이데올로기적 환경과 맞물려진 결과이기도 하지만, 한국영화미학이 태생부터 문학의 비판적 사실주의로부터 영향을 받아온 것에서 기인하기도 한다. 특히 경기도 화성의 연쇄살인사건을 소재로 한 《살인의 추억》(봉준호 감독, 2003), 5·18광주민중항쟁을 소재로 한 《화려한 휴가》(김지훈 감독, 2007), 아이를 유괴하고 살해한 범죄를 바탕으로 만든 《그놈 목소리》(박진표 감독, 2007), 대구 개구리실종소년사건을 바탕으로 한 《아이들》(이규만 감독, 2011) 등은 우리 사회의 다양한 담론들을 생성해낸 문제작들이라 할 수 있다.

이러한 영화-서사체들이 모방(내지 복사)하는 현실 세계와 작품 자체의 허구적 세계 사이의 관련 양상을 우리는 '재현'이라는 서사의 본질로서 이해하고자 한다. 당연하게도 이 '재현'이 현실 그대로의 모사-모방인 것은 아니다. 아도르노는 이 재현-모방-미메시스의 개념을 '대상과의 동화'라는 개념으로 설명한다. 개념적 인식이란 동일성 원리에 따라 대상의 비동일성과 차이를 억압하는 주체의 폭력적 동일화의 결과이다. 이에 반해서 재현-미메시스란 대상과의 유사성을 인식하고, 생산하는 능력으로서, 대상에 대한 단순한 모방을 넘어서서 대상과 교감할 수 있는 능력을 말한다.[12] 이 재현적인 것은 현실을 이해하는 방법들과 현실을 재생산하는 수단으로서의 관습의 타당성에 대해서 우리로 하여금 경험적 측면에서 재검토하게 만드는 방법들을 다시금 숙고하게 만든다. 그것은 영화 《도가니》와 《부러진 화살》을 해석하는 관객과 언론의 담론형성과정의 미묘한 차이로 드러난다.

물론 재현 미학을 반대하는 아방가르드와 일부 모더니즘 예술가들은

12 신혜경(2009), 『대중문화의 기만 혹은 해방』, 김영사, 150면.

고전적인 카타르시스 미학에 대해 진실을 은폐하는 가상, 즉 기만성의 한계를 결코 벗어날 수 없다는 이유로 배척한다. 영화 《부러진 화살》을 관람한 관객들이 영화를 사실처럼 받아들이면서 사법부를 비난하는 것에 대한 문화평론가 진중권과 변호사 금태섭의 언설이 그러한 주장을 대표한다고 볼 수 있다. 진중권은 자신의 트위터에 "김(명호)교수 개인의 돈키호테적 망상에, 박훈 변호사의 운동권적 서사가 결합하고, 《도가니》의 흥행으로 확인된 사법부에 대한 대중적 불신에 편승하려는 감독의 욕망이 적절히 합쳐져 사실과는 다른, 180도로 다른 자칭 '법정실화극'이 탄생한 거죠."라고 썼다. 금태섭은 인터넷 매체인 프레시안에 기고한 글을 통해, "영화는 영화일 뿐 '오버'하지 말자!"(프레시안, 2012.1.29)고 했다. 영화는 허구일 뿐이라는 그들의 주장은 그러나 지극히 텍스트 중심적인 사고를 바탕으로 한 것이다. 그들에 따르자면 재현 예술의 파토스는 아리스토텔레스의 이상을 현실에 적용시키고자 하는 예술가들의 욕망이 만들어 놓은 허위의 늪이다.[13] 또한 아도르노와 호르크하이머가 후기 자본주의 시대의 대중문화를 문화산업의 개념으로 비판하면서, 동일화의 도구로서 작동하는, 철저하게 이윤을 추구하는 일종의 비즈니스라는 논리를 기계적으로 따른 결과로 보인다.

니체의 경우 『비극의 탄생』에서 숭고의 개념을 제시한다. 그에 따르면 관객은 숭고의 경험으로 인해 카타르시스의 광기가 불러 올 수 있는 손실을 최대한으로 억누른 채 디오니소스 제전에 참가하는 것과 동일한 효과를 얻을 수 있다는 것이다. 카타르시스의 쾌가 수반하는 탈아의 경지를 딛고 숭고 미학의 '몰형식성'이 가져다주는 낯설음이 우리를 깨어있게 만든다는 것이다.[14] 그러나 글렛힐은 "우리가 사회적인 것과 영화가 어떻게

13 서대정(2008), "재현을 넘어서는 영화미학", 『영화연구』 38호, 한국영화학회, 315면.
14 안성찬(2004), 『숭고의 미학』, 유로서적, 44면.

상호작용을 하는지 이해하기 위해서는 미학적 변화와 텍스트적 복잡성과 연관해서 보다 광범위한 문화적 맥락을 탐구할 수 있는 장르적 개념이 필요하다."고 주장한다.[15] 하지만 텍스트를 어떤 하나의 장르적 특성으로만 규정하는 것 역시 쉬운 일이 아니다. 따라서 생산과 텍스트와 수용의 과정에서 어떤 의미들이 충돌하고 있는지, 또 현실에 대한 어떤 정의들이 다툼을 벌이고 있는지, 결국에는 어떤 텍스트적 의미가 관객들에게 받아들여지고 있는지를 살펴 볼 수 있는 헤게모니적 관점이 보다 중요한 문제인 것이다.

텍스트에 내재한 이데올로기적 효용성을 관객들이 무비판적으로 수용하고 있다는 진중권과 금태섭의 진단은, 영화 《부러진 화살》이 개봉 2주만에 누적 관객 수 250만 명을 넘어섰다는 사실을 통해, 이 영화가 주는 메시지가 관객에 의해 헤게모니를 이루고 있다는 측면을 간과한 셈이다. 영화에서 재현된 현실은 현실을 바탕으로 재구성된 영화적 '시공간'의 층위에서만 재현 가능하다는 사실에만 제약을 받을 뿐, 영화는 실재적 사회문화의 맥락을 담보로 한다.[16] 물론 알튀세의 구조주의는 이데올로기를 재현체계로 설정하고, 여기서 주체는 자신의 실존적 조건과 상상적 관계를 맺으면서 살아가는 존재라고 할 수 있다. 따라서 이데올로기에 빠져있는 주체는, 중층으로 결정된 사회구조를 재생산하는 도구적 대리인에 불과한 셈이다. 그렇게 보면 알튀세 이론은 사회구성체를 이데올로기 층위로 환원시키고 있어 불평등한 구조에 저항할 수 있는 가능성을 원천봉쇄하고 있는 측면이 있다. 그럼에도 불구하고 문학과 영화를 비롯한 문화예술의 소비자들은 이제 문화를 자신의 삶 속에서 소비하고 실천하는 주체로

---

15 조종흡(2002), "장르, 헤게모니, 그리고 관객", 『영화연구』 20호, 한국영화학회, 346면에서 재인용.

16 송경원(2011), "영화 시민의 자기 순환적 유희", 『씨네포럼』 제12호, 동국대학교 영상미디어센터, 102면.

자리매김하고 있다는 것을 영화 《도가니》 이후를 통해 증명하고 있다. 대중은 문화를 통해 실존적 경험을 창조하는 능동적 참여자인 것이지, 알튀세의 주장대로 이데올로기에 함몰되는 수동적 주체들이 아니라는 것을 우리는 그람시의 헤게모니이론을 통해 확인할 수 있다.

예술을 보는 관점은 다음의 세 가지로 이해된다. 첫째, 예술을 현실의 모방-거울로 보는 것이다. 두 번째는, 예술작품이 현실의 모방이 아닌 그 이면에 숨겨진 현실의 변형으로 보는 관점이다. 이러한 관점은 19세기를 지나 20세기에 들어와서 오랫동안 우리의 의식구조를 지배한 기호-구조주의와 밀접한 관계를 갖는다. 이러한 관점에서는, 예술은 언어의 이중구조에서 기의를 내포하는 기표처럼 언제나 어떤 메시지를 함축하면서 현실로부터 변형된 일종의 암호로 읽혀진다. 예술작품을 보는 세 번째 관점은 예술작품을 죽은 상징이나 비유가 아닌, 내재적 존재 혹은 본질을 구현하는 장으로서 완상하는 것이다.[17] 그런데 이 세 가지 관점은 서로 다른 것이 아니라 본질적으로 같은 것으로 이해할 필요가 있다. 하이데거에 따르면, 예술의 본질은 진리이다. 하이데거의 진리 개념은 대상의 본질이나 구조를 의미한다. 이런 의미에서 예술은 진리를 작품 속에 건설하는 활동이며, 감상은 작품 속의 진리를 직관하는 것이다. 하이데거의 용어로 말하면 예술 텍스트는 비록 허구이지만, 예술 작품의 가치는 작품 속에서 진리를 드러내는 데 있는 것이다.[18] 앞에서 제시한 예술을 보는 세 가지 관점이 본질적으로 다르지 않다는 것은, 작품 속에 드러난 진리를 직관할 때 그것은 결국 사회문화적인 맥락에서의 소통이며, 전제가 되는 것은 어떤 사회현실의 재현일 수밖에 없다고 보기 때문이다.

그런 측면에서 영화 《부러진 화살》에 대해 "영화는 영화일 뿐"이라고

17 서대정, 앞의 글, 330면.
18 배학수(2008), "연극에서 허구의 가치", 『인문학논총』제13집 1호, 경성대인문과학연구소, 175면.

주장하는 이들과 "(영화는) 흥행을 염두에 둔 허구이며 사실을 호도하고 있다."는 사법부의 반응은, 그것이 허구인가 사실인가보다는(소설이나 영화가 본질적으로 '허구'라는 사실을 알지 못하는 독자나 관객은 없을 테니까), 사법부라는 우리사회의 카리스마적 권위의 해체와 개인적 권리의 신장이라는 메시지를 읽어내고 이에 공감하는 관객들과의 헤게모니 투쟁이라 할 수 있다. 물론 아(我)와 비아(非我)는 그 경계가 불확정적이고 유동적이다. 동일한 울타리에 속한다고, 곧 영화를 본 관객 모두가 공통의 우리의식(여기서는 사법부에 대한 비판의식)을 갖는 것은 아니다. 마찬가지로 진중권이 사법부로 대표되는 우리사회의 기득권계급에 속한다거나 금태섭이 법조인의 한 사람이라는 이유로 사법부의 입장을 지지한다고 할 수는 없다. 때문에 이 글에서는 그람시의 헤게모니 개념은 지배와 지도라는 상하관계를 내포하고 있으나 그것을 계급관계에 국한 시킬 필요는 없다고 생각한다. 마찬가지로 신채호의 아와 비아의 개념을 빌려 오는데 있어서도 그것이 반드시 계급일 필요가 없다는 생각이다. 문제는 그러한 논리의 이면에 작동하는 이데올로기의 함의일 것이다. 영화 《도가니》에 대해서는 누구하나 그것이 "영화는 영화일 뿐"이라고 주장한 적이 없다는 사실로 미루어 우리는 영화 《부러진 화살》을 대하는 헤게모니와 이데올로기의 관계를 살펴 볼 근거를 갖는다.

3. 이야기의 담론화 과정

영화 《부러진 화살》 (정지영 감독)은 전 성균관대 수학과 교수였던 김명호가 대학을 상대로 낸 교수 지위 확인 소송 항소심에서 패소 판결을 받자 담당 판사를 찾아가 석궁으로 보복한 사건을 바탕으로 각색한 작품인데, 영화는 2012년 1월 18일 개봉했고, 작가 서형이 같은 사건을 재판기록과 인터뷰 등 취재를 바탕으로 재구성한 같은 제목의 책이 2012년 1월 25일 후마니타스 출판사에서 출간되었다.

영화에 재현된 실제 사건을 작가 서형이 취재를 바탕으로 정리한 책 『부러진 화살』(서형, 후마니타스, 2012)을 바탕으로 요약하면 다음과 같다. 1995년 1월, 성균관대 수학과 조교수였던 김명호는 대학별 고사 수학 출제 문제의 오류를 지적하고 이의 시정을 요구한다. 그러나 출제 오류는 없다면서 학교 명예를 위해서도 더 이상 거론하지 말자는 동료교수들과 학교 측의 부당한 조처에 김명호 교수는 계속 이의를 제기한다. 김 교수는 동료들과 학교로부터 따돌림을 받게 되고 급기야 1995년 10월, 부교수 승진에서 불합격 판정 후 법원에 교수지위 확인 소송을 제기한다. 1996년 3월에는 담당재판부(서울지방 민사지법 합의 7부)에 전국 44개 대학 188명 교수의 연서명으로 "문제가 된 성균관 대학교 95 학년도 수학과목 II-7번 문항과 모범답안을 검토하여 본 결과, 우선 문항에서 제시된 가정을 만족하는 벡터는 존재할 수 없으므로 문제 자체가 성립하지 않는다는 것이 저희들의 의견입니다. 그리고 성균관 대학교에서 제시한 모범답안은 문제가 잘못되었다는 것을 호도하기 위한 방편으로 보여지며 원래의 출제 의도와는 거리가 멀다고 사료됩니다. 따라서 김명호 교수가 이의를 제기한 것은 정당한 의견 제시였다고 보여지며, 이러한 의견차이로 인한 갈등이 김명호 교수의 승진인사에 영향을 미쳤다면 이는 매우 잘못된 것으로 여겨집니다. 이상과 같이 저희들의 의견을 말씀드리오니, 재판장님의 현명한 판단이 있기를 바랍니다."라는 내용의 의견서를 제출한다.

그러나 1996년, 대학은 김 교수의 재임용 탈락을 확정한다. 김 교수는 1997년부터 교수지위 확인 소송을 제기하였으나 기각당하다 항소하고 연이은 항소심에서도 기각 당한다. 항소심 재판부 주심을 맡았던 판사는,

"이번 판결의 기본적 구도는 '학자적 양심이 있으나 교육자적 자질을 가지고 있지 못한 사람의 재임용 탈락'의 적법성 여부이지, 원고가 학자적 양심이 있다는 점은 쟁점도 되지 않았다."며 "교육자적 자질이 재임용 탈락 여부를 결정지은 주요한 근거가 됐다."고 말했다. 김명호 교수의 교육자적 자질이 교수재임용 탈락의 중요한 근거이자 교수지위확인소송의 판단 근거인 셈이다. 문제는 법원의 이러한 판결에 불만을 품은 김 교수가 2007년 1월 15일, 항소심 담당재판부 박홍우 부장판사의 집을 찾아가 석궁을 발사한 사건이 발생한 것이다. 소위 '석궁테러사건'이다. 사건이 발생하자 대법원은 사법부 전체에 대한 테러라면서 엄중하게 다룰 것을 결의하고, 결국 김명호 교수는 2007년 10월 15일, 징역 4년의 실형을 선고받게 된다. 이후 항소심과 대법원 상고심에서도 김 교수의 항소가 기각되고 그는 2011년 1월 24일, 만기 출소하게 된다.

이 사건재판과 관련한 핵심쟁점은 우선, 실제로 김 교수가 박홍우 부장판사에게 석궁을 쏘았느냐에 대한 부분이다. 재판부는 "목격자의 진술, 물적 증거 등 객관적 또는 직접적인 증거의 존재"를 이유로 그렇다는 판단을 내렸다. 김 교수는 석궁을 쏘지 않았다고 주장한다. 석궁 공격을 받았다는 박홍우 부장판사는 1심 공판에서 자신을 쏜 화살이 "부러져 있었다."고 진술했다. 즉 부러진 화살은 이번 사건의 핵심 증거인 셈이다. 그러나 경찰의 수사보고서나 검찰의 증거물 가운데 부러진 화살은 없었다. 김 교수 쪽은 이를 바탕으로 '증거 조작 의혹'을 제기한다. 다른 하나는, 박홍우 판사의 옷가지 혈흔에 대한 부분이다. 당시 박 판사는 속옷 상의, 내복 상의, 와이셔츠, 조끼, 양복 상의 순으로 옷을 입고 있었다. 증거로 제출된 박 판사의 옷에는 화살이 관통한 구멍이 나 있었고 속옷 상의와 내복 상의 그리고 조끼에는 구멍 주위로 피도 묻어 있었다. 그러나 그 중간에 입었던 와이셔츠만 깨끗했던 것이다. 이에 대해 김 교수는 역시 조작이라고 주장한다. 자신은 석궁을 쏘지 않았고, 따라서 혈흔이 묻을 리가 없다는 것이다. 김 교수가 요청한 혈흔감정을 재판부가 받아들이지 않은 부분도 논란거리다. 이는 재판과정의 불공정성과 관련된 논란으로 영화를 관람한 관객들이 가장 '분노'하는 지점이기도 하다.

영화에 대해 정지영 감독은, "'부러진 화살'은 90퍼센트 이상 사실에 근거했어요. 김경호 교수가 '이게 재판입니까? 개판이지.'라고 하는 대사나, 판사에게 '말 끊지 마세요.' 라며 자신을 변호하는 상황은 실제 있었던 겁니다. 공판 기록을 보면서 최대한 사실 그대로 담아내려고 했어요. 대사도 거의 실제 인물이 했던 말을 그대로 썼어요. 이런 설정이 영화의 극적인 재미를 부각시키기 위해 만들어낸 허구적 설정이라고 오해하는 분들도 있는데, 실화는 사실을 반영하는 게 핵심이에요. '부러진 화살'은 철저하게 사실에 의존한 영화입니다."라고 말한다. 관객의 반응은 크게 두 가지 중 하나다. 영화의 내용을 사실로 받아들이면서 사법부로 대표되는 우리사회의 기득권계급의 특권의식에 분노하거나, 설마 그렇게까지야 하는, 그러니까 영화는 영화일 뿐이라는 생각을 하면서도 백 프로 허구라고 치부해버리기엔 어딘가 미심쩍어 하는 것이다.

문제는 영화와 관련한 여러 논쟁이 사실인가 허구인가 여부에서부터 매우 이데올로기적으로 전개되고 있는 점이다. 앞에서 언급했던 것처럼 문화평론가 진중권은 자신이 사건관련 재판기록을 숙독한 결과 영화는 "김(명호)교수 개인의 돈키호테적 망상에, 박훈 변호사의 운동권적 서사가 결합하고, 《도가니》의 흥행으로 확인된 사법부에 대한 대중적 불신에 편승하려는 감독의 욕망이 적절히 합쳐져 사실과는 다른, 180도로 다른 자칭 '법정실화극'이 탄생한 거죠."라며 매우 부정적인 평가를 내린다. 김 교수가 애초에 제기했던 대학별 고사 수학 출제 문제의 오류부터 자신의 교수지위 확인소송에 이르기까지, 그리고 소위 석궁테러를 일으키고 이후 형사재판에 임하는 일련의 과정을 돈키호테적 망상이라고 규정하는 것은, 무엇보다 영화가 사실과는 180도 다르다는 주장은 또 다른 폭력이기 쉽다. 최소한 공정하지는 않아 보인다. 변호사 금태섭 역시 "영화는 영화일 뿐, 오버하지 말자"(프레시안, 2012.1.29)라고 주장하다가 2012년 1월 31일 방영된 MBC 100분 토론에 패널로 나와 "영화 속 팩트 논란은 공허하며 영화가 전하고자 하는 메시지를 읽는 데 주력해야 한다. 그 메시지는 바로 사법부에 대한 국민의 불신을 반영한 것이다."라는 논지를 전개했다. 애초 입장이 바뀌었다기보다는 영화를 허구로 보는 관점은 유지하면서 영화가 갖는 메시지로 논점을 바꾸려는 시도로 보인다.

역시 100분 토론에 패널로 나온 노영보 변호사는 방송 말미 석궁테러 사건에서 중요한 증거가 될 수 있었던 판사의 와이셔츠를 노모가 빨아 증거가 없어졌다는 시민 논객의 지적에 "석궁 맞아 보셨습니까?"라며 "금이야 옥이야 키운 아들의 피 묻은 와이셔츠를 빠는 노모의 심정은 어떻겠습니까?"라고 반문했다. 맥락에서 벗어난 엉뚱한 발언으로 실소를 자아내게 했지만, 당사자인 김명호 교수가 재판과정 내내 인정하지 않고 있는 석궁테러를 노영보는 사실로 믿고 있으며 재판부의 입장을 지지하는 태도를 보인다. 영화인이라고 자신의 신분을 밝힌 최공재는 인터넷매체 데일리안에 기고한 글(2012.2.5)을 통해, "이 영화는 철저하게 계획된 영화다. 어떻게 노이즈 마케팅을 할 것이며, 어떤 식으로 여론을 만들어 어떻게 전개하겠다는 것이 눈에 뻔히 보인다. 영화를 평소 즐기는 인간들이 아니라 허구헌날 진보가 좋다고 정치적 발언이나 하는 트위터리안의 트윗에 이 영화는 돌기 시작했고, 진보진영의 정치적 계산에 의해 기본적인 관객몰이를 바탕에 깔았던 것이다."고 주장한다. 이어서 최공재는 다소 거친 표현으로 그들이 진정 원하던 것은 관객이 느끼는 것과 동일하게 이어진다. "판사, 이 나쁜 XX들!", "이게 재판이냐, 개판이지?"라는 것들……. 그들에게 억울한 한 인간의 인간성 존중 따위는 미안하지만 없다. 그걸 이용해 사법부에 빅엿을 먹이고, 법치의 근간을 흔드는 것이다."라는 주장을 전개한다. 소위 진보와 보수진영의 논리로 접근하고 있다.

프레시안은 진보적 관점을 견지하는 매체이고, 데일리안은 뉴라이트 계열의 보수매체임을 감안하면 영화가 허구인가 사실인가의 논쟁은 결국 이 영화 《부러진 화살》과 관련한 담론형성 과정에 우리사회 좌파와 우파의 논리가 매개하고 있음을 알 수 있다. 프레시안 2012.2.1일자에 게재된 (창비주간논평에 기고한 글) 김기원 한국방송통신대학 교수의 글이 그 점을 잘 지적하고 있다. 김기원은 "〈부러진 화살〉, 알고 보면 '좌파와 우파의 문제'"라는 제목의 이 글에서, "'좌파-우파'를 근대사회를 넘어 인류사회 전반에 적용하면 어떨까. 좌파는 사회적 약자를 대변하고 사회연대(공생), 평등, 분배, 민주성을 강조하는 반면, 우파는 사회적 강자를 대변하고 자기책임(경쟁), 자유, 성장, 효율성을 강조한다. 인간본성으로 볼 때 좌파는 모성(母性)과 음(陰)에 가까우며, 우파는 부성(父性)과 양(陽)에 가깝다. 어머니는 못난 자식이 더 안타까운 반면, 아버지는 잘난 자식을 편애하기 쉽다."고 설명한다. 이어서 그는 "김 교수처럼 주위와 잘 융합하지 못하는 소수자라도 껴안고, 재판에선 피고의 주장을 최대한 들어주자는 게 좌파라 할 수 있다. 반대로 다수를 힘들게 하는 소수자는 물리치고, 재판에선 효율성을 증진시키자는 게 우파다. 범죄자를 치료대상의 병자로 보는 게 좌파라면, 격리대상의 병균으로 보는 게 우파다(물론 범죄자는 양 측면을 다 갖고 있다)"라면서, "한편으로 객관적 진실을 추구하는 노력과 더불어 다른 한편으로 재판을 비롯한 사회 전반에서 좌우파의 균형과 합리화가 진행되었으면 좋겠다."고 말한다.

소설이나 영화를 비롯한 서사체를 담론으로 읽는다는 것은 무엇을 말하는가 보다는 누가 어떤 상황에서 어떻게 말하느냐가 더 중요하다는 것을 의미한다. 영화 《부러진 화살》에서 김 교수는 교수 지위가 박탈되고 형사사건의 구속피의자라는 신분, 곧 사회적 약자의 입장에서, 막다른 골목으로 내몰린 상황에서 자신의 억울함을 호소, 항변한다. 그러나 법원은 번번이 그의 의견을 배척한다. 물론 사법부의 판단 자체를 공정하지 않다고 말하기는 쉽지 않다. 문제는 김 교수를 대하는 판사의 고압적이고 완강한 태도, 곧 우리사회 지배계층의 특권의식과 그 행태에 대한 관객들-시민들의 냉소와 불신이 이 영화를 통해 폭발하고 있다는 점에 있다.

그람시는 헤게모니를 학교, 교회, 노동조합, 그리고 가족 등과 같이 시민사회를 관통하는 기존질서와 이것을 지배하는 계급의 이익에 봉사하는 가치 태도 신념 도덕 등의 전 체계에 침투된 것이라고 보았다. 이는 이데올로기적 통제와 사회화의 기구에 의해서 일상생활의 모든 영역으로 확산된 조직원리 또는 세계관으로 정의된다. 그람시는 지배계층에 속하는 모든 사람들이 그들의 부와 권력 그리고 지위를 영속하기 위하여 그들은 필연적으로 그들 자신의 철학과 문화, 도덕성 등을 대중화하여 그것들을 도전받을 수 없는 자연적 질서의 일부로 만든다고 주장한다. 지배층의 헤게모니가 성공하려면 이중적인 방식, 대중들에게는 '생활의 보편적 인식'으로서, 그리고 지식인들에 의해 정교화된 현학적 프로그램 원리로서 작동되어야 한다는 것이다.[19] 영화 《부러진 화살》과 관련한 담론형성과정에서 보인 사법부와 주요 언론 특히 보수언론의 입장은 이 사건(판사에 대한 김 교수의 석궁테러사건)은 '법치주의에 대한 도전'이라는 것으로 요약된다.

조선일보 2012.1.26일자에 기고한 임시규 법원행정처 사법지원실장은 "테러를 정당화하는 '부러진 화살'"이라는 제목의 글에서, "이 사건의 본질

---

19 이성로(2010), "한국지배층의 이데올로기적 헤게모니", 『동향과 전망』 80호, 한국사회과학연구소, 150면.

은 우리 사회의 최후 보루인 사법질서에 대한 테러행위이다."라고 주장한다. 2012.1월27일 차한성 법원행정처장(대법관)은 "이 영화는 사법 테러를 미화(美化)한 것"이라는 성명을 냈다. 조선일보 문화부차장 어수웅은 조선일보 2012.2.2일자 글에서, "이 영화를 계기로 사법부가 반성해야 한다는 주장에는 동의하지만, 이 영화에서 보여주는 '사실'이 과연 공정하고 객관적으로 취사선택되었는지에 대한 판단은 별개 문제"라고 지적하면서, "우리 사회 모든 영역에서도 이런 이기적 진실, 선택적 지각이 폭발적으로 확산되고 있"는 점에 우려를 표한다. 그러나 어수웅의 글은 관객들이 영화를 진실로 받아들이는 데에 불편해하고 있는 쪽에 속한다.

그런데 영화 《부러진 화살》이 촉발한 진실논쟁과 사법부 불신이라는 의제는 좌우진영의 논리에 따라 논의의 폭이 확대되는 양상을 보인다. 대표적인 우파언론인인 김대중 조선일보 논설고문은 2012.1.25일자 조선일보 칼럼 "이게 재판이냐? 개판이지"를 통해 "요즘 '부러진 화살'이라는 영화가 화제다. 재판을 마치고 나오는 피의자가 "이게 재판이냐, 개판이지"라고 말한다. 곽노현 재판관은 좌파의 '영웅'이 되고, 정봉주 구속은 좌파의 '화살받이가 되는 요지경 세상이다."라고 말한다. 영화 개봉 시기를 전후한 우리사회의 주요 사건판결에 대한 시민들의 반응에 대한 불편함을, 영화 《부러진 화살》 속 대사를 인용해 드러내고 있는 것이다. 김대중은 그러나 공교육살리기 국민연합 등 보수시민단체에 속한 사람들이 서울시 교육감 선거과정에서 후보자를 매수한 혐의로 구속 기소됐다가 벌금형으로 풀려난 곽노현 서울시교육감의 사건을 심리한 재판장의 집 앞에서, "도가니판사 김형두의 법복을 벗겨라"란 플래카드를 들고 과격시위를 벌이고 일부 학부모들은 담당판사의 집에 날계란을 투척하기도 한 사건에 대해서는 언급하지 않는다. 조선일보 문화부차장 어수웅이 2012.2.2일자 글에서 말한 바, "자기가 객관적이라고 확신하는 사람들은 인정하기 싫겠지만, 우리는 '선택적 지각'을 하며 살고 있다. 믿고 싶어 하는 것만 믿고, 믿기 싫은 것은 생각의 울타리 밖으로 쫓아내 버리는 것이다."며 영화의 내용을 진실이라고 믿는 사람들에 대해 개탄하고 있는 그 그물에 김대중 논설고문도 걸리고 마는 아이러니컬한 상황이 벌어지고 있는 것이다.

그람시의 헤게모니이론에 따르면, 대중문화의 의미는 구조주의에서 말하는 것처럼 구조에 의해 결정되는 것도 아니고, 문화주의에서 말하는 것처럼 대중의 실천에 의해 생겨나는 것도 아니다. 문화의 의미는 구조와 실천의 접합에 의해 형성된다.[20] 결국 문학과 영화를 비롯한 문화는 지배적인 구조의 힘과 인간의 실천의 힘이 만나 경쟁하고 투쟁하고 타협하고 갈등하는 헤게모니 장이다. 이 장에서 영화 《부러진 화살》을 둘러싸고 우리사회의 좌우논리가 대립, 충돌하고 있는 것이다.

4. 사실과 허구의 변증법

영화의 프레임은 결국 세계를 향해 열린 창문인가, 아니면 이미지로 채워지는 공간인가의 문제, 영화의 본질적 의미를 현실의 사실적 재현에 두는가 아니면 이미지의 예술적 구성에서 찾는가에 대한 강조점의 차이인 것이다.[21] 영화 《부러진 화살》과 관련한 1차적 논쟁, 곧 영화의 내용이 허구인가 사실인가와 관련한 분분한 논의는 이러한 부분을 간과한 채 진행된 측면이 있다. 감독이 어떤 세계관을 갖고 작품에 임하는지도 중요한 요소이다.

영화 《부러진 화살》을 만든 정지영 감독은 1982년 《여자는 안개처럼

20 김창남(2006), 『대중문화의 이해』, 한울아카데미, 97면.
21 신혜경(2009), 『대중문화의 기만 혹은 해방』, 김영사, 264면.

속삭인다》로 데뷔했다. 그는 1990년 영화 《남부군》을 통해 인기 감독으로 급부상한다. 이념적으로는 오로지 타도의 대상으로만 여겼던 '빨치산'을 인간적인 시각으로 바라 본 《남부군》을 통해 정지영 감독은 1990년 청룡영화제와 이천 춘사대상영화제에서 감독상을 수상했다. 이 영화와 관련하여 정지영 감독은, "1949년에서 1954년까지 소백지리지구 유격전에서 사망한 군경 및 빨치산 수는 2만여 명이었다. 또한 3년여에 걸친 한국전쟁기간동안 남북 양쪽의 총희생자 수는 사망 130만명, 행방불명 111만여 명이었다. 이 작품을 그들의 영전에 바친다."고 썼다. 1992에는〈하얀 전쟁〉을 통해 베트남 전쟁의 참상을 고발한다. 《하얀 전쟁》 역시 1992년 도쿄 국제영화제(대상, 감독상)와 춘사대상 영화제(감독상, 우수연기상), 1993년 대종상(남우조연상, 각색상), 아시아 태평양 영화제(남우주연상) 등 국내외 영화제에서 주요 상을 휩쓴다. 이 영화는 정지영 감독 본인이 한국군을 용병으로 그렸다고 말 할 정도로 베트남전에 대한 기존의 해석을 뒤집는 데서 출발한다. 때문에 대한해외파견전우회에서 "32만 파월용사의 긍지와 명예를 손상시키고 있다." 영화의 일부장면 삭제를 공영윤리위원회에 요구하기도 할만 큰 사회적 파장을 몰고 오기도 했다. 《하얀 전쟁》은 전쟁의 파괴적 양상뿐만 아니라 참혹하게 파괴된 참전인물의 전후의 삶과 내면풍경을 세밀하게 묘사함으로써 전쟁이라는 비극을 총체적으로 조망하고 있다. 영화 《남부군》과 《하얀 전쟁》을 통해 정지영 감독은 소위 사회파 감독으로 자리매김 된다. 영화 《남부군》은 빨치산이었던 이태(본명: 이우태)가 자신의 빨치산 체험을 담은 같은 제목의 소설을 1988년에 출판한 것이 계기가 되었다. 영화 《하얀 전쟁》도 안정효의 동명 소설 『하얀 전쟁』(실천문학, 1983) 을 토대로 각색한 작품이다. 정지영 감독의 영화 《남부군》과 《하얀 전쟁》, 그리고 《부러진 화살》의 주연배우가 모두 안성기인 것도 눈에 띈다.

1920년대부터 1940년대까지의 서양영화사를 결산하는 한 논문에서 앙드레 바쟁은 영화감독을 두 종류로 구분한다. '이미지를 믿는 감독'과 '현실을 믿는 감독'이 그것이다. 바쟁은 리얼리즘을 다음과 같이 규정한다. "영화양식들이 재현하는 현실성의 획득정도에 따라서 영화양식을 분류할 수 있고, 혹은 여기에 위계를 부여할 수 있다. 따라서 우리는 스크린에 더 많은 현실성이 나타나게 하려는 모든 재현체계, 모든 이야기 기법을 리얼리즘적인 것이라 부를 것이다."[22] 정지영 감독의 경우 이미지보다는 '현실을 믿는 감독'이라 할 것이다. 그가 만든 영화 《부러진 화살》은 영화의 본질적 의미를 현실의 사실적 재현에 두는 리얼리즘영화로 규정할 수 있다. 그렇게 보면 이 영화가 사실인가 허구인가의 논쟁은 무의미해지고 만다. 영화는 본질적으로 허구적인 서사체-문화상품이긴 하지만, 그러나 이 영화 《부러진 화살》의 경우 영화 《도가니》(황동혁 감독, 2011)와 함께 사실적 재현에 충실한, 그래서 우리사회의 진실을 담아내고 있는 리얼리즘영화라 규정할 수 있다. 그런데 왜 영화는 영화일 뿐이라고 주장하는 것일까? 그것은 앞에서도 여러 차례 언급한 것처럼, 이 영화의 담론형성과 관련하여 사법부라는 우리사회의 카리스마적 권위의 해체와 개인적 권리의 신장이라는 메시지를 읽어내고 이에 공감하는 관객들과의 헤게모니 장이 펼쳐지고 있기 때문이다. 갈등의 한 축에 우리사회의 기득권층인 사법부와 언론이 자리한다.

법조계는 명실 공히 우리나라 지배층의 핵을 이루고 있다. 전국에 불과 수천 여 명에 불과한 검사와 판사들은 권력과 부를 만질 수 있는 얼마 안되는 지배동맹의 한 축이다. "헌법과 법률이 정한 법관으로부터 재판받을 권리가 있다."는 헌법 27조 1항은 우리나라 국민의 생명과 재산을 처분할 권리를 판사들에게 위임하고 있다. 이는 최근 사법부의 역할 증가 경향으

22 이윤영(2007), "영화에서의 리얼리즘과 윤리", 『미학』제50집, 한국미학회, 221-226면.

로 법조엘리트의 영향력은 더욱 막강해지고 있다. 또한 언론권력은 분명히 지배계급의 중요한 한 축이다. 여기서 언론권력이란 조선, 동아, 중앙일보 등 이른바 조중동이라 불리는 거대 신문사 집단을 말한다. 이들은 해방 전부터 언론계에 거대한 권력집단을 형성하고 우리나라 정치, 경제, 사회, 문화 등 전반에 막강한 영향력을 발휘한다.[23] 문제는 영화 《도가니》의 경우 관객들의 비난의 대상이 장애아동들을 성적으로 유린하고도 이를 은폐하려는 부도덕한 특정 인물들이지만, 곧 우리사회의 지배 권력을 건드리는 것은 결코 아니지만, 《부러진 화살》의 경우는 그 대상이 바로 사법부로 대표되는 우리사회의 기득권세력을 향하고 있다는 데에 문제의 본질이 있는 것이다. 영화에 대한 사법부의 반응은 그런 측면에서 매우 자연스럽다. 영화의 내용에 대한 비판과 함께 자성의 언급도 보인다. 보수언론의 경우 사법부 불신의 단초를 제공한 판사들의 돌출행동을 문제 삼는 경향을 보인다.

이는 다시 영화를 비롯한 서사체-문화를 허구로 볼 것인가 사실의 재현으로 볼 것인가와 관련해서 숙고하게 만든다. 서양도 크게 다르지는 않지만 우리나라의 경우 영화의 초창기에 소설의 전통적인 서사기법을 수용했다. 이 글에서 언급하고 있는 영화 《도가니》와 《부러진 화살》 및 《남부군》과 《하얀 전쟁》 모두 문학텍스트를 바탕으로 하고 있기도 하다. 우리나라의 경우 문학과 영화텍스트는 상호텍스트적으로 매우 긴밀하게 연결되어 있을 뿐만 아니라, 문학과 영화를 어떻게 해석할 것인가 하는 근본적인 태도의 문제와도 관련된다. 곧 영화를 허구로 바라볼 것을 강조하는 관점에는 문학에서의 순수-참여논쟁과 결코 무관하지 않다.

한국의 문학풍토에서 소위 순수문학론의 자장은 그 뿌리가 매우 깊은데, 그것은 김동리의 순수문학론의 전개에 큰 영향을 받고 있다. 그러나

23 이성로, 앞의 글 155-157면.

순수문학(혹은 순수예술)을 주장하는 것은 지상의 맥락에서 벗어나 근본적인 미적 인자를 추출하는 방식은 그 자체로 탈정치적이며 탈현실적인 지향을 가진 강력한 이데올로기가 된다. 이 이데올로기는 현실정치의 영역을 배제함으로써 당대 문학이 정치적 현실에 의해 위협당하고 있던 문학의 영토를 보존하는 토대를 구축한다. 이 문학적 이데올로기는 미적 자율성의 이상에다 운명과 근본적인 가치라는 후광을 입히려는 야심찬 기획이었다. 그리하여 김동리의 '구경적 삶의 문학화'는 문학의 정치적 복속을 거부하며 자립적이고도 자기충족적인 신비화를 통해서 문학의 창조행위를 "가장 높고 참된 의미"로 규정하며 해방 이후 우리사회 좌우 진영 간의 날카로운 대립의 장안에서 우익진영의 헤게모니로 부상하기에 이른다.[24] 이처럼 김동리의 순수문학론은 해방 이후 전개된 냉전구도를 내면화하며, 일체의 사상성을 소거한 동리의 순수가치 절대화는 달리 보아 '순수관념의 헤게모니화'에 가까울 만큼 대단히 정치적인 발상법이기도 하다. 문학에 대한 정의와 문학하는 것에 신성성을 부여하는 모습은 「문학하는 것에 대한 사고私考」(『문학과 인간』, 김동리 전집7권, 민음사, 1997)에 잘 드러나 있다. 그 결과 그의 문학론은 좌파진영의 제거만으로 그치지 않고 문학의 사회적인 맥락을 폭력적으로 배제하며 사상의 초월성만 강조하며 '민족의 영속화'에 따른 일체의 다른 사상을 타자화하며 억압하는 반공의 이데올로기적 정치학과 상동적인 구조를 구비하기에 이른다.[25]

영화 《부러진 화살》을 완전한 허구라고 해석하는 사람들과 허구이되 그 내용은 사실(혹은 진실)이라고 믿는 사람들 사이에는 결국 문화예술 그 자체의 순수성을 옹호하는 입장, 결과적으로 우리사회 기득권의 이해를 반영할 수밖에 없는 입장과, 사법부라는 우리사회의 카리스마적 권위

24 유임하(2006), "순수의 이데올로기적 기반", 『우리말글』 제38집, 우리말글학회, 337면.
25 유임하, 앞의 글, 338-339면.

의 해체와 개인적 권리의 신장이라는 메시지를 읽어내고 이에 공감하는 관객들, 그러니까 문화예술의 현실 재현기능(리얼리즘)을 신뢰하는 관점에 선 사람들과의 헤게모니 투쟁이 전개되고 있는 것이다. 현상적으로는 영화의 내용과 메시지에 공감하는 시민들의 헤게모니가 관철되고 있는 것으로 보인다.

하퍼 리가 쓴 『앵무새 죽이기』라는 소설이 있다. 이 소설에서는 백인 여성을 강간했다는 혐의를 받고 있는 장애를 가진 흑인 남성에 대한 백인들의 집단적 분노와 처벌이 어떻게 행해지는가를 여덟 살 난 어린아이의 관점으로 이야기한다. 여기에서 흑인이 실제로 범죄 행위를 저질렀는지는 중요하지 않다. 흑인이 백인여성과 연루되었다는 것만으로 이미 범죄 행위이다. 그러나 더욱 용인될 수 없는 흑인의 범죄는 그로 인해서 백인의 권력구조와 기득권에 대한 새로운 담론이 시작되었다는 점이다. 백인들에게 있어서 새로운 담론의 시작은 기득권에 대한 도전이며, 자신들이 구축한 질서체계의 파괴로 간주된다. 왜냐하면 백인의 관점에서 피부색의 차이는 곧 우열의 근거이며, 기득권의 정당성은 이에 근거하기 때문이다. 이 소설이 1931년에 일어났던 스코츠보로 재판 사건에서 착안을 얻은 것임을 우리는 주목할 필요가 있다. 앨라배마 주로 가던 화물차 안에서 흑인 청년과 백인 청년 사이에 싸움이 벌어져 목적지에 도착하자마자 흑인 청년들은 체포되고 백인 여성은 거짓으로 흑인 청년들이 자신들을 강간했다고 주장한 나머지 무려 20년이나 법정 공방이 계속된 이 유명한 사건이 소설 『앵무새 죽이기』의 배경이라는 점은 다시 영화나 소설과 같은 서사체가 허구이되, 결코 작가가 거짓으로 꾸며낸 이야기가 아니라 사실을 바탕으로 써낸 이야기라는 점을 기억할 필요가 있다. 비슷한 사례는 너무나 많아서 『앵무새 죽이기』와 관련한 이야기가 차라리 사족이기 십상이다. 그렇다면 이제 남는 문제는 영화 《부러진 화살》이 제기한 우리사회의 다양한 의제를 공론화해 나가는 것, 구체적으로는 사법의 민주화, 인권의 신장 등의 문제를 담론화 해나가는 게 바람직하다고 생각한다.

* 고려대학교, 『한국학연구』, 제40집, 2012.3.

06 조선시대 성 담론의 정치학
– 역사소설 『화냥년』

1. 기억에 대한 기억(記憶)

역사소설에 관한 가장 기본적인 관점은 그것이 사실과 허구의 결합이라는 데 있다. 이는 아리스토텔레스의 역사와 문학에 관한 인식 즉, 역사는 일어났던 일에 관한 기술, 그리고 문학이란 일어날 법한 사건의 스토리를 고안한 것(허구)이라는 관점으로부터 비롯한 것임은 주지의 사실이다.

그런데 과거를 진실하게 재구성할 수 있다는 이 같은 신념은 20세기 후반 일련의 역사학자들에 의해 도전을 받게 된다. 역사서술이 입증 가능한 명징한 사실에 바탕을 둔다 하더라도 그것 역시 허구에 불과하다는 것이다. 특히 헤이든 화이트는, 역사서술은 문학적 상상력을 바탕으로 하여 언어적 비유, 상징적 전략 등을 구사함으로써 역사의 진실에 접근할 수 있다고 말한다.[1] 그렇다면 여기에서 가장 중요한 논점은 역사적 진실성을 어떻게 문학적으로 형상화 하는가의 문제일 것이다.

역사(혹은 그것의 서술이)란 망각과 기억을 동반할 수밖에 없는 운명이고 보면 역사소설은 문학 속의 기억구조와 그 관계성을 보는데 유용한 자

---

1 송근호, 「루카치의 역사소설론과 역사소설의 문제」, 한국문학연구학회, 『현대문학의 연구』, 5권 0호, 1995, 7쪽.

료라 할 수 있다. 역사소설은 '기억에 대한 기억' 곧, 역사에 대한 메타 기억일 것인데, 그런 까닭에 역사소설은 공식적인 역사가 기억하는 내용과 역사의 빈틈을 메우는 과정이다.[2] 따라서 역사소설에서는 무엇보다 사실의 정확한 복원에서가 아니라 사실의 변용과 해석의 진실성이 문제될 것이다.

이 글에서는 병자호란(1636-1637)을 배경으로 한 유하령 장편역사소설 『화냥년』[3]을 읽는다. 이를 통해 청나라 포로로 끌려갔던(그리고 이후 속환의 과정 속에서) 조선 여인들의 '발가벗고 박탈의 삶'이 어떤 담론의 과정 속에서 가능했는가를 탐문한다.[4] 그리하여 국가의 보호를 받지 못한, 혹은 버림받은 삶들의 현재적 의미를 짚어본다. 이는 루카치가 말한 진정한 역사의식[5]의 문제와도 긴밀하게 연결된다. 물론 소설이 현실 자체를 바꾸지는 못한다. 그러나 현실이라는 복합체 속에서 인간의 존재적 유동성과 존재적 불균등성이 빚어내는 문제들을 보다 폭넓게 인식하고, 문제를 제기하며, 보다 창조적인 가능성을 모색하는 담론의 기능은 여전히 유효하다고 본다. 더구나 공식역사 속에서 비가시적으로 존재하는 여성들의 모욕적인 삶이 조선시대 성 담론과 어떤 연관 속에서 가능하였는가를

2 이재영, 「역사소설에 나타난 기억 구성 방식 연구」, 『어문론총』 제45호, 한국언어문학학회, 2006, 462쪽.

3 유하령, 『화냥년』, 푸른역사, 2013. 본문에서 이 소설의 내용을 언급하거나 인용할 때는 책의 제목과 쪽수만 밝히기로 한다.

4 아감벤에 의하면 로마시대의 특이한 수인(囚人)이었던 '호모 사케르'란 bios(사회적, 정치적 삶)을 박탈당하고 zoe(생물적 삶)밖에 가지지 못한 존재였다. 아감벤은 그러한 삶을 벤야민을 따라 '박탈의 삶'이라 하고 생정치는 이 '박탈의 삶'을 표적으로 하고 있다고 주장하였다. 이 글에서는 청나라라 끌려간 조선 여인들의 위치를 아감벤의 개념을 빌려 호모 사케르-'벌거벗은 삶'으로 규정하면서 논의를 이어간다.

5 게오르그 루카치, 『역사소설론』, 이영욱 옮김, 거름, 1987, 18쪽. 루카치적 의미에서 역사소설의 진정한 출발점은 세계가 인간 외적인 힘에 의해 지배되는 것이 아니라 인간 자신의 행위에 의해서 결과하는 것임을 자각함으로써 형성된 주체와 그로부터 역사적 과거를 인간 자신의 현재를 구성하는 과거로 인식할 수 있게 된 지점이다. 따라서 그런 주체에 의한 역사적 과거의 인식을 루카치는 '진정한 역사의식'이라고 말한다. 그러나 루카치의 그러한 인식에서 여성은 제외되고 있다.

탐문하는 것은 오늘의 맥락에서도 의미 있는 작업이라 생각한다. 일본군 성노예 문제와 관련한 최근의 논의에서 위안부를 일본군의 벗이었다고까지 말하는 일각의 규정[6]이, 우리 안에 의식 혹은 무의식적으로 존재하는 정절에의 강요 혹은 여성을 성적 도구화하는 저 폭력성을 여전히 답습하고 있다고 보기 때문이다.

『화냥년』을 읽기 위해서 여성역사소설의 시학원리와 리얼리티의 문제, 아감벤의 '호모 사케르'[7]개념, 그리고 페미니즘에 관한 논의와 동아시아 집단주의의 유학사상적 배경에 관한 담론들을 적절하게 참고-활용하게 될 것이다.

2. 전란과 여성 피로인(被擄人)

유하령 장편역사소설 『화냥년』은 병자호란(1636-1637)을 역사적 배경으로 하고 있다. 병자호란은 대륙의 명 · 청 교체기에 때마침 조선에서 일어난 인조반정(1623)과 이후 인조 정권의 무능함이 불러온 국난이다. 원래 조선에서 왕위가 교체될 때, 명은 별다른 문제 제기 없이 새 왕을 승인해주는 것이 관행이었다. 그런데 당시는 달랐다.[8]

6 박유하, 『제국의 위안부:식민지지 배와 기억의 투쟁』, 뿌리와이파리, 2013.

7 고지현, 「조르조 아감벤의 '호모사케르' 읽기」, 『인문과학』 제93집, 연세대학교 인문학연구원, 2014, 225쪽. 아감벤에 따르면 호모 사케르(homo sacer)란, 한마디로 말해, 아무것도 가진 것이 없는, 오로지 벌거벗은 생명 외에 지닌 것이 없는, 전적으로 권리를 박탈당한 자이다.

8 한명기, 『병자호란』 1권, 102쪽. 왕위교체가 비정상적인 '반정'에 의해 이루어졌을 뿐 아니라 명으로부터 정식으로 승인(책봉)을 받기도 전에 조선은 내부의 반란(이괄의 난-1624)에 직면했다. 겨우 진압되기는 했지만 이괄의 반란군은 서울을 점령했고, 인조는 반란군을 피해 공주까지 파천하는 수모를 겪었다. 도성의 백성들은 이괄 군을 맞이하고, 창경궁에 불을 지르고, 내탕(왕의 개인 금고)을 훔치고, 반정공신들의 저택을 점거하는 등 민심이반의 모습을 보였다. 반란의 진압 이후 인조정권의 최대 관심은 개혁보다는 정권의 보위에 쏠릴 수밖에 없었다. 이 같은 상황에서 명은 반정과 반란을 계기로 인조에 대한 책봉을, 조선을 길들이는 결정적인 카드로 활용하게 된

이 글에서 문제 삼고 있는 것은 그러나 인조반정의 정당성 문제라든가, 병자호란의 국치를 몰고 온 인조정권의 무능이라든가 하는 것은 아니다. 전쟁 이후 그 전쟁의 기억을 자파세력의 기득권을 유지하기 위해 기억을 왜곡하고 정치적으로 동원했던 정쟁의 문제 역시 이 글의 주된 관심은 아니다. 그러한 국난을 당했을 때 군신은 물론 죄 없는 백성들이 죽음을 포함한 온갖 고초를 감내할 수밖에 없겠으나, 특히 여성들이 겪는 성적 착취의 문제가 얼마나 자심했는가 하는 것, 더불어 그들을 대하는 조정과 사대부들의 시선이 어떠하였는가에 보다 주목한다. 까닭은, 여성억압-착취의 원인을 찾아내고 그 현실을 밝히며 해방에 대한 전망을 제시해 보고자하기 때문이다. 그러므로 이 글은 결국 역사의 진보가 여성에게도 그러했는지를 묻게 될 것이다.

병자호란은 그 이전에 발생했던 정묘호란(1627)과 그 궤를 같이 한다. 결과적으로 볼 때, 인조정권이 정묘호란의 교훈을 적절하게 살릴 수 있었다면 병자호란과 같은 국치는 일어나지 않을 수 있는 사건이었다. 물론 병자호란을 맞아 남한산성에 숨어들어가 고사 직전까지 몰렸으면서도 설날을 맞아 북경의 황성을 향해 원단의 예를 행하는 임금이고 조선이었으므로 그 완고한 사대주의를 지금 탓 할 수 있는 일은 아니다.

어쨌거나 후금군은 1627년 1월 13일 압록강을 건너 의주성으로 들이닥친다. 성은 함락되고 후금군에 저항했던 군사들은 전부 살해된다. 백성들은 적에게 포로로 잡힌 뒤 전부 머리를 깎였다. 머리를 깎은 것은 이제 자신들의 소유가 되었음을 알리는 표시였다. 어느 때를 막론하고 이렇게 전쟁은 그 책임과 무관한 개인들의 삶을 절멸의 상태로 몰아간다. 남성들은 죽거나 노예가 된다.[9] 변변한 저항도 해보지 못한 채 인조와 조정이 남한

다. 누르하치가 이끄는 후금의 군사적 도전에 밀려 요동의 방어선이 무너지고, 이어서 요동의 한 복판인 심양과 요양까지 함락되는 등 명은 심각한 위기에 직면하고 있었다. 명에게도 청에게도 상대를 복속 내지 궤멸시키기 위해 조선을 적절하게 제어-활용할 필요가 있었던 것이다.

산성으로 들어간 후 남겨진 백성들은 청군의 무력 앞에 무방비로 노출된다. 도성에서 살아남은 사람은 열 살 미만의 어린애들과 칠십이 넘은 노인들뿐이라는 보고가 조정에 올라간다. 그나마 그들도 굶어 죽거나 얼어 죽기 직전의 상황으로 내몰려 있었다.[10] 이렇게 여염이 불타고 시체가 즐비한 참상을 뒤로하고 수십만 명의 백성들이 청의 포로가 되어 심양으로 끌려가게 된다. 삼전도에서 인조가 치욕적인 항복을 하고 전쟁이 끝났으나 패전의 대가는 그처럼 참혹했다. 여성들의 운명은 어떠할까?

인조와 조정이 남한산성에 포위되어 있는 동안 서울과 경기도 등 중부 이북 지역에서는 청군에 의해 인간 사냥이 자행되었다. 이렇게 당시 청군들에게 붙잡혔던 민간인들을 '피로인(被擄人)'이라고 한다. 군인이나 전투요원 가운데 적에게 사로잡힌 사람들을 보통 '포로'라고 부르는 것과는 다소 다른 개념이다. 이렇게 당시 청군에게 붙잡혀 심양으로 끌려간 피로인의 숫자는 50만 명에서 100만 명으로 추정된다.[11] 한명기의 연구에 의존하고 있는 유하령의 소설에서는 "도륙당한 백성이 수십만이고 포로가 된 백성이 십여만 명이었다."(『화냥년』, 10쪽)고 적고 있다. 청군에 붙잡힌 조선인 포로들은 석 달을 걸어 심양으로 끌려갔다. 행군 중에 얼어 죽고 주

---

9 임진왜란 당시의 상황 역시 다르지 않았다. 조명연합군에 의해 평양성이 탈환된 뒤 일본군은 1593년 6월 제2차 진주성 전투에서 조선백성들을 절멸시킨다. 기록에 따르면 7천 여 조선병사와 3만 여 백성들 모두가 처참하게 학살을 당하고 말았다. "이 싸움에서 살아남은 우리 병사와 백성은 손으로 꼽을 정도였으니, 왜적의 침입이 시작된 이래 이처럼 많은 사람이 죽은 적이 없었다." 고 기록될 정도였다. 유성룡, 『징비록』, 김흥식 옮김, 서해문집, 2003, 179쪽.

10 한명기, 『병자호란』 2권, 푸른역사, 2014, 236쪽.

11 한명기, 『병자호란』 2권, 284쪽에 따르면 50만 명. 또 다른 연구에 따르면, 조선과 청간에 정축화맹(丁丑和盟)을 체결하고 청이 퇴각할 때 100만 명 이상의 조선인을 강제연행 납치해갔다. 이후 수년간의 속환무역에서 조선인 피로자로 속환된 자의 수가 60만 명 수준이었으며, 3만 명의 몽고 침략군이 피납해 간 자들은 영영 속환되지 못한 것을 고려하고, 또한 속환을 희망하지 않고 청에 정착하거나 속환가를 마련하지 못해서 찾아오지 못한 피로자를 포함하면 실제 끌려간 피로자는 100만 명을 훨씬 상회했을 것으로 추산된다. 김용욱, 「한국역사에 있어 전쟁피로자, 피납자의 송환문제: 임진, 정유왜란, 정묘, 병자호란, 6 · 25전쟁의 사례를 중심으로」, 『국제정치논총』 44권 1호, 한국국제정치학회, 2004, 129쪽.

려 죽은 이가 발에 밟혔다. 주검에 걸려 넘어져 또 주검이 됐다. 포로들은 앉기만 하면 저고리를 벗어 이를 잡았다. 굶주려 앙상하고 씻지 못해 더러운 몸뚱이에 이만 들끓었다. "오랑캐들은 그 와중에도 여인네들을 끌고 가 성욕을 채웠다."(『화냥년』, 53쪽)

피로인들 중 여성들의 숫자를 정확하게 알 수는 없다. 관련 연구에 따르면 청에 끌려간 피로인의 숫자가 100만 명을 상회할 것으로 추정하고 있으므로 여성 피로인의 숫자를 어림해 볼 수 있을 뿐이다. 그러나 문제는 "오랑캐들은 강화도에서 여자들을 처음 붙잡았을 때부터 겁탈했다. 양반 여인네라고 예외는 없었다. 행군 중에는 벌을 주고 겁을 주려고 겁탈했다. 오랑캐들은 조선남자들이 보는 데서 여자들을 겁탈했고 대열에서 도망치다 붙잡힌 여자를 그 자리에서 발가벗겨 여럿이 겁탈한 다음 죽이기도 했다."(『화냥년』, 32쪽)는 점에 있다.[12]

이처럼 포로들 가운데 여성들이 겪어야 했던 고통은 특히 더 처참했다. 청군은 젊고 고운 여인들을 사로잡느라 혈안이었다.[13] 그들은 우선 사로잡힌 뒤 능욕을 당하거나 그것에 저항하다 피해를 입는 경우가 많았다. 또 많은 여성들이 청군의 능욕을 피하기 위해 스스로 목숨을 끊었다. 특히 사대부 집안의 여인들이 대거 피란해 있던 강화도의 비극이 처절했다. 강화도 함락 직후, 청군의 체포와 능욕을 피하기 위해 수많은 여인들이 바다에 뛰어들어 자결했다. 워낙 많은 여인들이 몸을 던졌기 때문에 '여인들

12 임진왜란의 경우에도 사정은 다르지 않았다. 목숨을 부지하기 위해 산속을 헤매고 계곡으로 숨어들고, 그러다가 잡힌 자는 꼼짝없이 당하는 수밖에 없었다. 살육을 당하고, 강간을 당하고, 포로로 잡혀갔다. "얼굴에 검댕을 칠해 추한 모습으로 꾸민 아낙들, 하늘을 향해 절망적인 통곡을 하거나 비명을 지르며 내달리는 여인네들, 일부러 절뚝거리거나 입이 비뚤어진 것처럼 병신 행세를 하는 어린아이들의 형상이 눈에 선하다. 전쟁이란 본래 잔혹한 것이지만, 힘없는 부녀자들이 겪어야 했던 수난보다 극심한 것은 없다." 정출헌, 임진왜란의 상처와 여성의 죽음에 대한 기억 -동래부의 김섬(金蟾)과 애향(愛香), 그리고 용궁현의 두 부녀자(婦女子)를 중심으로, 「한국고전여성문학연구」, 21권 0호, 한국고전여성문학회, 2010, 51쪽.

13 한명기, 『병자호란』 2권, 푸른역사, 2014, 202쪽.

의 머릿수건이 바다에 떠 있는 것이 마치 연못 위의 낙엽이 바람을 따라 떠다니는 것 같다.'는 묘사가 나올 정도였다. 청군은 아이가 있는 여자라고 해서 봐주지 않았다. 젊고 예쁜 여자는 가리지 않고 끌고 갔다. 당시 포로가 된 여인들 가운데는 아이를 데리고 있는 이들도 적지 않았다. 청군은 이들 여인을 끌고 가면서 아이들을 죽이거나 내팽개치는 만행을 저질렀다. 저항하는 여인들은 살해되었다. '강도록(江都錄)'을 비롯한 실기류(實記類)에 '포개진 시신들 사이로 젖먹이들이 어미를 찾아 기어 다니며 울고 있다.'는 처참한 표현이 나오는 것은 그 같은 상황을 방증한다.[14]

심양으로 연행되는 과정에서도 여성 포로들은 또 다른 고통을 겪어야 했다. 당시 청군 장수들은 사로잡은 조선 여인들을 자신의 첩으로 삼는 경우가 많았다. 그런데 자신보다 계급이 낮은 자가 예쁜 여인을 소유하고 있을 경우, 강제로 빼앗는 사례가 있었다. 또 만주족 출신 장수가 한족 출신 장수가 데리고 있는 여인을 빼앗는 경우도 있었다. 조선 여인을 둘러싸고 쟁탈전이 벌어졌던 셈인데, 이렇게 자신을 최초로 사로잡았던 장수로부터 또 다른 장수에게 소유권이 넘어가는 과정에서 여성 포로들이 어떤 수난을 겪었을지는 짐작하기 어렵지 않다.

임진왜란을 당하여 겪은 조선여성들의 참혹함 역시 병자호란의 경우와 다를 게 없다. 오희문(吳希文, 1539-1613)이 왜적과의 전투에 참여했다 돌아온 사람에게 들은 바를 기록한 대목에 따르면, 부녀자 가운데 반반하다

14 이같은 참혹한 일들은 임진왜란과 정유재란의 경우에도 다르지 않았다. 임진왜란을 전후한 시기의 조선 인구를 추정한 권태환과 신용하의 연구 결과에 따르면, 왜란 발발 한 해 전(1592년) 조선 인구를 1천4백9만5천 명으로, 왜란이 끝난 해인 1598년의 인구를 1천1백6십9만5천 명으로 추정함으로써 전쟁 7년 동안 약 2백3십2만6천 명의 인구감소를 상정하고 있다. 그리고 이 2백3십2만6천 명 중에서 전쟁으로 인한 사망자, 1594년의 대기근으로 인해 발생한 아사자를 제한 나머지를 피랍자로 본다. 그러한 추정과 함께 일본학자들은 대체로 5만 명 내지 7만 명을, 국내학자들은 10만 이상을 피랍자로 보고 있다. 김용욱의 경우는 그 수를 최소한 40만 명 이상으로 본다. 김용욱, 「한국역사에 있어 전쟁피로자, 피납자의 송환문제: 임진, 정유왜란, 정묘, 병자호란, 6·25전쟁의 사례를 중심으로」, 『국제정치논총』 44권 1호, 한국국제정치학회, 2004, 124-125쪽.

고 생각하면 포로로 잡아 강간한 뒤 일본으로 보내고, 그렇지 못한 부녀자는 그 자리에서 윤간을 하고 버렸다. 성주(星主)지역에 살던 한 아낙이 겪었던 수난은 눈 뜨고 보기 어려울 정도다. 죽으려 했지만 죽지도 못했던 그 아낙은, 허리에는 찢어진 치마만 걸려 있고 속옷은 없는데 우리 군사들이 치마를 올리고 보니 음문(陰門)이 모두 부어서 걷지를 못했다. 오희문이 사실을 기록한 것이 4월 22일이었으니, 전란이 일어난 지 불과 열흘도 안 됐을 때였다. 그런데도 왜군의 만행은 오희문이 머물고 있던 전라도 구석의 장수현까지 삽시간에 퍼져나가고 있었다. 그렇다면 왜군이 무인지경으로 휩쓸고 다녔던 경상도 지역의 부녀자들은 전란의 공포에 얼마나 떨고 있었을까 짐작하고도 남음이 있다.[15]

졸지에 청군 장수의 첩으로 전락하여 심양에 도착한 여성 포로들에게는 뜻밖의 고통이 기다리고 있었다. 그것은 다름 아닌 청군 장수의 본처들이 자행하는 투기(妬忌)로 말미암은 것이었다. 본처들 가운데는 질투심에 눈이 멀어 조선에서 온 여성 포로들을 참혹하게 학대하는 자들이 있었다. 심지어 조선 여인들에게 뜨거운 물을 끼얹거나 혹심한 고문을 가하는 여자들도 있었다. (『화냥년』, 35쪽) 이 같은 사태는 청 조정에서도 논란이 되었다. 1637년 4월, 홍타이지는 도르곤 등 신료들을 불러놓고 공개적으로 경고했다. 조선에서 데려온 여성들에게 계속 그런 짓을 자행하는 본처들이 있을 경우, 남편이 죽었을 때 순사(殉死)시키겠다며 으름장을 놓았다. 홍타이지까지 직접 나서서 본처들의 악행(惡行)을 근절하라고 했던 것을 보면 당시 여성 포로들에게 닥쳤던 고난이 얼마나 처참했던 것인지를 짐작할 수 있다.

소설에서 여성인물 '선'은 청군의 능욕을 피하기 위해 남장을 하고 지낸

15 정출헌, 임진왜란의 상처와 여성의 죽음에 대한 기억 -동래부의 김섬(金蟾)과 애향(愛香), 그리고 용궁현의 두 부녀자(婦女子)를 중심으로, 「한국고전여성문학연구」, 21권 0호. 한국고전여성문학회, 2010, 21쪽.

다. 그런 중에 드디어 조선으로부터 속환사가 왔다는 말을 전해 듣는다. 그런데 '선'을 비롯한 조선 여인네들의 얼굴에는 희망과 불안이 번갈아 떠오른다. "겁탈을 당했든, 당하지 않았든 조선 포로 여인네들은 죽지 않고 압록강을 넘은 순간 모두절개를 잃은 훼절한 부녀자(毁節女)들 신세가 되었기 때문이다."(『화냥년』, 33쪽)

역사적으로 전쟁과 같은 폭력적 상황에서 여성에 대한 성폭력은 어김없이 자행되었고 그것의 원인이 어디에 있는가 하는 데 주목한 학자들이 많았을 것은 당연한 이치겠다. 2차 세계대전에서의 히틀러주의를 연구하고 비판했던 레비나스는 폭력의 논리적 근거로 권력에의 의지와 인종차별주의를 지목했다. 로렌스(Bruce Lawrance)나 카림(Kisha Kiram)은 폭력을 빛이 있는 곳에 존재하는 그림자 곧, 구조적 요인으로 보았다.[16] 여기에서 더 많은 논자들의 분석을 길게 인용할 필요는 없을 듯하다. 왜냐하면 이 글에서 문제 삼고 있는 것은 전쟁 이후 청에 포로로 잡혀갔던 조선의 백성들 특히 여성들이 속환과정에서 겪게 되는 이중 삼중의 차별과 배제의 논리를 살피고자하기 때문이다.

근대국가와 권력의 관계를 논하면서 푸코는 법의 형식 속에서 작동하는 억압적 권력의 기제를 밝혀내려 했다면, 아감벤은 법이 그 효력을 발휘하지 않는 어떤 예외적 상태에 주목하고, 그 속에서 권력을 본질을 포착하려고 한다. 병자호란의 패배 후에 청에 끌려갔던 조선백성들 특히 여성포로들의 경우 아감벤이 말한 호모 사케르라 할 수 있다.[17]

이들 피로 부녀자들은 통곡하면서 속환을 원하였음에도 불구하고 속

16 구은숙, 「전쟁과 여성: 젠더화된 폭력과 군사주의 문화」, 『미국학논집』 41권 3호, 한국아메리카학회, 2009, 11쪽.
17 고지현, 「조르조 아감벤의 '호모사케르' 읽기」, 『인문과학』 제93집, 연세대학교 인문학연구원, 2014, 225쪽. 아감벤에 따르면 호모 사케르(homo sacer)란, 한마디로 말해, 아무것도 가진 것이 없는, 오로지 벌거벗은 생명 외에 지닌 것이 없는, 전적으로 권리를 박탈당한 자이다.

환가 및 기타의 이유로 속환이 지지부진하였다. 아주 소수의 사람만이 고국 땅을 밟을 수 있었을 뿐이었다. 청의 조정에 후궁으로 들어간 아주 예외적인 경우를 제외하면 대다수의 여성은 상당한 노역의 일을 강요당했다. 천첩이 되거나 심지어 사창가로 팔려서 창녀가 된 여성들도 적지 않았다.[18] 우여곡절 끝에 조선으로 속환된 여성들에게는 또 다른 고난이 기다리고 있었다. 그것은 훼절녀(毁節女)라는 주홍글씨였다. 구체적으로는 여성들의 실절에 대한 이혼문제가 제기되었다.

소설에서 여성인물 '선'은 어쨌거나 고국으로 돌아온다. 그런데 속환된 여인네들을 홍제천 객사에 모아놓은 지 3일째 되는 날, 조정에서는 소복을 입힌 여자들을 홍제천으로 몰아넣는다. 심양으로 사로잡혀갔다 돌아온 여자들이 장맛비에 불어난 홍제천으로 하나 둘 들어섰다. 홍제천에서 "죄를 깨끗이 씻어내고 새사람이 돼서 도성 안으로 들어가야 한다."(『화냥년』, 112쪽)는 일종의 세정의식을 치렀던 셈이다. "이 내를 건너면 절개가 회복된다."(『화냥년』, 113쪽)는 것이었으나, 그것이 전부가 아니었다. 사로잡혀 갔던 부인들은 그녀들의 본심은 아니었다하더라도 전쟁에 있어 변을 만나 죽지 않은 것은 실절(失節)이고, 실절자는 남편의 집과도 의(義)가 끊겨있고 다시 결합한다면 사대부의 가풍을 더럽히는 일이 되므로 받아들일 수 없다는, 즉 이혼의 문제가 대두되기 시작했던 것이다.[19]

속환된 여자들은 이제 집안의 골칫거리였다. 오랑캐에게 능욕당한 여자들이 집안에 있다는 것은 곧 집안 남자들의 과거 응시나 관로까지도 막는 결과를 초래하는 일이었다. 죽을 고비를 넘기며 목숨을 부지해서 돌아왔으나 아무도 그 목숨을 환영하지 않았다. 이들에게는 혈육의 정보다 사대부의 가치가 더 중요했다. 그러나 양민들은 달랐다.[20] 소설의 여성인물

---

18 박주, 「병자호란과 이혼」, 『조선사연구』 10권 0호, 조선사연구회, 2001, 275-276쪽.

19 박주, 「병자호란과 이혼」, 『조선사연구』 10권 0호, 조선사연구회, 2001, 280쪽.

20 이 소설에서는 그렇게 말하고 있으나 박주의 연구 자료를 보면, 사대부 집안에서뿐 아니라 평민

'선'은 동네사람들의 눈에 띄지 않도록 바깥출입은 물론이고 집안에서도 구석진 곳에 죽은 듯 지내야했다. 그러니 '선'에게 있어 진짜 전쟁은 포로로 끌려갔을 때가 아니라 속환된 후, 홍제천을 건너라고 강요받았을 때부터 시작되었다. 그러나 그것은 애초부터 이길 수 있는 싸움이 아니었다. 소복을 입혀놓고 귀신이 되길 바라는 부모, 시부모, 남편이나 오라비를 상대로 한 매 순간이 전쟁이었다. "스스로 목숨을 끊거나 그들이 원하는 대로 죽을 때까지 숨어서 지내야 했다."(『화냥년』, 364쪽) 그녀들은 "자결하지 못했다는 비웃음에, 수치심에 치를 떨며 남은 생을 숨어 지내야 할 것이었다. 충과 효의 나라, 절개의 나라. 사내들은 자신들이 지키지 못한 것을 여인네들에게 강요하고 있었던 것이다."(『화냥년』, 75쪽)

3. 주회인(走回人)과 화냥(花孃)년

전란 때문에 포로가 되어 청으로 끌려갔던 이들 중에는 포로속환협상에서 제외된 사람들이 많았다. 조선과 청간에 정축화맹(丁丑和盟)을 체결하고 청이 퇴각할 때 100만 명 이상의 조선인을 강제연행 납치해갔다. 이후 수년간의 속환무역에서 조선인 피로자로 속환된 자의 수가 60만 명 수준이었으며, 몽고 침략군에게 끌려간 3만 명은 영영 속환되지 못한 것을 고려하고, 또한 속환을 희망하지 않고 청에 정착하거나 속환가를 마련하지 못해서 찾아오지 못한 피로자를 포함하면 실제 끌려간 피로자는 100만 명을 훨씬 상회했을 것으로 추산된다. 그러나 속환협상(속환무역)을 통해서 피로자의 절반 정도만 송환시킬 수 있었다.[21]

의 집안에서도 이 실덕의 문제가 제기되고 있음을 알 수 있다. 다만 구체적으로 그 사례를 제시하지 않았다. 박주, 「병자호란과 이혼」, 『조선사연구』 10권 0호, 조선사연구회, 2001, 285쪽.

가장 중요한 장애는 역시 속환가에 있었다. 조선정부는 양국 간에 일률적인 속가를 정할 것을 제의했으나 청이 이를 받아들이지 않았다. 피로자의 신분은 남녀노유 그리고 왕족, 사대부에서 천인(賤人)에 이르기까지 다양했으며, 청측은 남자의 경우 대명전쟁(對明戰爭)에 투입시키거나 장수가(將帥家)에 유하면서 농사나 공장(工匠)일에 종사케 하였다. 이렇게 각각의 역할이나 처지가 달랐기 때문에 청측에서 요구하는 속환금의 액수가 제각기 달랐다. 그 속환가는 100냥에서 250냥까지였고, 종실 피로자의 속환금은 호조에서 지급하는 등 대체로 양반 사대부가의 경우에는 크게 어렵지 않았으나 상민들의 경우에는 감당키 어려운 금액이었다.

이에 관해 소설에서는 소설 내 인물들의 일을 빌려 다음과 같이 말한다. "전쟁은 홍타이지와 조선 조정에서 일으켰소. 우리가 일으킨 게 아니오. 그러나 지옥 같은 고생은 우리 불쌍한 백성들이 하고 있는 거요. 우리는 어차피 심양에서 죽게 될 것이오. 처음 심양에 끌려왔을 때, 우리 포로들은 조선 조정에서 공적으로 속환해 줄 것이라는 꿈을 꿨소. 그러나 그것은 순진한 꿈이었을 뿐이오. 조정은 포로 개인에게 책임을 돌렸소. 왕 또한 죽을 고비를 넘기며 돌아간 백성을 다시 심양으로 내쫓았소. 포로가 돼 남의 땅에 끌려온 것도 원한에 사무치는데 조선에 있는 가족까지 속환금 때문에 종이 되거나 팔려가고 있단 말이오."(『화냥년』, 194쪽)

심양으로 끌려갔던 조선인 피로인을 절망의 나락으로 떨어뜨린 다른 문제 하나는 청으로부터 도망친 이(이들을 보통 '주회인'走回人이라고 불렀다.)들을 붙잡아 이들을 다시 청으로 돌려보낸 일이었다. 청은 조선 조정에 대해 그들 주회인(도망쳐 돌아온 사람)들을 조건 없이 돌려보내거나, 아니면 그들의 몸값을 내놓으라고 요구했다. 조선이 자신들의 요구를

---

21 김용욱, 「한국역사에 있어 전쟁피로자, 피납자의 송환문제: 임진, 정유왜란, 정묘, 병자호란, 6·25전쟁의 사례를 중심으로」, 『국제정치논총』 44권 1호, 한국국제정치학회, 2004, 129쪽.

받아들이지 않으면 또 다른 전쟁이 일어날 수도 있다고 협박하기도 했다. 하지만 조선에서는 이들의 도망을 '혈육과 고향을 간절히 그리는 마음 때문에 이루어진 부득이한 행동'으로 여겼고, 따라서 청으로 다시 넘겨주는 행위는 '사람으로서는 차마 할 수 없는 일'이었으며, 청의 그러한 요구는 '짐승 같은 오랑캐들의 탐욕에서 나온 행위'로 인식되었다.[22] 그러나 병자호란에서 패한 조선은 저들의 요구에 굴복할 수밖에 없었다. 심지어 "쇄환꾼을 풀어 전국을 돌면서 숨어 있는 도망 포로들을 잡아서 다시 끌고 가거나, 포로숫자를 맞추려고 포로도 아닌 부랑자, 걸인, 심지어 애꿎은 상놈들까지 잡아가는 경우도 많았다."(『화냥년』, 117쪽) 여성 피로인들은 귀환 도중 납치되는 경우도 많았다.

'화냥년'이란 상말은 임진년 전쟁 때 조선을 도와주러왔다는 명군(明軍)들에게 몸을 내주거나 욕을 당했던 여자들('화냥'花孃-남편이 아닌 남자와 몰래 정을 통하는 여자)을 중국말로 비칭하면서 유행하기 시작했다. 그런데 조선 조정과 조선의 남자들은 천신만고 끝에 속환된 여자들을 화냥년이라고 불렀다. 그래서 그들에게는 "반겨줄 고향도, 받아줄 고향도 없다."(『화냥년』, 372쪽) 임진왜란의 경우에도 사정은 다르지 않다.

왜로 끌려갔던 동래부사 송상현의 처는 죽기를 각오하고 절개를 지킨다. 그러나 그녀는 왜적에게 잡혀갔다 돌아온 여인이었다. 살아 돌아온 것은 자랑스러운 일이 아니라 부끄러운 일이었던 것이다. 임진왜란 때 일본에 포로로 잡혀갔던 사람들이 속환사를 따라 선뜻 되돌아오지 않으려 했던 것은, 그곳에서의 노예 같은 생활이 만족스러워서가 아니었다. 병자호란 때 청에 잡혀갔다가 돌아온 환향녀의 사례에서 확인되듯, 일본에서 살아 돌아온 '의심스러운' 여인은 조선 땅 어디에도 발붙일 곳이 없었던 것이다.[23]

---

22 한명기, 『병자호란』 2권, 푸른역사, 2014, 286-287쪽.

특히 사대부 집안의 부녀자는 이처럼 '오랑캐에 실절(失節)한 여자'라는 따가운 시선 때문에 고통 받아야 했다. 나아가 속환으로 인해 사대부가의 피로부녀자 이혼문제가 신분과 강상綱常(삼강과 오륜, 곧 사람이 지켜야 할 도리)의 윤리를 매우 중요시하는 조선사회를 들끓게 하였다. 이 문제는 당시 신풍부원군 장유가 강화도에서 포로로 잡혔다가 속환된 그의 아들 선징 처의 이혼문제를 예조에 제기함으로써 최초로 공론화되었다.[24]

좌의정 최명길의 경우 "사족부녀로 피로된 자가 한둘이 아니고, 또 피로되었다고 해서 모두 실절하는 것도 아니며, 만일 국가에서 이혼을 허락해 준다면 지아비들이 자기 처를 속환해 오지 않을 것이므로 많은 부녀가 이역의 혼귀가 될 것이다."라며 극력 반대하여 국왕이 이혼을 허락하지 않았다.[25] 그러나 조정 중신 대부분은 "충신은 두 임금을 섬기지 않고 열녀는 두 남편을 섬기지 않으니 …… 그녀들의 본심은 아니었다고 하더라도 포로로 잡혀갔던 여자들은 남편의 집안과 대의가 이미 끊어진 것이니 …… 라고 하여 이혼 허락을 주장한다.[26]

소설에서 그들의 처참한 삶은 다음의 한 문장으로 압축된다. 곧, "영문도 모르고 오랑캐에게 붙잡혔고, 끌려왔고, 가족에게 버림받았고, 유린당했고, 다시 끌려와 몽골 초원에서 가축처럼 부려졌다."(『화냥년』, 372쪽)

이렇게 전란으로 이중·삼중의 고난을 겪은 조선 여성들을 역사가 기억하는 방식은 어떠하였을까. 임진왜란 때 죽음을 당했던 여인들 중에서 '열녀'로 기록된 여성들을 기록하는 방식, 다시 말해서 '열녀전'에서 여성

---

23 정출헌, 임진왜란의 상처와 여성의 죽음에 대한 기억 -동래부의 김섬(金蟾)과 애향(愛香), 그리고 용궁현의 두 부녀자(婦女子)를 중심으로, 「한국고전여성문학연구」, 21권 0호. 한국고전여성문학회, 2010, 49쪽.

24 김용욱, 「한국역사에 있어 전쟁피로자, 피납자의 송환문제: 임진, 정유왜란, 정묘, 병자호란, 6·25전쟁의 사례를 중심으로」, 『국제정치논총』 44권 1호, 한국국제정치학회, 2004, 131쪽.

25 박주, 「병자호란과 이혼」, 『조선사연구』 10권 0호, 조선사연구회, 2001, 274쪽.

26 한명기, 『병자호란』 2권, 푸른역사, 2014, 303쪽.

의 행위를 남성과 대비하여 평가하는 방식은 조선의 사대부들이 상시 구사하던 상투 가운데 하나였다. 여성의 결연한 열을, 사대부 사회를 되돌아보게 만드는 반성의 기제로 활용했던 것이다.[27] 이를 소설에서는 다음처럼 일갈하고 있다. "충과 효의 나라, 절개의 나라. 사내들은 자신들이 지키지 못한 것을 여인네들에게 강요하고 있었던 것이다."(『화냥년』, 75쪽)

병자호란을 당하여 심양까지 끌려갔다 살아 돌아온 여성들에게 가해졌던 저 '정절에의 강요'를 우리는 어떻게 해석할 수 있을까. 조선의 지배이데올로기와 이들 여성 피로 인들과의 관계에 주목해 보고자 한다. 그것은 일차적으로, 앞에서도 여러 차례 암시되었던 것처럼 조선시대 사대부들의 정신을 지배했던 주자학적 사유에서 찾을 수 있을 것이다. 주지하다시피 13세기말을 전후하여 수용된 조선의 주자학사상은 이황의 학문적 체계화작업을 거쳐 16세기 말의 임진왜란, 17세기 전반의 병자호란을 지나면서 대내외적으로 이론과 실천의 양면에서 정치 · 사회체제를 주자학적으로 규정해갔다.[28] 이 도덕적 규범주의가 여성을 어떠한 방식으로 배제하고 차별하는가 하는 점이 이 글의 주된 관심이다.

우선 유학에서는 가족윤리를 제기할 때, 항상 선행되어야 할 것으로 몸 닦음(修身)을 강조한다. 이는 다시 말하면 유학에서 중요하게 여기는 몸 닦음은 그 자체가 목적이라기보다는 집안을 가지런하게 하기 위하여 선행해야 할 것으로 주어진다.[29] 따라서 몸 닦기에서의 몸은 단순히 생물학적인 육체라기보다는 자신을 둘러싸고 있는 여러 관계망으로 형성되어 있는 몸이라고 할 수 있다. 주자학 체계 속에서는 바로 이러한 몸을 구성하

27 앞 정출헌의 글, 59쪽 《동국신속삼강행실도》 '열녀편'에는 총 553명의 열려가 실려 있는데, 그 중 80%에 달하는 441명이 임진왜란 때죽은 여성이다.

28 박충석, 「조선주자학(朝鮮朱子學)의 존재양식(存在樣式): 그 규범적(規範的) 성격(性格)」, 『사회과학연구논총』 2권 0호, 이화여자대학교 사회과학연구소, 1998, 118쪽.

29 김미영, 「음(陰)에 부과된 사적 특성에 대한 여성주의적 접근 -주자학의 가족윤리를 중심으로」, 『철학』 72권 0호, 한국철학회, 2002, 80쪽.

는 관계망에 따른 역학구조를 인간의 존재론 속에서 도출하여 유학적인 예(禮) 적용의 필연성을 확보하고자 한다.[30] 그런데 몸 닦이에서 강조하는 '몸의 바름' 속에 여자는 포함되어 있지 않으며, 여자가 바르다는 것은 남자의 몸 닦기의 결과로서 드러난 것이므로, 여자가 바르면 집안이 바르다는 것을 의미했다. 즉 유학의 이념체계 하에서 여성의 존재는 몸 닦기의 주체로 설 수 없다는 의미다.

이는 임진왜란 와중에 죽음을 당했거나 그것을 선택할 수밖에 없었던 여성들을 기억하는 방식에서도 여실하게 드러난다. 일련의 과정을 거쳐 충절의 인물로 완벽하게 복원된 동래부사송상현을 따라 함께 죽거나 절개를 지켰던 애첩 금섬과 이양녀와 신여로 등의 행실을 기록한 본래의 까닭은 그들 자신의 이름을 드러내기 위해서가 아니라 주인 송상현을 기리기 위해 동원되었을 뿐이다. 그러니까 저들 여성들은 송상현과 분리된 채 홀로 독립할 수 있는 존재가 아니었던 것이다. 정발을 따라 죽은 애향이란 여성 역시 금섬처럼 주인의 충절을 돋보이도록 만들기 위해 불려나온 이름이다. 이것이 전란 중에 죽은 이들 천한 여성이 기억되는 방식이다.[31]

병자호란 때 심양으로 끌려갔다 구사일생으로 돌아온 여성들에 '화냥년'이라는 주홍글씨를 붙이고 외면했던 것 역시 같은 맥락에 위치한다. 좌의정 최명길 정도만 전쟁의 와중에 몸을 더럽혔다는 누명을 쓰고 실절로 매장되는 여성이 많았다는 것과 사로잡혀간 부녀들에 대해 결코 일률적으로 실절을 논해서는 안 된다고 주장했을 뿐, 대다수의 조정 중신들은 '충신불사이군 정녀불경이부'(忠臣不事二君 貞女不更二夫)라는 유학적 교조주의를 바탕으로 그녀들을 단죄하고자 했던 것이다. 그러나 이는 또한 전쟁으로부터 국가와 백성들을 지키지 못했던 자신들의 죄를 이들 피로자

30 김미영, 위의 글, 81쪽.
31 정출헌, 앞의 글, 44-47쪽.

여성들에게 전가함으로써 자신들의 무능과 무너진 윤리규범을 감추고자 했던 것은 아닐까 생각한다.

임진왜란과 병자호란 이후 조선에 있어 유교적 신념체계는 다소간 이완되는 양상을 보인다. 그럼에도 불구하고 가정에 있어서는 효녀가 되고, 결혼해서는 순부, 숙처가 되고, 자녀를 낳으면 현모가 되며, 불행히 과부가 되면 정녀가 되고, 환난을 당해서는 열녀가 되어 후세에 여종(女宗)되기를 바라는 여성관은 변하지 않았다. 물론 조선시대 여성 일반을 유교적 사회규범이라는 외적 질서에 순응했던 비주체적 존재로만 규정하는 것은 문제가 있다. 그럼에도 불구하고 전쟁을 겪어내면서 보여주었던 여성들의 행위와 그들에게 가해진 사회적 차별과 배제는 주자학적 이데올로기의 작동이라는 측면을 무시하고는 설명할 수 없다.

조선 여성이 유교적 여성상을 수용하게 되는 사회적 조건은 크게 두 가지이다. 하나는 조선은 예와 도덕을 중시하는 사회로서, 예의 실천이 곧 인간다움의 실현이라는 담론을 통해 도덕적으로 지배하는 사회였다는 점이다. 또 하나는 시집살이라는 현실적인 조건이다. 여성의 행동반경이 규문 안으로 제한되었을 뿐만 아니라, 혼인 이후에는 친정과의 거리를 유지한 채 시집 중심으로 삶이 구조화되면서, 여성의 삶은 시집의 울타리 안에서만 의미를 갖게 되었다. 따라서는 조선 여성은 수세적인 위치에서 자신의 정체성을 형성하게 되며, 시집살이 중심으로 요구되는 규범을 수용할 수밖에 없었다.[32]

다시 말해, 조선의 여성들이 전쟁의 참화를 겪으면서 받아들여야 했던 차별과 배제의 논리란 완고한 주자학적 이데올로기라는 사회규범의 강제에 있었다고 할 수 있다.

32 김언순, 「조선 여성의 유교적 여성상 내면화 연구 : 여훈서(女訓書)와 규방가사(閨房歌詞)를 중심으로」, 『페미니즘 연구』 8권 1호, 한국여성연구소, 2008, 5쪽.

4. 정절에의 강요

소설은 그와 관련된 역사와 무관한 영역으로 남아있을 수 없다. 이러한 관점에서 프랭크 렌트리키(Frank Lentricchia)는 "계보학적인 의미에서 텍스트는 곧 역사다."라고 선언한다. 역사자체는 텍스트가 쓰여진 사회를 반영하기 때문이다.[33] 이 소설 『화냥년』의 작가는 여성과 남성이 같은 전란을 겪으면서도 특별히 여성이기에 겪어야만 하는 중층적 고난과 고통을 그리고 있다. 특히 소설의 역사적 배경인 병자호란의 발생과 전개과정과 관련한 '역사적 사실'을 바탕으로 하고 있는 까닭에 그것이 아무리 소설이라는 허구적 장치를 마련하고 있음에도 불구하고 역사적 사실과 허구와의 경계가 다소 불분명하고 상호침투적이다.

그것은 비록 이 소설이 허구의 작품이긴 하지만 거기에는 역사적 요소가 근간을 이루고 있기 때문이다. 이를 통해 우리는 역사란 중립적으로 재현될 수 있는, 곧 객관화된 어떤 것이 결코 아니라는 것을 다시금 확인할 수 있다. 다만 이 글에서는 소설이 역사와 맺고 있는 관계를 어떻게 미학적으로 재현해낼 수 있는가 하는 문제보다는 소설에 재현된 바, 전란을 겪은 여성들이 겪어야했던 치욕과 고난과 관련한 조선사회 성 담론의 문제에 관심을 기울였다.

우리 역사에 병자호란이라는 '사건'은 분명히 존재했고, 우리가 지나간 과거를 그대로 되살릴 수는 없지만, 그것에 최대한 근접하는 것이 작가의 몫이다. 사라진 과거를 재구성하는 데는, 재구성하려는 작가의 주관적인 해석과 '사실'의 흔적들 사이의 끊임없는 상호 작용이 일어난다. 어떤 것을 '흔적'으로 인지하여 '단서', 또는 '자료'로서의 위상을 부여할 것인지를 판단하는 단계에서부터, 그것들을 어떤 형태로 서술하여 기록할 것인지

33 김지원, 「소설과 역사의 만남」, 『영어영문학』 제47권 2호, 한국영어영문학회, 2001, 395쪽.

의 최종적인 결과물까지 수많은 선택들이 개입한다.[34] 소설 『화냥년』은 역사서가 아닌 허구 작품이지만, 오히려 허구가 허용하는 자유로움에 힘입어 '사실'과 그것의 '구축' 사이의 관계를 고찰할 수 있게 해준다. 이로부터 우리는 다음과 같은 몇 가지 결론에 이를 수 있다.

우선, 역사소설이 소설일반과 구별되는 것 중의 하나는 지나간 역사 속에서 인간의 행위와 그 의미를 파악한다는 것이다. 이때 문제가 되는 것은 지나간 과거의 기억과 의미의 발견이라는 인식행위는 그 인식대상과 다른 시기에 이루어진다는 점이다. 즉 인식주체와 인식대상이 시간적으로 분리된다는 점이다.[35] 여기에서 길게 설명하기는 마땅치 않지만 루카치가 그의 역사소설론에서 강조하는 역사적 충실성, 그러니까 소설적 진실이란 현재의 역사적 현실과의 연관성 속에서 과거의 역사적 사건이 파악되어야 한다는 의미로 이해할 수 있다. 다시 말해 역사소설 『화냥년』을 바탕으로 논했던 조선시대 성 담론의 정치학의 현재적 의미란 그것이 과거만의 일이 아닌 지금 현재에도 여전히 문제되는 여성의 성 담론과 밀접한 관계에 있다는 데 있다.

그것은 자연스레 다음과 같은 질문과 연결된다. 곧, 역사는 과연 진보하는가. 역사의 진보 속에서 인간은, 특히 여성은 해방되고 자유로워졌는가. 소위 근대미학이라 불리는 '보편'미학은 인간의 해방에 기여하는 예술을 가능케 하였는가. 과연 역사는 객관적, 중립적인가. 역사적 진실성은 무엇이며, 역사 소설에서 역사성과 리얼리티는 어떻게 연관되는가. 리얼리티는 실재에 대한 대응 개념인가, 아니면 구성 개념인가. 리얼리티를 실재의 대응 개념(correspondenceview)으로 본다면 소위 보편미학으로 불렸던 근대미학에서 여성은 이 세계의 부재증명일 뿐이다.[36] 따라서 이 글에서

34 정예영, 「전쟁소설과 역사적 진실」, 『불어불문학연구』 96집, 불어불문학회, 2013, 274쪽.
35 송근호, 「루카치의 역사소설론과 역사소설의 문제」, 한국문학연구학회, 『현대문학의 연구』, 5권 0호, 1995, 19쪽.

는, 역사나 역사기술은 모두 허구라는 입장에서, 역사와 문학은 과거를 '반영'하는 것이 아니라 '발견'하고 '구성'하는 것으로 보았다. 이는 전혀 모순된 진술이 아니다. 이는 역사 또는 역사소설 개념의 '와해'가 아니라 고전적 역사소설의 개념을 넘어 '역사구성적 성찰소설'(historiographic metafiction)로 보고자 하는 것인 까닭에 그러하다. 사실에 관한 지식은 가치에 관한 지식을 가정하며, 인간은 원칙적으로 인식형식의 전제들 안에서만 현실에 관하여 말할 수 있다. 따라서 '여성' 인식 주체에 의해 인지되는 '역사'는 '남성' 인식 주체의 인식과 내용 및 방법이 다를 수 있다. '진리'의 범주 및 대상 및 '사실'의 문제도 이와 마찬가지이며, 진리 범주를 조작하는 방식의 차이까지 검토해 보아야 한다. 역사서술과정은 '보편과 객관 만들기'과정이므로 인식주체의 상황과 조건은 중차대한 차이를 불러 온다. 그런 의미에서 역사소설 『화냥년』은 공식역사에서 배제한 역사 속의 여성들을 불러내고 있다.

다음으로는 전쟁이라는 폭력 그 자체에 대해서 숙고해 볼 수 있다. 홉스는 사회상태 이전의 자연상태에서 폭력은 '만인에 대한 만인의 투쟁'이라는 양상을 띤다고 말한다. 그는 이런 상태가 인간의 본성에 의한 것이 아니라 신체와 정신 능력 면에서 모두 평등한 인간들이 겪는 불신과 경쟁에서 비롯된다고 분석한다. 이에 대해 루소는, 서로 갈등하고 싸우는 현상은 문명 체계가 발달한 현대사회의 모습인데, 이를 그 이전 단계인양 잘못 인식하고 있다고 홉스를 비판한다. 그러니까 홉스는 자연상태를 폭력적이라고 규정함으로써 사회성립의 정당성을 강조하게 된다. 곧 자연상태의 폭력을 제거하기 위해 군주를 중심으로 한 사회의 성립을 필수적인 역사적 과정으로 보는 것이다. 이에 대해 지라르는, 사회의 성립과 유지

36 김복순, 「페미니즘 시학과 리얼리티의 문제」, 『현대소설연구』 제32권, 현대소설학회, 2006, 245쪽.

가 폭력을 제거하기 위해서가 아니라 폭력에 기반하여 이루어진다고 본다. 지라르는 홉스의 '만인에 대한 만인의 폭력' 개념을 '일인에 대한 만인의 폭력'으로 수정한 셈이다. 사회의 성립과 유지가 '폭력을 제거하기 위해서'가 아니라 '폭력에 기반하여' 이루어진다고 보는 것이다.

다시 말해, 한 공동체가 번성해나가기 위해서는 문화의 시발점으로 기능하는 집단의 폭력, 이른바 '초석적 폭력'을 필요로 하는데, 이는 바로 집단의 희생양에 대한 폭력을 말한다. 여기서 '초석적'이라 함은 그 폭력이 공동체의 위기를 초래하는 내부-발생적 폭력을 제거하는 최초의 집단적 사건이자 이후 사회 질서를 다져가는 원동력으로 작동한다는 의미에서이다. 폭력이 사회 성립의 초석적 조건이라는 지라르의 견해는 우리가 누리고 있는 문명사회 자체가 폭력적이며 앞으로도 계속 타자의 희생에 기대어서 존속해나갈 것이라는 각성을 제공한다.

지라르가 말하는 폭력에는 두 가지 차원이 있다. 하나는 공동체의 일원들 사이에서 욕망의 상호작용에 의해 발생하는 내재적 폭력이며, 다른 하나는 이 폭력을 제거하고 질서를 회복하기 위한 집단적 해결책으로서의 초석적 폭력이다. 전자는 모방폭력, 후자는 희생폭력의 성격을 띤다. 이 두 가지 폭력은 서로 다른 메커니즘으로 작동하지만 서로 긴밀히 관련되어 있는데, 그 연결고리가 되는 것은 '차이'이다. 지라르에게 문화란 곧 차이의 체계이다. 위기에 처하지 않은 사회는 '정상적인' 차이들이 존재함으로써 그 사회를 지탱하고 구성원들에게 만족감을 선사한다. 이처럼 희생양은 공동체 내의 무차별화로 인한 폭력의 위기를 타파하기 위해 인위적으로 차이를 생성하려는 움직임의 결과로 만들어진다. 즉, 희생양은 공동체 내부에서 생성되는 폭력을 외부로 돌리는 일종의 대체 폭력(violence de rechange)의 기능을 한다. 대체 폭력의 과정은 철저히 희생양에 대한 차이화 과정의 성격을 띤다. 사회는 무슨 대가를 치르고서라도, 보호하려고 애쓰는 자신의 구성원을 해칠지도 모르는 폭력의 방향을 돌려서, 비교적 그 사회와 무관한, 즉 '희생할 만한' 희생물에게로 향하게 한다. 그런데 지라르의 논의는 내부의 갈등과 긴장을 타자에게 돌려 구체적인 '적'을 만들어 해소하려는 경향에 대하여 경각심을 일깨우기에 충분하지만, 지금처럼 일상적으로 행해지는 폭력의 양상을 설명하기에는 부족하다. 우리 시대엔 익명의 다수가 폭력을 경험하고, 그런 폭력에서 어떤 의도성을 읽어낼 수는 없지만 여전히 '폭력'이라고 명명할 수 있는 현상이 곳곳에서 목격된다. 아감벤의 '호모 사케르-벌거벗은 삶'은 희생양 메커니즘의 이러한 허점을 보완해 주는 개념으로 등장한다. 홉스의 자연 상태는 국가의 법과 무관한 법 이전의 상황이 아니라, 그러한 법을 구성하고 그 안에 정주하는 예외이자 문턱이다. 그것은 만인에 대한 만인의 전쟁이기보다는, 더 정확하게는 모두가 다른 모두에게 벌거벗은 생명이자 호모 사케르인 상황이다. 인간의 늑대화와 늑대의 인간화는, 예외상태에서 시발된 국가 분해의 순간에는 언제라도 가능하다. 예외 상태를 자연 상태와 법치 상태가 뫼비우스 띠처럼 이어져 서로 식별 불가능해진 상태이자 '법적으로 텅 빈 공간'으로 보는 아감벤의 재해석이 흥미로운 이유는 이것이 폭력의 기원을 시간적 순서로 사유하는 습관에 도전하기 때문이다. 폭력의 기원은 더 이상 과거에 있지 않고 현재 속으로 들어온다.

이 글에서 살펴보았던 역사소설 『화냥년』의 여성인물은, 그러니까 병자호란의 참혹함 속에 국가로부터 버려졌던 조선의 여성들은 아감벤의 언명처럼 호모 사케르라 할 수 있다. 그것이 끔찍한 것은 오래 전의 역사적 기억에서뿐 아니라 현재 어느 순간에라도 우리는 법의 결계(結界)에서 풀려 폭력의 원초적 상태에 처할 수가 있다는 것 때문이다. 지라르의 희생양과 호모 사케르가 함의하는 폭력의 특성의 차이는 호모 사케르의 광범위한 잠재성이다. 오늘날 우리가 직면하고 있는 것은 가장 세속적이고도 진부한 방식으로 선례가 없는 폭력에 그 자체로 노출되어 있는 삶이다. 우리 시대는 어느 주말에 유럽의 고속도로에서 군사작전의 희생자보다 더 많은 희생자가 속출하는 시대이다. 그러니까 지금은 일상적인 법의 테두리 속에서 살아가는 시민이지만 누구나, 어떤 한 순간에 호모 사케르가 될 가능성이 있음을 지시하고 있다. 예외 상태라는 자연 상태의 개념은 언제라도 지금의 사회 질서가 다시 무질서로 변할 수 있다는 것을 지시하며, 이 변화는 단지 내란이나 계엄상태, 혹은 자연재해 같은 커다란 사건들에만 국한되는 상황이 아니다. 평상시에도 어떤 경계선을 넘어서는, 혹은 훼손하는 행위를 하거나 그런 사건을 겪을 때한 시민, 혹은 국민은, 특히나 여성은 그 순간 호모 사케르가 될 수 있는 것이다. 혹은, 폭력에 방치되어있는 이들은 이미 그/녀가(사실은 우리 모두가) 호모 사케르임을 증명하고 있는 것일지도 모른다.

이 글에서 자세히 언급하지는 못했으나 『제국의 위안부』를 쓴 박유하가 일본군 성노예를(일부를) 창녀라거나 일본군의 동지였다고 말하는 것과, 이 소설의 여성인물들에게 화냥년이라는 주홍글씨를 붙인 조선의 사대부가 그들 여성에게 가한 정절에의 강요 혹은 여성을 도구로 인식하는 그 논리는 결국 매우 닮아있다. 임진왜란 때도 그러했고, 병자호란 때도 그러했고, 일본제국주의에 국권을 강탈당했던 시기에도, 온 몸으로 죗값을 치른 자들은 백성뿐이었다. 특히 여성의 삶이 참혹하였다. 지금도 여전히 그러한 부분은 없는지 되돌아보는 것이 이 글의 궁극적 목표이다.

* 부경대학교, 『인문사회과학연구』 제16권 3호, 2015.8.